Horst Bosetzky
Zwischen Kahn und Kohlenkeller

Horst Bosetzky

Zwischen Kahn und Kohlenkeller

Roman

Jaron Verlag

Originalausgabe
1. Auflage 2001
© 2001 Jaron Verlag GmbH, Berlin
Alle Rechte vorbehalten. Jede Verwertung des Werkes und aller seiner Teile
ist nur mit Zustimmung des Verlages erlaubt. Das gilt insbesondere für
Vervielfältigungen, Übersetzungen, Mikroverfilmungen und
die Einspeicherung und Verarbeitung in elektronischen Medien.
Umschlaggestaltung: Vera Bauer, Berlin, unter Verwendung eines Fotos von
AKG Berlin – Tony Vaccaro
Satz: hanseatenSatz-bremen, Bremen
Druck und Bindung: GGP Media, Pößneck
ISBN 3-89773-039-1

Meinem Vater Otto Bosetzky voller Dankbarkeit

Ohne Erinnerung existieren wir nicht.
Andrzej Szczypiorski

Der Junge
aus dem Kohlenkeller
1920

Otto Matuschewski hatte den größten Teil seines noch jungen Lebens auf einem Oderkahn verbracht und schlief selbst drei Jahre, nachdem ihn seine Mutter zu sich nach Berlin geholt hatte, ohne das Schaukeln seines Bettes und das Glucksen des Wassers draußen an der Bordwand immer noch furchtbar schlecht. Möglicherweise war es in der Küche auch zu warm, zudem gab es dort Geräusche, die einem tiefen Schlaf wenig förderlich waren. Da tropfte der Wasserhahn, da fielen in der Kochmaschine die ausgebrannten Kohlen auseinander und es prasselte gefährlich, da liefen die Ratten hinter den hölzernen Verkleidungen der Abflußrohre in die höheren Etagen hinauf. Dazu kam der Lärm, der von der Straße zu ihm nach oben drang. Einsatzwagen der Polizei und Feuerwehr rumpelten vorbei, zumeist mit Vollgummibereifung. Betrunkene torkelten aus den Kneipen und Destillen und sangen schmutzige Lieder. Ihre Flittchen lachten schrill. Am meisten aber störte ihn das, was nebenan in der Stube passierte. Dünn war die Tür, sie schloß nur schlecht, und so hörte er alles, wenn sich sein Stiefvater über seine Mutter hermachte. Beide wollten unbedingt ein eigenes Kind und versuchten es, wann immer es ging. Dann war er sofort hellwach, dann kämpfte er mit seiner Erregung, denn fand man morgens Flecken im Bett, bekam er von seinem alten Herrn einen mit dem Siebenstriemer übergezogen. Otto sagte nie »mein Vater«, sondern immer nur »mein alter Herr«. Er versuchte es mit allen Tricks, zählte Schäfchen und stellte sich vor, an der Reling der »Ella« zu stehen und die Oder hinabzufahren, vorbei an den

Weinbergen von Tschicherzig. Und Onkel Reinhold und Tante Pauline winkten aus dem Fenster ihres Hauses. Dazwischen schob sich aber dummerweise das Bild des Dr. Caligari, wie er es in der Zeitung gesehen hatte, und er schreckte wieder hoch. Weit nach Mitternacht war er endlich eingeschlafen.

»Otto, raus, du fauler Sack!« Walter Matuschewski riß ihm die Bettdecke von den Füßen und schüttete ihm einen Tassenkopf kaltes Wasser ins Gesicht. Dabei ließ er so kräftig einen fahren, daß der Junge glaubte, draußen würden die Spartakisten wieder schießen. »Raus aus dem Bett, ich will mich waschen!«

Otto trollte sich. Die Wohnung in der Manteuffelstraße 33 bestand nur aus Stube und Küche. Nicht einmal einen Korridor gab es, man kam vom Treppenhaus sofort ins Wohnzimmer. Die Toilette befand sich auf dem Hof, was dazu führte, daß sein Vater und er direkt in den Ausguß pinkelten, während seine Mutter sich im Stehen einen Nachttopf unter die Röcke schob und den dann entleerte. Trotzdem hatte sie die Wohnung genommen, denn sie lag direkt über ihrem Kohlenkeller.

Otto stand nun vor dem Bett, in dem seine Mutter lag und zwischen Tag und Traum an die Decke starrte, die von den beiden eingeschalteten 15-Watt-Lampen des Kronleuchters nur schwach erhellt wurde. Sich zu ihr ins Bett zu legen, wagte er nicht – das erschien ihm zu unschicklich. Einer ihrer Oberschenkel lag bloß. Schnell guckte er weg. Es roch nach Samen, offensichtlich hatte sich sein Stiefvater gerade eben wieder abgemüht, ein Brüderchen für ihn zu zeugen.

»Mutter«, sagte Otto, »kann ich nicht unten im Kohlenkeller schlafen?«

»Wenn du meinst.«

»Ja.«

So kam es, daß Otto Walter – beziehungsweise Otto Matuschewski, wie er offiziell hieß – für seine Freunde, Klassenkameraden und Lehrer »der Junge aus dem Kohlenkeller« wurde. »Man riecht es ihm förmlich an«, sagten Letztere, denn der feine Kohlenstaub hing ihm nicht nur in der Kleidung, sondern schien ihm auch in alle Poren zu dringen. Kein Waschen half dagegen.

Aber richtig hänseln tat ihn niemand. Das hätte auch keiner gewagt, denn Otto galt als guter Boxer und Ringer. Untersetzt war er, und immer wieder hörte er, wenn sie von ihm sprachen: »Der Otto – vorne rund, hinten rund, in der Mitte wie ein Pfund.« Das bezog sich darauf, daß das Pfund-Zeichen genauso aussah wie das »tt« in seinem Vornamen. Schlagkräftig war er, ein Wühler, außerdem hart im Nehmen. Wer unter Bootsleuten aufgewachsen war, der ließ sich nichts gefallen. So wagte sich auch niemand an ihn heran, wenn er als bester Schüler »Erster saß«. Er hatte die Langeweile auf der »Ella« damit bekämpft, daß er, seit er lesen konnte, alles verschlungen hatte, was ihm in die Hände gefallen war. Außerdem war er auf Oder und Elbe viel herumgekommen, kannte Stettin und Hamburg und alles, was dazwischen lag. In Geographie, Geschichte, Rechnen, Lesen und sogar Religion war er den anderen weit voraus, obwohl er eine Zeitlang nur die Schifferschule in Fürstenberg besucht hatte.

Heute wurde in der ersten Stunde *Die Bürgschaft* durchgenommen. Paul Czapalla, der Lehrer, stand mit dem Gedichtband vorn an der Tafel und sprach die Schillerschen Verse mit so viel Pathos, als würde er auf der Bühne des Deutschen Theaters vorspielen.

»Zu Dionys, dem Tyrannen, schlich / Möros, den Dolch im Gewande. / Ihn schlugen die Häscher in Bande. / ›Was wolltest du mit dem Dolche? Sprich!‹«

»Kartoffeln schälen, verstehste nich«, erklang es dumpf aus der Klasse.

Czapalla, der nicht nur denselben Vornamen hatte wie der Generalfeldmarschall von Hindenburg, sondern auch so aussah wie dieser, hieb mit dem Gedichtband auf sein Katheder, daß es nur so krachte. »Wer war das?«

Diese Frage war rein rhetorisch, denn wer immer es gewesen sein mochte, stets richteten sich die Blicke seiner Schüler auf Julius Klünder.

»Du also wieder?« Und er ging auf seinen ganz besonderen Liebling zu, um sich dessen rechtes Ohr zu greifen, es herumzudrehen und ihn aus der Bank herauszuziehen.

»Nit to doll!«, rief Julius, und die ganze Klasse brüllte vor Lachen.

Julius Klünder war ein armer Schlucker. Nicht nur, daß er unter epileptischen Anfällen litt, er fürchtete sich auch entsetzlich vor den geringsten Schmerzen und allerkleinsten Verletzungen. Ebenso geriet er in Panik, wenn man ihn in engen Räumen einsperrte oder ihn zwingen wollte, in der Turnhalle die Stangen hochzuklettern. Dazu kam, daß er recht spillerig war und sowohl abstehende Ohren als auch Säbelbeine hatte. Auch war er nicht gerade einer der Hellsten, und in der Klasse spotteten sie, jeder andere von ihnen hätte schon im Kopf, sagen wir, 324 mal 892 ausgerechnet, wenn ihm mal gerade eingefallen war, daß zwei mal zwei haargenau vier ergab. Was sein Sprechvermögen betraf, so fiel er manchmal auf das Niveau eines Dreijährigen zurück.

Otto hatte Mitleid mit Nittodoll, wie er überall genannt wurde, wagte aber nicht, ihn offen zu verteidigen. Er war nicht stark genug, es gleichzeitig mit allen anderen aufzunehmen, und hatte zuwenig zu bieten, um sie auf seine Seite zu ziehen. Obwohl er sich dafür auch irgendwie schämte, hing er in diesem Fall ganz der Maxime seiner Mutter an, die sie jeden Tag mehrmals laut verkündete: »Mir geht das nichts an.«

Nittodoll bekam also seinen Katzenkopf und wurde dazu verdonnert, für den Rest der Stunde in der Ecke zu stehen. Das war sein Stammplatz, und er nahm es gottergeben hin. Der Lehrer machte seinen Eintrag ins Klassenbuch. Dann stellte er sich wieder in Positur. »Lasset uns fortfahren ...«

»Wohin denn?«

Dies konnte nun wirklich nicht Nittodoll angelastet werden, denn zu klar war die schmetternde Stimme von Ewald Riedel zu erkennen gewesen, Ottos bestem Freund. Doch die Riedels hatten einen Kolonialwarenladen in der Waldemarstraße, und Czapalla bekam öfter mal etwas zugesteckt, was für ihn allemal Grund genug war, darüber hinwegzuhören.

»›Was wolltest du mit dem Dolche? Sprich!‹ / Entgegnet ihm finster der Wüterich. / ›Die Stadt vom Tyrannen befreien!‹« Czapalla ließ den Gedichtband sinken. »Nun, aufgemerkt, was ist das:

ein Tyrann?« Alle schwiegen, die einen mit gesenktem Kopf, die anderen mit stierem Blick, nur Otto meldete sich.

»Nicht immer der Matuschewski. Rylski, du!«

»Ein Tyrann ist ... also das ist einer, der die ...«

»... Tür ran macht«, flüsterte ihm Ewald zu, der, auch wenn er es besser wußte, dem Wortspiel nicht widerstehen konnte.

»... das ist einer, der die Tür ran macht«, wiederholte Rylski, ein kleiner und gedrungener Junge, mit dem Brustton tiefster Überzeugung.

»Setzen! Fünf!«, schrie Paul Czapalla nur, anstatt auch Rylski in die Ecke zu stellen. »Matuschewski, erklär du's diesem Dämlack.«

»Ein Tyrann ist ein grausamer Herrscher, der alle umbringen läßt, die nicht so wollen wie er.« Das wußte er aus Gustav Schwabs Sammlung griechischer Sagen, die bei seinem Onkel Reinhold im Bücherschrank gestanden hatte.

»Sehr schön. Und weißt du auch, wie man das schreibt?«

»Ja, mit y.« Wie bei Bosetzky, dachte Otto, und nicht wie bei Matuschewski. Wäre sein Vater wirklich sein Vater, dann hätte er auch so ein schönes y am Ende des Namens.

»Schreib es an die Tafel, geschwind.«

Auch das schaffte Otto und wurde dafür von Czapalla noch einmal belobigt. Es machte ihn irgendwie verlegen, und immer wenn er verlegen war, fuhr er mit dem rechten Zeigefinger in sein Grübchen, um darin herumzubohren.

»Otto, laß dein Kinn!«, mahnte Czapalla. »Alle schreiben das jetzt ab: der Tyrann.« Aber das war gar nicht so einfach, denn wie immer war in der Hälfte der Fässer die Tinte eingetrocknet. Es dauerte eine Weile, bis sich Czapalla wieder dem Dichter widmen konnte. »›Das sollst du am Kreuze bereuen!‹« Er pickte sich nun Ewald Riedel heraus, um mit dem Stoff wenigstens ein klein wenig voranzukommen. »Warum am Kreuze? Was meint Dionys damit?«

»Früher hat man Verbrecher ans Kreuz geschlagen. So wie Jesus Christus.«

Das durfte Czapalla so nicht durchgehen lassen, obwohl man ja jetzt die Republik hatte und die Roten zu sagen hatten, wo es langgehen sollte. »Wie!? Unser Herr Jesus Christus war ein Verbrecher? Das wäre ja ... Wer kann uns das erklären?«

Nur Otto Matuschewski konnte es. »In den Augen der Römer war er damals einer.«

»Gut, sehr gut. In den Augen der Römer und der jüdischen Hohepriester.« Czapalla zitierte nun die nächsten Zeilen. Nach »Ich lasse den Freund dir als Bürgen« stockte er und fragte: »Was ist ein Bürge?«

Meier zwo meinte, Schiller hätte nur was von einem Bürgen geschrieben, weil in der nächsten Zeile »erwürgen« stünde und sich das ja alles reimen müßte. »Der meint aber Bürger, vom Bürgersteig den ...«

Czapalla erklärte ihnen, was ein Bürge war, und verfluchte die Schulverwaltung, daß sie ihm ausgerechnet dieses Gedicht vorgegeben hatte. Es war schon ein Kreuz mit den Kindern zwischen Naunynstraße und Görlitzer Bahnhof. Die nächste Klippe ergab sich bei: »Doch ich will dir gönnen drei Tage Zeit, / Bis ich die Schwester dem Gatten gefreit.« Er machte eine kleine Pause und pickte sich den Schüler heraus, der besonders unaufmerksam war. »Vogel, was heißt das: gefreit?«

Vogel überlegte nicht lange. »Wenn wir beim Juden, beim Mandelstamm, gebrauchte Kleider kaufen, sagt der immer: ›Es hat mich sehr gefreit.‹ Das heißt auf deutsch: Es hat mich sehr gefreut.«

»Und ich freue mich, daß es nun endlich klingelt.« Czapalla packte seine Sachen zusammen und schritt zur Tür. »Alle auf den Hof! Aber ordentlich nebeneinander! Und warm anziehen, ich will keine Influenza in der Klasse haben.«

Otto ging neben Ewald und klagte ihm sein Leid. »Ich halt's zu Hause nicht mehr aus, ich möchte auf die Oder zurück, auf meinen Kahn.«

»Das geht doch mit der Schule nicht, du bist doch kein Schifferkind.«

»Meine Tante Emma hat doch jetzt das feste Haus in Steinau. Wenn ich da ...«

»Willst du Schiffsjunge werden?«, fragte Ewald.

»Besser Schiffsjunge als Kohlenträger. Du hast es gut: Du übernimmst von deinem Vater den Laden.« Ein bißchen Neid kam da bei Otto schon auf.

Ewald lachte. »Und du von deiner Mutter den Kohlenkeller.« Otto wurde blaß. »Mein Gott, daran habe ich ja noch gar nicht gedacht.« Das wäre für ihn die Hölle gewesen. »Hoffentlich gibt's bei uns vorher noch 'ne Kohlenstaubexplosion, wie im Bergwerk immer.«

Die Klingel schrillte und trieb sie in die Klasse zurück. Geschichte sollte es als nächstes geben, wiederum bei Czapalla. Aktuelles zu besprechen gab es nicht, denn nach Krieg, Revolution und Umbruch war es in der ersten Januarwoche des Jahres 1920 in Deutschland ungewöhnlich ruhig. Den Versailler Vertrag hatten alle unterzeichnet, Republik und Weimarer Verfassung waren verankert, und der Sattler Friedrich Ebert von den Sozialdemokraten amtierte als neuer Reichspräsident. Das alles waren Themen, die Czapalla nicht übermäßig mochte, und so kam er immer wieder gerne auf die großen Zeiten Preußens zurück.

»Wie hieß Preußens größter König?«

»Friedrich der Große!« Das wußten sie inzwischen alle, und so kam die Antwort auch im Chor. Czapalla freute es, denn er hatte in einem Pädagogik-Handbuch einen langen Artikel über das Chorsprechen geschrieben. Es löste die Zunge der Schüchternen, es zwang die Zerstreuten zum Mitmachen, und es weckte den Gemeinsinn.

»Und wann ist Friedrich der Große geboren worden?«

»Am 24. Januar 1712.« Das wußte Otto Matuschewski, denn auch er war an einem 24. Januar geboren worden, wenn auch erst 1906.

»Zusammen!«, kommandierte Czapalla.

»Friedrich der Große ist am 24. Januar 1712 geboren worden.«

Nach Geschichte hatten sie Religion. Dieses Fach erteilte ein Katechet namens Dünnebacke, der es nicht nur deswegen schwer hatte, weil er ausgesprochen fettleibig und pausbäckig war und eine säuselnde Kastratenstimme hatte, sondern auch, weil sich sein Name zum Reimen anbot wie kein Zweiter: »Da kam der Dünnebacke und fiel in die dicke Kacke ...«

»Wir wollen heute ein schönes Morgengebet erlernen. Wenn ihr recht müde seid und empfindet keine Schmerzen, wie schlaft ihr dann? Klünder?«

Nittodoll freute sich, daß er es wußte. »Dann slafen wir dut.«

Dünnebacke hob die rechte Hand und fragte mit leidender Miene: »Aber schlafen denn alle Mensch so gut?«

»Nein, nit alle Menchen slafen so dut.«

»Wann schläft man denn nicht so gut?«

Ewald lachte. »Wenn man nicht allein im Bett liegt.«

»Pfui!«, rief Dünnebacke.

»Wieso? Wenn mein Bruder mich immer tritt.«

»Nun, wie dem auch sei. Wir schlafen unruhig, wenn wir krank sind, wenn wir schwer träumen, wenn wir Angst vor Einbrechern haben, und morgens sind wir dann wie gerädert. Wie erwachen wir aber, wenn wir sanft und ruhig geschlafen haben? Rylski!«

»Dann erwachen wir gar nicht.«

»Du meinst, daß wir dann tot sind?«

»Nein, daß wir verschlafen haben.« Alle lachten.

»Nun, wie dem auch sei. Ihr, liebe Kinder, seid alle fröhlich, also habt ihr gut geschlafen. Wer schenkte euch denn diesen guten Schlaf?«

»Der liebe Gott!«, rief der kleine Bleibtreu, der eine sehr fromme Mutter hatte, so eine richtige Betschwester, wie sie in der Pücklerstraße spotteten.

Dünnebacke freute es. »Ganz recht. Und was sollt ihr deshalb tun, wenn ihr euch abends in eure Bettchen legt?«

»Die Hände über der Bettdecke lassen«, erklang es von hinten aus sicherer Deckung, und die Wissenden glucksten.

Der Katechet ignorierte es. »Nun, wie dem auch sei. Die Hände bleiben über der Bettdecke, damit ihr sie zum Beten falten könnt. Zum Nachtgebet. Und morgens sollt ihr dem Herrn danken, daß er euch einen guten Schlaf geschenkt hat. Wir stehen jetzt auf, falten die Hände, und ihr sprecht mir nach: Wie fröhlich bin ich aufgewacht, / Wie sanft hab' ich geschlafen die Nacht! / Du warst mit

Deinem Schutz bei mir, / O Vater im Himmel, hab Dank dafür, / Und sieh auf mich auch diesen Tag, / Daß mir kein Leid geschehen mag. Amen.«

»Amen.«

In der letzten Stunde begaben sie sich in die Turnhalle. Leibesübungen hatten sie wieder bei Czapalla, der ein großer Turner war. »Turner, auf zum Streite, tretet in die Bahn, Mut und Kraft geleite euch zum Sieg voran.« Begonnen wurde mit Bockspringen, wobei der Vordermann das nicht vorhandene Turngerät ersetzte, dann kam das Klettern an die Reihe, das Czapalla besonders schätzte, da er ein Verehrer von Johann GutsMuths war.

»Die Natur gibt uns zum Klettern sehr sichere und zuverlässige Werkzeuge: die Hände. Und die müssen wir stärken, ehe wir die Übung selbst ausführen dürfen. Also: Anhängen um die Wette.«

Extra zu diesem Zweck hatte er an der Stirnwand der Halle einen starken Querbalken montieren lassen, und wer dort keinen Platz fand, der mußte mit Reck und Ringen vorliebnehmen. »Los!« Auf sein Kommando hin sprangen alle Knaben an ihr Gerät, die Kleinsten von einem Hocker aus. Bis zu einer Viertelstunde schafften die Besten, für die meisten war es aber schon nach wenigen Minuten eine Qual. Mit jeder Sekunde wuchs die Last, wurde der Schmerz in den Händen unerträglicher. Bald hatten die ersten Jungen knallrote Gesichter, und ihre Köpfe schienen platzen zu wollen.

»Nit to doll!«, rief Julius Klünder.

»Bleibst du wohl oben!« Czapalla stand drohend hinter ihm. »Hier geht es um männliche Selbstüberwindung.«

»Ein Indianer kennt kein'n Schmerz«, sagte Ewald und sah lachend auf die herab, die mit einem leisen Schrei zu Boden fielen.

Czapalla lachte. »Wie die Äpfel vom Baum. Fallobst alles.«

Otto hatte keine Schwierigkeiten. Die harte Arbeit auf dem Oderkahn wie im Kohlenkeller hatte dafür gesorgt, daß sich seine Muskeln sehen lassen konnten. Er war keiner, der unbedingt siegen mußte, aber zu den Besten zählen wollte er schon. So blieb er auch noch hängen, als ihm schon die Tränen in den Augen standen.

»Durchhalten!«, schrie Czapalla. »Den Schmerz verachten!« Dritter wurde Otto schließlich und war damit zufrieden. Nur Rylski und sein Freund Ewald hatten länger ausgehalten.

Auch dieser Schultag ging zu Ende, und sie trabten nach Hause. Mit einigen Umwegen, zum Beispiel die Wiener Straße entlang. Das war immer recht vergnüglich, weil die Klassenkameraden nichts unversucht ließen, Nittodoll zu einer Untat anzustiften. Diesmal überredeten sie ihn, einen kleinen Pflasterstein aus blauem Basalt in die Rillenschienen der Straßenbahn zu legen. »Dann hält die an, und du kannst mit der Bahn nach Hause fahren.« Das leuchtete dem Jungen ein, und er schritt zur Tat, von keinem Erwachsenen gehindert. Die hatten anderes im Kopf. Da kam auch schon ein Solotriebwagen der Linie 18 Richtung Görlitzer Bahnhof. Der Fahrer bemerkte das Hindernis nicht, und krachend zermalmten die Räder den Stein. Mit einer Notbremsung blieb er stehen und sprang auf die Straße. Die Jungen stoben davon.

»Nit to doll!«, schrie Nittodoll, obwohl sie ihn gar nicht zu fassen bekamen.

Otto beeilte sich, um nicht allzu spät zu Hause zu sein. Da Ewald und er eh am Rennen waren, konnten sie beim Obst- und Gemüsehändler in der Manteuffelstraße auch gleich noch einen Apfel stiebitzen. Sie spielten Ritter dabei, das heißt, sie sahen sich als geharnischte Reiter, die mit ihrer Lanze im vollen Galopp eine Strohpuppe aufspießen mußten. Der Arm war die Lanze, der Apfel das Ziel. Ehe der Mann aus seinem Laden gestürzt war, um sie zu verfluchen, waren sie längst an der Naunynstraße und seinem Zugriff entzogen. Doch der Krüppel mit dem Holzbein, der immer am Zugang zur Hochbahn stand und bettelte, hatte sie erkannt und steckte das dem Händler. »Der eene war der mit det Grübchen im Kinn.«

Ottos Stiefvater stand schon im Eingang zum Kohlenkeller, die goldene Taschenuhr in der rechten Hand. »Sieben Minuten Verspätung, mein Sohn. Wie kommt das?«

Was blieb Otto anderes übrig als eine Notlüge. Und da er noch am Apfel kaute, lag es nahe, ihn in seine Ausrede einzubeziehen. »Ich bin heute beim Hängen und Klettern bei den Ersten gewesen und habe dafür von Herrn Czapalla als Siegerpreis einen Apfel bekommen. Den mußte er erst aus dem Lehrerzimmer holen.«

»Nun gut.« Walter Matuschewski ließ das gelten, aber schon bald zeigte sich, daß der Volksmund wirklich Recht hatte, wenn er von den Lügen und ihren kurzen Beinen sprach, denn keuchend stand der Grünkramfritze vor ihnen und beschuldigte Otto des Diebstahls.

»Den Appel da hatta mir aus die Auslage geklaut, Ihr sauberer Herr Sohn. Und meinen Sie, ick koof noch meine Kohlen bei Ihnen hier?«

Walter Matuschewski schaute streng. »Stimmt das, Otto, oder stimmt das nicht?«

Ein klares »Ja« wollte Otto nicht über die Lippen, aber daß er den Kopf senkte, reichte als Geständnis.

»Dir wer' ick Mores lehren!«, rief Walter Matuschewski und holte aus. Er war gelernter Holzfäller, und sein Schlag, obwohl mit offener Hand geführt, warf Ottos Kopf herum, als hätte ihn der Hieb eines Rummelplatzboxers getroffen. Er ging k.o. und sackte auf der Kellertreppe in sich zusammen.

Sogar der Gemüsehändler hatte Mitleid mit ihm. »Det war doch nich nötig, Sie, so dolle ...«

»Gelobt sei, was hart macht«, entgegnete Walter Matuschewski. »Später wird er es mir danken. Früh krümmt sich, was ein Häkchen werden will, das wissen Se doch. Und wenn einer jetzt Äppel klaut und kriegt keine Strafe nich dafür, dann stiehlt er später ganz wat anderes.«

Anna Matuschewski kam mit einem nassen Handtuch und kühlte ihrem Sohn den Kopf. Otto beschloß in diesem Augenblick, so bald wie möglich in einen Boxverein zu gehen, um zum einen härter im Nehmen zu werden und um zum anderen seinen Stiefvater bei erstbester Gelegenheit fürchterlich verprügeln zu können. Diese Vorstellung half ihm über Schmerz und Demütigung hinweg. Aber natürlich nicht ganz. Vielmehr wuchs der Haß auf seinen Stiefvater wie ein Krebsgeschwür.

Als er sich halbwegs erholt hatte, wurde er in den Kohlenkeller abkommandiert, um Preßkohlen zu stapeln. Einmal in die Kästen der Kohlenträger und zum anderen die Wände hoch, damit sie nicht so viel Platz wegnahmen. Der Raum war groß, und durch das kleine Fenster oben drang nur wenig Licht herein. Die 15-Watt-Lampe an der Decke brachte auch nicht viel, so daß er sich wie ein Gefangener in der Dunkelzelle vorkam. Fehlte nur noch, daß ihm – wie dem Grafen von Monte Christo – in regelmäßigen Abständen Wasser auf den kahl geschorenen Schädel tropfte.

Zu essen erhielt er nichts, und obwohl seine Bitten immer flehentlicher wurden, hieß es draußen im Kontor nur lakonisch: »Strafe muß sein.« Zum Glück bekam er nach etwa einer Stunde Sklavenarbeit den Auftrag, mit Matuschewskis Bulldogge auf die Straße zu gehen und bei dieser Gelegenheit gleich den Pferdeschlächter aufzusuchen und ihr etwas zu fressen zu kaufen. »Bulli, komm!«

Walter Matuschewski wunderte sich, daß sein Hund immer dünner wurde, und ging sogar mit ihm zum Tierarzt. Der jedoch zeigte sich ratlos. Wie sollte er auch wissen, daß Otto von je fünf gekauften Pferdebuletten vier selber aß. Dies tat er nicht nur seines Hungers wegen. Vielmehr bildete er sich ein, er könne dadurch den Berliner Pferdebestand merklich verringern und seinem Stiefvater den Nachschub entziehen, so daß der schließlich gezwungen war, sich endlich ein Lastauto zu kaufen. Otto hatte etwas gegen Pferde, denn nachdem er Kohlen ausgetragen hatte, manchmal vier Treppen hoch, begann im Stall sein zweites Martyrium. Vier Zossen mußte er füttern, tränken und striegeln. Und am schlimmsten war es, ihnen den Dreck aus den Hufen zu kratzen.

»Ella, du Mistvieh, hältst du wohl still.« Die Stute war ein zickiger Krippensetzer und gehörte eigentlich in die Wurstfabrik, doch Walter Matuschewski liebte sie. Fiel ihr Name, mußte Otto immer an die richtige »Ella« denken, an Ziegelmanns Kahn, und dann träumte er von der Oder.

Ausgerechnet Ella sollte ihm eine Woche später, am 13. Januar, das Leben retten. Jedenfalls stellte er es später immer so dar. An diesem Tage war er, neben seinem Stiefvater auf dem Bock sitzend, mit einer Fuhre Bauholz zur Wollankstraße unterwegs, als sie in der Nähe des Reichstags in eine riesige Protestkundgebung gerieten. So weit sie sehen konnten, nichts als Menschenmassen.

»Was is'n hier los?«, fragte Walter Matuschewski.

»Es geht um die Räte.« Otto, der an Politik sehr interessiert war, hatte so viel verstanden, daß SPD und Gewerkschaften Betriebsräte einführen wollten, aber kein Rätesystem überall im Lande, was KPD und USPD in Rage brachte.

Arbeiter und Polizisten beschimpften sich, dann flogen Steine. Schließlich fielen Schüsse.

»Weg hier!«, schrie Walter Matuschewski und hieb mit der Peitsche so vehement auf Ellas Hinterteil, daß der Stiel abbrach. Und der lahme Gaul, selber in Todesangst, mutierte für Minuten zum Traberpferd mit Derbychancen. So richtig erschrak Otto erst am nächsten Tag, als er in der Zeitung las, daß die Polizei auf die unbewaffneten Arbeiter gefeuert und 42 von ihnen getötet hatte. Sein Freund Ewald Riedel war darüber genauso empört wie er, und sie beschlossen, so bald wie möglich zur SPD zu gehen und »dafür zu kämpfen, daß die Regierung nicht mehr auf Arbeiter schießen läßt«. Aber auch um zu zeigen, daß sie mit den Kommunisten nichts am Hut hatten.

Erst aber freute sich Otto auf seinen Geburtstag. Bei Tante Emma auf der »Ella« war er immer groß gefeiert worden, und er hatte schöne Geschenke bekommen. So schlief er auch diesmal mit jener Vorfreude ein, die ja die schönste im Leben sein soll.

Als ihn der Wecker am 24. Januar um halb sieben aus tiefsten Träumen riß, war er sofort hellwach, denn seine innere Stimme meldete: Heute ist dein Geburtstag, heute wirst du 14 Jahre alt. Er knipste das Licht an und ging zum Ausguß, um erst, indem er sich auf die Zehenspitzen stellte, mit spritzendem Strahl hineinzupinkeln und sich dann, nachdem er gehörig gespült hatte, zu waschen und die Zähne zu putzen. Mit kaltem Wasser natürlich, immer gemäß der Devise seines Stiefvaters: »Gelobt sei, was hart macht.« Immerhin hing über dem Ausguß ein Spiegel, wenn auch einer mit vielen Sprüngen und Flecken. Vielleicht lag es daran oder aber an der Funzel oben an der Decke, daß er lange nach den ersten Barthaaren suchen mußte, zu lange. Auch ein Tasten mit den Fingerspitzen ergab nur einen kükenweichen Flaum. Tröstlich war da nur, daß sich in seinen unteren Regionen schon gewaltig etwas regte, zumal am Morgen. Voller Stolz hing er seine beiden Socken auf diese Art von Ständer und spazierte damit durch den Kohlenkeller. Wäre er später Philosoph geworden, hätte er sagen können, an diesem Morgen auf die Idee gekommen zu sein, vom Prinzip Hoffnung zu sprechen. Dieser Blick an sich hinunter gab ihm mehr an Kraft und Zuversicht als alle Worte von Pfarrer Böhlig im Konfirmandenunterricht der Emmaus-Kirche.

Wie auch immer, frohgemut eilte er nach oben in die Wohnung seiner Eltern, um nun seine Geburtstagskerze, den Kuchen und die Geschenke in Empfang zu nehmen. Vor allem wünschte er sich ein Buch über die Oder und ihre Nebenflüsse, einen Karl-May-Roman und vielleicht auch ein paar alte Boxhandschuhe zum Üben im Keller. Doch als er ins Wohnzimmer kam, war nichts von alledem zu sehen. Keine Geburtstagskerze, kein Kuchen, keine Geschenke. Die Enttäuschung war so groß, daß er sich am liebsten wie ein Zweijähriger auf den Boden geworfen und geheult hätte. Seine Eltern saßen am Frühstückstisch und aßen schon. Nur mühsam würgte er einen Morgengruß hervor.

»Geh mal in die Küche«, sagte seine Mutter und verschluckte sich beim Sprechen.

Neue Hoffnung schoß in Otto auf. Klar, dort war alles aufgebaut: die Geburtstagskerze, der Kuchen, die Geschenke. Seine Spannung war so groß, daß er es kaum wagte, die Tür nach innen zu drücken.

Seine Mutter hatte aufgehört zu husten. »Nun geh schon in die Küche und hol die Marmelade.«

Damit war wohl alles entschieden, und wieder standen ihm die Tränen in den Augen. Oder hatte sie es nur gesagt, um die Überraschung um so größer zu machen? Schnell war die Tür nun aufgestoßen. Sein Kopf flog herum, der Blick erfaßte Tisch, Küchenschrank und Fensterbrett ...

Nichts, absolut nichts. Sie hatten seinen Geburtstag glattweg vergessen. Er stand da wie einer, den sie eben zum Tode verurteilt hatten.

»Otto, wo bleibt die Marmelade?«

Vielleicht wäre alles anders gekommen, wenn das Paket von seiner Tante Emma aus Steinau und die Glückwunschkarten der Verwandten aus Tschicherzig schon am Vortag eingetroffen wären. Aber sie waren noch unterwegs, und so saß er still und verschlossen am Tisch, fraß alles in sich hinein und sann auf Rache. Nein, nicht auf Rache, sondern auf etwas, das seiner Mutter wie seinem Stiefvater drastisch klarmachen sollte, daß es ihn gab. Er mußte irgendein Zeichen setzen: Ich bin auch noch da, kümmert euch um mich. Aber wie? Lange suchte er nach einer Lösung. Schließlich kam er auf eine Antwort, die jeder Schulpsychologe, wenn es denn damals schon einen gegeben hätte, auf den ersten Blick verstanden hätte: Ich stecke euren blöden Kohlenkeller an.

Das tat er dann wirklich, bevor er zur Schule ging, und er zitterte vor Freude, Erregung und Angst, als er in der Klasse saß und draußen die Feuerwehr vorbeiraste. Es wurde der schrecklichste Schultag seines Lebens, denn so oft ihn Herr Czapalla auch ermahnte, er schaffte es nicht, auf das zu achten, was vorne abgehandelt wurde, und nur Ewalds Hinweis, daß er ja heute Geburtstag habe, schützte ihn davor, in der Ecke stehen oder nachsitzen zu müssen. Nur eine Frage bewegte ihn noch: Was nun? Sollte er gleich nach der Schule zum Bahnhof laufen und zu Tante Emma fahren? Vielleicht, aber ... er hatte gerade einmal zwanzig Pfennige bei sich. Und außerdem wäre das ein Schuldbekenntnis gewesen: Ja, ich habe den Brand gelegt. Aber gerade das hatte er doch am Morgen gewollt: daß sie sahen, was sie da angerichtet hatten. Bloß – war er erst einmal als Brandstifter abgestempelt, bekam er nirgends mehr Arbeit und eine Lehrstelle schon gar nicht. Wahrscheinlich mußte er sogar ins Gefängnis. Was blieb ihm also, als nach Hause zu gehen und so zu tun, als wüßte er von nichts. Doch dann war alles umsonst gewesen, und sie begriffen nicht, was sie ihm angetan hatten: seinen Geburtstag zu vergessen. Und überhaupt: wie sie ihn behandelten! Wie einen Sklaven und nicht wie einen Sohn. Anstatt daß sie einen Arbeiter einstellten, mußte er die Drecksarbeit machen. Ewald Riedel konnte zum Eislaufen gehen, während er Kohlen stapeln und viele Treppen hochschleppen mußte.

Warum nur war das so? Er begriff es nicht, und es zerriß ihn schier. Seinen Freund Ewald um Rat zu fragen, das wagte er nicht. Vielleicht war das ganze Mietshaus Manteuffelstraße 33 abgebrannt, waren Leute gestorben! Am besten, er stieg am Görlitzer Bahnhof die Treppen hoch und warf sich vor den Hochbahnzug.

Das Geld für den Fahrschein hatte er ja – und er löste sich diesen Fahrschein auch. Ganz dicht an der Bahnsteigkante stand er. Der Zug kam, kam viel zu schnell. Er spannte die Muskeln ... »Besser ein Ende mit Schrecken als ein Schrecken ohne Ende.« Tante Emma sagte das immer.

Da war der Triebwagen schon heran. Zehn Meter noch, neun, acht, sieben ... Er konnte den Fahrer erkennen. Seine tief über die Stirn gezogene Mütze, seinen Schnauzbart. Er sah aus wie Ebert.

Jetzt ... Aber Otto blieb stehen, er sprang nicht. Sein Lebenswille hatte gesiegt. Benommen stieg er ein. Wenn er schon bezahlt hatte, dann mußte das Geld auch abgefahren werden. Zudem gewann er Zeit. Kottbusser Tor stieg er aus und machte sich auf den Heimweg. Adalbertstraße, Naunynstraße, Manteuffelstraße. Es war ein langer Leidensweg, und er wußte sich nicht anders zu helfen, als das zu beten, was Tante Emma ihm in seiner Kindheit eingetrichtert hatte: »Siehe mein Elend, Herr, und errette mich; hilf mir aus, denn ich vergesse deines Gesetzes nicht.« Er wollte so langsam wie möglich gehen und immer wieder stehenbleiben und mußte doch eilen, denn je später er kam, desto mehr festigte sich ihre Annahme, daß er der Brandstifter sei.

Als er kurz vor der Manteuffelstraße war und gerade um die Ecke biegen wollte, nahm er den Brandgeruch wahr. War es nur Einbildung oder ...? Er blieb stehen und schnupperte. In der Tat: Es roch nach Rauch. Um das zu merken, brauchte man nicht mal eine feine Nase. Ihm wurde schwarz vor Augen, und er mußte sich einen Laternenpfahl suchen, um sich festzuhalten. Stand das Haus noch, war die Polizei schon da, ihn mitzunehmen? Er traute sich nicht, um die Ecke zu sehen. Aber wie lange sollte er hier stehenbleiben und ...? Da kam Rylski, sein Klassenkamerad, um die Ecke gefegt, rein zufällig, und erlöste ihn.

»Du, bei euch im Kohlenkeller hat's gebrannt.«

»Nein, mein Gott!« Otto schauspielerte Erstaunen und Entsetzen, so gut es ging. »Und ... alles abgebrannt, das ganze Haus ...?«

»Nee, nur 'n Teil von eurem Keller. Die Feuerwehr is ja janz schnell dajewesen.«

Otto fiel ein Stein vom Herzen. Das Schlimmste war nicht eingetreten. Tapfer bog er um die Ecke und hielt auf den Kohlenkeller zu. Seine Mutter stand mit verweinten Augen vor dem rußgeschwärzten Kellerfenster und klagte einer Nachbarin ihr Leid.

»Ein Kurzschluß in der elektrischen Leitung«, hörte Otto und wäre am liebsten in helles Lachen ausgebrochen, so erleichtert war er.

»Da haben wir ja noch mal Glück gehabt«, sagte er zu seiner Mutter, ganz so, als sei nichts gewesen. »Der Rylski hat mir schon gesagt, was passiert ist. Aber das zahlt ja alles die Versicherung.«

Seine Mutter sah durch ihn hindurch. »Mir geht das nichts an, aber geh mal nach oben. Vater wartet da auf dich.«

»Mutter, ich hab' heute Geburtstag!«, platzte Otto heraus, wohl instinktiv hoffend, daß das die beste Verteidigung sei. »Ist das Paket von Tante Emma nicht da?«

»Das wird wohl mit verbrannt sein. Ich habe keinen Sohn mehr, geh nach oben.«

Otto wußte, was das hieß, und als er in den Hausflur trat, kam er sich vor wie einer, der auf dem Weg zur Guillotine war. Noch hätte er fliehen können, aber irgendwie trieb es ihn auch vorwärts, die Strafe in Empfang zu nehmen, denn er wußte, daß er sie verdient hatte, obwohl er sich nicht schuldig fühlte. Hätten die nicht seinen Geburtstag vergessen, dann wäre das nicht geschehen. Die waren schuld an allem, seine Mutter und der Matuschewski. »Aber du hättest dennoch nicht ...« Er hörte schon die Stimme des Richters.

Er brauchte gar nicht zu klingeln. Walter Matuschewski stand bereits an der Tür und erwartete ihn.

»Ein elektrischer Kurzschluß«, sagte Otto und redete eingedenk der alten Weisheit, daß die Kirche nicht aus war, solange die Leute noch sangen, so schnell und hastig wie noch nie in seinem Leben. »So ein Pech. Aber die Versicherung zahlt ja. Und ein Glück, daß es nicht passiert ist, als ich noch geschlafen habe. Ich wär' ja glattweg verbrannt. Und das ausgerechnet an meinem Geburtstag.«

Sein Stiefvater lachte. »Diesen Geburtstag wirst du ganz gewiß nicht vergessen.« Und hinter seinem Rücken kam die Hundepeitsche zum Vorschein.

»Es war ein Kurzschluß!«, rief Otto.

»Ja, für die Polizei und für die Versicherung, aber nicht für mich.« Walter Matuschewski zog ihn ins Zimmer, wirbelte ihn herum, riß ihm den Schulranzen vom Rücken und stieß ihn in die Küche. »Da hast du meinen Kurzschluß!« Damit begann er auf Otto einzuschlagen.

»Ich kann doch nichts dafür!«, schrie Otto.

»Ich auch nicht.«

»Ich will auch alles wiedergutmachen. Ich will's auch nie wieder tun.«

»Dann gibst du's also zu?«

»Ja, aber ...«

»Da hast du dein Aber!«

»Nicht so doll!«, wimmerte Otto. »Nicht so doll!« Und je öfter er es schrie, desto mehr hörte er sich an wie Nittodoll. Doch Walter Matuschewski kannte keine Gnade, denn er war zutiefst überzeugt, daß es richtig war, was er da tat. »Aus dir werd' ich das Böse schon herausprügeln!« Dafür setzte er nicht nur seine Hände und Fäuste, sondern auch Feuerhaken, Ausklopfer und Hundepeitsche ein. Als er fertig war, lag Otto als lebloses Bündel zwischen Kohlenkasten und Herd. Nicht daß er seinem Stiefvater nicht leid getan hätte, aber seine Devise war nun mal: »Was sein muß, muß sein.« Mit diesen Worten ließ er Otto liegen, fügte noch »Zwei Wochen Stubenarrest!« hinzu und schloß die Küchentür hinter sich ab. »Ich besorg' nur 'n Vorhängeschloß, dann kommst du ins Scheißhaus unten. Du bist ein Stück Dreck für mich, nicht mehr wert als dieser Furz hier!«

Otto wartete noch, bis die Wohnungstür zugefallen war, dann zog er sich an der Kochmaschine nach oben. Er konnte es nicht fassen: Es war vorbei. Und er lebte noch. Obwohl ihm das Blut aus Mund und Nase strömte und ihm Rücken, Brust und Gesäß höllisch schmerzten, erfüllte ihn ein nie gekanntes Hochgefühl. Er war stark genug, das alles auszuhalten. Er hatte diese ganz besondere Art der Jugendweihe überstanden. Er war erwachsen geworden und hatte die Kraft, sich im Leben zu behaupten.

Doch seine Hochstimmung war schnell dahin, als ihm bewußt wurde, was ihn nun erwartete: Tag für Tag ein grausames Spießrutenlaufen. Und nach der Schule war er immer eingesperrt in der Toilette unten auf dem Hof, wo es nicht nur fürchterlich stank, sondern auch von Ratten wimmelte.

»Nein!«

Damit war er am Fenster und hatte es aufgerissen. Die Wohnung lag im ersten Stock, und die Vorderfront des Hauses war überladen mit Stuck, kleinen Konsolen und viel Gesims, so daß jemand, der hinauf- oder hinunterklettern wollte, immer hoffen konnte, mit Fingerspitzen und Zehen genügend Halt zu finden. Und Otto wagte es. Natürlich sahen ihn einige Passanten, aber denen rief er fröhlich zu, daß man ihn aus Versehen eingesperrt habe und die Schlüssel nicht zu finden seien. Seine Mutter hatte offensichtlich im Kohlenkeller zu tun, schließlich war da aufzuräumen, und sein Stiefvater war wohl unterwegs, ein neues Schloß zu kaufen. So konnte er auf die Straße springen und das Weite suchen. Die Richtung war klar: der Schlesische Bahnhof, denn von dort gingen die Züge Richtung Breslau ab, und wenn er in Liegnitz umstieg, war er bald bei seiner Tante Emma in Steinau. Bei ihr im Haus könnte er wohnen, und dort im Städtchen an der Oder könnte er auch zur Schule gehen. »Da habt ihr immer einen, der aufpaßt, wenn ihr mit dem Kahn unterwegs seid.«

Die Gegend um den Schlesischen Bahnhof war ziemlich verrufen. In der Madaistraße, der Fruchtstraße, der Andreasstraße, der Koppenstraße und der Breslauer Straße wohnten arme Schlucker in teilweise erbärmlichsten Verhältnissen, es gab zuhauf Arbeitslose wie Arbeitsscheue, billige Nutten mit ihren Zuhältern, Kriminelle, kleine und mittelgroße Gangster, die sich in den unzähligen Kneipen und Absteigen trafen oder auch in Hotels, die in keinem Baedeker standen. Otto wußte so ungefähr, was hier vorging, und setzte darauf seine Hoffnungen, irgendwie das Fahrgeld für die Reise nach Steinau zusammenzubekommen. Wie aber genau? Schenken würde ihm keiner auch nur eine Mark, aber vielleicht ließ sich durch kleine Botengänge etwas verdienen. Oder sollte er sehen, ob er irgendwo etwas stehlen konnte? Viel Zeit hatte er nicht, denn spätestens am nächsten Morgen würde seine Mutter zur Polizei gehen und eine Vermißtenanzeige aufgeben. Dann würden sie nach ihm suchen, vor allem an den Bahnsteigsperren. Und wenn er versuchte, als blinder Passagier zu reisen, so wie es die Leute auf den Ozeandampfern taten? Nun, ein preußischer Abteilwagen war nicht ganz so unübersichtlich, und sie hätten ihn sicherlich schon geschnappt, bevor der Zug in Königs Wusterhausen angekommen war.

Otto setzte sich auf den Rinnstein und dachte nach. Hätte er doch bloß etwas von zu Hause mitgenommen, das sich verkaufen ließ. Vielleicht das Fernglas, das sein Stiefvater immer mitnahm, wenn er zum Pferderennen ging. Oder seine goldene Uhr. Ob er noch einmal in die Manteuffelstraße zurückkehrte und sich in die Wohnung schlich?

»Hallo, du da!«

Otto schreckte hoch. Der ihn da angesprochen hatte, war ein sogenannter Lumpenmann, einer, der mit einem Handwagen durch die Straßen zog und auf die Innenhöfe ging, »Alteisen, Lumpen und Papier!« rufend. Der Mann war vielleicht fünfzig Jahre alt, sah aber, schlecht rasiert und unterernährt, wie er war, fast schon greisenhaft aus. Otto fand ihn aber nicht unsympathisch, da er eine ziemliche Ähnlichkeit mit Wilhelm Voigt aufwies, dem Hauptmann von Köpenick.

»Ja?« Otto sah auf.

»Haste nischt zu tun und willste dir 'n paar Jroschen vadien'?«

Otto sprang auf. »Ja, gerne.« Den Mann schickte ihm der Himmel.

»Dann kommste mit und jehst uff die Höfe. Da rufste denn:

›Alteisen, Lumpen und Papier – der alte Czerk is hier!‹ Karl-Otto Czerk, det bin icke.«

»Ah, ich heiß' auch Otto.«

»Na, so'n Zufall. Denn komm mal.«

So zog Otto für den Rest des Nachmittags mit Czerk durch die Straßen um den Schlesischen Bahnhof und tat, wie ihm geheißen. Gegen sechs wurde er langsam müde und fragte, wann er denn sein Geld bekommen würde. Wenigstens zwei Mark, so schätzte er, würde er brauchen, um sich die Fahrkarte nach Steinau zu kaufen. Genau wußte er es nicht, denn er hatte noch keine Gelegenheit gefunden, den richtigen Fahrpreis zu erfragen. Als Czerk die Summe hörte, lachte er nur, sagte dann aber, Otto solle mit ihm nach oben kommen, da werde er in seiner Sparbüchse schon noch ein paar Münzen finden. Die borge er ihm dann ohne alle Zinsen.

»Dann komm' ich mal mit.«

Czerk wohnte in der Fruchtstraße in einem baufälligen Seitenflügel, den sie vor Jahrzehnten mit billigstem Material zwischen Vorder- und Hinterhaus hochgezogen hatten. Der lehmfarbene Mörtel war längst in großen Flatschen von der Wand gefallen, und das Treppengeländer bestand aus ungehobelten Brettern. An den Wänden blühte schwarz und grün der Schimmel. In Czerks Kochstube roch es so, als hätte man Kohlenkeller, Pferdeschlächterei und Städtische Bedürfnisanstalt in einem. Auf dem Bord überm Herd standen etliche Weckgläser mit eingemachtem Fleisch.

»Ich schlachte selber«, sagte Czerk, als er Ottos Stutzen bemerkte. »Kaninchen und so. Das riecht ein bißchen, aber ...«

»Kann ich nun mein Geld geborgt haben?«, drängte Otto.

»Gleich, mein Kleiner, gleich. Du kannst es auch geschenkt haben – wenn du ein bißchen lieb zu mir bist.«

Mit diesen Worten hatte er Otto von hinten umfaßt und war ihm mit der rechten Hand vorn in die Hose gefahren. Otto schrie und wehrte sich und wollte sich losreißen, doch Czerk, so ausgemergelt er war, konnte in diesem Augenblick ungeahnte Kräfte entfalten.

Ottos Blicke fielen auf die Schlachtermesser, die säuberlich aufgereiht über dem Ausguß hingen.

Die Zeiten waren auch 1920 noch unruhig, die junge Republik war keineswegs konsolidiert. Das zeigte sich insbesondere am 13. März. Da marschierten Freikorpseinheiten unter General Lüttwitz und die Marinebrigade Ehrhardt in Berlin ein, ohne auf nennenswerten Widerstand zu stoßen. Die Regierungstruppen blieben in den Kasernen, Reichspräsident und Regierung flohen über Dresden nach Stuttgart. Wolfgang Kapp, mit Lüttwitz Initiator des rechtsradikalen Aufstands, wurde zum neuen Reichskanzler ausgerufen. Daß der sogenannte Kapp-Putsch dennoch scheiterte, lag daran, daß die Gewerkschaften Deutschland mit ihrem Generalstreik völlig lahmlegten und die Berliner Beamtenschaft die Mitarbeit verweigerte.

Bei all den politischen Unruhen seit 1918, dem Ende des Ersten Weltkriegs und dem Untergang des Kaiserreichs, hatte die Polizei nicht die Muße und den Willen, sich voll auf ihre normale Arbeit zu konzentrieren. Darauf, Spuren zu erkennen und zu verfolgen, wenn Trieb- und Serientäter am Werke waren, die wirren Zeiten für ihre Zwecke nutzend. In Hannover hatte Friedrich Haarmann im September 1918 damit begonnen, junge Männer zu ermorden und ihre Leichen zerstückelt in die Leine zu werfen. In Berlin fand man in der Gegend des Schlesischen Bahnhofs an Parkbänken, in Abfallkörben und in den Kanälen immer wieder zerfledderte Frauenleichen und brauchte noch anderthalb Jahre, um Karl Friedrich Großmann als Massenmörder festzunehmen.

Las er von diesen Taten, wurde Otto Matuschewski jedes Mal bewußt, wie nahe er am 24. Januar, an seinem Geburtstag, am Abgrund gestanden hatte. Zwar hatte Karl-Otto Czerk noch keinen Knaben getötet, die Kriminalbeamten waren sich aber einig, daß er vorgehabt hatte, mit ihm den Anfang zu machen. Er war sofort verhaftet worden. Und wer hatte ihn, Otto, gerettet? Ausgerechnet sein Stiefvater. Der war ausgeschickt worden, nach ihm zu suchen, und hatte sich sofort zum Schlesischen Bahnhof begeben, da ja davon auszugehen war, daß Otto nach Steinau zu seiner Tante Emma wollte. Doch ein Junge, auf den seine Beschreibung gepaßt hätte, war vom Bahnpersonal nicht gesehen worden. »Det

Früchtchen treibt sich bestimmt noch hier in'ne Gegend rum.«
Über den Begriff Früchtchen war Walter Matuschewski die Straße eingefallen, die so ähnlich hieß, und da er irgendwo mit der weiteren Suche anfangen mußte, hatte er dort zu fragen begonnen. Ein Kriegsinvalide mit nur noch einem Arm und einem Holzbein hatte einen Jungen mit Czerk und dessen Wägelchen umherziehen sehen. »Det wird Ihra jewesen sein. Der Alte holt sich ja immer solche Jungens nach Hause. Da drüben wohnta.« Walter Matuschewski war hinübergelaufen und die Treppen nach oben gestürmt. Ottos Schreie hatten ihm die Richtung gewiesen, und in letzter Minute hatte er sich gegen die Tür geworfen und sie eingedrückt.

»Da wirst du dein Leben lang 'n Albtraum von haben«, meinte Ewald Riedel.

»Traum ist Traum – und wenn's auch nur 'n Albtraum ist.« Otto bemühte sich, alles runterzuspielen, und verwies darauf, daß er schon einmal fast ums Leben gekommen war. Als Kleinkind im Tschicherziger Oderhafen, wo er vom Kahn gefallen und von seinem Onkel erst im letzten Augenblick gerettet worden war.

Otto hatte überlebt und mit seinem Stiefvater einen zwar labilen, aber immerhin vorerst von beiden eingehaltenen Waffenstillstand geschlossen. Doch zwei Wochen später schien dieser ernsthaft gefährdet zu sein, denn mit einem hochoffiziellen Brief wurde Walter Matuschewski gebeten, zur Rücksprache mit dem Rektor in die Schule seines Sohnes zu kommen.

»Was hast du nun schon wieder ausgefressen?«

»Nichts.«

»Lügst du schon wieder?«

»Nein, ich schwöre es!«, rief Otto.

Als er dann am nächsten Tag zu Beginn der großen Pause vom Klassenlehrer Paul Czapalla zum Rektor gebracht wurde, war sich Otto nicht mehr ganz so sicher, wirklich eine reine Weste zu haben. Irgend etwas gab es doch immer, was den Lehrern nicht gefiel. Der Rektor war für seinen Posten noch ziemlich jung, und es hieß, er sei nur an die Schule gekommen, weil er ein Sozi war. Er stand sogar auf, als Otto in sein Zimmer trat, kam auf ihn zu und gab ihm die Hand. Hinter seinem Rücken konnte Otto seinen Stiefvater entdecken.

»Guten Tag, mein Junge, du kennst mich ja.«

»Herr Hermanski ...« Das war ein Name, bei dem man unwillkürlich ins Stottern geriet, vor allem wenn man aufgeregt war.

»Dein Vater hat ja schon Platz genommen«, fuhr der Rektor fort, »und nun wollen wir mal miteinander reden, so von Hermanski zu Matuschewski. Und der Kollege Czapalla fungiert sozusagen als Berater.«

»Ich habe mich immer bemüht, dem Jungen ein guter Vater zu sein«, sagte Walter Matuschewski. »Und wenn er hier unangenehm auffällt, dann muß ihm das im Blut liegen. Sein richtiger Vater, der hat ja Pleite gemacht und ist als Trinker in der Gosse gelandet.«

»Nun ...« Der Rektor rückte zwei Stühle für Otto und seinen Klassenlehrer zurecht und setzte sich dann selber. »Was diesen Mann betrifft, den Heinrich Bosetzky, so wohne ich selber in einem Haus, das er gebaut hat, und ein bißchen was von seiner Tüchtigkeit und Intelligenz hat er sicher auch seinem Sohn vererben können.«

Walter Matuschewski schaute etwas verunsichert drein. »Wie? Ich denke, Sie haben mich herkommen lassen, weil Otto wieder bei einer Schandtat erwischt worden ist?«

Hermanski schüttelte den Kopf. »Ganz im Gegenteil.« Sein Blick ging zum Klassenlehrer hinüber.

Paul Czapalla nickte. »Es mag ja sein, daß unter den Blinden der Einäugige König ist, aber Ihr Sohn Otto, Ihr Adoptivsohn, ist den anderen in allem so weit voraus wie ...« Er fand nicht gleich ein passendes Bild. »... wie die Eisenbahn der Postkutsche.«

»Ja, so ist es.« Der Rektor nahm erneut das Wort und holte zu einer längeren Stellungnahme aus. »Nun, wir leben jetzt in einer neuen Zeit, und die Schranken zwischen den Klassen und den Kasten fallen endlich. Das bedeutet, nicht nur die Kinder der Reichen und der Adligen sollen und werden die Hörsäle unserer Universitäten füllen und die Schlüsselpositionen unserer Gesellschaft besetzen, sondern die Begabten aus allen Teilen der Bevölkerung. Ganz gleich, ob einer einen Straßenfeger zum Vater hat oder aus dem Kohlenkeller kommt – wenn er das Zeug dazu hat, dann soll er Arzt, Richter oder Ingenieur werden. Nur so können wir die Ressourcen unserer Nation ausschöpfen, nur so kann Deutschland erblühen. Nicht Herkunft, Geld und Beziehungen sollen nunmehr den Ausschlag geben, sondern Begabung und Können. Darum hat die Regierung beschlossen, hochbegabten Kindern aus den unteren Bevölkerungsschichten ein Stipendium zu gewähren und sie aufs Gymnasium zu schicken. Wir haben der Schulbehörde geeignete Kinder vorzuschlagen, und dabei ist unsere Wahl einstimmig auf Ihren Sohn gefallen. Herzlichen Glückwunsch, Herr Matuschewski.« Er stand auf, um Ottos Vater die Hand zu schütteln.

Otto war der Atem stehengeblieben. Er ein Arzt, ein Richter, ein Ingenieur – mein Gott! Ja, warum denn nicht? Bei dem Vater, den er hatte. Alle Träume konnten wahr werden.

»Der aufs Gymnasium, der auf die Universität?« Walter Matuschewski war aufgesprungen. »Damit er später auf uns, auf mich und seine Mutter, herabsehen kann, damit er ausspuckt, wenn er uns sieht! Nee, mein lieber Herr, das schlagen Sie sich mal aus'm Kopf. Schuster, bleib bei deinem Leisten. Ich hab' gerade gestern 'ne Lehrstelle für ihn auftreiben können, bei den Gebrüdern Pleffka, Maschinenbauer soll er werden.«

»Herr Matuschewski«, beschwor ihn der Rektor, »Ihr Sohn hat bei uns das große Los gezogen, machen Sie sein Leben nicht kaputt.«

»Sie machen es doch kaputt!«, schrie Walter Matuschewski. »Sie! Wenn einer vom Oderkahn kommt und aus'm Kohlenkeller, dann geht er doch ein wie 'n Primeltopp, wenn er'n vornehmer Pinkel werden muß.«

Hermanski machte einen letzten Versuch. »Sie wissen, der Mensch ist ein Gewohnheitstier. Und Ihr Otto, der schafft das bestimmt. Auch hat er einen so guten Charakter, daß er seine Eltern immer achten wird. Nicht wahr, Otto, du versprichst es uns?«

»Ja«, hauchte Otto.

»Und du möchtest auch gerne aufs Gymnasium?«

»Ja«, kam es klar und fest.

»Nein!«, rief Walter Matuschewski. »Kommt gar nicht in Frage! Das hast nicht du zu entscheiden, das entscheiden ich und deine Mutter. Und wir sind uns einig: Du kommst zum 1. September in die Lehre und nichts anderes!« Damit waren die Weichen gestellt, und Otto sollte später immer wieder sagen: »Das war der Tag, an dem sich alles entschieden hat.« Sein Freund Ewald war da drastischer: »Dafür hätte ich deinen alten Herrn ermorden können.«

Was blieb Otto anderes übrig, als es so hinzunehmen, wie es kam. Eine andere Wahl hatte er nicht. Ein wenig Trost bot die Einsegnung ein paar Wochen später. Alle seine Verwandten kamen in die Manteuffelstraße. Aus Tschicherzig sämtliche Walters, Onkel Reinhold mit Tante Pauline und Hermann sowie Onkel Fritz und die Oma, und aus Steinau an der Oder Tante Emma und Onkel Wilhelm mit dem kleinen Walter und Elfriede. Auch sein Freund Ewald, der nicht eingesegnet wurde, sondern die Jugendweihe erhalten sollte, war eingeladen. An Geschenken erhielt er von den Gästen eine goldene Uhr und eine Brieftasche, von Ewald ein Buch über die deutsche Sozialdemokratie und von seinen Eltern den schwarzen Anzug mit weißem Hemd, Fliege und Hut.

Pfarrer Böhlig von der Emmaus-Kirche hielt eine bewegende Predigt, und die Konfirmanden vergaßen, daß sie ihn und seine beiden Amtsbrüder Schubert und Brasch während des ganzen Konfirmandenunterrichts meist nur verspottet hatten: »Schubrig, Brasch und Böhlig – Schubrigs Arsch is ölig.«

»Herr, wir bitten dich: Laß diese Knaben und Mädel in ihren Familien immer wieder jemanden finden, der ein offenes Ohr und ein offenes Herz für ihre Nöte hat. Herr, unser Vater, mache uns alle fest in unserem Glauben ...«

Otto war mit seinen Gedanken schon in den letzten Schulferien seines Lebens, der letzten freien Zeit vor dem Beginn der Lehre, und sah sich an Bord der »Ella« in der Sonne liegen. Und die Oder gluckste leise.

Der Oderhafen von Cosel war der zweitgrößte Deutschlands, nur noch übertroffen von Duisburg-Ruhrort. Drei mächtige Hafenbecken mit den modernsten Verladevorrichtungen bestimmten das Bild. Endlose Reihen von Lastkähnen sah man dort, kleine Zillen neben großen Oderkähnen, und las man die Heimatorte, alle säuberlich aufgemalt am Heck, so tauchten immer wieder Breslau, Berlin, Hamburg, Stettin, Prag und Magdeburg auf. Erze, Kalk, Steine und Getreide wurden hier verladen, vor allem aber oberschlesische Kohle. Teils wurde das schwarze Gold, wie die Leute sagten, mit der Bahn, teils auf dem Wasser, das heißt über die Klodnitz und den Klodnitz-Kanal, nach Cosel gebracht.

Otto Matuschewski wußte das alles, und er kannte die Städte, die an der Oder aufgereiht waren wie die Perlen auf einer Schnur, genauso gut wie die Stationen der Hochbahn zwischen Warschauer Brücke und Nollendorfplatz. Auf der »Ella« war er groß geworden, und wenn ihn jemand nach seiner Heimat fragte, dann kam als Antwort prompt: »Die Oder.« Deshalb hatte er auch in diesem Jahr so lange geweint und gebettelt, bis ihm sein alter Herr erlaubt hatte, die Sommerferien auf der Oder zu verbringen. Mittlerweile war es auf dem Kahn ziemlich eng, denn Tante Emma, seine Ziehmutter, hatte ja auch zwei eigene Kinder, den Walter und die Elfriede. Mit ihren neun und viereinhalb Jahren waren sie erheblich jünger als er, und er war auch mit an Bord genommen worden, um auf sie aufzupassen und mit ihnen zu spielen. Aber auf alle Fälle war er raus aus dem Kohlenkeller, wenn auch nicht weg von der Kohle. Denn im Bauch des Schiffes befand sich so viel Kohle, daß es für hundert Kohlenkeller gereicht hätte, und oft kletterte er auf den Kohlenbergen herum wie andere Jungen auf Sand und Fels.

»Wilhelm, Walter, Elfriede, Otto: Essen!« Tante Emma rief aus der Kombüse.

Otto war immer ein wenig verwirrt, wenn er den Namen Walter hörte. Es gab einfach zu viele. Er selbst war bis zu seiner Adoption als Otto Walter durch die Welt gelaufen, sein Stiefvater hatte den Vornamen Walter, und auch sein Cousin hieß Walter,

Walter Ziegelmann. Und oft fiel ihm bei »Walter« ein, was er zu Hause immer hörte: »Walter, wenn er pupt, dann knallt er.«

Was gab es heute zu essen? Otto brauchte nicht lange zu raten, denn der Schiffer sang es schon: »Toujour zur Schur.« Saure Suppe gab es, eine Dschur, sie waren schließlich in Schlesien. Sauerteig wurde mit warmem Wasser und Roggenschrot flüssig verquirlt und zwei bis drei Tage zum Gären gebracht. Vor der Mahlzeit kam dann alles in eine kräftige Brühe aus Räucherfleisch. Waldpilze, Salz, Kümmel, Knoblauch, Pfeffer und Krakauer Wurst, in Scheiben geschnitten, gaben der Dschur den letzten Pfiff. Auch Quetschkartoffeln gehörten dazu, und Otto formte sie auf seinem Teller zu einem gewaltigen Felsen, der dann von der Dschur umspült wurde. »Daran könnte ich mich dumm und dämlich essen«, sagte er.

Nach dem Essen stand Otto an Deck und sah zu, wie ihr Kahn beladen wurde. Lange konnte es nicht mehr dauern. Die Steinkohle lag lose im kleinen Klodnitz-Kahn, und der Greifer des Krans fuhr knirschend und krachend in den schwarzen Haufen hinein, schloß sich, fuhr in die Luft, schwenkte herum und ließ die Ladung in den Bauch des Schiffes fallen. Es staubte wie nach einer kleinen Explosion. Manche Kohlenstückchen funkelten wie Diamanten, und Otto träumte davon, wirklich einmal einen Diamanten zu finden, denn Wilhelm Ziegelmann hatte ihm erzählt, daß Diamanten auch nur aus Kohlenstoff bestanden.

Endlich wurden die Leinen losgemacht. Nur stromauf brauchten sie die Hilfe eines Schleppdampfers, die Oder hinab aber fuhren sie mit eigener Kraft.

»Zigarette auf die Wasserseite halten!«, schrie Emma Ziegelmann, die am Steuer stand. »Bei den Kohlen wird nicht geraucht.« Dieser Zuruf galt Frieder, dem neuen Schiffsjungen. Er und der Schiffer waren dabei, den Kahn mit langen Stangen in die Fahrrinne zu lenken. Das war harte Knochenarbeit, denn die Oderkähne waren fünfzig Meter lang und konnten um die fünfhundert Tonnen laden. Allerdings waren sie sehr flach gebaut, hatten nicht mehr als 1,65 Meter Tiefgang, denn die Fahrrinne der Oder war nicht tief.

Ottos Aufgabe war es, auf die beiden Kinder zu achten, denn es war die große Angst aller Kapitäns- und Schifferehepaare, daß ihnen die Kinder über Bord fielen und ertranken. Immer wieder passierte es. Auch Otto wäre es beinahe so ergangen.

Bald packte sie der Oderstrom, und sie wurden wie auf einem Förderband nach Nordwesten getragen, »schräg nach links oben«, wie Otto es mit einem Blick auf die Karte formulierte. Wilhelm Ziegelmann schimpfte dennoch, denn bis Breslau gab es einige Schleusen und Wehre, und durch das gestaute Wasser war die Strömung gehörig verringert. So waren alle froh, als Wind aufkam und sie ihr Segel setzen konnten. Infolge des hohen Wasserspiegels hatten sie einen weiten Blick ins Land. Hoch und schwer hingen die Ähren an den Halmen, und die Schnitter waren überall am Werk.

Bei Januschkowitz gab es die erste Schleuse, und vorher mußten sie den Oderdurchstich bei Lassoki passieren. »Das ist wie zu Hause auf'm Kanal«, sagte Otto, freute sich aber über die Schleppzüge, die ihnen entgegenkamen. Er wußte, wie sie hießen, und konnte genau zwischen Hinterrad-, Seitenrad- und Schraubendampfer unterscheiden. Besonders spannend war das Dampfertuten. Er kannte alle Signale, die sie mit der Dampfpfeife oder auch der Glocke gaben. Ein kurzer Ton hieß: »Ich fahre nach rechts«, zwei kurze Töne bedeuteten: »Ich fahre nach links«, und ein langer, halb drohender, halb grollender Ton stand für: »Achtung!«

An diesem Tag kamen sie bis Krappitz, einem freundlichen Städtchen am hohen linken Ufer. In der Nähe der Schleuse fand sich ein schöner Liegeplatz, und Otto nutzte die Zeit bis zum Schlafengehen, um im Beiboot ein Stück die Hotzenplotz hinaufzufahren, die hier in die Oder mündete. Es war herrlich, doch er hatte alle Mühe, sich der Mücken zu erwehren, die sich in Scharen auf ihn stürzten. Es war schwer, nach ihnen zu schlagen und zugleich die Ruder festzuhalten.

Die Sonne ging unter, und es wurde Zeit, in die Koje zu klettern. Die Ziegelmanns hatten die Kajüte am Heck zu einer kleinen Wohnung ausgestaltet. Otto verglich sie immer mit einer Laube, wie man sie in Berlin so gerne hatte, der kleinen Schrebergartenhütte aus Holz und Dachpappe. Hier auf dem Oderkahn konnte man allerdings eher an eine Puppenstube denken. In dieser Kajüte hatte sein Bettchen gestanden, hier hatte er Krabbeln, Laufen und Sprechen gelernt. Nun aber steckten seine Cousine Elfriede und der kleine Walter in seinem Zimmerchen, und er schlief mit dem Schiffsjungen in der Koje am Bug. Frieder war drei Jahre älter als er und erzählte viel von den Freundinnen, die er schon gehabt oder von denen er vielleicht auch nur geträumt hatte. Wie auch immer, Otto erfuhr auf diese Weise all das, was er noch nicht gewußt hatte. Das Wasser platschte im festen Rhythmus gegen das Holz und wiegte ihn in tiefen Schlaf.

Gleich nach Sonnenaufgang fuhren sie weiter. Otto war im Nu hellwach, denn sie schipperten unter einer Eisenbahnbrücke, und oben rollte gerade ein Zug in den nahe gelegenen Krappitzer Bahnhof. Lokomotivführer zu werden, das war Ottos großer Traum. Erst Maschinenbauer bei Pleffka und dann Lokomotivführer. Ohne einschlägigen Handwerksberuf nahmen sie keinen.

Die nächste große Stadt war Oppeln, wo sich die Oder in zwei Arme teilte. Die Kreuzkirche mit ihren markanten Doppeltürmen überragte alle Gebäude. An der Schleuse mußten sie warten, und Otto wurde an Land geschickt, um schnell ein paar Sachen einzukaufen.

»Hoffentlich verstehst du die auch«, sagte Frieder, »die sprechen alle Wasserpolnisch hier.«

»*Tak. Dzien dobry.*« Otto lachte. »Das werd' ich schon können.« Ein paar Brocken Polnisch hatte er in Tschicherzig gelernt, wo es im Sommer immer viele Erntearbeiter aus dem Polnischen gegeben hatte.

Wie die Dörfer und Flüsse hier hießen, daran konnte sich Otto regelrecht belümmeln. Das war ein Ausdruck, den er bei seinem Stiefvater aufgeschnappt hatte und der soviel wie berauschen und ergötzen bedeutete. Bei den Nebenflüssen der Oder stand die Hotzenplotz ganz obenan, aber auch Malapane, Bartsch und Katzbach klangen nicht schlecht. Und wie mußte es sein, in Straduna, Zuzella, Chorulla, Tschöplowitz oder Klautsch zu wohnen.

Die Landschaft war allerdings ziemlich öde. Otto nutzte die Zeit, um Auerbachs Kinder-Kalender zu lesen. Der war zwar schon sieben Jahre alt, aber immer noch seine Lieblingslektüre. Es gab da wunderschöne Geschichten und komische Gestalten wie etwa den Onkel Hahnemann, der schwerhörig war und immer alles falsch verstand. »Auf'm Vesuv hat sich ä neuer Krater gezeigt!« – »Ä Kater gezeigt?« – »Ä Krater, Herr Hahnemann, der Feuer speit. Haben Sie denn niemals vom Vesuv gehört?« – »Von was für'n Versuch denn?« So ging das eine ganze Weile hin und her. »Onkel Hahnemann« spielte er sowohl zu Hause mit seinem Freund Ewald als auch hier auf der »Ella« mit seiner Cousine und seinem Cousin.

Da guckte Elfriede auch schon aus der Kajüte. »Du, gibt es hier viele Mücken?«

»Ja, es kommen immer Brücken.«

»Ich meine welche, die einen stechen.«

»Welche mit Blechen? Ja, die sind oben angebracht, bei Eisenbahnbrücken, damit uns nichts auf den Kopf fällt.«

Jetzt erschien auch Walter, der schon anspruchsvoller war. »Hast du ein Rätsel für mich?«

»Ja, warte mal.« Otto blätterte zur Seite 32. »Hier: Anhänglich ist das ganze Wort, doch wird es niemals d'rum geschätzt; du wirfst es sicher wieder fort, hat es sich bei dir festgesetzt. Wenn man ein Zeichen draus entfernt, so ist's ein Schmuck der Damenwelt; doch wer's im Kerker kennenlernt, es für die größte Strafe hält.«

Walter überlegte nicht lange. »Weiß ich nicht.«

»Ich auch nicht«, mußte Otto bekennen, fand aber schließlich die Auflösung: »Klette und Kette.«

»Puh!«

Als Otto wieder allein war, stürzte er sich auf die »Plauderecke des Kalendermannes«, die hinten eingerichtet war und aus kommentierten Leserbriefen bestand. Was er da las, das brachte ihn zum Träumen. Zuerst von der Liebe. Dagmar P. in Wesenberg. Wie mochte sie wohl aussehen? Ob sie sich anfassen ließ? Er stellte sich vor, wie sie ihre Röcke anhob, um über einen Zaun zu klettern. Oder Alice E. in Charlottenburg, Rita G. in Reval, Hetty P. in Wilhelmshaven, Hannah P. in Weimar, Gretel S. in Iglau, Anne-Marie S. in Schöneberg, Isabella M. in München. Wie schön müsste es sein, einen Harem zu haben. Doch zugleich mit diesen lustvollen Phantasien stieg Wehmut in ihm auf. Wer nahm ihn denn schon, den Jungen aus dem Kohlenkeller? So viel besser als Nittodoll war er auch nicht dran. Und gänzlich als ein Niemand kam er sich vor, als er die Namen der Jungen las, die dem Kalendermann geschrieben hatten: Dimitri Fürst T. in Petersburg, Patrik Graf J. in Dorpat, Erich v. O. in Teplitz-Schönau, Bruno v. B. in Krefeld. Es kam ihm vor, als gehöre er von vornherein zu den großen Verlierern des Lebens. Damit ihn Neid und Schmerz nicht weiter quälten, träumte er davon, ein Revolutionär zu sein und mit der roten Fahne in der Hand die Paläste zu stürmen. Als er alle Leserbriefe durch hatte, schlug er das rote Büchlein zu und fing wieder von vorne an. Auf den ersten Seiten war jedem Monat eine eigene Seite gewidmet. Unten konnte man eintragen, was sich an den einzelnen Tagen ereignet hatte. Daneben standen Rätsel und Verse, und oben gab es ein wunderschönes Bild, etwas Typisches für den jeweiligen Monat, gezeichnet mit schwarzer Tusche. Im Juli war es ein Eisenbahnzug mit fröhlichen Ferienreisenden und Versen wie: »Im Juli regt sich in der Brust / Unwiderstehlich Reiselust ...«, und für August ein Dorf mit einem Erntewagen: »August! Da rührt sich's auf dem Land. / Mit Sens' und Sichel in der Hand / Zieht heut' das ärmste Bäuerlein: / Das Korn ist reif und will herein. / Schwül ist der Tag, kein Lüftchen geht, / Kein Gräschen nickt, kein Blättchen weht. / Der Landmann aber frohgemut / Birgt eifrig all das goldne Gut.«

In Otto stieg ein warmes Glücksgefühl auf. Die Welt war schön, und er war ein Teil dieser Welt. Sie nahm ihn an die Brust wie eine Amme und säugte ihn, bis er wohlig eingeschlafen war.

Am Nachmittag erreichten sie die Mündung der Glatzer Neiße, die lehmgelbes Wasser von den Bergen brachte.

»Mein neues Hemd, das weiße, das fiel mir in die Schei ... äh Neiße«, sang Frieder.

Vier bis fünf Kilometer trug sie die Strömung in der Stunde zu

Tale, da es aber alle naselang eine Schleuse gab, war ihre Reisegeschwindigkeit um einiges geringer. Erst kurz vor Einbruch der Dunkelheit kam Brieg in Sicht. In der Nähe des massigen Wasserturms machten sie die »Ella« fest, und vor dem Zubettgehen blieb ihm noch Zeit, mit Wilhelm Ziegelmann und Frieder an Land zu gehen und einen Blick auf das Piasten-Schloß und das Rathaus zu werfen.

Am nächsten Morgen ging es weiter nach Ohlau, das sie um die Mittagszeit erreichten.

»Aus Ohlau mußt du herkommen«, sagte Otto zum Schiffer.

»Wieso?«

»Weil es hier so viele Ziegeleien gibt und die Männer überall Ziegel brennen.«

»Richtig, mein Junge.«

Otto setzte sich aufs Deck und sah zu den Fischern hinüber, die in einem alten Oderarm mit Gummistiefeln im Wasser standen und beim Auskäschern waren. Die gefangenen Fische, eine silbrige Masse, zappelnd, schlagend und hoffnungslos im Todeskampf, wurden aus dem Netz gehoben und in riesige Holzbottiche geschüttet. Grünlichgelb und mit schwarzen Querbinden die Barsche, bleigrau und silberbäuchig die Zander, olivgrün gefleckt und plump die Welse. Dazu die langgestreckten Hechte mit ihren Mäulern, die an kleine Haie denken ließ.

»Wer an der Oder lebt, muß Fische essen«, sagte Frieder. »Heute abend gibt es welche.«

Otto war der Appetit vergangen. »Wie sie einen so ansehen, wenn sie tot sind.«

»Was meinst du, wie du mich ansiehst, wenn du tot bist. So als Wasserleiche ...«

Frieder war Otto etwas unheimlich, und er hatte zum ersten Mal Heimweh nach Berlin.

»Otto, spielst du mal ein bißchen mit Walter und Elfriede!« Tante Emma mußte kochen und wollte ihre Kinder vom Hals haben. So kletterte er in die Kajüte hinab und las den beiden etwas vor, aus Auerbachs Kinder-Kalender natürlich.

»*Sein liebstes Weihnachtsgeschenk* von L. Ewald. Da hingen sie nun und funkelten gar verführerisch, die stahlglatten Dinger – die Schlittschuhe, die sich Gerhard zu Weihnachten gewünscht und auch erhalten hatte ...«

»Ich weiß!«, rief Walter. »Und der kann nicht damit laufen, weil es nicht friert. Aber bei uns auf der Oder friert der Hafen in Tschicherzig immer zu, und der in Steinau auch, und da kann man ganz herrlich Schlittschuh laufen. Spielen wir Mensch-ärgere-dich-nicht?«

»Ja, meinetwegen.«

Als sie die Schleuse Ottwitz passiert hatten, brach die Dämmerung herein, und sie mußten Ausschau nach einem Liegeplatz halten. Breslau war an diesem Tag nicht mehr zu erreichen. Als sie die »Ella« festgemacht hatten und beim Abendessen saßen, schwärmte Wilhelm Ziegelmann von der Schifferfastnacht in Breslau.

»Der Winter ist lang, und es gibt kaum Abwechslung, da fährt alles hin, was gerade noch so krauchen kann. Mit der Bahn, mit dem Rad, mit dem Pferdeschlitten, mit dem Lastwagen. Wenn man nicht schon in Breslau festsitzt, weil das Eis früher gekommen ist, als man berechnet hat. Die Reeder organisieren das Fest für die Kapitäne und die Schiffer und ihre Frauen. Pfannkuchen gibt es, Punsch, Breslauer Korn und Kipke-, Haase- und Kißlingbier. Theaterstücke werden gespielt über das Leben der Oderschiffer. Und getanzt wird bis morgens um vier.« Seine Augen leuchteten. »Schiffer-Karle, Schiffer-Franz / mit der Frieda und Sophie / drehen sich im Dauertanz / junge Welt, was kostet sie!«

»Seinetwegen könnte es morgen schon losgehen«, sagte Tante Emma. »Aber Gott sei Dank haben wir noch Sommer und frieren nicht so.«

Obwohl Otto Matuschewski erst seit dreieinhalb Jahren in der Reichshauptstadt lebte, fühlte er sich schon derart als Berliner, daß er Breslau, »die größte und kostbarste Perle am schimmernden Bande der Oder«, wie es immer hieß, eher langweilig fand. Keine U-Bahn hatten die, keinen Reichstag und keine Straßenschlachten. Zeit zum Landgang war ohnehin keine. Den Dom, das fürstbischöfliche Palais, die spitztürmige Kreuzkirche und die Marienkirche auf dem Sande sah man linker Hand vom Wasser aus. Am besten gefiel ihm die barocke Universität, die sich an der Oder entlangzog.

»Na, möchste nich mal studieren hier?«, fragte Wilhelm Ziegelmann.

Otto hatte Tränen in den Augen. »Wenn mein Vater mich aufs Gymnasium gelassen hätte ...«

Bald war Breslau hinter der Erdkrümmung versunken, und sie fuhren in die Schleppzugschleuse Ransern ein. Otto hätte sich lieber in der Koje verkrümelt, als oben an Deck mit Hand anzulegen, denn vor den Schleusen hatte er einen gewaltigen Bammel. Es war sein großer Alptraum, über Bord zu gehen und zwischen Kaimauer und Schiffsrumpf elendig zerquetscht zu werden, so platt wie eine Flunder. Aber auch diesmal ging es gut.

»Hier stinkt es!«, rief der Schiffer, als sich die Schleusentore wieder geöffnet hatten.

»Ich war es nicht«, sagte Otto, »ich heiß' doch nicht Walter Matuschewski.«

»Ja, dein Vater ist ein richtiger Kunstfurzer, aber was hier so stinkt, das sind die Breslauer Rieselfelder, hier rechts. Bis Kilometer 266 muß man sich die Nase zuhalten, sonst kommt man um.«

Otto verfolgte immer mit dem Finger auf der Karte, wo sie gerade waren. Die nächsten größeren Orte waren Auras und Dyhernfurth, beide mit einem W.F. versehen.

»Was heißt denn das?«, fragte er den Schiffer.

»Die Orte gehören alle dem Wilhelm Förster aus Breslau, das ist der reichste Großgrundbesitzer hier.«

Otto glaubte ihm und sollte erst sehr viel später darauf kommen, daß W.F. Wagenfähre bedeutete. Rechter Hand reichten jetzt die Ausläufer des Katzengebirges dicht an den Fluß heran, dann fuhren sie unter der Eisenbahnbrücke der Strecke Breslau – Stettin hindurch, und schließlich erfreute Schloß Dyhernfurth das Auge.

Der Blick des Schiffers galt dem Wasserstand. »Guck mal, Emma, immer weniger.«

»Hoffentlich müssen wir nicht wieder ableichtern.«

Otto bekam einen Riesenschrecken. »Muß ich dann von Bord runter?«

Wilhelm Ziegelmann lachte. »Nein, nur ein Teil der Kohle.«

Sie passierten die städtische Badeanstalt, einen grauen Bretterverschlag, der unter zwei Trauerweiden an einer Betonmauer lehnte. Zwischen zwei schön geschwungenen Sandbuhnen gab es eine kleine Badewiese, wo die Menschen, bunt hingetupft, die Ferien genossen. Als an der Waldbiegung hinten ein Schleppzug sichtbar wurde, sprangen alle jungen Männer in die Oder und schwammen auf den Dampfer zu, um sich von seinen hohen Wellen und der starken Strömung an der Flanke des ganzen Schleppzuges entlangtragen zu lassen und dann hinten in die Beiboote zu klettern. Ein paar Schwimmer kreuzten dabei den Kurs der »Ella« und schwebten in Gefahr, unter Wasser gedrückt zu werden und dann, waren sie schlechte Taucher, zu ersticken.

»Aufpassen!«, schrie Frieder. »Haut ab, ihr Idioten!« Und als sich einige anklammern wollten, fügte er hinzu: »Frisch geteert!«, was einen größeren Eindruck hinterließ.

Kilometerlang fuhren sie nun durch dichten Eichenwald, und Lachmöwen folgten ihnen in solchen Schwärmen, daß Otto meinte, auf hoher See zu sein, und den beiden Ziegelmann-Kindern zurief: »Kommt, wir spielen Piraten. Ich bin Sir Francis Drake, und Elfriede ist die Königstochter, die wir entführen.« So verging der Nachmittag. Tante Emmas Hoffnung, daß sie heute noch Steinau erreichten und sie wieder einmal eine Nacht in ihrem neuen Haus verbringen konnte, erfüllte sich nicht, denn sie schafften es nur bis zum Hafen in Maltsch. Doch am nächsten Morgen ging es schnell voran, das Kloster Leubus flog nur so vorüber, dann kamen die Mündung der Katzbach, Kohlhaus und Dieban, und schon sahen sie Steinau mit seiner langen eisernen Straßenbrücke. Links dahinter befand sich die Hafeneinfahrt. Im Nu waren alle Leinen festgemacht. Otto, Elfriede und Walter bekamen das Schlüsselbund und durften vorlaufen. In der Schwedenstraße stand das Haus. Es ähnelte dem von Reinhold Walter in Tschicherzig, fand Otto. Die erfolgreichsten Oderschiffer bauten sich da ein Haus für den Winter, wo der Herkunftsort ihres Kahnes war, mal in einem kleinstädtischen Hafen, mal in einem Fischerdorf. Ganz nahe am Fluß mußte es liegen und einen Rasengarten haben, wo sie Netze aufspannen und sich Gemüsebeete anlegen konnten. Otto, den Kohlenkeller gewohnt, bekam die Dachkammer und zählte vor dem Einschlafen Sterne. Bis 318 kam er.

In aller Herrgottsfrühe ging es weiter. Seine Phantasie war ziemlich ausgeprägt, aber unter welchen Umständen Steinau in seinem Leben noch einmal eine Rolle spielen sollte, das lag weit außerhalb seiner Vorstellungskraft.

Jetzt ging es Glogau entgegen. Otto stellte sich ans Heck, sah träumend ins aufschäumende Kielwasser und hielt eine lange Angelleine in der Hand. Vielleicht hatte er Glück und fing einen Lachs. Er überlegte, wer neulich einmal gesagt hatte, die Oder müßte eigentlich Ader heißen, denn sie sei die Lebensader des Landes, und dann gesungen hatte: »... die Ader des Lebens, aus der sich die Wasser verwandeln in unser lebendiges Blut.« Gott, wenn er sich vorstellte, daß die »Ella« hier auf einem Strom aus Blut unterwegs war ... igitt. Aber in den Schilderungen von großen Schlachten hieß es ja immer, daß Ströme von Blut geflossen seien. Und hier an der Oder hatte Friedrich der Große viele Schlachten geschlagen, Johann von Bosetzki, Ottos Urahn, immer dabei.

Das leise Gemurmel der Wellen ließ ihn die Schreckensbilder bald wieder vergessen. Der Wind flüsterte in den Weiden am Ufer, Fischer legten ihre Netze aus, ein Junge kam in einem Ruderboot vorüber.

Sie mochten knappe zwanzig Kilometer zurückgelegt haben und waren gerade an der Wagenfähre Köben vorbeigefahren, als sich eine schwarze Barkasse der Wasserpolizei neben sie setzte.

Einer der Beamten kam aus der Kajüte und rief herüber, ob sie etwas Besonderes beobachtet hätten.

»Wieso denn das?«, fragte Wilhelm Ziegelmann.

»In Breslau sollen sie einen Jungen ermordet und in den Fluß geworfen haben.«

»Schrecklich. Wir werden die Augen offenhalten.«

»Danke.« Der Polizist legte die Hand an die Mütze, und die Barkasse entfernte sich wieder.

Trotz der prallen Julisonne hatte Otto eine Gänsehaut bekommen. Was mochte man in den letzten Sekunden seines Lebens denken und fühlen? Bevor man den Stich ins Herz oder die Kugel in den Kopf bekam ... Bevor einem die Kehle zugedrückt wurde ... Bevor man ertrank ... Wie und wann würde er sterben? Er hörte Pfarrer Böhligs Stimme: »Niemand kennt Tag und Stunde.«

Als es Abend wurde, kamen die wuchtigen Kirchtürme von Glogau in Sicht. Otto dachte an sein Berliner Zuhause, an die Glogauer Straße, die nicht lang war und nur vom Landwehrkanal zur Wiener Straße reichte, aber mit der Straßenbahn durchfahren werden mußte, wollte man von der Manteuffelstraße nach Rixdorf respektive Neukölln, wie es jetzt hieß. Die Stadt hindurch war der Stromlauf so eingeengt, daß der Schiffer Alarmstufe eins ausrief. Ihre Weiterfahrt hing nun davon ab, was am Signalmast oben auf dem Treideldamm angezeigt war.

»Ist er oben?«, fragte Wilhelm Ziegelmann, so gespannt wie alle anderen an Bord der »Ella«. Gemeint war der rote Signalball. War er hochgezogen, dann war die Oder für alle abwärts gehenden Fahrzeuge gesperrt, und sie mußten die Fahrrinne verlassen und warten.

»Nein!«, ertönte es unisono, und so schafften sie es noch, bevor es vollends dunkel wurde, ihren Liegeplatz in der Nähe der alten Festung zu erreichen. Malakoff hieß die trutzige Bastion, und Otto war beim Einschlafen der Ritter, der sie eroberte, Otto der Große.

Als er am nächsten Morgen erwachte, war er bester Laune und kletterte affengleich die Strickleiter hinunter, um ein bißchen zu schwimmen. Das ersetzte die Morgenwäsche, und in den Ferien ging es ja auch ohne Zähneputzen. Tante Emma hatte genug zu tun, auf ihre eigenen Kinder zu achten. Erst schwamm er stromauf, um die Arme zu stärken, denn legte er sich auf den Rücken, um sich wieder zurücktreiben zu lassen. Über ihm war das endlose Weltall, und er war ein Stern unter Sternen, flog hinauf zum Mars – und landete weich in einem der Marskanäle, stieß mit dem

Kopf gegen etwas Weiches, ein Marskalb vielleicht, das gerade trank ... Er fuhr herum und schrie so laut, daß es in einem Umkreis von hundert Metern alle Leute aus den Betten fahren ließ.

»Eine Wasserleiche! Hilfe, Hilfe!«

»Mann, reiß dich zusammen!« Wilhelm Ziegelmann war ins Beiboot gesprungen und als erster zur Stelle. »Ein Toter tut dir doch nichts mehr.«

Nicht das war es, was Otto so erschütterte, sondern daß es sich bei dem Toten um einen Jungen seines Alters handelte. Und was noch schlimmer war: Der Junge hatte sich im Ruder der »Ella« verfangen, und es war deutlich zu erkennen, daß er ermordet worden war. Sein Bauch war aufgeschlitzt, das Geschlechtsteil abgeschnitten. Otto erbrach sich, als sein Onkel ihn ins Beiboot zog. So hätte er ausgesehen, wenn ihn dieser Czerk ein halbes Jahr zuvor richtig in die Finger bekommen hätte, so hätte man ihn aus der Spree gefischt! Wenig später hatte er hohes Fieber, und seine Verwandten mußten ihn zu einem Arzt bringen, der ihm etliche Medikamente einflößte und zu längerer Bettruhe riet.

Doch als sie den amtlichen Stromkilometer 416,7 – Beuthen Straßenbrücke – erreicht hatten, kam er schon wieder an Deck geklettert, denn gleich hinter Kuh-Beuthen, wie das Städtchen wegen seines Viehmarktes und zur Unterscheidung von Beuthen/Oberschlesien auch genannt wurde, lag Schloß Carolath, ein herrlicher Renaissancebau. Von Tschicherzig war es nicht weit bis Carolath, und sie hatten öfter Ausflüge zum Schloß gemacht und waren zur Adelheidshöhe hinaufgestiegen, von deren Aussichtsturm sich ein wunderschöner Blick auf das Oderland bot. Anschließend waren sie in ein Gasthaus geeilt, das uralt war und »Zur Weinpresse« hieß.

»Noch 33 Kilometer bis Tschicherzig«, sagte Tante Emma mit wachsender Ungeduld. Sie war dort zur Welt gekommen, wie auch Otto und ihre beiden Kinder.

Sie passierten Neusalz, und danach wurde es ein wenig öde, denn der Flußlauf war durch nahe Deiche eingeengt. Immerhin konnten sie noch den Weißen Berg sehen. Am Ufer standen Pappeln, vom Wind grotesk geformt. Kiebitze strichen über die »Ella« hinweg, und Tante Emma breitete ihre Schürze aus, damit sie bei ihr landeten und Eier legten, was sie natürlich nicht taten.

Bis Milzig schafften sie es nur, wo auf den schroff abstürzenden Ufern vier Windmühlen standen, so daß es fast wie in Holland aussah. Gegenüber lag das Fährhaus »Boyadel«, und da fand sich auch ein guter Liegeplatz für die »Ella«.

Am nächsten Vormittag aber sahen sie die Oberweinberge von Tschicherzig im Sonnenlicht. Die Oder machte hier einen scharfen Knick nach Westen, und rechts war die Mündung der Faulen Obra zu erkennen.

»Jetzt geht es ins Ausland«, verkündete Wilhelm Ziegelmann, der Schlesier war und damit sagen wollte, daß sie sich nun in Brandenburg befanden.

Prompt zitierte Tante Emma jene Verse, die man in Tschicherzig schon lernte, wenn man noch in der Wiege lag: »Dort wo die Oder sich im Bogen / Ins Brandenburger Land ergießt, / Dort wo mit ihren dunklen Wogen / Im Wiesengrund die Oder fließt, / Dort wo der Schlesier frei und stark / Die Hand darbot dem Sohn der Mark, / Dort liegt, ich jubel's freudig laut / Schön Tschicherzig so lieb und traut.« So stand es auf den Ansichtspostkarten, auf denen sich das große Dorf oder kleine Städtchen, ganz wie man wollte, als Trauben- und Luftkurort empfahl.

»Seht mal, da, wo die Dachziegel so glitzern: Das ist das Haus von Onkel Reinhold.«

Tschicherzig war von vielen Schiffern bewohnt, zählte etwas über tausend Seelen und hätte eigentlich als Vorort der ein paar Kilometer entfernten Kreisstadt Züllichau in den Karten stehen müssen. Viel Weinbau wurde hier noch betrieben, und das gerade anstehende Tschicherziger Winzerfest war weit und breit berühmt. Es kamen aber auch sonst viele Besucher, vor allem aus dem nahen Grünberg, um auf die Helenenhöhe zu wandern und den prächtigen Ausblick auf die Oder zu genießen. Auch die alte Holzklappbrücke fand ihre Bewunderer, mehr noch »Helbigs Gasthaus« oder der »Grüne Baum«.

Sie ließen sich vom Schwung der Strömung in den Tschicherziger Hafen treiben, wo schon Reinhold Walter stand, Tante Emmas Bruder, und mit seinem Taschentuch winkte. Er war ebenfalls Oderschiffer, hatte es aber so einrichten können, zum selben Zeitpunkt wie sein Schwager in Tschicherzig festzumachen, zum Winzerfest natürlich. Neben ihm hatten sich Pauline, seine Frau, und sein Sohn Hermann aufgebaut. Otto sprang als erster an Land, um alle zu begrüßen. Es war seine Familie. In Onkel Reinholds Haus an der Oder war er geboren worden, im Obergeschoß hatte Tante Emma gewohnt, seine eigentliche Mutter. Seine Mutter aus dem Kohlenkeller war in Berlin geschwängert worden und nur für ein paar Wochen nach Tschicherzig gefahren, um hier ihr Kind zur Welt zu bringen.

»Dann kommt mal mit«, sagte Reinhold, »das Essen wartet schon.«

Hermann, der schon 23 Jahre alt war und eine Braut hatte, zog mit Otto, Walter und Elfriede los.

»Wann kriegst du denn deinen eigenen Kahn?«, fragte Otto.

»Nächstes Jahr. Noch fahre ich bei Vatern mit.«

»Dann müßt ihr euch ja gegenseitig die Fracht abjagen.«

»Nö, ich fahr' dann auf der Elbe und der Ems. Und was ist mit dir? Willste mit?«

»Ich muß beim Maschinenbauer in die Lehre.«

Hermann Walter lachte. »Na, besser beim Maschinenbauer als beim Bauern Paschirbe.«

Otto war verwirrt. »Wer ist denn Paschirbe?«

»Das ist ein Bauer aus Glauchow, hier gleich auf der anderen Oderseite. Der wollte mal deine Mutter heiraten. Bevor sie den Matuschewski genommen hat.« Während er sprach, winkte er einem Maurer zu, der in einer Nebenstraße auf einem kleinen Gerüst stand und ein Haus verputzte.

»Wer ist denn das?«, fragte Otto. »Auch 'n Verwandter von uns?«

Hermann prustete los. »Höchstens von dir.«

»Wieso?«

»Das ist der Wilhelm Schwalbe aus Glauchow.« Der Vetter beugte sich zu ihm hinunter, um ihm ins Ohr zu flüstern: »Das ist nur ein Gerücht, aber der soll dein Vater sein.«

Otto blieb stehen. »Ich denke, mein leiblicher Vater, das ist einer aus Tamsel an der Warthe.«

»Der Heinrich Bosetzky, ja. Aber vielleicht hat deine Mutter den nur angegeben, weil er mal ein reicher Mann gewesen ist.«

»Glaub' ich nicht.«

»Hermann, laß die alten Kamellen!«, rief Reinhold Walter von hinten. »Und mach mir den Otto nicht verrückt.«

Der ließ sich nicht beirren. »Ich bin ein richtiger Bosetzky.« Er war zwar als Otto Walter auf die Welt gekommen und hieß nun Otto Matuschewski, aber der Name Walter war mittlerweile aus seinem Gedächtnis getilgt, nicht anders als bei einer Frau, wenn sie längere Zeit verheiratet war, und den Namen Matuschewski haßte er. Doch was er von den Bosetzkys gehört hatte, das machte ihn stolz. Johann Bosetzki, damals noch mit i am Ende, war ein phantastischer Reiter gewesen, Husar und Kürassier unter dem großen General Friedrich Wilhelm von Seydlitz. Er hatte Friedrich dem Großen in der Schlacht von Zorndorf das Leben gerettet und war dafür geadelt worden. Danach hatte es einen Erdmann von Bosetzki gegeben, Kammerdiener auf Schloß Tamsel, der unter Schill gegen die Franzosen gekämpft hatte und den Adelstitel wieder losgeworden war. Erdmanns Sohn Friedrich war dann nach Berlin gegangen, um dort sein Glück zu machen, und hatte sogar einige Zeit in Amerika gelebt. Und dieser Friedrich Bosetzky, nun mit y geschrieben, war sein Großvater. Er sollte in Tamsel gestorben sein, wohin sich auch Heinrich, sein Vater, zurückgezogen hatte, nachdem seine Baufirma pleite gegangen war, und zwar im Jahre 1905, gleich nachdem er ihn gezeugt hatte. Und Otto wußte auch, daß sich seine Mutter mit der Abfindung, die schließlich doch noch von ihm eingegangen war, den Kohlenkeller gekauft hatte.

Das alles interessierte Otto mächtig, auch daß es in Tschicherzig neben Reinhold, Emma und Anna, seiner Mutter, noch ein weiteres Kind der Familie Walter gab, den Onkel Fritz nämlich, der Weinbergbesitzer war und mit seiner Mutter in einem kleinen Häuschen ganz in der Nähe der anderen Verwandten wohnte. Aber da Fritz und Reinhold so verfeindet waren, daß sie sich am liebsten gemeuchelt hätten, hatte Otto mit seiner Tschicherziger Oma nie viel zu tun gehabt. So war er ohne Großmutter aufgewachsen, denn die Mutter von Heinrich Bosetzky, eine Gastwirtin aus Stralau, war schon lange tot, wie auch die beiden Großväter. »Schade, aber nicht zu ändern«, sagte Otto immer, um dann altklug hinzuzufügen: »Im nächsten Leben wird alles besser.«

Als jetzt Fritz Walter mit einem Leiterwagen von seinem Weinberg kam, starrten alle in die Luft. Als hätten sie noch nie Wolken oder Schwalben gesehen. Seltsam, das alles, dachte Otto.

Er kam ins Grübeln. Hier hatte er acht Jahre seines Lebens zugebracht. Er war jetzt ein ganz anderer als damals und zugleich immer noch derselbe. Warum war er eigentlich er selber und nicht ein völlig anderer, Hermann Walter zum Beispiel? Oder Nittodoll? Er konnte es nicht fassen, und ihm fiel einer der Sprüche seines Stiefvaters ein: »Haste Glück, machste dick.«

Dann saß er mit den anderen, den Walters und den Ziegelmanns, am großen Tisch. Zur Feier des Tages gab es Schweinebraten mit Rotkohl und Klößen, davor eine Kraftbrühe und als Nachtisch Pudding mit Himbeerkompott. Die Großen tranken Wein, für die Kinder war Malzbier eingekauft worden. Die Gespräche kreisten um das, was der böse Bruder Fritz nebenan wieder alles angestellt hatte, um die Wirtschaftslage nach dem Krieg und darum, wer von den Freunden alles gefallen war. Auch in Tschicherzig sollte es demnächst ein Kriegerdenkmal mit den Namen der Gefallenen geben.

»Zum Glück hat es von uns keinen getroffen«, sagte Reinhold Walter.

Wilhelm Ziegelmann hob sein Glas. »Darauf laßt uns alle trinken, brüderlich mit Herz und Hand.«

Das taten sie, um dann auf Erfreulicheres zu sprechen zu kommen: auf ihren Traum vom eigenen Motorschiff.

»Ich hätte ja schon lange eins, wenn mir Fritz, dieser ... ja, Emma, die Kinder ... wenn mir Fritz endlich meinen Anteil am väterlichen Erbe ausgezahlt hätte. Aber erst ist ja die Anna rangekommen, damit sie sich mit diesem ... ja, ich weiß, die Kinder ... damit sie sich mit ihrem Walter den Kohlenkeller und das Fuhrgeschäft kaufen konnte.«

»Von meinem Vater hat sie auch was«, warf Otto ein.

»So? Na ja ... Ich gönn's ihr ja, aber ich guck' nun erst mal in die Röhre. Aber Anna und Fritz, die haben schon immer unter einer Decke gesteckt.«

Pauline, seine Frau, die sich ständig die Gichtknoten an den Fingern rieb, zeigte auf Otto. »Du, der Junge macht schon große Ohren.«

Otto wollte das Essen nicht mehr schmecken. In Berlin war er ein Fremder, hier aber auch. Wenn er erleben wollte, wie es war, eine eigene Familie zu haben, dann würde er wohl selber eine gründen müssen, da hatte sein Freund Ewald schon recht. Und wieder fiel ihm ein Ausspruch seines Stiefvaters ein: »Man kann sich drehen und wenden, wie man will: Der Arsch bleibt immer hinten.« Er war und blieb eben ein uneheliches Kind.

Zum Glück klingelte es, ehe er noch weiter Trübsal blasen konnte. Seine Tante Pauline sah aus dem Fenster und rief: »Ah, dein Freund, der mit dem Mondgesicht. Du kannst ruhig aufstehen und gehen.«

Es hatte sich bei seinen alten Freunden schnell herumgesprochen, daß Otto wieder einmal in Tschicherzig war, und sie kamen fast alle vorbei, an der Spitze Herbert Tschau, den sie alle »den Chinesen« nannten, einmal wegen seines gelblichen Mondgesichtes, zum anderen aufgrund seines Nachnamens, obwohl der auf das Dorf Alt-Tschau zurückzuführen war, das in der Nähe von Neusalz lag.

»Was machst du'n jetzt?«

»Ich ...?« Herbert Tschau brauchte immer eine Weile, bis er geschaltet hatte. »Ich? Ich bin bei meinem Vater auf dem Mar ... Mar ...« Es war ein schweres Wort.

»Marketenderschiff«, riet Otto.

»Ja. Immer abends, wenn die Schleppzüge vor Anker gehen, fahren wir hin und verkaufen denen alles, was sie brauchen: Fleisch, Bier, Gemüse. Und tagsüber auch. Wenn wir einen Dampfer sehen, lassen wir uns mit der Strömung treiben, und dann machen wir an jedem Kahn fest und verkaufen was. Wenn wir den letzten abgefertigt haben, sind wir wieder im Hafen.«

»Toll.« Otto fand, daß es alle anderen besser hatten als er. Sie mußten nicht im Kohlenkeller leben und den ganzen Tag über an der Drehbank stehen. Fragte man ihn, wie es ihm denn gehe und was er denn so mache, kam sein Standardsatz: »Mir ist das Glück im Hintern verfroren.« Den hatte er von seiner Mutter.

»Ich zeig' dir mal unser Mar ... unser Mar ... unser Schiff.«

»O ja.« Otto nutzte die Gelegenheit, mit zum Hafen zu gehen, denn er hatte von seiner Mutter den Auftrag bekommen, auf alle Fälle auch ihren Lieblingsbruder zu besuchen, den Fritz. So konnte er schnell einen kleinen Abstecher machen, ohne daß Onkel Reinhold und Tante Pauline in Rage gerieten.

»Na?«, fragte Onkel Fritz auch sofort, als er vor dem kleinen Haus am Weinberg stand. »Fürchtest du nicht, wegen Kollaboration mit dem Feind auf der Stelle standrechtlich erschossen zu werden?«

»Nein«, erwiderte Otto, obwohl er das Wort Kollaboration noch nie gehört hatte. »Ich wollte dich und Oma doch mal wiedersehen.«

»Das ist lieb.«

Otto war immer wieder verwirrt, wenn er Fritz Walter sah, denn der glich seiner Mutter aufs Haar, und es kam ihm vor, als wolle er sie parodieren. Klein und eckig war das Gesicht, und die Augen lagen so tief in ihren Höhlen, daß man schon ein wenig an einen Totenschädel denken konnte. Andererseits gab es auch Gemälde, auf denen beide, Anna wie Fritz, dem Alten Fritz, also Friedrich dem Großen ähnlich sahen. Auch von der Figur her hätten sie seine Kinder sein können. Otto phantasierte sich da immer einiges zusammen. Der König sollte ja außer der Luise von Wreech nie eine Frau geliebt haben, und diese Frau von Wreech hatte in Tamsel gelebt und sich vom Kammerdiener Johann von Bosetzki bedienen lassen. Doch was hatten die Walters in Tschicherzig mit den Bosetzkis in Tamsel zu tun? Eigentlich nichts, doch von der Oder zur Warthe hinauf war es nicht weit, hatte man ein gutes Pferd.

Luise Walter, seine Großmutter, war schon 77 Jahre alt und ziemlich hinfällig. »So, so, der Otto ist wieder mal da. Gewachsen bist du ja nicht viel.«

»Ich geb' mir aber alle Mühe.«

»Und dein Grübchen am Kinn ist auch noch da.«

»Ich bin eben der Mann mit dem Grübchen am Kinn.«

»Ein Mann ...« Sie kicherte und wippte in ihrem Schaukelstuhl hin und her. »Das willst du wohl mal werden.«

Otto trat einen Schritt zurück, zu sehr sah sie wie eine Hexe aus. »Ich soll euch schön grüßen, von meiner Mutter.«

»Die Anna, ja ...« Fritz Walter trat ans Fenster. »Sie war immer eine Gute, bloß daß sie an diesen Schubiak geraten mußte.«

Otto wußte nicht, wer damit gemeint war: sein leiblicher oder sein Stiefvater, und der Onkel ließ sich auch nicht weiter dazu aus.

»Gib dem Jungen eine Tafel Schokolade.« Sie sah zu, wie ihr Sohn in einem alten Vertiko zu suchen begann. »Da hat man nun fünf Kinder geboren und vier großgezogen, den Reinhold, die Emma, die Anna und den Fritz, und nur eins hält noch zu einem. Und von den Enkelkindern kommt auch keins mehr.« Sie begann zu weinen.

»Bin ich keins?« fragte Otto.

»Ach, du ...«

Otto wußte, daß er nicht zählte, aber es traf ihn doch. Nur war er vom Wesen her zu sanft und friedlich, als daß er seinen Gefühlen Luft gemacht hätte. Nicht einmal »Deine alte Schokolade kannst du dir sonstwo hinstecken!« sagte er, sondern bedankte sich artig, nahm sie und steckte sie ein. Daß er sie nicht aß, sondern nachher in die Oder warf, war eine andere Geschichte. So war er nun mal. Wie hatte Pfarrer Böhlig immer gesagt: »Selig sind die Friedfertigen, denn sie werden das Himmelreich schauen.« Wenigstens da war er nicht chancenlos.

»Was macht die Schule?«, fragte Fritz. »Na ja, wen die liebe Verwandtschaft nur zur Schifferschule schickt, der sollte froh sein, daß er überhaupt lesen und schreiben gelernt hat.«

»Ach, weißt du ...« Otto berichtete beiläufig, daß er mit einem

Begabtenstipendium aufs Gymnasium gekommen wäre, wenn sein Stiefvater das nicht verhindert hätte. »Nun fange ich bei Pleffka eine Lehre als Maschinenbauer an.«

»Du hättest hier in Tschicherzig bleiben und Weinbauer werden sollen. Schuster, bleib bei deinen Leisten.«

»Sei doch froh, daß ich nicht auch Schiffer geworden bin, so wie Onkel Reinhold.«

»Du!« Fritz Walter hob drohend den Arm. »Werden in Berlin alle so rotzfreche Lümmel wie du?«

Otto sah auf die Pendeluhr an der Wand. »O Gott, schon vier, ich muß zurück zu den anderen!«

Nach dem Kaffeetrinken blies Wilhelm Ziegelmann zum Aufbruch. »Wir müssen heute noch bis kurz vor Crossen. Dienst ist Dienst. Mit dem Winzerfest wird's wohl diesmal nichts.«

»Gott, wie schnell die Zeit vergangen ist«, sagte Reinhold Walter, und Pauline, seine Frau, fügte hinzu: »Ihr seid doch eben erst gekommen.«

Dann standen sie alle am Kai und winkten: Onkel Reinhold, Tante Pauline und Hermann. Und auf der »Ella« winkten sie zurück: Emma und Wilhelm, der Schiffer, Elfriede und Walter, der Sohn, Otto und Frieder, der Schiffsjunge. Doch schon klatschte der Schiffer in die Hände: »Tempo, die Sonne wartet unsretwegen mit dem Untergehen nicht bis Mitternacht.« Und er holte die Stangen hervor, um den Kahn mit Frieders Hilfe von der Kaimauer wegzudrücken und ins Fahrwasser zu staken. Otto durfte am Steuerrad stehen, was er voller Stolz tat. Los ging es Richtung Crossen.

Die nächste Ortschaft war Pommerzig, und als sie kurz davor unter der Eisenbahnbrücke hindurchfuhren, sahen sie ein Marketenderschiff auf Kundschaft warten.

»Darf es was sein?«, rief Herbert Tschau herüber.

Otto formte die Hände zum Trichter. »Nein, unsere Verwandten haben uns alles mitgegeben. Schade. Beim nächsten Mal.« Er ahnte nicht, daß dies erst in 18 Jahren sein sollte.

Kleine weiße Dampfer kamen ihnen entgegen, ab und an war es auch eine schwarze Barkasse der Wasserpolizei. Otto zuckte jedes

Mal zusammen. Und immer wieder begegneten ihnen Kollegen und Freunde, denen Wilhelm Ziegelmann einen Gruß hinüberrief. Die »Bertha« vom Göldner aus Maltsch war frisch gestrichen, und die »E A 1067« vom Fichtner aus Reyhe war zum Tankschiff umgebaut worden und fuhr für Shell. Alle zeigten sie besorgte Mienen, denn der Wasserstand verschlechterte sich zusehends, und die Angst ging um, daß der Verkehr unterhalb Glogaus nur mit Ableichterungen aufrechtzuerhalten war, wie schon so oft. Die Steinmolen der tückischen Buhnenköpfe ragten immer höher aus dem Wasser, und es wurde immer gefährlicher, an ihnen vorbeizusteuern. Bei Deutsch-Nettkow war schon ein Kahn auf Grund gelaufen. An einer Angelrute war die rote Notflagge gehißt worden.

»Gott sei Dank, ein Gewitter!«, rief der Schiffer deshalb, denn es war zu hoffen, daß das Wasser anschließend wieder etwas stieg. Otto hingegen hatte Angst, vom Blitz getroffen zu werden, und flüchtete sich in seine Koje, als der Donner die Flußebene erbeben ließ und die schweren Tropfen wie kleine Geschosse neben ihm aufs Deck schlugen.

Das Wasser reichte auch in den nächsten Tagen, die »Ella« weiter oderabwärts zu tragen, und bei Kilometer 554,2 waren schließlich Fürstenberg und die Mündung des Oder-Spree-Kanals erreicht. An den steinernen Pfeilern, an denen die grünen Schlieren der Algen hingen, und an den gewaltigen, in den Grund gerammten Holzpfählen stauten sich die Dampfer und Kähne, denn drei Schleusen waren nötig, bis der Aufsteig in den Kanal geschafft war, und da hieß es warten. Statt der Buhnen, Weiden und Wälder umgaben sie Fabriken, rote Ziegelspeicher, gepflasterte Wege, Umspannhäuschen, Signale, Schienen für die Treidellokomotiven und Werften, auf denen auseinander geschweißte Schiffsteile lagen. Nicht mehr den Kuckuck hörten sie rufen, sondern Sirenen heulen, und blickten sie zum Himmel hinauf, sahen sie keine Reiher mehr fliegen, sondern Rauchschwaden ziehen. Otto hatte das Gefühl, wieder in Berlin zu sein. An Land ging er nicht, er kannte ja Fürstenberg von der Schifferschule her.

Mit eigener Kraft voranzukommen, damit war es nun vorbei, und Wilhelm Ziegelmann mußte warten, bis er einen Schlepper gefunden hatte, der ihn an den Haken nahm. Schließlich klappte auch das, und die »Ella« wurde nun in schneller Fahrt westwärts gezogen. Auf dem Kanal war es so langweilig wie in einem U-Bahn-Tunnel, und Otto jubelte, als sie endlich in die letzte Schleuse eingefahren waren, die Wernsdorfer, denn gleich dahinter begann Berlin. Über den Seddinsee und den Langen See ging es Köpenick entgegen und dann die Spree hinunter zum Osthafen. Bis die Kohle ausgeladen war, blieb Zeit genug für einen Besuch in der Manteuffelstraße, und so machten sich alle auf den Weg. Otto kannte sich in dieser Gegend gut aus und schlug vor, bis zum Hochbahnhof Stralauer Tor zu laufen und von da bis Görlitzer Bahnhof zu fahren. In einer halben Stunde hatten sie es trotz brütender Hitze geschafft.

»Ach, du mein himmlischer Herrgott!«, rief seine Mutter. »Ihr seid's!«

»Nur wir, ja ...« Wilhelm Ziegelmann guckte ein wenig gekränkt. »Hast du den Kaiser mit seiner Familie aus Holland erwartet?«

»Dann kommt mal rein in die gute Stube. Mein Mann ist gerade mit 'ner Fuhre unterwegs.«

Otto atmete auf. Seinem Stiefvater nicht unter die Augen treten zu müssen war ein Geschenk des Himmels. Die gute Stube war der Kohlenkeller, wo neben Waage und Schreibtisch auch zwei Stühle standen. Ein weiterer wurde von hinten geholt, wo sie auch Ottos Bett aufgebaut hatten. Die Kinder konnten auf den Kohlen sitzen.

»Ich kann euch keinen Kaffee kochen, ich muß hier auf Kunden warten«, sagte Ottos Mutter.

Wilhelm Ziegelmann lachte. »Auf Kunden warten, aha, so eine bist du.«

Seine Frau fuhr ihn an. »Wilhelm, die Kinder!«

»Die Kinder können mal zum Bäcker gehen und Kuchen holen, und du läßt dir von deiner Schwester den Wohnungsschlüssel geben und gehst rauf, Kaffee kochen.«

So wurde dann in der Tat verfahren. Otto bekam von seiner Mutter einen Geldschein in die Hand gedrückt. »Und sag, daß der Kuchen für Matuschewski ist.« Damit wollte sie der Bäckersfrau signalisieren, daß man nur bei ihr kaufte und damit rechnete, ihnen auch weiterhin die Kohlen liefern zu dürfen. »Eine Hand wäscht die andere.«

Otto zog mit Cousine und Cousin los. Fremd kam ihm alles vor, als sei er nie vorher hiergewesen, und wäre er ein Philosoph gewesen, so hätte er seine Gefühle in etwa diese Worte gefaßt: »Die Welt existiert nur, wenn und weil wir sie wahrnehmen. Sind wir nicht da oder gar tot, so gibt es sie nicht. Alles Materielle ist nichts als Vorstellung.« Otto konnte sich nicht vorstellen, daß das Leben hier in der Straße weitergegangen war, während er sich auf der »Ella« befunden hatte. Seltsam, daß die Bäckersfrau gleich wußte, wer er war.

Nach einer Stunde brachen sie wieder auf, denn Ottos Cousin drängelte und quengelte: »Papa, ich will mir noch Berlin ansehen.«

Otto gab seiner Mutter die Hand, als sie die Stufen heraufgestiegen waren und noch kurz vor dem Kohlenkeller standen, und sie strich ihm mit der Hand über den Kopf, was bei ihr die höchste Stufe der Zärtlichkeit war. »Da ist noch etwas, Otto ...«

»Was denn?«, fragte Wilhelm Ziegelmann. »Anna, hier mitten auf der Straße.«

Sie nestelte einen Brief aus ihrer schwarzen Kittelschürze. »Aus Tamsel. Von deinem Vater. Er liegt im Sterben und will dich wenigstens einmal im Leben gesehen haben, bevor er ...« Ihr Blick ging zu ihrem Schwager hinüber. »Ihr fahrt doch jetzt auf der Warthe, wenn ihr Steine von Rüdersdorf nach Landsberg bringt. Da könnt ihr doch auf der Rückfahrt kurz in Tamsel anlegen.«

Wilhelm Ziegelmann war wenig begeistert, sagte aber schließlich: »In Gottes Namen, ja.«

Otto schluckte. Daß diese Ferien, nach denen eine neue Phase seines Lebens beginnen sollte, so zu Ende gehen mußten, erfreute ihn wenig. Andererseits hatte er sich ja oft genug gefragt, wie sein

Vater wohl aussehen und sprechen würde. Baumeister war er gewesen, ein reicher Mann. Also nahm er es hin und versuchte, so gelassen zu bleiben, wie es ihm seine Mutter mit ihrem ewigen »Mir geht das nichts an« vorgelebt hatte.

Sie nahmen Abschied voneinander. »Schnell und schmerzlos«, wie der Schiffer sagte. Als sie in den Osthafen zurückkamen, schrie Tante Emma auf: »Die ›Ella‹ ist weg!« Otto und die Kinder teilten ihr Entsetzen. Die kleine Elfriede schluchzte derart, daß die Ladearbeiter nach der Polizei rufen wollten, weil sie eine Kindesmißhandlung befürchteten. Nur Wilhelm Ziegelmann lachte aus vollem Halse. Auch Frieder, der Bootsjunge, der gerade aus der Koje kam, seiner Koje.

»Das ist ja doch die ›Ella‹!« Tante Emma konnte es nicht fassen. »Aber da steht doch ganz was anderes dran.« Mühsam entzifferte sie die Buchstaben, und als sie die beiden Worte beisammen hatte, klang es so: »Zarpe diehm.«

Ihr Mann verbesserte sie. »Karpe di-em. Das ist lateinisch und heißt: Nutze den Tag.« Was war geschehen? Er hatte etwas über die Bedeutung von *carpe diem* in der Zeitung gelesen und gedacht, es könne nichts schaden, wenn die Leute sahen, daß auch die Oderschiffer Bildung besaßen. Während sie in der Manteuffelstraße waren, hatte sich ein Schildermalermeister ans Werk gemacht. So schön die Idee ja war, sie hatte auch einen Nachteil: Keiner erkannte ihr Schiff mehr. Und so fuhr der Dampferkapitän, der sie nach Rüdersdorf schleppen sollte, glattweg an ihnen vorbei. Otto und Frieder mußten auf den Kai springen und ihm hinterherrennen. Schließlich klappte es doch. Tante Emma stand am Steuer, und der Schiffer warf das Verbindungstau zum Schlepper hinüber. Frieder und Otto machten die Leinen los, sprangen aufs Deck und stießen die »Carpe diem«, vormals »Ella«, mit ihren Stangen von der Kaimauer ab. Der Schornstein des Dampfers stieß schwarzen Rauch in den Berliner Himmel, und die Schraube begann sich zu drehen und warf hohe Wellen auf. Los ging es, und Otto freute sich schon auf die vielen Brücken, unter denen sie hindurchzufahren hatten, denn da mußte der Dampfer immer den Schornstein umlegen, und das war ein herrliches Schauspiel.

Otto war schon heimisch genug in Berlin, um die einzelnen Ortsteile links und rechts der Spree beim Namen nennen zu können. Zuerst kam Treptow. Da ging es unter der Ringbahn hindurch. Dann folgte backbord Stralau, und er erinnerte sich daran, daß hier sein Vater auf die Welt gekommen war. Seine Großmutter Käthe Bosetzky sollte hier ein Restaurant gehabt haben, den »Fröhlichen Krebs«. Wer ihm das erzählt hatte, wußte er nicht mehr. Und hier auf der Halbinsel Stralau sollte auch die Firma seines Vaters ihren Lagerplatz gehabt haben: die HB-Bau. »Wenn ich das alles geerbt hätte ...« Es war ein berauschender Gedanke. Und wenn die anderen Kinder immer reimten »Wenn das Wörtchen wenn nicht wär, wär mein Vater Millionär«, dann konnte er nur lachen: »Meiner ist mal einer gewesen.« Und wenn er nicht so viel Pech gehabt und so viel gesoffen hätte, wär er es heute noch. Seine Frau, hieß es, sei ihm fortgelaufen – bis nach Amerika. Da hatte er sich mit Anna Walter getröstet, dem armen, aber bildhübschen Dienstmädchen aus Tschicherzig. Otto fand, daß kein Roman seiner Familiengeschichte gleichkam.

Otto stand an Deck und hakte quasi die Gegenden ab, an denen sie nun vorbeifuhren: Spindlersfeld, Köpenick, Müggelspree und Müggelsee, Dämeritzsee, Erkner, der Flakensee, die Woltersdorfer Schleuse. Als sie den Kalksee bei Rüdersdorf erreichten, glaubte er zu träumen, sah er doch am Ufer ein afrikanisches Dorf mit einem Negerkraal.

»Haben die jetzt Kolonien bei uns?«, fragte er Frieder.

Der Bootsjunge lachte. »Nie was von Kino gehört? Joe May hat doch hier *Die Herrin der Welt* gedreht. Mit Mia May. Und Harry Piel is auch immer dabei. Kennste das nich: ›Harry Piel sitzt am Nil, wäscht die Glatze mit Persil. Mia May sitzt dabei, schaukelt ihm sein linkes Ei.‹ Und nebenan bauen se schon 'n indischen Tempel für 'n neuen Film, *Das indische Grabmal* oder so.«

Otto konnte es nicht fassen. »Was es nicht alles gibt, das gibt es doch gar nicht.«

Dramatisch wie im Film ging es wenig später auch bei ihnen zu. Als nämlich die gleißend weißen Kalksteine in den Kahn geladen wurden, stromerte er mit den beiden Ziegelmann-Kindern auf dem Werksgelände herum und spielte Eisenbahn mit ihnen, wozu sich die Feldbahnloren herrlich eigneten. Alle kreischten und juchzten, so viel Spaß hatten sie lange nicht mehr gehabt, zumal auf dem Kahn, wo man immer Angst haben mußte, ins Wasser zu fallen. Otto schob eine Feldbahnlore vor sich her, das war der D-Zug. Walter versah seinen Dienst als Weichensteller und Stationsvorsteher. Elfriede war die vornehme Dame, die an die See fuhr. Das ging so lange gut, bis sie zu dicht an die Gleise trat und vom Gestänge der Lore am rechten Knie böse erwischt wurde. Im ersten Augenblick dachten alle, ihr sei das Bein abgefahren worden. So sehr schrie und wimmerte sie. Zum Glück war es aber nur eine Fleischwunde, die allerdings so tief war, daß sie ins Kreiskrankenhaus mußte, wo alles genäht wurde. Als sie wieder halbwegs bei Bewußtsein war, sagte sie: »Dafür muß der Otto mich aber später heiraten.« Der Arzt riet davon ab, Elfriede wieder auf den Dampfer zu bringen, und so wurde die Kleine mit Zug und Kraftdroschke zu ihrer Tante Anna nach Kreuzberg verfrachtet, um ihre Verletzung dort auszukurieren.

Als Tante Emma am nächsten Morgen nach Rüdersdorf zurückgekommen war, nahmen sie Kurs Richtung Landsberg/Warthe. Bis Fürstenberg ging es den Kanal hinab, dann hatte die Oder sie wieder. Durch Frankfurt fuhren sie hindurch, am Ackerbürgerstädchen Lebus und am Reitweiner Sporn vorbei, bis sie Küstrin erreichten. Otto bestaunte die Festungsanlage, und da Geschichte seine große Leidenschaft war, wußte er natürlich, daß hier Friedrich der Große in Haft gewesen war und man seinen Freund Katte vor seinen Augen hingerichtet hatte. Zeit zum Landgang hatten sie nicht, denn der Schlepper, der sie die Warthe hinaufbringen sollte, lag schon bereit.

Die Warthe, hier bei Küstrin floß sie in die Oder. Als ihr größter Nebenfluß. Bis nach Landsberg hinauf waren es an die siebzig Kilometer, wie er vom Schiffer erfuhr. Und wo lag Tamsel? Otto studierte die Karte. Ah, hier, keine fünf Kilometer östlich von Küstrin, aber ein Stückchen weg vom Fluß. Erst kam Warnick, dann Tamsel.

»Kann ich nicht gleich nach Tamsel?«, fragte Otto. »Denn wenn wir erst nach Landsberg müssen, dann ...«

»Junge, wo denkst du denn hin? Was meinst du, was das kostet, wenn der Dampfer auf uns warten muß!«

So kam Otto zwar schon in der nächsten Stunde an Tamsel vorbei, glaubte auch, das berühmte Schloß hinter den Bäumen erahnen zu können, mußte aber noch drei Tage warten, bis die »Carpe diem« leer flußabwärts schwamm und sie in einem alten Warthearm bei Tamsel vor Anker gehen konnten. Tante Emma blieb mit Walter an Bord, und er machte sich mit dem Schiffer auf den Weg ins Dorf.

»Da bin ich ja mal gespannt, ob und wie wir deinen Vater finden.«

Der ersten Knecht, dem sie auf den Wiesen begegneten, war neu im Dorf und schüttelte den Kopf. »Heinrich Bosetzky? Nie gehört.«

»Er soll todkrank sein.«

»Vielleicht ist er schon gestorben ... Geh'n Sie mal gleich auf'n Friedhof.« Er wies den beiden den Weg. »Hier links am Schloßpark vorbei, dann über die Straße rüber und auf die Anhöhe rauf.«

Sie bedankten sich und erreichten den Friedhof in einer guten Viertelstunde. Nach den Gräbern der Bosetzkys brauchten sie nicht lange zu suchen. Es gab eine ganze Menge, und Otto hatte im Nu einen Überblick über seine »Mischpoke«, wie sein Stiefvater immer sagte, wenn er die Familie meinte. Otto sprach es leise vor sich hin: »Friedrich, das muß mein Großvater sein, Erdmann mein Urgroßvater und Johann mein Ururgroßvater.« Und ihm wurde siedendheiß vor Scham, als er sich vorstellte, daß sie alle mal das getan hatten, was zu denken ihm als »große Sauerei« streng verboten war. Wenn sie rein und keusch geblieben wären, stünde er in diesem Augenblick nicht hier. Ebenso verwirrt wie fasziniert las er die Namen und Zahlen:

Johanne Bosetzki
* 23.8.1695 † 17.7.1717

Johann von Bosetzki
* 17.7.1717 † 14.5.1786
Elisabeth von Bosetzki
* 27.12.1731 † 8.5.1820

Anna Bosetzki
* 14.10.1780 † 4.12.1812

Cathérine Bosetzki
* 21.4.1786 † 25.4.1835
Erdmann Bosetzki
* 26.5.1770 † 21.3.1848

Luise Bosetzki
* 18.2.1811 † 12.4.1871

Friedrich Bosetzky
*16.3.1818 † 3.7.1903

Sechs Grabsteine waren es schon, aber keiner mit dem Namen Heinrich. Auch war nirgendwo ein frisches Grab ausgehoben worden.

»Also lebt er noch«, folgerte Wilhelm Ziegelmann. »Suchen wir mal.«

Sie wandten sich nach links und erreichten nach wenigen Minuten das Schloß. Es sah ein wenig anders aus als auf einer Abbildung, die Otto in einem Buch über Friedrich den Großen gefunden hatte. Offensichtlich war es aufgestockt worden und hatte dabei ein Flachdach nach Art von Windsor Castle erhalten.

»Das hätten sie mir mal vererben sollen«, sagte Otto.

Gleich hinter dem Schloß befand sich die Kirche. Die Tür stand offen, und es sah so aus, als würde bald eine Feier beginnen.

»Jetzt mitten in der Woche ...« Wilhelm Ziegelmann zog die Unterlippe hoch. »Das sieht ganz nach einer Beerdigung aus. Ist er also doch schon ...«

Sie traten ein, sahen aber niemanden. Was ihnen auffiel, war der prächtige Sarg vorn neben dem Altar. Ganz aus Kupfer war er, und ein goldenes Kruzifix lag obenauf. Otto versuchte, die Inschrift zu entziffern: »Der hochwohlgeborene Herr, Herr Hans Adam v. Schöning auf Tamsel, Warnick, Birkholz, Churf. Sächs. Wohlbestallt gewesener General-Feldmarschall, wirklich Geheimer und Geheimer Kriegsrath, Obrister der Leibgarde zu Fuß, wie auch über ein Regiment Cürassiers und Dragoners, ward geboren zu Tamsel den 1. Oktober 1641, starb selig zu Dresden den 28. August 1696.« Otto fand das alles sehr spannend, wie überhaupt Geschichte für ihn viel spannender war als Karl May oder irgendwelche Kriminalromane.

»Hallo, ist da wer?«, rief Wilhelm Ziegelmann, ohne eine Antwort zu bekommen. »Na, dann gehen wir mal zum Schloß und fragen da.«

»Kann man das denn?«

Der Oderschiffer lachte. »Klar, schließlich sind da doch deine Vorfahren ein und aus gegangen. Wenn man der Anna trauen kann.«

Otto zögerte. Grafen und Gräfinnen, das waren für ihn irgendwie Wesen von einem anderen Stern. Auch wenn man den Kaiser zum Teufel gejagt hatte, glaubte er, daß ihr Blut, das blaue, etwas anderes war als das der einfachen Leute. Außerdem hatte er mit seinem Freund Ewald zu oft Revolution gespielt, und da hatten sie Schlösser und Paläste gestürmt und die edlen Herren alle niedergemacht. Nun schoß die Angst in ihm hoch, daß man ihm das ansah.

Doch als sie die Freitreppe erreichten, kam ein Bedienter auf sie zu, der gerade die Skulpturen im Park gereinigt hatte.

»Entschuldigen Sie«, sagte Wilhelm Ziegelmann, »wir suchen einen gewissen Heinrich Bosetzky.«

»Der ist schwer krank, will aber zu Hause sterben. Da hinten ist es, in der Nähe der Schule.« Der Mann beschrieb ihnen den Weg.

Sie bedankten sich und fanden die angegebene Kate ohne Mühe. Baufällig war sie, und es stand zu befürchten, daß der nächste Sturm sie einfach umwehte. Otto fand das grotesk, wo doch sein Vater in Berlin so viele prachtvolle Bauten errichtet hatte.

Otto klopfte sacht an die hölzerne Tür. Daß nur nichts einstürzte. Sie war krumm und schief und so wurmstichig, daß das Holzmehl herausfiel, als sie die Klinke niederdrückten und probierten, ob abgeschlossen war.

»Herein«, kam es schwach von drinnen.

Sie traten in den Flur. Ein furchtbarer Geruch nach Moder, Kot und Urin verschlug Otto den Atem. Er preßte im Weitergehen sein Hemd vor die Nase. Der Onkel ließ ihm den Vortritt und schob ihn dann ins Sterbezimmer. Otto betete: »Herr, laß es bald vorbei sein.« Die Person in dem total verdreckten Bett sah kaum noch wie ein Mensch aus, war nur noch ein Gerippe mit einem fürchterlichen Totenschädel. Doch die Stimme klang noch immer klar und deutlich.

»Otto, mein Sohn ... Ich wußte, daß du kommen würdest.«

»Wir sind mit dem Kahn hier«, stieß Otto hervor. »Das ist mein Onkel Wilhelm. Der Schwager von ...«

»Anna, ich weiß, deiner Mutter. Setz dich da auf den Stuhl ... Ich will dir alles erzählen über deinen Vater ... Merke es dir und schreib es auf ... Oder erzähl es weiter ... Vielleicht gibt es noch mal einen Schriftsteller in unserer Familie, mein Vater hat es ja immer wieder versucht, mein Großvater auch ...«

»Friedrich und Erdmann Bosetzky, ich weiß. Wir waren schon auf dem Friedhof.« Otto faßte langsam Vertrauen zu dem Mann, der ihn gezeugt hatte.

Und soweit seine Kraft noch reichte, erzählte er von sich. Wie er es vom einfachen Maurer zum begehrten Baumeister gebracht hatte und wie er aus der Bahn geworfen worden war, als die junge Frau, die die große Liebe seines Lebens gewesen war, Selbstmord begangen hatte. »Weil ihr Vater gegen uns gewesen ist.« Wie er es dann nach langer Krankheit verstanden hatte, seine Baufirma zum Erfolg zu führen, wie ihn aber eine unglückliche Ehe und der Tod seines ersten Kindes zum zweiten Mal in eine Katastrophe gestürzt hatten. »Die Firma in Konkurs gegangen, ich dem Alkohol verfallen ... Da ist mir dann ein Dienstmädchen über den Weg gelaufen, bei Schramm in Wilmersdorf, die Anna ... Der letzte Lichtblick in meinem Leben ... Und bei ihr in der Küche ist es dann passiert ... Ich bin danach hierher nach Tamsel geflüchtet ... vor meinen Gläubigern, aber auch vor dem Leben. Ich wollte so hoch hinaus und war auch schon zu weit oben, um dann als Landarbeiter ... Nun ja, der Herr wird es so gewollt haben. Ach, Junge ... Ich hoffe nur, daß ich dir mehr vererben konnte als den Kohlenkeller ...«

Otto nahm die Hand des Alten, die sich anfaßte wie zusammengerolltes Pergamentpapier. »Ohne dich wär ich doch nicht auf der Welt ...«

Heinrich Bosetzky versuchte ein Lächeln. »Was habe ich meinen Vater, deinen Großvater, immer verflucht wegen seiner rührseligen Theaterstücke ... Und nun machen wir es genauso ... ›Ohne dich wär ich doch nicht auf der Welt‹, sagst du, und ich antworte dir: ›Danke, Otto, danke, mein Sohn, nun kann ich ja in Ruhe sterben.‹«

Ottos Augen füllten sich mit Tränen. Aus Schmerz über das, was ihm entgangen war, aber auch vor Glück, nun zu wissen, wer sein Vater war und daß ihm doch eine gewisse Größe nicht abzusprechen war. Das machte ihm Hoffnung, mit Anstand durchs Leben zu kommen und doch noch etwas zu werden – trotz des Kohlenkellers.

»Schön, daß ich dich noch ...« Otto versagte die Stimme.

»Laß uns Abschied nehmen, mein Junge ...«

Otto hatte sich seit langem vorgenommen, an dem Morgen, an dem seine Lehrzeit begann, sofort nach dem Aufwachen aus dem Bett zu springen und sein Tagwerk fröhlich anzugehen, gemäß dem Fontane-Spruch, der bei seinem Onkel Wilhelm in der Kajüte hing: »Wer schaffen will, muß fröhlich sein.«

Nun aber gab es kein Wachwerden, da er die ganze Nacht über kein Auge zugetan hatte. Er fühlte sich wie vor seiner Hinrichtung, und aus vielen Romanen wußte er, daß Todeskandidaten nicht schliefen. Meistens beteten sie. Auch das hatte er versucht, denn schließlich war er in der Tschicherziger Dorfschule belobigt worden, weil er das Vaterunser als Jüngster fehlerfrei hersagen konnte. Also probierte er es mit dem Psalm, den er bei Böhlig gelernt hatte: »Siehe mein Elend und errette mich; hilf mir aus, denn ich vergesse deines Gesetzes nicht.« Vorerst half es nicht viel, denn immer wieder hallte in ihm nach, was die Erwachsenen andauernd sagten: »Lehrjahre sind keine Herrenjahre« oder »Du wirst auch noch mal Lehrgeld zahlen« oder »Das soll dir eine Lehre sein«. Das klang alles sehr bedrohlich. Zudem war er niedergedrückt, weil sein leiblicher Vater in der vorigen Woche gestorben war. Die Nachricht hatte sie jedoch erst so spät erreicht, daß sei nicht mehr zur Beisetzung nach Tamsel fahren konnten. Wenn das Leben des Heinrich Bosetzky nur nicht mit einer solchen Niederlage geendet und es die HB-Bau noch gegeben hätte, dann ... Nun ja, etwas lernen hätte er in diesem Fall auch müssen. Das gab ihm schließlich die Kraft, sich aus dem Bett zu hieven und mit dem morgendlichen Ritual zu beginnen.

Die Gebrüder Pleffka, eine Fabrik für Gießerei- und Schleiferei-Maschinen und -Bedarfsartikel, war 1883 gegründet worden und hatte ihren Hauptsitz auf einem der Gewerbehöfe am Kottbusser Ufer. Weit hatte Otto also nicht zu gehen, nur eben die Manteuffelstraße hinauf, unter der Hochbahn hindurch und dann rechts um die Ecke, aber es kam ihm so vor, als hätte er bis nach Tschicherzig zu laufen.

Und dennoch stand er viel zu schnell vor dem großen Gebäudekomplex am nördlichen Ufer des Landwehrkanals. Das Vorderhaus zeigte eine dunkelgrau bis düster verputzte klassizistische Fassade mit vielen Säulen und Kapitellen und wirkte ziemlich einschüchternd auf ihn. Unten befand sich ein vornehmes Speiselokal, und oben gab es Wohnungen, die auf den Jungen aus dem Kohlenkeller hochherrschaftlich wirkten. In solchen Wohnungen war seine Mutter einst als Dienstmädchen in Stellung gewesen. Eine breite Tordurchfahrt führte in mehrere enge Hinterhöfe, die aber gar nicht so dunkel waren, wie eigentlich zu erwarten stand, denn man hatte alle Mauern und Fassaden mit kleinen weißen Kacheln versehen. Von moosgrünen Bändern durchzogen, verliehen sie dem Ganzen fast den Charakter einer Moschee. Fand Otto jedenfalls, denn als eifriger Karl-May-Leser konnte er sich ein Bild von diesen Gotteshäusern machen. Zwei dutzend Firmenschilder waren angebracht, und sein Herz begann zu rasen, denn auf Anhieb konnte er das von Pleffka partout nicht finden. Zwar war er mit seinem Stiefvater schon hiergewesen, um sich vorzustellen und den Lehrvertrag zu unterschreiben, doch seitdem war ein halbes Jahr ins Land gegangen. Hatte er sich in der Adresse geirrt und kam gleich am ersten Tag zu spät, dann ... Kartonagen, Möbel, Turngeräte, eine Wäscherei, eine Gießerei, eine Tischlerei, Fahrstuhlkabinen, Einrichtung von Lokalen – da, endlich:

Gebr. Pleffka
Fabrik für Gießerei- und Schleiferei-Maschinen
und -Bedarfsartikel

Einem kleinen Zusatz konnte er entnehmen, daß er in den zweiten Hof zu gehen hatte. Mit weichen Knien machte er sich auf den Weg. Auf dem ersten Hof stand ein Stempelhäuschen, aber das kontrollierte nur, wie er auf Nachfrage erfuhr, die Arbeiter der Turngerätefabrik. Er selbst hatte sich ins Wohnhaus zu begeben, wo sich in der ersten Etage Kontor, Musterlager und Büro der Firma Pleffka befanden. Lange zögerte er, auf den Klingelkopf zu drücken, denn ihm würde niemand anderes öffnen als Fräulein Seehaus, und die spielte in seinen feuchten Träumen die entscheidende Rolle.

Da lachte jemand hinter ihm. »Na, trauste dich nicht?«

Otto fuhr herum und erblickte einen Jungen seines Alters, lang aufgeschossen und strohblond. »Schon, aber ... Bist du auch 'n neuer Lehrling?«

»Erraten.«

Sie machten sich bekannt, und Otto erfuhr, daß sein Leidensgenosse Wurack hieß, Werner Wurack, und aus der Naunynstraße kam. Das heißt, so sehr litt der gar nicht, denn er war eher eine Frohnatur und verstand sich gut auf die Kunst des Durchwurschtelns. Schon hatte er die Klingel betätigt.

Fräulein Seehaus erschien, und Otto schämte sich derart, daß er so rot wurde wie nie zuvor im Leben. Sie nahm die »beeden kleenen Piepel« gar nicht richtig wahr und wies sie an, im Besucherzimmer zu warten. »Es kann dauern. Und seht euch die Broschüren an, die da liegen, der Chef fragt immer danach.«

»Zum Glück kann nur eena von die Pleffkas kommen«, flüsterte Werner Wurack, als sie Platz genommen hatten, »der Ferdinand, denn die beeden andern sind schon tot.«

Otto nickte und griff sich eine Broschüre, um sich kundig zu machen, was die Firma an »Spezialitäten« zu bieten hatte. Aufgelistet waren da: Formmaschinen diverser Systeme, Kernformmaschinen, Sandsieb- und Mischmaschinen, Sandstrahlgebläse, Hausputztrommeln, Gußschleif- und Gußabschneidemaschinen, Bandsägemaschinen, Kugelmühlen, Kollergänge, Masselbrecher, Magnetmaschinen, Transmissionen, Schleif- und Poliermaschinen, Schleifstände und Kratzzeuge. Otto war tief beeindruckt von allem, zumal er sich beim besten Willen nicht vorstellen konnte, was ein Kollergang und ein Masselbrecher sein sollte. Seine Mutter rief zwar oft, wenn der alte Herr im Kohlenkeller tobte: »Nun hat er mal wieder seinen Koller«, und bei den Juden hieß es, wie er schon mal gehört hatte, »*Massel tow*«, aber das hier war wohl doch etwas ganz anderes. Werner Wurack interessierte das wenig. »Kommt Zeit, kommt Rat.« Viel wichtiger war für ihn die Frage, ob es in der Fabrik auch Arbeiterinnen gab, die ihren Spaß daran hatten, es den Jungen beizubringen, wie man es machte. Dabei dürfe man sich nur nicht von der »Wanze Czarno« erwischen lassen.

Otto staunte. »Wer is'n das?«

»Der Meister Adolf Czarnowanz.«

»Woher weißte'n das?«

»Mein Alter war früher mal bei Pleffka.« Werner Wurack brach ab und lauschte. »Ah, wenn man vom Teufel spricht. Nee, is ja der Alte selba.«

Da stand Ferdinand Pleffka auch schon in der Tür, und sie sprangen auf, um artig ihre Verbeugung zu machen, ihren »Diener«. Der Chef drückte ihnen kurz, aber feierlich die Hand, um dann zu einer kleinen Rede anzusetzen.

»Ab heute seid ihr Teil eines Ganzen, unserer Werksfamilie, und ich heiße euch in ihr herzlich willkommen. Was ich von euch verlange, ist nicht viel und doch eine Menge: die Hingabe an die Arbeit und die Gefolgschaftstreue zur Firma. Einsatz der Persönlichkeit, Hingabe, Wille zur Selbstbehauptung, Kameradschaftlichkeit, Hilfsbereitschaft, Verantwortungsfreude, Sauberkeit, Pünktlichkeit und Gewissenhaftigkeit, das sind die Tugenden, die wir von unseren Lehrlingen erwarten. Aber es geht noch um mehr. Jeder, der einmal praktisch gearbeitet hat, weiß, was ich meine. Wenn man an der Bohrmaschine steht und bohrt, dann fühlt man sich gleichsam über Handrad und Spindel mit dem Bohrer in das Material hinein. Das ist das, was der Arbeiterdichter H. W. Bark einmal mit den Worten ausgedrückt hat: ›Mit dem Herzen führen die Dreher den Stahl / Und fühlen, wie er vorstößt / Und Pressen sich selbst, / Ihre ganze Seele nach, / Durch das Eisen.‹ Nun, der Mensch verwächst so mit dem Werkzeug, daß er durch dieses hindurch das Material fühlt und ein Stück Seele in die Dinge hineinlegt ...«

Otto wurde ganz schwindlig, so daß er Pleffkas Stimme nur noch wie ein fernes Rauschen wahrnahm. So wie Pleffka hatte er sich einen Kapitalisten nicht vorgestellt. Er hatte weder eine schnarrende Stimme noch Schmisse im Gesicht, eigentlich war er ganz sympathisch. Endlich kam der Schlußsatz: »Darauf wollen wir alle anstoßen. Fräulein Seehaus, bringen Sie den Sekt und rufen Sie Meister Czarnowanz.«

Dieser kam, und Otto steckte ihn sofort in die Schublade »Freikorpsoffizier«. Damit hatte er sein Haßobjekt der nächsten Jahre gefunden. Aber auch bei Czarnowanz, das spürte Otto deutlich, war es Abneigung auf den ersten Blick. Um so wohlgefälliger ließ jener seinen Blick auf Werner Wurack ruhen.

Nach der Eingangszeremonie wurden sie kurz durch den Betrieb geführt, und dann durfte sich Otto im Keller in eine Ecke setzen und alte Maschinen ausschlachten. Die Fenster waren vergittert. Wie ein Gefangener kam er sich vor, und wäre es für einen Jungen nicht das schlimmste gewesen, »nahe am Wasser gebaut zu sein«, so wäre er ganz sicher in Tränen ausgebrochen. Der Tag wollte und wollte nicht vergehen, die Zeit dehnte sich derart, daß immer erst zehn Minuten vorüber waren, wenn er meinte, es müßte schon eine knappe Stunde gewesen sein. Und wenn es einmal eine Unterbrechung gab, denn trieb Czarnowanz seine Spielchen mit ihm, schickte ihn ins Lager, um »Erdachsenschmieröl« zu holen, oder wegen einer Zigarre in den nächsten Tabakladen.

Als Otto am Abend nach Hause kam, rief er: »Mutter, wozu lebe ich überhaupt?«

KLEINE SCHLÄGE AUF DEN HINTERKOPF
1921–1924

Auch 1921 war kein gutes Jahr für Deutschland. Als das Kleine Schauspielhaus Berlin Schnitzlers *Reigen* aufführte, kam es zu antisemitischen Krawallen. Wegen ausstehender Reparationszahlungen besetzten französische Truppen die Rheinhäfen von Düsseldorf, Duisburg und Ruhrort. Aufgrund des Versailler Vertrages wurde Oberschlesien zwischen Deutschland und Polen geteilt. Am 26. August fiel der Zentrumsabgeordnete und ehemalige Reichsfinanzminister Matthias Erzberger einem Attentat zum Opfer. Die radikale Rechte, die ihn wegen seiner Bemühungen um den Frieden schon seit längerem angefeindet hatte, klatschte Beifall und sang: »Nun danket alle Gott / für diesen braven Mord. / Den Erzhalunken, scharrt ihn ein, / heilig soll uns der Mörder sein, / die Fahne Schwarz-Weiß-Rot.«

Den jungen Otto Matuschewski, der nun schon im zweiten Lehrjahr an der Drehbank stand, beschäftigten diese Ereignisse weitaus mehr als die meisten anderen Jugendlichen ringsum, denn sein Herz schlug links, ohne daß er genau gewußt hätte, woher das eigentlich kam. Vielleicht weil seine Mutter in ihrer Dienstmädchenzeit von einer Freundin in die SPD mitgenommen worden war. Der Einfluß seines Freundes Ewald trat hinzu, und beide sprachen immer wieder darüber, wie Ottos Großvater bei der Märzrevolution 1848 mit dem Gewehr in der Hand gegen König und Reaktion gekämpft hatte. »Das steckt dann einfach so drin in einem.«

Doch vor allem war Ottos Alltag jetzt erfüllt von dem, was er bei Pleffka zu tun und zu lernen hatte. Er beherrschte, was das

Praktische anging, bereits das Feilen, Bohren, Fräsen, Schmieden, Löten und Schweißen und ersparte seinem Lehrherrn somit weithin den Lohn eines Metallarbeiters. In der Theorie glänzte er noch mehr, so daß Fräulein Seehaus öfter sagte, daß an ihm ein Ingenieur verlorengegangen sei. »Aber, was nich is, kann ja noch werden.« Otto wußte genau, worin sich Stahl-, Grau- und Temperguß voneinander unterschieden, und konnte angeben, in welcher Art und Weise die Legierungselemente Chrom, Nickel, Mangan, Wolfram, Molybdän und Vanadium den Werkzeugstahl veränderten. »Chrom-Stähle lassen sich gut härten, und sie sind daher verschleißfest und schneidhaltig. Wolfram-Stähle sind noch zäher. Auch Nickel macht den Stahl zäh, jedoch kommt es zu Schwierigkeiten bei der Wärmebehandlung.« Ebenso konnte er herunterbeten, wie man Werkstoffe prüfte und welche Löt-, Schmier-, Schleif- und Poliermittel wann am besten anzuwenden waren. Und wenn es um Mathematik ging, beispielsweise bei den Härteprüfungen nach Brinell, Rockwell oder Vickers, war er allen anderen voraus, sogar seinem Meister Adolf Czarnowanz. Den wurmte das mächtig, und er setzte alles daran, Otto in der praktischen Arbeit schlecht aussehen zu lassen und ihm Fehler nachzuweisen. Der Kampf zwischen den beiden wurde immer verbissener.

»Matuschewski, hast du dieses Gewinde hier geschnitten?«

Otto zuckte zusammen und fuhr ein Stück von seiner Drehbank zurück. Czarnowanz war mindestens einen Kopf größer als er und hatte den Blick einer Möwe, die ins Wasser stieß, um sich einen Fisch zu schnappen. Sein Kittel hatte dieselbe feldgraue Farbe, wie sie seine Uniform gehabt hatte, wirkte aber, da er viel zu kurz war, ein wenig lächerlich. Arbeiter, die er besonders kujoniert hatte, spotteten deshalb immer wieder, es sei mutig von ihm, so viel Bein zu zeigen. Czarnowanz kompensierte das dadurch, daß er sich besonders männlich, besonders zackig gab und seine Belegschaft so zu führen versuchte wie früher seine Truppe. Als sie ringsum alle gefallen waren, hatte er es im April 1918 bei der letzten Offensive der Deutschen im Westen bis zum Range eines Leutnants gebracht, was für einen lumpigen Werkzeugmacher aus dem Dörfchen Tarmow im Rhinluch schon ein ziemlicher Aufstieg war. Nun waren Pleffkas Arbeiter und Pleffkas Lehrlinge an die Stelle kaiserlich-deutscher Soldaten getreten, er sah da keinen Unterschied, denn für ihn ließ sich das soldatische Lebensideal aufs beste auf die betriebliche Menschenführung übertragen.

»Wie du schon wieder dastehst, Matuschewski!«, monierte er denn auch sofort. Das kam bei ihm ganz automatisch. »Wie ein in die Luft geschissenes Fragezeichen. Keine soldatische Haltung!«

Otto straffte sich unwillkürlich. »Entschuldigung.«

»Hast du dieses Gewinde hier geschnitten?« Czarnowanz hielt ihm eine Metallplatte von etwa der Größe eines Aktendeckels vor die Nase, in der sich etliche Bohrungen unterschiedlicher Größe befanden. Eine davon war mit einem Gewinde versehen, doch die Schraube, die sich darin bewegen sollte, hatte viel zuviel Spiel. »Mann, wie die schlackert! Warst du es nun oder warst du's nicht?«

Otto zögerte mit der Antwort, denn er hatte zwar angefangen, das besagte Gewinde zu schneiden, dann aber hatte der andere Lehrling die Arbeit vollendet, und er brachte es nicht fertig, Werner Wurack anzuschwärzen. »Ja, ich war's.«

»Hast du denn keinen Funken Arbeitsehre im Leibe?«, schrie Czarnowanz ihn an.

»Doch.«

»Das glaube ich nicht. Aber denk mal darüber nach.« Und schon hatte er Otto mit der linken Hand einen gehörigen Katzenkopf versetzt. »Kleine Schläge auf den Hinterkopf erhöhen das Denkvermögen.«

Rein physisch steckte Otto Schläge wie diesen einfach weg, da hatte er bei jeder Prügelei mit seinen Schulkameraden oder mit anderen Jungen auf der Straße mehr abbekommen, aber die Erniedrigung und das Bewußtsein der eigenen Macht- und Hilflosigkeit, die machten ihn fertig. Später sollte er einmal den Vergleich gebrauchen, er habe sich gefühlt wie eine Frau, die vergewaltigt worden ist. Zu Pleffka zu gehen und sich zu beschweren hätte nichts gebracht, denn der unterstützte Czarnowanz in allem, und wenn er sich bei Walter Matuschewski über seinen

Meister beklagte, dann hieß es bloß: »Gelobt sei, was hart macht.«

Otto stand vor seiner Drehbank und starrte auf die eingespannten Rohlinge, die sich im Leeren drehten. Da kam Werner Wurack, um sich bei ihm zu bedanken und ihn zu trösten.

»Wer zertritt die Wanze Czarno?«, fragte er.

Otto verzog das Gesicht. »Red nicht so, er ist 'n Mensch.«

»Aber was für einer!«

»Es gibt kein Mittel gegen ihn.« Otto wußte, daß er Czarnowanz nur entgehen konnte, wenn er seine Lehre schmiß. Aber was dann? Dann flog er raus zu Hause. Ein Kohlenkeller war zwar ein elendes Quartier, aber immer noch um vieles besser, als auf der Straße zu liegen. Was sollte er machen? Arbeit gab es keine. In Berlin zumindest nicht. Und wenn er Oderschiffer wurde? Oder zurück nach Tschicherzig ging und seinem Onkel Fritz bei der Weinernte half? Nein, raus aus Berlin wollte er nicht mehr.

Werner Wurack war noch immer bei Czarnowanz und überlegte, wie man sich an ihm rächen könnte. »Der hat 'n Motorboot draußen in Schmöckwitz liegen. Wenn wir da mal ... vielleicht Zucker in'n Tank tun oder die Schraube verbiegen.«

Das taten sie denn auch am nächsten Sonntag. »Ich geh' mit Werner angeln«, hatte Otto zu Hause erklärt. Und wirklich zogen sie in aller Herrgottsfrühe mit ihren Angelruten los, fuhren vom Görlitzer Bahnhof bis Grünau und dann mit der Uferbahn bis Schmöckwitz, von wo es bis zur Seddinpromenade nur ein paar hundert Meter waren. Dort hatte Czarnowanz seinen Bootsstand. Gleich dahinter begann der Wald, was für ihr Vorhaben günstig war. Getarnt als Angler, warteten sie auf einen günstigen Augenblick, zogen sich dann aus und taten so, als schwämmen sie auf den See hinaus. Nach ein paar Metern kehrten sie jedoch wieder um und machten sich an Czarnowanz' Boot zu schaffen. Werner Wurack kannte sich aus, denn ein Onkel von ihm besaß ebenfalls ein Motorboot, und er hatte ihm oft beim Reparieren geholfen. In wenigen Minuten war alles erledigt, eine kleine Tüte mit Zucker in den Tank gekippt und die Schraubenblätter verbogen.

»Nun schnell weg in den Wald.«

Sie versteckten sich im dichten Gebüsch und hatten eine Stunde später ihre helle Freude daran, wie Czarnowanz fluchte und tobte und sogar in voller Montur ins Wasser fiel.

»Hoffentlich kommt er nicht auf die Idee, daß wir das waren.«

»Wie soll er denn?

»Der hat vielleicht 'nen Instinkt dafür.«

»Ach, Quatsch!«

Den nächsten Zusammenstoß mit Adolf Czarnowanz hatte Otto eine knappe Woche später. Da hatte er mehrere größere Messingteile zusammenzulöten, doch da die eine Platte eine so starke Spannung aufwies, blieb sie einfach nicht an der anderen »kleben«. Also stellte Otto die Lötlampe beiseite und versuchte, die Platte zurechtzubiegen. Dabei hatte er die Stärke der Flamme gehörig unterschätzt, denn kaum hatte er sich umgedreht, fing ein alter hölzerner Schemel Feuer. Das war zwar schnell durch bloßes Auspusten gelöscht, doch Czarnowanz hatte einen sechsten Sinn für derartige Mißgeschicke und war sofort zur Stelle.

»Kannst du nicht aufpassen, du Dämlack!«, rief er. »Eines Tages setzt du noch die ganze Fabrik in Brand.«

»Das ist eine gute Idee«, brummte Otto, »das mach' ich bestimmt noch mal.« In der Tat stellte er sich abends beim Einschlafen manchmal vor, wie er alles einäscherte, wobei er sich nicht ganz darüber im klaren war, ob Czarnowanz mit verbrennen sollte oder nicht.

Diese Phase war jedoch schnell vorüber, und seine Phantasie entzündete sich an anderem: Seine Träume galten nun Erika. Sie war zwei Jahre älter als er, arbeitete in der Fleischfabrik und galt rings um die Manteuffelstraße als »Vereinsbadewanne«, das heißt als eine, die es mit jedem machte. »Du mußt bloß 'n Handtuch mitnehmen.« – »Wieso das?« – »Na, um es ihr aufs Gesicht zu legen.« Das bezog sich auf Erikas Oberkiefer, der stark hervorstand. Da sie zudem noch etwas nuschelte und ihren Vornamen nur undeutlich herausbrachte, sprach man von ihr auch als »Eka mit'm Pferdegebiß«. Sie war ebenso lieb wie naiv und hätte nie daran gedacht, Geld für das zu nehmen, was sie den Jungen bot; sie war genau der Typ, von dem die Berliner sagten: »Klein Doofchen mit Plüschohren.«

Und sich vorzustellen, wie Eka die Röcke hob, um ihn ranzulassen, das war es, was Otto die Monotonie der Arbeit bei Pleffka ebenso überstehen ließ wie die Schläge von Czarnowanz und all die Demütigungen. Sie arbeitete in der Reichenberger Straße, und so oft es ging, holte er sie ab. Ein bißchen Romantik sollte schon sein, denn so direkt mit der Tür ins Haus zu fallen, das wollte und konnte er nicht.

»Eka, wann kommst du denn mal wieder zu uns Kohlen holen?«

»Ist doch so warm, daß wir keine brauchen.«

»Und warmes Wasser zum Waschen?«

»Ick wasch' mir immer kalt.«

Otto bibberte und näherte sich gedanklich denjenigen Körperregionen, um die seine Gedanken unaufhörlich kreisten. »Iiiihh! So kaltes Wasser unterm Bauch.«

Sie lachte. »Aha, wieda so eena.«

Otto wurde puterrot. »Der Werner Wurack hat mir ...«

»Na, et spricht sich langsam rum.« Sie registrierte es mit Genugtuung. Bis vor kurzem hatte sie ständig in der Ecke gestanden, jeder hatte sie gemieden, und die anderen hatten höchstens gewiehert, wenn sie vorbeigegangen war. Doch nun rissen sich alle um sie. »Det jeht mir runta wie Öl.« Anderen helfen und eine kleine Freude machen, das war ihr hervorstechendster Wesenszug, und das Sexuelle gehörte für sie fraglos dazu. Sie sah keinen Unterschied darin, ob sie eine alte Frau glücklich machte, indem sie ihr Kohlen und Kartoffeln nach oben trug, oder einen Jungen wie Otto, indem sie ihm zeigte, wie das mit der körperlichen Liebe so ging. »Det braucht doch eena, wenn er später seinen Mann im Leben stehen will.«

Doch so schnell wie erhofft kam Otto dennoch nicht zum Zuge, denn mal war Eka unpäßlich, mal fehlte ihr die Lust, und als es dann eines Nachts im Abteil der Ringbahn fast soweit war und seine Finger alles schon ertastet hatten, schrie sie: »Jeht nich, ick hab den Männerschutz vergessen – und 'n Kind will ick nich!«

Und wo geschah es dann? Bei ihm im Kohlenkeller natürlich. Otto war danach enttäuscht, daß alles so schnell gegangen war. Da hatte er nun viele Jahre lang auf diesen einen Augenblick gewartet, und dann ...

Eka lachte. »Et kommt mit Macht und keena kann's halten.«

Otto küßte sie. »Danke.«

»Wofür denn?«

»Daß du mich zum Mann gemacht hast.«

»Keene Ursache, mir hat's doch ooch Spaß jemacht. Und keene Müdigkeit vorschützen: Einmal ist keinmal. Nun du mal unten.«

Gerade hatte sie sich auf Otto niedergelassen und mit ihrem wilden Ritt begonnen, da wurde draußen an die Tür gebummert und gerüttelt, und Anna Matuschewski schrie: »Otto, aufmachen, die Polizei ist da!«

»Ja, ick komme gleich. Moment mal.«

Eka sprang von ihm herunter und suchte nach einem Versteck.

»Haste wat ausjefressen?«

»Nee, wirklich nicht.« Otto war sich keiner Schuld bewußt. Schnell zog er sich an, während sie sich hinter seinem Schrank verbarg. Und obwohl er ein völlig reines Gewissen hatte, zitterten seine Hände, als er die Tür aufschloß. Im Verkaufsraum des Kellers standen seine Mutter und zwei Männer in Ledermänteln, Kriminale, wie unschwer zu erkennen war.

»Du bist der Otto Matuschewski?«

»Ja.« Otto überlegte fieberhaft, worum es gehen konnte, aber ihm fiel nichts ein. Hatte er etwas gesehen, was verdächtig war? Nicht, daß er wüßte. War über einen Kollegen oder Freund getuschelt worden? Nein. Hatten seine Eltern die Bücher gefälscht oder Kunden betrogen? Bestimmt nicht. Nur Czarnowanz kam ihm in den Sinn. Vielleicht waren die gekommen, weil man seinen Meister endlich wegen Mißhandlung Untergebener angezeigt hatte.

»Und du bist Lehrling bei Pleffka?«

Otto fühlte sich in seiner Vermutung bestätigt. »Ja.«

»Dann komm mal mit.«

»Wieso?«

»Da hat es einen Brand gegeben, und du wirst verdächtigt, das Feuer gelegt zu haben.«

Otto schloß die Augen und sah Czarnowanz vor sich. Diesmal hatte er ihm nicht mit der flachen Hand auf den Hinterkopf geschlagen, sondern mit der Brechstange. Wie ein Verbrecher wurde er nun abgeführt. Seine Mutter schlug die Hände vors Gesicht und rief abwechselnd ebenso anklagend wie verdammend: »Diese Schande!«, »Ich habe keinen Sohn mehr!« Der Stiefvater kam angelaufen, die Hundepeitsche in der Hand, doch die beiden Kriminalbeamten hinderten ihn an der geplanten Strafaktion. Otto war erleichtert, seinem alten Herrn zu entkommen, und ließ sich beinahe aufatmend in den bereitstehenden Kraftwagen schieben. Die Kinder ringsum johlten, er winkte ihnen zu.

Bei der Kriminalpolizei ging es als erstes um die Motive, die er gehabt haben könnte, und Otto sah schnell ein, daß er keine guten Karten hatte.

»Du gibst also zu, daß zwischen dir und deinem Meister seit langem ein Kleinkrieg tobt?«

»Mit Herrn Czarnowanz ...« Otto suchte Zeit zu gewinnen, wollte irgendwie die Orientierung wiederfinden. Der Beamte, der ihn verhörte, mochte auf die Sechzig zugehen und war sicher mit allen Wassern gewaschen. Er sah ihn starr an und hatte genau dasselbe versteinerte Gesicht wie ein Straßenbahnfahrer vorne an der Kurbel. Thiel hieß er. Vorhin hatte er sich mit dem Satz vorgestellt: »Thiel weiß viel.« Otto glaubte nicht, einem alten Haudegen wie ihm gewachsen zu sein. »Ja, mit Herrn Czarnowanz haben wir öfter Ärger gehabt.«

»Und als er dich neulich erwischt hat, wie du Mist gebaut hast, da sagte er zu dir: ›Eines Tages setzt du noch die ganze Fabrik in Brand.‹ Und du hast ihm geantwortet: ›Das ist eine gute Idee, das mach' ich bestimmt noch mal.‹«

Otto zuckte zusammen. Ja, so war es gewesen. Der Beamte schien allwissend zu sein. Da half kein Leugnen. »Was man eben so sagt.«

»Was man eben so sagt?«, wiederholte Thiel.

»Aber man macht doch nicht alles, was man sagt, wenn man außer sich ist!«, rief Otto.

Thiel lächelte. »Man vielleicht nicht, aber du.«

»Ich ... Wieso?«

»Alle in der Straße sagen doch, daß du das Feuer bei euch im Kohlenkeller gelegt hast, um dich an deinem Stiefvater zu rächen.«

»Nein, das stimmt nicht!«, schrie Otto so laut und so erbost, daß ihm sofort klar wurde, wie sehr er sich damit verraten hatte. Schnell senkte er den Kopf, um Thiel nicht in die Augen sehen zu müssen.

»Das scheint so deine Art zu sein. Weißt du, früher bei den Soldaten, da hat man bei schweren Verletzungen ihre Wunden einfach ausgebrannt. Und so was machst du auch mit deinen Wunden.«

Otto konnte Thiel eine gewisse Bewunderung nicht versagen. Der war klüger, als die Polizei erlaubte. Aber wenn er wirklich so klug war, wie es den Anschein hatte, dann mußte er doch merken, daß das eine mit dem anderen nichts zu tun hatte. »Das ist doch ganz was anderes.«

»Was ist ganz was anderes?«

Otto wußte, daß er auf der Hut sein mußte. Die Sache mit dem Brand im Kohlenkeller war noch nicht verjährt. »Also ... Wenn ich den Czarnowanz ärgern will, dann stecke ich doch dessen Wohnung an und nicht die Fabrik vom Pleffka.«

»Das ist immerhin ein Argument.« Thiel begann mit seinem Brieföffner zu spielen.

»Aber dein Haß richtet sich doch nicht nur gegen deinen Meister, sondern gegen alles: die Lehre, die Firma Gebrüder Pleffka ...«

»Wieso denn? Ich bin gerne Maschinenbauer.« Otto fühlte, daß er langsam Boden gewann.

Thiel überlegte. Zeugen gab es nicht, Tatortspuren, die auf Otto Matuschewski wiesen, ebensowenig. Blieb ihm vorerst nur die klassische Frage nach dem Alibi. »Wo warst du gestern abend gegen zehn?«

»Na, bei mir im Kohlenkeller, wo denn sonst.«
»Hat dich da einer gesehen?«
»Nein, wie denn.«

Trotzdem blieb dem Kriminalassistenten Erich Thiel nichts anderes übrig, als Otto wieder nach Hause zu schicken. Das allerdings tat auch Ferdinand Pleffka: »So einen wie dich kann ich nicht gebrauchen. Pack deine Siebensachen und such dir einen anderen Lehrherren, ab!«

Für Otto war die Welt untergegangen. Stundenlang lag er völlig apathisch im Kohlenkeller und starrte gegen die Decke. Schlimmer konnte es im Gefängnis auch nicht sein. Als Walter Matuschewski die Tür aufriß, fuhr er aber hoch. So schnell er sich auch mit dem Hemdsärmel über die Augen fuhr, der Stiefvater sah die Tränen doch.

»Hör auf zu heulen! Du bist ein Mann – oder willst mal einer werden.«

Otto sah auf den Boden. Da lag eine schwere Kohlenschaufel. Die würde er hochreißen und sich wehren, wenn sein Stiefvater ihn schlagen wollte. Und wenn er ihn dabei erschlug. Es war ohnehin alles egal.

Doch Walter Matuschewski war nicht gekommen, um Otto wieder einmal zu verprügeln, sondern aus ganz anderen Gründen. Wenn ihr Sohn wirklich als Brandstifter ins Gefängnis kam, dann war das für beide Geschäfte, das Fuhrunternehmen wie den Kohlenkeller, eine Katastrophe, denn wer ließ sich schon mit den Eltern eines Kriminellen ein. Seine eigene Existenz, seine eigene Ehre stand also auf dem Spiel. Er wußte nicht recht, wie er anfangen sollte, und wählte einen kleinen Umweg. »Deine Mutter hat mir erzählt, daß einer von den Bosetzkys in Amerika gewesen sein soll.«

Otto blieb auf seiner Bettkante sitzen. »Der Friedrich Bosetzky, ja. Mein Großvater. Wieso?«

»Die Fragen stelle ich!«
»Entschuldige.«
»Möchtest du auch gerne nach Amerika?«
»Nein.«

»Das Fahrgeld kann ich dir geben.«

Otto ahnte, worauf das alles hinaus sollte. »Weil ihr nicht mit einem Verbrecher unter einem Dach leben wollt?«

»So ist es, mein Sohn.« Walter Matuschewski stampfte dabei mit dem rechten Fuß auf den Boden. Kohlenstaub wirbelte auf, und er mußte niesen.

Otto duckte sich, denn sein Stiefvater hielt sich nie die Hand vor Mund und Nase. »Ich war es nicht, ich schwöre es dir!«

»Gib mir die Hand darauf.«

Otto stand vorsichtig auf und streckte ihm die Rechte entgegen, instinktiv eine Finte erwartend, vielleicht einen Tritt mit der Stiefelspitze in den Unterleib. »Ehrenwort.«

»Gut.« Er drückte Otto mit seinem festen Holzfällergriff die Hand. »Dann komm mit rauf in die Küche, da bereden wir alles. Ich werde einen Privatdetektiv anheuern. Der soll den Schuldigen finden, wenn die Polizei zu dämlich dazu ist. Du, ich gebe nicht eher Ruhe, ehe Pleffka sich bei dir entschuldigt und du deine Lehre fortsetzen kannst, als unbescholtener Bürger.«

Aber der Fall lag nicht so einfach, und weder der Detektiv noch Thiel und seine Leute kamen irgendwie voran. Der Sommer ging ins Land, und Otto verbrachte seine Zeit damit, Kohlen zu stapeln und auszutragen sowie die Pferde zu pflegen. Ansonsten ging er angeln und blies Trübsal. Mit Eka war es aus. Sie war ja ohnehin nicht eine, mit der man länger ging. Auch seine beiden engsten Freunde machten sich rar, denn sehr unterhaltsam war er nicht. Werner Wurack kam zwar manchmal, um ihm Mut zuzusprechen und ihm das Neueste aus der Firma zu berichten. Die ausgebrannten Büroräume waren alle wiederhergerichtet worden, Fräulein Seehaus jammerte aber in einer Tour, weil ihr so viele Unterlagen verlorengegangen waren. Natürlich hielt auch Ewald Riedel zu ihm, war von seiner Unschuld überzeugt und forderte den Sieg der Gerechtigkeit. Doch Zeit hatte er kaum noch für Otto, denn zum einen war er nun Lehrling in der Reichsdruckerei; und zum anderen engagierte er sich beim Nachwuchs der SPD und lief andauernd zu irgendwelchen Versammlungen. So kam es zu einer vor kurzem noch unvorstellbaren Konstellation: Wollte Otto nicht allein sein, mußte er sich an seinen Stiefvater halten. Und so sah man die beiden mehrmals in der Woche sozusagen Hand in Hand zu den Rennbahnen ziehen, denn Pferdewetten waren Walter Matuschewskis große Leidenschaft.

»Otto, kommst du am Sonntag mit nach Hoppegarten?«

»Ja.«

Sie fuhren mit der Bahn hinaus, und Otto vergaß dabei, daß er sowohl gegen seinen Stiefvater wie gegen alles, was mit Pferden zu tun hatte, starke Antipathien, ja schon echte Haßgefühle hegte. Spätestens an diesem Sonntag begriff Otto, daß vieles im Leben höchst ambivalent war. Natürlich war ihm dieser Begriff noch unbekannt, und er dachte nur: Es ist nicht so, wie es in der Bibel steht – Deine Rede sei Ja, Ja, Nein, Nein. Man konnte einen Menschen hassen und verachten und dennoch mit ihm leben und arbeiten. Mußte es. Wirklich? Nein, eigentlich nicht. Er hätte auch nach Amerika auswandern können oder Selbstmord begehen. Doch diese Kraft, diese Konsequenz besaß er nicht, dazu war er zu schwach und zu friedfertig. Eine schmerzliche Erkenntnis. Warum war er so, wie er war? Weil er immer herumgeschoben worden war? Vielleicht. Er wußte es nicht.

»Hoppegarten (Mark)« stand auf den Bahnhofsschildern. Als sie sich der Galopprennbahn näherten, erzählte ihm sein Stiefvater, welches seine Lieblingspferde waren und wieviel er schon gewonnen und verloren hatte.

»Jetzt wette ich nur noch bei Max Klante und auf seine Gäule. Der hat ja nun 'n eigenen Rennstall. Mußt'e mal drauf achten: Blaue Jacken mit gelben Schnüren tragen seine Jockeys.«

Von Max Klante hatte auch Otto schon gehört. Der hatte den Spitznamen »Volksbeglücker«, weil man bei ihm so hohe Zinsen bekam. Das alles faszinierte Otto. Und wie das so zuging am Totalisator. Schon allein das Wort ließ ihn nicht mehr los. Er fand es überaus treffend, denn traten die Leute an den Wettschalter, waren sie total andere Menschen, Menschen, deren Verstand total ausgeschaltet war. Einlaufwetten gab es da, Dreierwetten und noch vieles mehr, aber klar war doch, daß letztendlich nur einer gewann: der Betreiber der Rennbahn.

»Das kannst du nicht verstehen, Junge«, sagte der alte Matuschewski, als die Rede darauf kam. »Die einen brauchen den Schnaps, die anderen ihre Wetten. Man muß nur warten können, mal kommt das Glück zu jedem.«

Zu ihnen war es schon auf dem Weg, wenn auch nicht in Gestalt eines Wettgewinns. Gerade als das erste Rennen eingeläutet wurde, fiel Ottos Blick auf einen Mann, der, mit einem Fernglas bewaffnet, ganz nahe an der Ziellinie stand. Er stieß seinen Stiefvater an. »Du, da vorne, da ist der Adolf Czarnowanz, mein Meister.«

Walter Matuschewski schaltete schnell. »Das ist ja interessant. So wie der aussieht, ist der öfter hier. Da werde ich mal meine Erkundigungen einziehen.«

In den nächsten Tagen sprach er mit Freunden, mit Jockeys und mit den Betreibern von Wettbüros – und er schloß von sich auf andere. Das brachte ihm so viele Erkenntnisse ein, daß er zunächst Pleffka und anschließend der Kriminalpolizei längere Besuche abstattete. Sie hatten zur Folge, daß Adolf Czarnowanz und wenig später Fräulein Seehaus verhaftet wurden. Die Beweislast gegen sie war so erdrückend, daß ihre Geständnisse nicht lange auf sich warten ließen. Bald stand es auch in den Zeitungen. Beide waren schon lange ein Paar, und sie war ihm in einem Maße hörig, daß sie jahrelang Bücher und Rechnungen gefälscht und Gelder unterschlagen hatte, Gelder, die er gebraucht hatte, um seiner Wettleidenschaft zu frönen. Als sich dann die Steuerprüfung angesagt hatte, und zwar mit einem neuen scharfen Hund an der Spitze, waren beide in Panik geraten und hatten Feuer gelegt, um alle Spuren zu verwischen.

»Tut mir leid, mein Junge«, sagte Ferdinand Pleffka und tätschelte Otto väterlich die Schulter. »Ich kann mich nur bei dir entschuldigen. Und was deine Lehre betrifft, da sollst du keinerlei Nachteile haben. Ab sofort darfst du wieder an deinen Schraubstock.«

Zur Kaiserzeit war das Leben in Berlin vom Hof geprägt worden, in der Republik gab es ein solches Zentrum nicht mehr. Die einzelnen Stadtteile waren so etwas wie kleine Inseln im Ozean geworden, und die Menschen wußten wenig voneinander, wenn sie in unterschiedlichen Berliner Gebieten lebten. Zwischen Berlin-Alexanderplatz und Berlin-Grunewald lagen Welten. Ein gemeinsames Berlin-Bewußtsein gab es nicht. Die Stadt war auch deswegen so anders geworden, weil das Militär verschwunden war, das ihr seit den Tagen des Soldatenkönigs seinen Stempel aufgedrückt hatte. Aus und vorbei. Der einst stolze und von den Frauen begehrte Leutnant verkam zum armen Gigolo. Auf Gesellschaften standen stockkonservative Adlige neben sozialistischen Parlamentariern, ein Anarchist diskutierte mit einem monarchistischen Offizier, der noch immer nicht vom Monokel lassen wollte, ein eingefleischter Judenfeind begrüßte einen berühmten jüdischen Strafverteidiger. Die alten Autoritäten und Gewißheiten waren zerfallen, neue Ideen brachen sich Bahn, erfaßten aber immer nur einen Teil der Bevölkerung. Viele junge Schriftsteller wählten einen Stakkato-Stil, weil alles immer schneller und hektischer wurde. Auch begannen einige, das Neue zu verklären: die bunten Lichtreklamen, den Kurfürstendamm mit seinen Etablissements, die S-Bahn, den Spiegelglanz der Limousinen auf dem regenfeuchten Asphalt, das Scheunenviertel mit seiner Ansammlung von Armen, Verbrechern und Nutten.

Die erste Hälfte des Jahres 1922 brachte Deutschland wenig Neues, nahm man die vorherigen Jahre als Maßstab. Walther Rathenau wurde Reichsaußenminister, die Deutschen schlossen mit den Sowjetrussen den Rapallo-Vertrag. Drei Filme, die in die Kinos kamen, sorgten für Schlagzeilen: *Fridericus Rex* mit Otto Gebühr und Albert Steinrück in den Hauptrollen, *Nosferatu – Eine Symphonie des Grauens* von Friedrich Wilhelm Murnau und *Dr. Mabuse, der Spieler* von Fritz Lang.

Alle drei hatte sich Otto Matuschewski selbstverständlich angesehen, doch im Mittelpunkt seines Lebens stand ein anderer Film. Und der hieß »Mein kleiner Bruder Helmut«. Am 12. Februar war Anna Matuschewski geborene Walter zum zweiten Mal Mutter geworden. Otto fiel nun die Aufgabe zu, in seiner ohnehin kärglichen Freizeit auch noch den Kinderwagen mit dem kleinen Helmut durch die Kreuzberger Straßen zu schieben. Es kam ihm jedes Mal wie Spießrutenlaufen vor, denn keiner seiner Freunde ließ es sich nehmen, ihn zu verspotten.

»So jung ... und schon Vater.«

»Ah, hat die Eka nicht aufgepaßt? Bist du sicher, ist das Kind wirklich von dir?«

»Von der, da hätt' ich's wegmachen lassen.«

»Der ist dir ja wie aus dem Gesicht geschnitten.«

So ging es in einer Tour, ob es nun Ewald oder Werner Wurack war, dem er begegnete, und sogar Nittodoll, der jetzt vor lauter Anstrengung, richtig zu sprechen, oft stotterte, gab seinen Senf dazu.

»Schwarze Haa-haare ha-ha-hat dein Bruder ...« Das käme davon, wenn man es im Kohlenkeller machte. Bloß gut, daß sie es nicht auf der Wiese miteinander getrieben hatten. »Dann hätta, dann hätta, dann hätta ...«

»Keine Haare«, half Otto ihm aus.

»Wieso?« Das war zu hoch für Nittodoll.

»Weil das Gras gerade gemäht worden war.«

Immerhin hatte das Kinderwagenschieben über größere Entfernungen auch eine positive Seite. Otto lernte Kreuzberg kennen. Meist bog er rechts in die Oranienstraße ein, obwohl er auf diesem Kurs schon nach wenigen hundert Metern ein Gebäude erreichte, bei dessen Anblick er jedes Mal die Augen schloß: die städtische Blindenanstalt. Er hatte große Angst davor, eines Tages selber zu erblinden, und machte, daß er wegkam. Er war voller Mitleid mit den armen Menschen, die hier Körbe flochten, und zugleich so glücklich, selber sehen zu können, daß er sich schämte. Sein erstes Ziel war das Warenhaus Wertheim am Moritzplatz, halb in die Oranienstraße, halb in die Prinzenstraße ragend. Staunend sah er an der Fassade empor, die nur aus Pfeilern und gleichmäßigen Arkaden bestand. Bis ins vierte Obergeschoß reichten sie hinauf. Auch die rotbraunen Verblendziegel gefielen ihm, und er stellte sich vor, daß er das Baugeschäft seines leiblichen Vaters geerbt und »seine Leute« das hier geschaffen hätten. »Otto Bosetzky, erst 16 Jahre alt und schon Berlins Baulöwe Nummer eins«, so hätte es dann in den Zeitungen gestanden.

Warum nur war alles so ganz anders gekommen? Zurück nahm er den Weg über die Naunynstraße, weil sich an der Ecke zur Mariannenstraße die Schokoladenfabrik »Greiser & Döbritz« befand. Auch wenn er von ihrer Marke »Dreieck« selten etwas zu naschen bekam, so waren doch schon die Gerüche etwas Herrliches.

Und immer wieder passierte etwas. Einmal rannte er mit dem Kinderwagen über den Oranienplatz, als sich vorn rechts das Rad löste und die Achse auf dem Pflaster Funken schlug. Helmut schrie fürchterlich, und die Leute regten sich auf, weil Otto den kleinen Bruder erst einmal schreien ließ, da es ihm wichtiger erschien, das davonhoppelnde Rad daran zu hindern, in den Luisenstädtischen Kanal zu fallen. Ein anderes Mal blieb er, als er in höchstmöglichem Tempo die Wiener Straße überqueren wollte, mit den Rädern in den Rillenschienen stecken, und der Kinderwagen stürzte um. Hätte der Fahrer der herannahenden Straßenbahn nicht so geistesgegenwärtig Sandstreuer und Bremsen betätigt, wären alle drei – Otto, Helmut und der Kinderwagen – überrollt worden. Die Dialoge, die sich in solchen Situationen ergaben, liefen immer gleich ab.

»Das ist ja eine Schande, wie Sie mit Ihrem Kind umgehen!«
»Das ist nicht mein Kind, das ist mein Bruder.«
»... wie Sie mit Ihrem Bruder umgehen. Aber so ist die Jugend heute nun mal: alles immer nur halb machen, halbherzig.«
»Ist ja auch nur mein Halbbruder.«

Weder Otto noch seine Kritiker hatten etwas von Sigmund Freud gehört, auch wenn dessen Schriften seit 1900 in regelmäßigen Abständen erschienen, und so verwies keiner auf das Unbewußte, fragte ihn keiner direkt, ob er sich nicht heimlich wünschte, der kleine Helmut Matuschewski möge wieder aus seinem Leben verschwinden. Zwar hatte er auch vor dessen Geburt von seinen Eltern nicht viel von dem bekommen, was die Psychologen später emotionale Zuwendung nannten, doch nun bekam er gar nichts mehr, weil sich alles um das Nesthäkchen drehte. Damit hing es wohl zusammen, daß er öfter, wenn er in ein Geschäft hineinging, den Kinderwagen draußen auf der Straße stehen ließ.

Es sollte ja vorkommen, daß Kinder geklaut wurden ... Im Kohlenkeller hatten sie das bald spitzgekriegt, denn der ganze Kiez bestand aus Klatsch und Tratsch, und sie sparten nicht mit Ermahnungen und Drohungen.

»Wenn du in einen Laden gehst, dann nimm ihn mit.«
»Mit dem Kinderwagen die Treppen rauf? Und die Türen sind immer so eng.«
»Wirst du wohl deine Widerworte lassen!«
»Ja ...«
»Wenn du mit dem Kinderwagen nicht reinkommst, dann nimmst du Helmut hoch und mit in den Laden, verstanden?«
»Ja ...«
Seine leise Hoffnung, daß sie nun selber gingen oder ein Mädchen engagierten, erfüllte sich nicht, und er mußte weiter seine Kinderwagen-Runden drehen. Eine andere Route, die er oft einschlug, führte Otto in Richtung Schlesisches Tor. Über die Waldemarstraße ging er zum Mariannenplatz, wo ein Lyzeum war und manchmal auch noch am späten Nachmittag die hübschesten Mädchen aus der Schule kamen. »So eine müßte man haben«, seufzte er, denn seit ihm Eka gezeigt hatte, wo's langgeht, wünschte er sich nichts sehnlicher als das. Allerdings mit einer, die er richtig lieben konnte und mit der er für immer gehen wollte. Doch keine der »Lyzen« beachtete ihn. Wie denn auch, war er doch »vorne rund, hinten rund, in der Mitte wie ein Pfund« – und wer nahm schon einen aus dem Kohlenkeller! Außerdem schob er ja einen Kinderwagen vor sich her, und das taten in seinem Alter nur welche aus dem Proletariat.

Er lenkte sich von seinem Elend ab, indem er zur Diakonissenanstalt Bethanien hinübersah und sich vorstellte, wie der große Theodor Fontane dort in der Apotheke gestanden und seine Pülverchen gerührt hatte. Mit dem märkischen Dichter verband ihn nicht nur, daß er dessen schönen Kriminalroman *Unterm Birnbaum* gelesen hatte, sondern auch, daß sein Großvater Friedrich Bosetzky ihn einmal getroffen hatte. Damals 1848, als er auf den Barrikaden am Alexanderplatz gestanden hatte. Noch stärker erinnerte ihn Bethanien aber an Karl May und Kara ben Nemsi, denn irgendwie sah das ganze Gebäude mit seinem gelben Ziegelwerk und den großen Rundbogenfenstern aus wie eine riesige Moschee beziehungsweise wie der Palast des Großwesirs in *Von Bagdad nach Stambul.*

»Hast du auch nicht vergessen, Helmut die Windeln zu wechseln?«

Otto fuhr herum und erblickte Werner Wurack, der hinten an der Thomas-Kirche zu Hause war. »Du hast mir gerade noch gefehlt.«

Sie gingen ein Stückchen zusammen die Muskauer Straße entlang und sprachen über das, was derzeit alle bewegte.

»Das ist vielleicht eine Sauerei mit dem Rathenau!« erregte sich Otto. Der Außenminister war am 24. Juni auf der Königsallee im Grunewald in seinem Auto erschossen worden.

»Mein Vater sagt: Jedem das Seine.« Werner Wurack ließ offen, inwieweit er sich dieser Meinung anschloß oder nicht. »Wie sagt deine Mutter immer: ›Mir geht das nichts an.‹ Ich guck' mir lieber die Bilder vom Tennis an.« Da sah man immer viel Bein, wenn Suzanne Lenglen, die Weltmeisterin aus Frankreich, beim Aufschlag graziös auf den Zehenspitzen balancierte.

Werner Wurack mußte weiter, um nach seiner Großmutter zu sehen, die hinten in der Eisenbahnstraße wohnte, was Otto zu weit war. Helmut war aufgewacht und krähte vor sich hin. Otto steckte ihm den Schnuller in den Mund und beruhigte ihn mit einem durchaus liebevollen »Eideidei«. Sein nächstes Ziel war das Telefonwerk in der Zeughofstraße. Telefone faszinierten ihn, und das Schmuckstück in seinem Kohlenkeller war ein Wandfernsprecher der Firma Stock & Co. mit Ortsbatteriebetrieb aus dem Jahre 1903. Otto wußte ganz genau, was sie jetzt nach dem Kriege, wo die Post den Rückstand gegenüber anderen Ländern aufholen mußte, so alles bauten: Telefone mit Wählscheiben und Fernsprechsysteme für den Selbstwählverkehr. Sein Traum war es, einmal bei DeTeWe zu arbeiten, wenn er bei Pleffka ausgelernt hatte. Vielleicht schickten die ihn dann auch auf die Technische Hochschule, damit er Ingenieur werden konnte. Was ihm sein Stiefvater vermasselt hatte. Er verfluchte ihn deswegen noch immer. Zurück ging es dann am Görlitzer Bahnhof vorbei, wobei Otto anderen Träumen nachhing: eine Braut zu haben, mit ihr im Zug zu sitzen und in den Urlaub zu fahren.

Seine dritte Route führte nach Süden, die Manteuffelstraße hinunter bis zum Landwehrkanal und dann in Richtung Treptow beziehungsweise Neukölln. Der erste markante Punkt war die Desinfektionsanstalt Grünauer Straße, Ecke Kottbusser Ufer. Dorthin hatte man seine Klasse im letzten Schuljahr zur Entlausung geführt. Unter einer grellen Lampe wurde der Kopf hin und her geschubst und mit Hilfe eines Kamms aus Stahl nach Läusen und nach Nissen abgesucht. Bei ihm waren sie fündig geworden. Er hatte eine lange schwarze Gummihülle um den Hals geschnürt bekommen, und dann hatten sie ihm eine übelriechende grüne Soße auf den Kopf geschüttet. Als das nichts zu nützen schien, wurde er kahl geschoren wie ein Schaf.

Noch heute schüttelte es ihn, wenn er nur daran dachte, und schnell ging er weiter in Richtung Ratiborstraße, wo sich das »Studentenbad« befand. Wie gerne wäre er dort hineingegangen und hätte sich in die kühlen Fluten gestürzt, denn es herrschte auch am frühen Abend noch eine wahre Bullenhitze in den Straßen. Doch dafür hatte er kein Geld, und wer sollte auch auf Helmut aufpassen, wenn er im Wasser war? Er seufzte tief, zumal er gerade seinen Freund Ewald sah, wie der einer jungen Schönen beim Abfrottieren helfen wollte. Doch die schien keinen Bedarf für seine Dienste zu haben und ließ ihn abblitzen. Ewald reagierte scheinbar gleichmütig wie ein Kater, der seine Beute verfehlt hatte, trollte sich aber und verließ das Bad.

Otto begrüßte und tröstete ihn. »Sei froh, daß es nicht geklappt hat, sonst würdest du vielleicht neun Monate später auch mit 'nem Kinderwagen durch die Gegend ziehen.«

»Klar, es hat schon seine Vorteile, wenn man sich alles durch die Rippen schwitzen muß.«

Sie gingen zusammen nach Hause und sprachen weniger über Mädchen als über Politik. »Rechts steht der Feind«, erklärte Ewald und wiederholte das, was ihm sein Vater, ein alter SPD-

Mann, erst kürzlich gesagt hatte. »Und der träufelt sein Gift in die Wunden unseres Volkes.«

Otto nickte. Er teilte Ewalds Meinung. Wie sein Freund hörte er dem alten Riedel immer gern zu, wenn der seine Reden hielt – auch aus ganz profanen Gründen, denn der Besitzer eines Kolonialwarenladens verwöhnte seine Gäste manchmal mit Lachsbrötchen oder ähnlichem. Und das war schon etwas anderes als die Bulette aus Pferdefleisch, wie er sie zu Hause hatte. So sagte Otto nicht nein, als Ewald ihn fragte, ob er noch schnell auf einen Schluck Brause mit reinkommen wolle, »hintenrum«, denn der Laden war schon zu.

»Und der Kinderwagen?« fragte Otto.

»Den kannste hier im Flur stehenlassen, den klaut doch keena.«

So ging Otto mit, aß sein Lachsbrötchen, trank seine Apfelsaftschorle und lauschte dem alten Riedel, der über die Rechtsradikalen wetterte, die Walter Rathenau erschossen hatten.

»Das muß man sich mal vorstellen: der 354. politische Mord von rechts seit 1919! Und wer tut was dagegen? Die Justiz nicht. Unsere konservative Regierung nicht ...«

Riedel redete und redete, und es dauerte eine gute Viertelstunde, bis Otto wieder in den Hausflur kam und entsetzt aufschrie.

»Helmut ist weg!«

Seine Schreie hallten durch das Treppenhaus. Ewalds erste Vermutung, der Kinderwagen sei nur in eine Nische gerollt, erwies sich als falsch, auch nach gründlichem Suchen blieb er verschwunden. Mieterinnen und Mieter kamen herbeigestürzt und machten mit ihrem Gerede die Sache nur noch schlimmer.

»Det wer'n Zigeuner gewesen sin, die vakoofen die Kinda an welche, die selba keene kriegen.«

»Oda eena wie der Großmann, der Hackfleisch aus die Kinda macht.«

Otto wurde schwarz vor Augen, er mußte sich am Treppengeländer festhalten, sonst wäre er zu Boden gestürzt.

»Los, auf die Straße raus und suchen!«, schrie Ewald. »Weit könn'n se ja mit dem Kinderwagen noch nich sein.«

Otto konnte keinen klaren Gedanken mehr fassen und lief dem Freund hinterher. Sie hetzten durch die Straßen. Waldemarstraße, Mariannenstraße, Oranienstraße, Adalbertstraße, Naunynstraße.

»Haben Sie den Kinderwagen gesehen mit dem kleinen Helmut Matuschewski drin?«

»Nein.«

Immer die gleiche Antwort, und als eine Stunde vergangen war, sank Otto am Mariannenplatz auf eine Bank und ließ jede Hoffnung fahren. »Der is weg ... und ick kann mir 'n Strick nehmen.«

»Quatsch!« Ewald legte ihm den Arm um die Schultern. »Wir müssen deinen Eltern Bescheid sagen.«

Otto hatte Tränen in den Augen. »Das ist es ja. Sie werden denken, ich hätte das mit Absicht gemacht und ...«

»Dann laß uns zur Polizei gehen.«

»Nein.«

Nun wußte auch Ewald keinen Rat mehr. »Was dann?«

»Ich versteck' mich bei euch.«

»Ja, aber ...« Eine Dauerlösung war das nicht. »Komm!« Er zog Otto von der Bank. »Wir gehen jetzt zur Polizei und erstatten Anzeige. Augen zu und durch.«

Sie waren keine hundert Meter gegangen, da lief ihnen Nittodoll über den Weg und fragte, warum sie denn so bekümmert aussähen.

»Weil sie Otto seinen kleinen Bruder geklaut haben.«

»Wie-wie-wieso denn ditte?«

»Weiß ich nicht. Bei uns in der Waldemarstraße aus'm Hausflur raus.«

»Un-un-un-un ...« Nittodoll war jetzt ganz aufgeregt und bekam das Wort nicht raus.

»Unten?« fragte Otto. »Wo ist er?«

»... unten in der U-Bahn?«, hakte Ewald nach.

»Das ist doch zu weit weg«, wandte Otto ein. Hier in der Gegend, in Kreuzberg und Neukölln, hatten sie gerade erst mit den Vorarbeiten angefangen, und der nächste U-Bahnhof war Spittelmarkt, also viel zu weit entfernt. Aber vielleicht meinte »unten« einen Keller. »Sag mal, Julius, steckt er irgendwo im Keller?«

Nittodoll nickte. »Ja, ja ... in Teller drin.«

Also doch ein Kindermörder. Otto war nahe daran zusammenzubrechen, denn in der Verfassung, in der er war, dachte er gar nicht daran, daß bei Nittodoll aus dem k oft ein t wurde. Beim Wort Teller hatte er nur die fürchterlichsten Assoziationen.

»Mein Gott, Ewald!«

Der behielt zum Glück die Fassung und hakte nach. »Julius, in welchem Keller denn?«

Nittodoll konnte das alles nicht fassen und hielt die anderen für total bescheuert. »Na, bei-bei Euch im-im-im Ko-ko ...«

»Kohlenkeller!«, ergänzte Ewald.

»Ja.«

»Mensch! Danke.«

Sie stürzten hin, und richtig, schon vor dem Kohlenkeller hörten sie das Geschrei, das Helmut Matuschewski so oft von sich gab.

Was war geschehen? Walter Matuschewski hatte zufällig gesehen, wie Otto mit dem Kinderwagen im Hausflur verschwunden war, und überprüfen wollen, wie ernst sein Stiefsohn die Aufsichtspflicht nahm. Fünf Minuten hatte er gewartet, dann hatte er den Kinderwagen genommen und seinen Sohn eigenhändig nach Hause geschoben. Statt der üblichen Prügel bekam Ottos diesmal nur ganz lakonisch einen Satz zu hören.

»Das soll dir eine Lehre sein.«

Im Januar 1923 marschierten französische und belgische Truppen wegen ausstehender Reparationszahlungen ins Ruhrgebiet ein. Die Wirtschaftslage war katastrophal, und die Inflation erreichte immer neue Höhepunkte. Hatte man 1914 nur 4,20 Mark für einen Dollar zahlen müssen, so waren es im Juni 1923 schon 100 000 Mark. Ein Brot kostete 1428 Mark, und wenn die Leute zu Anna Matuschewski in den Kohlenkeller kamen, dann brauchten sie für ihre Geldscheine schon einen kleinen Korb, denn für einen Zentner Brikett hatten sie 11 430 Mark auf den Tisch zu legen. Und mit jedem Tag wurde alles noch schlimmer.

»Man hat nur ein Leben«, sagte sich Otto Matuschewski, nun

schon im stattlichen Alter von 17 Jahren, »und da muß man das Beste draus machen.« Seine Lehre als Maschinenbauer hatte er mit Glanz beendet, doch eine Arbeitsstelle fand er nicht. Zu hungern brauchte er nicht, denn er wohnte ja weiterhin bei seinen Eltern im Kohlenkeller und wurde auch von ihnen bekleidet und beköstigt, wofür er aber auch einiges an Arbeit zu verrichten hatte. Das alles paßte ihm nicht, aber wie sollte er es anfangen, endlich auf eigenen Beinen zu stehen? Eigentlich hätte er jetzt sein Ränzel schnüren und sich auf die Wanderschaft begeben müssen, wie es über Jahrhunderte hinweg guter Brauch gewesen war, doch wer nahm in diesen lausigen Zeiten noch einen Gesellen und wo war der Meister, bei dem er sich bewähren und dessen Töchterlein er freien könnte? Als auch die Geschäfte seiner Eltern immer schlechter gingen, wurde er langsam, aber sicher das, was die Leute einen Herumtreiber nannten und die Alten einen Eckensteher. Seinem Freund Werner Wurack erging es auch nicht anders, aber Werner war schlitzohriger und verschlagener als er und fand immer einen Dreh, zu Geld zu kommen. Manchmal nahm er Otto mit.

»Du, ich hab' da was für dich.« Auch an diesem Abend, als Otto am Görlitzer Bahnhof herumgelungert und auf ihn gewartet hatte, tat er sehr geheimnisvoll.

Otto wehrte ab. »Keinen Einbruch oder so.«

»Quatsch, was bei Klante.«

Max Klante, »der Volksbeglücker«, versprach all denen, die bei ihm in seinem Büro in der Friedrichstraße 121 ihr Geld in Pferdewetten anlegten, Riesengewinne. Alle Einlagen sollten innerhalb von zwei Monaten hundertprozentig verzinst werden. 1920 hatte er seine Firma gegründet, und anfangs funktionierte das auch, denn Klante, ein gelernter Fotograf, war ein genialer Überredungskünstler. Leute, die wenig hatten, vertrauten ihm ihren letzten Spargroschen an, und wer viel hatte, riskierte gerne etwas, um noch mehr zu haben. 1921 besaß Max Klante schon drei Autos, einen erstklassigen Rennstall und eine hochherrschaftliche Villa in Karlshorst. Da seine Pferde wie seine Jockeys absolute Spitze waren, konnte er die versprochenen Gewinne tatsächlich auszahlen und wurde dafür gebührend gefeiert. In der Großen Frankfurter Straße hatte er ein Café eröffnet, wo die Kapelle, wenn er dort erschien, einen eigens für ihn komponierten Max-Klante-Marsch spielte. Und mit Reklamezetteln für dieses Café liefen nun Werner und Otto durch die umliegenden Straßen.

Als Otto danach todmüde nach Hause kam und sich schon auf sein Bett im Kohlenkeller freute, fing ihn sein Stiefvater vor dem Eingang ab. Kreidebleich war Walter Matuschewski, Otto hatte ihn noch nie so aufgewühlt gesehen.

»Du, Mutter ist vor der Wohnungstür niedergeschlagen worden und ...«

»Ist sie tot?«

»Nein, sie liegt im Bethanien, aber ...«

»Aber?«

»Sie haben die Wohnung ausgeräumt und alles mitgenommen, was wir ... den Schmuck und die paar Dollarnoten, die ich noch hatte.«

Otto konnte nicht mehr an sich halten. »Hast du, als du besoffen warst, in der Kneipe wieder alles erzählt?«

»Wie redest du denn mit deinem Vater!«

»Mein Vater ist tot, und mit dir rede ich so, wie es mir paßt.« Er war jetzt stark genug, dem Stiefvater Paroli zu bieten, und ein guter Boxer geworden, untersetzt, wie er war.

Walter Matuschewski nahm es hin und fing an zu klagen. »Wenn die Polizei den Dieb nicht findet ...«

»Wichtig ist, daß Mutter wieder auf die Beine kommt. Was hat sie denn?«

»Ein Loch im Kopf.«

Es war dann aber doch nicht so schlimm, kein Schädeltrauma, sondern nur eine Platzwunde am Hinterkopf samt Gehirnerschütterung. Nach einer Woche war sie wieder zu Hause und konnte im Keller stehen und Kohlen verkaufen. Nur die Wunde, das heißt die kahlrasierte Stelle am Kopf, machte ihr noch eine geraume Weile zu schaffen. Sie hatte sich ein künstliches Haarteil gekauft, das aber so schlecht zu ihrer natürlichen Haarfarbe paßte, daß sie ständig ihren schwarzen Topfhut trug.

Gerade hatten sie sich in der Manteuffelstraße von diesem Schrecken erholt, da meldete ein Telegramm aus Tschicherzig, daß ihre Mutter beziehungsweise Großmutter im Sterben läge.

»Mein Junge, da müssen wir hin!«, rief Anna Matuschewski.

Otto war nicht wenig erstaunt, denn es hatte in all den Jahren nie den Anschein gehabt, als bestünde zwischen den beiden eine enge Beziehung. Ewald gegenüber hatte er sogar gespottet, das sei bei ihnen, da sie ja vom Lande kämen, wie bei den Tieren: »Da weiß doch 'ne Stute nach zehn Jahren auch nicht mehr, welches Tier in der Herde mal ihr Fohlen war. Meine Mutter muß immer erst mal eine Weile nachdenken, bis sie darauf kommt, daß ihre Mutter Luise heißt. Du weißt ja: Mir geht das nichts an.« Ewald hatte nur gelacht und hinzugefügt, daß ja Ottos Beziehung zu seiner Großmutter auch nicht anders sei. »Da kannst du recht haben.«

Wie auch immer, Anna Matuschewski konnte ihre Neigung zum Theatralischen wieder einmal voll ausleben und jedem Kunden mit tränenerstickter Stimme vorjammern: »Bald werde ich keine Mutter mehr haben.« Auch Otto war voller Trauer – und sie war echt. Er trauerte allerdings nicht um die Frau, die im Sterben lag, sondern darum, daß er nie eine richtige Großmutter gehabt hatte, eine, die sich um ihn gekümmert, ihn verwöhnt und getröstet hätte. Dieser Frau in Tschicherzig hatte er nicht mehr bedeutet als ein x-beliebiger Nachbarsjunge.

Sie machten sich also auf den Weg an die Oder. In Tschicherzig stellte sich dann heraus, daß sich Luise Auguste Walter inzwischen wieder gut erholt hatte, sie also ganz umsonst gekommen waren. Anna Matuschewski war mächtig aufgewühlt, als sie am Krankenbett standen, faßte sich immer wieder an den Kopf und rief: »Mutter, mich hätte es ja viel eher treffen können, mich! Sieh nur meine Wunde an.« Damit riß sie ihren Hut vom Kopf. Alle schrien auf. »Dieser furchtbare Schlag auf den Hinterkopf. Um ein Haar wäre ich tot gewesen. O du mein himmlischer Herrgott, noch vor meiner eigenen Mutter wäre ich gestorben!«

Auf der Rückreise faßte sie den Beschluß, ihren Sohn zum Musiklehrer Sterzinski zu schicken. »Da lernst du Geige spielen. Und bei meiner Beerdigung spielst du dann ein schönes Stück.«

Was blieb Otto, als zu gehorchen. Zwar mochte er Musik und war nicht unbegabt, hätte aber viel lieber mehr im Boxring trainiert als zum »Wimmerholz« gegriffen. Außerdem war anderes viel spannender, nämlich die Jagd nach dem Räuber. Sein Stiefvater hatte ihn darauf gebracht.

»Die Polizei tappt immer noch im dunkeln. Kannst du nicht mal mit Werner Wurack sprechen?«

Otto war erstaunt. »Wieso? Er ist doch nicht bei der Polizei.«

»Aber sein Vater soll was mit diesen Ringvereinen zu tun haben, in denen die Ganoven alle drin sind. Und vielleicht weiß der was oder hört sich mal um. Ich setz' auch 'ne Belohnung aus.«

Otto sprach mit Werner Wurack und kam auf diese Art und Weise mit den Berliner Ringvereinen und damit dem Verbrechen in Berührung. Der erste Ringverein, gegründet 1890, hatte wirklich noch etwas mit dem Ringen zu tun gehabt, denn seine Mitglieder übten es tatsächlich aus, um ihre Muskelkraft zu fördern. Erst später bezeichnete »Ringverein« einen Verein, der sich mit anderen zu einem Ring zusammengeschlossen hatte, einem Syndikat kleinerer bis mittlerer Ganoven. Diese Ringvereine nannten sich »Immertreu«, »Deutsche Kraft«, »Hand in Hand«, »Friedrichstadt« oder »Rosenthaler Vorstadt« und waren amtlich registriert als Geselligkeits-, Spar-, Männergesangs-, Lotterie- oder Sportverein, verfolgten aber durchweg das Ziel, den Mitgliedern das Überleben in diesen rauhen Zeiten durch kriminelle Aktivitäten zu sichern. Das geschah vornehmlich dadurch, daß man sich kleinen Gastwirten wie den Besitzern großer Tanzpaläste für ein bestimmtes Entgelt als Schutz empfahl. Wer nicht zahlte, dem drohte der Boykott oder die Zerschlagung des Mobiliars. War aber ein Unternehmer willig, dann half man ihm auch, wenn er in Zahlungsnot geraten war, indem man einen Einbruch fingierte oder Feuer legte. Macht über das Vergnügungsgewerbe konnten die Ringvereine auch dadurch gewinnen, daß sie das Monopol für die Vermittlung von Portiers, Kellnern, Schuhputzern, Zettelverteilern, Toilettenfrauen, Anreißern, Bardamen und Animiermädchen an sich brachten. Wer es sich als Geschäftsführer eines Vergnügungslokals mit ihnen verdarb, indem er etwa eine organisierte Tänzerin auf die Straße setzte, war plötzlich allein mit seinen Gästen und konnte sein Etablissement schließen, sofern er nicht mit den Vertretern eines Ringvereins verhandelte. Die Vereine sorgten dafür, daß die Prostitution in geregelten Bahnen verlief, und wer als entlassener Strafgefangener Arbeit suchte, um nicht wieder rückfällig zu werden, dem wurde sie verschafft. Es gab also für die Polizei wie für die Politik gute Argumente, die Ringvereine als das kleinere Übel hinzunehmen, und auch der ganz normale Bürger betrachtete sie mit einem gewissen Augenzwinkern und sah in ihnen keinesfalls den Abgrund des Verbrechens. Zwar waren sie letztendlich eine Verbrecherorganisation, halfen Berufsverbrechern mit fingierten Alibis und der Vermittlung falscher Zeugen und lernten Neulinge an, aber das alles hatte auch seinen Charme und war irgendwie faszinierend. Einem selbst taten sie ja nichts, im Gegenteil, sie halfen der Polizei, wenn es darum ging, die wirklich üblen Verbrecher zu fangen. Fritz Lang sollte das ein paar Jahre später in seinem genialen Film *M – Eine Stadt sucht einen Mörder* herausstellen. Da bringen Kriminelle aus einem Ringverein einen Triebtäter zur Stecke.

Otto Matuschewski jedenfalls kam nun in Kontakt mit einigen Mitgliedern des Ringvereins »Immertreu«. Der war 1921 gegründet worden, um, so die Vereinssatzung, Kollegen aus der Gastwirtschaftsbranche Stellen zu vermitteln und dem Banditen- und Räuberunwesen am Schlesischen Bahnhof Einhalt zu gebieten. Werner Wuracks Vater sagte ihnen, wann sie sich in einer Kneipe in der Maddaistraße einfinden sollten, um Pocken-Paul zu treffen.

Pünktlich waren Otto und Werner zur Stelle und hatten gerade ihr Bier zur Hälfte ausgetrunken, als ein Herr von etwa vierzig Jahren auf sie zukam. Er war zwar elegant gekleidet, aber sein Gesicht sah so aus, als sei es vor kurzem von einer vollen Schrotladung getroffen worden. Er begrüßte die beiden, setzte sich zu ihnen, bestellte einen Cognac für jeden und hörte sich dann an, was Otto über den Raubüberfall in der Manteuffelstraße 33 zu berichten hatte.

»Gut, ich werde sehen, was sich machen läßt.« Pocken-Paul sah auf seine Fingernägel. »Aber – eine Hand wäscht die andere.«

»Ja ...«

»Da gibt es einen Zigarrenhändler in der Oranienstraße, der die Polizei gerufen hat, als sich einige meiner Freunde ein wenig mit den Fäusten unterhalten haben. Das hätte er nicht tun sollen. Um ihm dies klarzumachen, wäre es schön, wenn seine Schaufensterscheiben so bald wie möglich in einen etwas anderen Zustand übergehen würden.«

Werner Wurack und Otto verstanden den Wink und zögerten nicht, der kleinen Bitte des anderen noch in den späten Abendstunden desselben Tages nachzukommen. Zwei Tage später fand Anna Matuschewski alles, was man ihr geraubt hatte, im Briefkasten wieder. Abzüglich der versprochenen Belohnung.

Damit schien alles bestens geregelt zu sein, doch einen Monat später, als Otto wieder einmal am Görlitzer Bahnhof stand und die Zeit totschlug, klopfte ihm jemand von hinten auf die Schulter. Er erschrak und fuhr herum. Hinter ihm stand Pocken-Paul.

»Sie?«

»Ja, ich.«

»Ist denn noch was?« Otto war sehr mulmig geworden.

»Nein. An sich nicht. Nur, dein Vater hat doch ein Fuhrgeschäft?«

»Ja.«

»Wir brauchen für Freitag mittag einen Rollwagen.«

»Und?«

Pocken-Paul lächelte. »Der Witz ist der, daß sich nachher im Zweifelsfall niemand daran erinnern kann, uns dieses Gefährt leihweise zur Verfügung gestellt zu haben.«

»Ich verstehe.« Otto hätte am liebsten beide Beine in die Hand genommen und wäre getürmt. »Nee«, stieß er hervor, »wir sind für so was nicht.«

»Aber für das Einwerfen von Schaufensterscheiben. Siehst du den Mann da an der Bahnhofssperre?«

»Ja.«

»Das ist ein Kriminaler in Zivil. Was meinst du, wie der sich freut, wenn ich dem davon erzähle.«

Otto sah ein, daß er in der Falle saß. Was blieb ihm weiter übrig, als Pocken-Paul zu sagen, daß das mit dem Wagen in Ordnung ginge. Aber erst am Montag, da sei sein Vater nicht da, und er habe den Auftrag, mit Pferd und Wagen nach Lankwitz zu fahren, um da etwas abzuholen, einen Konzertflügel wohl.

»Das trifft sich gut. Ich stehe um elf an der Kolonnenbrücke und löse dich ab. Du fährst dann mit der Bahn nach Lankwitz. Um eins bin ich da, und du kriegst Pferd und Wagen zurück.«

So geschah es dann auch, und am Dienstag konnte Otto in der Zeitung lesen, daß es in der Hauptstraße in Friedenau einen großen Coup gegeben hatte. Um die Mittagszeit hatte ein Rollwagen vor einem Juweliergeschäft gehalten, und eine große Kiste, fast ein Schrank, war abgeladen und vor die Tür gestellt worden. Der Wagen war weggefahren, und niemand hatte sich dafür interessiert, daß die Kiste eine halbe Stunde später wieder abgeholt worden war. Dann war der Juwelier vom Essen zurückgekommen, hatte sein Geschäft durch die Hintertür betreten und aufgeschrien: Alle Vitrinen waren erbrochen, die kostbarsten Geschmeide verschwunden. Die Ladentür war noch immer fest verschlossen, die Sicherungsanlage vollkommen intakt. Nur die Türfüllung war herausgetrennt worden, und zwar überaus kunstvoll und nur so weit, daß ein Mensch gerade eben hindurchschlüpfen konnte. Von den Tätern gab es noch keine Spur, zweckdienliche Hinweise wurden erbeten.

Otto bekam es mit der Angst zu tun und überlegte fieberhaft, wie er sich da aus der Affäre ziehen konnte. Ging er zur Polizei, machten ihn Pocken-Paul und seine Freunde früher oder später fertig. Ging er nicht zur Polizei und die Sache kam heraus, landete er als Mittäter im Gefängnis. Blieb nur die Flucht. Aber wohin sollte er gehen? In Tschicherzig oder Steinau hätten sie ihn bald gefaßt. Wieder und wieder ging er alle Möglichkeiten durch. Vielleicht nach Tamsel, wo die Bosetzkys herkamen, oder Schluft, wo noch ein paar Matuschewskis wohnten? Nein, dort kannte er keinen so richtig. Erst beim Abendbrot hatte er eine Idee.

»Mutter, kann ich nicht mal zu Hermann?« Hermann Walter, Onkel Reinholds Sohn, hatte jetzt einen eigenen Kahn und fuhr damit auf der Ems. Und Meppen war weit weg vom Schuß.

»Ja, warum denn nicht.«

Das Jahr 1924 begann in Berlin mit der Aussperrung von 140 000 Metallarbeitern, die gegen Lohnkürzungen gestreikt hatten. In Magdeburg wurde das Reichsbanner Schwarz-Rot-Gold gegründet, in dem sich linksgerichtete ehemalige Frontsoldaten zur tatkräftigen Abwehr der rechten vaterländischen Bünde zusammenfanden. Am 1. April wurde der »Architekturzeichner und Schriftsteller« Adolf Hitler in München wegen seines Putsches vom 9. November 1923 zu fünf Jahren Festungshaft verurteilt, doch der Prozeß machte ihn erst über die Grenzen Bayerns hinaus bekannt und gab ihm die Gelegenheit, sich als Märtyrer der nationalen Sache hinzustellen. »Als Mensch können wir Hitler unsere Achtung nicht versagen«, erklärte daraufhin der Staatsanwalt.

Die Aussperrung tangierte den jungen Otto Matuschewski nicht, denn er war noch immer arbeitslos, die beiden anderen Geschehnisse jedoch sollten auch sein Schicksal entscheidend bestimmen. In der *B.Z.* seiner Eltern fand sich eine ausführliche Reportage des Prozesses in München und ein kraß gezeichnetes Hitler-Porträt: »In dem grellen Sonnenlicht fällt besonders das schwer Hysterische, Pathologische in seinem stieren Blick und in seinen zuckenden Bewegungen auf, ebenso das unbedingt Animalische seines Kopfbaues.«

»So was lieben die Leute«, sagte Walter Matuschewski. »Wenn der wieder rauskommt aus dem Gefängnis, dann wird der neuer Reichskanzler. Ich hab' das im Urin.«

»Mir geht das nichts an«, erklärte Anna Matuschewski.

Otto lachte bitter. »Wenn's soweit ist, wird's dir auch was angehen, Mutter.«

In den langen Diskussionen mit seinem Freund Ewald hatte sich Otto immer mehr die Erkenntnis aufgedrängt, daß Deutschland ein Pulverfaß war und die neue Ordnung nicht sehr lange halten würde, zu zerrissen war das Land, zu groß waren die Unterschiede zwischen arm und reich, zwischen links und rechts, zwischen den ewig Gestrigen und den visionären Träumern. Er selber war jetzt 18 Jahre alt und fühlte sich wie ein Blatt im Wind. Nirgendwo war er heimisch. Was aber auch ein Vorteil sein konnte. Nein, denn fast wäre er ja da heimisch geworden, wo man sich stets mit einem Bein im Knast befand. Die Flucht zu seinem Cousin an die Ems hatte sich als richtig erwiesen, denn weder die Leute vom Ringverein »Immertreu« noch die Kriminalen hatten ihn dort aufgespürt. Und mittlerweile war Gras über die Sache gewachsen. Pocken-Paule war nach Hamburg entschwunden, und die Einbrecher, die Walter Matuschewskis Rollwagen benutzt hatten, waren verurteilt worden, ohne vor Gericht etwas ausgeplaudert zu haben.

Otto begriff, daß Glück auch die Summe des Unglücks sein konnte, dem man entgangen war. Trotzdem: Was hatte er noch vom Leben zu erwarten?

»Nichts.« Er sprach es laut vor sich hin, weil er spürte, daß es ihm eine gewisse Größe verlieh. In dieser Stimmung saß er auf dem Mariannenplatz und sah zu, wie sein kleiner Bruder mit einem hölzernen Pferdefuhrwerk zugange war.

»Na, du – o-o-och ni-nix zu tun?«

Um zu wissen, wer ihn da angesprochen hatte, brauchte er sich nicht extra umzudrehen. »Ach du, Julius. Wie geht's denn so?«

»Wo-wo-woher?« Nittodoll war erstaunt, daß Otto ihn erkennen konnte, ohne ihm vorher ins Gesicht gesehen zu haben.

»An deinen Schuhen«, sagte Otto.

»Ja, meine Tuhe sind alt.« Langsam fing sich Nittodoll und begann zu erzählen, was er so machte. »Ich bin jetzt bei die ›Raubritter‹.«

»Aha.« Otto wußte Bescheid. Nittodoll war nun auch bei einer dieser sogenannten Wilden Cliquen gelandet, von denen es im proletarischen Berlin nur so wimmelte. Sie hatten Namen wie »Tartarenblut«, »Zigeunerliebe«, »Mädchenscheu«, »Bauernschreck«, »Edelhirsch«, »Rote Apachen«, »Waldpiraten«, »Modderkrebs«, »Tippeltreu«, »Schnapsdrossel«, »Blutiger Knochen«,

»Santa Fe«, »Nordlicht«, »Edelweiß« oder »Broadway 32«. Die meisten Mitglieder waren um die Zwanzig und arbeitslos, es gab aber auch 25jährige, die schon verheiratet waren und keine Arbeitslosenunterstützung mehr bekamen. Die Lebensbedingungen waren katastrophal. Die jungen Menschen schlossen sich zusammen, um zu überleben. Wo sonst gab es noch Leute, die einem halfen, wenn die Not am größten war, und bei denen man sich auch mal so richtig ausweinen konnte. Zwar verspotteten sie die bürgerliche, die bündische Wandervogelbewegung, doch wie diese strebten sie danach, aus grauer Städte Mauern hinaus aufs Feld zu ziehen, und hatten sich 1923 in der Reichenberger Straße folgerichtig zum »Roten Wander Ring Deutschlands« zusammengeschlossen.

Eigentlich waren die »Raubritter«, die wohl auch deswegen so hießen, weil viele von ihnen aus der Ritterstraße kamen, für Otto doch ein wenig zu proletarisch, doch was sollte er machen. Seinen Freund Werner Wurack hatte er schon lange nicht mehr gesehen – womöglich saß er ein –, und Ewald war mit seinem Vater aufs Land gefahren, um nach billigen Bezugsquellen Ausschau zu halten. Zum Boxen zu gehen fehlte ihm das Geld und zum Tanzen neben dem Geld auch die Lust. Von einer Braut ganz abgesehen. Er war kein Draufgänger, der die Mädchenherzen im Sturm erobern konnte, und brauchte viel zu lange, um eine anzusprechen. Während er noch wägte, hatten es die anderen schon lange gewagt. Das alles war nicht erhebend. Dann schon lieber mit der Clique auf die Gosener Berge.

Sonnabend nachmittag um vier Uhr trafen sich die »Raubritter« am Görlitzer Bahnhof. Otto staunte. Er hatte erwartet, daß die Cliquen sich in Lumpen hüllten, denn wie spottete sein Stiefvater immer: »Armut verpflichtet.« Doch die Kleidung der meisten erwies sich als ebenso phantasievoll wie kostspielig. Knielange Seppelhosen sah er, karierte Hemden, runde Hüte ohne Krempe, aber mit Hahnenfedern, auffallende Hosenträger und Wadenstrümpfe. Überschlug er alles, dann kostete so eine Ausrüstung an die achtzig Mark, denn schon die Krachledernen allein schlugen mit zwanzig Mark zu Buche. Wo das Geld nur herkam? Ob die sich gegenseitig halfen? Vielleicht gab es irgendwo in Berlin verbilligte Einkaufsmöglichkeiten für die Cliquenkluft.

»Knirps, wie sieht du denn aus?«

Otto trug nur Räuberzivil, das heißt Trainingshose und Windjacke, und der, der ihn da zur Rede stellte, war der Anführer der »Raubritter«, der sogenannte Cliquenbulle. Er hieß Siegfried, aber alle nannten ihn Spinne. Denn er hatte nur einen verhältnismäßig kleinen und auch noch runden Körper, aber riesige Extremitäten. Dadurch war er nicht nur im Ringkampf allen überlegen, sondern galt auch als der stärkste Boxer, denn aufgrund seiner außergewöhnlichen Reichweite kam ein Gegner nie dicht genug an ihn heran, um einen Wirkungstreffer zu landen. Auch die wuchtigsten Schläge verpufften irgendwie. Außerdem konnte Spinne leidlich Gitarre spielen und singen und den anderen etwas von den historischen Raubrittern erzählen, den Quitzows beispielsweise, wie sie den reichen Kaufleuten alles weggenommen und dem Burggrafen von Nürnberg den Fehdehandschuh hingeworfen hatten. Das reichte, obwohl er sonst nicht der Hellste war, allemal, um Anführer der »Raubritter« zu werden. Von Beruf war Spinne Maler, aber nicht Kunstmaler, wie er immer wieder durchblicken ließ, sondern Anstreicher.

Knirps genannt zu werden gefiel Otto nicht sonderlich, doch er mochte sich nicht schon mit Spinne anlegen, bevor es überhaupt losgegangen war. Vielleicht hätte Nittodoll das dann ausbaden müssen. Der hatte ihn schließlich mitgeschleppt. Nittodoll durfte auch den grün-weißen Wimpel halten.

17 waren sie schließlich, als sie in den Zug stiegen; unter ihnen befanden sich auch drei Mädchen, die auf so schöne Namen wie Husten-Hella, O-Bein-Else und Gacker-Gila hörten. O-Bein-Else war Spinnes Freundin und somit die Cliquenkuh. Fast alle hatten Musikinstrumente dabei, Mandolinen, Gitarren und Mundharmonikas, und die Stärksten hatten sich die Zeltplanen über ihren Affen, das heißt ihren Rucksack gespannt. Die Zelte waren Gemeineigentum, angeschafft von ihren Beiträgen, denn jeder hatte am Monatsanfang eine Mark in die Kriegskasse einzu-

zahlen. Kassenwart war Eule, ein gelernter Buchhalter, der ein ovales Gesicht und Käuzchenaugen hatte.

Um das Geld für die Straßenbahn von Grünau nach Schmöckwitz zu sparen, fuhren sie mit dem Zug bis Eichwalde und liefen dann ein paar Kilometer durch Wald und Ort. Als sie Schmöckwitz passiert hatten und es hinter der Brücke in den Wald ging, fingen sie an zu singen. Zuerst »Roter Wedding«, denn in der Mehrzahl waren sie Kommunisten, dann folgte ihr Cliquenlied: »Grün-weiß-grün sind unsre Farben, / grün-weiß-grün ist unser Stolz. / Wenn wir Latscher sehn, denn jibt's Keile, / wenn wir Nazis sehn, denn jibt's Kleinholz.«

Was Latscher waren, sollte Otto bald erfahren, denn als sie die Brücke über den Oder-Spree-Kanal erreicht hatten, kam ihnen eine Gruppe des Christlichen Vereins Junger Männer entgegen, und sofort beschimpften sie sich gegenseitig.

»Über diese Brücke kommt ihr nicht, die ist jesperrt für Jesus-Latscher!«, rief Spinne und versperrte den anderen den Weg.

»Platz da, ihr Penner!«, erklang es von der anderen Seite.

»Berlin ist kein Latscherland.«

»Berlin ist kein Pennerland.«

Nach einem längeren verbalen Schlagabtausch stürzte sich Spinne auf den Anführer der Christlichen und streckte ihn mit einer langen Geraden zu Boden. Nachdem sie dem Besiegten sein Bargeld abgenommen hatten, zogen sie sich ritterlich zurück, um den Latschern Gelegenheit zu geben, ihren Anführer vom Schlachtfeld zu tragen und seine Wunden zu kühlen. Triumphierend marschierten die Raubritter nun weiter, immer die Gosener Berge hinauf, wo unterhalb der Schiller-Warte einige der Cliquenmitglieder den ganzen Sommer verbrachten. Sie waren allesamt arbeitslos und fuhren nur ab und an zum Stempeln in die Stadt. Jubelnd begrüßten sich die beiden Abteilungen, und Spinne stellte den anderen den Neuen vor.

»Det is Otto, unser Cliquenpiepel.«

Das paßte Otto ebensowenig wie vorhin der Überfall auf die Latscher, aber er hielt sich noch zurück. Vielleicht hätte er die Gelegenheit genutzt, sich beim Pinkeln nicht nur in die Büsche zu schlagen, sondern gleich nach Gosen, Wernsdorf oder Schmöckwitz abzusetzen, aber O-Bein-Else hatte ihm mehrfach schöne Augen gemacht. Andere mochte es abstoßen, wenn eine junge Frau Beine hatte, die »über die Tonne gebügelt waren«, wie man so sagte, ihn aber erregte das über alle Maßen. Und wie sie ihn angesehen und flüchtig berührt hatte, da war er sich ganz sicher, daß die kommende Nacht viel bringen würde. Nur Spinne mußte irgendwie ausgetrickst werden. Er murmelte halblaut vor sich hin: »Wo ein Wille ist ...«

Zunächst aber wurde zum Baden geblasen, und alle schwammen im Seddinsee herum. Else natürlich ganz in seiner Nähe.

»Was machst du so?«, fragte sie.

»Ich bin gelernter Maschinenbauer und will mal Ingenieur werden.« Er wußte, daß ihr das imponieren würde.

Sie strich sich die Haare aus dem Gesicht. Sommersprossen hatte sie, braune Augen und eine herrliche Stupsnase. »Und jetzt?«

»Jetzt schwimm' ich neben dir und genieße das.«

»Ich auch. Nee, ich meine ...«

»Meine Eltern haben 'n Fuhrgeschäft und 'ne Kohlenhandlung, da helfe ich mit. Und außerdem hab' ich mich bei der Post beworben, als Telegrafenbauhandwerker.«

Else begriff das nicht. »Und da biste bei uns?«

»Nittodoll hat mich mitgeschleppt. Mit dem bin ich mal in eine Klasse gegangen.«

Sie lachte und zeigte dabei wunderschöne kleine Marderzähne. »Da-da-das erklärt ja a-a-alles.«

Spinne stand schon am Ufer und schwenkte sein Handtuch. »Die Cliquenkuh hierher zum Abtrocknen.«

»Wenn alle schlafen, an der großen Weide rechts«, flüsterte Else Otto noch zu.

Nach dem Baden übten sie im weichen Sand Kunstportfiguren, indem sie mit ihren Körpern Brücken, Tannenbäume und Pyramiden bildeten. Otto fand viel Anerkennung, war er doch unter rauhen Oderschiffern aufgewachsen, und sowohl bei der Arbeit auf dem Kahn wie beim Kohlentragen hatte sich seine Muskelmasse ganz prächtig entwickelt. Und mutig war er vor allem Elses wegen.

Durch das Üben hatten sie alle mächtigen Durst bekommen, und sie beschlossen, eine Abordnung ins Dorf Gosen zu schicken und einen Kasten Bier zu holen. So weit, so gut, doch als die Kasse geöffnet wurde, stellte sich heraus, daß sieben Mark zuwenig drin waren, für die »Raubritter« ein Vermögen.

»Eule, hast du etwa ...?« Drohend baute sich Spinne vor dem Kassenwart auf.

»Nein!«

»Lüg nicht so frech!«

Nach längerem Verhör gestand Eule schließlich, das Geld für private Zwecke entnommen zu haben. Die Folge war fürchterliche Cliquenkeile. Dann fand sich doch noch genügend Geld für einen Kasten Bier, und abends saßen sie am Lagerfeuer und sangen zur Gitarre alle Lieder, die sie kannten.

Otto war allerdings kaum bei der Sache und fragte sich nur, wann denn alle in die Zelte gingen und fest eingeschlafen waren. Schon um Mitternacht oder erst gegen Morgengrauen? Jede Minute, die er noch auf Else warten mußte, war die reinste Marter für ihn.

Endlich war es soweit, und sie verteilten sich auf die einzelnen Zelte. Otto steckte mit Nittodoll unter einem Dach, der bald eingeschlafen war. So wie er es bei Karl May gelesen hatte, schlich sich Otto nun zum Ufer hinunter. Da lehnte Else auch schon an der Weide, und im Mondschein sah sie wunderschön aus. Sie kam auf ihn zugelaufen und ließ sich in seine Arme fallen.

»Endlich«, hauchte sie.

Otto hatte nicht nur bei Eka gelernt, sondern auch bei den großen Romanciers der Welt und ahnte, daß ein Mädchen wie Else, wenn sie vorher nur Spinne gehabt hatte, nach Zärtlichkeit und schönen Worten dürstete. Deshalb kam er nicht gleich zur Sache, sondern beherrschte sich und setzte sich mit ihr auf einen umgestürzten Baumstamm, um sie zu verwöhnen.

»Kuschle dich an. Magst du es, wenn ich dir den Rücken streichle?«

»Ja ...«

»Eines Tages kaufe ich uns ein Boot, und dann fahren wir ganz weit weg. Wir beide ganz allein. Bis zur Ostsee hoch, und da wohnen wir in einem vornehmen Hotel. Du hast so weiche Hüften ...«

Weiter kam er nicht, weil Spinne hinter ihn getreten war und ihm mit einem Kiefernknüppel einen kleinen Schlag auf den Hinterkopf versetzt hatte. Nachdem Spinne mit dem Ruf »Cliquenkuh, los ran!« Else gezeigt hatte, wem sie gehörte, schleifte er Otto, der noch immer benommen war, ins Lager und weckte die anderen, um Gericht zu halten.

»Was verdient einer, der sich an der Cliquenkuh vergreift?«

»Die Gasse!«, schrien alle, also das Spießrutenlaufen.

Otto wurde hochgerissen und sah mit Schrecken, wie einer nach dem anderen nach einem dicken Ast oder Knüppel griff und Aufstellung nahm. Auch wenn er die Hände über den Kopf hielt, würden sie ihn fürchterlich zusammenschlagen. Hatte er noch eine Chance? Ja. Und blitzschnell nutzte er sie. Schon stand er vor Spinne und schrie ihn an.

»Du bist doch der letzte Penner, du hast hier überhaupt nichts zu befehlen!«

Spinne war so perplex, daß er zwar noch die Arme hochreißen konnte, als sich Otto auf ihn stürzte, aber das half ihm nicht viel, denn Otto unterlief seine Deckung und schlug eine Serie von Aufwärtshaken. So wie sie ihm das beigebracht hatten: Frieder auf dem Oderkahn und der Trainer vom Boxverein »Sparta«. Immer auf die Leber und den Solarplexus. Nichts nutzten Spinne da seine viel größere Reichweite und seine ausgezeichnete rechte Führhand, mit der er sich bis jetzt alle Gegner vom Leib gehalten hatte. Innerhalb einer knappen Minute war er k.o.

»Hurra!«, schrie Eule. »Der König ist tot, es lebe der König. Otto Matuschewski soll unser neuer Cliquenbulle sein!«

Die anderen jubelten alle. Als Otto begriffen hatte, was das hieß, kannte er nur noch eins: die schnelle Flucht. Er warf sich in die Büsche und lief in Richtung Schmöckwitz. Ehe sich die anderen aufmachten, ihn wieder einzufangen, war sein Vorsprung groß genug. Der Mond brach vollends durch, und er hatte keine Mühe, den Weg zum Ufer zu finden.

Zum Frühstück war er wieder im Kohlenkeller. Und da lag ein Brief der Reichspost. Mit klopfendem Herzen riß er ihn auf. Ja, sie wollten ihn haben.

Damit waren die Würfel gefallen und Otto dem kleinbürgerlichen und SPD-nahen Leben erhalten geblieben.

Man schlägt sich so durchs Leben
1926–1928

Am 1. April 1881 war die erste deutsche Fernsprechvermittlungsstelle beim Haupttelegrafenamt Berlin mit 48 Teilnehmern in Betrieb gegangen und hatte eine neue Epoche eingeläutet. Die Zahl der Anschlüsse stieg alsbald lawinenartig an, und die Handvermittlung an den Klappenschränken wurde zur Domäne der Frauen. Das Fräulein vom Amt rückte in den Mittelpunkt erotischer Phantasien, und sogar der große Tucholsky durfte sich diesbezüglich eine kleine Ferkelei gestatten, heißt es doch in *Deutsch für Amerikaner:* »Hallo! Ich wünsche eine Nummer zu haben, aber das Telefonfräulein gewährt sie mir nicht.« Anfangs hatten alle Fernsprechteilnehmer eine Pauschale von zweihundert Mark zu zahlen, aber schon 1895 gab es mechanische Gebührenzähler für jeden einzelnen Anschluß. Die Telefonbranche wuchs unaufhaltsam, und auch der Erste Weltkrieg unterbrach den Boom nur kurzzeitig. So viele Fernsprechteilnehmer gab es nun, daß sich all die gewünschten Verbindungen nicht mehr per Handbetrieb herstellen ließen, und der Selbstwählverkehr wurde eingeführt, auch mußten immer neue Fernsprechämter errichtet werden. Und das war ein Glück für Otto Matuschewski. Telegrafenbauhandwerker bei der Deutschen Reichspost war er nun.

»Hoch soll er leben, hoch soll er leben, dreimal hoch!«

Die Männer des Bautrupps Ramme hatten sich um einen kleinen Koksofen geschart, um Ottos zwanzigsten Geburtstag auf dem Lausitzer Platz bei einer Flasche Bier und heißen Würstchen zu feiern.

So richtig nach Feiern war Otto gar nicht zumute. Auch wenn es in Deutschland langsam aufwärts ging. Die Inflation war überstanden, und die Republik schien sich zu festigen, obwohl oder weil Hindenburg, der Generalfeldmarschall des Ersten Weltkriegs, ein Jahr zuvor zum Reichspräsidenten gewählt worden war. Was Otto vor allem Mut machte, war der Fortschritt der Technik. Das Zeppelin-Luftschiff ZR III war nach Amerika geflogen, der Rundfunk hatte seinen Betrieb aufgenommen, der Berliner Funkturm wuchs täglich um einige Meter, die IG Farben und die Lufthansa waren gegründet worden.

Das war ja alles schön und gut, aber in seinem ganz persönlichen Leben hatte sich nicht viel getan. Er wohnte immer noch im Kohlenkeller, zu mehr reichte es nicht, zumal er jeden Pfennig sparte, um sich endlich ein Paddelboot zu kaufen. Er war auf dem Wasser groß geworden, und er wollte wieder aufs Wasser. Vielleicht fand er auch eine Braut, wenn er ein Boot hatte. Das war sein zweiter wunder Punkt: Immer noch hatte er keine getroffen, bei der es Liebe war und mit der er gemeinsam durchs ganze Leben gehen wollte. Das schmerzte schon, das bohrte und nagte an ihm, und er kam sich minderwertig vor. Was ihn weiterhin bedrückte, war seine Familie, genauer gesagt daß es in der Manteuffelstraße für ihn kein Familienleben gab. Die Familie bestand aus seiner Mutter, seinem Stiefvater und seinem Halbbruder – er gehörte nicht dazu. Wenn die Eltern etwas unternahmen, Ausflüge beispielsweise, dann nur mit Helmut, er aber durfte zu Hause bleiben, um auf den Kohlenkeller aufzupassen und die Pferde zu versorgen. Auch seine Arbeit liebte er nicht gerade. Die erste Erleichterung, endlich Arbeit zu haben, hatte sich längst gelegt, und Gräben auszuheben, Kabeltrommeln zu drehen, stundenlang Drähte zusammenzulöten oder auf hölzerne Masten zu klettern, das war nicht gerade das, was er sich erträumt hatte. Er konnte wesentlich mehr, und Ewalds Vater hatte wohl den Nagel auf den Kopf getroffen mit seiner Formulierung: »Mit dem Otto ist es so, als wenn man ein Rennpferd vor einen Bierwagen spannt.« Bis jetzt war es noch halbwegs gegangen, aber seit sie einen neuen Bautruppführer hatten, wurde es immer bedrückender. Ernst

Ramme, ein hagerer, galliger Typ, war keine große Leuchte, aber aufgerückt, weil er gerne einen trank und oft bei Bier und Schnaps mit denen zusammensaß, die über eine Beförderung zu entscheiden hatten. Otto hatte er vom ersten Tag an gefressen, weil der ihm in allem überlegen war und sich allen Besäufnissen systematisch entzog. Immerhin, heute am Geburtstag ließ er Otto in Ruhe.

Als Otto nach Feierabend in den Kohlenkeller kam, machte seine Mutter gerade Kasse.

»Na«, fragte Otto, »reicht's nachher zum Festessen?«

»Wer kommt denn alles?«

»Nur Ewald.«

Anna Matuschewski lächelte verschmitzt. »Ich glaube nicht.«

»Wieso?« Otto überlegte. »Kommt Tante Emma?«

»Nein. Wart's mal ab. Mach dich aber fein.«

Otto ging in seinen Verschlag, um seinen guten Anzug anzuziehen. Wen mochte seine Mutter da angeschleppt haben? Ihm fiel niemand ein. Aber es war ihm auch egal, und er setzte sich noch schnell an seinen kleinen Tisch, stülpte sich die Kopfhörer über und versuchte, mit seinem selbstgebastelten Detektorempfänger die Berliner Funkstunde zu empfangen. Der Sender stand im Vox-Haus in der Potsdamer Straße, und Alfred Braun hieß der Mann, dessen Stimme alle im Ohr hatten: »Achtung, Achtung, hier ist Berlin!« Otto las in dieser Zeit kaum noch, das Radiohören war seine große Leidenschaft geworden. Das Tanzorchester Bernhard Etté liebte er ebenso wie die Dramen- und Opernübertragungen, wo sogar der große Werner Krauss mitmachte. Den *Barbier von Sevilla* gab es, *Figaros Hochzeit*, *Die Räuber* und den *Herzog Theodor von Gothland*. Am Ende eines Sendetages hieß es dann immer: »Vergessen Sie nicht, die Antenne zu erden.«

Wenn Otto einen Traum hatte, dann war es der, ein eigenes Geschäft für Elektrogeräte und Radioapparate aufzumachen. Die Lieferwagen mit dem großen Schriftzug OTTO MATUSCHEWSKI sollten durch die ganze Stadt rollen und so bekannt werden wie die Milchwagen von Bolle. Und mit allem, was neu erfunden wurde, wollte er als erster auf dem Markt sein, nach dem Motto: Der Junge aus dem Kohlenkeller war wieder einmal schneller.

»Otto, komm nach oben, das Essen steht auf dem Tisch. Ewald ist auch schon da.«

Er nahm die Kopfhörer ab und ging in die Wohnung. Seine Mutter stand in der Tür und verdeckte die anderen Besucher. Als sie zur Seite trat, sah Otto, daß am Tisch auch die neuen Nachbarn saßen, die Maiers, die kurz nach Neujahr eingezogen waren. Er hatte sich nicht weiter um sie gekümmert und gar nicht mitbekommen, daß sie eine Tochter in etwa seinem Alter hatten.

»Das ist die Erna«, sagte seine Mutter mit einem Glitzern in den Augen, das sie offensichtlich den Kupplerinnen auf der Filmleinwand abgesehen hatte. »Sie ist Schneiderin.«

Otto wußte, was die Stunde geschlagen hatte, und als er Erna die Hand gab, verhielt er sich ausgesprochen zurückhaltend. Er erinnerte sich, die junge Frau schon einmal in der Manteuffelstraße gesehen zu haben, ohne ihr aber nachzublicken, denn sie war lang und hager, während er sich von kleinen und molligen Frauen angezogen fühlte. Er fand die Situation ziemlich peinlich, und die Sache wurde auch nicht besser, als Ewald ihm ins Ohr flüsterte: »Besser als in die hohle Hand gemacht.«

Nicht nur an diesem Tag, sondern auch in den nächsten Wochen und Monaten war die Angelegenheit zwischen ihnen ziemlich verfahren. Zwar ging er mit Erna zum Tanzen und fuhr mit ihr ins Grüne, aber zu mehr als einem Kuß kam es nie, und wenn er sie küßte, dann war das etwa so innig und lustvoll wie bei einer Begrüßung unter Verwandten. Ewald hielt ihm schon vor: »Mensch, sei doch nicht so verklemmt!« Doch Erna offen zu sagen, daß es mit ihnen aussichtslos sei, wagte er nicht, denn ganz offensichtlich war er die große Liebe ihres Lebens. Es kam ihm herzlos vor, sie abzuweisen.

»Nun nimm mich doch mal richtig in die Arme.« Sie saßen oben im Wohnzimmer seiner Eltern auf dem Sofa, und niemand hätte sie gestört.

»Du, Erna, ich ...« Immer wieder nahm er einen neuen Anlauf.

»Bist du etwa ein warmer Bruder?« Sie hatte sich ein so enges Kostüm genäht, daß sie einfach zum Anbeißen war.

»Nein.« Fast hätte er gesagt, sie könne ja mal Eka fragen oder die Cliquenkuh von den »Raubrittern«. »Aber ...«

»Ach so, du willst also, daß ich rein in die Ehe gehe?«

Otto schwitzte noch stärker. Was sollte er tun? Sagte er ja, dann klang das nach baldiger Verlobung, sagte er nein, fiel sie womöglich über ihn her. Und er hatte regelrecht Angst vor ihr, vor Bohnenstangen generell, vor dem, was sie im Bautrupp als »klappriges Gestell« bezeichneten. Ein Ratschlag seines alten Freundes Werner Wurack fiel ihm ein: »Laß et einfach vorher kommen, dann mußte nich mehr ran.« Aber wie denn, wenn sich bei ihm nichts regen wollte. Was blieb ihm, als ein Stoßgebet zum Himmel zu schicken, es möge einer kommen und ihn erlösen. Er tat es, ohne Erfolg. Nun gut, wenn das Schicksal es nicht anders wollte. Wie hatte doch Tante Emma immer gesagt: »Der Herr wird sich schon etwas dabei gedacht haben, denn der Mensch denkt, Gott lenkt.«

Also tat er gottergeben das, was von einem Mann in einer solchen Situation erwartet wurde, zumindest in der Manteuffelstraße: Er küßte Erna, streichelte ihre Brüste und fuhr ihr dann mit der freien rechten Hand unter der Rock. Sie lehnte sich zurück, um es ihm leichter zu machen, sich auf sie zu legen. Als er wieder ein wenig zögerte, versuchte sie, ihn mit einem sanften Ruck zu sich herunterzuziehen. Dabei verlor Otto jedoch das Gleichgewicht und landete derart heftig zwischen ihren geöffneten Schenkeln, daß sich das linke vordere Bein des Sofas mit lautem Krachen vom Rahmen löste. Beide stürzten zu Boden, und da Erna mit dem Kopf auf der Kante der Fußbank aufschlug und heftig blutete, fand sie sich im Urban-Krankenhaus statt im siebenten Himmel wieder. Otto war damit aus dem Schneider und dankte seinem Schöpfer, obwohl der Fall Erna damit nur aufgeschoben, aber nicht aufgehoben war. Sie galten überall als Paar, obwohl sie sich, so Otto, noch immer nicht richtig gepaart hatten.

Auch bei der Post wurden Ottos Probleme nicht kleiner, denn Ernst Ramme schikanierte ihn nach Kräften und hatte seit Juli in

Arthur Ackermann, von allen Atze gerufen, einen willigen Gehilfen. Dieser kam aus einem kargen Dorf im Fläming, hatte strohblondes, kurzgeschorenes Haar, trank viel, pfiff hinter jedem Rock her und war von der Figur her eine Mischung aus Hammerwerfer und Schwergewichtsboxer. Jeden, der nicht proletarisch berlinerte und zugab, Bücher zu lesen, den haßte er instinktiv. So schoß er sich auf Otto Matuschewski ein, kaum daß er ihn gesehen hatte.

»Dat nennste löten!«, schrie er Otto an.

Otto blieb gelassen. »Meinst du, ich hab' den Draht mit Tapetenkleister an die Leiste angeklebt?«

»Keen Löten ohne Lötfett, du Armleuchter!«

»Zusätzliches Lötfett nur bei mechanischen Verbindungen, denn das Zeug ist so aggressiv, daß es die feinen Adern der Litze angreift und den elektrischen Fluß hindern kann.«

»Ick werd' deinen elektrischen Fluß gleich mal hindern!« Damit setzte er an, Otto eine Kopfnuß zu verpassen, doch August Terletzki, der Älteste in der Gruppe, riß ihn zurück.

»Ruhe im Puff!«, rief auch Ramme, der am Straßenrand stand und rauchte.

Die Gruppe machte weiter, hob Gräben aus, verlegte Telefonkabel, lötete Drähte zusammen und goß Teer auf Verbindungsmuffen. Nur selten noch hatte man hölzerne Masten aufzurichten und Freileitungen zu ziehen. Neben Ramme, Ackermann und Terletzki gehörten zu ihrem Trupp noch Heinz Hühnerkoch, Berthold Buttgereit und Erwin Krause, mit dem sich Otto bald anfreunden sollte, weil auch seine Begeisterung dem Kanusport galt. Erwin hatte eine so heisere Stimme, daß ihm ständig Halspastillen angeboten wurden. »Danke, das is angeboren bei mir.« Das ärmste Schwein war der kleine Lothar Bloedel, der so sehr unter seinem Namen litt, daß er begonnen hatte, Latein zu lernen.

»Du, Lothar, wirf mal den großen Schraubenzieher her!«

»Hier is keiner.«

»Haste den wieder verbummelt?«

»*Nemo iudex in causa sua.*«

»Mann!«

»Niemand kann Richter in seiner eigenen Angelegenheit sein.«
»Wenn das ein Geständnis sein soll, dann geh ihn gefälligst suchen.«
»Ja, mach' ich. *Fortes fortuna adiuvat.*«
»Wat ist mit Fortuna Düsseldorf?«
So ging das den lieben langen Tag, aber Otto machte es Spaß. Langweilig war es eigentlich nie. Vor allem, wenn sie die Leitungen an den Fassaden hochziehen mußten und dazu einer aufs Dach kletterte. Stellte der dann den Monteurkasten auf den Schornstein, gingen unten nach und nach die Fenster auf, weil den Leuten die Bude vollgequalmt wurde. Sie schlossen sogar Wetten ab, wie viele Fenster aufgerissen wurden. Oft waren nur Reparaturen auszuführen, weil bei einem Wolkenbruch die Kabelkanäle vollgelaufen waren und Kurzschlüsse verursacht hatten. Oder Ratten hatten die Kabel zerfressen. Sie liebten das fettgetränkte Papier, mit dem die einzelnen Adern gegeneinander isoliert waren. Was sich bei Otto richtig festsetzte und zum geflügelten Wort wurde, war der Ausruf eines jüdischen Weinhändlers. Sie hatten ein Kabel in seinem Keller zu ziehen, in dem überall große Glasbehälter standen, so daß Otto kaum Bewegungsspielraum hatte und der Händler erschreckt ausrief: »Herr, Se werden ma treten auf de Ballons!«

Wenn nur die dauernden Auseinandersetzungen mit Atze Ackermann nicht gewesen wären. Der nahm ihn noch mehr aufs Korn, seit man ihm zugetragen hatte, daß Otto im Kohlenkeller zu seinem Freund Ewald Riedel gesagt hatte, er sei ein »dummer Bauernlümmel« und seine Initialen A. A. erinnerten an das, was Kinder sagten, wenn sie kacken mußten. Schließlich eskalierte ihr Zwist mitten auf dem Bürgersteig vor dem Görlitzer Bahnhof.

»O Gott!«, rief Otto, der tief in einer Baugrube steckte, als er sah, wie da gelötet worden war. »Der Lötpunkt ist ja wieder ganz milchig. Der muß glänzen. Da hat aber wieder einer fürchterlich gepappt.« Er steckte den Kopf aus der Grube. »Wer war das denn wieder?«

»Icke«, sagte Ackermann und grinste.

»Und die Drähte sind wieder nicht richtig verdrillt. Außerdem ist alles mit Lötzinn vollgeklebt. Und hier an der Leiste haste alles viel zu lange braten lassen.«

Ramme kam herbei. »Wat ist los?«

Otto kam nach oben geklettert und erklärte es ihm, unterstützt von Erwin Krause. »Das liegt alles daran, daß Atze seinen Kolben nie richtig heiß macht.«

Ackermann lachte. »Du bist ja bloß neidisch, weil du jar keenen Kolben hast. Da mußte ja mit de Lupe suchen.«

»Die hilft bei dir nicht mal, wenn's um dein Gehirn geht.«

Da sah Atze rot und schlug zu. Otto ging k.o. Die Leute blieben stehen, die Polizei kam, der Skandal war da. Und prompt wurde Arthur Ackermann fristlos entlassen. Nun war Otto zwar das Ärgernis Atze ein für allemal los, doch er hatte jetzt die gesamte Gruppe gegen sich, sogar Erwin Krause. Denn sie unterstellten ihm Hinterlist.

»Der hat doch damit gerechnet, daß du die Fäuste hochreißt und er dich gar nicht trifft und du dann zurückschlägst. Wie sonst auch.«

Otto rang die Hände. »Ich bin doch jetzt im Verein, und da sagen sie, daß man sich strafbar macht, wenn man als Boxer außerhalb des Rings boxt. Darum hab' ich mich nicht gewehrt.«

»Du hast dich nicht gewehrt, damit er dir ins Messer läuft, damit du umfällst und die Post ihn feuert.«

»Nein.«

»Doch.«

Sie glaubten Otto nicht und wechselten nur die allernotwendigsten Worte mit ihm. Die Situation war verfahren, und es schmerzte ihn sehr, daß er so isoliert war. Dabei hatte er sich nicht das Geringste vorzuwerfen.

Und dann kam der Tag, an dem die Vorgesetzten dem ganzen Bautrupp Ramme kündigen wollten. »Alle rausschmeißen!«, schrie der verantwortliche Postrat. »Das mit dem Lissa setzt allem die Krone auf.«

Was war geschehen? An einem Tag, an dem sich Otto Matuschewski wegen heftigen Durchfalls für den Vormittag krank gemeldet hatte, war ihnen bei Reparaturarbeiten ein Malheur passiert: Sie hatten die Leitung des Großhändlers Alexander Lissa – Milch, Sahne, Butter, Käse – mit der des Sargmagazins Meier vertauscht. Der Sargtischler nahm es nicht so tragisch, aber Lissa tobte, drohte mit der Presse und wollte die Post für entgangene Geschäfte verantwortlich machen.

Als Otto nach Abklingen seiner Diarrhöe-Symptome wieder am Arbeitsplatz erschien und von der Sache hörte, begriff er sofort, daß das seine Rettung sein konnte.

»Moment mal!«, rief er seinen Kollegen zu. »Ich bin gleich wieder da, ich bring' das schon in Ordnung.« Ihm war nämlich eingefallen, daß Ewalds Vater ein alter Freund des dicken Lissa war. Also eilte er in den Kolonialwarenladen und bat um Vermittlung. »Bitte, Herr Riedel, das ist meine große Chance.« Und Riedel hing sich sofort ans Telefon, und da das mittlerweile auch bei Lissa wieder funktionierte, war die Sache schnell vom Tisch.

Die Gruppe freute sich, und auch Ramme klopfte ihm anerkennend auf die Schulter. »Gut gemacht, Matuschewski. Darauf trinken wir nachher noch einen.«

Diesmal sagte Otto nicht nein, und damit war, was seine Arbeitsgruppe betraf, alles wieder im Lot.

Auch das Jahr 1927 gehörte zu denen, in denen die Lage in der Weimarer Republik relativ stabil war, und verzeichnete deshalb kein herausragendes politisches Ereignis. Wilhelm Marx vom Zentrum gelang es, ein neues Kabinett zu bilden und somit Reichskanzler zu bleiben. In Berlin wurde der Film *Metropolis* von Fritz Lang uraufgeführt, eine beklemmende Vision der modernen Großstadt, während Hermann Hesse seinen Roman *Steppenwolf* herausbrachte, dessen in sich zerrissene Hauptfigur das Lebensgefühl einer ganzen Generation zum Ausdruck brachte. Das Tannerbergdenkmal und der Berliner Westhafen wurden fertiggestellt, der Nürburgring und der Damm zur Insel Sylt eröffnet. In Bayern wurde das Redeverbot für Adolf Hitler aufgehoben, und er sprach über »Zukunft oder Untergang« – *oder*, nicht *und*. In Berlin, wo Joseph Goebbels Gauleiter war, hielt er im Konzerthaus Clou in der Kreuzberger Mauerstraße eine Rede. Im

März kam es am Bahnhof Lichterfelde-Ost zu blutigen Auseinandersetzungen zwischen SA-Mitgliedern auf der einen und KPD-Männern auf der anderen Seite. 600 Nationalsozialisten waren auf etwa 25 Angehörige einer Musikkapelle der KPD mit eisernen Fahnenstangen losgegangen. Die nachfolgende Protestdemonstration, die von der Polizei gewaltsam aufgelöst wurde, endete damit, daß der KPD-Vorsitzende Ernst Thälmann durch den Säbelhieb eines Polizisten verwundet wurde.

»Einszweidrei, im Sauseschritt / Läuft die Zeit; wir laufen mit.« Las Otto diese Zeilen im großen Wilhelm-Busch-Album, so dachte er: Nicht bei mir. Da bleibt sie eher stehen. Und wäre er vom schriftstellerischen Ehrgeiz seiner Vor- wie Nachfahren besessen gewesen, so hätte er einem autobiographischen Roman den Titel »Tage des Stillstands« gegeben. Doch so gleichförmig sein Alltag als Telegrafenbauhandwerker auch war, in seinem Leben geschah doch einiges, zumal an den Feierabenden und den Wochenenden. Wobei die Anregungen allerdings immer von außen kamen.

»Otto, du mußt unbedingt in die SPD.« So sein alter Freund Ewald. Also trat er ein.

»Otto, du mußt Geige spielen lernen, wo du so musikalisch bist.« So seine Mutter. Also ging er zum Geigenunterricht.

»Otto, du spielst besser Billard als die Belgier.« So Werner Wurack in seiner Zeit bei Pleffka. Also wurde er Mitglied in einem Billardverein.

»Otto, du spielst so gut Skat, daß du deutscher Meister werden kannst.« So sein Stiefvater. Also bat er um die Aufnahme in einem Skatverein gleich um die Ecke.

»Otto, dein rechter Aufwärtshaken ist einmalig, da kannste noch mal viel Geld mit verdienen.« So seine Freundin Erna Maier. Also trainierte er regelmäßig bei den Boxern.

Für Erna selber blieb da wenig Zeit, was aber den Vorteil hatte, daß die Verlobung mit ihr noch hinausgeschoben werden konnte. Zumeist saßen sie, wenn die Eltern nicht zu Hause waren, bei Erna im Wohnzimmer und hörten Platten auf dem Grammophon. Otto konnte dann am nächsten Vormittag den Bautrupp Ramme mit den schönsten Schlagern unterhalten, etwa dem, der wie für Ernas Vater, einen Vertreter für Weinbrand, geschrieben zu sein schien: »Was macht der Maier am Himalaya? / Wie kommt der Maier, der kleine Maier / auf den großen Himalaya? / Rauf, ja, das kunnt' er. / Ich frag' mich aber, wie kommt er runter? / Ich hab' so Angst um den Maier, / er macht 'nen Rutsch und ist / futsch.« Auch für Ernas Mutter, die Paula hieß und gerne Gemüse aller Art aß, gab es einen passenden Schlager: »Tante Paula liegt im Bett und ißt Tomaten! / Eine Freundin hat ihr dringend zugeraten. / Jede Viertelstunde nimmt sie ab ein Pfund / Und dabei fühlt sich die Tante ganz gesund!« Einen Vogel hatten die Maiers zwar nicht, aber Erna hätte zu gerne einen gehabt, so daß sie pausenlos summte: »Mein Papagei frißt keine harten Eier, / er ist ein selten dummes Vieh! / Er ist der schönste aller Papageier, / nur harte Eier, die frißt er nie!« Zum Ausgehen reichte das Geld bei ihnen nur selten. Otto mochte das »Metropol«, wo Varieté und Kabarett zu Hause waren. Walter Matuschewski hatte wenig Verständnis für eine solch unnütze Geldausgabe: »Ick kann ooch zaubern: und zwar det die Luft nach Kacke stinkt.« Erna zog den »Wintergarten« vor, weil sie hoffte, daß die hinreißenden Girls, die dort in den Revuen tanzten, auch Otto anregen würden, galt doch die Berliner Weisheit: »Den Appetit kann er sich ruhig woanders holen, gegessen wird zu Hause.« Doch sein diesbezüglicher Appetit hielt sich weiterhin in engen Grenzen. Was sein mußte, mußte sein, doch kein Quentchen mehr.

Lieber saß er da und kommentierte das, was die Welt bewegte. Zum Beispiel, daß man die Tänzerin La Jana dem Publikum völlig nackt auf einem Tablett serviert hatte.

»Wat würdest du'n machen, wenn ick da liegen täte?«

»Vegetarier werden.«

Oder daß Charles Lindbergh am 20./21. Mai als erster Mensch in seiner Maschine »Spirit of St. Louis« den Atlantik überflogen hatte.

»Det is ja phantastisch.«

»Noch phantastischer wäre es, wenn er das ohne Flugzeug geschafft hätte.«

Ohne Erna Maier, dafür aber mit Ewald und einigen anderen Genossen ging es am 12. Juni ins Grunewaldstadion, wo Hertha BSC im Endspiel gegen den ruhmreichen 1. FC Nürnberg anzutreten hatte. Im Vorjahr war der Berliner Verein der Spielvereinigung Fürth mit 1:4 unterlegen, und nun hoffte ganz Berlin auf die erste Deutsche Meisterschaft für seine Hertha. Doch vergebens. Sogar ein Strafstoß wurde verschossen. Herthas Stürmer-As »Hanne« Sobek konnte Nürnbergs Wundertorwart Heiner Stuhlfauth nicht ein einziges Mal überwinden, und durch Tore von Kalb (Elfmeter) und Träg verloren die Berliner gegen die rot-schwarzen Franken 0:2.

Otto hielt sich an das, was ihm all seine Trainer und Lehrer immer wieder predigten: »Üben, üben, üben!« Dies galt sowohl fürs Geigenspiel wie für Boxen, Billard und Skat. Da hatte er viele Eisen im Feuer, und irgendwo, irgendwie, irgendwann würde es schon klappen, daß er groß rauskam. In den Wochen vor Weihnachten sollte es sich dann entscheiden.

Den Auftakt machte seine Karriere als Musiker. An sich hätte er jeden Dienstagabend zum Mariannenplatz eilen müssen, um bei Arnfried Sterzinski »herumzufideln«, wie Ewald es ausdrückte, doch allzu häufig hatte sich ein Grund zum Schwänzen gefunden. Der Maestro litt zwar darunter, schwieg aber Anna Matuschewski gegenüber, da er auch so sein Geld bekam und die gewonnene Zeit nutzen konnte, um selbst zu komponieren. Mit seinen Corelli-Paraphrasen wollte er die Konzertsäle erobern, ein neuer Giuseppe Torelli wollte er werden.

Otto war ein musikalischer Mensch, was nicht zuletzt daran liegen mochte, daß er an und auf der Oder groß geworden war und früh den Melodien von Wind und Wasser gelauscht hatte. Vielleicht hatte er es auch geerbt. Sein leiblicher Vater hatte ihm erzählt, daß Erdmann von Bosetzki ein hervorragender Flötenspieler gewesen und nicht nur in Tamsel aufgetreten war, sondern auch bei Friedrich dem Großen in Sanssouci. »Allerdings hat er da so scheußlich gespielt, daß der Alte Fritz ihm die Querflöte aus der Hand gerissen und ihm damit eine übergezogen hat.« Nun, Otto Matuschewski wäre schon liebend gern ein großer Geigenvirtuose geworden, wenn dem nicht sein Hang zum Komischen entgegengestanden hätte. Das war schon in der Schule so gewesen. Hatte er, wenn es galt, Gedichte aufzusagen, so grandios begonnen, daß die Lehrer flüsterten, er müsse unbedingt Schauspieler werden, so ging spätestens nach der dritten Strophe seine komische Ader mit ihm durch. Beim *Ring des Polykrates* duckte er sich bei der Zeile »Doch einer lebt noch, sie zu rächen«, formte die Hände wie ein Würger und verzog das Gesicht zu so einer schrecklichen Grimasse, daß er damit bei jeder Geisterbahn genommen worden wäre. Erst wenn alle Anwesenden in Gelächter ausgebrochen waren, war er zufrieden. Die Lehrer waren es weniger, war nun doch alles Pathos dahin. Nicht viel anders erging es ihm bei der Musik, wenn sich Sterzinski bemühte, ein Trio auf die Beine zu stellen. War sein Spiel in den ersten Minuten durchaus passabel, so konnte er dann nicht anders, als den Musikclown zu spielen. Er schnitt Grimassen, kratzte sich mit dem Bogen den Kopf, tat so, als würde er Wasser aus der Geige schütten müssen, und entlockte seinem Instrument entsetzlich schrille Töne. Seine Beziehung zur Hochkultur war von ambivalenten Regungen geprägt. Einerseits hatte er schnell begriffen, daß ein gesellschaftlicher Aufstieg nur möglich war, wenn man eine gewisse Affinität zu den Musen aufweisen konnte, andererseits aber kam er aus Welten, wo man Musik, Theater, Kunst und Literatur gehörig veralberte, weil man instinktiv begriffen hatte, daß sie Instrumente der Herrschenden waren. Aus diesem Zwiespalt kam er nie heraus. So ging er zwar in die Oper und genoß den *Rigoletto,* lästerte aber später im Kreise seiner Kollegen über den »Riegelotto«. Auch sagte er nie Klavier, sondern immer Klafünf, und zum Stichwort Konzert fiel ihm immer zuerst das Rätsel ein: »Bilden Sie mal einen Satz mit Konzert und Feldmütze.« – »???« – »Na: Kohn zerrt seine Olle durch 'n Saal und fällt mit se.«

Um seine Klientel bei der Stange zu halten, hatte Arnfried Sterzinski es eingeführt, die Familien seiner Schülerinnen und Schüler alljährlich in der Vorweihnachtszeit zum Konzert einzuladen. Meistens in den großen Saal eines Restaurants oder in ein Ballhaus, zum Beispiel das in der Naunynstraße. Seine Schülerinnen und Schüler sollten dann zeigen, was sie bei ihm gelernt hatten. Die Aufregung vor einem solchen Ereignis war groß, und noch in der letzten Stunde wurde fieberhaft geübt. Otto war ausersehen worden, eine *Serenata a un coro di violini* von Johann Jakob Walther zu spielen. Er wollte sein Bestes geben. Sterzinski war um den Feinschliff bemüht.

»Matuschewski, du bist eine Idee zu dicht am Griffbrett. Wie geht das noch mal?«

»Klang hell bis hart am Steg. Normal zwischen Steg und Griffbrett. Grell über dem Griffbrett.«

»Na also.«

Otto übte noch die halbe Nacht im Kohlenkeller, denn Ewald hatte ihn auf eine Idee gebracht. »Mensch, wenn du wirklich gut bist, kannst du dich doch als Zigeuner verkleiden und nachts durch die Restaurants ziehen und den Liebespaaren was vorspielen. Was meinst du, was das für Einnahmen gibt!« Da hatte er leuchtende Augen bekommen, denn er brauchte und sparte jeden Pfennig, um seinem großen Traum ein wenig näher zu kommen: dem eigenen Boot.

Endlich war er da, der Sonntag nachmittag, an dem sich seine Musikerkarriere entscheiden sollte. Das Publikum bestand ausschließlich aus Angehörigen und Freunden der jungen Interpreten, und da der Eintrittspreis nur halb so hoch war wie der für eine Kinokarte, waren viele gekommen. Von Ottos Seite saßen seine Eltern, Helmut, Erna, Nittodoll und Ewald im Zuschauerraum. Er sah sie alle durch das Guckloch im Vorhang. Schon wurde er zur Seite gestoßen, die anderen wollten ebenfalls Ausschau halten. Die Aufregung wuchs, und Otto wurde von heftigem Lampenfieber ergriffen: Er hatte Angst, alles Gelernte vergessen zu haben, keinen Ton richtig zu treffen, ausgelacht zu werden und das Gesicht zu verlieren; er verspürte nur noch den Wunsch, auf der Stelle wegzulaufen, ganz weit weg, wo ihn keiner kannte. Es kam ihm völlig absurd vor, was er da machte: Geige zu spielen. Er gehörte auf den Oderkahn, in den Kohlenkeller und in die Baugrube, das Kabel in der einen, die Lötlampe in der anderen Hand.

Wie die Lateiner das nannten, wußte er aus seinen Romanen: *Quod licet Iovi, non licet bovi.* Was dem Jupiter erlaubt ist, steht dem Ochsen noch lange nicht zu.

Es ging das Gerücht, daß einige namhafte Orchester wie auch das Konservatorium Späher ausgesandt hätten. Die Auftretenden stimmten um so aufgeregter ihre Instrumente und übten noch ein letztes Mal. Geige, Cello, Kontrabaß, Mandoline, Pikkoloflöte, Oboe, Klarinette, Saxophon und Horn erzeugten eine derartige Katzenmusik, daß Otto sich am liebsten die Ohren zugehalten hätte, was aber nicht ging, da er Instrument und Bogen in den Händen hatte. Die anderen Mitwirkenden waren ihm alle fremd geblieben. Sie hatten sich ja zumeist nur beim Unterricht die Klinke in die Hand gegeben, und erst in den letzten Wochen hatte Sterzinski versucht, aus ihnen ein Orchester zu schaffen, denn vor der Pause wie am Schluß und bei der Zugabe sollten sie alle gemeinsam auf der Bühne stehen.

Endlich ging es los. Der Maestro stellte seine Schülerinnen und Schüler der Reihe nach vor, erläuterte die Stücke, die sie spielten, und begleitete sie im Bedarfsfalle, zumeist am Klavier. Otto kam als Vierter an die Reihe. Vor ihm hatten sie alle ihren Vortrag brav zu Ende gebracht, nichts falsch gemacht, aber auch keine Begeisterungsstürme entfacht.

Der wohlwollende Beifall für seinen Vorgänger war eben abgeklungen, da betrat Otto die Bühne. Da seine kleine Clique wie von Sinnen klatschte und andere damit ansteckte, sah er sich veranlaßt, eine tiefe Verbeugung zu machen – und stieß sich dabei das Ende seines Bogens ins Auge. Völlig unbeabsichtigt und nur als Folge seiner flatternden Nerven. Doch im Saal dachten sie, Arnfried Sterzinski hätte als nächste Nummer einen Musikclown im Programm, und lachten sich scheckig; sie waren sichtlich erfreut, nach der schweren Kost, die sie bislang zu verdauen hatten. Als Otto sich noch tiefer verbeugte, fielen ihm nacheinander das seidene Tüchlein, das er im Kragen, und sein Blumensträußchen, das er im Knopfloch stecken hatte, zu Boden. Außerdem sprang ihm ein Knopf ab, denn sein Einsegnungsjackett war ihm um einiges zu eng geworden.

»Lachen Sie nicht!«, rief er in seiner Verzweiflung. »Das ist ein ernstes Stück.« Vielleicht hätte man ihm geglaubt, wenn er dabei nicht auf dem Boden herumgekrochen wäre, um die verlorenen Sachen wieder einzusammeln, und mit seiner Geige eine Blumenvase umgeworfen hätte.

»Achtung, Hochwasser!«, schrie einer aus den hinteren Reihen. »Die Hosenbeine hochkrempeln.«

»Der hat doch schon Hochwasserhosen an!«, kommentierte ein anderer.

Otto, nun wieder auf den Beinen, sah an sich herab. In der Tat hätten seine Hosen eine Handbreit länger sein können. Um dem abzuhelfen, bemühte er sich, die Hose nach unten zu ziehen, was aber, da er beide Hände voll hatte, recht mühsam war. Als er schon aufgeben wollte, sprang ein Hosenträger ab und traf ihn mitten ins Gesicht.

»Aua!«, rief Otto instinktiv und rieb sich das rechte Auge.

»Hat einer zufällig ein Glasauge dabei, das er ihm borgen kann?«, erklang es aus dem Publikum.

Otto konnte nicht fassen, was da geschah. Das war doch nicht die Wirklichkeit, das träumte er, das sah er im Film. Sein Stiefvater warf ihm ein Stück dünner Strippe auf die Bühne und bedeutete ihm, damit den Hosenträger zu flicken. Er versuchte es mit einer Hand, in der anderen hielt er ja Geige und Bogen, doch ohne Erfolg. Wütend ließ er den Bindfaden in der Hosentasche verschwinden und bemühte sich, die Hose auch ohne Träger sicher zu fixieren, zog sie dabei aber so ruckartig nach oben, daß es ihm schmerzhaft in die Hoden schnitt. Die Folge war ein weiterer kaum unterdrückter Schmerzensschrei.

»Sein Geigenbogen ist hin!«, juchzte einer in der zweiten Reihe.

»Jetzt kann er uns keinen mehr geigen!«, rief ein anderer und bekam sich gar nicht mehr ein.

Nun sprang Arnfried Sterzinski auf die Bühne, um seinem Schützling beizustehen. »Ich bitte mir die nötige Ruhe und den nötigen Ernst für meine Künstler aus.«

Das Echo ließ nicht auf sich warten. »Es gibt Künstler und Dilettanten – die einen scheißen ins Loch, die anderen auf die Kanten.«

Es entstand ein kleiner Tumult, als Sterzinski den Störenfried des Saales verweisen wollte, dieser jedoch keine Anstalten zeigte aufzustehen und zu gehen. Da beschloß Otto, einfach zu beginnen. Es war seine feste Absicht, ein ernsthafter Musiker zu sein. Und er war ein so guter Geigenspieler, sozusagen ein Naturtalent, daß es ihm auch gelang, die Leute von Ton zu Ton mehr in seinen Bann zu ziehen. Doch des Geschickes Mächte hatten beschlossen, ihn auf eine andere Lebensbahn zu schicken als auf die eines Konzertmusikers.

Als er gerade seinem Höhepunkt entgegenstrebte, riß ihm die e-Saite. Vor Schreck hielt er inne, und der Schweiß brach ihm aus allen Poren. Instinktiv fuhr seine freie Hand in die Tasche, um ein Tuch herauszuholen, und zusammen mit dem rot-weiß karierten Taschentuch zog er die Strippe heraus, die ihm Walter Matuschewski zuvor für seinen Hosenträger gegeben hatte.

»Nimm die doch als Saite!«, schrie einer.

Und in seiner Verwirrung machte sich Otto wirklich daran, die Strippe unten an Schnecke und Stimmwirbeln festzumachen. Wieder bog sich alles vor Lachen.

Da kam Sterzinski auf die Bühne gestürzt.

»Schluß, aus, verschwinde! Geh mir aus den Augen!« Damit stieß er Otto hinter den Vorhang.

Erst im Kohlenkeller begriff Otto, was da geschehen war. Seine Mutter konnte gerade noch verhindern, daß er sein Instrument mit den Füßen zertrat und ins Feuer schmiß. Ewald kam und suchte ihn zu trösten. »Wer weiß, wozu es gut war. Jetzt kannst du dich wenigstens voll aufs Boxen konzentrieren.«

Und das machte Otto auch. Der Faustkampf war seine große Leidenschaft, und schon seit langem hingen die Fotos der deutschen Boxmeister bei ihm überm Bett, aus der Zeitung ausgeschnitten. Da war zuerst Rudi Wagner, der Duisburger, der am 1. Mai 1927 den legendären Hans Breitensträter in der zweiten Runde k.o. geschlagen hatte und seinen Mangel an Technik durch eine außergewöhnliche Schlagkraft ersetzte. Dann kam Franz

Diener, trainiert vom Türken Sabri Mahir, und über allen hing Max Schmeling aus Hamburg, der Europameister, der nach seinem Blitz-K.o. über den italienischen Meister Michele Bonaglia als einer der besten Halbschwergewichtler der Welt galt. Unter seinen Augen trainierte Otto Tag für Tag mit Hilfe eines Sandsacks, den er in der hinteren Ecke seines Verschlages aufgehängt hatte. Seine Stärken waren die ausgezeichnete Beinarbeit und schnelle Links-rechts-Kombinationen. Seine Aufwärtshaken waren so gefürchtet, daß er im Training kaum noch jemanden fand, der gegen ihn in den Ring klettern wollte, und der alte Kapitulski selber als Sparringspartner dienen mußte. Mit heiserer Stimme, die ebenso Folge einer Kehlkopfoperation wie des dauernden Schreiens in der Sporthalle war, trieb er Otto immer wieder an: »Los, Junge, du schaffst es, du bist das größte Talent, das wir derzeit haben!« Obwohl nicht eben großgewachsen, stand Otto knapp im Mittelgewicht. »Das ist alles Muskelmasse.« Was ihm an Reichweite fehlte, mußte er durch Kampfgeist ersetzen. Systematisch wurde er auf seinen ersten Wettkampf vorbereitet.

An einem Samstag abend im Oktober war es soweit: Sein erster Kampf stand bevor. Im Rahmen eines Mannschaftskampfes gegen einen Hamburger Verein sollte er antreten. Sein Gegner hörte auf den Namen Richard Dwars, und man munkelte, daß er sein Geld als Türsteher auf St. Pauli verdiente. Beim Warmmachen in den Katakomben der Halle war Kapitulski voller Hoffnung.

»Det is 'n alta Ackerjaul, zwischen dreißig und scheintot, den schlägste mit eena Hand.« Otto müsse es nur verstehen, die Führhand des Gegners auszuschalten. »Det soll 'n selten langet Elend sein, und da mußte abtauchen. Von unten in den Mann rin, vastehste, imma wühlen, links, rechts, und dann schnell wieda raus.«

Von den ersten Kämpfen ging kaum einer über die volle Distanz, und so mußte Otto viel eher hinaus als erwartet. Nun überfiel ihn doch das berühmte Muffensausen, er hatte weiche Knie und schaffte es kaum, in den Ring zu klettern. Er hatte niemandem gesagt, daß er heute abend boxte – das Geigenkonzert war ihm eine Warnung gewesen. Andererseits war es schade, daß Erna nicht sehen konnte, wie er seinen Gegner in den Ringstaub schickte. Der Hamburger Sportfreund war wirklich eine Schießbudenfigur: Krumme Beine wie ein Reiter oder Fußballer hatte er und so dünne Ärmchen wie ein Kind, das sie mit Tuberkulose in die Heilstätte steckten. Otto sah schon die Überschriften auf den Sportseiten: »Herr Dwars, das war's!« Am witzigsten fand er, daß das rote Hemd des Hamburgers genau da einen großen Schmutzfleck aufwies, wo die Leber war. Besser hätte man das Ziel für Ottos Uppercut nicht markieren können. Das war wie bei den Nibelungen, bei Siegfried und dem grimmen Hagen.

Otto hockte in der Ecke, und Kapitulski drehte das Handtuch wie einen Propeller, um ihm noch etwas frische Luft zuzufächeln. Mal um Mal wiederholte er die Strategie, die den Erfolg versprach: »Von unten rin in den Mann!«

Da kam das Kommando. »Ring frei, Runde eins.« Der Gong ertönte. Für Otto bestand die Welt nur noch aus einem Segeltuchquadrat von 4,90 mal 4,90 Metern, alles andere war versunken. Nach den Präliminarien machte er einen Schritt nach hinten voll in die Seile hinein, um deren Kraft zu nutzen und wie ein abgeschossener Pfeil auf den Gegner loszustürzen und seine Deckung zu durchbrechen ...

... und kam erst wieder in der Notaufnahme des Urban-Krankenhauses so richtig zu sich. Mit Verdacht auf Gehirnerschütterung und Schädeltrauma wollte ihn der Arzt die Nacht über zur Beobachtung dabehalten. »Wenn sich im Gehirn ein Blutgerinnsel gebildet hat, dann ...«

Nun, es blieben zum Glück keinerlei Schäden zurück, aber Otto schwor sich, nie wieder in den Ring zu klettern. Ihm blieb noch das Billardspielen, aber auch da war es mit seiner Karriere aus, ehe sie recht begonnen hatte, denn im Training mißglückte ihm ein Kopfstoß derart, daß sein Queue das teure grüne Tuch des Tisches geradezu zerfetzte. Er mußte den Schaden aus eigener Tasche bezahlen, und das schockierte ihn derart, durchkreuzte es doch alle seine Sparpläne, daß ihm fürderhin bei jedem Stoß die Hände zitterten und sein Schnitt nicht mehr ausreichte, um ihn bei Turnieren einzusetzen.

Ob das Geigenspiel, das Boxen oder das Billard – alles war ihm mißlungen, und als es galt, am Ende des Jahres 1927 Bilanz zu ziehen, da sah es traurig für ihn aus. Da half es auch nicht mehr viel, daß er am 17. Dezember einen großen Sieg errang: den beim Skatturnier, und damit die Weihnachtsgans gewann.

Die erste Hälfte des Jahres 1928 brachte, was die große Politik betraf, wenig Neues, sieht man einmal davon ab, daß bei den Wahlen zum vierten Deutschen Reichstag die Linksparteien siegten und die SPD mit Hermann Müller den neuen Reichskanzler stellte. Berlin erlebte den Besuch des afghanischen Königs Aman Ullah, der sogar einen neuen U-Bahnzug steuern durfte und diesem Typ den Namen gab, und die spektakuläre Tour des 68jährigen Pferdedroschkenkutschers Gustav Hartmann, des »eisernen Justav«, nach Paris, mit der er angesichts des Aufkommens von Benzindroschken gegen den Niedergang seines Berufsstandes protestieren wollte. Im Sportpalast wurde Max Schmeling durch seinen Sieg über Franz Diener Deutscher Meister im Schwergewichtsboxen.

Fragte man Otto Matuschewski, wie es ihm so ginge, kam als Antwort: »Man schlägt sich so durchs Leben.« War Glück die Summe des Unglücks, dem er entgangen war, so konnte er sich wahrhaft glücklich preisen, denn er hatte Arbeit und er war gesund. Maß er es an seinen Träumen, so war da nicht viel: Weder war er Diplom-Ingenieur oder gar Dr.-Ing., was er aufgrund seiner Fähigkeiten durchaus hätte sein können, noch hatte er eine wohnliche Behausung, geschweige denn eine Frau, die er wirklich liebte. Er saß fest wie ein Oderkahn bei Niedrigwasser, kam nicht los vom Kohlenkeller, kam nicht los von Erna. Andererseits war er gerade mal 22 Jahre alt und konnte noch hoffen.

»Irgendwie muß doch mal was passieren, was mich nach oben bringt«, sagte er zu Werner Wurack, der seit kurzem eine Wohnung in der Wiener Straße hatte, Stube und Küche, und Otto in die Kneipe nebenan eingeladen hatte. »Nach oben, das heißt: erst einmal aus dem Kohlenkeller raus.«

»Da gibt es einen, der uns alle nach oben bringt«, erwiderte Werner Wurack und hob sein Glas. »Auf Adolf Hitler!«

Otto zuckte zusammen. »Mit den Nazis hab' ich nichts am Hut. Du weißt doch, daß ich in der SPD bin.«

»Schön dumm, denn die SPD, das ist 'n sinkendes Schiff. Noch kannst du es verlassen, noch nehmen wir jeden mit Kußhand, der zu uns kommt. Wenn wir aber erst mal an der Macht sind ... Lies mal *Mein Kampf*. Noch vier, fünf Jahre, dann gehört uns Deutschland. Und wer dann eine niedrige Parteinummer aufweisen kann, der ist ein gemachter Mann. Mensch, Otto, so einer wie du, der kann bei uns 'ne große Nummer werden. Arbeiter der Stirn, Arbeiter der Faust – du bist doch beides. Und boxen kannst du auch. Tritt ein in die NSDAP, komm mit zur SA. Ich lege meine Hand dafür ins Feuer, daß du in zehn Jahren ein hohes Tier geworden bist. ›Guten Tag, Herr Oberpostrat, wie geht's?‹«

Otto hatte Pfarrer Böhligs Stimme im Ohr: »... und führe mich nicht in Versuchung.«

Werner Wurack stieß nach. »Was hast du denn von deiner SPD? Nichts. Bei uns aber ...«

Ottos Liebhabereien waren Politik und Geschichte, und er wußte, daß Eliten wechseln, er hatte oft genug gelesen, daß bei einer Revolution die Köpfe derer rollen, die bisher oben gewesen sind, und dann die nachrücken, die bis dahin unten standen. Zum Beispiel im Kohlenkeller ... Er schwankte. Die Entscheidung, die ihm da abverlangt wurde, schien ihm schon ein bißchen in Richtung »Sein oder Nichtsein« zu gehen. Setzte er auf die Farbe Rot, blieb er ein ehrbarer Mensch, aber ein soziales Nichts, setzte er auf Braun, verriet er zwar seine Ideale, konnte aber weit nach oben kommen und voll ausschöpfen, was an Talenten in ihm schlummerte. Vielleicht machte das Schicksal nun wieder gut, was es ihm schon alles angetan hatte: daß er als uneheliches Kind auf die Welt gekommen war, daß seine Eltern sich geweigert hatten, ihn trotz seiner eindeutigen Begabung aufs Gymnasium zu schikken. »Wer warten kann, zu dem kommt alles«, stand auf dem Abreißkalender unten im Kohlenkeller. Und in ihm war eine Stimme, die ihm pausenlos zuflüsterte: »Du wärst ja schön dumm, wenn du jetzt nicht zufassen würdest.« Er versuchte ihr beizukommen, indem er sich sagte, daß Werner Wurack bei den Nazis noch nicht so weit oben war, um seine Versprechungen auch einlösen zu können. Aber wie auch immer, daß viele Zehntausende aus den unteren Schichten der Gesellschaft, aus ihrem Bodensatz, nach oben gespült würden, wenn die Nazis wirklich an die Macht kommen sollten, das war einleuchtend. Und Werner Wurack hatte ja recht: Wenn überhaupt, dann war es höchste Zeit, noch auf den Zug aufzuspringen, sonst brachte es nichts mehr ein. »Paris ist eine Messe wert ...«, murmelte Otto.

»Ich muß zu meinen Leuten«, sagte Werner Wurack und stand auf. »Morgen um die gleiche Zeit sitze ich wieder hier und warte auf dich. Du verstehst?«

»Ja, ich hab' verstanden.«

Als sein Freund, sofern es einer war, die Kneipe verlassen hatte, bestellte sich Otto Bier auf Bier. Es war sonst nicht seine Art, sich vollaufen zu lassen, aber heute schaffte er es nicht, ohne Betäubung mit sich allein zu sein. Als ihn der Zapfer auf die Straße setzte, kam er nur bis zum nächsten Hausflur und sackte dort in sich zusammen. Nur schlafen wollte er noch, schlafen und alles vergessen. Die Blase drückte. Laß sie drücken, laß alles so laufen, wie es kommt. Er war völlig weggetreten.

»Das Schwein ist auch noch vollgepißt von oben bis unten!«

Es war der Ausruf seines Stiefvaters, der ihn hochfahren ließ. Stunden mußten vergangen sein, und sie waren ausgezogen, ihn zu suchen.

»Den fass' ick nich an!«, schrie Erna. »Det janze Jackett is ja volljekotzt.«

Das kommt davon, daß ich nun Nazi bin, dachte Otto im ersten Augenblick, als er sich an Werner Wurack und sein Gespräch mit ihm erinnerte. Und er war sich ganz sicher, daß er schon Parteigenosse war, einer von Adolf Hitlers Leuten, denen in wenigen Jahren ganz Deutschland gehörte. Erst als er wieder nüchterner wurde, kamen Zweifel in ihm auf. Hatte er wirklich irgend etwas unterschrieben? Er wußte es nicht mehr. Hoffentlich nicht. Hoffentlich doch. Es ging schon wieder los mit dem »Mach man« und »Laß man«.

Erna schimpfte noch immer, griff sich aber seine Sachen mit

spitzen Fingern und warf sie in den Waschzuber hinten auf dem Hof. Otto zog sich in den Kohlenkeller zurück, wusch sich kalt und flüchtete dann in seinen Verschlag. Als er sich aufs Bett warf, drehte sich noch immer alles, doch bald war er eingeschlafen.

Am nächsten Tag hatte er einen gewaltigen Kater, fand sich aber nichtsdestoweniger um sieben Uhr morgens beim Bautrupp Ramme ein. Der Tagesplan sah ein paar Reparaturen vor, unter anderem sollte er bei Siedentopf nach dem Rechten sehen, einem Lokal in der Muskauer Straße.

»Muß das sein ...?«, murmelte er.

»Wieso?« fragte Ramme.

»Da hab' ich neulich anschreiben lassen.« Das stimmte zwar, war aber nicht der eigentliche Grund. Der lag darin, daß sich die SPD bei Siedentopf traf. Da schämte er sich hinzugehen ... als Überläufer, als Verräter. Als solcher fühlte er sich, ganz gleich, ob er nun Werner Wurack schriftlich oder mündlich etwas zugesagt hatte. Und richtig, es mußte sich schon herumgesprochen haben, denn der Wirt behandelte ihn so, als sei er Luft für ihn. Das ließ ihn eher trotzig werden. Na schön, wenn ihr es so haben wollt! Und die Vorstellung reizte ihn schon, hier dereinst mit einem Trupp von SA-Leuten aufzutauchen, alles in Klump zu schlagen und Siedentopf zu verhören. Dann würde er schon wieder mit ihm reden. Es war wie ein Sog, was ihn da erfaßte. Endlich einmal treten und nicht immer nur getreten werden.

Nach Feierabend machte er sich auf den Weg in die Wiener Straße, um Werner Wurack zu treffen. Als er die Naunynstraße kreuzte, trat Ewald Riedel aus einem Hausflur und verstellte ihm den Weg.

»Stimmt es, was dieser Wurack überall verkündet?«

»Was verkündet er denn überall?«

»Daß er dich an der Angel hat.«

»Daß er mich an der Angel hat? Das ist aber übertrieben.«

Ewald bohrte weiter. »Aber ihr habt 'n Bier zusammen getrunken?«

»Ist das verboten?«

»Werner Wurack hat im Knast gesessen. Raubüberfall, gefährliche Körperverletzung.«

»Wir haben zusammen bei Pleffka gelernt, und er hat mir damals sehr geholfen, über die Runden zu kommen. Der ist an sich ein feiner Kerl.«

»Wie Adolf Hitler auch.«

Otto wand sich. »Wenn er erst Reichskanzler ist, dann ...«

»Schämst du dich gar nicht?«

»Wenn's dich befriedricht, kann ich mich auch schämen.« Otto sagte bewußt »befriedricht« statt »befriedigt«, um Ewald anzuzeigen, daß er ihre Unterhaltung nicht so ernst nahm.

»Wenn du bei der SA mitmachst, sind wir die letzte Zeit Freunde gewesen.«

»Meinst du, ich finde keine anderen da? Ganz im Gegenteil.«

Ewald war kein geschulter Agitator, wie ihn etwa die Kommunisten aufzubieten hatten, und so war das, was er nun sagte, nicht unbedingt logisch, aber er fühlte instinktiv, daß der Freund für ihn und seine Sache verloren war, wenn ihr Dialog jetzt abbrach. Also sprach er das aus, was ihm gerade in den Sinn gekommen war, als er die SA vor sich gesehen hatte. »Wenn du unbedingt eine Uniform anhaben mußt, dann kannste auch in'n Reichsbanner kommen.«

Otto mißverstand ihn ganz bewußt. »Ich bin bei der Reichspost, was hab' ich mit den Reichsbahnern am Hut?«

»Mann, Otto!« Ewald legte dem Freund den Arm um die Schulter. »Dein Herz schlägt links.«

»Was meinste, was ich mir dafür kaufen kann!?«

»Ein ruhiges Gewissen.«

Otto fuhr auf und wurde drastisch. »Ich scheiße auf mein ruhiges Gewissen, solange ich im Kohlenkeller hause und nichts habe und nichts bin.«

»Du bist in der SPD, du bist Genosse!«, hielt Ewald ihm vor.

»Auch der Gescheiteste macht mal einen Fehler.«

»Was ist denn mit dir los? Ich erkenn' dich nicht mehr wieder.«

»Ich will einmal in meinem Leben aufs richtige Pferd gesetzt haben.«

»Dann hättest du damals auch gleich zu den Ganoven gehen können.« Ewald kannte die Geschichte mit dem Fuhrwerk und dem Ringverein.

Otto stand da wie in Trance und starrte auf die stählerne Hochbahntrasse, auf der die gelben Züge vorüberglitten wie auf einer Spielzeugeisenbahn. Und führe mich nicht in Versuchung ... Warum eigentlich nicht? Weil es schließlich böse endete. Aber bis dahin konnte eine Menge Zeit vergehen, und man konnte das Leben genießen. Er war völlig ratlos, und es gab keine Stimme, die ihm sagte, was er machen sollte.

»Wir können's ja auslosen ...«, sagte er schließlich.

»Das ist doch albern.«

»Eine falsche Entscheidung ist besser als gar keine.« Otto staunte, daß ihm gerade jetzt ein Satz eingefallen war, den Czarnowanz so gern gebraucht hatte. Er suchte in den Tiefen seiner Taschen nach einem Würfel.

Ewald riß seine Hand wieder heraus. »Nein, du mußt selber wissen, was richtig und was falsch ist.«

Otto fühlte ganz genau, daß es so etwas wie ein Verbrechen war, jedenfalls in den Augen seiner Freunde, wenn er jetzt zu den Nazis überlief, und Ewald völlig im Recht war, wenn er ihm Vorwürfe machte. Doch je stärker der Druck wurde, den der Freund auf ihn ausübte, desto trotziger wurde er. Wie ein Kind wurde er bockbeinig. Obwohl es sich damit selber schädigte. Siebzig Jahre später hatte man für Ewalds Verhalten den Begriff kontraproduktiv parat: Was er da machte, um Otto von den Nazis fernzuhalten, war eher geeignet, das Gegenteil zu erreichen. Es gab so manche Menschen in Deutschland, die sich dem Bösen nur deshalb verschrieben, weil das Gute so penetrant daherkam.

»Dann auf Wiedersehen ...«

Otto ließ Ewald stehen und ging weiter Richtung Wiener Straße. Groß und erhaben kam er sich vor. »Ein Mann geht seinen Weg«, würde er als Überschrift wählen, wenn er diesen Moment schriftlich festhalten sollte. »Ein Mann will nach oben.«

Dann stand er in der Wiener Straße und zögerte noch einen Augenblick, um zu sehen, wer den »Wiener Garten« alles betrat.

Hitler-Jungen, SA-Leute, weitere Männer, von denen er wußte, daß sie Nazis waren. Und da setzte etwas Archaisches in ihm ein, eine instinktive Abneigung gegen alle Menschen, die nicht zum eigenen Stamm gehörten, die nicht denselben Stallgeruch hatten oder dieselbe politische Heimat. Er fühlte sich an Karl May erinnert: Ein Apatsche spürte es sofort, wenn da ein Komantsche oder Kiowa vor ihm stand, er nahm das Anderssein des Gegenübers mit all seinen Sinnen auf und reagierte mit einem Reflex, der nicht zu unterdrücken war: Lauf weg oder erschlag ihn. Otto konnte es nicht in Worte fassen, es geschah ohne Zutun seines Kopfes, denn so anders als die Reichsbanner-Leute und Rotfront-Kämpfer sahen die Nazis nun wirklich nicht aus, aber er spürte, daß er zu denen nicht gehörte. Was hätten wohl Friedrich oder Erdmann, beides ja gebildete Leute und Schöngeister im guten Sinn des Wortes, dazu gesagt, wenn sie ihn in einer kackbraunen Uniform gesehen hätten? Und hatte nicht Friedrich Bosetzki 1848 auf den Barrikaden gestanden und sein Leben eingesetzt – gegen den König und für die Demokratie? Jetzt hatte auch Deutschland endlich seine Demokratie, und für die mußte man kämpfen. Gegen den wahnwitzigen Österreicher da, der sich zum Tyrannen aufschwingen wollte, schlimmer noch als ein Kaiser Adolf I.

So hatte Otto Matuschewski also sein Damaskuserlebnis und ging am nächsten Abend zur Reichsbanner-Kameradschaft am Mariannenplatz, um in der Folgezeit frohen Herzens zu singen: »Auf, kleiner Tambour, schlage ein, / nach München wollen wir marschieren, / nach München wollen wir hinein, / der Stahlhelm soll die Waffen spüren, / die Rosen soll'n am Wege blüh'n, / wenn Reichsbannerleut nach München zieh'n.«

Graugrüne Windjacken trugen sie, die regenabweisend waren und zentral beschafft wurden, dazu grüne Schirmmützen mit schwarz-rot-goldener Kokarde. Weniger einheitlich waren die langen Hosen und das Schuhwerk. Hier konnte jeder tragen, was er gerade hatte, es überwogen aber Reithosen und Schaft- oder Schnürstiefel. Da es ihnen vor allem darum ging, Macht zu demonstrieren, die wehrhafte Demokratie, wie das fünfzig Jahre später heißen sollte, trafen sie sich auf einem abgelegenen Gelände in Tegel zu sozusagen friedlichen militärischen Übungen: Antreten, Reihen bilden, Marschieren. Waffen besaßen sie nicht. Nur ab und an gelang es, sich für kurze Zeit Pistolen von der Polizei zu leihen und damit auf einem Karlshorster Schießplatz zu üben, mitten in einem versteckten Laubengelände. Auch gab es mal ein Kleinkaliberschießen irgendwo in einem Keller. Ging es um die Sicherung von Versammlungen und Demonstrationen, so war das Koppel die einzige Waffe, die sie hatten. Und die Faust natürlich. So wurde Otto als Boxer gerne aufgenommen, und oft übte er mit den anderen bei sich im Kohlenkeller. Bald hatte er neben Ewald Riedel eine Reihe neuer Freunde gefunden, wie Rudi Schulz, den Stadtverordneten Paul Robinson, Heinz Craatz und den Schmiedegesellen Bruno Debba.

Am 11. August, am Verfassungstag, war er zum ersten Mal so richtig dabei. Da wurde mit Fackeln in der Hand marschiert und gesungen: »Deutschland, Republik, wir schwören. / Der letzte Tropfen Blut soll dir gehören!«

Die 47. Abteilung der SPD und der sechste Zug des Reichsbanners waren von nun an sein Zuhause.

Die zweite Hälfte des Jahres 1928 brachte wenig, was die kleinen Leute wirklich tangierte. Was interessierte es sie, die sich doch nie eine Passage leisten konnten, daß an der Nordsee die Luxusdampfer »Bremen« und »Europa« vom Stapel liefen. Betroffen waren sie hingegen vom neuen Drei-Klassen-System, das die Reichsbahn anstelle des bisherigen Vier-Klassen-Systems einführte und in dem ihnen die dritte Klasse, die Holzklasse, zugewiesen wurde. Von der zweiten Klasse, der Polsterklasse, und der ersten Klasse, der Luxusklasse, durften sie nur träumen. Auch in die Premiere der *Dreigroschenoper* gingen sie nicht, sangen aber bald: »Und der Haifisch, der hat Zähne ...« Berlin stand aber auch im Zeichen der Luftschiffahrt und der Nationalsozialisten. Am 3. Oktober kreiste Hugo Eckener mit seinem Luftschiff LZ 127 über der Stadt, und drei Tage später wurde die große Internationale Luftfahrtausstellung (ILA) eröffnet. Die NSDAP entdeckte den

Sportpalast für sich, wo Joseph Goebbels und Adolf Hitler redeten.

Otto Matuschewski lebte weiter sein Leben, das in der Hauptsache darin bestand, Kabel zu verlegen, Kabel zu verbinden und Kabel zu verlöten. In seiner knappen freien Zeit war viel zu tun: Da hatte er Kohlen auszuliefern, mit Helmut das ABC zu üben, mit Erna zum Tanzen und ins Bett zu gehen und mit Ewald zu Versammlungen und Aufmärschen zu eilen, wenn SPD und Reichsbanner sie riefen. Alles mit mäßiger Begeisterung. Das innere Feuer wollte und wollte nicht lodern. Sollte das schon alles sein? Wenn er da an seine Vorfahren dachte: Johann von Bosetzki hatte an der Seite Friedrich des Großen gekämpft, Erdmann war mit Schills Freischärlern gegen Napoleon gezogen, Friedrich hatte es bis nach Arkansas geschafft und ein Buch über das Leben am Fourche LaFavre geschrieben, Heinrich war als Baumeister und Firmengründer hervorgetreten. Und er, Otto Matuschewski, eigentlich Otto Bosetzky, was hatte er dagegen vorzuweisen? Nichts ... Ihm blieb als Trost nur das, was er bei Wilhelm Busch gefunden hatte: »Enthaltsamkeit ist das Vergnügen / An Sachen, welche wir nicht kriegen. / Drum lebe mäßig, denke klug, / Wer nichts gebraucht, der hat genug!«

In einer solchen Stimmung lag er am letzten Novembersonnabend im Bett und las Zeitung. Draußen regnete es ohne Unterlaß, und er hoffte, einzuschlafen und vor dem nächsten Morgen nicht mehr aufzuwachen. »Warum kochen Sie denn noch nicht elektrisch?« Blöde Frage. Weil er noch immer keine eigene Wohnung hatte. »Ehe ich Erna heirate, lasse ich mich eher entmannen«, hatte er neulich zu Ewald gesagt. »Ich war kahl. Umschau nach einem Haarwuchsmittel.« Gott ja, das traf ihn mächtig, denn seine Haare wurden immer lichter, und mehrmals die Woche sagte er: »Wo Verstand und gute Sinne walten, könn'n sich keine Haare halten.« Seine Eltern hatte ihm gerade einmal eine funzlige 15-Watt-Birne spendiert, und so empfand er die Osram-Werbung als ziemlichen Hohn: »Taghell strahlt die ›Osram‹ immer, / Weiß und ruhig ist ihr Schimmer. / Glücklich ist in Dorf und Stadt, / Wer die Osram-Lampe hat.« Auch die Margarine-Reklame erfreute ihn wenig. »Diese ... oder keine! Blauband frisch gekirnt. Die Feinkostmargarine mit dem größten Weltumsatz.« Margarine kam bei seiner Mutter nie auf den Tisch, das hatten sie nicht nötig. »Rodenstock Perpha Augengläser verleihen dem Auge normale Sehkraft. Gleichmäßig scharf in jeder Blickrichtung.« An Brillen bestand bei ihm glücklicherweise noch keinerlei Bedarf. »Sind's die Füße, geh zu Ruge! Haben Sie Ballenknoten, Schwielen unter den Füßen, Hohl-, Schwach-, Senk-, Flach-, Plattfuß ...« Hatte er alles nicht. Sein Stiefvater war aber ein typischer »Plattfußindianer«. Auch die »Humoristische Ecke« war eher zum Gähnen. »Bettler: ›Wollte mal fragen, ob Sie nicht 'ne abgelegte Hose hätten.‹ Hausherr: ›Da müssen Sie sich an meine Frau wenden.‹ Bettler: ›Hm – lieber wär mir schon 'ne Männerhose.‹« Bevor er sich dem nächsten Witz zuwenden konnte, war Otto eingeschlafen.

»Hände hoch! Sie sind verhaftet!«

Er fuhr auf. Ewald stand vor seinem Bett und riß ihm die Bettdecke weg. »Los, raus, mach hinne!«

»Was ist denn?« Otto rieb sich den Schlaf aus den Augen und suchte zu sich zu kommen. Ein Blick auf den Wecker zeigte ihm, daß es schon kurz vor acht Uhr war. Abends.

»Ich hab' von meinem Vater drei Karten für 'n Vergnügen bekommen, hinten im Gewerkschaftshaus.«

»Alles ist vergnüglicher als so ein Vergnügen«, brummte Otto.

»Bei Erna hab' ich schon geklingelt, die kommt mit.«

»Auch das noch ...« Otto brach ab, denn vorn im Kohlenkeller stürzte gerade ein Brikettstapel um.

»Einbrecher ...« flüsterte Otto.

Aber es war nur sein Stiefvater. Der war wieder einmal besoffen und oben aus der Wohnung hinausgeworfen worden. Jetzt suchte er nicht nur nach einem Lager, sondern auch nach verstecktem Doppelkorn. Bald schnarchte er. Otto zog sich an, dann schlichen sie an ihm vorbei. Erna wartete schon im Hausflur auf sie. Otto wunderte sich, wie herzlich sie seinen Freund begrüßte, ihm aber auswich, als er sie in alter Gewohnheit küssen wollte. Aha, daher wehte der Wind. Eigentlich war es ihm recht, und dennoch schmerzte es. Vielleicht irrte er sich auch und deutete da was falsch. Sie nahmen Erna in die Mitte und machten sich auf den Weg zum Mariannenplatz.

Das Fest war schon in vollem Gange. Sie gaben ihre Garderobe ab und schoben sich in den Saal. Die Kapelle spielte gerade einen Foxtrott, und Otto kam sich vor wie ein Afrikaforscher, der dabei war, einen rituellen Stammestanz zu deuten. Warum taten die das, warum hüpften die jungen Männer und Frauen wie die Irren herum?

»Siehst du einen freien Tisch?«, fragte Ewald.

»Nein. Laßt uns wieder gehen. Woanders wird auch noch was zu finden sein.«

Erna hielt ihn zurück. »Nun sind wir schon mal hier.«

Ewald hatte aufgrund seiner Größe den besten Überblick und erspähte hinten rechts in der Ecke noch ein paar freie Stühle. »Da können wir uns noch an den Tisch mit dransetzen.«

»Ich will mich nirgends mit dransetzen«, brummte Otto.

Ewald gab nicht nach. »Ich kenn' den Mann. Der ist 'n Elektroinstallateur aus der Muskauer Straße, der hat bei uns im Laden gerade den Sicherungskasten erneuert.«

»Ich hab' 'n ganzen Tag über Strippen gezogen, ich will nicht auch noch abends Strippenzieher sehen.«

»Mann, hast du eine miese Laune heute«, merkte Erna an.

»Freu dich doch.«

»Wieso?«

»Hast du wenigstens 'n Grund.«

»Was für'n Grund?«

»Tu doch nicht so.« Otto hatte das sichere Gefühl, daß zwischen Ewald und Erna etwas lief. Wahrscheinlich schon lange. Und immer hinter seinem Rücken.

»Setzen wir uns erst mal«, sagte Ewald, der offensichtlich fürchtete, daß es hier am Rande der Tanzfläche zu einer großen Szene kommen würde.

»Na schön.« Auch Otto haßte das. Und eigentlich hätte er ja allen Grund zum Jubeln gehabt, Erna auf diese elegante Art wieder loszuwerden. Das war vor allem seiner Mutter gegenüber außerordentlich vorteilhaft. »Sie hat mich ja nicht haben wollen ...«

Während er noch darüber nachsann, waren sie an dem Tisch angekommen, den der Freund im Auge gehabt hatte. Ewald verbeugte sich leicht. »Gestatten Sie, Herr Schattan, Frau Schattan, Fräulein Schattan ...«

»Ja, gerne.« Der Elektroinstallateur sah nicht gerade begeistert aus, nickte aber.

Ewald setzte an, allen die Hände zu schütteln und seine Freunde mit der Familie Schattan bekannt zu machen.

Als Otto vor Fräulein Schattan stand und ihr die Hand reichte, durchfuhr es ihn wie mit tausend Volt. *Die muß ich haben! Die oder keine!* Plötzlich begriff er, warum Männer wegen einer Frau ihr Leben aufs Spiel setzten oder sogar ganze Kriege vom Zaune brachen. Da war nur noch ein Gedanke, ein Sinn, ein Ziel: auf ihr zu liegen, von ihren Armen und Schenkeln umschlossen zu werden, in ihr zu sein und mit ihr zu verschmelzen bis in alle Ewigkeit. Das also war die letzte Wahrheit, das also war das Geniale, was sich der Kosmos ausgedacht hatte, die Art zu erhalten.

Nun geschah alles wie von selbst. Die Kapelle spielte einen langsamen Walzer, und er verbeugte sich vor ihr. Wortlos folgte sie ihm. Er zog sie an sich.

»Ich heiße Otto«, flüsterte er.

»Und ich Margot.«

»Das ist schön ...« Irgendwie klang das nach Gott, und seine Göttin sollte sie ja sein. Sein rechte Hand umfaßte ihr Gesäß, um ihr Becken noch dichter an seines zu pressen und die Lust zu erhöhen. Doch da sträubte sie sich und suchte Abstand zu gewinnen.

»Was ist?«

Sie blieb stehen, sah ihn an und platzte mit einer Frage heraus, die ebenso ehrlich war wie rührend und naiv. »Wollen Sie länger mit mir gehen?«

»Ja«, bekannte er. »Sehr lange, so lange, wie ich gehen kann, bis zur Bahre ...«

Verliebt, Verlobt, Verheiratet
1929–1933

Das Jahr 1929 war gekennzeichnet durch Arbeitslosigkeit und Hunger, Korruption und Pleiten, politischen Fanatismus und sexuelle Anarchie. Einige spürten, daß das große Beben nahte, wenn nicht gar die Apokalypse, sie tanzten wie besessen auf dem Vulkan und suchten ihre Depression zu betäuben, indem sie süchtig wurden. Manche inspirierte die fiebrige Untergangsstimmung und die Dekadenz des Bürgertums zu Meisterwerken, sei es in der Literatur, sei es im Film. Erich Kästner brachte dieses zügellose Berlin in seinem Roman *Fabian* unnachahmlich auf den Punkt: »Sie täuschen sich. Der Mondschein und der Blumenduft, die Stille und der kleinstädtische Kuß im Torbogen sind Illusionen. Dort drüben, an dem Platz, ist ein Café, in dem Chinesen mit Berliner Huren zusammensitzen, nur Chinesen. Da vorn ist ein Lokal, wo parfümierte homosexuelle Burschen mit eleganten Schauspielern und smarten Engländern tanzen und ihre Fertigkeiten und den Preis bekanntgeben, und zum Schluß bezahlt das Ganze eine blondgefärbte Greisin, die dafür mitkommen darf. Rechts an der Ecke ist ein Hotel, in dem nur Japaner wohnen, daneben liegt ein Restaurant, wo russische und ungarische Juden einander anpumpen oder sonstwie übers Ohr hauen. In einer der Nebenstraßen gibt es eine Pension, wo sich nachmittags minderjährige Gymnasiastinnen verkaufen, um ihr Taschengeld zu erhöhen. Vor einem halben Jahr gab es einen Skandal, der nur schlecht vertuscht wurde; ein älterer Herr fand in dem Zimmer, das er zu Vergnügungszwecken betrat, zwar, wie er erwartet hatte, ein sechzehnjähriges entkleidetes Mädchen vor, aber es war leider seine Tochter, und das hatte er nicht erwartet ... Soweit diese riesige Stadt aus Steinen besteht, ist sie fast noch wie einst. Hinsichtlich der Bewohner gleicht sie längst einem Irrenhaus. Im Osten residiert das Verbrechen, im Zentrum die Gaunerei, im Norden das Elend, im Westen die Unzucht, und in allen Himmelsrichtungen wohnt der Untergang.«

Diejenigen aber, die in Kreuzberg, Wedding, Friedrichshain, Neukölln, Schöneberg und anderswo in den Mietskasernen lebten und zu den 2,8 Millionen deutschen Arbeitslosen zählten, für die war das Berlin des Dr. Jakob Fabian wie ein ferner Planet. Und auch Anna Matuschewski war nach wie vor der Meinung: »Mir geht das nichts an«. Das sagte sie auch noch am 1. Mai 1929, an dem es zu Straßenschlachten kam, die Bürgerkriegscharakter hatten. Der Berliner Polizeipräsident Zörgiebel (SPD) hatte vorher noch einmal auf das bestehende Demonstrationsverbot verwiesen, trotzdem gingen 200 000 Berliner auf die Straße. Sie glaubten, daß sie nichts mehr zu verlieren hätten als ihre Ketten, was sich bald als tragischer Irrtum erweisen sollte. In Wedding und Neukölln gab es Straßensperren. 29 Menschen wurden von der Polizei getötet, bei den anschließenden Protestdemonstrationen kamen noch einmal vier hinzu. 25 000 Arbeiter waren so empört über das Vorgehen der Polizei, daß sie streikten. Wer nicht direkt involviert war, hielt es mit Wilhelm Busch: »›Ist fatal‹ – bemerkte Schlich – / ›Hehe! aber nicht für mich.‹« Berlin war keine homogene Stadt, sondern eine Milchstraße mit unzähligen Sternen und Systemen, sprich: eine Ansammlung von locker um Spree und Havel gruppierten Dörfern, Kiezen, Quartieren und Gemeinden, die alle ihr eigenes Rathaus und ihr eigenes Zentrum hatten. Da mußte man in einem Teil nicht unbedingt zur Kenntnis nehmen, was in einem anderen geschah, und mitleiden mußte man schon gar nicht. Noch funktionierte dieser Überlebensmechanismus.

Otto Matuschewski war nun 23 Jahre alt, und fragte man ihn, wie er sich so fühle, antwortete er des öfteren mit dem alten Berliner Spruch, er sei vom Leben angenehm enttäuscht. Zwar wohnte er noch immer im Kohlenkeller, aber der Aufstieg in lichte Höhen schien ihm gewiss, auch wenn die Zeiten lausig waren. Nicht nur einen sicheren Arbeitsplatz hatte er gefunden, sondern auch die Frau fürs Leben. Nebeneinander und Hand in Hand saßen sie in der Straßenbahn, die von Grünau nach Schmöckwitz fuhr, und sahen auf den Langen See hinaus, hinter dessen stählern blitzendem Band sich blaugrün die Müggelberge dehnten. Poetische Gemüter nahmen die weißen Segelboote für Schmetterlinge und die Achter der Ruderer für Käfer, die übers Wasser liefen.

»Gleich tummeln wir uns auch da draußen auf dem See«, sagte Otto, denn sie waren auf dem Weg nach Wernsdorf, um das Paddelboot zu kaufen, für das er schon so lange gespart hatte.

»Aber nicht zu lange«, wandte Margot ein, »sie kommen doch alle.« Am 11. Juni war sie 19 geworden, und nun sollte draußen im Garten tüchtig gefeiert werden.

Otto hatte am Morgen auf dem Abreißkalender seiner Mutter einen Satz von Fontane gelesen: »Wie viel kann das Leben geben, aber wie wenigen nur«, und in diesem Augenblick war er sich vollkommen sicher, einer dieser wenigen zu sein. Mit keinem anderen hätte er tauschen mögen, mit keinem König, keinem Millionär. Vor ihm lag eine Unendlichkeit leuchtender Tage. Alles war Vorfreude und Verheißung. Er hörte nicht hin, wenn Margot redete, er hörte nur auf den Klang ihrer Stimme, die ihm wie eine Sinfonie vorkam. Das Leben war ein Traum geworden.

Die Schaffnerin rief die Haltestellen aus: Strandbad Grünau, Richtershorn, Schappachstraße, Lübbenauer Weg. Hinter Karolinenhof bog die Bahn scharf links ab und fuhr auf gerader Strecke durch den heißen Kiefernwald nach Schmöckwitz.

»Waldidyll!«

Was für ein Name! Otto war wieder voll da, er hatte vielleicht zehn Minuten nur vor sich hin geträumt und glaubte, es sei eine Ewigkeit gewesen.

»Da ... unser Grundstück!« rief Margot. »Und Mutti steht gerade am Zaun.«

Sie winkten beide, doch Marie Schattan erkannte sie nicht. Der Holzzaun war weiß gestrichen, und hinter zwei prächtigen Birken und allerlei Gehölz war am Ende des Grundstücks ein kleines Häuschen zu erkennen. Dort sollte Otto heute zum ersten Mal über Nacht bleiben.

»Aber mach dir mal keine falschen Hoffnungen«, sagte Margot. »Neben meinen Eltern und meiner Schwester schlafen noch Tante Trudchen und Onkel Adolf und Großvater Quade mit uns im selben Zimmer.«

Otto schmunzelte. Da hatte er sich sein ganzes Leben nach etwas mehr Nestwärme gesehnt, und nun sollte er sie gleich im Übermaß haben ...

»Endstation, alles aussteigen.«

Die Straßenbahn hielt kurz vor dem Dorfanger, der den stolzen Namen Kaiser-Wilhelm-Platz trug. Links lagen Kirche, Friedhof, Bedürfnisanstalt und Zeitungskiosk und zweigte die Straße nach Wernsdorf ab, rechts waren Remise, Feuerwehr und Schule zu bewundern, echte wilhelminische Backsteinbauten. Als sie ausgestiegen waren, drehte die 86 ihre Runde auf der Wendeschleife, vorbei an kleinen Häuschen, deren Fassaden à la Schinkel verziert waren. Otto hielt es für unmöglich, noch immer in Berlin zu sein. Dennoch war es so. Einen Bus nach Wernsdorf gab es schon, aber der fuhr nur selten und war teuer, so daß Otto es vorzog, den Weg zu Fuß zurückzulegen.

»Knapp fünf Kilometer«, sagte er, »das ist doch 'n Klacks für alte Marschierer.«

»Aber meine Schuhe ...«

»Barfuß gehen ist gesund. Und zurück sitzt du ja im Boot.« Als Margot noch immer ein wenig maulte, kaufte er ihr ein Eis. Hier, auf kaum mehr als zweihundert Metern Straße, besaß Schmöckwitz den Hauch eines Badeortes. Hier gab es ein Lebensmittelgeschäft, einen Friseur, eine Drogerie, eine fast pompöse Post und etliche Gaststätten, allen voran »Die Palme«, aber die lag schon an der Brücke.

Und auf der standen alsbald Otto Matuschewski und Margot Schattan und spuckten in einen Kahn, der mit Kies beladen aus Königs Wusterhausen kam. »Da freut sich die Spucke, daß sie Kahn fahren kann.«

Der Blick war herrlich. Am linken Geländer sahen sie auf den Langen See, die Große Krampe und den Seddinsee hinaus, schauten auf die bunten Stühle und Tische der »Palme« hinunter, hatten im Vordergrund zwei kleine Inseln, die Leseratten wie Otto an Huckleberry Finn und den Mississippi erinnerten, und am Horizont die Müggelberge. Lief man nach rechts hinüber, gab es die Schmöckwitzer Badewiese, den Zeuthener See und die Villa Hertzog zu entdecken, die ebenso Blickfang war wie der Kirchturm von Zeuthen.

»Das alles ist nun unsere Welt«, sagte Otto. »Und im nächsten Jahrzehnt möchte ich mit dir auf allen deutschen Flüssen paddeln. Spree und Havel, Werra und Weser, Saar und Mosel, Oder und Warthe ...«

Margot schien vom Reiz des Wasserwanderns noch nicht so ganz überzeugt zu sein, und er nahm sie fest in den Arm. »Du bist doch auch auf dem Wasser groß geworden.« Sie hatte ihm erzählt, daß ihre Eltern eine Mischung von Ruder- und Segelboot gehabt und von Schöneweide aus Spree und Dahme befahren hatten.

Hinter der Schmöckwitzer Brücke begann die Seddinpromenade, und dann spazierten sie am Oder-Spree-Kanal entlang nach Wernsdorf. Immer wieder fand sich eine buschige Stelle, wo er sie an sich ziehen und küssen konnte.

»Oh, ich hab' Harz an den Fingern!«, rief er.

»In den Harz möchte ich auch mal«, sagte Margot.

Da fiel ihm zum ersten Mal so richtig auf, wie sprunghaft sie war, daß sie eigentlich nie richtig zuhörte, sondern sich immer von dem treiben ließ, was ihr gerade in den Sinn kam. Doch wie hatte er es in seinen klugen Büchern gelesen: Gerade wegen seiner kleinen Fehler liebte man den anderen.

Über die schmale Wernsdorfer Brücke, die das Fließ zwischen Krossinsee auf der einen sowie Wernsdorfer See und Oder-Spree-Kanal auf der anderen Seite überspannte, kamen sie ins Dorf und stießen an der Kirche auf seine Eltern samt Helmut. Er erschrak, zwang sich aber zu lächeln, denn ohne ihren Kredit hätte er sein erstes Boot nicht finanzieren können.

»Wir wollten mal gucken, wie es aussieht«, sagte Walter Matuschewski. »Und Helmut wollte ein Stück mitpaddeln.«

»Und wir müssen ja auch Fräulein Margot noch zum Geburtstag gratulieren.«

Was sie auch taten, aber so unterkühlt, daß es eigentlich weniger kränkend gewesen wären, wenn sie es gelassen hätten. Noch immer kam Anna Matuschewski nicht darüber hinweg, daß ihr Sohn sich nun »eine aus'm Büro« auserkoren hatte. Die Erna wäre ihr wesentlich lieber gewesen. »Und ausgerechnet auch noch diese Margot Schattan.« Schlimmer hätte es nicht kommen können. Margots Mutter, Marie Quade, und Anna waren einmal eng befreundet gewesen, doch dann war es zum Bruch gekommen, als die Freundin sich geweigert hatte, Geld aus dem Geschäft ihres Schwiegervaters zu entnehmen und ihr zu borgen, damit sie sich ihren Kohlenkeller kaufen konnte. »Das war gemein von ihr, das hätte der doch gar nicht gemerkt, der war doch im Krieg. Da hat sie mich fallenlassen, und wer mich einmal fallenläßt, mit dem will ich nie wieder was zu tun haben.«

Obwohl sich Otto keineswegs als gläubig betrachtete, rief er immer wieder aus: »O Herr, was hast du dir dabei gedacht?« Dieser Zwist machte die Sache mit Verlobung, Heirat und eigener Wohnung nicht einfacher. Von der Manteuffelstraße konnte er dabei keinerlei Unterstützung erwarten, hofften sie doch immer noch, daß er Margot bald wieder sausen lassen würde, hatten ihm auch zugeflüstert, daß es da einen entfernten Verwandten namens Julius gäbe, der entschlossen sei, Margot zu heiraten und mit ihr in die USA zu gehen.

Otto hatte sich jahrelang auf den Moment gefreut, wo er in sein erstes eigenes Boot stieg, doch als sie nun in der kleinen Werft an der Jovestraße standen, um die »Ella« zu taufen, war ihm eher wehmütig ums Herz. Überall nur Zwist, überall nur Feindschaft. Und wenn dieser Hitler erst an die Macht kam ...

»Wunderschön geklinkert ...« Der Bootsbauer lobte sein Werk, und in der Tat hatte er die einzelnen Hölzer sauber übereinander gelegt und verleimt und gestrichen. »Und so ein Paddelboot ist ja was, wenn sie mal mit Ihrem Fräulein Braut ins Schilf fahren wollen. Die Buchstaben sind aus Aluminium, die können Sie ganz leicht wieder abschrauben und andere dranmachen. Das tun viele, die bei mir 'n Boot kaufen.«

Otto wehrte ab. »Ich nicht, bei mir bleibt's bei der einen: bei Margot.«

Der Bootsbauer erschrak. »Dann war also Ella Ihre Verflossene. Das hätten Sie mir doch ...«

»Erna war seine Verflossene«, sagte Anna Matuschewski. »Aber wenn die wiederkommt, kann man ja aus Ella schnell Erna machen.«

»Die kommt nicht wieder, Mutter!«, rief Otto und erklärte dem Wernsdorfer, was es mit dem Namen Ella auf sich hatte.

»Na, dann man nischt wie hin uff die Oder!«

Bis auf Helmut bekamen sie nun alle ein Glas Sekt in die Hand gedrückt, und dann wurde Ottos Kahn – er selber sprach immer nur von seinem Kahn und nicht von seinem Boot – zünftig getauft und zu Wasser gelassen. Die erste Runde drehten sie mit Helmut, dann stieg der wieder aus, und sie waren endlich allein. Vor ihnen dehnte sich der Krossinsee, gebogen wie ein Hörnchen.

Otto saß hinten, von wo sich das Boot mit den Füßen steuern ließ, Margot vorn.

»Jetzt fahr' ich mit dir bis ans Ende der Welt«, sagte er.

Margot sah auf die Uhr. »Sind wir auch wirklich um drei in Schmöckwitz? Ich will nicht zu spät zum Kaffeetrinken kommen.«

»Die werden schon auf dich warten, schließlich bist du heute die Hauptperson. Und wenn du ein bißchen mitpaddelst, dann geht es auch schneller.«

Doch Margot hatte noch nie in einem Paddelboot gesessen und war, was diese Sportart betraf, kein Naturtalent. Mal tauchte sie die Blätter zu tief ins Wasser, mal zu flach, mal war sie zu langsam, mal zu schnell, mal zu ausgreifend und dann wieder viel zu kurz. Und sosehr sich Otto hinten auch bemühte, sich ihrem Rhythmus anzupassen – immer wieder fuhren ihre Paddel krachend in der Luft zusammen, und die anderen Leute auf dem Wasser und am Ufer lachten über sie. Obwohl alle von ihm sagten, er sei ein

Gemütsathlet, wie es kaum einen anderen gäbe, entfuhr ihm doch, daß es mit Erwin Krause ein wenig besser ginge.

»Dann kannst du den ja heiraten.«

»Das ist ja schön, daß du mich heiraten willst.«

»Nicht, wenn du so weitermachst.« Nun schmollte Margot und trat in den Streik. Sie legte ihr Paddel auf den Süllrand, fuhr mit den Beinen unter die Abdeckung, streckte sich aus und gab sich der Sonne hin, ohne ein weiteres Wort mit Otto zu wechseln. Der mußte sich nun mächtig ranhalten, denn die »Ella« lag tief im Wasser und war nicht eben schnittig gebaut, und nach dem Krossinsee kam der Große Zug, der sich mächtig hinzog, nicht anders als der Zeuthener See, in den hinter Rauchfangswerder rechts abzubiegen war. Mindestens zehn Kilometer waren es, die er in Alleinfahrt zu bewältigen hatte, und als die Arme immer schwerer wurden und die Lendenwirbel schmerzten, verfluchte er so langsam sich, das neue Boot und Margot. Wenn die Erfüllung eines Traums immer so ausging wie in diesem Fall, dann sollte man wohl besser mit dem Träumen aufhören.

Und dann wären sie auch noch um ein Haar gekentert, als Margot kurz vor der Schmöckwitzer Brücke urplötzlich hochfuhr und über das ganze Wasser »Hallo, Onkel Erich, hallo, Tante Martha!« schrie.

An die 25 Verwandte wurden zu ihrem Geburtstag erwartet, und die ersten beiden hatten sie hiermit gesichtet. Margots Mutter, Marie Schattan geborene Quade, hatte drei Brüder: Albert, Reinhold und Berthold, und zwei Schwestern: Klara und Martha, von denen Martha die jüngere war. Aufgewachsen waren sie in SO 36, im Bezirk Kreuzberg also, in einem Mietshaus in der Wrangelstraße, vier Treppen hoch, allerdings im Vorderhaus; die Mutter kam vom Lande, der Vater war Tischler, SPD bis USPD, auf alle Fälle streng antimonarchistisch, ein Todfeind der Bourgeoisie und ihrer Speichellecker. Drei seiner Kinder, Marie, Albert und Berthold, hatte der alte Quade für die Sache der Roten gewonnen, während die anderen drei mehr oder minder den Verlockungen des Bürgertums erlegen waren.

Martha war durch ihre Tätigkeit als Verkäuferin in einem Wäschegeschäft geprägt worden, dessen Klientel in der Hauptsache aus vornehmen Offiziersgattinnen bestanden hatte. Deren Verhaltensweisen, oder besser deren Gehabe, hatte sie voll übernommen, und mit ihren Sommersprossen und ihren rötlichen Haaren hätte sie, apart wie sie war, leicht als englische Gouvernante oder gar als preußische Komtesse durchgehen können. Geehelicht hatte sie – natürlich, möchte man sagen – einen Mann der höheren Stände, denn Erich war Ingenieur und Oberbeamter des Hauses Siemens. Und das war schon etwas, lagen doch Ende der zwanziger Jahre zwischen Handwerkern und Akademikern noch Welten, was Ansehen und Einkommen betraf. Daß er im Ruderverein »Markomannia« beheimatet war, erhöhte seine Reputation um ein weiteres. Allerdings war er kein Kleiderschrank mit Händen wie Pranken, sondern eher klein und mager, ein Leichtgewicht. Schon früh waren ihm die Haare ausgegangen, und er hatte dadurch die berühmte hohe Stirn. Damit wäre er an sich gar nicht weiter aufgefallen, wenn seinen Hinterkopf nicht ein Grützbeutel von der Größe eines Taubeneis geziert hätte. Er war ein durch und durch patenter Kerl mit viel Mutterwitz.

So strebten sie also im Geleitzug dem Landesteg von Waldidyll entgegen, das Paddelboot in Onkel Erichs Kielwasser. Tante Martha saß im Heck des voluminösen Einers in einer Art Gartenstuhl mit schön geschnitzter Lehne, hielt die Steuerseile und gab das Tempo vor. »Erich, zieh durch!«

»Danke, Martha, daß du mich zum Olympiasieger machst.«

Auf dem Steg warteten schon ihre beiden Töchter, Zwillinge, zweieiige allerdings und in Aussehen wie Charakter gänzlich verschieden. Eva, die paar Minuten Ältere, kam ganz nach der Familie ihres Vaters, der ein leicht südländisches Aussehen hatte, und war immer ein wenig laut, überdreht und quecksilbrig. Ilse dagegen entsprach ganz der Linie der Quades, sie war blond und hatte das breite Gesicht der Märker wie ihre innere Ruhe. Mit ihnen im Bunde war Gerda, Margots Schwester, die mit ihren 15 Jahren etwa im Alter von Eva und Ilse stand. Gerda war das, was man in Berlin eine kesse Göre nannte, immer mit ihrem frechen Mundwerk voneweg und auf dem Wege, ansehnlich wie ein

Mannequin zu werden. Die drei Cousinen tuschelten und lachten und diskutierten kichernd, ob Margot und Otto, obwohl noch nicht einmal verlobt, wohl schon miteinander ins Bett gegangen seien.

Die Boote legten an, und alle begrüßten sich freudig. Die drei Grazien, wie Onkel Erich sie nannte, halfen den älteren Herrschaften auf den Steg hinauf. Das Ruderboot kam in die Obhut des Restaurantbesitzers, Ottos Paddelboot hingegen wurde an Land gezogen und auf ein Wägelchen gehoben, dessen schmale Räder dann aber im märkischen Sand so sehr einsanken, daß es eine gehörige Plackerei wurde. Etwa vierhundert Meter ging es quer durch lichten Kiefernwald zur Berliner Straße, der Schmöckwitzer Magistrale. Durch die Baumstämme hindurch sahen sie die gelben Wagen der Straßenbahn vorbeihuschen.

Auf einer Schneise wurde Fußball gespielt, und alle Kicker waren, wie sich alsbald herausstellte, Margots Verwandte. Diesmal nicht nur mütterlicher-, sondern auch väterlicherseits. Onkel Albert, Albert Quade, war ein knorriger Typ, ein Ur-Berliner, wie er in jedes Volkstheater gepaßt hätte. Tischler war er wie sein Vater und zimmerte bei der Firma Pfaff Tische und Abdeckkästen für Nähmaschinen hoher Qualität. Neben ihm kickte sein Bruder Berthold, der Kaufmann lernte und etwas dicklich war. Mit von der Partie waren auch drei der vier Schattan-Brüder, nämlich Paul, leitender Angestellter bei der Aufzugsfirma Flohr, Adolf, seines Zeichens Koch, und Richard, kaufmännischer Angestellter und Fußballschiedsrichter. Der vierte im Bunde war Oskar, Margots Vater, aber der war auf dem Grundstück geblieben.

Ein paar Meter weiter war ein älterer Herr mit Schnauzbart und grauweißer Stoppelfrisur eifrig beim Kienäppelsammeln. Wie auf einem Stück Kautabak mümmelte er auf einem Pilz herum, den er eben gefunden hatte.

»Großvater Quade, hoffentlich ist das kein grüner Knollenblätterpilz!«, rief Otto ihm zu.

»Einen Tod kann man nur sterben.« Großvater Quade ließ sich nicht so leicht aus der Ruhe bringen. Weder oben noch unten trug er ein Gebiß, teils aus Prinzip, weil man früher auch keins gekannt hatte, teils aus Kostengründen. Dabei hatte er nur noch eine große Leidenschaft: das Essen. Und da seine Rente nur klein war, stöhnte er ständig darüber, fürchterlichen Hunger zu haben. Obwohl er schon auf die Siebzig zuging, war er noch immer eine stattliche Erscheinung, was vielleicht an seiner bäuerlichen Herkunft – er kam aus dem Warthegau – lag, von ihm aber darauf zurückgeführt wurde, daß er ein echter Quade war, also von den Quaden abstammte, einem alter Germanenstamm, der im Mährischen gesiedelt hatte und an der Seite der Markomannen gegen die Römer zu Felde gezogen war. Der wahre Grund war sicherlich der, daß er nie dazu kam, so richtig Fettlebe zu machen. Tischler war er von Beruf, Kunsttischler sogar, und als junger Mann hatte er die Salons sowohl der Nobelhotels in der Schweiz wie der Luxusdampfer in Hamburg, allen voran die »Imperator«, mit Intarsien ausgestattet. Seine gelegentlichen Aufenthalte in Berlin hatte er aber nie ungenutzt verstreichen lassen, leider Gottes waren aber zwei der acht von ihm gezeugten Kinder schon im Wochenbett gestorben.

So weit hatte es Otto inzwischen gelernt, Margots »Mischpoke« auseinanderzuhalten, doch als er nun das Grundstück seiner künftigen Schwiegereltern betrat, zuckte er doch ein wenig zusammen, denn neben Marie Schattan zählte er nicht weniger als sechs weitere Frauen. Während er einer nach der anderen mit leichter Verbeugung die Hand drückte, flüsterte Margot ihm zu, mit wem er es zu tun hatte. Der Übersichtlichkeit half es nicht gerade, daß es eine Tante Friedel gleich zweimal gab.

Otto wandte sich zu Tante Friedel I. Die hieß nicht nur so, sondern wohnte auch in der Friedelstraße, der in Neukölln. Sie war dunkelhaarig und galt, was damals als Riesenkompliment verstanden wurde, als rassig. Mondän war sie auf alle Fälle, trug auch im Hochsommer einen Nerzkragen um den Hals und trank Liköre wie andere Leute Wasser. Paul war ihr Mann, und der hatte auch das Geld für all ihre Extravaganzen.

Eigentlich hätte Friedel II wie Friedel I aussehen müssen, denn sie war Jüdin, doch das tat sie mitnichten. Sie wirkte eher unscheinbar. Sie war eine geborene Zellermeier, und das war ein klangvoller Name im Berliner Hotel- und Gaststättengewerbe. Sie war mit Reinhold Quade verheiratet, der ein Restaurant in der Prinzenstraße hatte und noch nicht zugegen sein konnte, weil er das Ende des Mittagstisches abzuwarten hatte.

Nun führte Margot Otto zu den Damen, die es sich, je nach Geschmack in der Sonne oder im Schatten, auf diversen altertümlichen Garten- und Liegestühlen bequem gemacht hatten.

»Das sind Tante Lucie und Tante Grete«, sagte Margot, und Otto drückte die nächsten zumeist feuchten Hände. Lucie gehörte zu Albert, sie war Näherin und machte einen depressiven Eindruck, was daran liegen mochte, daß sie schwer unter der Basedowschen Krankheit litt. Grete war Bertholds Verlobte und stammte aus Breslau.

»Wie geht es dir, Tante Grete?«, schrie Margot.

»Warum schreist du denn so?«, fragte Otto. »Wir sind doch hier nicht auf dem Markt.«

Nun flüsterte Margot. »Weil Tante Grete schwerhörig ist.«

Gott, war das peinlich. »Tut mir leid«, sagte Otto. »Ich setz' mich in die Laube.«

»Ja, junger Mann, es wird langsam Zeit, daß die Margot unter die Haube kommt.«

Erna Schattan gab es auch noch, Richards Frau. Sie sah aus wie eine große Glucke und betrieb in der Tat einen kleinen Eierhandel, das heißt, sie fuhr immer dann, wenn ihr Mann in der Region Berlin-Brandenburg seine Fußballspiele pfiff, mit aufs Land und kaufte billig ein. Wenn es Ostern wurde, schenkte sie der Gesamtfamilie kleine Rokokopüppchen, deren Röcke sie selbst gehäkelt und innen mit kleinen Taschen versehen hatte – ideale Eierwärmer.

Neben ihr lag Tante Trudchen, Adolfs Frau. Sie war nur wenig größer als eine Liliputanerin, was daran lag, daß sie als Kind zuwenig Vitamine bekommen hatte und nun über derart rachitische Beine verfügte, daß die Charité schon bei ihr angefragt hatte, ob sie sich nicht im Hörsaal den werdenden Medizinern präsentieren wolle. »Ja, aber erst als Leiche.«

Wer war noch zu begrüßen? Margots Eltern natürlich. Ihre

Mutter war die Güte in Person. Hätte man den Begriff »positives Denken« zu ihrer Zeit schon gekannt, so hätte sie als lebender Beweis für dessen Richtigkeit gegolten, denn ihr Credo war: »Ich glaube an das Gute im Menschen.« Wo sie hinkam, da war Friede und Wohlgefallen unter den Menschen, und wem sie die Hand auf den Arm legte oder, wenn es ein Kind war, über die Haare strich, bei dem schmolz jeder Eispanzer, der fühlte nur noch Kraft und Zuversicht. Dabei war sie nicht getauft und hielt wenig vom offiziellen Christentum. Groß geworden war sie vielmehr mit Bebels *Die Frau und der Sozialismus.* Sie hatte Erich Kästners unübertreffliche Weisheit »Es gibt im Leben nichts Gutes, außer man tut es« schon praktiziert, bevor sie von ihm formuliert worden war, zum Beispiel in der Kreuzberger Sozialkommission. Dabei war ihre Güte nicht plakativ und prätentiös, sondern kam so selbstverständlich daher wie ein »Guten Morgen, wie geht's?«. Fragte sie dies, so steckte echte Sorge dahinter, daß es einem »armen Menschenkind« schlecht gehen könnte, und war dies der Fall, so gab sie ihr letztes Hemd, um dem abzuhelfen. Aber nicht das war es, was sie zu einer Art Heiligen ihrer Familie machte, sondern das gute Wort, das sie für jeden hatte. Korpulent war sie, »eine Maschine«, wie die Berliner sagten, und trug stets mehrere selbstgeschneiderte Kittelschürzen übereinander. Wenn Otto »Mutti« zu ihr sagte und nicht »Schwiegermama« oder dergleichen, dann weil sie das ausfüllte, was er bis dahin entbehrte, sosehr sich auch seine Tante Emma und seine leibliche Mutter bemüht hatten. Es war auch ihr »höheres Bewußtsein«, das ihn für sie einnahm, ihre Fähigkeit, abstrakt über politische und gesellschaftliche Probleme reden zu können.

Das konnte er auch mit Oskar Schattan, der als selbständiger Elektroinstallateur nicht schlecht verdiente und souverän war wie einer, der vor keinem Chef zu buckeln hatte. Ein heller Kopf war er und immer scharfzüngig, was seine Umgebung darauf zurückführte, daß er jüdischer Herkunft war. Seine Mutter hatte den schönen Vornamen Albertine getragen und war eine geborene Wolfsohn. 15 Kinder hatte sie zur Welt gebracht, wovon allerdings nur vier überlebt hatten – die vier Jungen Adolf, Oskar,

Paul und Richard. Sein Vater war im tiefsten Galizien auf die Welt gekommen, und zwar als Carl Szatron und Sohn einer streng katholischen Familie. Aus Liebe zu seiner Albertine war er dann zum Judentum übergetreten, und als beide nach Berlin gegangen waren, um in Kreuzberg ein Gasthaus zu eröffnen, hatte der hiesige Standesbeamte aus dem polnischen Szatron, was auch noch Teufel hieß, das deutsch klingende Schattan gemacht. Bald nach der Jahrhundertwende war er der Tuberkulose erlegen. Dies war sicherlich auch eine Folge seines Berufs, denn so gut »Die Traube« in der Reichenberger Straße eine sechsköpfige Familie auch ernährt hatte, so schädlich waren für ihn die feuchte Luft im Bier- und Lagerkeller sowie der Qualm und Rauch vorn in der Gaststube gewesen. Auch hatte er Zigarren geraucht, und mit besonders treuen Gästen hatte er manches Mal anzustoßen und zu trinken gehabt. Mit einer ganz gewöhnlichen Influenza hatte es begonnen. Aus ihr war ein Bronchialkatarrh geworden und aus dem ein chronischer Husten, bis er dann »die Motten in der Lunge« gehabt hatte.

Otto war dem Schicksal dankbar, daß es ihm solche Schwiegereltern beschert hatte. Damit war vieles wieder ausgeglichen, und als er auf dem Abreißkalender las: »Wer warten kann, zu dem kommt alles«, strich er es rot an.

Otto sah sich um. Nun hatte er wohl allen guten Tag gesagt. Nein, zwei von Margots vielen Cousinen und Cousins noch nicht, nämlich Karl, dem Kind von Onkel Adolf und Tante Trudchen, der ein drolliger kleiner Knirps war, und Elisabeth, die zu Onkel Paul und Tante Friedel gehörte und eine Beauté zu werden versprach.

Aber noch waren ja nicht alle eingetroffen. Als nächste stieg Irma aus der Straßenbahn, Margots beste und älteste Freundin. Sie hatten sich zu Beginn ihrer Schulzeit kennengelernt, als die eine der anderen Tinte übers Kleid gegossen hatte und sie weinend und schuldbewußt in der Muskauer Straße bei Mutter Schattan geklingelt hatten. »Kinder, es gibt Schlimmeres, dann wird eben Margots ganzes Kleid blau eingefärbt.«

Mit Irma hatte Reinhold in der Bahn gesessen, der unauffälligste der Quade-Brüder, der sein Restaurant nun kurzzeitig der Obhut seines Kellners übergeben hatte.

Als letzte kamen Tante Claire, die mittlere der Quade-Schwestern, und Gustav Herrmann, ihr Mann, seines Zeichens Direktor einer kleinen Maschinenbauanstalt in Berlin-Lichtenberg. Im Gegensatz zu allen anderen fuhren sie aber nicht mit der Straßenbahn vor, sondern in einem offenen Maybach.

Claire hieß eigentlich Klara, aber das klang ihr zu sehr nach Dienstmagd und nicht vornehm genug. Auch Kühe hießen so. Zu ihrem Pech sprach kaum ein Berliner den Namen richtig französisch aus, sondern sagte »Kläre«, sprach also das e hinten deutlich mit, womit für sie auch nicht viel gewonnen war. Aber immerhin. Sie legte Wert darauf, das zu sein, was ihre ältere Schwester meinte, wenn sie ausrief: »Kläre, du bist ja meschugge!« So kleidete sie sich mal wie eine Zigeunerin, mal wie eine lesbische Chansonette und ließ es sich nicht nehmen, dem Exkaiser rührende Briefe zu schreiben. Ihre Bälle, die sie in der Riesenwohnung am Treptower Park alljährlich veranstaltete, galten als Ereignisse. Jedes Jahr zum Fasching stand ein anderes Thema im Mittelpunkt, und in diesem Jahr hatten sich alle als Dämonen verkleiden müssen. Sie war in höchstem Maße abergläubisch, las jeden Tag ihr Horoskop und lief stets zu einer Wahrsagerin, wenn etwas zu entscheiden war. Und es gab keine modische Neuheit und keinen Schnickschnack, den sie nicht kaufte. Ihr Mann hatte schließlich Geld wie Heu. Gustav Herrmann war zwölf Jahre älter als sie, und sie sprach von ihm immer nur als »der Dicke«. Obwohl nur Direktor einer kleinen Klitsche, gerierte er sich wie ein Großindustrieller vom Schlage eines Krupp oder Hugenberg. Studiert hatte er Nationalökonomie und war gleich im ersten Semester Mitglied einer schlagenden Verbindung geworden. Stolz trug er seine Schmisse im Gesicht. Er glich so sehr einer Karikatur, daß man den Eindruck haben konnte, eine Figur von George Grosz sei aus dem Rahmen getreten. Das störte ihn wenig, und Otto mußte sich zähneknirschend eingestehen, daß es in der ganzen Großfamilie keinen Menschen gab, der glücklicher war als er. Zwei Kinder hatten sie, die hinten im Auto saßen: Lieselotte, genannt Lolo, und Rudi.

Lolo war schon 21 Jahre alt und arbeitete im Zeitungsvertrieb, den die drei Schwestern ihres Vaters in Berlins Mitte, in der Kurstraße, betrieben, Rudi hingegen hatte noch eine Weile zur Schule zu gehen. Er sprang sofort aus dem Wagen und lief zu den Fußballspielern in den Wald, denn Fußball war seine große Leidenschaft.

Was schenkte Tante Claire ihrer Nichte? Einen aufblasbaren Klapperstorch und ein Sparbuch mit hundert Mark. »Für den Nachwuchs ...«

Margot war tiefrot angelaufen. »Wir sind ja noch nicht mal verlobt.«

»Na, dein Otto wird doch die Katze nicht im Sack kaufen wollen!«, lachte Gustav Herrmann.

Marie Schattan schwenkte schnell die große Kuhglocke, die Großvater Quade aus der Schweiz mitgebracht hatte, und rief so laut, daß es bis weit in den Wald hineinschallte: »Der Kaffee ist fertig!«

»Ja-ha, Mariechen!«, kam es zurück und: »Moment noch, Mary!« Die englische Version ihres Namens ging wohl darauf zurück, daß einige Sprachkundige in der Familie einmal die Assoziation mit *merry* gehabt hatten – schließlich ging es da, wo sie war, immer äußerst fröhlich zu.

Gedeckt war an einer gut 15 Meter langen Tafel, die zum Teil aus der Tischtennisplatte, zum Teil aus zusammengenagelten Brettern bestand, die Albert aus seiner Fabrik mitgebracht hatte. Zusätzliche Stühle hatten sie sich von den Nachbarn geborgt, einige der jüngeren Männer mußten allerdings mit einer Art Donnerbalken vorliebnehmen, was sie dann auch mit den entsprechenden Geräuschen quittierten.

Otto lachte. »Es gibt Künstler und Dilettanten – die einen treffen ins Loch, die anderen auf die Kanten.«

»Wir essen!«, riefen mehrere.

Acht selbstgebackene Kuchen und Torten standen zur Auswahl. Einige waren richtige Meisterwerke, denn Onkel Adolf war ja gelernter Koch und Konditor, allerdings bequatschte er gerade seinen Bruder Paul, ihm doch bitte eine Stelle bei seiner Fahrstuhlfirma zu verschaffen, die Hotelküche Unter den Linden habe er satt.

»Wenn ich da koche, dann meistens nur noch vor Wut.«

»Oh, schade ...« Adolf war Margots Lieblingsonkel, und sie gab ihm einen Kuß auf die Backe.

»Zu Hause und für dich mach' ich ja weiter was.«

»Ja, Pellkartoffeln mit Hering«, sagte Tante Trudchen und sah warnend zu ihrem Sohn hinüber, der gerade dabei war, die Zahlen umzudrehen, die vor dem Geburtstagskind auf dem Tisch standen.

Oskar Schattan reimte. »Tante Trudchen guckt nur scharf, / Gleich weiß Karlchen, ob er darf.«

Diesmal durfte er, und so wurde aus der 19 schnell eine 91. Otto rechnete. »Mein Gott, das wäre ja im Jahre ... im Jahre 2001.«

»Das wird wohl keiner von uns erleben«, sagte Margot, die oft pessimistisch in die Welt sah.

»Ich bestimmt nicht!«, rief Großvater Quade und lud sich deshalb sein viertes Stück Torte auf den Teller. Die anderen drei hatte er längst noch nicht aufgegessen, aber die Angst davor, später nichts mehr abzukriegen, war größer als die vor dem Spott der anderen.

Karlchen sah immer wieder ängstlich auf das Nachbargrundstück hinüber, denn dort wohnte ein Herr Fleischfresser. Der Junge glaubte, daß hier in Schmöckwitz der Kannibalismus an der Tagesordnung sei, denn hinten beim Schlächter Porth war am Giebel ein wenig Putz abgeblättert, wodurch das R in der Werbeaufschrift ein bißchen lädiert war, und neulich hatten ihm seine Cousinen da »Kind- und Schweineschlächterei« vorgelesen. Darum klammerte er sich auch ganz fest an seine Mutter, als die Familie nach dem Kaffeetrinken geschlossen zur Schmöckwitzer Brücke und zur Badewiese marschierte, teils um nur zu gucken, teils auch, um zu baden und zu schwimmen. Das war ein alter Brauch. Schon vor der Jahrhundertwende waren Quades an schönen Sonntagen nach Schmöckwitz rausgefahren, und Marie hatte schon als junges Mädchen davon geträumt, hier einmal »niederzukommen«, wie es umgangssprachlich hieß. Oskar hatte sie in ihrem Vorhaben bestärkt: »Du, das machen wir.« Obwohl seine Erinnerungen an Schmöckwitz gar nicht so erfreulich waren, denn sein Vater war hier in einer Art Privatsanatorium in der Nähe des Schmöckwitzer Sumpfes gestorben. Als erster angesiedelt hatte sich hier Großvater Schulze, der zweite Mann von Albertine, ein Druckereibesitzer aus der Muskauer Straße, der sich schon 1925 in Schmöckwitz, Nuscheweg Ecke Goulbiestraße, ein Riesengrundstück gekauft hatte. Auf sein kleines Wochenendhäuschen hatte er den nicht mehr benutzten hölzernen Beobachtungsturm des Flughafens Johannisthal gesetzt und war damit der »Turm-Schulze« im Gegensatz zum »Sumpf-Schulzen«. Allzu gut war man auf ihn nicht mehr zu sprechen, denn nach seinem Tode hatte er dieses Grundstück nicht etwa seiner Familie vermacht, sondern seiner Geliebten.

»Dieser Person«, sagte Martha.

»Die hat ihn doch nur ausgenommen wie 'ne Weihnachtsgans«, fügte Berthold hinzu.

»Haste nischt erheiratet und nichts ererbt, bleibste arm, bis daß de sterbst«, erkannte Großvater Quade, der bis zu den Knien im Wasser stand und so ohne weiteres an den Gesprächen teilnehmen konnte, die seine wasserscheuen Kinder oben auf der Grasnarbe führten.

Otto tobte mit Margots Cousins und Cousinen sowie seinem Bruder Helmut, der ebenfalls pünktlich zum Kaffee eingetroffen war, im Wasser herum und fühlte sich so wohl wie lange nicht. Im Schoße der Familie ... Hier war das kein leeres Wort.

Wieder zurück vom Ausflug zur Schmöckwitzer Brücke, teilte sich die Gesellschaft bis zum Abendessen in verschiedene Gruppen. Großvater Quade rauchte seine Piepe und begoß dabei seine Tomaten mit abgestandenem Regenwasser. Martha Orth legte ihre Patience, das ließ sie sich nicht nehmen, wo auch immer sie war. Albert bohrte und sägte, um mit dem Bootsschuppen für Ottos »Ella« wieder ein Stück voranzukommen. Reinhold rechnete an Oskar Schattans Bilanz herum, damit er nicht ganz so viel an den Fiskus abführen mußte. Onkel Paul zeichnete mit einem Kiefernast die Umrisse von Senzig in den Sand, denn dort am Krüpelsee wollte er sich demnächst ein Grundstück kaufen. Tante Friedel hatte Großvater Quades Rumtopf entdeckt und sich mit den leckersten Stücken hinter eine Himbeerhecke verzogen. Onkel Adolf schwitzte in der winzig kleinen Küche und mühte sich, auf einem besseren Puppenstubenherd für dreißig Leute Hühnerfrikassee zu kochen. Tante Trudchen war derweilen draußen an der Pumpe mit dem Abwasch beschäftigt. Onkel Richard war wieder in den Wald gegangen, um mit Karlchen, Rudi und Helmut Fußball zu spielen, wobei ein jeder Richard Hoffmann sein wollte. Lucie, Grete und Friedel II strickten für ihre Männer Socken und Pullover, denn der nächste Winter kam bestimmt. Berthold Quade saß hinten in der Ecke, wo der Komposthaufen war, und las Tucholsky. Erna Schattan schälte Kartoffeln, obwohl nur Reis serviert werden sollte, was ihr indes entgangen war. Tante Claire stritt sich mit ihrer Schwester Marie, ob es wirklich gut war, daß sich Margot ausgerechnet mit Otto eingelassen hatte. »... einem aus dem Kohlenkeller und wo du doch mit seiner Mutter im Bösen auseinander bist.« Gustav Herrmann schimpfte über das primitive Plumpsklo, das sie in Schmöckwitz hatten, und setzte sich in seinen Wagen, um zu einer Gaststätte zu fahren und sich dort standesgemäß seiner Stoffwechselprodukte zu entledigen. Die sechs Cousinen, Lolo, Margot, Elisabeth, Eva, Ilse und Gerda, saßen nebst Irma auf dem Rasen und gackerten.

Otto drosch mit Oskar Schattan und Onkel Erich einen zünftigen Skat und war weiterhin rundum zufrieden. Ein Publizist hätte geschrieben: »Schmöckwitz war für ihn in diesen Minuten eine Insel der Seligen, ein Mikrokosmos, der noch intakt war, während ringsum alles zerfiel. Doch wie immer trog auch hier der schöne Schein, denn als es Abend wurde, gab es zwei Ereignisse, die über dieses kleine Eiland in der Sonne hinwegfegten wie ein Hurrikan ...«

Es begann damit, daß Berthold, den Margot und er eigentlich nicht als Onkel ansahen, da er nur drei Jahre älter war als sie, vor das Gartentor getreten war, um zusammen mit Otto und seinem Vater Gustav Herrmanns Auto in Augenschein zu nehmen. Nun hatte zwar Großvater Quade mit seinem Schwiegersohn seit einiger Zeit Frieden geschlossen, aber die alten Wunden waren noch immer nicht ganz vernarbt. Über zwanzig Jahre lag das nun zurück ... und dennoch: Am 11. Oktober 1907 hatten sich Claire und Gustav das Jawort gegeben, ohne Großvater Quade und die Geschwister Marie, Albert und Berthold zur Hochzeit einzuladen. »Dieses rote Gesocks will ich nicht in meinem Hause haben!«

Nun standen Vater und Sohn vor dem Maybach und machten sich so ihre Gedanken.

»So etwas kann sich nur einer kaufen, der sich den Mehrwert seiner Arbeiter angeeignet hat«, sagte Berthold, das bekennende KPD-Mitglied.

Otto nickte, obwohl er das als eingeschriebenes SPD-Mitglied wohl gar nicht gedurft hätte. »Da kannst du getrost einen drauf lassen.«

»Ausbeuter der!«, rief Großvater Quade und spuckte auf den Kotflügel.

Dies nun mußte Gustav Herrmann bemerkt haben. Er war unten am Wasser gewesen, um sich Motoryachten anzusehen, und eben aus dem Wald getreten. »Ich hab' das wohl gesehen, das ist ja empörend!« Er lief auf seinen Schwiegervater zu. »Hast du wirklich auf meinen Wagen gespuckt?«

Otto reagierte schneller als der alte Herr und bemühte sich nach Kräften, den Frieden zu bewahren. »Ja. Aber nur, weil hier Vogelkacke drauf ist.« Damit zog er sein Taschentuch hervor und begann, den Kotflügel blank zu wienern.

Damit wäre die Sache auch erledigt gewesen, wenn Gustav Herrmann nicht gelacht hätte. »Bei euch weiß man ja nie. Wo Stalin jetzt alle seine Gegner liquidiert hat. Da legt ihr mir noch 'ne Bombe unters Auto.«

»Das würde ich liebend gerne tun«, brummte Berthold.

»Laß doch ...« Wieder suchte Otto abzuwiegeln, wie es in seiner Natur lag. »Gustav ist doch kein Nazi, Gustav ist doch nur ein Deutschnationaler.«

»Das sind doch die Steigbügelhalter.«

»Nur um euch Rotzlöffel von der Macht fernzuhalten. Ihr seid doch Deutschlands Untergang und Deutschlands Schande.« Nun spuckte auch Gustav aus und zwar Berthold vor die Füße. Der schrie: »Da hast du was auf dein Schandmaul!«, und suchte auf seinen Schwager einzuschlagen. Der war zwar dick und fett, hatte aber zuviel Zeit seines Lebens auf dem Paukboden verbracht, um nicht alles daranzusetzen, seine Ehre zu verteidigen. Und da Berthold ein völlig untrainierter Koofmich war, streckte ihn auch schon der erste Schwinger zu Boden. Aber er raffte sich noch einmal auf und verkrallte sich in Gustavs Jackett. Otto warf sich dazwischen und suchte die beiden zu trennen, zuschlagen durfte er ja als Boxer nicht. Die drei Männer bildeten nun ein schwitzendes und schreiendes Knäuel, und aus dem Garten kamen sie alle herbeigestürzt, ohne aber eine Chance zu haben, die Kämpfer zu trennen. Das schaffte erst Oskar Schattan mit Hilfe seines Gartenschlauchs.

Die Sache endete damit, daß Gustav seine Frau und die beiden Kinder packte und ins Auto stieß. »Mich seht ihr hier nie wieder, ihr Proleten alle!« Damit warf er sich hinters Steuer und gab Gas.

Die Frauen weinten ausnahmslos, die Männer standen sprachlos da. Auch Großvater Quades Bemerkung, man solle Reisende nicht aufhalten, half da wenig. Alle spürten, wie zerrissen Deutschland war, und nahmen das, was hier geschehen war, als böses Omen. Denn warum sollte es im Großen anders ausgehen als im Kleinen.

»Eigentlich hätten sich ja auch noch Otto und Berthold bekriegen müssen«, sagte Oskar Schattan, »SPD und KPD, damit's ganz echt gewesen wäre.«

»Mein schöner Geburtstag«, jammerte Margot.

Ihre Mutter nahm sie in die Arme. »Kind, bis du heiratest, ist alles vergessen.«

Gerade hatte sie das ausgesprochen, da hielt dem Grundstück gegenüber die Straßenbahn, und ein junger Mann stieg aus, der sofort alle Blicke auf sich zog. Nicht nur, weil er so elegant gekleidet war und so lässig den Fahrdamm überquerte, sondern auch, weil er eine nicht geringe Ähnlichkeit mit Rudolf Valentino hatte.

»Julius!«, riefen die Cousinen wie aus einem Munde und stürzten ihm entgegen. Julius Schustermann war ein entfernter Verwandter von ihnen, einer aus der jüdischen Linie, und alle, auch Otto, wußten, daß er Margot über alles verehrte und noch nicht aufgegeben hatte, um sie zu werben. Otto hin, Otto her. Er kam nicht vom Oderkahn oder aus dem Kohlenkeller, sondern aus einer oberschlesischen Fabrikantenvilla, die schon fast ein Schloß zu nennen war.

Und kaum hatte er Margot umarmt und ihr alles Liebe und Gute zum Geburtstag gewünscht, da fiel er auch schon mit der Tür ins Haus.

»Wir haben Hitlers *Mein Kampf* gelesen und wir wissen, was uns hier in Deutschland blühen wird. Darum will ich so schnell wie möglich nach New York und da ein Geschäft aufmachen. Aber nicht allein. Und aus diesem Grunde bin ich hier ...« Er warf einen schnellen Blick auf seinen Nebenbuhler und zögerte ein wenig, ließ sich dann aber von Ottos bösem Blick nicht weiter verwirren. »Du weißt ja, Margot, wie sehr ich dich liebe. Also ganz direkt: Willst du meine Frau werden und mitkommen nach New York ...?«

Die zweite Hälfte des Jahres 1929 brachte Böses. Der 25. Oktober, der »Schwarze Freitag«, bezeichnete mit dem Kurseinbruch an der New Yorker Börse den Beginn einer Weltwirtschaftskrise, in deren Folge auch in Deutschland immer mehr Menschen arbeitslos wurden. Es starben Gustav Stresemann, der auf Verständigung bedachte Außenminister, und Heinrich Zille, der Zeichner des »Milljöhs«. Der Berliner Oberbürgermeister Gustav Böß legte sein Amt nieder, nachdem ihm vorgeworfen worden war, in eine Bestechungsaffäre verwickelt zu sein. Freude kam hingegen auf, als Thomas Mann den Literaturnobelpreis erhielt und der Roman *Berlin Alexanderplatz* von Alfred Döblin erschien. Dessen Held heißt Franz Biberkopf, und am Schluß steht er als Hilfsportier an der Tür und sieht die Kolonnen: »Und Schritt gefaßt und rechts und links und rechts und links, marschieren, marschieren, wir ziehen in den Krieg, es ziehen mit uns hundert Spielleute mit, sie trommeln und pfeifen, widebum, widebum, dem einen gehts grade, dem andern gehts krumm, der eine bleibt stehen, der andere fällt um, der eine rennt weiter, der andere liegt stumm, widebum, widebum.«

Als Otto das gelesen hatte, gesperrt gedruckt auf der letzten Seite, da packte ihn die Angst, und er hätte seine Reichsbanner-Uniform am liebsten verbrannt. Je länger er Margot kannte, desto stärker wurde sein Wunsch, mit ihr eine Familie zu gründen. »Wollen Sie länger mit mir gehen?« Ja, er wollte es aus ganzem Herzen, um endlich das zu haben, wonach er sich so sehnte: die Nestwärme. Für sich, für sie beide, für ihre Kinder. Aber es drohten die Nazis, es drohten die Uniformen. Und wenn stimmte, was die sagten, die Hitlers Reden und Schriften genauer kannten, dann wollten die Braunen ja alle Juden aus Deutschland vertreiben ... und Margot hatte eine jüdische Großmutter. Leicht hätte das bei der Heiratsfrage den Ausschlag geben können. Vom Kopf her hatte alles für den Vetter Schustermann gesprochen, der ungleich eleganter war als er und wohlhabend dazu und der seiner Angebeteten ein extravagantes Leben in New York versprochen hatte. Doch sie war durch nichts zu beirren gewesen. »Nein, du, tut mir leid, ich hab' ja jetzt den Otto.« So hatte sich Margot für ihn entschieden, gegen alle Vernunft, wie er sich für das Reichsbanner und nicht die SA entschieden hatte. Warum waren beide außerstande, wie hunderttausend andere ihre Fahne nach dem Wind zu hängen? Warum hatten sich die Christen vor zweitausend Jahren in Rom verbrennen und abschlachten lassen, anstatt von der neuen Religion zu lassen und am Leben zu bleiben? Es war das alte »Hier stehe ich und kann nicht anders!«. Otto wußte keine andere Antwort als: »Es steckt eben so in einem drin.« Die Wissenschaftler und die Philosophen mochten es tausendmal anspruchsvoller in Worte fassen, im Kern aber meinten sie dasselbe. Man mußte sich damit abfinden, sagte sich Otto, wie man sich mit einem Klumpfuß oder einem Buckel abfinden mußte. Daß man auf diese Haltung stolz sein konnte, das sagte ihm keiner.

Ruhelos bis umtriebig waren alle, und sowohl mit seinem Bautrupp wie mit Margot kam Otto viel herum. Oft aß er mittags en passant bei Aschinger – die Brötchen frei, die Wurst 45 Pfennige,

Löffelerbsen mit Speck 75 Pfennige. Nach Feierabend traf er sich dann mit Margot an der Ecke Friedrichstraße und Leipziger Straße. Manchmal kam sie zu spät, und dann hatte er Zeit und Muße, sich die Läden und die Menschen anzusehen. Zu sinnieren war eine seiner Lieblingsbeschäftigungen. In den letzten Jahren, so schien es ihm, waren die Berlinerinnen immer hübscher geworden. Hübsch, tüchtig und rasch. Viele hatten so lange verlockende Beine, daß er ins Träumen kam. Warum hatte er nur das eine Leben, warum besaß er kein Cabriolet und das nötige Kleingeld dazu, um mit ihnen zum Scharmützelsee zu fahren und zu sehen, wie es denn so war mit ihnen. Wahrscheinlich längst nicht so wie in seiner Vorstellung. »Auch ein Trost ...« Die Frauen sprachen von Schuhen, Hüten und Mänteln. Bei »blau oder beige?« schien es um Sein oder Nichtsein zu gehen. Sorgen hatten die Leute ... Aber war es nicht eigentlich eine paradiesische Zeit, wenn sie keine anderen Sorgen hatten? Die Schaufenster waren so schön geschmückt, daß er nicht anders konnte, als zu denken: »Mann, Berlin macht sich.« Die Seidenwäsche war billig geworden, die Kombination mit Spitzen dran kostete 7,50 Mark. Margot liebte es eher schlicht und einfach. Die Zeitungsverkäufer hofften, mit dem Fall Böß mehr Umsatz zu machen. Der Oberbürgermeister war wegen des Sklarek-Skandals ins Schleudern geraten. Die Gebrüder Sklarek hatten sich zehn Millionen Reichsmark bei den Bezirksämtern erschwindelt. Es war ihnen gelungen, der Stadt Mäntel, die im Großhandel 14,75 Mark kosteten, für 31,50 Mark anzudrehen. Wie? Mit Urkundenfälschung und aktiver Bestechung. Die Leute kauften viele Primeln, obwohl diese Blume bei den Berlinern doch für eine eher kümmerliche Zukunft stand. »Der is einjegangen wie 'n Primeltopp« war eine stehende Wendung.

Margot bog um die Ecke und sah, als sie ihn erblickte, so glücklich aus wie die Schauspielerinnen in den Ufa-Filmen, etwa Ossi Oswalda, Lil Dagover oder Liane Haid. Er nahm sie in die Arme und gab ihr einen langen Kuß. Sie hatte eine kleine Gehaltsnachzahlung bekommen und lud ihn ein ins Romanische Café. »Da wollte ich schon lange mal hin, alle schwärmen so davon.« Otto war nicht ganz so begeistert von dieser Idee, denn für ihn als Kreuzberger aus SO 36 war der Kurfürstendamm wie ein anderer Kontinent. Was sollte er da? Außer den reichen Geschäftsleuten die Schaufensterscheiben einschmeißen ... Da stieg nun das Anarchistische, das in ihm steckte und das er von seinem Großvater Friedrich Bosetzky geerbt hatte, wieder in ihm hoch. Doch sie stiegen in die U-Bahn, um bis zur Uhlandstraße zu fahren. Es war schon so herbstlich kühl geworden, daß vor den Cafés am Kurfürstendamm keine Gäste mehr saßen.

»Schade«, sagte Margot. »Wenn man auf die Cafébesucher hier einen Blick werfen kann, sieht man immer so schön, was gerade modern ist. Meine Großmutti Schulze hat immer gesagt: ›Mit den Augen darf man stehlen!‹«

Auch Otto bedauerte es, heute auf den Anblick der Modepüppchen verzichten zu müssen. Er spähte durch die Scheiben. »Kleine Köpfe, kleine Hirne, kleine Hütchen.« Wie sie dasaßen und mit Hilfe von Strohhalmen ihren Eiskaffee schlürften, frisch manikürt, frisiert und dem Schminktopf entstiegen. Wie im »Fülm«: Zobelpelze und Seide, Jazz und Charleston, Sekt und Cocktails, als Blickfang die seidenbestrumpften Beinchen, so übereinander geschlagen, daß es wie eine Verheißung wirkte.

Im Romanischen Café dagegen war es ausgesprochen schmuddelig. Alle rauchten und verstreuten Asche wie Kippen. Die Räume waren derart verqualmt, daß Margot kräftig husten mußte. Sie war furchtbar enttäuscht, hatte sie doch etwas ganz anderes erwartet.

»Was soll denn hier romantisch sein?«, fragte sie Otto, und es stellte sich heraus, daß sie beim Namen des Cafés automatisch ein t mitgedacht beziehungsweise, immer fahrig und leicht oberflächlich, wie sie war, mitgelesen hatte.

Otto war klar, daß es an der Seite dieser Frau nie langweilig werden würde. Für irgendeine »Schote« war sie immer gut. Wo sie nun schon einmal hier waren, konnten sie wenigstens eine Tasse Kaffee trinken. Sie setzen sich an einen Vierertisch und lauschten den großen Geistern, die sich hier versammelt hatten. Zu verstehen war wenig, nur zu raten, ob es Ungarn, Polen, Jugoslawen,

Russen, Rumänen oder Letten waren, die da diskutierten. Margot, die wegen ihrer Verwandten ein Gespür dafür hatte, machte viele Juden aus. Mal fiel ein Wort, das ahnen ließ, wovon sie alle redeten: Musik wollten sie machen, Filme drehen, Bilder malen, Theater spielen, Bücher schreiben, Regie führen und alles mögliche kaufen und verkaufen – Bilder, Grundstücke, Teppiche und Antiquitäten. Otto ließ sich durch nichts beeindrucken und dachte: Wat ihr seid, det bin ick schon lange, denn immerhin war sein Großvater Friedrich Bosetzky auch Schriftsteller gewesen, vom legendären Erdmann von Bosetzki mit seinen Gedichten ganz zu schweigen. Als sich die beiden – wie sie vermuteten – Polen, die neben ihnen gesessen hatten, erhoben, kamen zwei Deutsche an ihren Tisch, ein Mann und eine Frau, aber offensichtlich nicht weiter verbandelt.

»Liebe gnädige Frau Dr. Reifenberg«, sagte der Mann, der vom Typ her Gustav Gründgens glich, »Sie wollen uns nun auch mit Ihrem Romandebüt erfreuen?«

»Ja. Um einen Berliner Volkssänger aus der Hasenheide soll es gehen, den Käsebier. Mein Arbeitstitel lautet *Käsebier erobert den Kurfürstendamm.*«

Der Schöngeist stöhnte auf. »Es ist gar nicht so leicht, über Berlin zu schreiben, die besten Leute haben sich schon die Zähne daran ausgebissen. Ein guter Ruf wie der Ihre ist schnell ruiniert.«

»Eben aus diesem Grunde werde ich ihn wohl unter einem Pseudonym erscheinen lassen. Gabriele Tergit vielleicht ...«

»Pssst!«

Otto bemühte sich, nicht hinzuhören. Ein wenig neidisch war er schon auf die Leute, die sich hier versammelt hatten. Sicherlich hatten die meisten weniger zu beißen als er, aber im Gegensatz zu ihm lag ihr Lebenslos noch in der großen Schicksalstrommel, und sie hatten die Chance, einen Hauptgewinn zu ziehen, während sein Los schon längst herausgefallen war: Reichspost, Telegrafenbauhandwerker. Keine Niete, sicher nicht, aber auch nicht gerade das große Los.

»Gehen wir ins Kino.« Er winkte den Ober herbei, und es war ihm ein wenig peinlich, daß Margot für ihn mitbezahlte.

Margot entschied sich für die *Frau im Mond* mit Willy Fritsch, und als sie an der Kinokasse standen, entdeckte sie ihre Freundin Irma an der Seite eines jungen und sehr feschen Mannes, den sie noch nie gesehen hatten.

»Du hier? In Begleitung ...?«

»Ja, das ist der Max Bugsin, der ist über drei Ecken verwandt mit mir, und wir haben schon als Kinder zusammen auf der Schaukel gesessen. In Dramburg, in Pommern. Da ist er bei seiner Oma groß geworden.«

Otto grinste. »Auch ein uneheliches Kind ...«

»Sie auch?« fragte Max.

»So ist es. Ich bin aber nicht bei meiner Großmutter aufgewachsen, sondern bei meiner Tante, auf einem Oderkahn.«

Max lachte. »Und ich als Hütejunge auf der Wiese.«

»Jetzt ist er aber Polierer«, sagte Irma schnell.

Margot nickte. »Als Vorarbeiter auf dem Bau verdient man ja gut.«

»Nicht Polier, sondern Polierer, Beizer und Polierer.«

Nach dem Kino wurde es noch ein gemütlicher Abend, denn Max konnte viel erzählen und war ein geborener Komiker. Als zwei Jahre später der Roman *Käsebier erobert den Kurfürstendamm* wirklich erschien, war Otto Matuschewski einer der ersten, der ihn kaufte, und dann entdeckte er zu seiner großen Überraschung, daß sein Freund Max Bugsin diesem Käsebier in vielem unglaublich ähnelte. An jenem Abend, an dem Otto von beiden erstmals Kenntnis erhielt, hatten sie schließlich einige Bierchen intus, als sie sich auf den Heimweg machten.

»Nun bist du mein Freund, wie Margot Irmas Freundin ist«, lallte Max und umarmte Otto. »Kennst du denn alle meine Freunde aus Dramburg?«

»Nein, woher denn ...«

Max zählte sie auf. »Papsteins Trunsel, Spiethjammers Aula und Lüttens Liete.«

»Cäsars Julius nicht?«

»Nein. Die haben mich immer angestiftet. Einmal mußte ich mich mit dem Kopf nach unten ans Brückengeländer hängen, drei

Minuten lang. Und meine Großmutter kam angerannt und schrie vor Angst ...«

»... daß du in den Fluß fällst und ertrinkst ...«

»Nee, daß ich meine Mütze verliere.«

»Jetzt schafft er das bestimmt nicht mehr«, sagte Irma, ausgerechnet just in der Sekunde, da sie am Halleschen Tor angekommen waren und über den Landwehrkanal hinweg nach Kreuzberg wollten.

»Und ob ich das schaffe!«

Max ließ sich nicht daran hindern. Diesmal aber verlor er seine Mütze, die aus Leder und nicht eben billig gewesen war. Irma schimpfte gehörig, denn sie wollten jeden Pfennig sparen, damit Max sich bald selbständig machen konnte. »Ist der Handel noch so klein, so bringt er mehr als Arbeit ein.« Zu arg konnte sie ihm aber wegen seiner Kinderei nicht zusetzen, denn wenn es um Trennung ging, war Max schnell bei der Sache. Als seine letzte Freundin gedroht hatte, aus dem Fenster zu springen, wenn er sie verlassen sollte, hatte er nur müde gelächelt: »Wenn du dich dadurch verbessern kannst.«

Auch Max und Irma trugen dazu nun bei, daß die Zeit bis zum Jahreswechsel schnell verging. »Große Ereignisse werfen ihre Schatten voraus«, sagte Otto. »Zum Beispiel die Verlobung zwischen Fräulein Margot Schattan, kaufmännische Angestellte mit Höherer Handelsschule und Mittlerer Reife, und Herrn Otto Matuschewski, Telegrafenbauhandwerker mit abgeschlossener Lehre in Maschinenbau und Kohlenaustragen.« Am Silvesterabend wollten sie sich geloben, in zwei, drei Jahren den Bund fürs Leben ins Auge zu fassen. Aber es sollte noch alles geheim bleiben, denn Margots Vater wollte seine Gäste gehörig überraschen.

Vorerst aber kam Heiligabend, und da ging Otto mit seiner Familie in die Emmaus-Kirche. Margot wollte nicht mitkommen, denn ihre Eltern waren Freidenker, wie man dazu sagte. Ihre Mutter war aus der evangelischen Kirche ausgetreten, und ihr Vater hatte die jüdische Glaubensgemeinschaft verlassen. Margot und ihre Schwester hatten folglich »nur« die Jugendweihe erhalten. Am Heiligen Abend gingen die Schattans nicht zum Gottesdienst, sondern saßen unterm Weihnachtsbaum, aßen gut und spielten Gottes Segen bei Kohn, was andere als Schlesische Lotterie bezeichneten.

Otto war also von Margot getrennt und saß zwischen seiner Mutter und Helmut, dann kam sein Stiefvater. Die Weihnachtslieder brummte er nur mit, und als Pfarrer Böhlig mit dem obligatorischen »Es begab sich aber zu der Zeit ...« begann, da war er schon längst mit den Gedanken ganz woanders. Immer wenn er in einer Kirche saß, überfiel ihn eine sonst nie gekannte Müdigkeit. Man konnte es auch inneren Frieden nennen. Er dachte an Margot. Irgendwann würden sie auch einen Sohn haben. Hoffentlich kam der anders zur Welt als irgendwo auf der Flucht. »Dein Wille geschehe«, sagte Böhlig. Otto fuhr hoch, glaubte auf einer Parteiversammlung zu sein, und setzte zu einem Zwischenruf an: »Wir sind nicht bei den Nazis!« Zum Glück besann er sich noch. Aber es schien ihm generell nicht richtig zu sein, so einfach ohne zu murren alles hinzunehmen, was mit einem geschah und was die Oberen mit einem machten. Gleichzeitig erschrak er: Wenn der Herr nun schon längst beschlossen hatte, daß es den nächsten Weltkrieg gab, dann half alles nichts mehr, dann konnte er gleich zum Bahnhof gehen und sich vor den nächsten Zug werfen. »Ich denke, also bin ich.« So ein Quatsch. »Erst wenn ich nicht mehr denke, dann bin ich.« So müßte es heißen. Und damit schlief er ein.

»Otto, aufwachen!« Seine Mutter knuffte ihn.

Sie gingen nach Hause, aßen Gänseklein mit weißer Soße und bescherten sich dann. Er bekam von seinen Eltern einen Kompaß und schenkte seinem Vater einen Taschenkalender, seiner Mutter ein Duftwässerchen und Helmut ein Buch zum Einkleben von Fußballerbildern. Dann saßen sie ein Weilchen unterm Weihnachtsbaum und beschäftigten sich mit dem, was sie geschenkt bekommen hatten. Natürlich waren die Vorhänge geschlossen, aber hätte jemand von außen durch die Fenster sehen können, so hätte er hier im Hause Matuschewski eine wahre Idylle vermutet. Doch der Anschein trog. Otto fühlte sich in diesem Kreise mehr als fremd. Seine Mutter litt still unter der Ehe mit Walter Matuschewski und träumte davon, was für ein Leben sie doch an der Seite von Heinrich Bosetzky hätte haben können, wenn denn alles anders gekommen wäre. Sein Stiefvater hatte heute, an Heiligabend, weder auf die Rennbahn noch in die Kneipe gehen können, und nur da lebte er eigentlich auf. Lediglich Helmut war mit allem zufrieden.

»Mir ist so flau«, sagte Otto schließlich, als es halb zehn geworden war. »Ich muß mir vor dem Schlafengehen noch ein wenig die Beine vertreten.«

»Du willst ja doch bloß zu Margot.« Seine Mutter sagte das so theatralisch, wie nur sie es konnte. Als hätte er in ein Bordell gewollt oder mit ein paar Kumpanen eine Bank ausrauben wollen. Noch immer hatte sie sich nicht damit abgefunden, daß er Erna ausgeschlagen hatte. Wegen einer aus dem Büro. Die konnten alle nicht wirtschaften, nicht kochen, nicht nähen, nicht bügeln und hatten andauernd Affären mit Chefs und Kollegen.

Als Otto die Manteuffelstraße entlangging, mußte er zugeben, daß diese Nacht doch anders war als alle anderen. Die tiefe Sehnsucht der Menschen nach Harmonie und Frieden, nach der Erlösung von aller Not und allem Übel war es, die sie so anders machte. All dies fand an diesem Abend seinen Ausdruck. Auch war zu spüren, was die Menschen an Liebe und Nächstenliebe in sich hatten, an Herzensgüte. All das Gute, was die Menschen *auch* in sich trugen. Nicht Gott hatte sie gemacht, sondern sie sich ihren Gott und seinen Sohn und damit auch den Heiligen Abend.

In der Muskauer Straße nahm man ihn so herzlich auf, daß ihm nun doch weihnachtlich warm ums Herz wurde. Margot schenkte ihm ein Buch von Jack London und seine künftigen Schwiegereltern einen grünen Rucksack. Er hatte eine Krawatte beziehungsweise einen Schal für sie, für Gerda etwas zum Naschen und für Margot ein Paar Lederhandschuhe. Alle freuten sich. Danach spielten sie Schlesische Lotterie. Otto war das nicht gewohnt, denn in seiner Familie wurde zu Hause nie etwas gespielt, wie sie überhaupt nie traut zusammensaßen. Walter Matuschewski war ständig unterwegs, seine Mutter hing immer über ihren Rechnungen, Helmut spielte in der Küche, und er selber war entweder beim Reichsbanner oder bei der SPD oder hockte unten im Kohlenkeller und las, schlief oder boxte. Nun gab es ein Familienleben, wie es im Buche stand. Marie Schattan war immer um andere besorgt, ob es nun zu Hause war oder draußen im Viertel, wenn sie die Armen und Kranken aufsuchte. Sie war die Güte in Person. Otto und sie waren im Nu ein Herz und eine Seele. Aber auch mit Oskar Schattan kam Otto blendend aus. Handwerklich war sein zukünftiger Schwiegervater ein absoluter Könner, und nie ließ er sich, worum es auch gehen mochte, ein X für ein U vormachen. Gedankenschnell und ein wenig vorlaut war er, konnte nie den Mund halten, wenn ihm etwas nicht paßte. Mit seinem scharf geschnittenen Gesicht und seinen nach unten gezogenen Mundwinkeln entsprach er dem Bild eines jüdischen Intellektuellen. Vielleicht zeichnete ihn deshalb ein gewisser Hochmut aus oder zumindest die Haltung: »Mir kann keena«. Was sie alle drei gleich verbunden hatte, das war die SPD, waren sie doch seit Jahren Genossen.

Die Wohnung Muskauer Straße war eigentlich etwas zu klein und popelig für einen Elektroinstallateursmeister und eine bilanzsichere Buchhalterin, aber sie hatten ja für den Sommer das Grundstück in Schmöckwitz und sparten jede Mark, um draußen einmal richtig bauen oder wenigstens anbauen zu können. Als Otto auf die Toilette mußte und auf dem Flur einen Wandteppich zur Seite schlug, hinter dem er das stille Örtchen vermutete, kam sofort ein Schrei: »Nein, nicht da ... da wohnt Fräulein Nothvogel!«

In der Zeit größter Wohnungsnot war ihr ein Zimmer abgetreten worden, und nun war sie nicht mehr fortzukriegen. Mit Mühe und Not hatten sie den Hauswart bewegen können, ihr einen separaten Zugang zu verschaffen, aber das Geld zum Zumauern dieser von ihrem Korridor abgehenden Tür hatte er nicht mehr aufbringen wollen. So war sie fest verschlossen und mit einem Teppich kaschiert worden.

»Wo ist denn nun das Klosett?« Otto war zwar schon öfters bei den Schattans gewesen, hatte aber noch nie auf die Toilette gemußt.

»Eine halbe Treppe tiefer.«

»Macht nichts, wie haben unsere unten auf dem Hof.«

Als er die Toilette endlich erreichte, war sie besetzt – und zwar von einer dicken fetten Ratte. Das hing damit zusammen, daß sich unten im Hause die Bäckerei Spillner befand und es da immer reichlich was zu fressen gab. Und waren es nicht die Ratten, dann waren es die Küchenschaben, die allen eine kleine Freude machten.

Oskar Schattan nahm es mit Humor. »Otto, wenn Sie den wohlhabenden beziehungsweise reichen Teil unserer Mischpoke kennenlernen wollen, dann kommen Sie doch morgen mit zu Onkel Wilhelm.«

»Ja, gerne.«

»Vorher sind aber Sie noch herzlich zum Mittagessen bei uns eingeladen.«

Otto verbeugte sich so, wie er es aus dem Kino kannte. »Ich weiß diese Ehre wohl zu schätzen, verehrter Herr Schattan.«

Das Gänsebratenessen am ersten Feiertag wurde in der Muskauer Straße feierlich zelebriert. Mit einer Kittelschürze, die er sich quer um die Hüften gebunden hatte, trat der Hausherr an den festlich gedeckten Tisch, zückte Spieß und Knochenschere und begann mit dem Zerlegen des »toten Vogels«, den seine Frau und seine ältere Tochter mit viel Schweiß und Mühe gebraten hatten. Dabei murmelte er immer wieder: »Eine gut gebratene Gans ist eine gute Gabe Gottes.«

Die Keulen bekamen traditionsgemäß die Männer, und der Mutter wurde die Brust zugesprochen, was auch ohne Widerspruch blieb, nur um den Bürzel oder Stietz gab es einen heftigen Streit zwischen den Schwestern.

»Ich bin die Ältere«, führte Margot an.

»Du hast ihn letztes Jahr gehabt!«, rief Gerda.

Mutter Schattan versuchte zu schlichten. »Ich geb' dir was von meiner Brust ab.«

Margot lachte. »Ja, gib der Kleinen die Brust.«

Da sprang Gerda auf, um ihr die Augen auszukratzen. Immerhin war sie schon 15 Jahre alt.

»Kinder, vertragt Euch!«, rief die Mutter.

»... oder eure Weihnachtsgeschenke verschwinden bis Ostern im Schrank!«, fügte der Vater hinzu.

Beide Schwestern hatten den begehrten Teil der Weihnachtsgans gepackt und zogen und zerrten daran. Das braune Fett tropfte auf die weiße Damasttischdecke.

»Ich bin noch im Wachstum«, lautete Gerdas Argument.

»Das einzige, was bei dir noch wächst, ist deine Frechheit!«, gab Margot zurück. »Aber Frechheit siegt nicht immer.«

»War Weihnachten nicht das Fest des Friedens?« fragte Otto.

»Dann soll sie meinen Bürzel lassen. Seit Jahren krieg' ich den!«

»Und jetzt bin ich mal dran.«

»Nächstes Jahr.«

»Nein, dieses!«

»Dumme Gans, du!«

Ihre Mutter rang die Hände und stieß die Bratenschüssel von sich. »Alles wegen dieser dummen Gans hier.«

Otto wurde philosophisch. »Also ist das doch keine so gute Gabe Gottes ...?«

Seine künftige Schwiegermutter seufzte. »Die ganze Erde ist eine gute Gabe Gottes – und was machen die Menschen daraus?«

Oskar Schattan nutzte die Chance zu einem salomonischen Urteilsspruch. »Der Bürzel wird geteilt.«

»Dann will ich ihn nicht.«

»Ich auch nicht.«

»Na schön, dann her damit!« Und schon hatte er ihn aufgegessen. »Ihr kriegt dafür von jedem von uns was ab. Es reicht ja wohl für alle.«

Was natürlich stimmte, zumal es vorher Suppe gegeben hatte und als Nachtisch Vanillepudding gereicht wurde. Das Kirschkompott bestand aus den selber eingemachten Schattenmorellen aus Schmöckwitz.

Nach der Mittagsruhe putzten sie sich fein heraus und marschierten durch die Mariannenstraße und die Reichenberger Straße zu Onkel Wilhelm, der in einem hochherrschaftlichen Haus am Erkelenzdamm eine riesige Wohnung gemietet hatte. Wilhelm

Wolfsohn war Direktor einer großen Speditionsfirma, und Otto kam aus dem Staunen nicht mehr heraus. »Das also ist das deutsche Großbürgertum ...« Mehr konnte er nicht denken. Margot hatte ihm schon erklärt, wie es sich mit den Verwandtschaftsverhältnissen verhielt: daß »Großmutti Schulze«, die Mutter ihres Vaters, die nicht Schattan hieß, sondern Schulze, weil sie noch einmal geheiratet hatte, eine geborene Wolfsohn war, Albertine Wolfsohn, und die Wolfsohns insgesamt zwölf Geschwister waren. »Sechs Mädchen und sechs Jungen. Albertine, Rosel, Salca, Betti, Frieda und Hannchen. Und Salo, Wilhelm und Benno.« – »Tut mir Leid, ich komm beim besten Willen nur auf neun.« – »Drei Jungen sind schon früh gestorben.« Ein Teil der Familie war bereits seit langem in Berlin, ein anderer saß in Oberschlesien, und Margot war dort schon öfter bei Onkel Benno zu Besuch gewesen. »Der hat da eine Fabrik für elektrotechnische Geräte.« Onkel Salomon, kurz Salo, betrieb in der Oranienstraße eine Lederwarenhandlung. Verheiratet war er nicht. Eine Hausdame besorgte ihm den Haushalt. Onkel Wilhelm hingegen war in den Stand der Ehe getreten, und seine Tochter Hanni, im Alter zwischen Margot und Gerda, wollte Schauspielerin werden. Seine Frau weilte zur Kur in Karlsbad.

Onkel Wilhelm wollte den Sherry aus dem Schrank holen, um seine Gäste mit einem Gläschen zu begrüßen, und stolperte dabei über den Rand des Perserteppichs. Worauf Onkel Salo schadenfroh grinste.

»Pfui, Salo, hast du nicht in der Bibel gelesen, daß man sich nicht einmal über den Sturz eines Feindes freuen darf?«

»No na, Wilhelm, beim Sturz des Feindes darf man nicht triumphieren, das stimmt. Über den Sturz seines Bruders steht aber nichts drin.«

Onkel Wilhelm lachte. »Man merkt doch, daß er auf der Jeschiwa war.«

Otto staunte. »Was is'n das?«

»Die Talmudschule. Wissen Sie, junger Mann, was der Talmud ist?«

»Nicht so genau. Ihre Religionsgesetze ...«

»Ich will es Ihnen an einem Beispiel erklären und Ihnen eine talmudische Kasche stellen ...«

»Was wollen Sie mir stellen?«

»Eine Kasche, eine Frage, ein Problem. Zwei Männer fallen in einen Schornstein. Einer verschmiert sich mit Ruß, der andere bleibt sauber. Frage: Welcher wird sich waschen?«

»Na, der Schmutzige natürlich!«

»Falsch! Der Schmutzige sieht den Reinen – also denkt er, er ist auch sauber. Der Reine aber sieht den Beschmierten und denkt, er ist auch beschmiert; also wird *er* sich waschen.«

»Schön, ja ...«

»Ich will Ihnen nun eine zweite Kasche stellen: Die fallen noch einmal in den Schornstein und rutschen hindurch. Wer wird sich jetzt waschen?«

Otto lachte, weil er meinte, alles begriffen zu haben. »Der Saubere natürlich.«

Onkel Wilhelm schüttelte den Kopf: »Falsch. Der Saubere hat beim Waschen selbstverständlich gemerkt, daß er sauber war. Der Schmutzige dagegen hat begriffen, weshalb der Saubere sich gewaschen hat. Also wäscht sich jetzt der Richtige.«

»Und wo ist da die Pointe?«

»Die kommt noch, indem ich die dritte Kasche stelle: Die beiden fallen ein drittes Mal durch den Schornstein. Wer wird sich waschen?«

»Von jetzt an natürlich immer der Schmutzige.«

»Wieder falsch! Haben Sie je erlebt, daß zwei Männer durch denselben Schornstein fallen – und einer ist sauber und der andere schmutzig? Sehen Sie: Das ist der Talmud.«

Otto war beeindruckt. Diese uralte Kultur hatte so etwas Leichtes und Versponnenes, wie man es in Preußen kaum kannte. Er brauchte ja nur daran zu denken, wie es auf den Versammlungen der Braunen wie der Roten zuging, so deutsch-germanisch und schwer. Er blieb vor Onkel Wilhelms Bücherschrank stehen und las dabei Namen, von denen er bislang gar nicht gewußt hatte, daß sie Juden bezeichneten. Bis er Margot kennengelernt hatte, war ihm das auch völlig egal gewesen. Es war eine ungemein reiche Kultur, die sie vertraten: der Schriftsteller und Philosoph Moses Mendelssohn, Eduard Bernstein, der große sozialdemokratische Theoretiker, Kurt Tucholsky, Fritz Lang, Max Reinhardt, Friedrich Hollaender, der Komponist, der Léon Jessel vom *Schwarzwaldmädel,* Max Liebermann, Heinrich Heine, Heinrich Rudolf Hertz, der Physiker, Rosa Luxemburg, Joseph Schmidt, der große Tenor, Rahel Varnhagen van Ense, Albert Einstein, Erich Mühsam, Rudolph Nelson, der Revuekomponist, Karl Marx, Fritz Kortner, Alfred Döblin, Giacomo Meyerbeer, Georg Hermann, Felix Mendelssohn Bartholdy ...

»Otto, Kaffee trinken!«, rief Margot.

Stumm und staunend saß er da, und sein Gefühl sträubte sich dagegen, es zu akzeptieren, daß keinen Kilometer von seinem Kohlenkeller entfernt eine derart andere Welt existierte, eine so viel höher entwickelte. Sie entwertete seine. Zugleich aber wurde er als Person dadurch aufgewertet, daß er Zugang zu ihr hatte. Schon allein die Möbel. Weiß waren sie mit blitzendem Widerschein auf dem geschliffenen Lack. Im Charlottenburger Schloß gab es nichts Schöneres.

Es wurde so gemütlich, daß Onkel Wilhelm und Onkel Salo bei der Unterhaltung ein wenig ins Jiddische verfielen.

»Salo, dir fallen ja schon wieder die Augen zu.«

Der ältere Bruder schreckte hoch. »Wo schläft mer hier? Nu e paar Minuten.«

Otto hatte mittlerweile so viel Mut gefaßt, daß er etwas zu sagen wagte. »Bei Friedrich dem Großen in Sanssouci, da ist der alte Ziethen auch immer eingeschlafen, und dann hat der König gesagt: ›Laßt ihn schlafen, er hat lange genug für uns gewacht.‹«

Onkel Wilhelm war nicht eben gut auf Friedrich II. von Preußen zu sprechen. »Für mich is er nischt. Der Mann is e verkrochner Charakter, sag' ich.«

Sein Bruder war da anderer Meinung. »Nu, woher weißte, hat es ein Progrom bei ihm gegeben? Nee, na also!«

»Nu scheen, hat er doch wenigstens e Titel gehabt, König is er gewesen. Aber was is er denn sonst? E bißchen komponiert hat er noch. Ansonsten nur die Leite hingeschlachtet.« Onkel Wilhelm machte eine wegwerfende Handbewegung und nahm sich eine Havanna aus der Kiste, um sie kritisch zu mustern. »Nu, wissen Se, Herr Matuschewski, mit de Zigarren ist das nämlich so eene Sache. Entweder haben se zuviel Fett, dann beißen se – oder de Einlage kommt mit'm Deckblatt nich mit, denn kohlen se und strunken se.«

Salo wandte sich an Oskar Schattan. »Mei, verstehste, der kann das Rauchen nich lassen. Bis er 'n Raucherbein haben wird, und die Motten wer'n ihm zerfressen die Lunge.«

»Na, bin ich nu alt genug. Und mal werden wir alle mit 'nem offenen Mund daliegen.« Wilhelm nahm es gelassen und ging zum Angriff über. »Und du, Salo, wackel nich immer so mit'n Stuhl, du megst hinfallen, und du weißt, du bist schwach uff'm Kreuz.«

»Ich weiß, du möchst mich noch mal verheiraten in 'ne Familie von irgend so e faulen Schnorrer. Biste vielleicht neidisch, daß du keene Hausdame hast, sondern nur 'ne Ehefrau ...?«

Wilhelm konterte mit einem Witz. »Fahre ich neulich nach Leipzig zur Messe, treffe ich da auf dem Bahnhof den Jossel. ›Is die Dame neben dir deine Frau?‹ fragt er mich. – ›Jawohl‹, antworte ich. – ›Was machst du dich lächerlich und schleppst dieses Menuwel mit auf die Geschäftsreise?‹ Ein Menuwel ist ein Scheusal. ›Hast du vielleicht Angst, in deiner Abwesenheit könnte man sie verführen?‹ – ›Unsinn! Aber ich konnte und konnte mich nicht entschließen, sie zum Abschied zu küssen.‹«

Nach dem Kaffeetrinken drängte Onkel Wilhelm darauf, ein wenig zu musizieren.

Onkel Salo, kein unbedingter Freund der Musen, verzog das Gesicht. »Nu, du werst doch wohl noch warten können.«

Der Hausherr ließ nicht locker und wandte sich an die Schattans. »Ich weiß ja, daß eure Margot Klavierunterricht gehabt hat.«

Oskar Schattan lachte. »Die *Petersburger Schlittenfahrt* vierhändig mit ihrer Freundin Irma, viel mehr ist da nicht.«

Seine Frau zögerte nicht, die Künste des künftigen Schwiegersohns ins Spiel zu bringen und ihn ins rechte Licht zu rücken. »Unser Otto ist ein vorzüglicher Geigenvirtuose, der schon öffentlich aufgetreten ist.« Marie Schattan hatte die Gabe, druckreif zu sprechen, was aber bei ihrem lieben Gesicht und dem herzlichen Unterton nicht störend wirkte.

»Bitte, ich überlasse Ihnen gerne meine Geige.« Schon eilte Wilhelm Wolfsohn ins Nebenzimmer, um sein Instrument zu holen.

Es half nichts, Otto mußte ran. Und das, obwohl er sich feierlich geschworen hatte, nie wieder zum »Wimmerholz« zu greifen. Aber jetzt stand einiges auf dem Spiel, viel mehr als damals im Konzertsaal, und während er die *Serenata a un coro di violini* von Johann Jakob Walther mit Hingabe spielte, ging seine Phantasie wieder einmal mit ihm durch: Er gefiel seinen jüdischen Verwandten in spe so gut, daß sie ihn sozusagen adoptierten. Dann zog er mit Margot nach Oberschlesien und wurde Fabrikdirektor. Und wenn er dazu zum Judentum übertreten mußte ...? Warum denn nicht. Wer hatte noch gesagt: »Paris ist eine Messe wert«? Es fiel ihm nicht ein, und er verspielte sich fast. Irgendeiner der französischen Heinrichs. Glaube, was war das schon ... Wie hatte sein Onkel Reinhold in Tschicherzig immer gesagt: »Ich glaube nur, daß zwei Pfund Rindfleisch eine gute Brühe geben.« Und welcher Gott der richtige war, konnte er ohnehin nicht entscheiden. Das würde Gott wissen, wenn es ihn wirklich gab, und ihn nicht dafür anklagen, daß er von einer Religion zur anderen übergewechselt war. Damit kam er zum Ende seines Stückes, verbeugte sich und registrierte, daß die anderen anhaltend klatschten.

»Is e scheenes Stick gewesen, was Sie da gespielt haben, junger Mann«, sagte Onkel Wilhelm anerkennend. »Trinken Se noch e Tasse Tee.«

»Danke, gerne.«

Als Otto Stunden später wieder im Kohlenkeller angekommen war und sich schlafen legte, war er selten euphorisch gestimmt. Jetzt ging es aufwärts, jetzt hatte er ein Ziel: Technischer Vorstand bei den Wolfsohns zu werden, Werksdirektor in Ratibor. Dies war die dritte große Chance in seinem Leben, nachdem er zweimal Pech gehabt hatte: als sein leiblicher Vater so tief abgestürzt war und als sein Stiefvater ihm den Weg zur höheren Bildung verbaut hatte. Nun glich sich alles wieder aus. Alles kam, wie es kommen mußte. Er war zu mehr fähig und berufen als zum kleinen Telegrafenbauhandwerker.

Seine Hochstimmung hielt bis Silvester an. Schon zum Abendessen hatten sich alle Schattans und alle Quades, abgesehen von Claire und Gustav und deren Kindern, in der Muskauer Straße versammelt. Die Wohnung quoll über, und wer einmal mußte, geriet in arge Nöte, denn die Toilette auf halber Treppe, die man sich auch noch mit den Nachbarn teilen mußte, war ständig besetzt, so daß sich Schlangen bildeten. Das tat der Stimmung keinen Abbruch, denn für Getränke war reichlich gesorgt, hatte doch Oskar Schattan bei seinen vielen Kontakten auch einen Getränkehandel ausfindig gemacht, bei dem er alles ein wenig billiger bekam. Und natürlich gab es Pfannkuchen en gros.

»In einen habe ich ein Goldstück und in einen anderen Zyankali einbacken lassen.«

»Huch, Zyankali!«, kreischten einige.

»Oskar, das geht zu weit«, mahnte seine Frau.

Er korrigierte sich. »Nicht direkt Zyankali, aber so ein bitteres Zeug, das ihr ganz schnell ausspucken werdet.«

Voller Neugierde, aber auch ein wenig ängstlich stürzten sich nun alle auf die Pfannkuchen, doch anfangs wurde nur »Pflaumenmaus« oder »Erdbeerkonfitüre« gemeldet.

»Finger weg!«, rief Tante Trudchen, als der Hausherr nun selber zugreifen wollte.

»Wieso denn, ich freu' mich schon das ganze Jahr auf die Silvester-Pfannkuchen.«

»Der mit dem Goldstück drin, der ist doch irgendwie gekennzeichnet ... und den nimmst du dir dann selber.«

Oskar Schattan war empört. »Für wen hältst du mich?«

»Für einen Schlawiner.«

»Na, hör mal, ich reiß' dir gleich deine Pappnase ab.«

Ein wenig verkleidet hatten sie sich alle, denn die Silvesterfeiern in der Muskauer Straße waren immer auch ein Maskenball. So ging Onkel Adolf, ohnehin ein schöner Mann, als Rudolf Valentino, Tante Trudchen als Blumenfrau, Gerda als Nixe, Margot als Spreewälderin, Marie Schattan als Krankenschwester, Oskar

Schattan als Napoleon, Onkel Albert als Holzfäller, Onkel Paul als Rennfahrer, Tante Friedel, seine Frau, als leichtes Mädchen und Großvater Quade als Zuchthäusler. Die anderen hatten es bei neckischen Nasen, Brillen, Haarteilen, Bärten und Hüten belassen. Otto war als Oderschiffer erschienen.

Die letzten Stunden des Jahres vergingen viel zu schnell. In der Küche waren sie beim Bleigießen. Im Wohnzimmer wurden Platten aufgelegt, und die jungen Leute tanzten ununterbrochen. Otto und Margot bewegten sich eng umschlungen.

»Gleich ist es soweit«, sagte Margot. »Dann gibt's kein Zurück mehr.«

Otto lachte. »Na ja, nun ...«

»Du, ich sag' dir!«

Da kam ein Schrei vom Eßtisch her. Sie fuhren herum. »Was ist denn passiert?«

»Das ist passiert«, sagte Tante Trudchen und hielt ihnen die matschige Pfannkuchenmasse hin, die sie in ihre Serviette gespuckt hatte. Sie sahen das Goldstück ... und neben dem Goldstück den Zahn, den sie sich soeben ausgebissen hatte.

Onkel Adolf tröstete seine Frau. »Freu dich, Trudchen, hast du gleich das Geld für'n neuen Zahn.«

Den Pfannkuchen mit der Bittermandelmasse erwischte Otto. Auch er spuckte gehörig. »Ich weiß ja, daß ihr mich nicht haben wollt als Schwiegersohn ... aber deshalb gleich vergiften.«

Sein künftiger Schwiegervater schob ihn zum Tisch. »Ganz im Gegenteil. Bevor du uns wieder entwischst, wollen wir mal ... Kinder, kommt mal alle her, es ist gleich fünf vor zwölf, und vor Jahresschluß muß noch was geschehen. Was sein muß, muß sein.« Und dann flüsterte er Otto zu, ob der die Verlobungsringe wirklich in der Hosentasche stecken hatte. Ja. »Nun gut ... Also! Mariechen, die Sektgläser, den Sekt. Die Herren helfen beim Aufmachen und beim Eingießen. Jeder nur ein Glas, Trinker raus! So ... Also ...« Er war sichtlich nervös, obwohl schon alle wußten oder zumindest ahnten, was jetzt anstand. »Das ist das erste Mal in meinem Leben, daß ich das mache ...«

»Oskar, du Ferkel!«, kreischte Tante Friedel, die schon wieder mehr Likör gesüffelt hatte, als sie vertragen konnte. »Das glaub' ich nicht!«

»Ruhe!«

»Wenn wir gleich anstoßen, dann nicht nur auf das neue Jahr, sondern auch ... sondern auch ...«

In diesem Augenblick wurde draußen Sturm geklingelt, und alles verstummte.

»Jetzt wird der Bräutigam verhaftet«, sagte Onkel Berthold. »Wegen Bigamie. Otto, gib's zu.«

Otto erschrak, denn er mußte in diesem Augenblick an Erna denken. Aber die war doch schon längst mit seinem Freund Ewald ...

Als Gerda die Tür aufriß, sah man, daß draußen eine Frau stand, die hier zwischen Hochbahn und Mariannenplatz viele kannten: Anna Matuschewski, die Frau aus dem Kohlenkeller.

Marie Schattan stürzte zur Tür und schloß die alte Freundin in die Arme. »Annekin, das ist schön, daß du kommst, jetzt wo unsere Kinder ...«

»Vergib mir alles, was ich dir angetan habe, es war nicht recht von mir.« Sie sagte das wie auf einer großen Bühne, war aber innerlich sehr aufgewühlt.

»Komm rein. Hier hast du ein Glas zum Anstoßen.«

Oskar Schattan sah auf die große Standuhr. Es war höchste Eisenbahn. »So gebe ich hiermit die Verlobung unserer Tochter Margot mit Herrn Otto Matuschewski bekannt!«

Die Hochrufe auf das junge Paar mischten sich mit dem Läuten der Glocken, den Prosit-Neujahr-Rufen von Balkonen und Straßen und dem Knallen der Böller.

Auch das Jahr 1930 sollte keine Wende zum Besseren bringen. Wer feinfühlig war, der spürte, was sich zusammenbraute. Joseph Goebbels stilisierte den SA-Sturmführer und Gelegenheitsdichter (»Die Fahne hoch, die Reihen fest geschlossen ...«) Horst Wessel, der bei einem Überall durch ein kommunistisches Rollkommando von einem Zuhälter erschossen wurde, zum Märtyrer der Bewegung. Im März mußte der sozialdemokratische Reichskanzler Hermann Müller zurücktreten und dem Zentrumspolitiker Heinrich Brüning und seinem Minderheitskabinett das Feld überlassen. Und bei den vorgezogenen Reichstagswahlen im September wurden die Nationalsozialisten zweitstärkste Fraktion und zogen statt wie bislang mit zwölf mit nunmehr 107 Abgeordneten – alle in Uniform – ins Parlament ein. Doch es gab auch Erfreuliches, in Berlin und anderswo. Am 1. April fand im Gloria-Palast die Uraufführung von *Der blaue Engel* statt, und alle sangen mit Marlene Dietrich: »Ich bin die tolle Lola ...« Am 12. Juni wurde Max Schmeling Box-Weltmeister im Schwergewicht, ausgeknockt im Ringstaub liegend, nachdem man seinen Gegner Jack Sharkey (USA) wegen eines Tiefschlages disqualifiziert hatte. Und Hertha BSC wurde nach einem 5:4-Sieg über Holstein Kiel endlich Deutscher Fußballmeister.

Dies alles hatten Otto Matuschewski und Margot Schattan gelesen, gehört oder gesehen, ohne daß es ihr Leben verändert hätte. Otto arbeitete weiterhin bei der Post, während Margot nach einer kurzen Episode bei einem Blindenverein eine schöne Stelle als Sachbearbeiterin bei der AOK in Schöneberg gefunden hatte. Sie wohnte noch immer bei ihren Eltern in der Muskauer Straße, und auch Otto hatte sich noch nicht von seinem Kohlenkeller trennen können. Immer wieder wurden sie gefragt, wann sie denn zu heiraten gedächten, und immer wieder gaben sie dieselbe Antwort: »Wenn wir das Geld dafür zusammenhaben.« Und das konnte dauern. Aber das war kein Problem für sie, denn auch wenn sie sich mal stritten, nie kam der Gedanke auf, jemals wieder voneinander zu lassen. Für Margot war Julius ebenso passé wie Erna für Otto. Die Nachbarstochter war nun tatsächlich fest mit seinem Freund Ewald liiert, was die Freundschaft zwischen den beiden Männern schon etwas beeinträchtigte, lästerte doch ihre Clique über das Thema abgelegte Braut und fragte Ewald, ob Otto beim Abschiednehmen zu ihm gesagt habe: »Und steck 'n schönen Gruß mit rein.« So verbrachten Margot und Otto ihre Freizeit kaum mit Ewald und Erna, Erna I sozusagen, sondern viel öfter mit Erna II und Erna III.

Erna II war die Braut von Ottos Kollegen Erwin Krause. Sie war Fotolaborantin und hatte als Folge eines Sturzes ein verkrüppeltes

Bein, schied also aus, wenn es darum ging, durch die Wälder und Auen zu wandern. Erwin, den es kein Wochenende in grauer Städte Mauern hielt, hatte aus der Not eine Tugend gemacht und sich ein Paddelboot gekauft. Auf dem Wasser spielte Ernas Behinderung keine Rolle mehr, und sie wurde an seiner Seite eine prächtige Kanutin, der es nichts ausmachte, an einem Tage an die fünfzig Kilometer zu bolzen. Normalerweise saßen bei den Paddlern gemäß dem Motto »Ein schöner Rücken kann auch entzücken« die Frauen immer vorn im Boot, aber bei Erwin war es umgekehrt. »Der Schlagmann sitzt immer vorn und niemals hinten.« Mit Erna II und Erwin waren Otto und Margot oft unterwegs auf den märkischen Flüssen und Seen, auch wenn die beiden Paare eine unterschiedliche Leistungsstärke zeigten. Sie glichen es dadurch aus, daß die beiden anderen noch zehn Kilometer zulegten, während Otto und Margot schon badeten oder sich in der Sonne rekelten.

Erna III war eine von Margots Kolleginnen bei der Schöneberger AOK. Sie war im Seifengeschäft ihrer Eltern aufgewachsen und hatte dort eine recht blasse Gesichtsfarbe angenommen. Als sie ihren Waldi kennengelernt hatte, wollte der hier Abhilfe schaffen und schleppte sie in jeder freien Minute durch Gottes weite Natur, war er doch ein echter Wandervogel mit Rucksack, offenem Hemd und Schillerkragen. Selber im Wald gezeugt (»Er hieß Waldemar, weil es im Wald geschah«), trug er *1000 Wege um Berlin, das Kartenbuch für Fahrt und Wanderung* stets bei sich und kannte sich in der Mark Brandenburg wie kein Zweiter aus. Er war Feinmechaniker bei Siemens und wie Otto einer, der weit mehr auf dem Kasten hatte, als ihm die Gesellschaft zugestehen wollte. Auch er kam aus einer Branche, die sich der Sauberkeit verschrieben hatte: aus einer Wäscherei und Plätterei. Wie Erna hatte er kein eigenes Zimmer gehabt, sondern sich auf einem Zieharmonikabett im Korridor zur Ruhe gelegt.

Mit Erna III und Waldemar zogen Otto und Margot durch die Schorfheide, den Gamengrund, das Schlaube- und das Briesetal, den Fläming und das Oderbruch.

»Diesen Sommer geht's aber mal raus aus Brandenburg«, sagte Waldemar, als sie in Lebus im Gasthaus saßen.

Otto sah auf die Oder hinunter. »Vielleicht mal ins Schlesische Bergland.«

»Ich will aber in den Harz«, verkündete Margot.

Erna III hob den Arm. »Ich auch.«

Waldemar hatte kein festes Ziel vor Augen. »Mir ist es egal, ich schließe mich der Mehrheit an.«

Doch es wurde nichts aus ihrer gemeinsamen großen Fahrt, denn Waldemar bekam zu der Zeit, da die anderen frei hatten, keinen Urlaub. So zogen Otto und Margot allein los. Was sie dabei erlebten, hat Otto Matuschewski in einem Fahrtenbuch notiert.

Unsere Harzfahrt – Vom Kyffhäuser bis Quedlinburg
1930

30. August

»Endlich!« Margot und ich sprechen es im Chor und sinken dabei auf die Wagenbank. Ein bißchen früh sind wir schon hier, denn bis zur Abfahrt des Zuges haben wir noch eine Stunde Zeit. Aber was macht's, wenn man Urlaub hat.

Wie schwer es war, die Reisekasse zu füllen. Jeder von uns hatte pro Woche eine Reichsmark zu blechen, sonst wäre die Fahrt nicht machbar gewesen. Und all die Vorbereitungen. Nun ist der Tag gekommen, auf den wir schon seit Monaten und Wochen und schließlich seit Tagen und Stunden gewartet haben. Die Arbeit wollte uns zuletzt gar nicht mehr schmecken, doch nun liegen anderthalb Wochen vor uns, über die wir selbst verfügen können und wo uns keiner reinredet. Ein sonderbares Gefühl beschleicht uns, woran unsere Mütter auch etwas Schuld haben. Ihr »Glückliche Reise« und »Auf Wiedersehen« klingt uns ebenso in den Ohren wie ihr »Und seht euch vor«.

Ein Ruck läßt uns hochfahren. Der Zug hat sich in Bewegung gesetzt. Langsam gleiten die bunten Großstadtlichter an uns vorüber. Die Fahrt wird schneller. Mit Lichterfelde Ost lassen wir den letzten Pulsschlag der Großstadt hinter uns ...

31. August

Um vier Uhr morgens sind wir in Bitterfeld, wo wir neunzig Minuten auf den Anschlußzug zu warten haben. Über Halle geht es nach Rossla, wo wir sofort die Rucksäcke schultern. Auf schattenloser Landstraße wandern wir nun dem sich in weiter Ferne erhebenden Kyffhäuser entgegen. Als wir Sittendorf erreichen, lachen wir. »Eigentlich dürften wir ja nicht zusammen verreisen«, sagt Margot. »Wo wir nicht miteinander verheiratet sind.«

Es geht ständig bergan, und schnell sind Blusen und Hemden durchgeschwitzt und drücken die Rucksäcke. Unbarmherzig brennt uns beim Erklimmen der Höhe die Augustsonne auf den Buckel. Oben aber sind alle Mühen vergessen, denn der Blick ins weite Land hinaus ist herrlich. Der Abstieg ist auch nicht wesentlich leichter. Auf einem steil abfallenden Waldweg stolpern wir geradewegs in das kleine Städtchen Kelbra. Und hier im »Weißen Rössl« lassen wir uns nach getaner Arbeit das Essen vorzüglich schmecken.

Mit dem Zug geht es dann nach Nordhausen, wo wir im »Haus der Jugend« eine Unterkunft finden, natürlich fein säuberlich nach Geschlechtern getrennt, was aber auch seine Vorteile hat. Ich kann endlich einmal richtig ausgeschlafen.

1. September

Nach der Morgenwäsche eile ich in den Gemeinschaftsraum, wo Margot mit kummervollem Blick beim Frühstück sitzt. »Es regnet ...« Alle Stoßgebete, die wir an den Wettergott richten, fruchten nicht. Erst gegen Mittag können wir die Rucksäcke schultern und weiterziehen. Als wir am Stadtrand ein Schild mit der Aufschrift »Berliner Weiße« lesen, können wir nicht widerstehen. Schon sitzen wir an einem der Tische, und es wird kräftig gefuttert. Danach geht es durch den Stadtpark hindurch, und an Kalksteinbrüchen vorbei laufen wir nach Rüdingsdorf. Mit einigen Umwegen erreichen wir dann unser heutiges Tagesziel, das Ilfeld heißt.

2. September

Auch heute hängt der Himmel voller Wolken. Aber eingedenk unserer Regenmäntel regt uns das nicht weiter auf. Ich muß noch schnell einen Abstecher zum Barbier machen, dann greifen wir zum Ränzel und ziehen weiter. Neben uns fließt die Bere. Ab und an zieht jetzt ein Züglein der Harzbahn an uns vorüber. Die Wirtschaft Netzkater wird passiert. Neue schöne Landschaftsbilder tauchen auf. Die Berge nehmen jetzt teilweise felsigen Charakter an. Immer wieder bleiben wir stehen, um die Schönheit des Südharzes auf uns wirken zu lassen. Die Eisfelder Talmühle wird erreicht. War bisher die Bimmelbahn unser Wegweiser, so schlagen wir nun, einem plötzlichen Einfall folgend, einen anderen Weg ein. Das rächt sich bitter. Auf einer nicht enden wollenden Straße wandern wir jetzt durch herrlichen Buchenwald ins Ungewisse. Zwei Stunden sind wir nun schon auf dieser Straße unterwegs ... und noch immer ist kein Ende zu erkennen. Uns wird langsam mulmig zumute, denn auf unserer Karte können wir diesen Weg nicht finden, und die Wegweiser sind unleserlich. Und kein Mensch weit und breit. Da endlich: Aus weiter Ferne erklingt Hundegebell, und gespannt beschleunigen wir unsere Schritte. Unser Augen suchen die Tafel mit der Ortsbezeichnung. Rothesütte heißt der Ort, den wir im Nebel angesteuert haben. Nun hilft uns aber unser »Grieben« weiter, unser schlauer Reiseführer, und nach zweistündigem Marsch erreichen wir Benneckenstein, wo wir in der vorzüglich eingerichteten Jugendherberge freundliche Aufnahme finden und Erbsen mit Speck serviert bekommen. Wenn man Hunger hat, schmeckt alles.

3. September

Der Himmel macht auch heute kein freundliches Gesicht, und in sechshundert Metern Höhe ist der Wind nicht sonderlich warm. Wir schlüpfen in unsere warmen Jacken und machen uns auf den Weg nach Braunlage. Erst wandern wir durch leicht hügeliges Gelände, dann geht es durch Tannenwald. Über kleinere Erhebungen hinweg sehen wir zum ersten Mal den Brocken. Im Tale liegen malerisch die Orte Tanne und Sorge, gefolgt von Elend weiter im Hintergrund. Wir steigen nun nach Sorge hinunter und wandern an der Warmen Bode weiter. Rechts und links begleitet uns herrlicher Hochwald, und bald sieht es hier so aus wie zu Hause an der Löcknitz. An einer kleinen Quelle rasten wir und tun unser Bestes, das Gewicht des Proviantrucksacks zu vermindern. Wir wandern weiter, und am frühen Abend ist Braunlage erreicht. Wieder führen uns die D.J.H.-Schilder zu einer netten Jugendherberge. Mit meinen 24 Jahren bin ich froh, noch Anspruch auf einen Strohsack zu haben.

4. September
Um acht Uhr verlassen wir unser Quartier, und bald haben wir die hübschen Bodefälle erreicht. Hier treffen wir einen alten Harzfreund, dessen tägliche Morgenbeschäftigung eine Besteigung des Brockens bildet. Aber er ist viel zu schnell für uns. Bald ist er unseren Blicken entschwunden. Zuerst kommen wir auf einem Rodelweg gut voran, dann geht es aber über fürchterliche Gesteinsbrocken. Wir kreuzen jetzt die Brockenbahn, die sich gerade pustend und schnaubend um den Berg herum zur Höhe windet. Nach längerer Quälerei haben wir endlich den Gipfel erreicht. Aber Pustekuchen! Das ist noch lange nicht der Brocken. Weiter geht es, mal bergauf, mal bergab. Je höher wir kommen, desto mehr läßt der Baumbestand nach, um schließlich ganz aufzuhören. Nur die Stangen einer einsamen Telegrafenleitung ragen noch über den Boden. Bei jedem Schritt, den wir jetzt machen, wippt der Boden. Als ob wir über einen dicken Teppich schritten. Nun noch ein Stück bergan – dann sind wir oben. 1142 Meter über dem Meer oder sechshundert Meter über dem Tal. Dagegen sind unsere Müggelberge doch die reinsten Waisenkinder. Ehe wir uns ein wenig in der Gegend umsehen, ziehen wir uns schnell die Mäntel an, denn der Wind pfeift einem hier oben ganz schön um die Ohren. Ganz in der Ferne will Margot mit ihren scharfen Augen sogar Magdeburg erkennen ...
  Der Abstieg ist dann mühselig bis langweilig. Die Beine werden immer schwerer. An großen Holzlagerplätzen vorbei kommen

wir auf den Magdeburger Weg, der sich hoch über dem Tal entlangzieht. Aber was nützt der schönste Ausblick, wenn die Beine schmerzen, sich die Sonne hinter den Wolken verkrümelt hat und das Quartier noch weit ist ... Da zeigt sich endlich ein Wegweiser mit der Aufschrift »Altenau 3 km«. Verflogen ist die Müdigkeit, und rüstig schreiten wir weiter. Gerade noch rechtzeitig erreichen wir die Jugendherberge, denn bald nach unserer Ankunft werden alle wegen Überfüllung abgewiesen. Eine Portion Bratkartoffeln beschließt den erlebnisreichen Tag. Die Ansichtskarten, die wir nach Hause schicken, verkünden: »O du mein Okertal / Dein gedenk ich allemal!«

5. September
War es im Ilfeldertal schon schön, so ist es hier im Okertal noch schöner. Dicht bewaldete Höhen und gewaltige Felsbildungen säumen das Bett der rauschenden Oker. Nach gut einstündiger Wanderung erreichen wir den Romkershaller Wasserfall. Immer enger, schluchtenartiger wird das Tal, und jede Biegung zeigt uns Landschaftsbilder von unerhörter Schönheit. Gegen Mittag erreichen wir die freistehenden Adlerklippen und nehmen Abschied vom schönen Okertal. Langsam senkt sich jetzt der Weg, die Bäume werden lichter und lichter, und dann liegt im Glanz der Nachmittagssonne die tausendjährige Kaiserstadt Goslar mit ihren Türmen und Toren vor uns. Über den Stadtgraben hinweg halten wir Einzug, dann ziehen wir durch die alten Gassen und genießen die Atmosphäre.

Gegen Abend fahren wir mit der Bahn über Bad Harzburg nach Ilsenburg. Quartier beziehen wir hier in einer weniger komfortablen Jugendherberge. Aber was macht das schon aus, wenn man so müde ist wie wir.

6. September
Heute wollen wir einen anderen Teil des Harzes erforschen. Im Ort ergänzen wir unsere Mundvorräte, und dann geht es munter das Tal der Ilse hinauf bis auf den Ilsestein. Weit reicht unser Blick über die dunklen Wälder. Zu unseren Füßen liegt Ilsen-

burg, und in der Ferne zeigt sich der Brocken. Wir wandern auf der Höhe weiter. Vor Wernigerode aber passiert es: Margots Füßchen wollen nicht mehr weiter. Eine große Blase hat sich die Arme in den vergangenen acht Tagen gelaufen. Unsere Hausapotheke hilft über den ersten Schaden hinweg, so daß wir langsamen Schrittes weiterpilgern können. Trotz allem kommen wir schließlich an und beziehen in Wernigerode in einem schönen Fachwerkhaus Quartier.

7. September
Hatte es am Vorabend schon wie aus Mollen geschüttet, so sieht es auch heute mit dem Wetter nicht sehr verlockend aus. Dennoch ziehen wir los. Eine gute Stunde sind wir gelaufen, da öffnet der Himmel seine Schleusen. Und das nicht zu knapp. Unter Bäumen finden wir nur notdürftig Schutz. Wir denken an den Ausspruch eines Einheimischen: »Wenn es bei uns regnet, dann dauert es mindestens 48 Stunden.« Da läuft es einem kalt den Buckel runter. Nach längerem Warten beschäftigen sich unsere Gedanken schon mit dem Rückzug, doch tapfer laufen wir weiter. Da hält der Bus Wernigerode–Rübeland direkt vor unserer Nase. Rasch klettern wir hinein und legen das Stück, das erwandert werden sollte, per Pferdestärken zurück. Die kleine Bergstadt Elbingerode wird durchfahren, und bald ist Rübeland im engen Felsental der Bode erreicht. Die Tropfsteinhöhlen locken, aber ... »Otto, guck mal ins Portemonnaie ... unser Geld!« – »O Gott!« Durch die Busfahrt ist unser Reisebudget ziemlich zusammengeschmolzen, und wir können uns deshalb nur den Besuch einer einzigen Höhle erlauben. Glücklich steigen wir wieder aus der dunklen Tiefe empor. Es ist inzwischen Mittag geworden, und wir haben unbändigen Hunger. Aber nirgends ist ein Plätzchen zum Rasten zu finden. Alles ist voll oder kostet zuviel Geld. Da heißt es eben den Riemen enger schnallen ... In Neuwerk wird dann aber zugeschlagen. In der Jugendherberge, die gleichzeitig Gasthaus ist, leisten wir uns zur Feier des Tages ein Schnitzel.

8. September
Heute wird der Ranzen zur letzten Etappe geschultert. Im Tal der Bode wandern wir bei schönstem Wetter weiter. Wir passieren Wendefurth und Altenbrack und landen gegen Mittag in Treseburg. Hier beginnt der schönste Teil des Bodetales. Hohe bewaldete Berge, die später in schroffe Felsen übergehen, engen das Flußtal ein. In vielen Windungen muß sich die Bode ihren Weg bahnen. Über zahllose Klippen rauscht sie hinweg. Eine neue Wegbiegung ... und vor uns liegen die bekannte Roßtrappe und der Hexentanzplatz. Lange Zeit bleiben wir hier stehen und schauen auf das schöne Fleckchen Erde ringsum. Nachher gehen wir auf einem Weg, der teilweise in die Felsen gesprengt ist, dann wieder führen Brücken und Stege um die Klippen herum. Allmählich wird der Weg wieder breiter, und bald liegt das Industriestädtchen Thale vor uns. Wir übernachten in einer Jugendherberge, die ein Kolonialwarenhändler betreibt. In angenehmer Unterhaltung vergeht der Abend, und dann liegen wir zum letzten Mal auf fremder Matratze.

9. September
Nun ist schon der letzte Fahrtentag angebrochen. Alle unsere Obliegenheiten erledigen wir mit einer sonderbaren Langsamkeit. Es ist, als wollten wir den raschen Lauf der Stunden verzögern. Aber unbarmherzig geht die Zeit weiter. Da greifen wir noch einmal zum Wanderstab und steigen auf den 250 Meter hohen Hexentanzplatz.

Zurück in der Herberge, futtern wir noch einmal Kartoffelpuffer, dann geht es zum Bahnhof und nach Quedlinburg. Schwer fällt der Abschied, aber um sieben Uhr treten wir endgültig die Heimreise an. Während sich die Dämmerung langsam niedersenkt, grüßen wir noch einmal die Berge des Harzes am fernen Horizont. Wieder fahren wir durch die Nacht, doch diesmal singen die Räder ganz anders als vor zehn Tagen. Durch Magdeburg fährt der Zug, durch Brandenburg und Potsdam. Wannsee. Immer dichter schieben sich die Schatten der Häuser heran. Schöneberg. Die Fahrt wird langsamer. Bremsen kreischen. Der Zug hält. Berlin Potsdamer Bahnhof. Aus ...

Die erste Hälfte des Jahres 1931 brachte zwar mit dem Schauspiel *Der Hauptmann von Köpenick* von Carl Zuckmayer, uraufgeführt im Deutschen Theater in Berlin, und dem Film *M – Eine Stadt sucht einen Mörder* von Fritz Lang wahre kulturelle Höhepunkte, stand aber dennoch eindeutig unter dem Zeichen der Notverordnungen, mit denen Reichskanzler Heinrich Brüning vom Zentrum die Wirtschaftskrise zu meistern suchte. Viele Steuern wurden erneut erhöht, wobei gleichzeitig die Gehälter um durchschnittlich 17 Prozent und die Bezüge der Beamten um schließlich 10 Prozent gesenkt wurden.

Vor dem Hintergrund wachsenden Elends kämpften die Roten auch in Kreuzberg weiterhin mit aller Kraft gegen SA und NSDAP. Die Braunen wurden immer stärker und waren dabei, auch in Kreuzberg, beispielsweise in der Alexandrinenstraße, leerstehende Kliniken und Fabriken aufzukaufen und zu SA-Heimen beziehungsweise Kasernen herzurichten. Aus der Gegend um den Harz holte man Arbeitslose herbei und quartierte sie hier ein. Sie bekamen von kleinen Mittelständlern ab und an ein Bier und ein wenig Taschengeld spendiert. Regelmäßig fuhren die Nazis vor den Arbeitsämtern auf und verteilten kostenlos Erbsensuppe aus der Gulaschkanone. Auch kam mal ein großer Lastwagen mit Stiefeln an, und wer von den Arbeitslosen kein vernünftiges Schuhwerk mehr hatte, was bei vielen der Fall war, der erhielt sie geschenkt. Und eine schöne neue Uniform dazu. Wenn er denn unterschrieb. Viele taten es ... Und so bekam die SA unaufhaltsam immer mehr Mitglieder. »Wir beseitigen die Arbeitslosigkeit, wir werden die Arbeiter von der Straße bringen.« Was in der Tat geschah, denn nun saßen sie in den Heimen und Kasernen und hatten eine Aufgabe. Zum Beispiel die, SPD-Mitglieder, Jugendliche von der Sozialistischen Arbeiterjugend, Kommunisten und Reichsbannerleute zu überfallen und zusammenzuschlagen.

Otto Matuschewski traf es am ersten Sonnabend im März beim Schrippenholen frühmorgens kurz nach sechs. Die Bäckerei befand sich gleich gegenüber vom Kohlenkeller in der Manteuffelstraße und war im Hochparterre gelegen. Als Otto mit der

Schrippentüte in der Hand wieder auf die Straße trat, waren fünf SA-Männer um ihn herum. Der eine riß ihm die Tüte aus der Hand, der andere trat ihm in die Hoden, der dritte versetzte ihm einen Kinnhaken. Otto flog nach hinten und stürzte rücklings auf die kleine Treppe. Das war sein Glück, denn in dieser Lage war er nicht ganz so hilflos, wie er es gewesen wäre, wenn er voll aufs Pflaster geknallt wäre. Mit gezielten Fußtritten konnte er die Angreifer zunächst einmal abwehren. Die rissen sich nun ihre Koppel vom Körper und nutzten sie, die scharfkantigen Schlösser am Ende, als Waffe. Otto kannte das, denn auch beim Reichsbanner übte man in Ermangelung anderer Instrumente mit dem Koppel. Richtig eingesetzt, hatte es die Wirkung einer Bola, der Schleuderwaffe der südamerikanischen Indianer, die Kugeln mit Riemen verbanden. Bekam man ein Koppelschloß an den Kopf, gab es klaffende Wunden, flogen die Zähne heraus, büßte man ein Auge ein. Otto riß also reflexartig seine Arme über den Kopf, um sich zu schützen. Die ersten Schläge schürften ihm die Hände auf. Seine verzweifelten Versuche, wieder auf die Beine zu kommen, mißlangen. Und er wäre verloren gewesen, wenn seine Mutter nicht gerade auf dem Weg von der Wohnung in den Kohlenkeller gewesen wäre. In der Hand hielt sie zufällig eine nagelneue Schaufel, die ihr Walter gestern abend mitgebracht hatte und die sie nun an ihren Einsatzort bringen wollte. Ihren Sohn erkannte sie anfangs gar nicht, sie sah nur die verstreuten Schrippen auf dem Bürgersteig und dachte an einen Überfall: daß die SA-Leute gerade einen Dieb zur Strecke brachten. Dann aber schrie der Mann am Boden ...

»Otto, warte ... Ich komme!« Und schon war sie über die Straße gestürzt, schwang die Schaufel und schlug sie erst dem einen SA-Mann auf den Kopf, dann dem zweiten. Der dritte floh, als sich Otto nun wieder aufrappeln konnte.

»Gib her, Mutter!« Damit riß er ihr die Schaufel aus der Hand und kämpfte gegen die beiden verbliebenen SA-Männer und ihre Schleuderwaffen. Ihr Überfall endete damit, daß die beiden mit erheblichen Kopfverletzungen zu Boden sanken und reglos liegenblieben. Mutter und Sohn flüchteten in den Kohlenkeller und verbarrikadierten sich. Polizei rückte an, die beiden SA-Männer wurden ins Krankenhaus gebracht. Die Zeugenbefragung blieb ergebnislos. Niemand wollte etwas gesehen haben, weder die Bäckersfrau noch alle anderen ringsum.

Am nächsten Tage meldeten *Der Angriff* und andere Nazi-Blätter, daß der üble Schläger Otto Matuschewski in der Manteuffelstraße heimtückisch auf zwei friedfertige SA-Männer eingeschlagen habe, als die sich Schrippen kaufen wollten.

»Von jetzt an solltest du gut auf dich aufpassen«, riet Ewald.

»Einen Tod kann man nur sterben«, erwiderte Otto, aber er gab sich nur so kaltschnäuzig, um seine Beklommenheit zu kaschieren, denn ihm saß die Angst im Nacken. Am liebsten wäre er nach Tschicherzig oder nach Tamsel geflohen, aber wie sollte das gehen: Hier hatte er seine Arbeit und hier wohnte Margot. Die Sache wurde noch schlimmer, als er am 12. März in der Zeitung lesen mußte, daß der 17jährige Bäckerlehrling Ernst Nathan von den »Roten Wanderern« auf offener Straße in Schöneberg von einem stadtbekannten SA-Schläger erschossen worden war. Kunze hieß der Mann, er war seit 1923 im »Stahlhelm« und seit 1926 erste Ordonanz des Führers der SA-Standarte II. Vorausgegangen war ein heftiger Wortwechsel mit SA-Leuten, die zu einer SA-Veranstaltung im Bürgergarten unterwegs waren. Ein Flugblatt der Schöneberger Genossen kam auch nach Kreuzberg: »Das rote Berlin demonstriert im Mordviertel. Arbeiter, Arbeiterinnen und Werktätige treffen sich und demonstrieren am Freitag, 20. März um 6.30 in Schöneberg, Bahnhof Hauptstraße zum Kampf gegen den Mordfaschismus. Erscheint in Massen!«

Otto versuchte die Situation durch seine Kalauer zu entschärfen: »Warum sollen wir denn in Massen erscheinen und nicht in Berlin? Wo liegt denn Massen eigentlich? Vielleicht meinen die Meißen, und das ist 'n Druckfehler ...« Doch das half wenig. Angst und Empörung wuchsen von Stunde zu Stunde, und mit ihnen wurde der Fluchtreflex immer stärker: Nur weg von hier, weg in ein anderes Land! Aber wohin denn? In die USA, nach Australien, nach Südamerika ... Er konnte keine Fremdsprache, er hatte kein Geld. Aber da gab es auch noch eine ganz andere Frage, die sich ihm aufdrängte. Konnte man Deutschland, konnte man die Heimat so ohne weiteres den anderen überlassen ...?

Selbstverständlich ging er mit Ewald und einigen anderen Kreuzbergern zur Demonstration. Bis zum Nollendorfplatz marschierten sie, dann kam von der Polizeiführung der Befehl: »Knüppel frei!« Und am nächsten Tage konnte Otto den Kollegen im Bautrupp Ramm nicht nur die Verletzungen an den Händen vorzeigen, die ihm die SA-Männer zugefügt hatten, sondern auch eine Platzwunde am Kopf. Er beklagte sich nicht weiter, sondern meinte nur: »Das ist ja in der Weltgeschichte schon immer so gewesen, daß der kleine Mann seinen Kopf hinhalten muß.«

In den nächsten Monaten wurde es wieder etwas ruhiger, und der ganz normale Alltag gewann seine Herrschaft zurück. Fragte man Otto Matuschewski später nach dem, was sich aus dieser Zeit in sein Gedächtnis eingegraben hatte, dann erhielt man zur Antwort: »Na, erst mal Schmöckwitz und dann unsere Urlaubsfahrt in die Sächsische Schweiz.« Ja, so ist es mit unseren Erinnerungen: Die meisten der 365 Tage eines Jahres versinken im Meer des Vergessens, und nur wenige Inseln, einzelne herausragende Augenblicke bleiben im Gedächtnis haften.

Wenn Otto und Margot an den Wochenenden in Schmöckwitz waren, dann setzten sie sich bei schönem Wetter sofort in ihr Paddelboot, um die Gewässer im Umkreis von 15 bis 20 Kilometern zu erkunden. Nahm man Hin- und Rückfahrt, so waren vierzig Tageskilometer ihre absolute Obergrenze, doch meist kamen sie auf erheblich weniger. Mal ging es über den Langen See und den Seddinsee, den Gosener Graben, den Dämeritzsee, das Flakenfließ, den Flakensee, die Löcknitz und den Werlsee nach Grünheide, mal über den Langen See, den Zeuthener See, den Mellenzug- und den Krüpelsee nach Senzig, wo Onkel Paul und Tante Friedel ihr Wochenenddomizil aufgeschlagen hatten und wo sie in Neue Mühle an der Schleuse über die Bootsschleppe mußten. Häufig machten sie auch die kleine Umfahrt mit ihren etwa 15 Kilometern: Schmöckwitz, Zeuthener See, Großer Zug, Krossinsee, Wernsdorf, Oder-Spree-Kanal, Seddinsee und zurück nach Schmöckwitz. Kleinere Fahrten gingen auf der Großen Krampe nach Müggelheim hinauf, zur Bammelecke oder in den Gosener Graben, den Spreewald en miniature. Die Krönung aber war die große Umfahrt mit ihren mehr als dreißig Kilometern: Schmöckwitz, Langer See, Bammelecke, Grünau mit der Regattastrecke, dann die Dahme abwärts bis nach Köpenick, um die Altstadt herum in die Müggelspree hinein, dann über den Müggelsee, der sehr gefährlich werden konnte, Neu-Helgoland, Rahnsdorf, Müggelspree zweiter Teil, vielleicht mit einem Abstecher in die Kanäle von Neu-Venedig hinein, Dämeritzsee, Gosener Graben, Seddinsee, Kilometertafel 44, Langer See und endlich Landung in Schmöckwitz am Waldidyll-Steg.

Kamen sie dann erschöpft aufs Grundstück zurück, wurde ihnen zumeist eine ausgedehnte Ruhepause zugestanden, ansonsten aber war es in Schmöckwitz Usus, daß jeder mit anpackte, soweit es seine Kräfte respektive Künste zuließen. Tante Trudchen schätzte das Kartoffelschälen und das Abwaschen, und beiden Leidenschaften durfte sie ausgiebig frönen. Annekin, also Anna Matuschewski, wurde zum Putzen und Schneiden des Gemüses eingesetzt, als da waren grüne Bohnen, Mohrrüben und Mangold, alles aus eigener Ernte. Margot war damit betraut, Erdbeeren, Stachelbeeren, Johannis- und Himbeeren zu ernten, während es Otto zufiel, auf die Leiter zu klettern und Äpfel, Birnen und vor allem Kirschen zu pflücken, aber auch den Rasen mit einem Handmäher zu stutzen, so daß sein Schwiegervater nur noch zu harken hatte. Waren die Frauen ohne eine besondere Begabung, so hatten sie Unkraut zu zupfen, wenn sie Gastrecht genießen wollten, die untalentierten Männer hingegen, in der Regel die Koofmichs, durften Regenwasser auf die Gurken- und Tomatenbeete tragen oder aber Bäume, Sträucher, Blumen und den Rasen sprengen. Anwesende Jungen, etwa Karl, Trudchens Sohn, und Helmut Matuschewski, schickte man zum Angeln, obwohl sie nie etwas nach Hause brachten. Onkel Albert und Großvater Quade waren pausenlos am Hämmern und Sägen, denn sie hatten sich vorgenommen, die wunderschöne, aber in weiten Teilen leider schon ziemlich morsche Laube aus naturbelassenem Birkenholz durch eine stabile Kiefernholzkonstruktion zu ersetzen. Onkel Adolf und der Hausherrin oblag das Kochen, wobei das Mittagessen nie ohne Suppe und Nachtisch abging. Bei den wenigen und primitiven Kochplatten in der kleinen Küche, die eigentlich gar keine war, verlangte das den beiden viel Improvisation ab. War die Arbeit getan, legte man sich in den Liegestuhl oder setzte sich zusammen, um zu stricken und zu häkeln oder einen zünftigen Skat zu dreschen. Dabei gab es viel zu klönen, und es war immer urgemütlich.

In diesem Sommer gab es ein neues Gesicht in Schmöckwitz: Gerhard Syke, Gerdas Freund. Er war gut fünf Jahre älter als sie und arbeitete als Volontär bei einer Textilzeitung. So groß und schlaksig wie er waren Hochspringer und Hürdenläufer, und so wie er aussah, blond, blauäugig und mit markanten Zügen, arisch wie aus dem Bilderbuch, hätte ihn die SS liebend gern in ihren Reihen gehabt, hätten sich Bildhauer wie Arno Breker um ihn gerissen. Doch er hielt gar nichts von den Nazis. Sie waren ihm zu tumb und zu proletenhaft, ein Greuel für seine wache Art und seine kritische Intelligenz. Fix und pfiffig war er, jemand, der es im Leben zu etwas bringen wollte. Technische Höchstleistungen faszinierten ihn, und das olympische »Höher – schneller – weiter« war sein Leitmotiv. So war er auch auf die Idee gekommen, auf Schattans Parzelle wie im nahe gelegenen Wald »Schmöckwitzer Sportspiele« zu veranstalten.

»Ich rufe die Jugend der Welt an den Start!« Gerhard hatte sich extra ein Megaphon besorgt.

Alle sollten mitmachen, als Ausnahmen wurden lediglich Marie und Trudchen Schattan zugelassen. Erstere, weil sie wegen ihres Leistenbruchs weder laufen noch springen konnte und durfte und als eingefleischte Pazifistin keine Waffe in die Hand nahm, Letzere wegen ihrer rachitischen beziehungsweise ausgeprägten O-Beine. Ein Zehnkampf war zu absolvieren. Begonnen wurde mit zwei Schießübungen, los ging es mit dem Gewehr, dann weiter mit der Pistole, jeweils per Luftdruck betrieben. Trotzdem war Mariechen sehr in Sorge um die Gesundheit ihrer Lieben.

»Wenn das nur nicht ins Auge geht!«, rief sie.

»Macht nichts«, sagte Otto. »Wozu hat der Herrgott uns Menschen zwei Augen gegeben.«

Die Scheibe hing hinten am Baum, und eigentlich konnte gar nichts passieren. Wäre auch nicht, wenn Gerhard beim Anvisieren des Ziels nicht plötzlich eine Krähe entdeckt hätte und der Jagdtrieb mit ihm durchgegangen wäre. Lieber verzichtete er auf zehn Punkte, als daß er dem Nesträuber nicht eins auf den Pelz gebrannt hätte. Die Krähe mochte den Angriff auf ihr Leben instinktiv erahnt haben und veränderte ihre Flugbahn mit einem gewaltigen Flügelschlag. So verfehlte Gerhard sie. Trotzdem schrie alles »Treffer!«, denn sein Geschoss war ins Dachfenster des Nachbarhauses geschlagen und hatte die Scheibe zertrümmert.

»Macht nichts«, sagte Otto, »Scheibe bleibt Scheibe, ob nun Fenster- oder Zielscheibe.«

Der Nachbar sah das anders und schimpfte, obwohl sie ihm natürlich zusicherten, alles zu bezahlen und für die Erneuerung der Scheibe selber Sorge zu tragen.

»Ich komme rüber, kehre die Scherben zusammen, hänge das Fenster aus, bringe den Rahmen zum Glaser – und übermorgen ist alles wieder in Ordnung.«

»Inzwischen fressen mich die Mücken auf.«

»Gönnen Sie denen doch auch mal was.«

»Ich lasse mich doch von Ihnen nicht zum dummen August machen!«

Daraufhin brachen alle in schallendes Gelächter aus, denn der Mann hieß August mit Nachnamen. Er rief, daß er am Montag zur Polizei gehen wolle, um Anzeige zu erstatten. Oskar Schattan hatte nachher große Mühe, ihn davon abzubringen. Es kostete ihn viele gute Worte und eine Flasche Wein.

Weiter ging es mit Diskuswerfen, Tischtennis, Kugelstoßen, Schlagballweitwerfen, Entfernungsschätzen (lang, kurz, mittel), Zielwerfen (mit einer Handgranate aus Holz – trotz aller Proteste von pazifistischer wie kommunistischer Seite), Weitsprung und dem Geländelauf über tausend Meter (Höchstzeit unter zehn Minuten).

Bei den Männern siegte Otto vor Gerhard, bei den Damen Margot vor Irma und Gerda. Aber ohne weitere kleine Mißlichkeiten war es nicht abgegangen. Margot hatte mit ihrem Diskus einen kleinen Holunderbusch abrasiert, Oskar einen Tischtennisball zertreten. Irma beharrte beim Kugelstoßen darauf, daß nicht zählt, wo die Kugel aufkommt, sondern wo sie beim Ausrollen liegenbleibt. Gerhard und Gerda verloren sich beim Geländelauf im Gebüsch und kamen erst nach zwölf Minuten sehr aufgelöst ins Ziel. Otto ließ sich beim Aufräumen die Kugel auf den Fuß fallen und mußte zwei Wochen Gips tragen, was die geplante Urlaubswanderung gefährdete.

Als es dunkel geworden war, saßen alle beim Scheine zweier Lampions im Garten, tranken Waldmeister-Bowle und verloren einerseits alle Erdenschwere, diskutierten aber andererseits auch alles, was bedrückend war: die Misere von Wirtschaft und Finanzen sowie die Annäherung der NSDAP unter Adolf Hitler und der Deutschnationalen Volkspartei unter Alfred Hugenberg, dem einflußreichen Chef eines Pressekonzerns.

Am schwärzesten sah es Berthold Quade, das aktive KPD-Mitglied: »Wenn die sich zusammenschließen, dann gute Nacht.«

Otto widersprach ihm. »Durchaus nicht, wenn wir uns auch zusammenschließen – SPD und KPD, Reichsbanner und Roter Frontkämpferbund.«

Berthold winkte ab. »Mit euch: nie!«

»Das ist die große Tragik des deutschen Volkes«, sagte Marie Schattan und stöhnte auf, vielleicht in dunkler Vorahnung dessen, was noch kommen würde.

Kurz vor Mitternacht brachen alle auf, die in Schmöckwitz keinen Schlafplatz hatten. Mariechen plünderte noch schnell ihre Blumenbeete, so daß ein jeder mit einem schönen Strauß nach Hause fahren konnte. Die Haltestelle der 86 war gleich vorm Gartentor, und die Bleibenden winkten, bis die Straßenbahn in der Dunkelheit verschwunden war. Nun ging es daran, sich die Bettstatt zu bereiten. Zehn Schläferinnen und Schläfer gab es, das Häuschen bestand aber nur aus einem Raum von drei mal vier Metern, einer schlauchartigen Küche und einer schmalen Veranda. Die wurde Großvater Quade zugeteilt, denn zum einen mußte er vor dem Einschlafen noch sein Pfeifchen rauchen und zum anderen schnarchte er fürchterlich. Hinzu kam, daß er – altersbedingt – die schwächste Blase hatte, also der Tür ins Freie am nächsten sein mußte. Ihm wurde ein hölzerner Liegestuhl mit besonders ausgeprägtem Fußteil zugewiesen, auch bekam er die weichsten Kissen. Trotzdem murrte er. »Wenn nachts einer muß, reißt der mich wieder um.« Man versprach, im Falle eines Falles an ihm vorbeizuschleichen. Tante Trudchen bekam das Zieharmonikabett in der Küche. »Damit ich morgens gleich das Kaffeewasser aufsetzen kann.« Die anderen hatten sich das kleine Zimmer zu teilen. Ein einziges geräumiges Bett gab es, und das stand den Eigentümern zu. Für Otto, Margot, Gerda und Onkel Adolf wurden Matratzen auf den Fußboden gelegt.

»Wie die Heringe«, hieß es. Es wäre noch schlimmer gekommen, wenn nicht Gerhard und Karlchen im Zelt geschlafen hätten, das sie draußen auf dem Rasen aufgebaut hatten.

Das Zähneputzen und die Katzenwäsche wurden unter der Pumpe erledigt. Die Damen verschwanden noch einmal im hölzernen Toilettenhäuschen, die Herren postierten sich am Komposthaufen. »Es klappert die Mühle am rauschenden Bach«, sang Tante Trudchen. Nun mußten alle noch die Tageskleidung gegen Schlafanzug oder Nachthemd eintauschen, was recht umständlich war, weil sie den anderen nicht zuviel von dem zeigen wollten, was zu verbergen war. »Wehe, mir guckt einer was weg!«, rief Gerda. »Pauline, mach das Bruchband los«, sang Onkel Adolf. Am frivolsten war Oskar Schattan, als er rezitierte: »Das Supensorium für Onkel Fritz hat noch immer nicht den vorgeschriebenen Sitz«, und dann hinzufügte: »Wer mir meines morgen früh klaut, der kann was erleben.«

Endlich lagen alle auf den ihnen zugewiesen Plätzen, aber Ruhe kehrte noch lange nicht ein. Zuerst erzählte Onkel Adolf Witze.

»Im Kino flüstert während der Vorstellung eine Besucherin

ihrem Nebenmann zu: ›Entschuldigen Sie, aber könnten Sie Ihre Hand nicht woanders hinlegen?‹ – ›Aber sicher, nur so auf Anhieb hab' ich mich nicht getraut.‹«

»Adolf, hast du das selber erlebt?«

»Ja, Trudchen – und neben mir hat Mia May gesessen.«

»Noch einen!«

»›Ich glaube, ich werde alt‹, sagt ein Mann zu seinem Freund. ›Die erste schaff' ich noch, aber nach der zweiten bin ich ganz außer Atem.‹ – ›Ja, wenn man älter wird, sollte man nach der ersten Schluß machen.‹ – ›Aber wie denn? Ich wohne doch in der dritten Etage!‹«

»Adolf, bitte!«

»Es sprach zu Ihnen Frau Marie Schattan, unsere Anstandsdame.«

Dann wurde erörtert, was man fürs nächste Wochenende einkaufen wollte. Schließlich rief einer: »Ruhe bitte!« – »Laß uns doch 'n bißchen reden. Im Grab haste Ruhe genug.« – »He, reiß mir nicht dauernd meine Decke weg!« – »Hier ist es so warm, da brauchste keine Decke.« – »Laß mich erst eingeschlafen sein, bis du zu schnarchen anfängst.« – »Wie ich diese Einsamkeit hier hasse, nirgendwo ein Laut.« – »Das kannste laut sagen.« – »Nur 'n Wurf junger Ratten hängt enger zusammen als wir hier.« – »Igitt, Ratten, hör auf, sonst träum' ich wieder davon.«

Im Osten dämmerte es schon wieder, ehe alle verstummten.

Ottos angebrochener Mittelfußknochen kam zum Glück rechtzeitig wieder in Ordnung, und der Orthopäde gab grünes Licht für die Urlaubsreise. Wieder hatte es sich nicht einrichten lassen, mit Freunden zusammen auf Fahrt zu gehen, aber so unlieb war ihnen das nicht. Allein zu zweit war es oftmals am schönsten. Otto Matuschewski nutzte den Urlaub, um all das Politische, das ihn im Griff hatte, aus seinem Bewußtsein zu verbannen. Er verdrängte das alles, er brauchte eine Nische, seine ganz private kleine Welt. Es war für ihn auch ein Stück Freiheit, das Bedrückende zumindest eine Zeitlang nicht wahrzunehmen und sich statt dessen schöne Erinnerungen zu schaffen.

*Kreuz und quer durch die Sächsische
und die Böhmische Schweiz
1931*

Ein Jahr ist seit unserer Harzfahrt verstrichen. Bleiern und schwer hat sich eine Wirtschaftskrise auf unser Volk gelegt. Notverordnungen, Lohnabbau und Bankenkrach sind die Trabanten dieser unheilvollen Macht. Doch trotz der Ungewissheit, die uns alle bedrängt, wollen wir unseren langgehegten Wunsch nicht aufgeben. Uns locken die Berge und Täler, die Felsen und Schluchten der Sächsischen Schweiz, und auch das Reisegeld, rund hundert Märker, haben wir beisammen. Doch bis zuletzt schwebte das Damoklesschwert über unseren Häuptern, ob wir überhaupt zusammen Urlaub bekommen werden. Die bange Frage wird am Sonnabend, den 22. August, im Laufe des Vormittags im Schoße der AOK zu unseren Gunsten entschieden. Nun heißt es: Freie Fahrt in Richtung Dresden.

22. August
Noch am Nachmittag desselben Tages verlassen wir mit dem Eilzug um 16 Uhr 45 Berlin. Blitz, Donner und Regenschauer leiten unsere Ferienfahrt ein. Durch Heide und Felder geht es in rascher Fahrt, und bald tönt auch schon Sächsisch an unser Ohr. Elsterwerda, Kötzschenbroda und Radebeul werden passiert. Langsam fällt die Dämmerung ins Land. Es ist gegen acht Uhr, als der Zug in die Halle von Dresden-Neustadt einfährt. In einer großen Schleife rattert und poltert er an dunklen Hinterhöfen vorbei in den großen, lichtdurchfluteten Hauptbahnhof von Dresden. Wir greifen nach unseren Ränzeln und streben durch den Trubel dem Ausgang zu. Hier bleiben wir einen Augenblick lang staunend stehen. Vor uns öffnet sich, in helles Licht getaucht, der weite Bahnhofsvorplatz. Nach links fällt der Blick in die Prager Straße, die es bestimmt mit einer unserer Berliner Hauptstraßen aufnehmen kann. Wir verirren uns aber total, und erst nach gut einstündiger Irrfahrt durch das abendliche Dresden haben wir unser Quartier am Schützenplatz erreicht.

23. August

Ein ziemlich bewölkter Himmel grüßt uns heute bei unserer Stadtbesichtigung. Zuerst geht es natürlich zum Schönsten, was Dresden zu bieten hat: zum Zwinger. Dieses barocke Bauwerk ist zu schön, als daß man es richtig beschreiben könnte. Über den Opernplatz gelangen wir in das alte Regierungsviertel der Sachsenmetropole und bestaunen das Residenzschloß, die Hofkirche, das Ständehaus, den Landtag, die Brühlschen Terrassen und die Frauenkirche mit ihrer gewaltigen Steinkuppel. Über die Augustusbrücke geht es zum anderen Ufer der Elbe hinüber. Hier hat der Zirkus Sarasani seine Heimat. Der herrliche Rundbau mit grünem Patinadach liegt direkt am Strom.

Am Mittag ist Schluß mit dem Pflastertreten. Mit knurrendem Magen streben wir unserem Quartier entgegen. Doch nicht lange währt die Rast. Noch mit dem letzten Bissen im Munde geht es auf zum Bahnhof, und bald darauf haben wir Dresden schon wieder verlassen. Bis Pötscha-Wehlen geht für heute die Reise. Gleich hinter Pirna wird die Gegend stark hügelig. Dicht schieben sich die Berge heran und engen das Flußbett immer mehr ein. Getreulich folgt die Bahn den zahlreichen Windungen. Drüben am jenseitigen Ufer taucht eine Ortschaft auf, und der Zug hält. »Pötscha-Wehlen!« ruft der Schaffner, und geschwind springen wir aus dem Wagen. Um uns herum Berge und nochmals Berge, dazwischen des schimmernde Band der Elbe. Wir verlassen den Bahnhof und gehen zur Übersetzstelle, von wo uns ein kleiner Fährdampfer ans andere Ufer nach Wehlen bringt. Bald haben wir das Quartier erreicht, doch dort hält es uns nicht lange. Es juckt und zuckt in den Beinen. Sehnsüchtig blicken wir auf die Höhen ringsum, und schon lassen wir uns wieder ans andere Ufer fahren. Von Pötscha steigen wir gleich steil bergan. Oben geht es dann weiter über duftende Heuwiesen und durch schönen Mischwald zum Kleinen Bärenstein (338 Meter). Von diesem wildzerklüfteten Fels haben wir einen herrlichen Blick auf die Landschaft ringsum. Durch eine enge Felsspalte klettern wir wieder abwärts. Auf einer steil abfallenden Serpentinenstraße gelangen wir nach Rathen. An der Elbe entlang geht es nun zurück zu unserem Quartier.

24. August

Der Himmel ist noch reichlich mit dicken Wolken verhangen, als wir unser Wehlener Quartier verlassen. An der Ruine der einstigen Burg Wehlen vorbei wandern wir durch Wehlener Grund mit seinem herrlichen Mischwald. Durch viele Schluchten und an herrlichen Felsgebilden vorbei geht es in Richtung Bastei. Endlich haben wir das Plateau erreicht. Noch ein paar Schritte weiter, dann liegt sie vor uns. In schwindelnder Höhe schwingt sich die Basteibrücke von Fels zu Fels. Ein wundervoller, grandioser Anblick, der sich noch verstärkt, als wir dann von der Bastei in das Elbtal schauen. 195 Meter unter uns zieht sich ihr silbernes Band durch die Berglandschaft.

26. August

Dick und grau hängen die Wolken am Himmel, trübe und trostlos schaut das Wetter aus. Beim Kaffeetrinken im Naturfreundehaus von Königstein, das wir gestern kurz vor dem Ausbruch eines Gewitters erreicht haben, setzt dann auch tatsächlich ein lieblicher Landregen ein. Wir holen also wieder Halma-Brett und Steine hervor. Es wird Mittag. Wir löffeln einen kräftigen Schlag Reis mit Blumenkohl, und dann wird ein bißchen geruht. Und dann hört es tatsächlich auf zu regnen! Wir warten noch ein Weilchen, bis es sich gründlich aufgeklärt hat, dann brechen wir mit einem Husumer Ehepaar zur Besteigung des Liliensteins (415 Meter) auf. Auf einem Fußweg erklimmen wir die erste Etage. Das ist ungefähr die Höhe der Müggelberge, und da, wo dort der Bismarckturm steht, erhebt sich hier der eigentliche »Stein«, eine steil ansteigende Felsgruppe. Ringsum sind Felder. Bis dicht an den Fels heran hat der Bauer seine Pflugschar getrieben. Über Treppen und Stege klettern wir zwischen den Felsen zum Plateau empor. Uff, das wäre geschafft! Uns bietet sich ein herrlicher Ausblick. Unter uns wälzt der Elbstrom seine Fluten zu Tal. Drüben am anderen Ufer liegt im Schutze der Bergfestung Königstein die Stadt gleichen Namens. Bis zu den Spitzen der böhmischen Berge reicht der Blick. Es ist schon später Nachmittag, als wir wieder ins Tal herabsteigen.

27. August
Heute wollen wir das Gebiet jenseits der Elbe erforschen. Petrus macht zwar auch an diesem Morgen wieder ein mißmutiges Gesicht, läßt aber wenigstes die Hand vom Wasserhahn. Gegen neun Uhr verlassen wir das Haus, und die Fähre bringt uns bald ans andere Ufer. Es geht auf Pfaffendorf zu, zu Fuß natürlich und langsam bergan. Wie gestern der Lilienstein, so wächst hier der Pfaffenstein weithin sichtbar aus der Hochebene empor. Ein bißchen querfeldein geht es erst, und dann stehen wir an seinem Fuß und bestaunen die großen zerklüfteten Felswände. Durch eine Schlucht, die nach oben hin immer enger wird, steigen wir hinauf. Zum Schluß gelangen wir auf einer Leiter zur Spitze. Wir können uns gar nicht satt sehen. Dann geht es wieder hinab, und zwar in Richtung Bad Schandau und von dort zurück zum Quartier. Als Ersatz für die abgereisten Husumer bekommen wir heute Charlottenburger Wandersleute auf unsere Stube. Sie entpuppen sich als der große »Fips« und die kleine Else. Ein sehr fideles Ehepaar.

28. August
Wetterbericht: Wolkig mit Regenneigung. Doch wir wollen etwas sehen und erleben und verlassen deshalb gegen neun Uhr unsere Bleibe. Um Kraft zu sparen, benutzen wir bis Bad Schandau die Bahn. Über die Elbe hinweg wandern wir durch das weltbekannte Bad Schandau und anschließend durch die Ortschaft Postelwitz. Bald stehen wir am Fuß der Schrammsteine, dem romantischsten Teil der Sächsischen Schweiz. Nach einem kräftigen Frühstück begeben wir uns auf den Wildschützensteig. Über herabgestürzte Felsblöcke, über Wasserrinnen, Leitern und Treppen geht es zur Schrammsteinaussicht empor. Es ist ein gewaltiges Stück Arbeit, bis wir oben sind. Aber dafür ist der Ausblick auch ganz herrlich. Auf dem Kamm wandern wir dann weiter und erklimmen auch noch den Großen Winterberg. Brrr! Ein kalter Wind weht uns um die Ohren. Der Turmwart erklärt uns alles, was wir sehen. Bis zur Schneekoppe und zur Landeskrone bei Görlitz reicht unser Blick. Nun aber wieder runter und den Heimweg angetreten! Mit einem Gefälle von 45 Grad geht es hin-

unter nach Schmilka. Mit der Fähre gelangen wir ans andere Ufer, aber der nächste Zug geht erst in eineinhalb Stunden. Da können wir ja bis zur nächsten Station laufen und etwas Fahrgeld sparen ...

30. August

Nach einem total verregneten Tag verlassen wir heute erstmalig in unserem Leben die Grenzen unseres Vaterlandes. Mit der Bahn fahren wir bis Schöna. Gleich am Ausgang prüfen deutsche Grenzbeamte die Ausweise. Eine Fähre bringt uns an das andere Ufer. Wir stehen im Lande des Heiligen Nepomuk. Ein wenig sonderbar wird uns doch zumute, als die tschechischen Zöllner nochmals eine Prüfung der Ausweise vornehmen. Alles in Ordnung, wir dürfen weiter. Eng schmiegt sich die Stadt Herrnskretschen an die bewaldeten Felswände, durch die sich die Kamnitz einen Weg zur Elbe sucht. Überall stehen Verkaufsbuden mit den Erzeugnissen der böhmischen Heimarbeiter, mit Ansichtskarten, Reiseandenken und all dem Krimskrams, den sich der biedere Bürger zu Hause aufs Vertiko stellt. Und Lokale gibt es in Hülle und Fülle. »Bitt' schön der Herr, bestes Pilsner eine Krone« oder »Zimmer von zehn Kronen an« hört man immer wieder. Hinter uns hat gerade ein Dampfer angelegt. In hellen Scharen ergießen sich die Passagiere in die Stadt. Pilsener ist hier halt billig, und außerdem schmeckt's gut. Wir wandern im waldigen Tal der Kamnitz flußaufwärts. Nach kurzer Zeit staut sich ihr Wasser zu einem See an. Die Reise geht nun, ähnlich wie im Spreewald, in einem Kahn weiter. Zwischen hohen Felsen mit üppiger Vegetation gleiten wir langsam dahin. Wer den Reiz dieser Kahnfahrt noch vergrößern will, kann das Gefährt gegen ein kleines Trinkgeld einen Wasserfall hinabsausen lassen. In unserem Kahn ist leider niemand so freigiebig. Plötzlich riecht es hier im Kahn ein wenig sonderbar ... »Das sind Abwässer einer chemischen Fabrik«, erklärt uns der Kahnführer. Ach so! Nun habe ich's beinahe vergessen: Es fängt wieder an zu regnen. Wir wandern dennoch durch die Wilde Klamm. Grandiose Felsszenarien wechseln mit dicht bewaldeten Steilhängen, und dazwischen rauscht und schäumt die Kamnitz.

Gar oft führt der Weg durch künstliche Tunnels oder auf Holzgalerien über das Wasser. Noch einmal besteigen wir einen Kahn und fahren etwa fünfhundert Meter durch die Klamm. Dann greifen wir wieder zum Wanderstab. Auf den vielbegangenen Touristenwegen haben zahlreiche Leierkastenmänner ihr Arbeitsgebiet aufgeschlagen. Sobald ein Wanderer naht, lassen sie ihre Weisen ertönen. Rückt das Opfer mit keinem Obolus heraus, bricht das Spiel sofort ab. Das hört sich dann ziemlich ulkig an, wenn ein Wiener Walzer in Raten ertönt. Nach ungefähr zweistündiger Wanderung haben wir das Prebischtor erreicht, den Glanzpunkt der Böhmischen Schweiz. Es ist wohl die kühnste und imposanteste Felsbildung des ganzen Elbsandsteingebirges. Die Aussicht von hier oben ist einzigartig. Auf morastigen Waldwegen steigen wir wieder nach Herrnskretschen hinunter. Aus den Lokalen ringsum dringt Musik und Gesang. Mit der Bahn fahren wir nach Königstein zurück und sind gegen acht Uhr wieder im Quartier.

31. August
Da die Grenzausweise 48 Stunden Gültigkeit haben, beschließen wir, heute den Schneeberg zu besuchen. Von Königstein fahren wir bei einigermaßen klarem Wetter mit dem Autobus nach Schweizermühle. Nun geht es per pedes weiter durch den mit Tannen und blühendem Heidekraut bewachsenen Glasergrund. Weit und breit ist keine Menschenseele zu sehen. Grillen zirpen, und bunte Schmetterlinge taumeln von Blume zu Blume. Jetzt bricht auch die Sonne durch die Wolken und taucht alles in Licht und Wärme. Wir überschreiten die Landesgrenze, aber kein Zöllner ist zu erblicken, auch kein Hinweis auf den Grenzwechsel. Teils durch Felstrümmer, teils auf eintönigen Waldwegen pilgern wir zum Dorf Schneeberg. Von hier aus klettern wir auf den höchsten Berg der Sächsisch-Böhmischen Schweiz, den Hohen Schneeberg, der rund siebenhundert Meter mißt. Das Wetter ist jetzt diesig und warm. Schwitzend und pustend kommen wir oben an. Ehe wir auf dem breiten Plateau den richtigen Aussichtspunkt finden, läßt uns ein ferner Donner aufhorchen. Das hätte uns gerade noch gefehlt, in dieser verlassenen Gegend einzuregnen. Wir verzichten

auf die Aussicht und nehmen die Beine in die Hand. Dennoch brauchen wir zwei Stunden bis Bodenbach, bleiben aber Gott sei Dank trocken. Wohin wir jetzt auch blicken, überall fallen uns deutsche Namen auf. Für 26 Pfennige bekommen wir eine Tüte Linsen von ganz ansehnlicher Größe. Auf den Straßen wird links gefahren, und wir müssen uns vorsehen, nicht in einem fremden Land unter die Räder zu kommen. An der Dampferhaltestelle angekommen, haben wir gerade noch das Glück, den letzten abfahrenden Dampfer von hinten zu sehen. Resigniert trotten wir zum nahe gelegenen Bahnhof. Mit einem Fünf-Mark-Stück in der Hand stelle ich mich am Schalter an. Die Leute bezahlen ihre Fahrkarten alle mit tschechischem Geld. Hm ... Als ich an der Reihe bin, spreche ich ganz deutlich »Zwei Dritter Königstein« in das kleine Sprechloch, damit's der Herr Beamte auch gut hört. Aber der versteht mich auch beim zweiten und dritten Mal nicht und schiebt mir meinen Fünfer immer wieder zurück. Dabei murmelt er Unverständliches in den Bart. Na, zum Kuckuck, dann eben nicht! Ich schiebe ab. Margot macht ein Gesicht, als ob sie zeitlebens in der Tschechei bleiben müßte. Zum Glück erbarmt sich dann der Beamte in der an sich schon geschlossenen Wechselkasse unser und verrät uns, daß es noch Schalter gibt, die unser Geld in Zahlung nehmen. Es klappt, und glücklich halten wir unsere Fahrkarten in der Hand. Nach einigem Hin und Her sehen wir dann auch schwarz-rot-goldene Hoheitszeichen an den Mützen und lassen uns gerne von den eigenen Zollbeamten in die Rucksäcke gucken. Mit einem Seufzer der Erleichterung verlassen wir um sieben Uhr abends Bodenbach. Es ist schon dunkel, als wir müde in unser Quartier stolpern.

1. September

Von Schandau aus fahren wir mit »Fips« und Else mit der Straßenbahn durchs Kirnitzschtal, um auf den Kleinen Winterberg zu klettern. Auf halber Höhe geraten wir auf einen Seitenweg und sind plötzlich gezwungen, uns in alpiner Kletterei zu üben. Auf einem schmalen Pfad 150 Meter über dem Erdboden schieben wir uns langsam vorwärts. Alle drei Meter ist ein Haltering in die

Wand eingelassen ... und da halten wir uns dann fest, wenn wir mal einen Blick nach unten werfen wollen. Endlich haben wir einen breiten Felsvorsprung erreicht und sind in Sicherheit. Hinter uns liegt die Hölle, und nach vorn haben wir einen herrlichen Blick in die Felsen des Kleinen Winterbergs.

2. September
Heute heißt es mal wieder Abschied nehmen. In aller Frühe suchen wir unsere Siebensachen zusammen, und dann trinken wir zum letzten Mal Bohnenkaffee und essen Königsteiner Semmeln. Langsam zerteilt die Sonne den Nebel und lockt uns nochmals heraus. Wir setzen uns an die Elbe und sinnieren. Gestern um diese Zeit ... Vor acht Tagen um diese Zeit ... Schließlich nehmen wir unsere Ränzel und ziehen gen Heimat. Immer wieder dreht sich einer von uns um und schaut zurück zu unserer Herberge. Die Fähre bringt uns das letzten Mal ans andere Ufer. »Zwei Dritter Berlin Anhalter Bahnhof.« Wir sprechen von belanglosen Dingen und verfolgen das Landungsmanöver eines Dampfers. Dann kommt unser Zug, und schnell werden zwei Fensterplätze an der Flußseite belegt. Wir fahren. Langsam entschwindet der Lilienstein unseren Blicken. Die Bahn beschreibt jetzt mit der Elbe einen großen Bogen. Kaleidoskopartig wechselt das Bild. Die Bastei grüßt herüber. Wir sprechen wenig. Namen gleiten vorüber: Pötscha-Wehlen, Pirna und dann Dresden. Was wird im nächsten Jahr sein? Werden wir noch einmal Urlaub bekommen? Vielleicht ist bis dahin Derartiges schon abgeschafft. Oder das Schicksal hat es anders mit uns bestimmt. Wer weiß ... Müde und durchgeschaukelt kommen wir gegen Mitternacht in Berlin an und werden vom Familienempfangskomitee in Gestalt von Gerda und Gerhard in die Arme geschlossen.

Zu Beginn des Jahres 1932 waren in Deutschland über sechs Millionen Menschen arbeitslos. Adolf Hitler, der Führer der NSDAP, wurde vom Braunschweigischen Staatsministerium zum Regierungsrat ernannt und war damit deutscher Staatsbürger. Paul von Hindenburg wurde im April erneut zum Reichspräsidenten gewählt und ließ alle Kampfverbände der NSDAP auflösen, doch der neue Reichskanzler Franz von Papen hob das Verbot von SA und SS wieder auf. Am 31. Juli wurde die NSDAP bei den Wahlen zum sechsten Reichstag mit 37,4 Prozent der abgegebenen Stimmen die stärkste Partei, die SPD kam nur auf 21,6 Prozent und die KPD auf 14,5 Prozent.

Für Otto Matuschewski und Margot Schattan war jedoch zunächst der 6. Januar der wichtigste Termin, denn an diesem Tag wurde August Quade, Großvater Quade, siebzig Jahre alt, und dieser runde Geburtstag sollte gebührend gefeiert werden. Er war im vergangenen Herbst aus SO 36 ausgewandert, wie er das nannte, und nach Schmöckwitz gezogen. Da sich dort bei Eis und Schnee keine große Feier abhalten ließ, mußten alle in die Muskauer Straße eingeladen werden. Es gab eine Menge zu backen, zu kochen und zu machen, aber da alle mit anpackten, schien alles wie am Schnürchen zu klappen. Bis der erste Schreckensschrei kam: »In der Geburtstagstorte fehlt ein Stück!« Erste kriminaltechnische Untersuchungen, von Otto und Gerhard fachmännisch vorgenommen, brachten ein schnelles Ergebnis: »Großvater Quade hat Buttercreme im Bart.«

Seine älteste Tochter verteidigte ihn. »Er ist die Hauptperson heute, er darf.«

»Nein, Mariechen, ich war es nicht!«

»Auch im hohen Alter sollte man nicht lügen.«

»Ich schwöre bei allem, was mir heilig ist: Ich war es nicht!«

Gerhard kannte sich aus mit amerikanischen Sitten und war für ein Geschworenengericht. »Wer für schuldig ist, der hebe die Hand.«

Das taten alle. Bis auf Otto, denn der hatte gesehen, wie sich Onkel Adolf kurz vor der Abstimmung aus dem Zimmer gestohlen hatte. Das mußte doch einen Grund haben. Otto ahnte ihn nicht, erhob aber mahnend seine Stimme: »Seid doch nicht so voreilig. Was ist denn mit Onkel Adolf?«

Tante Trudchen tippte sich an die Stirn. »Der hat die Torte doch selber gebacken, da hat er genug naschen können. Und außerdem mag er nichts Süßes.«

»Adolf, kommst du mal ...« rief sein Bruder Oskar.

»Jaaa ...« Richtig schuldbewußt sah er aus, wie er jetzt ins Zimmer trat – das merkten alle.

Gerhard spielte den Ankläger. »Adolf Schattan, Sie sind hiermit angeklagt, aus der Geburtstagstorte ein Stück widerrechtlich entwendet zu haben. Das ist besonders niederträchtig und verwerflich, weil es ein altes, überkommenes Recht des Geburtstagskindes ist, die Torte anzuschneiden und das erste Stück zu essen.«

»Ja, Euer Ehren ...«

»Und warum haben Sie es dennoch getan?«

»Habe ich es denn getan?«

»Lügen Sie nicht so frech!«, donnerte Gerhard.

Onkel Adolf duckte sich. »Ich bitte um mildernde Umstände. Ich habe auch gedacht, es würde niemand merken.«

»Ist das also Ihr Geständnis?«

»Ja ...«

»Und warum haben Sie es getan.«

»Weil ... Ich habe doch auch die Schrift gemacht ... aus Schokoladenguß. Erst die große ›70‹ und dann: ›Unserem lieben Großvater Quade‹.«

»Ja, und ...?«

»Da habe ich bei Quade das U vergessen, und damit keiner die Blamage merkt, habe ich schnell ein schmales Stück rausgeschnitten, so daß alle denken mußten, das U ist mit weg.«

Nachdem der Tortenraub unter viel Gelächter geklärt worden war, konnte das Geburtstagskaffeetrinken beginnen. Großvater Quade rief: »Sicher ist sicher!«, und lud sich gleich drei Stück Torte auf den Teller. Je älter er wurde, desto stärker litt er unter der Angst, eines Tages verhungern zu müssen. Alle spotteten darüber – wie sollten sie auch ahnen können, daß er 13 Jahre später wirklich an Unterernährung zugrunde gehen sollte. Da half ihm auch die Erinnerung an den riesigen Freßkorb nicht mehr, den er heute geschenkt bekam und immer wieder freudig untersuchte. »Da läuft einem ja das Wasser im Mund zusammen.« Das tat es so stark, daß er sein Taschentuch zur Hilfe nehmen mußte. Da war aber auch alles zu finden: von A wie Ananas bis Z wie Zimtsterne. Einen Schwarzwälder Schinken gab es, verschiedene Wurst- und Käsesorten, goldgelbe Butter, Räucherlachs, Schillerlocken, Mozartkugeln, Schokoladentafeln mit und ohne Nuß und Mandel und noch vieles mehr. Die beiden Flaschen Rotwein aus Frankreich nicht zu vergessen.

»Was bleibt einem denn im hohen Alter noch an Vergnügen ... außer dem Essen«, brummelte er.

»Das Vergnügen am Skat«, sagte Otto. Und als sie dann spielten, Großvater Quade, Oskar Schattan, Gerhard und er, kannten sie so viele Tricks und schummelten so gekonnt, daß der alte Herr immer wieder gewann und sich dabei diebisch freute. »Siehste, das verlernt man nicht, da sind die Alten den Jungen noch immer über.«

Beim Abendessen warteten alle darauf, daß er sich eine Schrippe nahm. Er hatte nämlich die Angewohnheit, sie mit Messer und Gabel zu essen, was ebenso komisch wie vornehm aussah. Alle grinsten, er nahm es gelassen. »So kann ich mir alles kleinschneiden und muß nicht so viel kauen.« Das ging bei ihm sehr schlecht, da er es kategorisch ablehnte, auch nach Verlust seines letzten Zahnes ein Gebiß zu tragen. »Steht etwa in der Bibel, daß Methusalem 'n Gebiß getragen hat ...? Und der ist doch wohl alt genug geworden.«

Der Clou des Abends sollte ein Prager Schinken sein, doch der ließ noch auf sich warten, weil Bäckermeister Spillner eine Treppe tiefer Schwierigkeiten mit seinem Backofen hatte.

»Dann kann ich die Zeit ja nutzen.« Marie, die Älteste, klopfte mit dem Messerrücken gegen ihr Glas.

»Silencium!«, rief Gerhard.

»Nun gib mal nicht so an«, warf Margot ein, »ich habe auch Spanisch und Französisch auf dem Lyzeum gehabt.«

»Das ist Latein.«

»Na und? Spanisch kommt vom Lateinischen her.«

Oskar Schattan wurde energisch. »Nun laßt sie doch ihr Gedicht vortragen, schließlich hat sie Wochen daran gesessen.«

»Bühne frei für Marie Schattan geborene Quade!«

»Unsere Dichterin vom Kopfe bis zur Wade.«

»Ich bitte mir doch etwas mehr Ernst aus!« Jetzt war es Martha, die glaubte, die Würde des Augenblicks sei in Gefahr.

Als sich endlich alle beruhigt hatten, nahm Marie das Blatt, echt Bütten, zur Hand, auf dem sie ihre zehn Strophen in Reinschrift festgehalten hatte, so schön wie gedruckt.

Zum 70. Geburtstag unseres lieben Vaters
und Großvaters August Quade

Siebzig Jahre bist du nun,
Hattest all dein Lebtag viel zu tun.
Vieles ist seit 1862 gänzlich neu.
Du aber bliebst dir immer treu.

»Zum Teufel mit der Bourgeoisie!«
»An die Macht die Sozialdemokratie!«
Das riefst du schon in jungen Jahren
Und solltest deshalb viel an Unbill auch erfahren.

»Das ist das Ende«, hast du oft gedacht,
Doch mit deiner Tischlerkunst dennoch deinen Weg
   gemacht.
Hattest trotz allem auch viele frohe und glückliche
   Stunden,
Als du endlich deine geliebte Bertha hier in Berlin
   gefunden.

Acht Kindern hat sie unter Schmerzen das Leben gegeben,
Doch erwachsen wurden nur sechs – so ist das eben ...
Alle nun: Klara, Martha, Albert, Reinhold, Berthold
   und Marie
Rufen heute hier: »Einen bess'ren Vater gab es nie!«

In der Ferne mußtest du zunächst dein Geld verdienen,
Hinterließest in der Wrangelstraße stets nur traurige
   Mienen.

Da hatte es dann unsere herzensgute Mutter oftmals schwer
Und rief: »Um diese Bande zu zähmen, bräucht' ich ein
  Gewehr.«

Doch in Berlins Süden, Westen, Osten oder Norden –
Ich glaube, aus uns allen ist ja was geworden.
Wir danken dir das gute alte Bauernblut,
Denn daraus kommt stets neue Kraft, kommt froher Mut.

Im neuen Jahrhundert ... wie schwer fiel dir doch
In der Nähmaschinenfabrik das tägliche Joch.
Sich da zu besiegen, das erfordert Courage.
Du hattest sie, brauchten zu Hause doch acht Leute viel
  an Fourage.

Erholung fandest du in Feld und Wald,
Egal, ob tropisch heiß oder naß und bitterkalt.
Viele, viele Pilze hast du uns mit nach Hause gebracht.
»Das ist der Tod«, haben wir beim Essen öfter gedacht.

Nun hast du dir gewählt als Altersruhesitz
Unser innig geliebtes Schmöckewitz.
Hast jeden Tag deine Birken, deine Bäume,
dein Pfeifchen, dein Essen und deine Träume.

Viel Liebe wollen wir dir immer geben,
Wünschen dir ein gesundes, ein erfülltes Leben.
Immer glücklich, immer satt und ohne viel Beschwerden,
So sollst du hundert Jahr' alt werden!

Als sie geendet hatte, brandete Beifall auf, und an Albert, dem ältesten Sohn, war es nun, sein Glas zu heben, auf das Wohl des Geburtstagskindes zu trinken und auszurufen: »Hoch soll er leben! Hoch soll er leben! Dreimal hoch!« Alle stimmten ein und drängten sich, mit dem Stammvater der Familie anzustoßen.

Otto hatte den Vortrag erst mit leichter Skepsis verfolgt –

»Reim dich oder freß mich!« –, war dann aber doch ebenso gerührt wie alle anderen auch. Vielleicht hatte alles Menschendasein doch nur einen Sinn, den nämlich, Leben weiterzugeben. Dann war Großvater Quade wirklich ein Held, den es zu feiern galt. Und mehr als ein bloßer Tischler war er auch gewesen, erschien er allen doch wie ein Künstler. Und immer war er der Sache der Arbeiter und der kleinen Leute treu geblieben. Doch wer feierte sie, diese Menschen, die mehr wert waren als all die Politiker und Schauspieler, Lackaffen und Schreiberlinge? Niemand außerhalb ihres engen Kreises. Und das machte sie groß und unbestechlich. Ich bin ich, und ihr könnt mich alle mal. Otto hoffte, an seinem siebzigsten Geburtstag ebenso gefeiert zu werden wie Großvater Quade am heutigen Tage. Wann wäre das ...? 1976. Da war Adolf Hitler womöglich Herrscher der Welt und hatte Otto Matuschewski als Technischen Fernmeldeobersekretär nach Deutsch-Wladiwostok geschickt.

Margots Geburtstag wurde auch in diesem Jahr wieder in Schmöckwitz gefeiert und stand schon ganz im Zeichen der ersten großen Urlaubsfahrt, die sie auf dem Wasser unternehmen wollten. Zu diesem Zweck hatten sie ihre Sparbücher geplündert und sich ein Faltboot nebst Zelt gekauft. Die Geburtstagsgeschenke bestanden nun ausnahmslos aus Dingen, die man als Wasserwanderer so brauchte: ein Spirituskocher, ein Schlafsack, Aluminiumgeschirr, Landkarten in kleinem Maßstab, Mittel gegen Mücken, Tütensuppen und dergleichen. Erstmals zu Gast in Schmöckwitz waren Waldemar und Erna, denn diesmal wollten sie sich zu viert ins große Abenteuer stürzen. Eigentlich hatten sie Werra und Weser oder Lahn und Rhein befahren wollen, doch die Lohnkürzungen, an denen auch sie zu knapsen hatten, machten diese Hoffnung zunichte. Aber sie wollten natürlich raus aus der Steinwüste Berlin. Und so fuhren sie 1932 an den grünen Strand der Spree und ins Land der sauren Gurken, wie Otto in sein Fahrtenbuch schrieb.

*Am grünen Strand der Spree und im Land der sauren Gurken
1932*

25. Juni
Schmöckwitz. Gerade als ich, schwitzend unter der Last der Fourage, aus der 86 steige, biegt auch Freund Waldemar um die Ecke. Er liegt mit seinem Kahn schon reisefertig in Waldidyll. Also mache ich mich hurtig daran, aufs Grundstück zu kommen und unseren Gummidampfer in eben denselben Zustand zu versetzen. Doch das ist leichter gesagt als getan. Niemals sah ich so viel Zeug auf einem Haufen! Decken, Kissen, Nahrungsmittelpakete und Haushaltsgegenstände füllen die nähere Umgebung vollständig aus. Aber unverzagt greife ich mir Stück um Stück ... und immer rein in den Kahn. »Hauptsache, es bleibt noch Platz zum Sitzen«, murmele ich. Endlich ist alles untergebracht und nach menschlichem Ermessen auch nichts vergessen worden. Erleichtert nehme ich Abschied vom Alterspräsidenten der Familie. Großvater Quade winkt mir hinterher. Das voll beladene Faltboot liegt auf einem kleinen, später zusammenklappbaren Wägelchen, und dessen Achse knarrt nicht nur, sondern biegt sich auch in einem Maße durch, daß ich ... Nein, alles geht glatt. Waldemar steht unten am Ufer und klatscht, als er mich erblickt. Skeptisch heben wir das Boot in sein Element. »Blei geht immer unter«, unkt Waldemar. Gott sei Dank: Es schwimmt. Auch noch, als ich hineinklettere. Es gibt noch Zeichen und Wunder. Ab geht es in Richtung Neue Mühle, wo unsere Damen, die geschäftlich verhindert waren, nach Schmöckwitz rauszukommen, uns erwarten. Mit raschem Paddelschlag fahren wir durch die Schmöckwitzer Brücke und auf den Zeuthener See hinaus, auf dem es heute, am Sonnabend, von Segelbooten nur so wimmelt. Warm und hell strahlt die Sonne vom tiefblauen Himmel, und wir wünschen uns, daß sie uns in den nächsten zwei Wochen treu bleiben möge.

Wir passieren Zeuthen und Rauchfangswerder und biegen dann wieder in die Dahme ein. Rechts begleiten uns jetzt die roten Fabrikhallen und Wohnhäuser der Schwartzkopff-Werke, im Hin-

tergrund überragt von den Königs Wusterhausener Funktürmen. Wenig später taucht die burgähnliche Ziegelei von Niederlehme auf. Noch ein gutes halbes Stündchen, und die Schleuse Neue Mühle ist erreicht.

Da sind ja auch die Mädchen. Erna nimmt ein Sonnenbad, Margot hat ein paar Himbeersträucher entdeckt und plündert sie. Große Begrüßung, dann geht es mit vereinten Kräften auf der Staabe weiter und auf den Krüpelsee hinaus. Ruhig und glatt ist das Wasser. Plötzlich wird die herrliche Stille durch das nervenaufreibende Gebimmel eines Wasserbudikers gestört. Margot winkt ihn heran und kann nicht daran gehindert werden, ihm alles Obst abzukaufen, das er eingeladen hat. Wir werden langsam zum U-Boot. Das Vorwärtskommen wird so mühsam, daß wir uns bald nach einem geeigneten Lagerplatz umsehen. Gegenüber von Kablow finden wir das Richtige, und bald hallen Hammerschläge durch den stillen Wald. In kürzester Zeit steht das erste Zeltlager der Spreewaldfahrer. Nach all der getanen Arbeit schmeckt uns das Abendbrot in Gestalt von Margots Kartoffelsalat besonders gut.

Dann stehen wir noch ein Weilchen am Ufer des Sees. Rot und golden funkelt die Abendsonne in den Fenstern der Bauernhäuser am gegenüberliegenden Ufer. Wir nehmen es als Ouvertüre für die nächsten Tage. Bis es dunkel wird, spielen wir Völkerball. Jungens gegen Mädels. Über das Ergebnis möchte ich mich als Kavalier lieber ausschweigen ... Dann geht es in die Schlafsäcke, und wir lachen über das, was uns Margots Mutter auch diesmal mit auf den Weg gegeben hat: »Kinder, seht euch vor.«

26. Juni
Gegen zehn Uhr stechen die Boote in See. Die Fahrt geht noch ein kurzes Stück über den Krüpelsee und dann weiter die Dahme hinauf. Niedrige, von Erlengestrüpp und Weiden eingefaßte Ufer säumen das Wasser. Weit kann man über die Wiesen in die Ferne blicken. Noch eine Biegung des Flußes nach rechts, dann verschwinden die fernen Funktürme, die uns noch an zu Hause, an Schmöckwitz erinnern. Über uns ringt die Sonne noch immer

mit den dunklen Wolken, die sich immer wieder zusammenballen.

Vor uns taucht die Straßenbrücke von Bindow auf, ein wenig später auch der Ort selbst. Immer schmaler wird die Dahme jetzt, und immer zahlreicher werden ihre Windungen. Nur ab und zu überholt uns ein Motorboot oder kommt uns ein Paddler entgegen. Es ist Mittag, als wir steuerbord voraus Gussow erblicken. Bald darauf sehen wir schwarz und drohend weite schaum- und wellengekrönte Flächen vor uns liegen. Na, nun mal kräftig in die Hände gespuckt und dann los. Eins-zwei ... eins-zwei. Die Kirchturmspitze von Dolgenbrodt ist unser Ziel. Mit einem kräftigen Schiebewind geht es rasch voran. Erna ist ein wenig mulmig zumute, denn bei Sturm kann der Dolgensee gefährlich werden und seine Opfer fordern. Doch wir schaffen es, Kurs auf die Seezeichen zu halten. Die Dahme nimmt uns wieder auf.

In Dolgenbrodt gönnen wir uns eine kleine Pause, die unsere Smutjes dazu nutzen, im Ort ein bißchen Umschau zu halten. Ihre Rückkehr wird von uns ob ihrer großen Kirschtüten im Arm freudig begrüßt. Im Nu sind alle verzehrt. Erna verschluckt einen Stein und fürchtet, an einer Blinddarmentzündung zu sterben. »Freu dich doch«, sagt Waldemar, »denn wenn's unten im Spreewald passiert, wirst du im Kahn auf den Friedhof gestakt ... und wer hat das schon?« Auch Margot lacht darüber, doch bald, als wir die geöffneten Schleusentore von Prierosbrück vor uns haben, ist ihre Stimmung ebenso gedrückt wie die der Freundin. Dies hier ist die erste Schleuse in ihrem Kanufahrerdasein ... »Keine Angst, Margot, 'ne Geisterbahn ist schlimmer!« Mit gemischten Gefühlen fahren wir also in die Schleuse ... und verschwinden in ihr wie im Rachen eines Krokodils. So empfindet es jedenfalls Margot. Das Tor schließt sich hinter uns. Vor uns bullert und brodelt das Wasser, und in der Schleusenkammer steigt langsam der Wasserspiegel. Nach kurzer Zeit ist der Höhenunterschied ausgeglichen, und wir können auf der alten Dahme weiterfahren. Margot kann sich wieder an der Fahrt erfreuen, da sie nun weiß, daß Schleusen eine ungefährliche Sache sind.

Vor uns erweitert sich das Wasser zum stark verschilften Stre-

ganzer See. Tonnen und Seezeichen markieren Fahrstraße und Einfahrt in die Dahme. In zahlreichen Windungen geht es weiter. Duftende Heuwiesen wechseln mit Laub und Nadelwäldern. Zu allem Glück hat nun auch die Sonne gesiegt, und Trainingsanzug und Paddelhemd sind längst im Boot verschwunden. Jetzt überholt uns ein Ausflugsdampfer. Ein bißchen müde scheinen wir schon zu sein ... Hinter der Hermsdorfer Schleuse ist Schluß für heute. Ein wundervoller Zeltplatz, direkt an Wald und Wasser, ist schnell gefunden. Unsere Kanufrauen machen sich hurtig ans Werk, und bald zischen die Spiritusflammen und kochen Kartoffeln im Topf. Waldemar und ich bauen inzwischen die Zelte auf und nehmen die Boote aus dem Wasser. Da ertönt der Gong, und mit Klopsen wird der gewaltige Paddlerhunger gestillt. Ballspiele und ein kleiner Ausflug in die nähere Umgebung beschließen den heutigen Abend. Am Himmel funkeln und flimmern die Sterne, und eine wohltuende Stille umgibt uns. Hundemüde sinken wir auf unser Lager ... und bald schlafen alle den Schlaf der Gerechten.

28. Juni
Ein neuer Tag, strahlend schön wie der gestrige, an dem wir über den Köthener See zur Rietze gepaddelt sind, grüßt uns. Im Grase zirpen die Grillen, und der herbe Duft von frischem Heu weht zu uns herüber. Trotz der frühen Stunde sind die Landleute schon wieder bei der Arbeit. Ihr Sprechen und Lachen klingt zu uns herüber.

Rasch werden die Morgenarbeiten verrichtet, und bald schwimmen die Boote wieder auf dem Wasser. Nach kurzer Fahrt haben wir Leibsch erreicht. Bei der nächsten Schleuse gilt das Prinzip der Selbstbedienung. Wir befinden uns nun im Spreewald, genauer gesagt im Unterspreewald, und gleiten auf der Spree dahin. Eine ganz passable Strömung stemmt sich uns entgegen. Wir machen einen Versuch, sie durch fleißiges Paddeln zu überwinden, müssen die Sache aber bald als aussichtslos aufgeben. Also Notlandung, und dann die Männer raus aus dem Kahn und treideln. Dabei nimmt man die Bootsleine in die Hand und spielt

Wolgaschlepper. Wenn es bloß das Ziehen gewesen wäre, hätten wir die Sache ja mit leichtem Murren hingenommen. Doch da bildet mal eine Brücke ein Hindernis, dann wieder sperrt ein abzweigender Wasserarm unseren Weg, oder Büsche und Bäume, die dicht am Ufer stehen, machen uns das Leben schwer. Waldemar zieht sich seine Schuhe aus, barfuß geht es besser. Dazu brennt uns die heiße Junisonne auf den Buckel, und Fliegen und Bremsen umkreisen uns mit ihrem Gebrumme. Endlich erreichen wir besseres Fahrwasser und schwingen uns mit einem Seufzer der Erleichterung wieder zu unseren Kajakdamen in den Kahn. Doch dann schallt Ernas Schrei über den halben Spreewald: »Waldi, deine Schuhe sind weg!« Es sind keine Bootsschuhe, nein, Freund Waldemar hat seine guten, soliden und ach so teuren Wanderschuhe irgendwo im Gelände stehengelassen. Also legen wir vor der Schleuse von Schlepzig eine Pause ein, und Erna und Waldemar gehen Hand in Hand die Stiebel suchen. Margot und ich kochen uns in der Zwischenzeit ein anständiges Mittagsmahl. Gulasch mit Kartoffeln und Ananaskompott. Währenddessen sind die beiden anderen wieder zurück, und aus Freude über die wiedergefundenen Stiefel gehen sie flugs zum Essen ins Wirtshaus. Kaum sind alle wieder beisammen, verabschieden sich Waldemar und die beiden Damen zum Einkaufen.

Nach Waldemars Stiefelaffäre bin ich nun an der Reihe, für etwas Abwechslung zu sorgen: Da es mir bei den Booten allein zu einsam wird, ziehe ich aus, um ein paar Lokalkenntnisse zu sammeln. Dabei führt mich mein Weg auch an Bienenstöcken vorbei, über denen sich munter die Honigsammler tummeln. Ohne daß ich die Absicht gehabt hätte, die fleißigen Bienen in ihrem Broterwerb zu stören, bin ich ihnen wohl zu nahe gekommen. Jedenfalls nehmen sie meine Anwesenheit krumm, und eine piekt mich ans Auge, während eine zweite eine Stelle unter dem Arm für vorteilhafter hält. Ich wetze schleunigst zum Wasser hinunter, um meine Wunden zu kühlen. Nach der Rückkehr der anderen gibt es dann teils witzige, teils ängstliche Bemerkungen.

Doch unverdrossen schleusen und paddeln wir weiter. Hochstämmiger Erlenwald nimmt uns nun auf. Ganz still ist es hier.

Nur die Insekten summen ihr nimmermüdes Lied. Dazu kühler Schatten. Das ist die rechte Gegend, um Hütten zu bauen. Gesagt, getan – wir zelten. Aber o Schreck! Kaum haben wir uns zur Ruhe gesetzt, da sind die Mücken auch schon da. Waren es gestern kurz vor Leibsch Hunderte, so sind es hier Tausende und mehr. Eingewickelt wie ägyptische Mumien spazieren wir auf und ab. Schon um fünf Uhr krauchen wir in die Zelte, um uns vor den Schmarotzern zu retten.

29. Juni
So früh wie heute sind wir wohl noch nie aus den Federn gekrochen. Bald ist Lübben erreicht. Die freundliche Schleusenfrau nimmt unsere Boote in Verwahrung, und wir machen uns stadtfein und stiefeln in den Ort. Die Mädels wollen Großeinkäufe tätigen, und die Kapitäne müssen sich den Sauerkohl aus dem Gesicht schaben lassen. Danach vervollständigt eine Besichtigung der wenigen Sehenswürdigkeiten unser Reiseprogramm. Schnell sind wir wieder bei unseren Gummidampfern. Es geht über die Bootsschleppe und dann ade, Lübben.

Schnurgerade und endlos dehnt sich die Wasserstraße vor uns. Rechts und links begleitet uns niedriges Weiden- und Erlengestrüpp. Ab und zu mündet ein anderer Wasserarm in unseren Graben, oder ein Heukahn stakt vorbei. Endlich kommt mal eine Biegung. Aber auch dahinter verbirgt sich nur wieder Geradheit, so weit das Auge reicht.

Wir paddeln unverdrossen weiter, bis plötzlich das Wort »essen« fällt. Ein Blick auf die Uhr zeigt die dritte Stunde. Wir machen halt und kochen ab. Margots Küchenzettel verzeichnet heute Kotelett, Kartoffeln und saure Gurke. Inzwischen ist der Schein der Sonne immer fahler geworden. Es liegt etwas in der Luft. In Rekordtempo müssen wir jetzt die Zelte aufbauen, und keinen Augenblick zu früh kriechen wir in die schützenden Stoffhäuser. Wie das jetzt blitzt und kracht! Dazu geht ein gewaltiger Platzregen nieder. Wir aber sitzen im Trockenen und lauschen dieser einzigartigen Sinfonie der aufgeregten Elemente. Daß wir dabei noch eine Schüssel Erdbeeren mit Milch verdrücken können, er-

höht den Reiz der Sache um ein Vielfaches. Langsam verklingt der Donner in der Ferne, auch der Regen hört auf.

Nun aber steigt noch ein Ereignis besonderer Art. Wir feiern eine Taufe. Eine Bootstaufe natürlich. Unser zweites Wasserfahrzeug bekommt einen Namen. Gewissenhaft wird Buchstabe an Buchstabe gereiht, und dann leuchtet vom roten Untergrund der Name »Snark«. Den feierlichen Taufakt vollzieht Margot nun mit einer Tasse Spreewasser. Was der Name denn bedeute, werden wir später häufig gefragt. Ja, das wissen wir genausowenig, wie es Jack London wußte, als er seinem kleinen Weltumsegler diesen Namen gab.

30. Juni
Grau und trübe hängt der Himmel über uns. Nach all den Sonnentagen, die wir bisher hatten, ist das direkt ein ungewohnter Anblick. Heute soll es das letzte Mal stromauf gehen. »Immer geradeaus«, behauptet Waldemar, dessen Stolz es ist, Karten lesen zu können wie kein Zweiter. Nur gut, daß wir nach einigen Stunden einen Spreewälder treffen ... Lübbenau liegt jedenfalls da, wo es laut Waldemar nicht liegen dürfte. Immerhin erreichen wir es und erfreuen uns an seiner altertümlichen Schleuse, die so wenig Wasser hat, daß sogar unsere flachen Gummidampfer auf Grund laufen. »Alles aussteigen bitte, der Zug endet hier!« Als unsere Boote dann im Oberwasser schwimmen, müssen wir die traurige Feststellung machen, daß die Mädels schon wieder verschwunden sind. Zum Einkaufen natürlich. Als sie zurück sind, geht es weiter, nun in den Oberspreewald hinein. Hohe Erlen spiegeln sich im stillen Wasser. Nach knapp einer Stunde zeigen sich die ersten Häuser von Lehde, dem märkischen Venedig. Langsam paddeln wir den breiten Graben hinunter, der hier die Dorfstraße bildet. Rechts und links zweigen andere Gräben ab, die Querstraßen. Die Inseln, die dadurch entstehen, auch Kaupen genannt, dienen den Einwohnern als Lebensraum. Scheune, Stall und Wohnhaus, oft noch strohgedeckt, stehen dicht beieinander. Alte Bäume säumen das Ganze. Zwischen den Bäumen sind Fischernetze gespannt, und ein Kahn liegt kieloben im Gras und wartet auf einen

neuen Teeranstrich. Ohne Kähne geht hier nichts, sogar zur letzten Ruhe wird man mit dem Kahn gebracht.

Mit dem Dorf ist die schöne Landschaft zu Ende. Vor uns liegen nur Wiesen und schnurgerade Wasserläufe. Erst auf der Großen Mutnitza haben wir auf beiden Seiten wieder Hoch- beziehungsweise Urwald. Hohe, schlanke Erlen bilden hier mit ihren Kronen ein dichtes Blätterdach und tauchen alles in ein grünes Licht. Der Boden ist bedeckt mit Farnkräutern aller Art. Teilweise ranken sich auch Schlingpflanzen an den Bäumen empor. Dazu gibt es Fliegen, Mücken, Bremsen und Libellen in Hülle und Fülle. Nach stundenlangem Umherpaddeln machen wir kurz vor dem Forsthaus Eiche eine große Essenspause. Mit geschäftigen Händen bereitet Margot unser Leibgericht: Rührei mit Speck. Dazu gibt es noch eine Schüssel mit dicker Milch. Nachher setzen wir die Boote in einen anderen Wasserarm, der parallel zur Mutnitza fließt, und kommen mit der Strömung rasch zur Kannomühle. Über eine Rollenschleppe werden die Boote ins tiefere Wasser gezogen. Hier fließt das Wasser nach Nord/Nordwest, also Richtung Heimat. Die zahlreichen Windungen sind so eng, daß wir immer wieder festsitzen, zumal Margot als Vordermann den Lotsen spielen muß, aber mit diesem Amt so ihre Schwierigkeiten hat, weil sie mal backbord und steuerbord und mal links und rechts verwechselt. Bei Blöhmers funktioniert das besser, und so haben Waldemar und Erna bald einen erheblichen Vorsprung. Sie nutzen die Zeit, die sie auf uns warten müssen, zum intensiven Kartenstudium und halten nun den Weg stromauf für den richtigen nach Lehde. »O Gott!«, ruft Margot, denn für stromauf schwärmen wir schon lange nicht mehr, aber die Kartensachverständigen müssen es ja wissen. Nachdem wir aber eine gute halbe Stunde stromauf gepaddelt sind, kommen der Leitung des Führschiffes Bedenken, und es wird befohlen: »Wenden und zurück!« Auch nicht übel, kommen wir doch dadurch in den Genuß, uns von der Strömung tragen zu lassen. Endlich wird ein Wegweiser gesichtet, und wir wissen, wo es nach Lehde geht: über die Wehrspree. Da muß nun wieder gepaddelt werden. Langsam schmerzt uns das Sitzfleisch, und auch die Arme wollen nicht mehr so recht, also wird ein Zeltplatz gesucht. Da aber alle Wiesen ringsum noch ungeschnitten sind, wird es dunkel, bis eine halbwegs geeignete Stelle gefunden ist. Dann wird Abendbrot gegessen ... und rin in die Klappe.

2. Juli
Nach einem heißen Tag, an dem wir bis Petkamsberg gekommen sind, hat der Wettergott heute ein verdrießliches Gesicht aufgesetzt. Dunkle Wolken schieben sich über den Wald zu uns heran. Ab und an läßt sich in der Ferne auch ein verdächtiges Bumm-Bumm vernehmen, und ein paar Regentropfen, die die Zeit nicht abwarten können, fallen zu Boden. Da will keine rechte Lust bei uns aufkommen, das sichere Zelt aufzugeben. Doch wir reißen uns zusammen ... und die Stoffhäuser ab. Und unser Mut wird belohnt, denn das Gewummere stellt sich als Kanonendonner aus Lübbener Reichswehrgeschützen heraus, und es bleibt bei drei Tropfen als höchster Niederschlagsmenge. Dann aber hinter Schlepzig wird es doch noch ernst. Wir paddeln sozusagen über freies Feld, als vor uns aus dichtem Gewölk die ersten Blitze zur Erde zucken. Wir überlegen kurz. Jetzt einzuregnen ist kein Genuß, aber mühsam die Zelte aufzubauen und dann doch nicht einzuregnen, ist unrationell. Zur Nacht bleiben wollen wir ja so weit vom Ziel entfernt noch nicht. »Los, nach Leibsch unter die Straßenbrücke!«, heißt es deshalb. Darum kräftig ins Zeug gelegt und vorwärts. Mit dem Strom und der eingesetzten Muskelkraft erreichen wir eine anständige Geschwindigkeit. Aber auch das Wetter kommt rasch auf. Schon hören wir das ferne Grollen des Donners. Zu allem Überfluß schiebt sich jetzt von der Seite noch ein zweites Gewitter heran. Doppelt hält gut, sagt ein altes Sprichwort. Wir beziehen das auch auf uns und legen uns mit doppelter Kraft in die Paddel. Mit rauschender Bugwelle schießen wir voran. Da tauchen auch schon aus dem Grün die ersten Häuser auf. »Leibsch!«, schallt es von Boot zu Boot. Die rettende Brücke ist nah. Aber stoßweise fegt der Wind über das Wasser und sucht unsere rasche Fahrt zu hemmen. Doch wir bleiben Sieger im Wettlauf mit dem Unwetter und erreichen das Ziel im

letzten Augenblick. Sicher und trocken, den Schweiß mal ausgenommen, liegen Boote und Mannschaft unter der Brücke. Während sich nun die Gewitter blitzend und krachend austoben und der Regen niederrauscht, futtern wir einen anständigen Eierkuchen mit Stachelbeeren.

Am Nachmittag, als sich die Elemente wieder beruhigt haben, geht es weiter bis zum Neuendorfer See. Der Spreewaldcharakter der Landschaft tritt immer mehr zurück, und hier an den Ufern zeigt sich wieder die richtige Mark, unsere Mark mit Kiefern und Föhren. Von Ferne klingen leise Glockentöne über das Wasser. Wochenende.

Heute haben wir wieder einmal einen Lagerplatz, an dem man bei offener Zelttür sitzen kann. Dazu erlaubt es der Strand, einmal gründlich Toilette zu machen. Nach dem Abendessen unternehmen wir dann noch einen kleinen Verdauungsspaziergang. Es ist schön, die friedliche Ruhe der Natur so unmittelbar in sich aufnehmen zu können und daraus neue Kraft zu schöpfen.

3. Juli
Schon in der Nacht Regen und morgens noch viel mehr Regen. Das prasselt nur so aufs Zeltdach. Mit Lesen und Erzählen füllen wir die Vormittagsstunden aus. Nach dem Mittagessen reißt dann die Wolkendecke auf, und es wird zur Weiterfahrt gerüstet. Rasch trocknet der Wind die Zelte, und das achte Zeltlager unserer Spreewaldfahrt wird geräumt. Gegen drei Uhr steuern wir auf den weiten Neuendorfer See hinaus. In flotter Fahrt geht es an den grünen Inseln vorbei, die wir gestern abend vom Ufer aus sahen. Vor uns am Horizont erheben sich dunkel die Rauenschen Berge. Jetzt aber die Steuer herum und auf die Einfahrt der Spree zugehalten, die sich zwischen grünen Ufern zeigt und die wir beinahe übersehen hätten. Gleich hinter der Einfahrt liegt das Dorf Alt-Schadow mit seiner Schleuse. Dahinter geht die Fahrt weiter durch Wiesen und Wälder. In vielen Windungen schlängelt sich der Fluß durch das Gelände. Ja, das ist der viel besungene grüne Strand der Spree. Die nächsten Orte sind Kossenblatt, wo unsere Mädels wieder Opfer ihres Einkaufstriebes wer-

den, aber auch Freund Waldemar mit der Milchkanne in der Hand den Kuhstall eines Bauern heimsucht, Briescht, nicht zu verwechseln mit dem Briest an der Havel, und Trebatsch. Im Dämmerschein finden wir am Glower See unter Birken und Büschen einen Zeltplatz für vier. Dabei versucht ein Einheimischer, uns mit einer Gespenstergeschichte das Gruseln zu lehren und wieder zu vertreiben. »Nachts kommt hier immer der Hakenmann aus dem See nach oben gestiegen und holt sich die Paddler aus Berlin.« Wir zünden einen Lampion an, um ihn abzuschrecken. Das hilft auch prompt.

5. Juli
Nach der gestrigen gemütlichen Fahrt bis Beeskow reiben wir uns heute zum letzten Male im Zelt den Schlaf aus den Augen. Aus, vorbei die Tage der Erholung und des Freiseins. Nun sind wir wieder auf die Sonntage angewiesen, die uns die Kraft geben sollen im Hasten und Jagen dieser verrückten Zeit. Draußen lacht uns die helle Sonne ins Gesicht, und es ist, als wolle sie sagen: »Laßt man gut sein, im nächsten Jahr werde ich euch wieder so herrliche Tage bescheren.« Ja, ja, der Optimismus.

Unsere Habseligkeiten sind bald verstaut, und das Boot ist im Nu zu Wasser gebracht. Ein Händedruck und ein paar Abschiedsworte zu Erna und Waldemar, die noch ein paar Urlaubstage zur Verfügung haben, und dann treibt unsere »Snark« vom Ufer ab. Immer kleiner werden die Zurückbleibenden. Noch ein letztes Winken, dann entzieht sie eine Flußbiegung unseren Blicken. Die letzte Schleuse noch, dann haben wir hinter Drahendorf den Oder-Spree-Kanal erreicht. Nach einer kleinen Essens- und Verdauungspause beginnt die Plackerei. Fast schnurgerade ist der Kanal und weist weder Strömung noch Schatten auf. Unbarmherzig brennt die Sonne auf uns nieder. Aber wir können uns keine Pause gönnen, denn wir müssen am Abend unbedingt in Fürstenwalde sein und den letzten Zug erreichen. Morgen früh beginnt der Dienst. Wir sehen einen Angler und fragen ihn, wie weit es bis Fürstenwalde ist. »Zwei Stunden!«, schallt es zurück. Das klingt ja nicht erfreulich, ist aber immerhin ein Anhaltspunkt. Mechanisch tauchen die Paddel ins Wasser, und immer größer werden die Ruhepausen. Doch wir schaffen es.

Zu Ende ist die Fahrt von gut zweihundert Kilometern auf Dahme und Spree. In der märkischen Landschaft fanden wir Erholung und konnten Kraft sammeln für den kommenden Alltag.

Diese Kraft konnten sie brauchen, nicht nur beim Telegrafenamt und der AOK, sondern auch am 20. Juli, der einer der entscheidenden Tage im langen Todeskampf der Republik von Weimar werden sollte.

Otto hatte Durchfall gehabt und fühlte sich noch immer so schwach, daß er eigentlich nur auf seinem Bett liegen und sich ausruhen wollte. Irgendwann war er eingeschlafen.

Er schreckte hoch. Jemand war in den Kohlenkeller gestürzt und dabei halb die Treppe hinuntergefallen. Ein Brikettstapel fiel krachend in sich zusammen. Anna Matuschewski schrie auf. Otto griff sich eine Koksschaufel und lief in den vorderen Raum, wo Schreibtisch und Waage aufgebaut waren. Er dachte natürlich, jemand sei dabei, die Kasse zu klauen. Doch als er den Eindringling fluchen hörte, merkte er schnell, daß es nur sein Freund Ewald Riedel war.

»Was ist? Kommt Erna nieder ...?«
»Quatsch. Was Ernstes!«
»Ist ihr was passiert?«
»Mann, komm doch mal von Erna los!«
Otto lachte. »Bin ich doch schon lange.«
»Halt doch endlich mal die Schnauze!«, schrie Ewald jetzt. »Draußen wartet Rudi Schulz. Wir sollen in die Lindenstraße. Richard Küter hat alle Schufomänner zusammengerufen. Da werden Gewehre ausgegeben und ...«

Otto versuchte fieberhaft, alles auf die Reihe zu bekommen. Rudi Schulz war wie er selber ein sogenannter Schufomann, gehörte also zu den besonders kampferprobten Reichsbannermännern. In der Lindenstraße 3 befanden sich die SPD-Zentrale und die *Vorwärts*-Druckerei, dort schlug das Herz der Sozialdemokratie. Jetzt brauchte er nicht weiter nachzudenken. Schnell hatte er sich Uniform und Stiefel angezogen, das Koppel umgeschnallt und die Schirmmütze aufgesetzt.

Seine Mutter war auf den Stuhl gesunken und rief mit zum Himmel gereckten Händen. »Otto, mein Sohn, ich seh' dich heut zum letzten Mal.«

»Wieso, wirst du heute abend blind sein?« Otto wußte, wie sehr sie das Theatralische liebte, wohingegen überströmende Mutterliebe eigentlich nicht ihre Sache war. Da sie ihm aber leid tat, fügte er hinzu, daß er nicht zu sterben gedenke. »Wir werden die Republik schon verteidigen.«

Als sie dann die Skalitzer Straße entlangliefen, wurde ihm aber doch immer mulmiger zumute. Vielleicht war es dieses Pflaster, auf dem er nachher verbluten würde. Margot ... Was würde Margot machen? Er hielt an. Es war besser umzukehren.

»Was ist!?« Ewald stieß ihn weiter Richtung Hallesches Tor.

Um sich abzulenken, fragte er, was denn eigentlich passiert sei. »Ich habe die ganze Zeit geschlafen, kein Radio gehört, keine Zeitung gelesen ...«

Rudi Schulz setzte ihn mit knappen Worten ins Bild. Franz von Papen, der neue rechtsstehende Reichskanzler, hatte die Regierung des Landes Preußen unter dem Sozialdemokraten Otto Braun abgesetzt und die Berliner Polizeiführung verhaften lassen. Preußens SPD-Innenminster Carl Severing war kampflos der Gewalt gewichen, der Gewalt, die aus einigen Reichswehroffizieren bestanden hatte. »Ein Leutnant und drei Mann«, höhnte Schulz, um dann fortzufahren, daß er und die jungen Arbeiter bereit seien, dem putschenden Club der adligen Herrenreiter entschlossen entgegenzutreten. »SPD und Gewerkschaften müssen nur auf den Knopf drücken, dann schlagen wir los.«

»Die Kommunisten sind ja auch noch da«, sagte Otto.

»Mit denen will ich nichts zu tun haben«, erwiderte Ewald. »Bei denen sind mir zu viele Schläger und Proleten, und 'ne deutsche Räterepublik will ich auch nicht haben.«

In die Volksfront-Diskussion vertieft, erreichten sie die Lindenstraße und trafen auf eine Schar kampfbereiter Kameraden und Genossen. Mehrere hundert waren es, unter ihnen auch viele von der Sozialistischen Arbeiterjugend, der SAJ. Einige hatten sich schon in den verschiedenen Etagen verschanzt, die meisten aber standen noch abwartend im Innenhof. Viele wollten sich nicht nur auf die Verteidigung des Gebäudes beschränken, sondern zum Angriff übergehen und Papen wieder aus dem Amt jagen. »Auf zum Gegenputsch!«

Einer kam mit Informationen vom Berliner Reichsbannerleiter und schrie: »Arthur Neidhardt ist dafür, daß wir was tun, und die anderen in der Leitung auch. Wir wehren den Staatsstreich ab. Die Polizeiführung ist ebenfalls bereit.«

»Marschieren wir los!« rief es von überall.

Viele aber hatten Bedenken. Die einen aus legalistischen Gründen: »Ohne einen Befehl von Severing ist doch alles sinnlos.« Die anderen aus der Angst heraus, es könne ein Blutbad geben: »Genossen, das kostet tausend und abertausend Tote!«

»Lieber jetzt tausend Tote als später Millionen!«

Auch Otto hatte Angst, von der Reichswehr oder wem auch immer verletzt, verstümmelt oder gar getötet zu werden, aber es war einfach eine Sache der Ehre, daß man kämpfte. Hatte nicht sein Großvater auch auf den Barrikaden gestanden, damals 1848, und sein Leben aufs Spiel gesetzt? Und wie er dachte die Mehrheit. Doch da schrie einer: »Ruhe für Otto Wels. Otto Wels ist da.«

Der Parteivorsitzende kletterte auf eine Kiste, holte tief Luft und sprach dann die Worte, die alles entschieden: »Geht nach Hause, wir gehen vors Reichsgericht.«

»Das ist doch Selbstmord!«, schrie Otto im Chor mit vielen anderen. »Auf eine Partei wie diese, da scheiß' ich!«

Doch aus der SPD austreten, das wollte er trotz allem nicht, zumal er im tiefsten Winkel seines Herzens auch froh darüber war, daß es zu keinem Bürgerkrieg gekommen war. Vielleicht wurde alles ja doch nicht so schlimm ... Sie gingen zu Siedentopf in die Muskauer Straße und tranken ein Bier nach dem anderen. »Wir leben noch, wir sind noch einmal davongekommen.« Richtig euphorisch war die Stimmung. Margot kam und holte ihn ab. Ihre

Eltern und Gerda waren in Schmöckwitz. »Nutzen wir die sturmfreie Bude.«

Aber am nächsten Morgen war die ganze Unsicherheit wieder da, und er fühlte sich fast wie ein Geschlagener. Sollte er sich schämen, oder sollte er sich doch freuen?

Andere taten sich im Leben leichter als er, Max Bugsin beispielsweise. Der hatte sich mittlerweile als Beizer selbständig gemacht und sogar schon einen Gehilfen eingestellt. Das brachte ihm so viel Geld ein, daß er sich nicht nur eine Wohnung in der Ebertystraße mieten und einrichten, sondern auch mit seiner Irma vor den Standesbeamten treten konnte. Großvater Quade erklärte ihnen, wie das ging mit dem Erfolg: »Kannst du bei Karl Marx nachlesen, daß man nur was werden kann, wenn man andere für sich arbeiten läßt ... und dann den Mehrwert abschöpft.«

»Du, Otto, mach dich doch auch selbständig«, riet ihm Max.

»Ich mache es doch schon seit Jahren selbständig.«

»Im Ernst.«

»Gut, gründe ich morgen 'ne eigene Post. Schnecken haben wir ja in Schmöckwitz im Garten.«

Die Hochzeit wurde groß gefeiert. Max spielte auf dem Schifferklavier schweinische St.-Pauli-Lieder, und Irmas kleines Äffchen tanzte ihm dabei auf der Schulter herum. Es ging feuchtfröhlich zu, und der Brautvater, ein Vertreter für Büromöbel, flirtete mit Margot, daß sich die Balken bogen. Seine Frau wurde langsam eifersüchtig.

»Fritz, wenn du auch einmal ein Auge auf mich werfen würdest.«

»Bitte, meine Liebe ...« Und schon hatte er sein rechtes Auge herausgenommen und der Gemahlin in den Ausschnitt geworfen. Alle jubelten und forderten ihn auf, es dort wieder herauszuholen. Das tat er denn auch, und alle kriegten sich nicht mehr ein vor Lachen.

Otto hingegen hatte sich zutiefst erschrocken, wußte er doch nicht, daß Irmas Vater ein Glasauge hatte, als Folge eines Unfalls, den er als Kind beim Spiel erlitten hatte.

»Otto, hörst du mir noch zu?«

Der diese Frage stellte, war Erich, Max' ältester Freund und die Langsamkeit in Person. Wenn er sprach, konnte man, so Otto, zwischen zweien seiner Worte ruhig auf die Toilette gehen und pinkeln. Dieses Bild lag nahe, denn derzeit arbeitete Erich als Toilettenmann. Diese Beschäftigung hatte immerhin die positive Folge, daß man ihn auf der Stelle wach bekam, wenn man mit einem Groschen klimperte.

»Soll ich dir mal erzählen, Otto, wie ich als Junge vom Halleschen Tor zu Fuß nach Grünau gelaufen bin?«

»Ja, Erich, bis Weihnachten sind es ja noch fünf Monate.«

»Wir also los. Immer ein Bein vors andere ... Links, rechts, links, rechts ...

Otto fragte sich, ob es nicht für ihn und Margot langsam Zeit wurde, auch ans Heiraten zu denken. Er zog sie in eine Ecke, küßte und umarmte sie und kam auf das Thema zu sprechen.

»Warum nicht. Sagen wir: Heute in einem Jahr.«

Zu Beginn des Jahres 1933 waren die Demokraten optimistisch, denn in der Wirtschaft, in der Innen- und der Außenpolitik kam man immer besser voran. Die NSDAP schien entzaubert zu sein, nachdem sie bei der zweiten Reichstagswahl des Jahres 1932 zwei Millionen Wählerstimmen eingebüßt hatte. In der *Weltbühne* schrieb Carl von Ossietzky: »Am Anfang des Jahres '32 stand die Nazidiktatur vor der Tür, war die Luft voll Blutgeruch ... An seinem Ende wird die Hitler-Partei von einer heftigen Krise geschüttelt, sind die langen Messer still ins Futteral zurückgesteckt ...« Und der *Simplicissimus* reimte zu Neujahr: »Hitler geht es an den Kragen, / dieses ›Führers‹ Zeit ist um!« Doch sie alle sollten sich täuschen.

Kurt von Schleicher, im Dezember 1932 Regierungschef geworden, scheiterte, und am 30. Januar ernannte Reichspräsident Paul von Hindenburg Adolf Hitler, den Führer der NSDAP, zum Reichskanzler. Das war der Beginn des »Dritten Reiches«.

Hitler erläuterte vor hohen Militärs seine Ziele: »Völlige Umkehrung der gegenwärtigen innenpolitischen Zustände in Deutschland. Keine Duldung der Betätigung irgendeiner Gesinnung, die dem Ziel entgegensteht (Pazifismus!). Wer sich nicht bekehren läßt, muß gebeugt werde.« Als im Februar der Reichstag brannte, wurde das, ohne die Brandursache zu klären, von der NSDAP dazu benutzt, die KPD zu verbieten und ihre führenden Leute zu verhaften. SA und SS wurden verstärkt. Schon am 11. August 1932 hatte der *Völkische Beobachter* das Programm für den Tag der Machtübernahme verkündet: »Unterbringung Verdächtiger und intellektueller Unruhestifter in Konzentrationslagern.« Dieses Programm wurde nun in die Tat umgesetzt. Am 20. März ließ Heinrich Himmler in Dachau ein Konzentrationslager errichten, einen Tag später wurde eine alte Brauerei in Oranienburg zu einem Konzentrationslager umfunktioniert. Am 23. März wurde im Reichstag das sogenannte Ermächtigungsgesetz angenommen, das Hitler gleichsam legal zum Diktator machte. Alle KPD- und etliche SPD-Abgeordnete waren vorher in »Schutzhaft« genommen worden oder waren bereits aus Deutschland geflohen. Die verbliebenen 94 SPD-Abgeordneten stimmten mit »Nein«. Dagegen standen 444 Ja-Stimmen, die von den 288 Nazis und den bürgerlichen Parteien kamen. Zu den Ja-Sagern gehörte auch Theodor Heuss.

Gleichschaltung und Ausgrenzung standen nun auf der Tagesordnung. Anfang April gab es den ersten Judenboykott: Mit der Parole »Deutsche, kauft nicht bei Juden!« hinderten SA- und SS-Trupps Passanten am Betreten jüdischer Geschäfte. Am 2. Mai wurden die Gewerkschaftshäuser besetzt und die Gewerkschaften zerschlagen. Am 10. Mai ließ Joseph Goebbels auf dem Berliner Opernplatz 20 000 Bücher mißliebiger Autoren verbrennen. Die Industrie stützte Hitler, der Rundfunk sorgte mit einem neuen Apparat, dem sogenannten Volksempfänger, für die Verbreitung seiner Worte.

An Ottos Geburtstag, am 24. Januar, zeichnete sich bereits ab, wohin der Weg führte. Sie saßen alle in der Muskauer Straße bei den Schattans beisammen und warteten auf das Abendbrot.

»Nun bist du schon 72 Jahre alt ...« Oskar Schattan hatte die Kerzen mit der 2 und der 7 vertauscht.

»So alt fühle ich mich auch«, sagte Otto, den Kopf gesenkt.

Wenn wirklich kam, was zu kommen schien, dann gab es für ihn keine Zukunft mehr. War der braune Spuk vorbei, lief er als alter Mann herum. Oder lag schon längst im Grab. Wo immer dieses zu suchen war.

Die Familie seines künftigen Schwiegervaters kam aus Galizien, und von daher wußte dieser, was Pogrome waren. »Vielleicht sollten wir noch einmal mit Onkel Salo und Onkel Wilhelm reden, ob wir nicht doch zusammen nach Amerika gehen.«

Margot lachte. »Julius hat mir schon aus New York geschrieben. Ob ich nicht nachkommen will. Er würde mich immer noch nehmen.«

»Tausche abgelegte Braut gegen ein Pfund Sauerkraut«, reimte Gerda.

Marie Schattan blieb optimistisch. »Ich glaube an das Gute im Menschen.«

»Sagte der Kannibale«, ergänzte Otto, »und machte sich mit Wohlbehagen daran, Herz und Lunge des geschlachteten Missionars aus dem Kochtopf zu holen.«

»Nichts wird so heiß gegessen, wie es gekocht wird.« Anna Matuschewski hielt es mit den alten Volksweisheiten. »Wenn die Nazis erst mal an der Macht sind, wird es schon nicht so schlimm werden.«

»Nein, Mutter, sie werden dir die Verwaltung aller reichsdeutschen Kohlenkeller und aller Kohlentransporte übertragen.«

»Wieso das denn?«

»Weil dein Sohn ein Reichsbahner war.«

»Die Würstchen sind fertig«, rief Margot.

»Die Würstchen sind wir alle«, lachte Gerhard, »die berühmten kleinen Würstchen.«

»Mußt du auch noch deinen Senf zugeben!?«

So ging es den ganzen Abend über. Als Otto wieder in seinem Kohlenkeller war, im Bett lag und die Lampe ausknipste, hatte er das Gefühl, sich in einem schwarzen Nichts zu verlieren. Er fuhr hoch, schnappte nach Luft und machte wieder Licht. Furchtbar einsam kam er sich vor, von allen verlassen. Hilf- und machtlos. Konnte er die Oder aufhalten, wenn sie von den Bergen kam?

Nein. Konnte er den D-Zug aufhalten, wenn er den Görlitzer Bahnhof verließ? Nein. Und auch die Nazis konnte er nicht aufhalten ... Ein Reisebericht kam ihm in den Sinn: Da hatte jemand berichtet, daß die Krieger der Mongolen nicht allein sterben wollten, sondern einen Feind fest umklammerten, um ihn mit in den Tod zu ziehen. Das war doch etwas: einen SA-Mann mit auf die letzte Reise zu nehmen. Wenn schon, denn schon. Er war zum Kampf bereit.

Nachdem Hitler zum Reichskanzler ernannt worden war, rief die SPD die freie Berliner Arbeiterschaft zu einer großen Kampfdemonstration in der Lustgarten. 200 000 Menschen kamen, unter ihnen Otto Matuschewski und Ewald Riedel. Prominentester Redner war der Reichstagsabgeordnete und SPD-Vorsitzende Otto Wels. »Gestrenge Herren regieren nicht lange!« verkündete er. »Disziplin und Geschlossenheit! Das ist, was uns zusammenhält.«

»Blödmann«, brummte Otto. »Diese SPD-Führung ist aber auch zum Scheißen zu dämlich.« Nichts hatte man begriffen. Wie sollte man dem gewieften Taktiker Adolf Hitler, der über Leichen ging, mit solch erbarmungswürdigen Sprüchen beikommen. Auch was am nächsten Tag im *Vorwärts* stand, kam ihm kindisch vor: »Berlin ist nicht Rom. Hitler ist nicht Mußolini. Berlin wird niemals die Hauptstadt eines Faschistenreiches werden. Berlin bleibt rot!«

Obwohl er sich von seiner Führung auf die Schippe genommen und verheizt fühlte, war er auch am 19. Februar wieder dabei, als Reichsbannerkameraden aus allen Teilen der Stadt in den Lustgarten marschierten.

»Bleibe ich zu Hause, kann ich mich nicht mehr im Spiegel ansehen«, sagte er zu Ewald.

»Gehst du mit, erst recht nicht ...«

»Wieso?«

»Weil dir die SA das Gesicht zermanscht hat.«

»Hör auf zu unken.«

Aber Ewalds Vorahnungen sollten nicht getrogen haben, denn als sie nach der Veranstaltung noch ein Bier mit ein paar Kameraden aus Friedrichshain trinken wollten, wurden sie am Andreasplatz von SA-Leuten überfallen und trotz allen Widerstandes ins »Keglerheim« verschleppt. Mit schweren Schaftstiefeln war Otto in die Nieren getreten worden, und er war zunächst wie gelähmt. Seine Erfahrung als Boxer und das jahrelange Training, Schläge auszuhalten, halfen ihm dann aber über die nächsten Minuten hinweg. Er wurde von drei SA-Männern auf die Kegelbahn gepreßt und von einem vierten mit einer Stahlrute malträtiert. Als es nicht mehr auszuhalten war, kam die Polizei und holte sie heraus. Mit einem Rippenbruch war er noch einmal glimpflich davongekommen. Margot wie seiner Mutter erzählte er, es sei ein Unfall gewesen, er sei vom Fahrrad gefallen. Sie hätten doch nur wieder gerufen: »Tu uns einen Gefallen und laß die Finger von der Politik. Wir brauchen dich noch.«

Er war krank geschrieben und schlief viel, nachts in seinem Verschlag im Kohlenkeller, tagsüber oben in der Wohnung. Sozusagen auf Knopfdruck einschlafen zu können war eine große Gabe, die ihm die Natur geschenkt hatte. Er brauchte kein Schlafmittel, er brauchte kein Bier. Wann und wo er sich hinlegte: Keine fünf Minuten später war er eingeschlafen, mochte er noch so viele Sorgen und Probleme haben.

Es war der 27. Februar, die Nacht des Reichstagsbrandes, als ihn sein Freund Ewald aus süßen Träumen riß. »Raus, du! Wir müssen zur Lindenstraße. Die SA will das Gebäude stürmen.«

Otto besann sich nicht lange. Keine drei Minuten waren vergangen, da hatte er Uniform und Stiefel angezogen. Als sie am *Vorwärts*-Gebäude in der Lindenstraße 3 ankamen, standen auf dem Hof IV etwa zwei, drei dutzend Männer zusammen. Offensichtlich alle von der »Eisernen Front«, also Leute vom Reichsbanner, der SPD, den Gewerkschaften und Arbeitersportler. Sie erfuhren, daß die Polizei wieder abgezogen war, nachdem sie auf Geheiß Görings die Druckmaschinen angehalten und die vorhandenen Exemplare beschlagnahmt hatte. Nun warteten sie auf das Kommen der SA. Einige Setzer hatten sich Knüppel besorgt und Blei gekocht, um es den Angreifern wie im Mittelalter auf den Kopf zu gießen. Eine Reichsbanner-Kameradschaft hatte sogar ein Maschinengewehr in Stellung gebracht.

Als die SA kam, wurde Otto Teil einer Kette, mit der das kochende Blei an die Fenster gelangte. Von unten, wo man versuchte, die verbarrikadierten Türen aufzubrechen, drangen Schreie nach oben. »Der Bernauisch heiße Brei / macht die Mark Hussitenfrei«, sagte ein Setzer, der aus dieser Gegend kam. Und auch diesmal half das altbewährte Mittel: Die SA gab erst einmal auf.

Otto und Ewald blinzelten in die aufgehende Sonne und machten sich auf den Heimweg, immer die Gitschiner Straße entlang. Über ihnen rumpelten die ersten Hochbahnzüge.

Da geschah es. Neben ihnen hielt ein Lastwagen, und die herabspringenden SA-Männer schlossen ihn ein wie die Harztropfen die Fliege, während Ewald noch fliehen konnte. Ein wenig zu zappeln, das war alles, was ihm blieb. Otto bekam einen Schlag auf den Kopf und verlor die Besinnung.

»Ein Zugang!« schrie jemand.

Das war das erste, was er wieder wahrnahm. Er hatte kein Gefühl dafür, wieviel Zeit inzwischen vergangen war. Offenbar schleifte man ihn eine Kellertreppe hinunter. Er wagte es nicht, die Augen zu öffnen. Hielt man ihn für bewußtlos, ließ man ihn wahrscheinlich in Ruhe. Beim Aufschlagen auf die Stufen ließ sich prüfen, ob und wo etwas gebrochen war. Arme, Beine, Rippen ... Nein, offenbar nichts, so sehr die Wunden auch schmerzten. Eine Tür wurde aufgeschlossen, und man stieß ihn in einen feuchten Raum, der angefüllt war mit zuckenden Menschenleibern. Alle stöhnten und wimmerten. Die Körper, auf die er zu liegen kam, waren glitschig von Schweiß, Blut, Urin und Erbrochenem. Auch er mußte sich übergeben. »Entschuldigung!« Jemand lachte. Otto sah auf und erkannte im Schein einer 15-Watt-Funzel oben an der Decke, daß man dem Mann alle Zähne ausgeschlagen hatte. Endlich hatte er ein Stückchen Betonboden für sich allein gefunden und konnte sich ein bißchen aufrichten.

»Wo sind wir hier?«

Der Hagere neben ihm machte eine hilflose Geste und zeigte auf seine Ohren. »Wie? Meine Trommelfelle sind geplatzt.«

Otto dachte an Berthold. Bald würde er ihn wiedersehen. Er fiel erneut in eine Art Koma und verlor jedes Zeitgefühl. Draußen, was war das? Ein Draußen gab es nicht mehr. Die Welt war untergegangen.

Die Tür ging auf, man suchte jemanden.

»Der Totschläger vom Dienst«, wurde geflüstert.

Otto kannte den Mann. Er war einer der SA-Leute, die ihn morgens beim Schrippenholen überfallen hatten. Auf der Nasenwurzel war noch die Narbe zu erkennen, die Ottos Kohlenschaufel hinterlassen hatte. Nun war der Tag der Rache gekommen. Die Pupillen des Mannes hatten sich verengt, seine Nasenflügel bebten.

»Otto Matuschewski ...!?«

»Ja, hier ...« Otto stemmte sich hoch und wandte sich zur Tür, dabei bemüht, auf keinen der am Boden liegenden Kameraden zu treten.

Otto sah das frische Blut an der Faust des SA-Mannes, sah sein gerötetes Gesicht, registrierte ganz genau, daß das einer war, der beim Zuschlagen Wollust verspürte. Da riß er seine Fäuste nicht hoch vors Kinn, sondern ließ sich treffen, sah Sterne und stürzte rückwärts in den Keller zurück. Der Bauch eines Kameraden dämpfte seinen Sturz. K.o. war er dennoch. Man schüttete ihm einen Eimer kaltes Wasser ins Gesicht und zerrte ihn zu dritt hinaus.

»Los, zur Vernehmung. Keine Müdigkeit vorschützen, du warst doch beim Reichsbanner immer so munter.«

Sie brachten ihn in einen hellerleuchteten Raum. Draußen war es schon wieder dunkel geworden. In einer Ecke saß ein älterer Zivilist mit einem Holzbein und musterte ihn kalt und feindselig. Ein jüngerer SA-Mann tippte etwas mit zwei Fingern in die Schreibmaschine. Von hinten sah er aus wie Gerhard Syke. Otto zitterte. Sollte der ...? Endlich drehte sich der Mann zu ihm um. Nein, das war nicht Gerhard. Aber diese Ähnlichkeit.

Der junge SA-Mann schlug sich mit der Hundepeitsche so gegen die Schenkel, daß es knallte. »Na, du bist wohl ein bißchen ausgerutscht ...!?«

Otto hatte keinen rechten Sinn für diese Art von Humor und lachte nicht. Das Holzbein legte sein Gesicht in depressive Bernhardinerfalten. »Müssen wir dich mal ein bißchen aufheitern, was ...«

»Hosen runter und über den Stuhl gelegt!«, kommandierte der forsche SA-Mann, und schon hatten zwei Männer Otto gepackt und sein Gesäß entblößt. Und während ihn dann der eine auf den Stuhl preßte, schlug der andere mit der Peitsche zu. So gleichmäßig und monoton, wie das Holzbein zählte. »Eins, zwei, drei ...« Jeder Hieb riß ihm die Haut auf und schmerzte stärker als ein dutzend Wespenstiche auf einmal.

Otto hatte nur noch den einen Gedanken: Hier kommst du nicht mehr lebend raus.

Als er wieder nahe daran war, in Ohnmacht zu fallen, schrie jemand: »Aufhören und mir überlassen! Befehl von Sturmbannführer ... Ihr macht mal Pause jetzt.«

Otto drehte seinen Kopf herum und erkannte Werner Wurack. Der Uniform nach war er ein hohes Tier geworden. Was hat das zu bedeuteten, schoß es ihm durch den Kopf, hieß das Rettung oder hieß das Konzentrationslager? Er setzte die Füße auf den Boden und zog die Hose hoch.

»Setz dich«, sagte Werner Wurack, während er sich auf dem Stuhl niederließ, auf dem vorher das Holzbein gesessen hatte.

»Ich muß erst mal warten, bis mein Sitzfleisch nachgewachsen ist.«

»Tut mir leid, ich hab' deinen Namen erst eben in den Listen entdeckt.«

Otto wollte so schnell wie möglich Gewißheit haben. »Sonst hättest du deine Freunde schon eher auf mich losgelassen?«

»Freunde? Mein einziger Freund bist du gewesen ...«

Otto wußte nicht, ob Wurack wirklich so sentimental war, wie er sich gab, oder ob das Ganze nicht ein abgekartetes Spiel war, mit dem sie ihn irgendwie vor den Karren von SA und NSDAP spannen wollten. »Und jetzt spielst du Katz und Maus mit mir ...«

Weiter kam er nicht, denn Karabinerschüsse hallten dumpf durch den Innenhof. Kein Zweifel, was das bedeutete: Wieder eine Exekution.

»Ach, Otto ...« Werner Wurack seufzte. »Was weißt du von al-

ledem. Warum ich dich damals gern neben mir gehabt hätte ...«
Dann schwieg er.

Otto lehnte sich mit dem Rücken gegen einen der Schränke. Hatte Werner Wurack die Macht, ihn laufen zu lassen? Und was verlangte er dafür? Daß er allem abschwor und in die NSDAP eintrat? Sollte er es tun, Margots wegen ...?

Werner Wurack schien mit sich zu ringen und stöhnte mehrmals auf. Endlich war er zu einer Entscheidung gekommen. »Geh nach Hause ...«

Otto konnte es nicht fassen. »So ohne alles ...?«

»Ja, und erzähl allen, daß Werner Wurack ein anständiger Kerl geblieben ist.«

Otto setzte an, Wurack zu umarmen, ließ es aber im letzten Augenblick. Noch immer war er mißtrauisch. »Und sonst ...?«

»Nichts weiter. Außer, daß du nie wieder auffällig wirst. Unternimmst du etwas gegen Partei und Führer, Plakate kleben und so, oder erwischen wir dich, wie du Kontakt zu deinen untergetauchten Genossen aufnimmst, dann ...« Er brauchte den Satz nicht zu vollenden, denn unten auf dem Hof fiel wieder ein Schuß.

»Ja, natürlich ...« Was sollte Otto auch anderes sagen. Werner Wurack brachte ihn zur Pforte und sorgte dafür, daß er seine Freiheit zurückgewann.

Als Otto dann in seinem Kohlenkeller auf dem Bett lag, weinte er wie eine Frau, die vergewaltigt worden war. Beschmutzt und entehrt hatten sie ihn. Es war so furchtbar, daß er drauf und dran war, zur Hochbahn zu laufen und sich vor den Zug zu werfen.

»Was hast du denn?«, fragte seine Mutter.

»Nichts. Laß mich!«

Nie sollte er über das sprechen, was ihm da widerfahren war, und auch Margot, Ewald und seinen Schwiegereltern gegenüber beließ er es bei Andeutungen. Das Motto seines zukünftigen Lebens entnahm er dem Abreißkalender einer Brikett-Fabrik: »Man muß leben, wie man kann, nicht wie man will.« Sicherlich war auch das Hitler-Regime einmal zu Ende – tausend Jahre würde es sich bestimmt nicht halten, aber zwanzig bis dreißig Jahre konnte man für eine Diktatur schon ansetzen, und es waren Ottos beste Jahre, die damit dahingingen.

»Laß Hitler, sagen wir mal, 75 werden«, meinte Ewald, »dann haben wir 1964, wenn er tot ist. Und da bist du dann auch schon ...«

»... gestorben.«

»Nee, aber 58 und kriegst keinen mehr hoch.«

»Der Mann nimmt seine Potenz mit ins Grab.«

»Schön für ihn.«

Er konnte das, was geschehen war, nicht vergessen, aber verdrängen. Dabei half ihm der ganz normale Alltag. Seine Arbeit bei der Post, Margot, Schmöckwitz, seine Freude am Sport und vor allem an seinem Boot. Er hatte ein paar Netze, die ihn auffingen.

Und endlich kam er raus aus seinem Kohlenkeller. Er zog mit Margot und ihren Eltern in eine schöne Wohnung in Neukölln, Weichselstraße 37, zwei Treppen, Vorderhaus, mit Blick auf den Weichselplatz, den Park am Neuköllner Schiffahrtskanal. Zwar war das noch immer keine eigene Wohnung, dazu reichte es noch nicht, aber immerhin war ihr Zimmer groß und gab es ein geräumiges Bad, und das war für ihn der Inbegriff des Luxus. Vielleicht wurde alles ja doch nicht so schlimm ...

Otto Matuschewski mußte sich erst daran gewöhnen, nun kein Kreuzberger mehr, sondern ein Neuköllner zu sein. Zur Arbeitsstelle in der Skalitzer Straße hatte er es jetzt erheblich weiter, aber er kaufte sich ein Fahrrad, und damit war die Strecke ganz gut zu bewältigen.

»Kinder, jetzt wo ihr zusammen wohnt, könntet ihr ja langsam mal heiraten ...« Das hörten sie immer wieder, und dagegen ließen sich kaum Argumente finden. Dennoch zögerten beide, denn jeder fürchtete, den anderen mit in den Abgrund zu reißen.

»Wenn sie mich nun ins Konzentrationslager sperren, weil ich gegen sie gekämpft habe?«, so Otto.

»Ich werde als Mischling viel eher dran glauben müssen als du«, so Margot.

Als sie schließlich doch zum Standesamt gingen und das Aufgebot bestellten, lag das auch daran, daß Margots Vater sie überzeugt hatte: »Denen geht's doch in ihrem Wahn um die arische Rasse – und da ist bei Otto alles tadellos – und um die deutsche Familie. Möglichst zehn Kinder in die Welt setzen, damit die Weiten des Ostens besiedelt werden können. Macht das, nennt den Ältesten Horst, nach Horst Wessel, dann kann euch nischt mehr passieren.«

So schlossen sie am 22. Juli 1933 vor dem Standesamt Berlin-Neukölln die Ehe. Trauzeugen waren Irma Bugsin, Margots älteste Freundin, und Oskar Schattan. Es war ein Sonnabend. Gefeiert wurde in kleinem Kreise in der Weichselstraße. Von der großen Schattan-Quade-Sippe, aber auch von Ottos Verwandten aus Tschicherzig und Steinau war keiner eingeladen worden. »Uns ist nicht nach Feiern zumute«, hatte Otto immer wieder betont. Auch fehlte ihnen das Geld. »Wenn wir Eva einladen, müssen wir auch Elfriede einladen ...« Mit den jüdischen Verwandten, mit Freunden und Kollegen wären da leicht fünfzig bis sechzig Personen zusammengekommen, und das konnten sie nie und nimmer finanzieren. So waren es nur neun Gäste, die sich mit ihnen an der großen Tafel im Berliner Zimmer versammelt hatten: Margots Eltern, Großvater Quade, Gerda und Gerhard, Irma und Max, Ottos Mutter und Helmut. Die Stimmung war zusätzlich gedrückt, weil Walter Matuschewski gerade mit Verdacht auf Magenkrebs ins Krankenhaus eingeliefert worden war. Am nächsten Tag sollte er operiert werden.

Otto war zwar glücklich, aber nicht so glücklich, wie er das früher von seinem Hochzeitstag erwartet hatte. Aber es war schon in Ordnung so: Er liebte Margot, Margot liebte ihn. Ihre Hochzeit war vielleicht kein romantisches Happy-End, dafür waren sie aber auch keine Kunstfiguren aus dem Kintopp.

Gerührt war er erst, als ihm Margot nach dem »Ja« ins Ohr flüsterte: »Siehste, nun gehste ganz lange mit mir.«

»Und ich werd' mir auch alle Mühe geben, dich glücklich zu machen.«

Nach dem Standesamt ging es ans Auspacken der Geschenke. Neben allerlei nützlichen Kleinigkeiten für den Haushalt und einigen Anspielungen auf ihr erstes Kind, eine Spielzeugwiege zum Beispiel, gab es ein großes und ein kleines Paket aufzuschnüren.

Das große erwies sich als moderner Rundfunkempfänger, ein Gemeinschaftsgeschenk von Margots Verwandten.

»Damit ihr jeden Tag Goebbels und den Führer hören könnt«, sagte Oskar Schattan.

Im kleineren Paket befand sich eine billige weiße Kaffeemühle, die man an die Tür einer Speisekammer schrauben konnte.

»Mutter!«, rief Otto. »Die hast du dir doch sicher vom Mund abgespart. Hoffentlich hast du dich damit nicht völlig übernommen.«

Dann kam des Festessen, und danach wurde die Feier zeitweilig so besinnlich, daß Max Bugsin anmerkte, er sei auf Beerdigungen gewesen, wo die Leute mehr gelacht hätten.

»Das kommt immer darauf an, wer stirbt«, sagte Oskar Schattan. »Bei Hindenburg habe ich mich auch mächtig gefreut ... und wenn Adolf erst ...«

»Oskar!«, rief seine Frau. »Verbrenn dir nicht wieder den Mund!«

»An deinem kalten Pudding, ja ... Laß mich doch mal ausreden: Und wenn Adolf erst, also mein Bruder ...«

»Nun reicht's.«

Margot stand auf, ging zum Plattenschrank, zog das Grammophon auf und spielte *Wenn der weiße Flieder wieder blüht*. »Das ist unser Lied. Das hat die Kapelle gespielt, als wir beide uns kennenlernten.« Eng umschlungen tanzten sie.

»Nun mal nicht zu hingebungsvoll«, sagte Max. »Margot soll schließlich rein in die Ehe gehen.«

»Darum haben wir ja extra 'ne Wohnung mit Badewanne genommen, damit sie sich vorher waschen kann.«

»Vor der Hochzeitsnacht?«, fragte Gerda.

Otto lachte. »Nein, nach der Hochzeitsnacht. Damit der Ruß abgeht.«

Denn ihre Hochzeitsnacht würden sie im Zug verbringen, wie aus Ottos nächstem Fahrtenbuch hervorgeht.

Werra und Weser – Die Hochzeitsreise
1933

22. Juli
Nun ist der letzte Gast gegangen, und in das Hochzeitshaus kehrt langsam wieder Ruhe ein. Wir holen unser Faltboot hervor. Das große Verpacken beginnt. Bald steht der Bootswagen reisefertig auf dem Korridor. Müde setzen wir uns noch ein wenig in die Ecke und lauschen auf den verklingenden Donner und den Regen, der unaufhörlich auf das Fensterblech trommelt. Als gutes Omen für unsere Hochzeitsreise ist dieses Wetter nicht gerade anzusehen. Neun Schläge hallen durch den Raum. Wir müssen los. Der Regen hat zwar nachgelassen, aber noch immer jagen dunkle Wolken über den Nachthimmel. Wir schleppen unsere Last treppab und marschieren dann von der Weichselstraße zum Anhalter Bahnhof, an die fünf Kilometer über Bürgersteige voller Pfützen. Unsere »Snark« fühlt sich schon in ihrem Element, obwohl sie noch zusammengepackt auf zwei Rädern von uns gezogen wird.

Wir schaffen es trotz allem, und Punkt 23 Uhr setzt sich der Zug in Bewegung. Unsere Hochzeitsnacht verbringen wir zwischen Jüterbog und Weimar. Ein grauer Morgen grüßt uns auf der Fahrt durch das Herz Deutschlands. Dann leuchtet uns von einem Bahngebäude das Wort Eisenach entgegen. Wir sind am Ziel. Nun rasch zum Packwagen ...

23. Juli
Es ist sechs Uhr morgens. Im Wartesaal erfrischen wir unsere Lebensgeister durch eine Tasse Kaffee, und dann besichtigen wir die Stadt einschließlich der Wartburg. Um vier Uhr nachmittags sind wir wieder am Bahnhof und besteigen mit unserem Kahn noch einmal den Zug. Nach kurzer Zeit schlängelt sich ein Flüßchen an die Bahn heran. Es ist die Hörsel. Doch Margot behauptet steif und fest: »Das ist die Werra!« Dann kommt wirklich die Werra. Nein, breit ist sie nicht. Wie die Löcknitz vielleicht. Aber Strömung hat sie, und das ist die Hauptsache. »Wartha!« Wir springen aus dem Zug und traben zum Packwagen, um unser Boot in Empfang zu nehmen.

Beim Bahnwärter versorgen wir uns noch mit Trinkwasser und stehen dann nach kurzem Fußmarsch am Ufer der Werra. Zehn Meter mag sie an dieser Stelle breit sein, und schnell fließt sie ins Tal. Uns lacht das Herz im Leibe, denn hier braucht man nicht viel zu tun und kommt rasch vorwärts. Doch erst einmal müssen wir den Kahn zusammenbasteln. Das ist schnell geschehen, und schon schaukelt er in seinem Element. Das Feriengepäck wird verstaut ... und dann alles einsteigen zur Ferienfahrt 1933. Schnell treibt uns die Strömung vom Ufer ab. Wir machen nur ab und zu ein paar Paddelschläge, um das Boot steuerfähig zu halten. Links von uns steigt jetzt der Hörselberg aus dem Tale empor. In ihm soll sich Richard Wagner und dem »Tannhäuser« zufolge das Liebesgemach der Frau Venus befunden haben. Langsam wird es dunkel, und wir müssen uns nach einem Zeltplatz umsehen. Kurz vor der Schleuse Spichra finden wir ihn und schlagen inmitten von Büschen und Mücken unser erstes Lager an der Werra auf. Gleich nach dem Abendbrot hauen wir uns in die Klappe. Nachts geht noch ein derber Platzregen nieder, aber wir sind so hundemüde, daß wir es kaum wahrnehmen, wie die Regentropfen aufs Zeltdach prasseln.

24. Juli
Es ist schon acht Uhr, als wir uns heute den Schlaf aus den Augen reiben. Draußen lacht die helle Sonne vom tiefblauen Himmel. Da heißt es aber, flink raus aus dem Zelt. Wir treiben ein bißchen Morgengymnastik, und dann braut Margot ihren ersten Ehekaffee. Als wir beim Einpacken sind, paddelt eine Gruppe Faltbootfahrer vorbei. »Ahoi!«, schallt es lustig hin- und herüber. Wir überlegen kurz: Bei sechs Booten macht der Schleusenmeister sicherlich eher seinen Laden auf als bei einem. Außerdem gibt es von drei Booten an Rabatt. Also rein mit den letzten Sachen ins Boot und rasch hinterher. Mit dem letzten Faltboot der Gruppe fahren auch wir in die Schleuse. Während des Schleusens haben wir Muße, uns bekannt zu machen. Die anderen Kanuten kommen aus Bielefeld. Nach dem Durchschleusen trägt uns die Werra in rascher Fahrt an dem kleinen Dörfchen Wilhelmsbrunn vorbei. Zum ersten Mal sehen wir vor uns im Strom ulkige kleine Wel-

len ... Margot schreit auf. Einer ihrer Kollegen ist letztes Jahr auf der Lippe an so einer Stelle gekentert und ertrunken. Vorsichtshalber lassen wir erst einmal ein paar Bielefelder voranfahren und halten uns dann hart am Ufer. Kurz vor Kreutzburg wird es abermals kritisch, denn vor uns taucht eine der ältesten Brücken Deutschlands auf. Breit und wuchtig liegen die steinernen Pfeiler im Wasser. Wie ein Wehr sieht das aus. Das ist doch etwas anderes, als sonntags unter der Wernsdorfer Seebrücke hindurchzupaddeln. Um uns rauscht, schäumt und wirbelt es, und wir fühlen uns wie echte Wildwasserfahrer. Trotz der schnellen Fahrt müssen wir fleißig das Paddel rühren, um das Boot steuerfähig zu halten. Endlich sind wir durch, und es wird wieder ruhiger. Am Ufer steht die Dorfjugend und ruft ein »Glückliche Reise« herüber. Unsere Fahrt geht jetzt an malerischen Felspartien entlang. Eine Brücke kreuzt den Fluß. Bimmelnd fährt auf ihr ein Zug der Werratalbahn dahin. Langsam treiben die Boote Bord an Bord dahin ...

In Mihla macht die Flottille fest, und es geht zum Einkaufen. Das Einkaufen ist das A und O der ganzen Paddelei. Ganz gleich, ob in großen Städten oder kleinen Ortschaften eingekauft wird, immer ist es ein schönes Fahrterlebnis. So nach und nach trudeln dann alle wieder ein. Bis in die Nähe von Treffurt kommen wir noch, dann wächst unter Pflaumenbäumen unser Lager empor. Überall in der kleinen Zeltgemeinschaft wird nun gekocht und gebraten, denn Paddler haben immer einen Heißhunger. Ringsumher ist jetzt die Dämmerung der Nacht gewichen. Über uns spannt sich ein samtener Sternenhimmel. Von fern blitzt ab und zu ein Licht auf. Leise glucksend zieht die Werra vorüber, und der Ruf eines Nachtvogels läßt sich vernehmen. Das ist die Natur, wie sie eben nur der Wasserwanderer erleben kann. Wir stehen zwischen den Zelten und reden noch ein bißchen, dann verschwindet einer nach dem anderen in seinem Leinenhaus.

25. Juli
Gegen zehn Uhr verlassen wir den Lagerplatz und hoffen, mit der guten Strömung ein anständiges Stück weiterzukommen. Bald sind wir in Treffurt, das sich im Schutz der Burg Normannstein

malerisch am Ufer ausbreitet. In der Ferne zeigen sich jetzt die vielen Kuppen des Ringgaues. In großen Windungen fließt die Werra darauf zu. Links von uns erhebt sich der dreihundert Meter hohe Heldrastein. Eigentlich wollten wir da ja rauf, aber bei dieser Bullenhitze bleiben wir lieber auf dem Wasser ... Hinter Klein Vacha finden wir eine herrliche Wiese zum Rasten und Zelten. Wir drehen bei, und schnell wächst Zelt auf Zelt aus dem Boden. Die Kochmaschinen treten in Aktion, und bald verbreiten sich liebliche Essensdüfte im Lager. Die muß wohl auch der Besitzer dieser schönen Wiese gerochen haben. Urplötzlich steht er mit einem großen Köter inmitten unserer friedlichen Gemeinschaft. All unsere Verhandlungsbereitschaft fegt er mit einem barschen »Runter!« hinweg. Da sagt Heini aus Bielefeld ganz traurig: »Schade, wir hätten morgen früh unsere ganze Milch bei Ihnen gekauft ...« Der Pakt wird geschlossen. Nun schmeckt uns das Essen noch einmal so gut.

26. Juli
Längst ist der letzte Bielefelder hinter der Flußbiegung verschwunden, als wir endlich unseren Kahn zu Wasser bringen. Gemächlich treibt uns die Strömung flußab. Vom hohen Berghang grüßt Schloß Rotestein herunter. Weit geht unser Blick jetzt über Wiesen und Kornfelder bis hin zum Hohen Meißner. Schließlich zeigen sich vor uns die ersten Häuser von Bad Sooden-Allendorf. Nach dem Passieren einer alten Brücke biegen wir in die Schleuse ein. Die herrliche Landschaft bewegt uns, das Boot mit dem festen Land zu vertauschen. Schnell werden wir mit der freundlichen Schleusenfrau handelseinig, und ein kleines Zimmer mit Aussicht auf Allendorf wird für zwei Tage unser Quartier.

28. Juli
Alles hat einmal ein Ende. So ist es auch mit den Ruhetagen im Schleusenhaus zu Allendorf und unseren Ausflügen in die Umgebung. Wir müssen weiter. Das Wetter verspricht wieder recht warm zu werden. Gegen Mittag bringen wir das Boot zu Wasser. Die Luft ist wie mit Elektrizität geladen. Zudem läßt sich leises

Donnergrollen vernehmen. Das hat uns gerade noch gefehlt. Aber tapfer klettern wir auf unsere Plätze. Ade Allendorf. Das Gewitter verfolgt uns. In Ermangelung von wasserdichtem Regenzeug müssen wir uns kräftig ins Zeug legen, um die Brücke von Werleshausen noch rechtzeitig zu erreichen. In ihrem Schutze überstehen wir das Unwetter. Weiter geht's. Hinter Witzenhausen finden wir einen Zeltplatz, und bald hat jeder einen gut gefüllten Teller auf den Knien und ißt ... und zwar im Zelt, weil es immer wieder tröpfelt. Mitten im schönsten Schmausen fängt das Zelt plötzlich an zu wackeln. Nun wissen wir, daß Erdbeben in unseren Breitengraden eher selten sind, und überlegen, was die Ursache sein könnte. Zuerst einmal durch bloßes Nachdenken. Da erschüttert ein neuer Stoß unser Stoffhaus. Wir stürzen kreidebleich ins Freie ... und stehen einer Kuhherde gegenüber. Nun beginnt ein Kampf auf Sein oder Nichtsein. Wir klatschen in die Hände und versuchen sie durch Rufe zu verscheuchen. Umsonst. Blöde glotzen uns die Viecher an, vielleicht denken sie auch, was die beiden da bloß für Verrenkungen machen. Also versuchen wir es mit Gewalt, das heißt mit dem Fotostativ. Doch alles ist vergebens. Ihre Zahl ist zu groß. Dann trampelt eine aufs Paddel und eine andere auf die Zeltschnüre, so daß wir das Schlimmste befürchten. Währenddessen beschäftigt sich in unserem Rücken eine besonders schlaue Kuh mit unserem Faltboot, und wie es mit dem Herdentrieb so ist, folgen ihr die anderen. Wir geben auf, raffen unseren Kram zusammen und flüchten mit dem Boot stromab. Gegenüber von Bischofshausen ersteht dann ein neues Lager, und hier können wir in aller Ruhe unser gestörtes Abendessen fortsetzen. Frühzeitig krauchen wir dann in die Falle, denn so allein auf weiter Flur ist es doch ein bißchen ungemütlich.

29. Juli
Wir bauen unser Zelt ab und stoßen das Boot in den Strom hinaus. Hinter Hedemünden säumt uralter Baumbestand beide Seiten des Flußes, der jetzt merklich breiter wird. Die Ursache ist das Kraftwerk »Letzter Heller«, das die Weiterfahrt versperrt. Mit einer Bootsschleppe, die es in sich hat, wird das Hindernis

überwunden. Steil ragen nun zu beiden Seiten die Waldberge in den Himmel. Nach einiger Zeit weitet sich das Tal wieder, und wir nähern uns Hannoversch-Münden. Vor uns gabelt sich der Fluß. Laut Karte müssen wir uns links halten, um zur Schleuse zu gelangen. Im letzten Augenblick erreicht ein warnender Ruf unser Ohr: »Nach rechts rüber!« Wir kommen noch glücklich auf die andere Seite, obgleich die Strömung mächtig zieht. Nachher sehen wir uns die Geschichte vom sicheren Ufer aus an ... und ich muß sagen, uns ist der Hut hochgegangen. Mit ungefähr drei Meter Gefälle auf fünfhundert Meter Länge braust die Werra über allerhand Gesteinsbrocken zu Tal. Außerdem sperren ein paar Wehre den Fluß. Der Herausgeber unseres Flußführers muß offensichtlich Slalomfahrer gewesen sein, denn ein Wanderfahrer verzapft solch lebensgefährlichen Unsinn nicht. Auf dem Gehöft des Schleusenmeisters bauen wir nachher unser Leinenhaus auf. Es ist noch früher Nachmittag, aber so nach und nach füllt sich der Laden, und bald ist der Hof vollgestopft mit Zelten. Wir gehen zur Post und erkunden dann Hannoversch-Münden. Als die Dämmerung hereinbricht, sitzen wir noch ein Weilchen unter der alten Kastanie am Weserstein. Hier, wenige Schritte vor uns, vollzieht sich die Geburt der Weser: »Wo sich Werra und Fulda küssen, / Sie ihren Namen büßen müssen. / Und hier entsteht durch diesen Kuß / Deutsch bis zum Meer der Weserfluß.«

31. Juli
Eigentlich müssen wir unseren Urlaub in zwei Teile zerlegen: eine Woche Werra und eine Woche Weser. Somit beginnen wir also den zweiten Teil: die Weserfahrt. In Hannoversch-Münden haben wir neue Fahrtkameraden kennengelernt, Sachsen aus Werdau, und mit ihnen zusammen bringen wir um elf Uhr die Boote zu Wasser. Dann fahren wir die letzten hundert Meter Werra abwärts. Noch ein paar Paddelschläge, und der Weserstein gleitet vorüber. Wir sind auf der Weser bei Kilometer null. Eine flotte Strömung nimmt uns auf und trägt uns Karlshafen entgegen. Fischreiher stehen unbeweglich am Ufer und schwingen sich bei unserem Nahen mit

weitem Flügelschlag empor. Bei Vaake begegnen wir dem ersten Weserdampfer. Ein wenig bange wird uns doch ums Herz, als das breite Ungetüm näher und näher kommt. Aber nachher war alles halb so schlimm. Das Wetter hat sich aufgeklart, und ein kleiner Rückenwind unterstützt die Strömung von vier Stundenkilometern auf das beste. Wir lassen die Paddel für eine Weile ruhen. Nach altbewährter Methode wird aus einer Decke ein Segel entwickelt und mit zehn Stundenkilometern »gesegelt«. Bis Karlshafen schaffen wir es heute nicht mehr. Bei Kilometer vierzig haben wir die Nase voll und schlagen unsere Zelte auf.

2. August
Unsere am gestrigen Regentag ausgestoßenen Stoßseufzer scheinen Erfolg gehabt zu haben: Es regnet nicht mehr. Zwar fegt ein scharfer Wind noch immer dunkle Wolken über unser begrenztes Blickfeld, aber wo Wind ist, da kann sich der Regen meistens nicht halten. Unsere Morgentoilette haben wir bald erledigt, und auch das Frühstück geht heute etwas schneller vonstatten. Dann wird das sichere Zelt abgerissen, und gleich anschließend werden die Boote in den Strom gestoßen. Hui, weht hier ein scharfes, kühles Vorderwindchen. Wir müssen uns kräftig ins Zeug legen, um trotz der Strömung vorwärtszukommen. Von dunklen Höhen eingebettet, liegt Karlshafen vor uns. Eine Brücke überspannt den Fluß. Dahinter macht die Weser einen scharfen Bogen nach rechts. Hier im Talkessel kann sich der Wind so richtig austoben. Doch bald gelangen wir wieder in ruhiges Wasser. In großen Windungen fließt die Weser jetzt an waldigen Bergkegeln und satten Wiesen vorbei. Wir durchfahren das kleine Städtchen Beverungen. Vor uns treibt ein großer Lastkahn stromab. Da wir denselben Weg haben und der Wind uns gerade wieder Schwierigkeiten macht, beschließen wir, uns anzuhängen. Gedacht, getan. Bald hängen die Sachsen und wir einträchtig am Beiboot. Ganz wunderbar schmeckt nun das zweite Frühstück.

Jetzt aber, mein Gott! Knapp hinter Schloß Fürstenberg wird der Sturm so stark, daß der Schiffer vorn stillschweigend an einen ankernden Kahn heranfährt, um dort festzumachen. »Schnell *weg!«, schreie ich den Kameraden zu. »Wir werden sonst zerquetscht.«* Die beiden aus Werdau schaffen es noch rechtzeitig, doch unsere Bootsleine verfängt sich in irgendeiner Ritze des Beibootes, an dem wir festgemacht haben. *»Nimm dein Taschenmesser!«, ruft Margot.* Das steckt hinten im Gepäck. Während wir uns fieberhaft bemühen, wieder freizukommen, nähern wir uns immer mehr dem ankernden Kahn, an dessen schwarzer Bordwand die Wellen hochklatschen. Nun reißt eine schräg ins Wasser ragende Ankerkette auch noch unser Steuer ab. Ich sehe uns schon als Wasserleichen Richtung Bremen treiben ... Da ist endlich die Leine frei, und mit voller Kraft paddeln wir nun ins offene Wasser. Wieder mal Glück gehabt! Aber auch auf der Flußmitte haben die Wellen noch eine ganz respektable Höhe. Hier ist schon etwas von der elementaren Kraft des Meeres zu spüren. Es schäumt und spritzt, und oft geht das Wasser über das vordere Boot hinweg. Aber so plötzlich dieser Hexensabbat auftauchte, so plötzlich ist er wieder verschwunden, und im ruhigen Wasser geht es nach Höxter, wo wir am städtischen Zeltplatz völlig erschöpft aus den Booten klettern.*

3. August
Vom blauen Himmel strahlt heute wieder goldener Sonnenschein, und bald schaukeln die Boote im blitzenden Wasser. In Holzminden wird an der Straßenbrücke Halt gemacht. Die Frauen werden zum Proviantfassen in die Stadt beurlaubt. Nach einer Stunde sind sie zurück. Weiter geht es.

So ist das auf allen Wanderfahrten: Solange ein Ort oder ein bestimmtes Gebiet noch vor einem liegt, wird das Denken davon beherrscht. Ist es schließlich erreicht, ist man froh und zufrieden – und dann versinkt es auch schon im Schoß der Erinnerungen. Wie ein Film ist diese ganze Fahrt. Dauernd gleiten neue Bilder vorüber, ohne daß wir unseren Platz verlassen.

Weit zurückweichend, begleiten uns jetzt die waldigen Berge des Sollings. Die Namen der kleinen Orte lassen sich kaum noch merken: Polle, Rühle ... Dahinter wächst nun das dichtbewaldete Berggelände des Voglers empor. Bald haben wir Bodenwerder er-

reicht, wo wir anlegen und aussteigen, um zu sehen, wo der allen bekannte »Lügenbaron«, der Freiherr von Münchhausen, gelebt hat.

Am späten Nachmittag schlagen wir ein Stückchen stromab mitten im Dorfe Hajen unsere Zelte auf. Die Dorfjugend leistet uns dabei Gesellschaft. Sie wird spätabends von den Älteren und den Alten des Dorfes abgelöst. Und während drüben am anderen Ufer ein vorsintflutliches Bähnlein dahinbimmelt und zwei Schlepper rauchend ihre Last bergwärts ziehen, unterhalten wir uns mit diesen ungekünstelten Landleuten, und man kann sagen, daß dabei ein jeder auf seine Kosten kommt.

4. August
Da ist doch jemand vor dem Zelt? Wir stecken die verschlafenen Gesichter heraus und erblicken einen kleinen Jungen mit einer Kanne in der Hand. Nun haben wir zwar keine Milch bestellt, aber vielleicht war gestern abend einmal die Rede vom Milchtrinken. Mit Freude über die Aufmerksamkeit der Hajener Bauern nehmen unsere Smutjes die Milch, die nebenbei kostenlos war, in Empfang, und ein kleines Geldgeschenk läßt den Kleinen frohgemut davontraben.

Langsam fahren wir im grauen, wolkenverhangenen Morgen die letzten 15 Kilometer dahin. Das Tal wird zu beiden Seiten immer breiter. Wir passieren Grohnde und kurze Zeit danach Latferde. Hier soll laut Flußführer eine Gefahrenstelle sein. Aber Gott sei Dank begegnen wir keinem Dampfer, der uns in Gefahr bringen könnte. Bis Hameln, unserem Ziel, ist es nicht mehr weit.

Und dann sind wir auch schon am Ende unserer Urlaubsfahrt 1933 ... Nein, noch nicht ganz. Am Zeltplatz des Hameler Kanuklubs wird angelegt, und dann machen wir mit unseren sächsischen Fahrtkameraden einen Abschiedsbummel durch die alte Rattenfängerstadt. Die beiden aus Werdau steigen dann wieder ins Boot, wir beide aber kochen unser Essen, baden dann ein wenig im kalten Wasser und falten danach unseren treuen Gummidampfer wieder zusammen. In einem Gasthaus hoch über der Weser ertränken wir am Abend mit Brause unseren Kummer dar-

über, daß alles schon wieder aus und vorbei ist. Als sich die Dämmerung herabsenkt und die Konturen in der Ferne verschwimmen, kriechen wir in unser Zelt.

5. August
Von Hameln aber geht es noch nicht direkt nach Hause, denn die Reise führt über Hildesheim, und das müssen wir uns noch ansehen. Im Ratskeller feiern wir unser 14tägiges Ehedasein mit einem Schoppen und ein paar Schinkensemmeln. Nach stundenlangem Umherwandern müssen wir dann aber doch an die endgültige Heimfahrt denken.
  Wir stehen auf dem Bahnhof und blicken gen Werra und Weser, wo sich unser Fahrtentraum erfüllt hat. Und im stillen hoffen wir, daß sich noch viele Träume so erfüllen werden wie dieser.

Zu Hause lagen eine Menge Glückwunschtelegramme und Briefe für sie. Erst jetzt begriffen sie so richtig, daß sie ein Ehepaar waren, und Otto zitierte Wilhelm Busch: »Kurz, Verstand sowie Empfindung / Dringt auf ehliche Verbindung. / Dann wird's aber auch gemütlich. / Täglich, stündlich und minütlich / Darf man nun vereint zu zween / Arm in Arm spazierengehn! / Ja, was irgend schön und lieblich, / Segensreich und landesüblich / Und ein gutes Herz ergetzt, / Prüft, erfährt und hat man jetzt.«

DAS KANN DAS LEBEN NUR EINMAL GEBEN
1934–1938

Kontrolle über die Menschen zu haben, das war ein Eckpfeiler der Politik der Nationalsozialisten. Kontrolle über den ganzen Menschen, über den Alltag, denn, wie Max Weber schon in seinem Werk *Wirtschaft und Gesellschaft* von 1921 erkannt hatte: »Herrschaft ist im Alltag primär: Verwaltung.« Die Deutsche Arbeitsfront (DAF) wurde aus der Taufe gehoben, und ihr Leiter Robert Ley stellte fest: »Wir dürfen nicht nur fragen, was tut der Mensch bei der Arbeit, sondern wir haben auch die Pflicht, uns um ihn zu kümmern, wenn der Feierabend kommt.« So entstand unter ihrer Trägerschaft die Freizeitorganisation »Kraft durch Freude« (KDF), die verbilligte Theaterbesuche und Urlaubsfahrten anbot, Bunte Abende und Kurse zur weltanschaulichen Erziehung durchführte sowie sportliche Betätigung unter dem Aspekt der »Wehrertüchtigung« organisierte.

Ansonsten blieb sich im Leben der Menschen auch unter der neuen Führung vieles, zumal das Private gleich: Zwei mal zwei war immer noch vier, die S-, U- und Straßenbahnen fuhren nach Fahrplan, Himmelfahrt fiel auf einen Donnerstag, die Menschen empfanden Liebesglück und Liebesschmerz, sie freuten sich über schönes Wetter und ärgerten sich über eine Niederlage ihrer Sportmannschaft. Eine beliebte Frage im Jahre 1934 lautete: »Was ist paradox?« – »Wenn ein Nichtalkoholiker ein ganzes Volk besoffen macht.« Hunderttausende waren sich sicher, daß sie herrlichen Zeiten entgegengeführt werden, glaubten daran, als nordische Herrenrasse allen anderen Völkern überlegen zu sein, und atmeten auf, weil die Epoche des parlamentarischen Gezänks nun vorüber war und statt dessen galt: »Ein Volk! Ein Reich! Ein Führer!« Wie stand es auf den Wahlplakaten: »Innerhalb vier Jahren ist die Arbeitslosigkeit behoben! Innerhalb vier Jahren ist der Bauernstand endgültig gerettet! Was ein Adolf Hitler verspricht, das hält er! Was ein Adolf Hitler erreichen will, das erreicht er!« Nun sollte er mal zeigen, was er konnte, dachten viele. Und ... wo gehobelt wird, da fallen Späne.

Fragte man Otto Matuschewski im Frühjahr 1934, wie es ihm denn ginge, erhielt man zur Antwort: »Ich freu' mich, daß ich auf der Erde bin und nicht runterfalle.« Dachte er darüber nach, wie er sich in seiner Heimat fühlte, war klar: »Ich komm' mir vor wie in einem besetzten Land.« Ging er durch Neukölln oder Kreuzberg, lauerten überall die Besatzungstruppen mit ihren kackbraunen Uniformen, und machte er den Mund auf, sah er sich dreimal um, ob nicht irgendwo ein SA-Mann stand und zuhörte. Am liebsten hätte er sich eine Tarnkappe aufgesetzt und sich unsichtbar gemacht. »Nur nicht auffallen, totstellen!« Das war seine Devise zum Überleben. Ungern nur verließ er seine Wohnung. Zur Fluchtburg wurde ihm das Grundstück in Schmöckwitz. Schmöckwitz, das Boot und natürlich Margot gaben ihm die Kraft, sich im besetzten Land mit Anstand durchs Leben zu schlagen und auf bessere Zeiten zu hoffen.

Wie in den vergangenen Jahren kam die Großfamilie Quade/Schattan/Matuschewski 1934 mitsamt ihren Freunden an den Geburtstagen zusammen, und im Winter war es Brauch, sich gegenseitig zu Hause zu besuchen. Sie trafen sich zum Kaffee und spielten dann, von munteren Reden begleitet, bis zum Abendbrot Rommé oder Trudel-Skat. »Wenn bloß die Arbeit nicht wäre!«, stöhnte Otto jetzt des öfteren, denn einmal in der Woche hatte er Nachtdienst zu schieben. Margot nutzte die langen Abende, um ihrer Schwiegermutter die Bücher zu führen. Von daher klappte es im Januar 1934 nur einmal mit einem Kinobesuch, und es war *Der Tunnel* mit Paul Hartmann, Olly von Flint, Attila Hörbiger und Gustaf Gründgens, der sie erschaudern ließ. Man baut einen Tunnel zwischen Europa nach Amerika, und durch eine Intrige kommt es zu einer Explosion, Wasser dringt ein, tötet zweihundert Arbeiter ...

»Ich fahre nie mehr U-Bahn«, sagte Margot.

»Und ich seh' mir nie mehr einen Film an, wenn ich den Roman schon kenne, nach dem er gedreht worden ist.« Otto hatte das Buch von Bernhard Kellermann schon als Junge auf der »Ella« gelesen.

Hoch her ging es an Ottos Geburtstag, am 24. Januar, den sie als Kostümfest feierten. Zwölf Gäste kamen, alle verkleidet.

Am wenigsten hatte Max Bugsin in sein Kostüm investieren müssen: Er trug nur eine rote Badehose. Mit seinen gebraucht gekauften Boxhandschuhen schlug er sich pausenlos an die Brust, so daß es laut dröhnte, und sagte: »Gestatten, Max Schmeling, Meister aller Klassen.« Irma hatte ihr Brautkleid aus dem Schrank geholt und sich als Anny Ondra ausstaffiert. »Ich bin Schauspielerin, und wir heiraten gerade.«

»Ich dachte, du machst Reklame für Mottenpulver«, sagte Otto.

Margot dachte an die Rückenlehne ihres neuen Sofas. »Wenn Max sich da mit seinem Rücken anlehnt, dem läuft ja der Schweiß nur so runter. Leg dir wenigstens 'n Handtuch um.«

Waldemar Blöhmer war als Friedrich Schiller erschienen und rezitierte dauernd Gedichte, wenn auch immer nur die erste Strophe: »Festgemauert in der Erden / Steht die Form aus Lehm gebrannt ...«

Erna Blöhmer war als Bauersfrau erschienen, was aber keiner so recht als Verkleidung werten wollte.

Gerda hatte sich als Mannequin herausgeputzt und wurde von allen Männern begeistert begrüßt, doch Gerhard, der als feuriger Torero nicht von ihrer Seite wich, wehrte sie mit seinem Degen ab, als die Umarmungen kein Ende nehmen wollten. Margot verfolgte den Auftritt ihrer Schwester nicht ganz ohne Neid: »Wärst du man damals so zur Schule gegangen, dann wärst du nicht dauernd sitzengeblieben ...«

Marie Schattan hatte viel Selbstironie an den Tag gelegt und war als Nonne gekommen. Und in dieser Rolle mußte sie nun heftig gegen ihr jüngere Tochter zu Felde ziehen: »Pfui, wie schamlos!« Oskar Schattan nutzte seine Ähnlichkeit mit Hans Albers und hatte sich im Kostümverleih am Bahnhof Köpenick eine Seemannsuniform beschafft, in der er nun mit rauher Stimme sang: »Das ist die Liebe der Matrosen ...«

»Wie ist die denn?«, rief Max. »Mal vorführen.«

»Doch nicht mit einer Nonne.«

Ewald Riedel hatte sich von einem Kunden, der Türsteher im Hotel Adlon war, die Livree ausgeborgt und stellte sich als der Reitergeneral Seydlitz vor.

»Aha«, rief Otto, »typisch Pazifist.«

»Ich will dir doch nur 'ne kleine Freude machen: Denk an deinen Urahn Johann von Bosetzki.«

Erna Riedel, von Beruf Schneiderin, hatte ihr anthrazitfarbenes Kostüm zur Uniform einer Straßenbahnschaffnerin umgestaltet und ging allen mit ihrer abgeschraubten Fahrradklingel auf die Nerven. »Ich bin die Klingelfee von der BVG ... Bleiben Sie bitte zurück, wir sind besetzt! Durchtreten bitte! Noch jemand ohne Fahrschein?«

Erwin Krause, der Radrennfahrer gewesen war, bevor es ihn zum Wassersport gezogen hatte, war als Tour-de-France-Fahrer in die Weichselstraße gekommen. Seine enge Hose brachte Max immer wieder zum Aufstöhnen.

»Ach du, Erwin!«, rief er mit Fistelstimme. »Wenn ich das vorher gesehen hätte, wäre ich doch nicht mit Irma gegangen, sondern mit dir, nur dir allein ...«

Otto lachte. »Der Röhm soll schon bei Erwin angefragt haben ...«

»Pssst!«

Erna Krause war der Preis für die einfachste Lösung sicher: Sie hatte sich einen Vorhang umgeworfen, grell geschminkt, und gab an, die Zigeunerin Rosita zu sein. Anna Matuschewski hatte ihre alten Dienstmädchensachen aus der Truhe genommen und sich als Spreewälder Amme verkleidet, und Großvater Quade hatte sich mit Hilfe eines weißen Kittels in einen Toilettenmann verwandelt. Mit einem weißen Stullenteller in der Hand, auf dem zwei Groschen klimperten, stand er vor dem Klo und ließ keinen hinein, der nicht vorher bei ihm seinen Obolus entrichtet hatte.

Margot war das peinlich. »Du, das geht nicht, wir tun hier alle nur so, als ob ...«

»Auf der Toilette tut keiner nur so, als ob ... Und wenn, dann soll er auch was dafür bezahlen, ich wisch' ja schließlich auch die Brille ab.«

Am gefährlichsten aber war Helmut, der blau-weiß gekleidet war und nicht nur dauernd schrie, daß er Hanne Sobek sei, sondern mit einem kleinen Gummiball auf alle Türen schoß. »Tor! Tor! Tor!« Mit einem Abpraller fegte er Margots Pralinenschale von der Anrichte.

»Scherben bringen Glück!«, schrien alle. Es wurde das fröhlichste Fest seit langem, und sie hätten bis zum Morgengrauen gefeiert, wenn nicht kurz nach Mitternacht die einen Nachbarn mit dem Besenstiel gegen die Decke geklopft und die anderen voller Empörung Sturm geklingelt hätten.

Am 2. März wurde Gerda stolze zwanzig Jahre alt. Schneiderin war sie, verdiente nicht schlecht, weil sie gut nähen konnte und immer wußte, was gerade chic und modisch war. Ihre besten Kundinnen hatte sie in den Töchtern der Wolfsohns. Pünktlich zum Geburtstag zog sie aus der Weichselstraße aus und mietete sich ein eigenes möbliertes Zimmer in der Köpenicker Straße 1 bei Rackow.

Zwei Tage später kam Besuch aus Steinau: Elfriede hatte Walter, ihren Bräutigam, mit nach Berlin gebracht.

»Hinke«, sagte der.

Otto hatte automatisch ein »ich« mitgehört und schaltete auf Mitleid. »Oh ... Wie ist denn das passiert? Ein Unfall oder angeboren ...«

»Nein, ich heiße so: Walter Hinke.«

»Oh, Entschuldigung.« Danach verstanden sie sich bestens, obwohl Walter Berufssoldat war, Funker, und Otto eigentlich prinzipiell etwas gegen deutsche Berufssoldaten hatte.

Beim nächsten Besuch bei Wilhelm Wolfsohn und seiner Familie kam die Frage auf: »Wie sieht es denn aus mit Amerika?« So leicht dahingesagt diese Frage auch klang, für Otto war sie essentiell, denn wenn Onkel Wilhelm geantwortet hätte: »Wir haben schon alles festgemacht, wollt ihr mit?«, dann hätte er wahrscheinlich ja gesagt. Obwohl er so an seiner Heimat hing. Obwohl er seine Mutter und seine herzensguten Schwiegereltern nicht im Stich lassen wollte. Obwohl er kein Wort Englisch sprach außer: »How do you do mit'm Gummischuh?«

Doch Onkel Wilhelm winkte nur ab, müde, kraftlos, resigniert. »Nu, ich bin ein zu alter Baum, weißte. Soll'n die Jungen gehen.«

Von Onkel Wilhelm fuhren sie zur Wassersport-Ausstellung am Kaiserdamm, denn Otto interessierte sich für einen Außenbordmotor. Mit Muskelkraft schafften sie es von Schmöckwitz aus an einem Tag, wenn sie abends wieder zu Hause sein wollten, bestenfalls zwanzig Kilometer weit, mit einem Motor außen an der »Snark« kämen sie mindestens doppelt so weit und somit weit nach Mecklenburg hinein oder in den Spreewald hinunter. Doch alles, was sie sahen, war viel zu teuer für sie. »Sch...ade.«

Am nächsten Sonntag nagelte Oskar Schattan an eine der vielen hochgewachsenen Kiefern ein selbstgemaltes Schild folgenden Inhalts:

ERWEITERUNGSBAU SCHATTAN
Entwurf: Oskar Schattan und A. Grübner
Bauausf.: Göde. Schmöckwitz
Innenausbau: August u. Albert Quade
Malerarb.: O. Schattan u. O. Matuschewski
Arbeiter werden nicht eingestellt

»Wir müssen uns und allen anderen zeigen, daß uns der Glaube an die Zukunft nicht abhanden gekommen ist«, sagte Marie Schattan, an der eine sozialdemokratische Reichstagsabgeordnete verlorengegangen war, mit dem mildem Pathos einer Mutter Oberin.

Einen Architekten hatten sie nicht zu Rate ziehen müssen, diese Arbeit hatten Oskar Schattan und Tante Trudchens Bruder übernommen, August Grübner, der Maurer war. Sie hatten sich auf Karlchens Steinbaukasten gestürzt und ein wenig herumprobiert, bis sie das Ei des Kolumbus gefunden hatten: Links hinten an der Grenze zum Nachbargrundstück stand ja das alte Häuschen. »Das kriegt Großvater Quade als Domizil.« Dieser quadratische Bauklotz war der Ausgangspunkt. Kam ein kleiner Stein daneben: die schon vorhandene kleine Küche. »Die wird nun auch noch der Korridor mit einer schmalen Treppe nach oben, und in die Außenwand kommt 'ne Tür rein, die Tür zum großen Zimmer.« Groß hieß nur drei mal vier Meter, aber die beiden Hauseigentümer freuten sich darüber. »Oben gibt es auch zwei Zimmer: das kleinere für Gerda und Gerhard, das größere für Margot und Otto.« Aus Streichhölzern leimten sie im Modell das Gebälk für die obere Etage zusammen. Weil es viel billiger war, sollte die Vorderfront nicht aus Stein hochgezogen werden, sondern aus schrägen Dachziegeln. »Und oben kommt Dachpappe rauf. Für eine Sommerwohnung reicht das allemal, und im Winter habt ihr ja die Weichselstraße.«

So wurde in jeder freien Minute gesägt, gehämmert, gebohrt, gemauert und verputzt. Den Baumeister Göde ließen sie nur das Material herankarren und das erledigen, was sie nicht konnten oder durften. Otto genoß das gemeinsame Arbeiten mit den anderen. Ständig wurde gewitzelt und gefrotzelt, und sie waren die Helden der Familie. Nur Gerhard war nicht dabei, denn er hatte zwei linke Hände und wäre auch bei Androhung der Todesstrafe nicht fähig gewesen, einen Nagel einzuschlagen, ohne daß der krumm und schief wurde und er mit einem zerquetschten Daumen zum Arzt müßte. »Dein Beitrag zum Hausbau kann nur darin bestehen, nicht mitzumachen.«

Doch so ganz wie früher war es nicht mehr, denn immer wieder, wenn sie zusammen am Werkeln waren und dabei plauderten, zischte einer: »Pst! Nicht so laut ...«

Das bekam vor allem Oskar Schattan zu hören, wenn er Witze erzählte: »Hitler besucht die Irrenanstalt Herzberge. Alle Kranken stehen in der Halle und haben den Arm zum Hitler-Gruß erhoben, nur einer nicht. Hitler geht auf ihn zu. ›Warum grüßen Sie nicht?‹ Der Mann antwortet: ›Ick bin doch nich varückt, ick bin der Wärter!‹«

»Oskar, wenn du den Mund nicht hältst, kommst du auch noch ins KZ.«

»Freu dich doch, kannst du mir gleich was mitgeben für Berthold.«

Sein Schwager war im November 1933 verhaftet und ins Konzentrationslager Oranienburg verbracht worden. Sie wußten nur, daß er noch am Leben war. Grete, seine Frau, reiste ab und zu aus Breslau an, um ihn zu besuchen und ihm etwas zukommen zu lassen. Doch vergeblich. Sie hatten auch noch keinen gesprochen, der aus Oranienburg geflüchtet oder entlassen worden war. Wie es dort zuging, war ihnen aber klar, da mußten sie nicht drüber reden. Dagegen mußte Kriegsgefangenschaft der reinste Erholungsurlaub sein. Wenn sie an Berthold dachten, bekamen sie Kopf- und Magenschmerzen und konnten nachts keine Ruhe finden. Dachten sie nicht an ihn, machten sie sich schwere Vorwürfe. Auch deswegen, weil sie faktisch nichts für ihn tun konnten. Ging man zu den Behörden, kam man nur selber auf die Abschußliste.

»Manchmal denke ich, daß ich nur noch in den Spiegel sehen kann, wenn ich mir eine Handgranate beschaffe und damit versuche, das KZ zu stürmen.«

»Da biste doch 'ne Minute später tot.«

»Eben. Das ist aber die einzige Möglichkeit, sich nicht mitschuldig zu fühlen.«

Gerhard schüttelte den Kopf. »Wenn alle das machen, die keine Nazis sind, bleiben doch zum Schluß nur noch die übrig, die ...«

»Pst! Nicht so laut.«

Otto empfand das, was Hans Fallada 13 Jahre später mit seinem Romantitel auf den Punkt bringen sollte: Jeder stirbt für sich allein. Säße er selber im Konzentrationslager und Berthold draußen in Schmöckwitz im Garten, dann wäre der ebenso hilflos gewesen. Was blieb ihnen anderes, als auf das Ende des Nazi-Herrschaft zu hoffen und das zu verinnerlichen, was in Berlin als Sprichwort kursierte: »Schweigen ist Gold – Reden Oranienburg.«

Naturgemäß kam in dieser Zeit das Paddeln viel zu kurz. Nur wenige Male wurde die »Snark« zu Wasser gelassen, und das höchste der Gefühle war die kleine Umfahrt.

»Kinder, tut uns leid, daß Ihr unseretwegen ...«

»Macht ja nichts, wir haben noch unseren Urlaub.«

Der Alltag bestand neben der Arbeit bei Post und AOK aus etwas Kultur und etwas Geselligkeit. Im Kino um die Ecke sahen sie einen Film über Heinrich VIII., *Ein König und sechs Frauen*, und in der Plaza *Alt-Heidelberg*. Zu Besuch kam Eva, Margots Cousine.

»Hach, ist das alles anstrengend!« Eva zog gierig an ihrer Zigarette und verlangte nach einem Weinbrand. »Das dauert ja ewig von Tegel nach Neukölln!«

Es wurde viel über sie gemunkelt. Daß sie einen Arzt liebte, der aber eine reiche Partie vorzöge, um sich eine Praxis einrichten zu können. Traurig sei das alles, zumal ihr auch noch ihre Schwester den Mann abspenstig machen wolle.

»Margot, Margot, aufstehen! Der Führer ist soeben verstorben!« Der 1. April fiel 1934 auf den Ostersonntag, und so war es schon zehn Uhr, als Otto seinen Aprilscherz endlich anbringen konnte. Margot fiel natürlich nicht darauf rein. Nach dem Frühstück mit den Eltern beziehungsweise Schwiegereltern pilgerten sie bei herrlichem Wetter zum Tempelhofer Feld, wo es einen großen Flugtag gab.

»Da ist ja Udet!«, rief Margot.

»Wenn du willst, ziehen wir ins Udetenland«, sagte Otto.

Am zweiten Osterfeiertag wanderten sie mit Waldemar und Erna geschlagene sieben Stunden lang von Friedrichshagen nach Königs Wusterhausen, wobei sie allerdings zwischendurch eine anderthalbstündige Rast einlegten und dabei kräftig in der Sonne schmorten.

»Ich bin schon ganz braun«, sagte Margot.

»Dann sollte ich mich von dir scheiden lassen.«

»Es sind ja nur meine Sommersprossen.«

»In die nun bin ich wieder ganz verschossen.«

Margot wurde indes bald wieder blasser, denn in der Woche nach Ostern war große Wäsche angesetzt, und danach lagen Ziegelmanns mit ihrem Kahn im Osthafen, luden Otto und Margot zu sich ein und tranken sie unter den Tisch. Um nicht unfreiwillig baden zu gehen, beschloß Margot, auf dem Kahn zu übernachten.

Um so schlimmer war der Kater am nächsten Tag, als Tante Trudchen und Onkel Adolf zu Besuch in die Weichselstraße kamen. Onkel Adolf, ursprünglich Koch, dann Arbeiter bei Flohr, der Aufzugsfirma, verdiente sich jetzt sein Zubrot als Kinovorführer, während Tante Trudchen die Karten abriß und den Leuten, die zu spät zur Vorstellung kamen, mit der Taschenlampe den Weg zum Sperrsitz wies. Tagsüber war sie als Putzfrau tätig.

»Nicht jeder, der Adolf heißt, ist auch einer«, sagte Otto.

»Na, Gott sei Dank. Sagt mal, kommt ihr mit zur Fahrt ins Blaue? Am nächsten Sonntag?«

»Wenn's nicht ins Braune geht, dann gerne.«

Zur Baumblüte nach Werder führte Onkel Adolf sie. Von dort wanderten sie nach Caputh und fuhren mit dem Dampfer nach Potsdam. Es mußte ja nicht immer Schmöckwitz sein. Aber die Havelseen hinter Potsdam waren und blieben für Otto ein weißer Fleck auf der Landkarte.

»Alles neu macht der Mai ...« Ja, denkste. Otto kam nicht umhin, sich am 1. Mai in die Marschsäule der Reichspost einzuordnen und viele Reden über Führerverpflichtung und Gefolgschaftstreue über sich ergehen zu lassen.

Nun rückten Schmöckwitz und das Faltboot wieder in den Mittelpunkt. Am 10., an Himmelfahrt, war um fünf Uhr aufzustehen, wollten sie pünktlich zum Anpaddeln in Hangelsberg sein. Von nun an wurde die »Snark« wieder jedes Wochenende zu Wasser gelassen, und oft, so auch Pfingsten, ging es zum Krossinsee, wo Max und Irma Dauerzelter waren.

Als Margot ihre älteste Freundin im Badeanzug sah, stutzte sie. »Du hast ja im Winter ganz schön zugenommen.«

Irma schmunzelte. »Daran ist Max schuld.«

»Hat er dich so mit Pralinen vollgestopft?«

»Nee, mit was anderem ...«

»Mensch, ick wird' verrückt: Ihr kriegt 'n Kind!«

»So isses.«

Margot umarmte Irma und hatte Tränen in den Augen. »Gratuliere. Wann isses denn soweit?«

»Ende September.«

Ansonsten brachte der Mai an besonderen Ereignissen nur noch den Besuch von Tante Martha und Onkel Erich. Die jüngste Schwester seiner Schwiegermutter erinnerte ihn immer wieder an die Wilhelmine Buchholz aus der wunderbaren Romanfolge von Julius Stinde: Vornehm war sie, und ihr Sinnen und Trachten war ständig auf das Höhere im Menschen gerichtet. Onkel Erich war ein souveräner Siemens-Ingenieur, und wenn es von seiner Berufsgruppe hieß: »Dem Ingenieur ist nichts zu schwer«, dann traf das auf ihn in ganz besonderer Weise zu.

Tante Martha fand Margots japanisches Teeservice ausgesprochen reizend, und während sie die filigrane Tasse mit abgespreiztem kleinem Finger hob, wandte sie sich an Otto und fragte mit gespitztem Mund und fein gestelztem Deutsch, wie es ihm denn beruflich so ergehe. »Wann bist du eigentlich bei der Reichspost eingetreten?«

Otto verstand den Sinn der Frage schon, stutzte aber dennoch, denn er war nicht etwa bei der Post eingetreten wie ein Herr Dr.-Ing. von und zu in den Siemens-Vorstand, sondern hatte demütig ans Personalbüro geschrieben und war heilfroh gewesen, daß sie ihn genommen hatten. Leute wie er traten höchstens in einen Sportverein ein, und wenn sie sonst noch etwas eintraten, denn vor Wut eine Tür. »1924 muß es gewesen. Zehn Jahre ist das nun auch schon her ...« Er erschrak.

»Dann wird es aber langsam Zeit für dich, daß du einmal daran denkst, dich beruflich zu verändern.«

»Wie wäre es denn mit Siemens?«, fragte Onkel Erich.

Otto lachte und gab die einzig falsche Antwort. »Wer noch nicht war bei Siemens, AEG und Borsig, der hat des Lebens Elend noch vor sich.«

Margot war entsetzt. »Entschuldige dich bitte bei Onkel Erich.«

Der nahm es gelassen. »Wenn alle so im Elend sind wie ich, wäre die Menschheit schon gerettet. Aber ...« Er kratzte sich seinen nahezu kahlen Schädel, auf dem ein ungeheurer Grützbeutel unverhofft aufragte. »Aber vielleicht solltest du einmal überlegen, ob du nicht an der Gauß-Schule studierst.«

»Wie denn? Ich muß doch arbeiten.«

»Sie bieten auch ein Abendstudium an.«

Otto rief zwar aus, das würde er nie schaffen, das sei ihm zuviel, doch der Gedanke an die Gauß-Schule ließ ihn nicht mehr los.

An einem der nächsten Sonntage erholten sie sich wieder einmal bei Max und Irma am Krossinsee. Während sie auf dem Rücken lagen und den weißen Wolken nachsahen, stellte Irma die Frage, die in diesen Wochen ständig aufkam: »Was macht ihr denn in diesem Jahr im Urlaub?«

»Keine Ahnung. In unserer Kasse ist Ebbe.«

»Vielleicht was mit dem Boot?«

Sie waren ziemlich ratlos und überlegten hin und her, wobei sie immer wieder auf das leidige Thema Geld kamen.

Eine Bootsfahrt auf der Persante in Pommern rückte in den Mittelpunkt der Überlegungen. Erna und Waldemar wollten mit, und 14 Tage vor der geplanten Abfahrt besprachen sie alle Details. Aber da gab es noch ein anderes Projekt, das sie halb vergessen hatten und das plötzlich wieder auf der Tagesordnung stand: eine Tour auf Ziegelmanns Motorkahn. Nach Hamburg sollte es gehen, ein Ziel, mit dem ein Hauch der weiten Welt verknüpft war. Die ersten Gespräche wegen des Mitfahrens waren allerdings im Sande verlaufen. Doch eine Woche vor der geplanten Pommernfahrt tauchten Elfriede und Walter Schön, der Ziegelmannsche Schiffsführer, auf. Im Osthafen wurde nun lang und breit debattiert, und schließlich ließen sich Marhot und Otto überreden und sagten zu. Doch Otto mußte versuchen, seinen Urlaub vorzuverlegen. Und wie sollten sie das Erna und Waldemar beibringen? Sie fühlten sich richtig in der Zwickmühle. Doch dann löste sich alles in Wohlgefallen auf. Ottos Urlaub wurde bewilligt, und von Blöhmers kam eine Karte mit ihrer Absage.

In aller Eile packten Margot und Otto die Koffer und nahmen erleichtert Abschied von zu Hause. Am Westhafen ging es auf das Motorschiff »Stadt Steinau«, und Otto war richtig froh, mal wieder auf einem Kahn zu sein. Nach dreieinhalb Tagen auf Havel und Elbe war Hamburg erreicht, wo Elfriede ihrem Cousin und seiner Frau die Sehenswürdigkeiten zeigte. Zurück zu Hause, hatte der Alltag sie dann schnell wieder.

Am ersten Sonntag im Juli schwangen sie das Paddel und fuhren von Schmöckwitz nach Senzig, um Onkel Paul, Tante Friedel und ihre Elisabeth zu besuchen. Sie machten in diesem Jahr Urlaub in ihrem Wochenendhaus, und Otto fand, daß es bei ihnen sehr mondän zuging. Tante Friedel sah immer mehr wie eine reiche Amerikanerin aus, die im Waldorf Astoria einen Wohltätigkeitsball eröffnet, und Elisabeth war das Abbild eines Vamps, neben dem sogar Marlene Dietrich verblaßte. Onkel Paul mit seinem Schlapphut erschien ihm wie eine Mischung aus jüdischem Bankier, Amsterdamer Diamantenschleifer und amerikanischem Südstaatenfarmer, einer immer wohlhabender und einflußreicher als der andere. Das hatte aber alles Stil, und Otto war voller Bewunderung für die Familie Paul Schattan. Dagegen kam er sich richtiggehend klein und mickrig vor. Was nützte ihm die ruhmvolle Vergangenheit derer von Bosetzki? Mit ihm, dem kleinen Telegrafenbauhandwerker und Störungssucher, hatte das alles ein trauriges Ende gefunden.

Im August wurde in Schmöckwitz wieder schwer geschuftet, denn vor Einbruch des Winters sollte alles fertig sein. Bei ihren Unterhaltungen mußten sie immer vorsichtiger sein, denn bei den Kommentaren zu einigem, was inzwischen geschehen war, konnte es leicht passieren, sich den Mund zu verbrennen. Ende Juni, Anfang Juli hatte Hitler, um die SA zu entmachten, deren Stabschef Ernst Röhm und einige seiner Getreuen verhaften und ermorden lassen.

»Das ist das Beste, was uns passieren kann«, sagte Otto Matuschewski, »daß die sich alle selber ausrotten.«

Oskar Schattan nahm den Gedanken auf. »Jetzt müßte Goebbels Göring umbringen und dann Hitler Goebbels ...«

»Und wer schafft den Führer beiseite?«

»Das müßte eigentlich Hindenburg noch machen.«

Doch dieser starb am 2. August 1934 im Alter von 86 Jahren auf seinem Gut Neudeck in Westpreußen.

»Jetzt, wo sein seniler Steigbügelhalter abgetreten ist, wird Hitler auch noch Reichspräsident werden«, vermutete Gerhard. Er sollte Recht bekommen, denn die Ämter des Reichspräsidenten und des Reichskanzlers wurden vereinigt.

»Freude, schöner Götterfunken ...«, brummte Oskar Schattan.

Langsam wurden die Schatten immer länger, die sich über das Land legten, und kaum ein Tag verging, wo sie nicht bei einer Bemerkung zusammenzuckten, die so harmlos erschien, aber doch ungemein belastend war. So zum Beispiel beim Auflegen der Dachziegel ...

»Mühsam ernährte sich das Eichhörnchen«, stöhnte Otto.

»Mühsam ist tot«, sagte Oskar Schattan.

Der Schriftsteller Erich Mühsam war, wie sie von Kreuzberger Genossen erfahren hatten, nach grausamen Mißhandlungen im Konzentrationslager Oranienburg ermordet worden. Vielleicht ganz in Bertholds Nähe.

»Ach, was hätten wir es doch gut, wenn wir Nazis wären«, sagte Otto. »Warum sind wir eigentlich keine geworden ...«

»Es liegt so in einem drin«, antwortete seine Schwiegermutter und kam ihm – sie, die Atheistin – mit dem Matthäus-Evangelium: »Selig sind, die um Gerechtigkeit willen verfolgt werden; denn das Himmelreich ist ihr.«

Margot fiel ein. »Wir könnten ja mal wieder Schlesisches Himmelreich kochen.«

»Amen!« sagte Otto.

Am 12. August gab es überraschenden Besuch. Tante Claire war am Sonntag zuvor 48 Jahre alt geworden und hatte so etwas wie Sehnsucht nach ihrer älteren Schwester verspürt.

»Mariechen, ich habe mir mein Horoskop stellen lassen, und weißt du, was man mir da gesagt hat?«

»Daß du Löwe bist ...«

»Daß ich als Löwe-Mensch zur Selbstaufopferung bereit bin.«

Ihr Bruder Albert lachte. »Was denn, Klara, willst du in den Zoo gehen und dich den Löwen zum Fraß vorwerfen?«

»Nein, ich will Kontakt zu den Hohenzollern aufnehmen und sehen, daß wir wieder einen Kaiser kriegen. Nur die Monarchie kann Deutschland noch retten.«

»Pst!«

Am 26. August wurde in Schmöckwitz groß Richtfest gefeiert, und Otto und Margot trugen vor, was sie an vielen Abenden zuvor gedichtet und ihren Eltern beziehungsweise Schwiegereltern in ein extra angelegtes Fotoalbum geschrieben hatten.

Wir wollen versuchen, in Versen und Bildern,
Was in Schmöckwitz geschah, kurz und bündig zu schildern.
Hier draußen erwarbt ihr ein Stückchen Land
Mit Büschen und Kiefern und märkischem Sand.
Bald kamen die Brüder, und es wurde gegraben,
Denn schließlich will man auch mal 'ne Ernte haben.
Bäume wurden gepflanzt, ein Brunnen gebohrt,
Und hinten am Zaun entstand der stille Ort.
Doch kam mal ein Regen oder gar ein Gewitter,
Dann mußtet zum Nachbarn ihr flüchten, und das war stets bitter.
Da ging Papa zum Baumeister Haufe,
Und im Juli '23 hobt ihr ein Häuschen aus der Taufe.
Es war zwar nur klein, doch der Anfang war gemacht –
Ihr hattet ein Obdach und konntet bleiben zur Nacht.
Doch einer von euch, der sprach mal: »Ich glaube,
Uns fehlt noch etwas. Natürlich! Die Sommerlaube.«
So wurde gebaut aus silbernen Birken
Die besagte Laube zum fröhlichen Wirken.
Die Jahre vergingen, die Mädels wuchsen heran,
Und bald brachte eine jede 'nen Liebsten an.
Auch diese beiden, Otto und Gerhard mit Namen,
Natürlich am Wochenende nach Schmöckwitz rauskamen.
Dazu hausten dann noch in der kleinen Bude
Großvater Quade, Onkel Adolf und Tante Trude.
Das war dann abends ein Rücken und Bauen,
Bis ein jeder sich konnt' in die Klappe reinhauen.
Und nachts gab's oft ein seltsam Geräusch und Gestöhn –
Doch alles in allem: Es war knorke und schön.

Die Zeit ging weiter, die Zukunft war mau,
Und doch entschloßt ihr euch zum Erweiterungsbau.
Die Räume wuchsen, es dehnt sich das Haus –
Vier Zimmer, eine Küche, so sieht es jetzt aus.
Und aus ist nun auch uns're Reimerei –
Lebt glücklich und froh darinnen ihr zwei.

Weiter ging's im alten Trott. Bei herrlichem Spätsommerwetter wurde noch einmal tüchtig gepaddelt. Zum Abschluß der Saison feierte der Verein »Mark Brandenburg« in den Teltower Kammersälen seinen großen Kameradschaftsabend. Als Gesamtleistung des Jahres errechnete Otto 214 Kilometer.

Am Sonntag, den 23. September stand Max Bugsin spätabends stark alkoholisiert und tränenüberströmt vor ihrer Tür. Sie bekamen einen furchtbaren Schreck.

»Was ist denn passiert!? Eine Fehlgeburt ...? Ist Irma ...?«

»Nein, ich freue mich nur so. Eine Tochter. Inge ...«

Obwohl sie bei den Bugsins nie zuvor eine Spur von Religiosität festgestellt hatten, wurde Inge am 2. Oktober getauft, und Otto war seit langer Zeit mal wieder in einer Kirche. »Die Kirche hat bei mir die Bänke beizen lassen«, erklärte Max. Sonntags ging es weiterhin nach Schmöckwitz, wo Otto seinem Schwiegervater beim Endausbau des Häuschens half.

Am 21. Oktober waren Ziegelmanns wieder einmal in Berlin und lagen mit ihrem Kahn in Alt-Stralau vor der Glashütte. Diesmal war Tante Emma mitgekommen, und als die beiden Walter-Schwestern aus Tschicherzig, Emma und Anna, an der Kaimauer standen, wurden alte Erinnerungen wach.

»Hier hat doch dein Heinrich seinen Bauplatz gehabt?«

»Ja, und da hinten die Käthe Bosetzky ihr Restaurant, den ›Fröhlichen Krebs‹.«

Otto dachte wieder einmal: Was wäre wenn ... wenn Heinrich Bosetzky und seine Mutter wirklich geheiratet hätten und sein leiblicher Vater nicht pleite gegangen wäre ... Dann wäre er in einer Villa in Lichterfelde aufgewachsen und nicht auf dem Oderkahn und danach im Kohlenkeller, dann wäre er heute Bauingenieur und Firmeneigentümer. »Wenn das Wörtchen ›wenn‹ nicht wär' ...«

Aus Siemensstadt kam die Nachricht, daß es Onkel Adolf sehr schlecht ginge. Er habe Blut im Stuhl gehabt, litte schreckliche Schmerzen und läge im Krankenhaus Westend. Margot brach in Tränen aus. »Onkel Adolf ist immer mein Lieblingsonkel gewesen!«

Am 3. November fuhr das Umzugsauto vor, und Ottos Schwiegereltern zogen nach Schmöckwitz hinaus. Noch war dort nicht alles fertiggestellt, doch wenn sie ein wenig improvisierten, dann ging es schon. Da Otto und Margot die vergleichsweise große Wohnung in der Weichselstraße alleine nicht bezahlen konnten, bekamen Gerda und Großvater Quade die freigewordenen Zimmer. Ein Dauerzustand war das nicht, aber vorerst ging es wohl.

Am 6. November besuchten sie Onkel Adolf noch einmal im Krankenhaus, einen Tag später starb er. Die Trauerfeier fand im Krematorium Gerichtstraße statt.

»Er wollte schon als Kind immer der Erste von uns Brüdern sein«, sagte Richard Schattan.

Margot mit ihrer pessimistischen Ader meinte: »Wenn es einmal losgeht mit dem Sterben, dann sterben immer drei dicht hintereinander.«

Und sie sollte mit ihrem Aberglauben recht behalten, denn in kurzem Abstand starben Wilhelm Ziegelmann und Walter Matuschewski, Ottos Ziehvater und sein Adoptivvater.

»Nun sind alle deine drei Väter tot«, sagte seine Mutter, »nur dein himmlischer Vater, der bleibt dir noch.«

Walter Matuschewski war an Leberkrebs unter schrecklichen Schmerzen zu Hause gestorben. Kurz vor vier Uhr morgens am 3. Dezember. Alle, Anna, Otto, Margot und Helmut, hatten an seinem Bett gestanden. »Mutter, hilf mir doch!«, hatte er immer wieder gestöhnt. Otto hatte ihn nicht geliebt, weiß Gott nicht, aber sein Tod traf ihn dennoch so sehr, daß er wie in Trance durch die Straßen lief. Nun war er der nächste in der langen Kette, vor ihm war keiner mehr.

Am nächsten Tag waren sie vollauf damit beschäftigt, alle Formalitäten zu erledigen, und dann saß er auch schon mit seiner Mutter im Zug, um nach Steinau zu fahren, wo der Schiffer Wilhelm Ziegelmann am 6. Dezember beerdigt wurde. Kaum war der Leichenschmaus vorüber, hetzten sie wieder zum Bahnhof, denn für den nächsten Vormittag war die Trauerfeier für Walter Matuschewski angesetzt, um zehn Uhr draußen in Baumschulenweg. Die Hektik wirkte wie ein Betäubungsmittel.

Am 11. Dezember mußten sie abrupt umschalten, denn Marie und Oskar Schattan feierten ihre Silberhochzeit. Nicht draußen in Schmöckwitz, sondern bei Siedentopf in der Muskauer Straße.

Dann kamen die Weihnachtstage, an denen sie Ottos Mutter und Helmut keine Stunde allein ließen.

»Haben Sie auch einen Weihnachtsbaum in Schwarz?« hatte Otto zuvor den Händler gefragt.

Das Jahr 1935 begann mit einem außenpolitischen Erfolg Adolf Hitlers: Der Völkerbund in Genf beschloß die Wiedervereinigung des Saargebietes mit dem Deutschen Reich, nachdem sich die überwiegende Mehrheit der Saarländer in einer Volksabstimmung für den Anschluß ausgesprochen hatte. Im März gab der Führer und Reichskanzler auch die Wiedereinführung der Wehrpflicht bekannt. In Berlin wurde der Film über den NSDAP-Reichsparteitag von 1934, *Triumph des Willens* von Leni Riefenstahl, uraufgeführt.

»Diese verdammte Nazijule!«, schimpfte Otto Matuschewski, denn er ahnte, was bald kommen würde: der Krieg. Dazu bedurfte es keinerlei prophetischer Gaben, denn am 18. März wurde in Berlin die erste große Luftschutzübung mit allgemeiner Verdunkelung durchgeführt. Punkt 22 Uhr waren alle Schaufensterbeleuchtungen und Lichtreklamen auszuschalten, eine Stunde später war die Stadt vollkommen verdunkelt. Erst mit Beginn des neuen Tages gingen die Lichter wieder an.

»Ich sehe schwarz«, sagte Otto, zumal überall Plakate hingen, die im Licht der Suchscheinwerfer angreifende Flugzeuge zeigten. Darunter stand schwarz auf gelb: »Rettet euch in den Reichsluftschutzbund«.

Wenn Otto Matuschewski am Rande des Tempelhofer Feldes stand und die modernen Maschinen mit den aufgemalten Hakenkreuzen starten sah, dann hatte er manchmal den Eindruck, als säße auch er in solch einer engen kleinen Kiste, allerdings gegen seinen Willen und ohne jede Chance, auf Ziel und Kurs Einfluß zu nehmen. Er wußte nur das eine: daß es eines Tages abstürzen würde. Was tun? Es gab nur eine Antwort: Dasitzen und so tun, als sei alles ganz normal. Und insgeheim hoffen ... Und so gingen die Tage dahin, von denen sich nur wenige im Gedächtnis festsetzten.

Im Januar 1935 wurde Marie Schattan, auch Mary und Mariechen genannt, die nachmalige Schmöckwitzer Oma, fünfzig Jahre alt. Sie feierten draußen im größer gewordenen Häuschen, und neben ihren engsten Angehörigen waren 13 Gäste gekommen. Ein bißchen wenig, wie es Otto schien, doch mehr gingen nicht in die beiden Zimmerchen hinein – und für eine große Feier in der »Palme« oder einem anderen der Schmöckwitzer Restaurants, »Stippekohl«, »Wimmer« oder »Bober«, fehlte das Geld. Auch wollten sie nicht »Großkotz aus Klein-Pankow« sein.

»So eng isset ja nich mal am letzten Sonnabend vor Weihnachten inna Elektrischen jewesen«, sagte Tante Trudchen.

»Aber jemütlich.«

»Raum ist in der kleinsten Hütte.«

Angestoßen wurde mit Sekt, doch bevor sie die Gläser hoben, setzte Großvater Quade zu einer kleinen Rede an.

»Tja, nun ...« Er räusperte sich und zupfte am Kragen seines weißen, wenn auch arg bekleckerten Jacketts, das eigentlich seine Sommerjacke war. »Ein großer Redner bin ich ja nicht ...«

»Sonst wärste ja auch im Reichstag gewesen.«

»... und jetzt im KZ.«

»Pst!«

»Also ... Liebe Tochter, als du am 12. Januar 1885 das Licht der Welt erblickt hast, gab es noch keines, ich meine: elektrisches Licht. Kerzen und Petroleumlampen hatten wir damals auf'm Lande ...«

»Und noch 'ne Monarchie.«

»Mit dem alten Wilhelm, ja.«

»Unserem ersten deutschen Kaiser«, rief Tante Claire mit leuchtenden Augen. »Seit 1871, unserem Wilhelm I.«
»Friede seiner Asche.«
»Mariechen hat heute Geburtstag und nicht der Kaiser. Laßt doch Großvater Quade mal ausreden.«
»Ja, also, es ist an dem, wie ich es gesagt habe: Mariechen ist auf die Welt gekommen.«
»Das sieht man.«
»Wie? Ja ... Nun ist sie fünfzig Jahre alt geworden, ein halbes Jahrhundert. Ihre Mutter, meine herzensgute Bertha, lebt ja schon lange nicht mehr. Aber in Gedanken ist sie noch immer unter uns. Sieh mal, Bertha, was aus dem Mariechen alles geworden ist ...«
»Eine richtige Heilige«, lästerte Onkel Albert. »Trinkt nicht, raucht nicht, erzählt keine schmutzigen Witze, hilft allen, die da mühselig und beladen sind, und glaubt nur an das Gute im Menschen.«
»Wir können stolz auf unsere Schwester sein!«, rief Martha. »Lach doch auch mal, Geburtstagskind!«
»Warum kann Berthold nicht unter uns sein ...« Sie hob ihr Glas und hielt es in Richtung Oranienburg. »Berthold, wir denken an dich!«
Schlagartig war allen wieder bewußt, in welcher Zeit sie lebten, und wenn sie sich dennoch fröhlich gaben, dann taten sie es sozusagen pflichtgemäß. Otto kam es vor, als seien sie eine Schauspielertruppe, die einen Schwank zu spielen hatte, obwohl sie am liebsten in Trauer versunken wäre, da gerade einer der ihren gestorben war.
Am nächsten Tag, es war Sonntag, versuchten sie, den Kopf frei zu bekommen, indem sie von Schmöckwitz, wo sie übernachtet hatten, mit der 86 nach Grünau fuhren und dann durch den hohen Schnee zurückliefen. Zuerst durch den Wald und dann bis Karolinenhof immer am Wasser entlang. Das Eis auf der Dahme war noch viel zu dünn, einen Menschen zu tragen. Dennoch verspürte Otto den Drang, es zu wagen. Irgendwo hatte er gelesen, daß sei der Todestrieb des Menschen, eine dekadente Sache. Warum eigentlich? Gemessen an dem, was sich sonst noch denken

ließ, wäre dies ein schöner Tod. Aber Margot ... Es war unmöglich, sie mitzunehmen, und ebenso unmöglich, sie allein zu lassen. Sie war allein so hilflos, weil sie so pessimistisch war. Gab es viele Möglichkeiten, wie eine Sache ausgehen könnte, glaubte sie immer, daß die schlimmste Variante eintreten würde. Selbst wenn sie Mensch-ärgere-dich-nicht spielten und einer hinter ihr stand, der sie mit dem nächsten Wurf rauswerfen konnte und dazu eine Fünf benötigte. Ein Optimist hätte gedacht: Die Chancen stehen 5:1 für mich, und beim Gesetz der großen Zahl vielleicht noch besser, mich trifft es nicht. Sie aber rief schon, während der Würfel rollte, das Unglück heraufbeschwörend: »Fünf!« – und tatsächlich kam die Fünf, und sie flog raus. »Mädel, sei doch nicht so zaghaft!«, hatte schon ihr Vater immer gesagt, und sie war ja wirklich zaghaft und zögerlich und glaubte nicht an sich und ihre Stärken. Immer waren die anderen besser, immer war auf die anderen zu hören, nie auf die eigene Stimme. Nein, da war sich Otto klar, einen Menschen wie seine Margot konnte man nicht allein durchs Leben gehen lassen, erst recht nicht in diesen braunen Zeiten, wo sie als Mischling zweiten Grades als Untermensch galt.

Als sie das Grundstück in Schmöckwitz erreichten, scholl ihnen frohes Lachen entgegen. Max und Irma waren gekommen. »Nachträglich alles Gute zum Geburtstag, Tante Mary, und viel Glück für die nächsten fünfzig Jahre.« Max Bugsin machte seine Scherze, und die kleine Inge juchzte über den Schnee. Auch Helmut kam noch, und nach dem Essen spielten sie Rommé und Trudel-Skat.

In der darauffolgenden Woche gingen Margot und Otto zum Fotoabend des Kanu-Verbandes, auf dem sie befreundeten Paddlern die Bilder ihrer beiden Wasserwanderungen zeigten. Nun ja, die meisten Fotos waren etwas blaß und die Menschen wie die Boote allesamt ein wenig klein geraten. Otto besaß eben keine Leica oder Voigtländer, sondern nur eine billige Wald- und Wiesenkamera.

Am dritten Sonntag des Jahres besuchten sie Erna und Waldemar in Rahnsdorf. Sie trafen sich schon am S-Bahnhof Friedrichshagen und wanderten von dort zum Hortwinkler Weg. Wie immer hielt Waldemar große Vorträge, seine Stimme dröhnte durch den Wald, ausdrucksstark und witzig spielte er das, was er nicht sein durfte: Lehrer und Dozent. Jetzt floß das ab, was sich die Woche über angesammelt hatte, wo er bei Siemens an der Drehbank stehen mußte.

»Neulich war ich bei Paul Nipkow zu Besuch und habe das Original der Nipkow-Scheibe gesehen ...«

»Du, Otto, zu Onkel Paul müßten wir auch mal wieder gehen«, fiel Margot ein.

»Ja, aber hör doch mal zu, was Waldemar sagt!«

»Die Nipkow-Scheibe ist der Ursprung des Fernsehens, das sie bis zu den Olympischen Spielen so vervollkommnet haben werden, daß man die Wettkämpfe in den Fernsehstuben ganz genau verfolgen kann.«

»Nun wird man nicht nur verfolgt, sondern kann auch selber verfolgen, ohne bei der Gestapo zu sein«, sagte Otto. »Das finde ich sehr anständig von den Nazis.«

»Pst!«

»Das Fernsehen wird die Welt noch viel mehr verändern, als es der Rundfunk bis jetzt getan hat«, erklärte Waldemar. »Denkt an meine Worte.«

Erna hatte während seiner Ausführungen bewundernd den Kopf gehoben, sie schaute von schräg unten zu ihm auf, und jeder ihrer Blicke sagte voller Stolz: »Seht nur, wie klug mein Waldi ist.«

Otto ging das gehörig auf den Wecker, nicht nur, weil Erna dabei so dümmlich und glotzäugig aussah wie die berühmte Kuh vorm Tore, sondern auch, weil seine Margot das Gegenteil tat und ihn nicht etwa an seinen Vorgesetzten maß, sondern an großen Ingenieuren wie Siemens, Halske oder Kruckenberg.

Ottos Geburtstag wurde nicht am 24., sondern erst am nachfolgenden Sonntag, den 27. gefeiert. Zehn Gäste waren zu begrüßen, diesmal keine Verwandten, sondern alles Freunde: Max und Irma, Waldemar und Erna I, Ewald und Erna II sowie Erwin und Erna III. Es gab Wiener Würstchen mit Kartoffelsalat und zum Nachtisch Rote Grütze mit Vanillesoße. Danach wurden einige Bocksbeutel geleert, denn Frankenwein mochten sie alle. Die Männer redeten, die Frauen bildeten den Chor und lachten an den passenden Stellen.

»Kommt neulich ein Mann zu mir«, erzählte Max, »und fragt, ob er meinen Stuhl haben kann. ›Ja‹, antworte ich, ›haben Sie 'n Topf mitgebracht oder reicht Ihnen Zeitungspapier?‹«

Waldemar stellte seine Rolle als Imker heraus. »Seit ich im *Völkischen Beobachter* inseriert habe, bin ich meinen ganzen Honig losgeworden. Der Text lautete: ›Der Honig, den Sie Ihrem Vorgesetzten ums Maul schmieren können.‹«

Ewald hatte den Kolonialwarenladen seines verstorbenen Vaters übernommen, geriet aber mitunter noch ins Schwimmen, wenn zu viele Kunden gleichzeitig etwas von ihm wollten. »Neulich muß Erna ihren Urin zum Arzt bringen und nimmt dafür 'ne alte Essigflasche. Als sie gehen will, fällt ihr noch was ein, und sie läßt die Flasche vorn im Laden stehen. Ich denk' nicht mehr dran und verkauf' sie der alten Sendrowski. Als wir das dann gemerkt haben ... Zwanzig Mark wollt' sie dafür haben, daß sie's keinem weitererzählt.«

Erwin entführte sie in die Welt des Kajaksports. »Bei uns im Postsportverein hat sich letzten September einer ein neues Faltboot gekauft, 'n Zweier, der Kamerad Schneidereit, baut es zusammen und lädt mich ein zur Jungfernfahrt. Die Dahme aufwärts nach Schmöckwitz. An der Bammelecke passiert es dann: Er hat 'ne Verriegelung vergessen, und wir klappen zusammen wie 'n Taschenmesser.«

»Ja«, lachte Otto, »und wir in Schmöckwitz haben gedacht, daß es 'n Erdbeben gegeben hat.«

»Wieso denn das?«

»Weil Erwin beim Baden immer so fürchterlich bibbert. Ein Zitteraal ist gar nichts dagegen.«

Anfang März war Otto so stark erkältet, daß der Arzt ihn krank schrieb und ins Bett schickte. Er hatte den typischen Walterschen Husten geerbt, das heißt, er hustete beziehungsweise bellte, wie seine Mutter es ausdrückte, so stark, daß die Wände wackelten. Dagegen halfen weder die Medikamente, die man ihm verschrieb, noch die alten Hausmittel wie heiße Milch mit Honig.

»Otto, du hustest dir ja die Lunge aus dem Hals!« Zu Gerdas Geburtstag mußte Margot alleine gehen, erst am 5. März, als Onkel Reinhold und Tante Friedel zu Besuch kamen, ging es ihm wieder etwas besser, und er konnte sie in seiner Hausjacke empfangen.

»Dienstag haben wir Ruhetag im Restaurant, da können wir mal weg«, sagte Reinhold Quade.

»Wie läuft's denn so in der Prinzenstraße?«

»Nun, wer Sorgen hat, hat – oder trinkt – auch Likör ... Die meisten trinken aber, weil's ihnen nun wirklich bessergeht. Uns ja auch, aber wie lange?«

Margot sah auf seinen nicht eben dünnen Bauch. »Meinste du wegen deiner kranken Galle?«

»Nein, wegen Tante Friedel.«

»Wollt ihr nicht auch nach Amerika?«

Reinhold stöhnte. »Friedels Eltern waren doch bekannt im Gaststättengewerbe, und ich hab' ihrer Mutter versprochen, daß ich die Tradition fortsetze ...«

»Gehen oder untergehen, das ist hier die Frage«, sagte Otto.

Tante Friedel rührte in ihrer Sammeltasse. »Wenn unser Gott es so will ...«

»Hilf dir selber, dann hilft dir Gott«, entgegnete Otto.

Onkel Reinhold schwieg. »Nun«, sagte er schließlich, »man muß es nehmen, wie es kommt.«

Was Otto half, den nötigen Fatalismus an den Tag zu legen, war seine Kunst, immer und überall und sozusagen auf Befehl einschlafen zu können. Wo er auch lag, er brauchte seinen Gedanken nur den Befehl zu geben: »Aus jetzt!«, und schon war er sanft entschlummert. Für die nötige Müdigkeit sorgte schon die viele Arbeit.

Otto war jetzt Störungssucher im Fernmeldeamt in der Skalitzer Straße, und das bedeutete, ständig Schichtdienst zu haben. Der sogenannte Dicke Dienst ging von zwei Uhr nachmittags bis zehn Uhr abends, was auch wenig Familienleben zuließ. Als Störungssucher war er ständig auf den Beinen. Mal hatte er unten an der Wiener Brücke ein Kabel zu reparieren, das spielende Kinder im Hof von der Wand gerissen hatten, mal oben in der

Kochstraße eine Anschlußdose zu ersetzen, die beim Staubsaugen entzweigegangen war. Alle Strecken waren ohne Auto zurückzulegen, und Dienstfahrscheine gab es auch nur selten. Wenn der Dienst günstig lag, fuhr er nach Schmöckwitz hinaus, um seinem Schwiegervater zu helfen, wobei er aus Ersparnisgründen meist sein Rad nahm, es sei denn, der Schnee lag knöchelhoch.

Nachdem Otto sich noch eine schwere Grippe zugezogen hatte, erholte er sich mit den ersten warmen Sonnenstrahlen wieder, und Margot mußte zugeben, daß sich ihre schlimmsten Befürchtungen nicht bestätigt hatten: »Nein, Tuberkulose ist es nicht gewesen.« Das Osterfest nahte und stellte sie vor organisatorische Probleme, denn alle rissen sich um sie. Am Ostersonntag sollten sie zugleich an vier Orten sein: bei Ottos Mutter in der Manteuffelstraße, bei Margots Eltern in Schmöckwitz, bei Tante Trudchen und Karl in Siemensstadt und bei Max Bugsin in der Ebertystraße, wo dessen Geburtstag zu feiern war. »Wir können uns doch nicht zerreißen«, barmte Margot. Otto sah es gelassener: »Besser, als wenn uns keiner haben will.« So fuhren sie schließlich schon am Karfreitag nach Schmöckwitz und suchten Ostereier im Garten, gingen am Sonnabend zu seiner Mutter und seinem Bruder, begaben sich am Sonntag vormittag mit der Straßenbahn nach Siemensstadt und aßen dort das Osterlamm, das Tante Trudchen mit all ihren bescheidenen Kochkünsten zubereitet hatte, und machten sich von dort auf den Weg zur Geburtstagsfeier hinten in Friedrichshain. Bei Max ging es hoch her. »Alkohol konserviert – und da ich hundert werden will, muß ich viel trinken. Prost!« So kamen sie erst weit nach Mitternacht ins Bett, hatten aber um halb fünf schon wieder aufzustehen, denn für den Ostermontag war das Anpaddeln angesetzt: um acht Uhr in Fangschleuse. Die Spree hinunter ging es über den Dämeritzsee, den Gosener Graben und den Seddinsee nach Schmöckwitz, wo sie mit Margots Eltern, Gerda und Gerhard dem selbstgemachten Eierlikör zusprechen mußten.

»... die Bäume schlagen aus«, sang Margot beim Frühstück. Otto warnte sie: »Geh mal nicht zu dicht ran.« Seine Laune war

nicht die beste, denn er hatte mit dem gesamten Postamt am 1. Mai mitzumarschieren und dem Nazi-Staat zu huldigen. »Ottchen, du bist nun mal nicht allein auf der Welt«, sagte Margot. Er haßte es, Ottchen genannt zu werden. Wenn sich der kleine Mann auf der Straße noch kleiner machte, als er ohnehin schon war, konnte das für seine Zukunft nichts Gutes bedeuten. Er ließ diesen 1. Mai über sich ergehen wie eine Ehefrau, die keine Chance zum Ausbruch hatte, den Geschlechtsverkehr mit einem Gatten, den sie haßte: Augen zu, alle Sinne abschalten und hoffen, daß es bald vorbei sein würde. Das war es dann auch, und anschließend gingen sie zu seiner Mutter, die einen wunderbaren Entenbraten fabriziert hatte. »So wie damals bei meinem Professor in Wilmersdorf, wo ich in Stellung gewesen bin.«
Der 1. Mai war auf einen Mittwoch gefallen, und am Freitag wurde am späten Nachmittag in der Weichselstraße Sturm geklingelt. Sie erschraken. Es war zum Glück nur Elfriede.
»Wir liegen mit dem Kahn im Osthafen und haben genügend Obstwein an Bord. Ihr seid herzlich eingeladen.«
»Das lassen wir uns nicht zweimal sagen. Morgen abend.«
Der Obstwein aus Tschicherzig hatte es in sich, er schmeckte wie Saft und wirkte wie Kognak. Das hatte zur Folge, daß sich Margot um zwei Uhr früh übergeben mußte, dabei die Balance verlor und ins Wasser fiel. Obwohl sie eine gute Schwimmerin war, schrie sie, daß es weit übers Wasser hallte, denn ringsum gab es nur glatte Kaimauern und den noch glatteren Rumpf des Motorschiffes. Auch die Lampen im Hafen waren alles andere als Scheinwerfer. Doch zum Glück hatten Otto und der Steuermann der »Stadt Steinau« aufgepaßt.
»Ich habe keinen Grund!«, rief Margot von unten.
»Wenn du keinen Grund hast, brauchst du doch nicht so zu schreien«, sagte Otto. Dann sprang er mit den anderen in die Spree, sie zu retten und mit Hilfe einer Strickleiter wieder nach oben zu bugsieren.
Am Montag danach hatte er bei einem alten Gymnasiallehrer am Planufer den Telefonapparat auszutauschen und fand auf dessen Schreibtisch ein aufgeschlagenes Buch, in dem auf der einen

Seite mehrere Sätze dick unterstrichen waren: »Der Mensch ist unglücklich, weil er nicht weiß, daß er glücklich ist. Es ist nur das. Das ist alles, das ist alles! Findet das einmal einer heraus, wird er sofort, im gleichen Augenblick, glücklich werden ... Alles ist gut.«

Der alte Mann schlurfte in seinen Pantinen näher, er atmete asthmatisch und hatte ungekämmtes, langes schlohweißes Haar. »Dostojewski«, sagte er. »*Die Besessenen.*«

»Alles ist gut«, wiederholte Otto. »Was soll das? Das ist doch ...« Er brauchte eine Weile, um auf den Begriff zu kommen, den er suchte. »... Menschenverachtung, Zynismus.«

»Warum, junger Mann?«

»Die SA ist gut, das KZ ist gut ...«

»Die Menschen ...« Der Alte griff nach dem Buch und las Otto die nächsten Sätze vor: »Sie sind schlecht, weil sie nicht wissen, daß sie gut sind.«

»Was ist denn das für'n Quatsch!«

»Alles ist gut, alles. Wenn die Nazis herausgefunden haben, daß sie gut sind, werden sie keinem Menschen mehr Gewalt antun, und alle, jeder einzelne von ihnen wird gut werden.«

Otto murmelte zwar: »So ein Stuß«, doch Dostojewski ließ ihn nicht mehr los. Vielleicht waren dies die glücklichsten Jahre seines Lebens. Die Nazis ließen die, die zwar gegen sie waren, aber schwiegen und ihre Arbeit machten, in Ruhe leben. Wahrscheinlich der Olympischen Spiele wegen. Und dann? Zwei, drei Jahre noch, dann würde es Krieg geben, wie Waldemar Blöhmer, Gerhard und sein Schwiegervater immer wieder behaupteten. Das läge in der Natur der Sache. Der Lebensraum im Osten, von dem die Nazis immerzu sprachen, ließ sich nicht gewinnen, ohne daß man einen Eroberungskrieg vom Zaune brach. Auch Onkel Albert sah den nächsten Weltkrieg kommen.

»1915 war ich der jüngste Soldat, der im Felde stand, und 1940 werde ich einer der ältesten sein.«

»Manche können eben den Hals nicht voll genug kriegen.«

»Was ist denn süßer: für den Kaiser oder für den Führer zu sterben?«, fragte Gerhard.

»Frag mich, wenn ich's hinter mir habe.«

Die Lust, über das Sterben zu scherzen, sollte ihnen bald vergehen, denn zu Beginn der zweiten Maiwoche rutschte ein schwarz umrandetes Kuvert durch ihren Briefschlitz, eine Traueranzeige vom Erkelenzdamm: Onkel Wilhelm war gestorben. Am 14. sollte die Beisetzung stattfinden, draußen auf dem jüdischen Friedhof in Weißensee. »Dafür mußt du dir dieses Käppi besorgen«, sagte Margot.

Am Grabe sahen sie dann alle Wolfsohns wieder, die sie schon oft getroffen hatten: die Tanten Rosel, Salca, Betti, Frieda und Hannchen sowie Onkel Salo und Onkel Benno. Gekommen waren auch einige angeheiratete Familienmitglieder aus Schlesien, denen sie noch nie begegnet waren, und von Margots vielen jüdischen Cousins und Cousinen kannten sie auch nur Hanni und Bertel.

Oskar Schattan sah sehr nachdenklich aus. »Ich glaube, Wilhelm hat den richtigen Riecher gehabt und sich rechtzeitig von dannen gemacht ...«

Otto hatte es aufgegeben, darüber nachzudenken, warum die Welt so war, wie sie war. Sowenig wie die Ameise, die vor ihm über den *Völkischen Beobachter* kroch, die Worte verstand, die sie da berührte, sowenig verstand er den letzten Sinn und Zweck des Kosmos. Und deshalb hatte es auch keinerlei praktischen Nährwert, über den Tod von Onkel Wilhelm zu philosophieren. Alles war so, wie es war – basta! Das viele Fragen nach dem Warum und Weshalb führte nur dazu, daß man völlig verdummte. Schon Sokrates hatte es erkannt: »Ich weiß, daß ich nichts weiß.« Schuster, bleib bei deinen Leisten, Otto, bleib bei deinen Strippen und Relais.

Am 11. Juni wurde Margot 25 Jahre alt. Es war so heiß, daß die Schlagsahne nicht recht steif werden wollte.

»Wenn's nur die Schlagsahne ist«, sagte Max. »Aber ich wundere mich ja sowieso schon, daß ihr keine Kinder kriegt.«

»Wir hätten schon gern welche, aber ...« Otto brach ab, denn sie standen auf dem Balkon, und da ging es schlecht, dem Freund all die Gründe aufzuzählen, die dagegen sprachen. Daß er bei den

Nazis noch immer auf der Abschußliste stand und vielleicht ein kleiner, nicht einmal von ihm ausgehender Kontakt zu einem Widerstandskämpfer genügen konnte, ihn ins Konzentrationslager zu bringen. Daß Margot als Mischling galt und damit auch ihr Kind nach den verqueren Rassenvorstellungen der Nazis kein vollwertiger Mensch war. Daß es Krieg geben würde. Es sprach vieles dagegen, Kinder in die Welt zu setzen.

Margot hätte sich schon eine etwas größere Feier gewünscht, aber irgendwie war keinem so recht nach Feiern zumute. Wieder einmal. So hatten sie nur zehn Personen zu Gast in der Weichselstraße: ihre Eltern nebst Großvater Quade, Gerda und Gerhard, Mutter Matuschewski mit Helmut, Irma als älteste Freundin mit Max und Eva Orth als Lieblingscousine. Zum Abendessen gab es Kaßler, was als vornehm galt.

Als sie ins Bett gingen und Otto sie umarmte, sagte sie, daß er sich nun bald eine Jüngere suchen müsse.

Otto lachte und setzte an zur romantischsten Liebeserklärung seit Romeo und Julia. »So eine wie du, wie singen sie immer: ›Das kann das Leben nur einmal geben ...‹«

Sie unterbrach ihn. »Guck mal, Otto, die Gardinenstange sitzt ganz schief.«

»Genau das meine ich ...«

Nach Margots Geburtstag folgte wieder das, was man grauen Alltag nannte, aber Otto hatte sich vorgenommen, ihn als etwas anzusehen, was glücklich machte. Schließlich hätte es ihm in diesen Zeiten auch viel schlechter gehen können, so wie Berthold, und es stimmte wohl, daß Glück letztendlich nichts anderes war als die Summe des Unglücks, dem man entgangen war. In dieser Stimmung paddelten sie am 22. Juni zum Krossinsee und blieben dort die Nacht über, denn es gab eine zünftige Sonnenwendfeier. Zwar hätte ihm dieses Altgermanische, das die Nazis so stark für ihre Zwecke mißbrauchten, zutiefst zuwider sein müssen, doch Dostojewski ließ ihn nicht mehr los: »Alles ist gut.«

Am 5. Juli gab es den nächsten großen Geburtstag: Ottos Mutter wurde fünfzig Jahre alt. Anna Matuschewski hatte beschlossen, nicht in Berlin zu feiern, sondern in Tschicherzig bei ihrem Bruder Reinhold, was auch insofern höchst zweckmäßig war, da sich Elfriede am nächsten Tag in Steinau mit ihrem Walter verloben wollte. Ihre beiden Söhne nahm Anna mit. Der Kohlenkeller verblieb in der Obhut ihrer Schwiegertochter, und Otto sprach mit leisem Spott von seiner »kleinen Kohlenfrau«, wenn er Margot meinte.

Im Juli stand auch die nächste Urlaubsfahrt ins Haus, die Otto wieder in einem Fahrtenbuch festgehalten hat.

Faltbootfahrt durchs Brandenburger Land.
1935

Blauende Seen,
Wiesen und Moor,
Liebliche Täler,
Schwankendes Rohr.

Im Brandenburger Land, zwischen Neuruppin und Rheinsberg und im weiten Raum zwischen Schorfheide und Mecklenburg, liegt ein Paradies für Wasserwanderer. Tiefgrüne Seen und dunkle Wälder, stille Flüsse und wogende Kornfelder begleiten den Wanderer in bunter Folge. Erholung und Ferienfreude findet man hier vor den Toren Berlins in Hülle und Fülle. Darum soll man auch nicht über die lächeln, die bloß nach Mecklenburg fahren.

14. Juli
Nun stehen wir im Zug und fahren mit Gebimmel durch das weite Havelland. Nach zweistündiger Fahrt wird Neuruppin erreicht. Weil wir so dicht am Bahnhof Wasser sehen, verlassen wir den Zug auf der Station Rheinsberger Tor. Das möge als Entschuldigung gelten, daß wir uns die Heimatstadt von Theodor Fontane, Karl Friedrich Schinkel und Gustav Kühn (»Neuruppiner Bilderbogen«) nicht näher angesehen haben. Am Fuß der Straßenbrücke wird in der prallen Mittagssonne das Faltboot aufgebaut. Noch

einen Blick zurück auf die Stadt mit der zweitürmigen Kirche und dem weiten Havelländischen Luch im Hintergrund – und dann ab in die Ferien 1935.

Ringsum säumen grüne Wälder den Ruppiner See. Gelegentlich begegnet uns ein Paddler, auch mal ein Ausflugsdampfer. Wir paddeln emsig drauflos, und bald ist das Ende des Sees erreicht. Die Fahrt geht jetzt auf dem Rhin weiter zur Schleuse Alt-Ruppin, dann pflügen wir mit der »Snark« durch den Molchowsee, den Teetzensee und den Zermützelsee. Hier setzen wir im Scheine der untergehenden Sonne unter märkischen Kiefern für drei Tage unser Zelt in den Sand.

15. Juli
Der erste Morgen ohne Sorgen, so kann man wohl den ersten Ferientag nennen. Wir haben für die nächsten Tage ein festes Tagesprogramm vorbereitet. Und wir haben es eingehalten. Dazu sorgt eine schnell geschlossene Ferienbekanntschaft für Unterhaltung. Nichtstun und aalen. Ferienbegriffe. Hier am Zermützelsee erleben wir sie in des Wortes wahrster Bedeutung. Kein Wölkchen trübt den herrlichen Sonnenschein, der das Grün der Bäume, das Blau des Wassers, kurzum die herrliche Umgebung erst recht zur Geltung kommen läßt. Die Stunden eilen dahin. Am Nachmittag machen wir mit unseren Zeltnachbarn einen kleinen Bummel zum Tornowsee. Als wir zurückkommen, ist es Abend geworden. Rot und golden versinkt im Westen die Sonne und mit ihr auch der erste Urlaubstag des Jahres 1935.

18. Juli
Hauruck! Der erste Hering fliegt ins Gras, und bald ist das Zelt vom Erdboden verschwunden. Wenn wir länger hier liegenbleiben, schlagen wir noch Wurzeln. Von leichten Paddelschlägen getrieben, gleitet das Boot nach zwei Tagen Faulenzen am bewaldeten Ufer des Zermützelsees dahin. Wir biegen jetzt rechts in das Rottstielfließ ein, und nach kurzer Fahrt ist der Tornowsee erreicht. Durch das blaugrüne, durchsichtige Wasser treiben wir bei leichtem Vorderwind das Boot rasch vorwärts, und bald ist das

Ende des Sees in Sicht. Hier herrscht, der schönen Gegend entsprechend, ein liebliches Gewimmel von Wassersportlern. Auch unser Fuhrmann erwartet uns schon, und bald ruht der Kahn auf einem etwas wackligen Bauernwagen. Mit »Hü!« und »Hott!« geht es durch den Wald, und oft müssen wir mit Hand anlegen und dem alten, müden Gaul zu Hilfe kommen. Geruhsam zuckeln wir oben auf der Höhe dem Dörfchen Braunsberg entgegen, dessen Kirchturmspitze uns über die Felder hinweg als Wegweiser dient. Nach gut dreistündiger Überlandfahrt ist das heutige Tagesziel Rheinsberg erreicht. Bei Mutter Plaumann, einer alten Rudererherberge, beziehen wir Quartier. Im Hofgarten wird abgekocht. Der obligate Verdauungsspaziergang geht natürlich zu Rheinsbergs Schloß und Park, und wenn es richtig ist, was die Familienchronik berichtet, dann wandeln wir hier auf den Spuren meiner Vorfahren Johann und Erdmann von Bosetzki. Zweihundert Jahre sind seitdem vergangen ...

19. Juli
Ein steifer Wind bläst uns entgegen, als wir Mutter Plaumanns kleinen Hafen verlassen. Von der Mitte des Grienericksees geht der Blick noch einmal zurück auf Rheinsberg, auf Stadt und Schloß. Und nun weiter mit voller Kraft gen Mecklenburg. Wer zählt sie alle, die Fließe, Verbindungskanäle und Seen ... Über die weite Fläche des Rheinsberger Sees braust ein seitlicher Wind, der die grünen, schaumgekrönten Wellen zu unserer Seite hin ausrollen läßt. Längst ist die Spritzdecke übergezogen, und verbissen paddeln wird durch Wind und Wellen auf die Seeausfahrt zu. Dann wird es wieder ruhiger, und wir notieren: Schlabornsee, Zechliner Hütte, Jagowkanal, Tietzowsee und Prebelowsee. Folgt der Hüttenkanal mit der Schleuse Kleinzerlang, wo wir unser neues Regenzeug ausprobieren dürfen. Aber auch das geht vorbei. Auf dem Kleinen Pälitzsee segeln wir mit Hilfe meines Hemdes, das ich zwischen mein und Margots Paddel halte. An der Schleuse Strasen dürfen wir dann eineinhalb Stunden verharren. Dann schiebt uns der Wind über den Ellbogensee nach Priepert und zum Priepertsee. Auf ihm müssen wir wieder

mangels Wind zum Paddel greifen. Am Wangnitzsee ist endlich die Havel erreicht, und gegen Strömung und Wind geht es nach Wesenberg hinauf. Gegen sieben Uhr sind wir dort, doch als wir nach langwierigem Schleusen den dunklen und von weißen Schaumköpfen gekrönten Woblitzsee vor uns sehen, geben wir für heute auf und bauen unser Zelt auf einer wenig schönen Holzablage auf.

20. Juli
Wie ganz anders liegt der Woblitzsee heute vor uns, als das Boot unter der Wesenberger Brücke hindurch auf die weite Wasserfläche hinausgleitet. Vor uns am Horizont türmen sich mächtige Wolkengebirge auf, und wir segeln der Havelmündung entgegen. Auf unserem Flüßchen aber heißt es wieder das Paddel zu gebrauchen. Von den Feldern ringsum klingt das Bengeln der Sensen zu uns herüber. Am Ufer steht eine Herde Gänse und verkündet uns schnatternd, daß der Ort hinter ihnen Klein Quassow heißt. Etwas später steuern wir auf den großen, waldumkränzten Labussee hinaus. An seinem Ende liegt das Wanderheim des Kanuverbandes, dessen weiße Fahnenmasten sich wegweisend vom dunklen Hintergrund abheben. Das erste Etappenziel unserer Fahrt ist damit erreicht. Unter riesigen Kiefern auf einem hohen Berg wird drei Tage lang gezeltet. Wir essen im Haus und genießen dann im Zelt das typische Wochenendwetter: den Dauerregen.

23. Juli
Heute heißt es Abschied nehmen vom schönen Wanderheim. Ein grauer Himmel hängt über der Landschaft und stimmt uns nicht heiterer. Doch nun rein in den Kahn, Spritzdecke zu und ab in Richtung Berlin, immer die gute alte Havel hinunter, an der sich wie an einer Perlschnur viele Seen reihen: der Wangnitzsee, der Priepertsee, der Ellbogensee, der Ziernsee, der Menowsee und der Röblinsee. So kommen wir nach Fürstenberg, wo Margot schnell zur Post geht, während ich das Boot durch die Schleuse bringe. Und weiter geht es mit der Seenkette: dem Baalensee, dem Schwedtsee und dem Stolpsee. Der hat immerhin eine Länge von zwei Kilometern, doch der

Rückenwind ist uns ein guter Verbündeter. Hinter der Schleuse Himmelpfort kommt noch der Haussee, und dann sind wir schon an der Woblitz, an deren Ufer wir unser Zelt aufschlagen.

24. Juli
Der heutige Tag ist einem Besuch bei Margots Cousine Eva gewidmet, die in Lychen als Krankenschwester arbeitet. Langsam gleitet unser Boot auf dem stillen Wasser der Woblitz dahin. Dann und wann fällt die Sonne in breiten Streifen durch eine Lichtung auf das stille Fließ und schafft hübsche Lichtreflexe. Jetzt weitet sich der Lauf der Woblitz immer mehr, und mit einem Mal liegt der Große Lychensee vor uns. Grüne Schilfinseln unterteilen seine blitzende Wasserfläche, und vom jenseitigen Ufer grüßen aus grünen Hängen die roten Dächer von Lychen herüber, dem märkischen Interlaken. Wir legen uns kräftig in die Paddel, und trotz der leichten Brise ist auch dieser rauhe Gesell bald bezwungen. Unter der Eisenbahnbrücke hindurch gelangen wir auf den kleinen Stadtsee und da, wo es hinter der Straßenbrücke zum Zenssee geht, steht eine Krankenschwester mit ihrem weißen Häubchen und winkt mit ihrem Taschentuch. Als wir genauer hinsehen, erkennen wir Eva.

25. Juli
Im strahlenden Sonnenlicht fahren wir heute weiter stromab. In zahllosen Windungen schlängelt sich die Havel durch das schöne Waldrevier der Schorfheide. Es ist doch immer wieder ein wunderbares Gefühl, im kleinen Boot dahinzufahren und die Schönheit unserer engeren Heimat in uns aufzunehmen. Nur die Schleusen sind ein Ärgernis. Oft sind die Schleusenmeister echte Grummel und fertigen uns Sportboote nur im Abstand von zwei Stunden ab. Des öfteren treffen wir auch tief im Wasser liegende Lastkähne, die mit Holz beladen nach Berlin segeln. Es ist schon später Nachmittag, als uns langsam die Arme müde werden und das Auge anfängt, sehnsüchtig nach einem Zeltplatz Ausschau zu halten. Zwei Kilometer vor Burgwall finden wir einen.

26. Juli

War das eine kalte Nacht! Freudig grüßen wir die wärmende Morgensonne, deren Strahlen sich in Tausenden von Tautropfen spiegeln. Für heute haben wir eine größere Tagestour geplant, und infolgedessen erfolgt die Abfahrt zu früher Stunde. Langsam paddeln wir durch den sonnigen Morgen. Ringsum ist Ruhe und Einsamkeit. Nur der Gesang der Vögel und das Eintauchen der Paddel unterbrechen die Stille. An den Ufern ziehen sich breite Schilfgürtel und verdecken das dahinter liegende Wiesenland. Bei Burgwall-Marienthal macht die Havel einen scharfen Knick nach links, und vor uns liegt jetzt eine schnurgerade Strecke von fast zehn Kilometern. Hier ist die Ziegelindustrie zu Hause. Werk reiht sich an Werk. Die Rundbauten der Brennereien mit ihren Schloten, die Ziegelsteinstapel und die Zillen am Ufer begleiten uns eine geraume Weile. Dann taucht endlich das kleine Schifferstädtchen Zehdenick vor uns auf. An der Schleuse gibt es etwas Aufenthalt, und Margot nutzt die Wartezeit, um sich ihr tägliches Obst zu kaufen. Nach dem Mittagessen geht es weiter auf der Schnellen Havel. Flimmernd liegt die Hitze über der Landschaft. Die Sonne brennt vom Firmament, kein Windhauch regt sich, kein Baum spendet kühlenden Schatten. Der Schweiß tropft von der Nasenspitze. Hinter Neuholland sichten unsere müden Augen ein paar Zelte, und flugs stellen wir das unsrige dazu. Dann wird der Proviantsack gestürmt.

27. Juli

Letzter Tag unserer Ferienfahrt. Nachdem wir gestern abend beim Verdauungsspaziergang eine Tafel mit der Aufschrift »Zelten verboten« gesehen hatten, war es mit der hundertprozentigen Ruhe vorbei. Aber Gott sei Dank ließ uns der Förster von Neuholland dank anderweitiger Beschäftigungen in Ruhe. Bald ist das Zelt verschwunden, und dann trägt uns das Boot weiter dem Ziel entgegen. Über Malz und Friedrichsthal erreichen wir Sachsenhausen. Nach dem Passieren der Schleuse liegen jetzt die letzten Kilometer Havelfahrt vor uns. Am Ufer gleiten die Häuser von Oranienburg vorüber, und im stillen Wasser spiegelt sich *das alte Schloß, in dem einst Ferdinand Runge seine Teerfarben entdeckte. Nach kurzer Fahrt ist Lehnitz, das Ziel unserer Urlaubsreise, erreicht. Unter der Eisenbahnbrücke wird das Boot abgebaut.*

Wie schön kann Brandenburg doch sein. Nun ist alles nur noch Erinnerung ...

Nach dem Urlaub war der Alltag wie immer ganz besonders grau, trotz des Hochsommers. Aus dem Einerlei ragte der Besuch von Elfriede am 12. August heraus, wo sie wieder einmal ins Kino gingen und sich *Himmel auf Erden* ansahen.

»Den haben wir ja nun bei Adolf«, sagte Otto.

»Pst!«

Zu erwähnen wären noch die große DKV-Regatta am 4. August in Grünau, wo sie sich die Lunge aus dem Halse schrien, und die große Funkausstellung, die sich Otto am 24. August zusammen mit seinem Schwiegervater ansah, hatten sie doch im Hinterkopf noch immer den Gedanken, in Schmöckwitz gemeinsam ein Elektrogeschäft zu eröffnen und dort auch Rundfunkempfänger zu verkaufen. Am nächsten Tag paddelten Otto und Margot deswegen zu Onkel Paul nach Senzig, der einmal davon gesprochen hatte, als stiller Teilhaber etwas Geld zuzuschießen. »Ja, warum nicht, aber warten wir erst mal ab, was die nächsten Wochen bringen ...«

Otto hatte das sichere Gefühl, daß es mit der Ruhe vor dem großen Sturm bald vorüber sei, doch zunächst entspannten sie einmal im Kino. Sie waren begeistert von *Amphitryon* mit Willy Fritsch, Käthe Gold und Adele Sandrock. Dann aber fuhren die Blitze auf die Erde nieder, und krachend schlug es ein. Am 15. September 1935 wurden auf dem Reichsparteitag in Nürnberg das »Reichsbürgergesetz« und das »Gesetz zum Schutze des deutschen Blutes und der deutschen Ehre« erlassen. Otto wurde sehr schnell klar, daß man damit die Handhabe hatte, alle Juden und womöglich auch alle Mischlinge aus dem öffentlichen Dienst zu entfernen, und daß die Diskriminierung der jüdischen Bevölkerung durch das Verbot der Heirat von Juden und Nichtjuden weiter verstärkt wurde.

»Und was wird mit mir?« Margot schluchzte verzweifelt. »Müssen wir uns jetzt scheiden lassen? Komme ich nun auch ins KZ?«

Otto wußte, daß er ihr nur helfen konnte, wenn er sie tüchtig anschnauzte. »Hör auf zu jammern! Du bist eine erwachsene Frau und kein Kleinkind mehr. Warten wir erst mal ab. Nichts wird so heiß gegessen, wie es gekocht wird.«

Doch Otto sollte sich täuschen. Denn am 14. November beschloß die Nazi-Führung, sämtliche jüdische Beamten zum Ende des Jahres aus dem öffentlichen Dienst zu entfernen. Nun war Margot Matuschewski zwar weder Jüdin im Sinne der Gesetze noch Beamtin, sie wurde aber dennoch »gemaßregelt«, wie man das nannte, das heißt, von der AOK an die Luft gesetzt.

Sie brach in Tränen aus. »Womit hab' ich das verdient? Ich hab' doch keinem Menschen was getan.«

Otto nahm sie in die Arme und suchte sie mit einem Bibelwort zu trösten: »Selig sind die, die da um der Gerechtigkeit willen verfolgt werden.«

Doch das half sehr wenig, und es ging ihr immer schlechter. Elend sah sie aus und wagte sich nicht mehr auf die Straße hinaus. »Die schauen mich doch alle an, als sei ich eine Verbrecherin.«

»Die Verbrecher sind die anderen.«

»Pst!«

Und obwohl in diesen Zeiten, in denen die Geheime Staatspolizei immer mächtiger wurde, die Wände Ohren hatten, konnte Otto nicht mehr an sich halten. »Ich möchte bloß einen Tag ein Gift haben, das nur die Nazis umbringt, das würde ich denen aber allen ins Essen tun.«

Seine Schwiegermutter war entsetzt. »Otto, damit bist du auch nicht besser als die!«

»Aber man wird es doch noch denken dürfen.«

»Nicht mal das.«

»Sollen wir uns denn alle ruhig in unser Schicksal fügen und einfach so abschlachten lassen!?«

»Nein. Man muß schon mit den Wölfen heulen, aber verhindern, daß man selber einer wird.«

Hatte Otto den Händler im letzten Jahr noch gefragt, ob er auch schwarze Weihnachtsbäume habe, so verzichteten sie in diesem Jahr ganz auf einen Baum. Nicht einmal die Weihnachtsgans wollte denen schmecken, die sich am 25. Dezember in der Weichselstraße um den runden Tisch versammelt hatten: neben Otto und Margot ihre Eltern aus Schmöckwitz, Ottos Mutter mit Helmut, Großvater Quade und Gerda.

»Vielleicht ist mir der Appetit vergangen, weil der tote Vogel so goldbraun aussieht wie eine SS-Uniform«, sagte Oskar Schattan.

Silvester gingen Otto und Margot zu Ziegelmanns auf den Kahn. In den letzten Minuten des alten Jahres stand Otto vorn auf der »Stadt Steinau« und suchte sich vorzustellen, wie es wäre, wenn er jetzt den Motor anwerfen würde. Die Spree, die Havel und die Elbe hinunter und auf die Nordsee hinaus. Immer an der Küste entlang bis nach Rotterdam. Und von dort mit einem Überseedampfer nach New York. So wie es sein Großvater gemacht hatte, Friedrich Bosetzky. Um der Tyrannei zu entgehen. Noch war Zeit, noch konnten auch Margot und er dem Hitler-Staat entkommen. Das Geld ließe sich zusammenkratzen. Doch warum tat er es nicht? »Weil ich zu schwach, weil ich zu minderwertig bin. Ich selber bin schuld an allem, was noch kommen wird, nur ich selber. Und es geschieht mir recht. Wenn ich nicht so ein Armleuchter wäre, wäre ich schon in Prag oder in Amerika oder hier im Widerstand.« Eigentlich gab es nur noch eine Lösung für ihn: den Selbstmord.

»Otto, komm anstoßen!« Elfriede stand mit einem Sektglas hinter ihm.

Das Jahr 1936 brachte eine weitere Konsolidierung des nationalsozialistischen Staates. Der Wehrmacht gelang wider das Völkerrecht der Einmarsch ins eigentlich entmilitarisierte Rheinland. Das Abzeichen der NSDAP wurde Hoheitszeichen des Reiches:

ein stilisierter Adler mit ausgebreiteten Schwingen und einem Eichenkranz in den Fängen, in dem sich das Hakenkreuz befindet.

Für Otto Matuschewski blieb das Leben ein etwas eintöniger Fluß, aber da er an und auf der Oder groß geworden war, empfand er dies eher als wohltuend.

Tante Emma und Elfriede hatten sich gewünscht, am Neujahrstag in den »Wintergarten« zu gehen, und so hatte man sich rechtzeitig um Karten gekümmert. Otto war zufrieden mit diesem Start ins neue Jahr.

Nach einer neuerlichen Erkältung war er zum Glück am 24. Januar wieder auf dem Damm, denn da galt es, seinen dreißigsten Geburtstag zu feiern. Sie waren 16 »Mann hoch«: er selber und Margot, seine Schwiegereltern, Großvater Quade, Gerda und Gerhard, seine Mutter und Helmut, Max und Irma, Waldemar und Erna I, Ewald und Erna II sowie Tante Trudchen, die zugleich als Zugehfrau fungierte. Sein größtes und einziges Geschenk war ein neuer Schreibschrank, zu dem alle etwas beigesteuert hatten, Margot und die Schmöckwitzer natürlich am meisten.

»Lieber schreiben als sich entleiben«, sagte Gerhard. »Auf daß du alles, was du unter unserem geliebten Führer an herrlichen Zeiten erlebst, festhalten kannst.«

»Pst!«

»Wieso, das war doch positiv.«

Es wurde ein feuchtfröhlicher Abend, denn wieder gab es reichlich Frankenwein aus dem Bocksbeutel und dazu die Lieder, die Max auf seiner Quetschkommode spielte. Dennoch war Otto leicht depressiv gestimmt. Die allgemeine Lebenserwartung von Männern seines Jahrgangs lag knapp über sechzig Jahren, er hatte also die Hälfte seines Lebens schon hinter sich. Ein schrecklicher Gedanke. Von nun an ging's bergab ... Und er hatte bislang noch nichts getan, was den Wert eines Mannes ausmachte: weder einen Baum gepflanzt noch ein Kind gezeugt, noch ein Buch geschrieben. Was war schon aus ihm geworden? Ein lumpiger Störungssucher bei der Post. Damit war er eindeutig der kümmerlichste

Sproß am Baume der Bosetzkys, ging man von 1717 aus. Was sollte nun noch kommen? Als sein Schwiegervater ihn am Ende eines Toasts danach fragte, was er sich denn von der Zukunft erhoffe, lachte er.

»Was wohl ... Daß ich das gleiche Schicksal habe wie mein Urahn Johann von Bosetzki. Ein Nichts war er, ein ungehobelter Hütejunge, als Friedrich der Große kam und seine Kriege gegen Maria Theresia begann. Und am Ende war er geadelt, war er ein gemachter Mann. Und nicht anders wird es mir ergehen: Ich werde Soldat, ich werde Adjutant des Führers, ich rette das Leben meines Führers, ich werde zur Belohnung dafür Gouverneur des Reichsprotektorats Kaukasus und Krim.«

»Heil Hitler!«, rief Oskar Schattan.

»Pst!«

»Man wird doch wohl noch ›Heil Hitler!‹ rufen dürfen.«

»Du nicht, du kommst ins KZ dafür.«

Am 15. März fand Helmuts Einsegnung statt. Bis 23 Uhr wurde gefeiert. Da sank Helmut, den Alkohol nicht gewohnt, kreidebleich auf dem Kohlenkasten zusammen und stammelte: »Mutter, muß ich jetzt sterben?«

In der Weichselstraße wurde renoviert, und sie zogen von der vorderen Stube ins Hinterzimmer. Auch in Schmöckwitz gab es viel zu tun, da sich nun auch Großvater Quade dort dauerhaft einquartieren wollte.

Am 29. März war Wahlsonntag – und brav machten sie ihr Kreuzchen bei der NSDAP, die als einzig zugelassene Partei 99 Prozent der Stimmen bekam.

»Nur nicht auffallen ...«, lautete Ottos Kommentar.

»Besser Mimikry als Harakiri«, fügte Gerhard hinzu.

»Wir essen am liebsten Lungenhaschee«, sagte Margot.

Eigentlich war es absurd: Im Nazi-Reich, einem einzigen Alptraum, ging für Otto einer seiner größten Träume in Erfüllung, nämlich der, einmal im Boot die Saar und die Mosel hinunterzufahren. Und wieder hielt er ihre Erlebnisse in einem Fahrtenbuch fest:

Ferienfahrt auf Saar und Mosel
1936

Aus einem flüchtigen Gedanken wurde erst ein frommer Wunsch und dann in diesem Jahre Wirklichkeit. Am 20. Juni verlassen wir um zwanzig Uhr den Potsdamer Bahnhof und treffen am nächsten Morgen um neun Uhr in Saarbrücken ein. Beim KC Blauweiß finden wir gastliche Aufnahme, und dann holen wir unser Boot vom Bahnhof ab. Am Nachmittag gesellen sich noch ein paar Leipziger Kameraden dazu, und so ist der Grundstein zu einer Fahrtgemeinschaft gelegt, die mit Unterbrechungen bis zum Rhein anhält.

22. Juni
Schwarz und trübe fließt die Saar zwischen steinigen Böschungen dahin. Über dem weiten Talkessel, der die Stadt umschließt, hängt ein trüber Morgen. Es hat in der Nacht gewittert, und noch immer ziehen dunkle Wolken über den Horizont. Noch ein letztes Lebewohl zu unserem freundlichen Quartierwirt, und dann treibt das Boot auf den so oft umstrittenen Fluß hinaus. Langsam paddeln wir durch die Stadt mit ihren Brücken und Anlagen, mit Industriewerken und wunderlichen Schleppkähnen. Nach kurzer Fahrt zeigt sich die erste Schleuse. Da die Saarschleusen allesamt überholt werden, müssen wir unsere Siebensachen um das Hindernis herumtragen. Da heißt es: Alles auspacken, das leere Boot die Böschung raufstemmen, oben bis hinter die Schleuse schleppen, wieder die Böschung hinuntertragen und dann noch den ganzen Inhalt holen. Hunderte von Metern muß das Ganze getragen werden ... und das fünf Mal. Unangenehm, sehr unangenehm, aber nicht ärgern, es ist ja Urlaub.

Saarbrücken entläßt uns. Der weitere Weg führt nun durch den industriellen Mittelpunkt des Saargebietes. Ein Werk reiht sich an das andere. Rechts und links in den Waldbergen stehen die Fördertürme der Zechen, und ihre rauchenden Schlote spiegeln sich im stillen Wasser der Saar. Hinter Völklingen wächst das Waldgebirge des Warndt hervor. In seinen Tiefen schlummert die von

Deutschland und Frankreich so heiß begehrte Saarkohle. Am Ufer stehen die noch von Pferden gezogenen Schleppkähne, die das schwarze Gold nach Lothringen bringen. Hinter der Wehrdener Brücke bieten mächtige Förderanlagen, lodernde Kessel, rauchende Schlote, geschäftig hin und her gleitende Schwebebahnen, Brückenanlagen und riesige Schlackenhalden ein unvergeßliches Bild.

Es ist, als ob die Industrie in einem mächtigen Schlußakkord ausklingt, denn nun gelangen wir in vorwiegend ländliche Gebiete. Wiesenland begleitet uns jetzt zu beiden Seiten des Flusses. Zur Abwechslung sperrt die Schleuse von Lisdorf unseren Weg. Fünfhundert Meter weit müssen die Boote getragen werden, durch Schlamm und Brennesseln, in glühender Nachmittagssonne, über hohe Böschungen und spitze Steine. Erst hinter Ensdorf hat die Kanalisation ihr Ende. Selbst der Fluß spürt diese Befreiung, denn in lustigen Zickzackbogen rauscht er Saarlautern entgegen. Dort am Klubschiff »Undine« bauen wir unsere Zelte auf.

23. Juni
Die Morgensonne bricht durch den Dunst und verkündet einen schönen Tag. Aber es geht schon auf elf Uhr, als die Boote endlich vom Steg des Bootshauses abstoßen. Wie eine Kulisse steht der Limberg vor uns und beherrscht die Landschaft. Von rechts mündet jetzt die Prims in die Saar, und gleich dahinter sichten wir auch die erste Stromschnelle. Ein wenig sonderbar wird uns doch zumute, als wir das schäumende und durcheinander quirlende Wasser vor uns sehen. Immer schneller wird die Fahrt. Mit elementarer Kraft strömt das Wasser über diese Schwellen. Da gibt es kein Halten, kein Zurück. Rasch taucht die Bootsspitze in das bewegte Wasser, es sprüht und schlingert ein wenig ... und dann ist schon wieder alles vorbei. In Merzig wird eine kleine Pause eingelegt. Dann geht es mit frischen Kräften weiter bis zur großen Saarschleife bei Mettlach. Welch ein Unterschied zwischen der Saar von gestern und der von heute. Dort rastlose Arbeit und rauchende Schlote, hier Wälder, Berge und Einsamkeit.

In Steinbach am Fuß der Clöv machen wir für heute Schluß, und auf einem der schönsten Zeltplätze der Saar wird unser Stoffhaus aufgebaut.

24. Juni
Nach einem Ausflug auf die 180 Meter über dem Fluß gelegene Clöv geht es weiter, und wir freuen uns auf das Paradestück der Saar, das nun vor uns liegt. Hier kämpft sich der Fluß mit aller Kraft durch die Berge, die ihn einengen. Schnell strömt die Saar dahin, das Paddel dient fast nur als Steuer. Am Ufer gleiten die Häuser von Mettlach-Keuchingen und der rote schloßähnliche Bau von Villeroy & Boch vorüber. Eine Stromschnelle folgt der anderen. Dann wird die Saar wieder ruhiger, das Land zu beiden Seiten weitet sich, und die Berge tragen Reben. Den dort wachsenden Wein trinken wir dann am Abend auf dem Zeltplatz von Saarburg.

25. Juni
Heut geht es nicht mehr lange die Saar hinunter, denn kaum haben wir Konz hinter uns gelassen, schwimmen wir schon auf der Mosel und nehmen Kurs auf Trier, das alte Augusta Treverorum. An der Kanustation Dornhoff in der Nähe der alten Römerbrücke machen wir halt, um die Stadt zu besichtigen.

26. Juni
Eintönig rauscht der Regen aufs Zeltdach, und soweit das Auge reicht, ist alles grau in grau. Am Nachmittag läßt zu unserer großen Freude der Regen nach, und mutig werden die Zelte abgebaut. Die Fahrtgemeinschaft Speyer-Berlin verläßt Trier wieder. Zuerst strömt die Mosel zwischen Wiesen und Feldern in einem weiten Tal dahin. Wir passieren Pfalzel und später Schweich. Von hier an beginnt die Mosel weinselig zu werden. Die Berge, die den Fluß jetzt einengen, sind von unten bis oben mit Weinstöcken bedeckt. Die dunklen Wolken, die schon die ganze Zeit über unseren Häuptern herumgeistern, öffnen nun wieder die Schleusen. Ein Glück, daß wir just in diesem Augenblick den Zeltplatz von Meh-

ring sichten. In kurzer Zeit stehen die Zelte. Bald ist auch die Verbindung mit den Kanuten aufgenommen, die den Zeltplatz schon bevölkern. Es sind in der Mehrzahl Westdeutsche, deren Humor ziemlich ansteckend wirkt. In der Bahnhofswirtschaft sitzen wir dann noch bei einem Glas Mosel fröhlich zusammen.

27. Juni
Das Fauchen und Pusten der Moseltalbahn, auch Saufbähnle genannt, weckt uns aus süßem Schlummer. Es ist wieder sonnig und warm, und wir steigen alsbald in unseren Kahn. In weiten Windungen schlängelt sich die Mosel zwischen den Weinbergen dahin. Perlen gleich reiht sich eine Ortschaft an die andere. Fähren verbinden die beiden Ufer miteinander. Und oben in den Weinbergen schafft rastlos der Winzer. Immer aber finden die Frauen und Männer dort oben noch Zeit, dem Wanderer auf dem Strom einen freundlichen Gruß zuzurufen. Clüsserath, Trittenheim, Piesport – wir passieren die Orte, die bei den Weinkennern ein Zungenschnalzen hervorrufen. Nach dreißig Kilometern bauen wir auf dem DKV-Zeltplatz von Brauneberg unser Stoffhaus auf.

28. Juni
Gegen Mittag sichten wir Bernkastel, auf das die Ruine Landshut herabschaut. Die große Hitze läßt jedoch keine rechte Besichtigungslust in uns aufkommen, und so ist die kleine Moselstadt bald wieder hinter einer Flußbiegung verschwunden. Faul und zufrieden liegen wir im Kahn, und nur über den Süllrand hinweg blinzeln wir ein wenig in die Gegend. Überall haben Kanuten Anker geworfen, und ihr Lachen und Rufen klingt zu uns herüber. Gern hätten wir mit ihnen, den Bekannten und Unbekannten, ein Gläschen Rebensaft getrunken, aber unsere Reisekasse ist nicht gut bestückt, und da müssen wir uns manches verkneifen. Erst in Traben-Trarbach halten wir an. Bald sitzen wir in einer Weinschänke mitten unter den Kanuten von Rhein und Ruhr sowie der Spree. Der Wein löst die Zungen, und Frohsinn und Fröhlichkeit lassen die Zeit im Fluge vergehen.

29. Juni

Die zweite Woche unserer Saar-Mosel-Fahrt nimmt heute ihren Anfang. Unsere Fahrtkameraden aus Speyer haben uns heute verlassen. Ihnen ist das Geld ausgegangen ... Als Ersatz für sie haben wir uns mit Ludwig aus dem Kohlenpott zusammengetan. Gemeinsam treiben wir zwischen den Weinbergen dahin. In Zell wird gerade das Fest von Peter und Paul gefeiert, und festlich gekleidete Menschen bevölkern die engen Gassen des Moselstädtchens. Wir ergänzen unsere Vorräte und kochen dann am jenseitigen Ufer ab. Zum Essen haben wir dann unentgeltlich Tischmusik aus den Lautsprechern des Festplatzes. Nach einem kleinen Regenguß geht es weiter. Bullay wird passiert, und am Abend erreichen wir den DKV-Zeltplatz unterhalb der Klosterruine von Stubben.

30. Juni

75 Kilometer Moselfahrt liegen noch vor uns. Wieder verändert sich das Landschaftsbild zu beiden Seiten des Flusses. Wohl bleiben die Berge, aber die Weinstöcke werden teilweise von Obstbäumen und grünen Wiesen abgelöst. Hinzu kommt das helle Gelb reifender Kornfelder. Beilstein taucht auf. Ein schöner, verträumter Winkel ist dieses Beilstein ... Doch den Wanderer auf dem Fluß vermag nichts aufzuhalten. Sein Ziel liegt immer in der Ferne und ist erst am letzten Tag erreicht. Und ist es nicht sonderbar: Man freut sich auf den Urlaub, aber man freut sich auch auf das Ziel der Urlaubsfahrt. Nun taucht Cochem vor uns auf. Vom hohen Berge schaut das vieltürmige Schloß auf den Ort hinab. Wir lassen das Paddel ruhen. Langsam treibt das Boot mit der Strömung weiter, und in aller Muße können wir das schöne Bild in uns aufnehmen. Da schallt vom Ufer ein »Ahoi!« zu uns herüber, und dann sehen wir auch schon Zelt an Zelt. Fast alle Mosel- und Saarfahrer, die wir in den letzten Tagen kennengelernt haben, sind hier in Cochem versammelt. An einer schwimmenden Gaststätte machen wir Halt, und ein Teller mit Moselfisch und a Flascherl Wein dienen unserem leiblichen Wohl. Dann stellen auch wir unser Zelt zu den anderen Moselfahrern.

Als gegen Abend die Hitze nachgelassen hat, starten wir allesamt zu einer Besichtigungstour in den Ort. Eine Schenke ist bald gefunden ...

1. Juli
Heiß brennt die Sonne hernieder, und unsere Boote treiben Bord an Bord stromab. Das Tal der Mosel weitet sich jetzt, und Wiesen und Obstgärten säumen die Ufer. Immer kleiner werden die Zahlen auf den Kilometertafeln ... und immer trüber wird der Himmel. Ein frischer Westwind ist aufgekommen. Mit Decken und Mänteln nutzen wir den seltenen Helfer der Paddler – und »segeln«. Doch hinter der Burg Thurand müssen wir unsere Segel wieder reffen und die Regenjacken anziehen. Ein halbstündiger Regen geht nieder. Danach ist das Wetter kühl und unfreundlich. Als wir am Abend in Güls, dem heutigen Tagesziel, an Land gehen, schüttet es schon wieder.

2. Juli
Die Uhr geht auf zwölf, als wir uns zur letzten Etappe in den Kahn setzen. In der Ferne zeigen sich schon die Türme von Koblenz. Und wie die Saar verabschiedet sich auch die Mosel mit einer netten kleinen Stromschnelle. Hinter einer Flußbiegung tauchen jetzt die Koblenzer Brücken auf, hoch überragt von der Feste Ehrenbreitstein.

Die Abschiedsstunde hat geschlagen. Da begegnet man sich irgendwo und verlebt gemeinsam schöne Stunden. Man kennt sich nicht, und doch schlingt unser schöner Sport ein festes Band um alle, die sich ihm verschrieben haben.

Aber jetzt wird die Spitze unseres Bootes herumgedrückt, und Vater Rhein umspült mit seinen grünen Wogen unsere »Snark«. Oh, er hat uns tüchtig durchgeschaukelt, und als wir nach zwei Kilometer Fahrt am DKV-Wanderheim »Deutsches Eck« landen, haben wir bereits gemerkt, daß es eine Rheinfahrt im Faltboot in sich haben muß. Doch für uns ist Schluß mit Paddeln. Unser Kamerad kommt aufs Trockene, und bald zeigen ein Haufen Holz und eine schlappe Gummihülle, daß sich ein Faltboot in Touristen-

gepäck verwandelt hat. Nach der Stadtbesichtigung sitzen wir noch ein wenig auf der Terrasse des DKV-Heims. Langsam verglüht der Tag. Breit und ruhig zieht der Rhein dem fernen Meere zu. Nur das Rasseln einer Ankerkette oder der ferne Ton einer Dampfersirene unterbrechen die Stille des Abends.

3. Juli
Letzter Fahrtentag. Er bringt uns die Krönung des Urlaubs: eine Rheinfahrt. Wir stehen samt Gepäck auf dem Dampfer, die Schiffbrücke öffnet sich, und wie in einem Film ziehen nun in fünf Stunden Fahrt lauter bekannte Orte vorüber: Stolzenfels, die Marksburg, Bacharach und die Loreley, Aßmannshausen, St. Goar, die Pfalz bei Kaub, der Mäuseturm, das Niederwalddenkmal, Rüdesheim.

In Rüdesheim verlassen wir den Dampfer, und nach einer kleinen Bootswagenpanne geht es mit der Bahn nach Frankfurt. Auch das sehen wir uns noch an, dann rollt der Zug durch die Nacht, Berlin entgegen. Unsere Gedanken aber weilen noch immer an Saar und Mosel...

Kaum in Berlin zurück, fuhren sie mit S- und Straßenbahn nach Schmöckwitz, um dort am 5. Juli den Geburtstag von Ottos Mutter zu feiern. Und alle sangen: »Wer ißt im Sommer heißen Reis? Tante Anna. Wer ißt im Winter kaltes Eis? Tante Anna!« Ebenfalls in Schmöckwitz – wo sonst? – feierten sie am 22. ihren dritten Hochzeitstag, zu dem – sozusagen als Ehrengast – sogar Tante Claire auftauchte. Unter dem vielen Krempel, den Tante Claire diesmal anschleppte, befand sich auch *Manfred*, ein Lesedrama von Lord Byron, das Otto in den nächsten Tagen verschlingen sollte und das ihn regelrecht erschütterte, weil der Held dieser faustischen Tragödie, genau wie er selber, die Weltgeheimnisse nicht ergründen konnte.

»Wenn wir einmal einen Sohn haben, dann soll er Manfred heißen«, sagte er.

»Nein, Horst.«

»Kommt nicht in Frage, daß er wie Horst Wessel heißt. Dann denken alle noch, daß wir ...«

»Dann entschließt euch mal zu einer Tochter«, riet ihnen Gerhard, denn für ein Mädchen hatten sie sich längst auf den Namen Marianne geeinigt, einer Kombination aus den Vornamen der Großmütter.

Eigentlich hatte Otto Matuschewski die Olympischen Spiele völlig ignorieren wollen, denn ihm war klar, daß sie in der Hauptsache dazu dienten, alle Welt zu blenden und den Nazi-Staat salonfähig zu machen. Doch ob man wollte oder nicht, man wurde vom allgemeinen Fieber angesteckt. »Olympische Spiele in der eigenen Stadt, das gibt's nur einmal im Leben, das kommt nie wieder, da muß man dabeisein. Und was können denn die Sportler dafür ...« Otto suchte nach einem Kompromiß, und der bestand schließlich darin, daß er beschloß, auf keinen Fall ins Olympiastadion zu gehen, wo man dem Führer zujubeln mußte, sondern lediglich zur Regattastrecke in Grünau. Dort sollte es zum ersten Mal in der Geschichte der Olympischen Spiele auch Kanurennen geben. Otto hatte die Idee des Tages: »Wir steigen in Schmöckwitz ins Boot und nähern uns vom Wasser dem Kanutenlager.«

Das taten sie dann auch, und auf der Höhe von Karolinenhof schrie Margot plötzlich auf: »Otto, da sitzt du ja im Boot!«

Tatsächlich. Der eine der beiden Paddler im Kajak-Zweier, der ihnen da im lockeren Training entgegenkam, hatte eine gewisse Ähnlichkeit mit ihm. Und ein Deutscher mußte er auch sein, denn der rote Brustring auf dem weißen Hemd zeigte vorn den Reichsadler mit dem Hakenkreuz.

»Mensch, das sind ja Ludwig Landen und Paul Wevers aus Köln!« Natürlich kannte er die beiden. Über zehn Kilometer blieben die glatt unter 45 Minuten, während Gerhard und er bei ihren Wertungsfahrten nur auf eine Bestzeit von 68 Minuten gekommen waren. »Toi, toi, toi beim Rennen, ihr holt bestimmt die Goldmedaille!«, rief er hinüber.

»Danke, ja!«

Wieder stellte Otto seinem himmlischen Herrgott die altbekannte Frage: Warum haben die es geschafft, bei den Olympischen Spielen zu starten, und ich nicht? Und wieder blieb die Antwort aus. Wahrscheinlich, weil die Frage viel zu dämlich war. Der eine hatte es eben und der andere nicht.

Am nächsten Tag saßen Margot und Otto auf der Regattatribüne und warteten auf den Zieleinlauf im Kajak-Zweier über 10 000 Meter. Grünau war, so fand Otto, die schönste Regattastrecke der Welt. Anmutig war die Dahme mit ihren flachen Buchten, ihren vielen kleinen Landzungen und den blaugrünen Rücken der Müggelberge als Hintergrundkulisse. Da wehten die Fahnen an den Masten und die Wimpel an den Klubhäusern, da rauschte der Wind in den Kiefernwipfeln, da spritzte die Gischt an den Pfählen und Baken am Ziel und am Rande der Strecke, da segelten weiße Schönwetterwölkchen über den märkisch blauen Hochsommerhimmel. Nur ab und an knatterte ein Motorboot am gegenüberliegenden Ufer vorbei oder dröhnte die Reporterstimme aus den Lautsprechern, um sie zu informieren, denn die meiste Zeit konnte man die Boote nicht sehen.

»Zwölf Nationen befinden sich am Start. In wenigen Minuten werden die Boote abgelassen.«

Danach dauerte es lange, bis man die bunten Trikots wieder aufleuchten sah. Das Grün der Ungarn, das Rot-Weiß-Rot der Österreicher, das Orange der Holländer, das Gelb-Blau der Schweden, das rotbebänderte Weiß der Deutschen.

»Die Kölner liegen allein in Front ... Jetzt kommt Österreich wieder heran, und nun beginnt ein erbitterter Führungskampf ... Es geht nun auf die Bammelecke zu. Die Deutschen haben wieder drei Längen Vorsprung.«

Da waren Landen und Wevers. Wie verrückt gewordene Windmühlenflügel wirbelten ihre Blätter herum. Margot und Otto sprangen auf. Die Leute schrien sich die Kehle aus dem Hals. Otto saß unten mit ihm Boot, kämpfte, gab sein Letztes und gewann mit den Kölner Kameraden in 41 Minuten und 45 Sekunden die Goldmedaille.

Die anderen Höhepunkte der Spiele nahm er nur per Zeitung wahr. Der schwarze Amerikaner Jesse Owens wurde mit vier

Goldmedaillen erfolgreichster Teilnehmer. Deutsche Siege gab es im Kugelstoßen durch Hans Woellke, im Hammerwerfen durch Karl Hein, beim Männer-Speer durch Gerhard Stöck, beim Frauen-Speer durch Tilly Fleischer und im Frauen-Diskus durch Gisela Mauermayer. Im Gedächtnis blieben ihm auch die Siege von Helene Mayer im Florettfechten, von Willi Kaiser und Herbert Runge im Boxen, von Karl Schwarzmann und Konrad Frey im Turnen und von Gotthardt Handrick im Modernen Fünfkampf. 33 Goldmedaillen konnten deutsche Einzelkämpfer und Mannschaften erringen. Am 16. August gab es noch am Abend die große Schlußfeier mit 100 000 Menschen im Olympiastadion, dann war alles vorbei.

»Ich rufe die Jugend der Welt nach Tokio!«, klang es noch aus dem Rundfunkempfänger.

»Wer weiß, was in vier Jahren ist«, sagte Otto.

Vom 25. bis 27. September mußte Margot wieder einmal Kohlenfrau spielen, da Otto und Anna Matuschewski zur »Vermählungsfeier von Fräulein Elfriede Ziegelmann mit Herrn Oberfunkmeister Walter Hinke« in Steinau waren. Auch Gerda, die für Ottos Cousine viel geschneidert hatte, war eingeladen worden. Die Festzeitung war nach Art der *Steinauer Nachrichten* gestaltet worden und begann mit folgenden Zeilen: »Zur Hochzeitsfeier sind froh wir vereint: / Zwei Herzen die Sonne des Glücks heute scheint! / Zwei Liebende hab'n sich in seligen Stunden / Für's ganze Leben zur Ehe verbunden!«

Otto war gerührt, war doch Elfriede so etwas wie seine Schwester. Bei der Feier wurde nach der Melodie *Studius auf einer Reis'* auch seiner gedacht: »Nun kommt unser lieber Otto … / Heiter und verschmitzt, das ist sein Motto … / Schenkt den frisch Vermählten ein jedes Mal die Kinokarten, / Wenn sie in Berlin auf neue Ladung warten.« Vor ihm war seine Mutter an der Reihe gewesen: »Tante Anna aus Berlin … / Ja, die Kohlenhändlerin … / Schenkt dem jungen Paar verstohlen / Sicher fünfzig Zentner Kohlen.« Zum Schluß wurde Gerda bedacht: »Neben ihm die Gerda Schattan … / Die Schneid'rin so knusprig, die sieht keiner matt an … / Netter Bubikopf, aufs Wort, / Paddeln, Skilauf ist ihr Sport.«

Otto verstand, was man meinte, wenn man »im Schoße der Familie« sagte. Er fühlte sich in ihm ebenso wohl wie irgendwie auch beengt. Und je lauter die anderen wurden, um so mehr wünschte er sich in die Einsamkeit seiner Behausung. Irgendwie steckte auch ein Eremit in ihm.

Das Jahr 1937 verlief ruhig, doch Kundige werteten das als die Ruhe vor dem Sturm, denn deutsche Stukas, Sturzkampfflugzeuge der »Legion Condor«, waren im spanischen Bürgerkrieg daran beteiligt, als die baskische Stadt Guernica zerstört wurde. »Da üben die schon mal ...« Der Führer ließ aufrüsten, und auf dem NSDAP-Parteitag hieß es: »Kanonen statt Butter«. Daß der Berliner Ingenieur Konrad Zuse den ersten programmierbaren Rechner baute, den Z 1, und damit das Computerzeitalter einläutete, nahm kaum einer zur Kenntnis.

Einer dieser wenigen war Oskar Schattan, Elektroinstallateur und immer aufgeschlossen für alles Innovative, der über Otto und das RPZ von dieser neuen schnellen Berechnungsmaschine gehört hatte.

»Das wird die Welt revolutionieren«, sagte er zu seinem Schwiegersohn, »daß man in Zukunft alles blitzschnell rechnen kann. Na, mich betrifft das ja nicht mehr, aber meine Enkelkinder ...«

Otto stöhnte. »Das ist ja wie beim Wurm-Elefanten-Witz.« Er bezog sich auf den alten Scherz über einen Studenten, der vor der Zoologieprüfung alles über die Würmer gelernt hatte, von seinem Professor aber nach den Elefanten gefragt wird und sich wie folgt aus der Affäre zieht: »Ja ... Wir unterscheiden die afrikanischen und die indischen Elefanten. Sie weisen einige kleinere Unterschiede auf, gemeinsam ist ihnen aber der Rüssel. Dieser Rüssel hat eine frappierende Ähnlichkeit mit einem Wurm. Bei den Würmern unterscheiden wir ...« So war es auch in seiner Familie: Worüber sie auch reden mochten, am Ende stand immer die Frage: »Wann ist es denn bei euch endlich soweit?« Schließlich waren sie lange genug verheiratet, und Otto gingen schon langsam die Haare aus. Meistens waren die Hinweise ganz dezent, wie eben bei seinem Schwiegervater, manchmal aber auch sehr drastisch, etwa bei den Kollegen, die schon Kinder hatten: »Soll ich dir mal zeigen, wie man's macht?«

Otto und Margot hatten es schwer und waren deshalb am liebsten mit Ehepaaren zusammen, die ebenfalls keine Kinder hatten beziehungsweise haben wollten. Der Grund war bei allen derselbe: »In diesen Zeiten setzen wir keine Kinder in die Welt. Damit Adolf noch mehr Soldaten verheizen kann – nee!« Da ihnen die Produkte der deutschen Gummiwarenindustrie zu teuer waren, verhüteten sie durchweg, indem sie rechneten, das heißt, die Frauen taten dies und ließen ihre Männer nur gewähren, wenn kein Eisprung zu befürchten war. Wegen Ottos Schichtdienst fand die Liebe in der Weichselstraße nicht wie anderswo an festgesetzten Tagen statt, sondern jeweils nach Lust und Laune, aber nie ohne vorher zu klären, was denn der Kalender sagte. Erst wenn Margot festgestellt hatte: »Heute geht es«, konnte Otto mit dem Vorspiel beginnen.

So auch am 30. April, einem Freitag, wo sie in vergleichsweise heiterer Stimmung waren, denn am nächsten Tag brauchte Otto nicht zu arbeiten, sondern nur ein wenig zu marschieren, und dann kam der erste Sonntag im Mai, auf den sie sich ganz besonders freuten, war er doch dem Anpaddeln gewidmet. Was sie aber an diesem Abend besonders animierte, war das Kichern und Stöhnen aus dem Nebenzimmer. Zu dünn war die Wand, um zu verbergen, was Gerda und Gerhard nebenan miteinander trieben. Seit Ostern waren sie verlobt und hatten dies zum Anlaß genommen, auch Tisch und Bett zu teilen, zwar noch nicht in einer eigenen Wohnung, sondern in Gerdas Zimmer in der Weichselstraße.

»Was die können, können wir auch«, kommentierte Otto das Geschehen im Nebenzimmer. »Was sagt denn der Kalender?«

Margot überlegte nicht lange. »Heute geht es. Komm, nimm mich in den Arm.«

»In einen nur, bin ich Invalide?«

Zum Anpaddeln trafen sie sich diesmal nicht mit den Kameraden aus dem DKV, sondern lediglich mit Erwin Krause und seiner Erna, und sie stachen auch nicht in aller Herrgottsfrühe in See, sondern erst um elf Uhr morgens. Bei fast schon sommerlicher

Hitze ging es von Schmöckwitz den Seddinsee hinauf und durch den Gosener Graben hindurch zum Dämeritzsee.

»Das ist ja nicht gerade 'ne Gewalttour«, murrte Erwin.

»Die machen wir ja schon zu Pfingsten«, sagte Otto.

Das Pfingstfest wollten sie auf einem Zeltplatz an der Schmölde verbringen, und zu diesem Zweck zuckelten sie mit ihren Booten schon am Sonntag davor nach Senzig, wo man sie auf dem Grundstück von Onkel Paul abstellen konnte. Es wurde dann auch ein schöner Kurzurlaub, und Otto vermerkte in seinem Bordbuch: »Schmölde und Hölzerner See ... Immer wieder erfreut sich das Auge an der Schönheit dieser Seenkette und ihrer Umgebung. Der Abend endete dann so, wie eigentlich jeder Festtag endet: mit einem Feuerwerk. Himmlisch natürlich, mit einem pfundigen Platzregen.«

Von nun an wurde an jedem Wochenende fleißig für die große Urlaubsfahrt geübt, einmal ging es sogar nach Rüdersdorf, was hin und zurück eine Tagesleistung von 33 Kilometern ergab, meist aber nur zum Krossinsee, um mit Max und Irma zu plauschen und Kaffee zu trinken. Trafen Max und Otto zusammen, kamen sie aus der Flachserei kaum noch heraus.

Einmal wollte ein Ausflügler der kleinen Inge Bugsin ein Stück Schokolade schenken, doch da sagte Otto: »Geben Sie das doch bitte gleich dem Vater, der ißt es seiner Tochter sowieso weg.« Und da Max die Zwei-Zentner-Grenze inzwischen überschritten hatte, war das unmittelbar einsichtig.

Dann hatte sich jemand verlaufen und fragte Max: »Sagen Sie: Ich will nach Wernsdorf auf den Friedhof – wie komme ich da am besten hin?« Max zögerte nicht lange mit seiner Antwort: »Indem Sie sterben. Mein Freund Otto hier besorgt das gerne, der ist gelernter Schlächter.«

Einmal badeten sie am Seddinwall, und Otto schimpfte ganz fürchterlich über die Leute, die einen Außenbordmotor an ihren Booten hatten. »Zu faul zum Paddeln, diese Stinker! Verpesten einem die ganze Luft. Den nächsten, der hier vorbeikommt, bohr' ich in den Grund.« Und er griff sich einen angeschwemmten Zaunpfahl, um ihn als Torpedo einzusetzen.

»Treffer!«, schrie.

Leider saß sein Freund Waldemar in dem Boot, das da eben aus dem Schilf gekommen war. Sowohl der Lack am Bug als auch ihre Freundschaft bekam einen kleinen Kratzer ab ...

Mitte Juli wurde endlich zum Aufbruch für die große Urlaubsfahrt geblasen. Wie sie verlief, das zeichnete Otto auch in diesem Fall in seinem Fahrtenbuch auf.

Auf dem Main durch Franken
1937

In diesem Jahr stand unsere Urlaubsfahrt ganz im Zeichen der Organisation »Kraft durch Freude«. Und wir können sagen, es war schön. Schön, weil die Fahrt gut organisiert war, weil die Kameradschaft der 18 Teilnehmer prima war und nicht zuletzt, weil Landschaft und Wetter keine Wünsche offenließen.

15. und 16. Juli
Pünktlich um 18 Uhr 30 verläßt unser Zug den Anhalter Bahnhof. Kaum daß wir richtig Fahrt aufgenommen haben, da heißt es auch schon: »Liederbücher raus!« Ein Lied folgt dem anderen und steigert die Stimmung der Gruppe. Und während draußen die Kornfelder, die Rübenäcker und die Kiefernwälder langsam in der Dunkelheit versinken, haben wir schon den Zustand unbeschwerter Ferienfreude erreicht. Gegen halb drei morgens fahren wir in den Hauptbahnhof von Nürnberg ein. Durch die noch dunklen Straßen pilgern wir rasch in unser Quartier, um noch schnell eine Mütze voll Schlaf zu nehmen. Am frühen Nachmittag verlassen wir Nürnberg wieder und fahren mit der Bahn über Würzburg nach Schweinfurt. Hier wird dann erstmalig am Ufer des Mains gezeltet.

17. Juli
Strahlende Sonne und das Gemecker des Wiesenbesitzers wecken uns aus der wohlverdienten Ruhe. Freudig geht der Blick über das blitzende Wasser bis zu den fernen Bergen, die sich im Dunst vom

Horizont abheben. Die obligaten Morgenarbeiten nehmen am ersten Tag immer mehr Zeit in Anspruch als später, da ja nicht nur die Zelte abgebaut, sondern auch die Boote aufgebaut werden müssen, und das dauert bei dieser Gruppe besonders lange, da einige Teilnehmer zum ersten Mal eine Faltbootfahrt machen. Wir als alte Faltbootfahrer sind natürlich mit unserer »Snark« bald fertig, und so bleibt mir noch reichlich Zeit zu einem kleinen Einkaufsbummel. Doch bei meiner Rückkehr geht es ab in die Ferien 1937. Die Strömung erfaßt die Boote und trägt sie rasch davon. Wiesen, Dörfer und Weinberge ziehen im raschen Wechsel an uns vorüber. Hoch vom Berge grüßt eine Kapelle den eiligen Wanderer auf dem Fluß. Es ist, als wolle sie sagen: »Eile mit Weile.« So wollen wir denn tun, wie sie uns mahnt, und den nächsten Ort zu unserem Rastplatz wählen. Escherndorf ist es, der berühmte Weinort. Wir gehen ins Dorf, um unsere Vorräte zu ergänzen. Still und verträumt liegt die Dorfstraße in der warmen Nachmittagssonne. Nur der alte Dorfbrunnen plätschert wie eh und je sein altes Lied. Doch bald ist es vorbei mit der Ruhe. 18 ausgewachsene und zu allem Unsinn bereite Berliner Faltbootfahrer besetzen das Dorf. Von überall her klingt ihr Scherzen und Lachen. In der Weinstube des Escherndorfer Winzervereins steigt die Stimmung unserer kleinen Gruppe immer höher. Singend wird die Vogelsburg erklommen. Der Blick von hier oben auf die Reben tragenden Hänge, das Dorf zu unseren Füßen und das silberne Band des Mains entschädigt vollauf für den mühsamen Aufstieg. Nachher fahren wir unter Lachen noch ein gut Stück weiter. Schließlich schlagen wir bei Dettelbach auf einer frisch gemähten Wiese am Waldrand unsere Zelte auf.

18. Juli
Hermann, unser lebender Wecker, waltet auch heute wieder seines Amtes und bläst um sechs Uhr früh den Zapfenstreich zum Aufstehen. Es ist wieder herrliches Wetter. Die Boote stoßen eins nach dem anderen vom Ufer ab, und bald ist der Zeltplatz von Dettelbach unserem Gesichtskreis entschwunden. Neue Ortschaften tauchen auf, gleiten vorüber und entschwinden wieder. Brütend

heiß liegt die Julisonne über der Landschaft, und freudig wird der Entschluß unseres Wanderführers begrüßt, in Kitzingen Einkehr zu halten. Dann geht es weiter nach Würzburg, wo auf dem DKV-Platz gezeltet wird. Nach einem Bummel durch die Altstadt feiern wir mit den Würzburgern zusammen das Kilianfest. Als zünftige Süßwassermatrosen landen wir natürlich im »Goldenen Anker«, und bei Wein und Mainfischli und vielen Scherzereien vergeht die Zeit im Fluge. Von allen Türmen schlägt es zwölf, als wir, vor den Zelten stehend, unser »Ade nun zur guten Nacht« singen.

19. Juli
Nach einer weiteren Besichtigungstour durch Würzburg verlassen wir gegen vier Uhr die Stadt der Kirchen und Kapellen, der Bocksbeutel und des Hofbräus. Erst hinter Himmelstadt finden wir auf einem schmalen Wiesenstreifen einen brauchbaren Zeltplatz. Daß dicht hinter uns eine Lorenbahn mit halbstündigem Verkehr betrieben wird (auch nachts), stört uns nicht weiter.

20. Juli
Um fünf Uhr werden wir wunschgemäß vom Lorenbahnfahrer geweckt. Aber es wird neun Uhr, bis die Flottille endlich ablegt. Gleich danach geraten wir vor der Einfahrt zur Schleuse Himmelstadt in eine etwas heikle Lage, nämlich in den Sog des Wehrs, die aber dank der Umsicht eines Kapitäns (es ist der der »Snark«, aber nicht weitersagen) doch noch gemeistert wird. Als wir Karlstadt passieren, brennt die Sonne mit beinahe südlichem Feuer auf uns herab, und gern würden wir jetzt ein wenig faulenzen. Aber leider drängt wie so oft die Zeit. Hinter einer schützenden alten Mauer verborgen gleitet Wernfeld vorüber. Und gleich dahinter wird unser Traum vom Faulenzen doch noch Wirklichkeit: Ein großes Holzfloß wird eingeholt. Im Handumdrehen ist die ganze Meute raufgeklettert und sind die Boote an der Seite festgemacht. Bald ist das Floß zur schwimmenden Badeanstalt geworden. Hernach liegen alle faul in der Sonne oder machen einen kleinen Plausch mit den Flößern. Von rechts

schiebt sich jetzt der Spessart an den Fluß heran, während uns links die Berge des Odenwalds begleiten. An den Ufern aber rasseln die Dampfbagger und rattern die Betonmischmaschinen für den Ausbau der Rhein-Main-Donau-Wasserstraße. Nach gut zweistündiger Floßfahrt taucht vor uns Gemünden auf, unser heutiges Tagesziel. Wir machen die Boote wieder klar und landen gleich darauf. Beim Essen beschließt die Mehrheit der Gruppe, die Boote zusammenzupacken und am nächsten Tag ab Bad Kissingen die fränkische Saale zu befahren. Vier Mann hoch, zu welchen auch wir zählen, bleiben in Gemünden zurück.

22. Juli
Auch der heutige Tag beginnt wieder feucht. Aber nachher gibt es wieder Sonne und Wind. Da unsere Saalefahrer, die gestern ziemlich naß geworden sind, während wir in der Sonne faulenzten, erst ihre Utensilien trocknen müssen, wird es Mittag, ehe wir zur Weiterfahrt rüsten können. Doch dann geht es mit voller Kraft gegen den Wind. Auf halbem Wege dorthin versperrt aber eine Schleuse unseren Weg. Da unser Wanderführer seit seiner Fahrt auf der fränkischen Saale, also seit gestern, an seine Berufung als kühner Wehrfahrer glaubt, will er auch dieses Schleusenwehr im Handgalopp nehmen. Anders wir bedächtigen Wanderfahrer. Warum ins ungewisse Abenteuer stürzen, zumal gerade ein unsichtbarer Geist die Schleusentore öffnet. Es kommt zum Streit, und keiner will nachgeben. Also benutzt der größere Teil der Gruppe die Schleuse, während der Wanderführer mit seinem engeren Stab übers Wehr rauscht. Alles läuft glimpflich ab, doch eine gewisse Verstimmung bleibt.

23. Juli
Vorletzter Tag unser Mainfahrt. An Rothenfels gleiten wir vorbei, an Marktheidenfeld und an Lengfurt, bis uns vom Berghang die Homburg grüßt. Der Wind ist jetzt noch erheblich stärker geworden und krönt die grünen Wasser des Mains mit weißen Schaumköpfen. Vor uns fährt gerade ein Schlepper ab, und gewaltig legen wir uns ins Zeug, um ihn noch einzuholen und uns ein wenig an-

zuhängen. Es gelingt, und wir sparen ein paar Kilometer mühseliger Paddelei. Aber dann kann Margot die Leine nicht mehr halten, und wir müssen wieder wacker paddeln. Zu unserer großen Freude macht aber der Dampfer gleich danach wieder Halt, und auch die anderen, die noch drangeblieben waren, müssen wieder arbeiten. Gemeinsam nähern wir uns dem alten Städtchen Wertheim. Wir fahren ein Stück die Tauber hinauf und manövrieren unsere Gummikreuzer vorsichtig über Glaspullen und Blechbüchsen hinweg an ihren Landeplatz. Dann verschwinden alle zum Mittagessen und zur Besichtigung des wunderschönen Städtchens. Es wird später Nachmittag, als wir in den Booten sitzen und noch ein wenig mainabwärts fahren. Hinter Dorfprozelten bauen wir unsere Hütten auf.

Nach einer reinigenden Aussprache mit dem Wanderführer verleben wir dann im Scheine unseres Papiermondes und seines hoch droben am Sternenzelt thronenden großen Bruders einen stimmungsvollen Abend. Noch einmal singen wir in trauter Runde all die schönen Wander- und Heimatlieder.

24. Juli
Heute starten wir zur letzten Etappe unserer Mainfahrt. Wieder brennt die Sonne heiß auf uns herab. Doch unverdrossen paddeln wir Schlag um Schlag, bis erneut eine Schleuse Halt gebietet. Dahinter macht der Main einen großen Bogen, und inmitten grüner Wälder grüßt die Ruine Freudenberg mit ihrem hohen Bergfried den Wanderer auf dem Fluß. Ihr zu Füßen liegt das Städtchen Freudenberg – und hier erlebt auch unsere Gruppe eine große Freude. Unser Wanderführer teilt seiner freudig erregten Schar mit, daß die Fahrt nur noch bis Klingenberg gehen soll und nicht wie ursprünglich vorgesehen bis Aschaffenburg. Da haben wir dreißig Kilometer Paddelei eingespart. Grund genug, sich noch einmal in die Paddel zu legen, um Miltenberg, unser nächstes Ziel, bis Mittag zu erreichen. Miltenberg sei die Perle am Main, ist überall zu hören, und man kann sagen, daß das nicht übertrieben ist. Herausgehoben seien nur das jahrhundertealte Gasthaus »Zum Riesen« oder das bekannte Schnatterloch. »Das ist was für

dich«, sage ich zu Margot, haben doch die Lehrer in der Schule zu ihr gesagt, sie müsse Schnattern statt Schattan heißen.

Nach gut dreistündigem Aufenthalt verlassen wir mit einem sorgenvollen Blick zum Himmel Miltenberg. In der Ferne grummelt ein Gewitter. Noch einmal müssen wir eine Schleuse überwinden, die letzte auf unserer Mainfahrt. Hinter Kleinheubach erwischt uns dann tatsächlich der Ausläufer einer dicken Regenwolke. Im Regen kommen wir in Klingenberg an und bauen in Rekordtempo die Zelte auf. Als dann spätabends der Regen nachläßt, werden auch noch die Boote abgebaut und reisefähig gemacht.

Da unsere Fahrt im großen und ganzen einen zünftigen Verlauf genommen hat, soll sie auch einen zünftigen Abschluß haben. Also machen wir uns stadtfein. Im DKV-Gasthaus »Fränkischer Hof« lassen wir dann noch einmal die Fahrt an uns vorüberziehen und singen all die Lieder, die wir auf unserer Fahrt angestimmt haben. Dazu wird dann noch manch kräftiger Schluck Frankenwein getrunken ...

25. Juli
Um 13 Uhr verlassen wir, mit einem flauen Gefühl im Magen, im Zug Klingenberg und sehen uns vom Abteil aus den Teil des Mains an, den wir eigentlich im Boot passieren wollten. Über Fulda, Erfurt und Halle geht die Fahrt, und kurz nach Mitternacht treffen wir wieder auf dem Anhalter Bahnhof ein.

Wieder in Berlin, begann Margot zu klagen: »Ich hab' mir irgendwo beim Baden die Blase erkältet. Ich muß dauernd, und das zieht immer so.«

»Dann geh mal gleich morgen vormittag zum Arzt.«

Das tat Margot dann auch. Die Diagnose ließ nicht lange auf sich warten und fiel recht überraschend aus. »Ich glaube, Sie sind schwanger ...«

»Nein!«, rief Margot. »Ich hab' doch immer auf den Kalender gesehen.«

»Dann werden Sie sich wohl verrechnet haben.«

Als Otto am Abend von diesem Rechenfehler erfuhr, hatte er Tränen in den Augen. Er liebte Manfred oder Marianne, was es auch werden sollte, schon in dieser Sekunde. Aber ... nicht in diesen Zeiten! Es war verantwortungslos, unter diesen Bedingungen Kinder in die Welt zu setzen. Manfred in der Hitler-Jugend, Marianne im BDM-Einsatz – nein und abermals nein. Die widerstreitenden Gefühle zerrissen ihn schier.

»Dann lass' ich's wegmachen«, sagte Margot. »Mutter kennt eine, die immer in den Kohlenkeller kommt und ...«

»Nein!« So viel wußte Otto von der Engelmacherei, daß es bei Margot wohl schon zu spät war. Wenn er sie dabei verlor, dann ...

»Warum hast du denn nicht früher ...?«

»Ich bin doch nie auf die Idee gekommen, daß ich ...«

»Das merkt eine Frau doch.«

»Es war ja immer noch 'n bißchen Blut, und ich hab' eher gedacht, daß ich was am Unterleib habe. Ich wollte ja auch schon vor der Reise zum Frauenarzt gehen, aber da ist immer was dazwischengekommen.«

Sie fuhren nach Schmöckwitz, um mit ihren Eltern zu reden. Ihr Vater umarmte sie und war so glücklich, wie sie ihn noch nie gesehen hatten. »Ein Enkel, mein Gott! Wann ist es denn soweit?«

»Ende Januar, Anfang Februar.«

»Ich hör' dann auf zu arbeiten und spiel' den ganzen Tag mit ihm. Wie soll er denn heißen?«

»Manfred«, antwortete Otto. »Wenn es ein Junge wird. Den Jungennamen hab' ich aussuchen dürfen, den Mädchennamen Margot. Wenn's ein Mädchen wird, dann heißt es Marianne.«

»In Schmöckwitz sind sie mir alle willkommen!«, rief Ottos Schwiegermutter.

Damit war alles entschieden. Wenn es das Schicksal so gewollt hatte, dann durfte man ihm nicht in den Arm fallen. Alles, was fließend geschah, war gut und richtig, insoweit hing Otto dem Taoismus an – kein Wunder bei einem, der an der Oder groß geworden war. Das Leben als allmählich zum Meer ziehender Fluß, so sah er es, und bei Kilometer 32 war es hohe Zeit, Vater zu werden. Nur so lebte man fort, auf die Religion und die Jenseitsversprechungen war in dieser Hinsicht kein Verlaß. Aber vielleicht meinte das Jenseits nichts anderes, als daß ein Mensch in seinen Kindern weiterlebte, ergo unsterblich wurde. Auch das sprach dafür, Manfred oder Marianne in die Welt zu setzen.

Nachdem sie sich an den Gedanken, in einem halben Jahr zu dritt zu sein, peu à peu gewöhnt hatten, ging alles so weiter wie bisher; beinahe verdrängten sie die Schwangerschaft, zumal Margot kaum Beschwerden hatte. Zudem feierte Berlin vom 14. bis 22. August sein siebenhundertjähriges Bestehen, und sie standen mit am Straßenrand, um dem großen Festzug zuzujubeln. Wittelsbacher Ritter gab es zu bestaunen, Frau Berolina auf einem rot-weißen Wagen, die »Faule Grete«, jene Kanone, mit denen die Hohenzollern die Mark erobert hatten, und einen Biedermeierwagen mit der Aufschrift »Berliner Weiße um 1800«.

Margot seufzte. »Wenn wir damals schon gelebt hätten ...«

»... wären wir heute schon tot«, ergänzte Otto.

Mit Ausflügen zum Krossinsee und anderen Fahrten mit der »Snark« war es nun vorbei, denn Margot hatte Angst, mit dem Paddel gegen ihren Leib zu stoßen und dem Kind Schaden zuzufügen. So kam das Faltboot schon Mitte August in den flachen Schuppen zwischen Komposthaufen und August Quades neuer Liebeslaube. Aber die beiden fuhren den ganzen Spätsommer über und auch noch bei Herbstbeginn jedes Wochenende nach Schmöckwitz, wo Margot sich in ihrem Lieblingsliegestuhl ausstrecken und die frische Luft genießen konnte.

Als sie am 2. Oktober am frühen Nachmittag aus der 86 stiegen, stand Ottos Schwiegervater schon an der Haltestelle, um auf sie zu warten. Obwohl er einen dicken Verband an der linken Hand hatte, half er Margot aus der Bahn.

»Nanu, Papa, was hast du denn gemacht?«

»Nichts weiter, nur 'n kleiner Piekser am Daumen. Ich hab' bei dem Katzenstein in der Kommandantenstraße die Schaufensterbeleuchtung repariert und mich da an der Litze verletzt. Halb so schlimm.«

Doch da sollte er sich geirrt haben, denn im Laufe des Sonntags wurde er immer blasser, fühlte sich müde und abgeschlagen, aß kaum etwas und klagte darüber, mächtig zu frieren. Schließlich bekam er sogar Schüttelfrost.

»Miß doch mal Fieber«, sagte Otto.

Das taten sie dann und erschraken. »Das geht ja schon auf 39 zu!«

Als sie den Verband abwickelten, prallten sie zurück. Der Daumen war nicht nur dick geschwollen und hatte eine Farbe angenommen, die zwischen Rotblau und Lila lag, es zog sich auch eine hellrote Spur den ganzen Arm hinauf und bildete in der Armbeuge einen richtigen See.

»Die Lymphbahn!«, rief Gerhard.

»Blutvergiftung,« konstatierte Otto. Dafür brauchte man kein Arzt zu sein.

»Bloß schnell ins Krankenhaus!« Margots Mutter suchte nach Kleingeld, um mit ihrem Mann zur 86 zu laufen und mit der nächsten Bahn ins Köpenicker Krankenhaus zu fahren.

»Nehmt 'ne Taxe«, riet Otto.

»Wo soll man denn hier in Schmöckwitz 'ne Taxe hernehmen?« Und ein Telefon hatte keiner.

So liefen sie zur Straßenbahn, und alle wollten mitfahren.

»Quatsch«, sagte Oskar Schattan. »Nicht alle wegen so 'ner Lappalie. Ich krieg' 'ne Spritze und 'n neuen Verband, und in zwei Stunden sind Mary und ich wieder zurück.«

Doch es sollten drei Stunden vergehen – und seine Frau kam alleine zurück. Sie standen alle an der Haltestelle.

»Was ist denn, Mutti, wir haben uns schon solche Sorgen gemacht.«

»Septikämie haben sie gesagt, Blutvergiftung. Sie haben ihn gleich dortbehalten, weil das manchmal böse ausgeht ...«

»Wozu haben wir denn unser Lymphsystem«, rief Gerhard, »das tötet doch alle Krankheitskeime ab.«

Das war richtig, doch bei Oskar Schattan lag der Fall anders, denn er war als Kind vom Baum gefallen und hatte sich eine spitze Astgabel so unglücklich in die linke Achselhöhle gejagt, daß bei der erforderlichen Operation sehr viel Fleisch und Gewebe entfernt werden mußte, unter anderem auch seine Lymphknoten.

Antibiotika gab es im Jahre 1937 noch nicht, so daß sich sein Zustand zunehmend verschlechterte. Doch er kämpfte mit all seinen Kräften und redete mit seinen Angehörigen, als sei nichts geschehen, wenn sie an seinem Krankenbett standen.

»Ich will doch meinen Enkel noch sehen ... den Manfred ...«

Doch am Mittwoch morgen waren die Staphylokokken stärker als er, um halb 8 Uhr erlitt er einen septisch-toxischen Schock mit tödlichem Ausgang, wie man seinen nahen Anverwandten später sagen sollte.

Schmerz und Trauer überwältigten sie, und die Frauen trugen Schwarz bis weit ins nächste Jahr hinein. Es gab nur einen Trost: »So ist ihm wenigstens das KZ erspart geblieben.« Daß es die Juden und die Halbjuden irgendwann treffen würde, glaubten sie alle. »Und er hat ja nie den Mund halten können.«

Otto konnte nächtelang nicht schlafen. Er hatte an Oskar Schattan wie an einem leiblichen Vater gehangen. Aber nicht nur dieser Verlust bedrückte ihn fürchterlich, hinzu kam noch die Angst um das Kind, und wieder sagte er: »Hoffentlich hat Margot keine Fehlgeburt.«

Doch Margot Matuschewski überstand die Krise, sie war robust genug, so weinerlich und zaghaft sie auch wirkte. Ihr dauerndes Wehklagen hatte die Funktion, die Götter milde zu stimmen, sie brauchte es als nützliche Entlastung.

Je mehr sich Margot und Otto auf das Kind konzentrierten, um so unwichtiger erschien ihnen das, was ringsum geschah. Alles drehte sich um Marianne oder Manfred. Im September hatte es die ersten zarten Klopfzeichen von sich gegeben, und bei der Trauerfeier im Krematorium Baumschulenweg hatte es beim Einsetzen der Musik erschrocken gestrampelt.

»Es protestiert dagegen, daß das Schicksal ihm den Großvater genommen hat«, sagte Margot und streichelte ihren Bauch. »Nicht wahr, du hättest einen so lieben Großvater gehabt.«

Im November, Margot war nun schon im siebenten Monat, lauschte Otto immer öfter an der Bauchdecke und spürte dabei die Tritte von Manfred beziehungsweise Marianne. Margot ging zu einigen Kursen und ließ sich im übrigen von ihrer Mutter und ihrer Freundin Irma beraten. Dabei war ihre Stimmung mitunter ziemlich gedrückt.

»Irma, Mutti, Gerda, ihr versprecht mir, daß ihr euch um das Kind kümmert, wenn ich im Wochenbett sterbe.«

»Nein, wir setzen es ins Boot und lassen's die Spree runtertreiben ... wie damals Moses.« Irma Bugsin konnte ausgesprochen spöttisch sein.

Dann erwachte bei Margot zum Glück der Nestbautrieb. Sie zog überall herum, kaufte Wickelkommode, Babybadewanne, Kinderwagen und Kinderbett und die ganze übliche Babyausstattung. Und abends strickte und häkelte sie Unmengen an Strampelanzügen, Mützchen, Schuhchen und dergleichen.

»Nun hör mal langsam auf«, sagte Otto, »sonst bekommen wir mindestens Drillinge.«

Als es auf Weihnachten zuging, fiel Margot das Treppensteigen immer schwerer. Sie wurde so kurzatmig wie eine alte Frau und litt unter Sodbrennen, Rückenschmerzen und hartem Stuhlgang. Margot stöhnte fortwährend und schien damit alle befreundeten Ehepaare, die keine Kinder hatten, aus dem Haus zu treiben.

»Das ist es nicht«, sagte Otto, »die fühlen sich nur unbehaglich, weil *sie* keine Kinder haben oder kriegen. Wer keine Kinder hat, der hat umsonst gelebt.«

Weihnachten 1937 und die Jahreswende 1937/38 standen ganz im Zeichen von Margots nahender Niederkunft, und als ihre Mutter das Sektglas hob, um das neue Jahr zu begrüßen, stieß sie schon auf den neuen Erdenbürger an.

»Manfred / Marianne, wir freuen uns aus ganzem Herzen auf dich!«

Nur Margot weinte. »Wenn Papa das noch erleben könnte!«

»Wenn das Kind auch so dicht am Wasser gebaut ist«, murmelte Otto vor sich hin, »dann sollten wir gleich nach Tamsel oder Tschicherzig ziehen.«

Im Januar 1938 gab es dann kaum einen Tag, an dem nicht die Frage gestellt wurde: »Wann ist es denn endlich soweit?«, und

Margot die immer gleiche Antwort gab: »Die Hebamme hat sich nicht festlegen wollen, aber in den letzten Januartagen bin ich wohl fällig.«

Margot war voller banger Fragen und dunkler Vorahnungen. »Ich halt' den Wehenschmerz bestimmt nicht aus, ich komme um dabei. Das Kind ist doch schon so groß, wie soll es denn aus mir rauskommen? Wenn ich bei der Geburt in Not bin, seid ihr alle weg.« Otto schmuste und kuschelte in jeder freien Minute mit ihr, tröstete sie und wies immer wieder darauf hin, daß es Milliarden Frauen vor ihr auch geschafft hätten, ihre eigene Mutter ja auch. Ihre Mutter wie auch ihre Schwiegermutter, ihre Schwester und Irma waren ihr eine große Hilfe, insbesondere als die Senk- und die Vorwehen kamen. Als ihre Mutter am 24. Januar zu Ottos Geburtstag aus Schmöckwitz eintraf, brachte sie gleich alles mit, um sich für die nächste Zeit in der Weichselstraße häuslich einzurichten.

So saßen sie auch am 31. Januar abends am runden Tisch beisammen und spielten Rommé, als Margot plötzlich rief: »Otto, Mutti, es geht los!«

Ihre Mutter beruhigte sie: »Erst wenn die Wehen alle fünf Minuten kommen, mußt du ins Entbindungsheim. Zieht es jetzt vor allem im Rücken?«

»Ja ...«

»Dann leg dich ruhig hin, mein Kind, und dein Mann holt inzwischen eine Taxe.«

Otto trabte los. Weder sie noch die Nachbarn hatten ein Telefon, und die nächste Telefonzelle war so weit entfernt, daß er auch gleich bis zum Taxenstand am Hermannplatz rennen konnte. Das war kein Problem, denn im Postsport-Verein war er die 10 000 Meter schon einige Male in ganz guten Zeiten gelaufen. Außerdem beruhigte es die Nerven. Weichselstraße, Weserstraße, Reuterstraße, Braunauer Straße ... Schon war er da und riß die Wagentür auf.

»Schnell, in die Klinik, wir bekommen ein Kind!«

»Nich bei mir im Wagen, ick kenn dit. Keene Storchenfahrt mehr. Neh'm Se den Volksjenossen hinta mir.«

Otto traf es wie ein Schlag. In was für eine Welt wurde ihr Kind da geboren ... Dann aber ging alles glatt. Sie holten Margot und ihre Mutter in der Weichselstraße ab und fuhren Richtung Köpenick, wo Marie Schattan in der Lindenstraße Nummer 34 ein kleines, aber renommiertes Entbindungsheim ausfindig gemacht hatte. So fürsorglich Margot aufgenommen wurde, so streng wurden ihr Mann und ihre Mutter gleich wieder nach Hause geschickt. »Wir brauchen hier keinen, der uns stört. Es ist für alles bestens gesorgt.«

Mehr als eine schnelle Umarmung und ein flüchtiger Kuß blieben Otto nicht, dann wurde Margot gleichsam abgeführt. Er kam sich wie ihr Henker vor. Vielleicht sah er sie niemals lebend wieder ...

»Kopf hoch, Junge!« Seine Schwiegermutter gab ihm einen freundlichen Stoß in die Rippen. »Eine Geburt ist keine Krankheit, sondern eine natürliche Sache.«

Otto konnte sich noch immer nicht darüber beruhigen, daß man ihn von seiner Frau getrennt hatte, und stürmte in das Büro. »Kann ich hier wenigstens irgendwo übernachten?«

Der Nachtwächter nahm die randlose Brille vom kantigen Schädel. »Bedaure sehr, mein Herr, aber ein Hotel sind wir hier nicht.«

»Können Sie mich wenigstens anrufen, wenn das Kind gekommen ist?«

»Haben Sie Telefon?«

»Nein ...«

»Dann sehe ich da einige Schwierigkeiten ...«

Otto korrigierte sich. »Nicht bei mir zu Hause. Ich schlafe bei einem Freund in der Werkstatt, und der hat Telefon.« Er gab dem Mann die Nummer von Max' Beizerei in der Fruchtstraße.

Seine Schwiegermutter legte einen kleinen Schein auf den Schreibtisch. »Und Sie melden sich dann sofort bei meinem Schwiegersohn ...«

»Selbstverständlich, gnädige Frau.«

Dann standen sie beide draußen auf der Lindenstraße und sahen zu den wenigen Fenstern hoch, die noch beleuchtet waren, dabei hoffend, daß ihnen Margot noch einmal zuwinken würde. Doch nichts regte sich.

»Wahrscheinlich hat sie ein Fenster nach hinten raus.«

»Schnell, unsere Elektrische!«

Sie liefen zur Haltestelle und fuhren mit der 87 in die Innenstadt. Am Bahnhof Treptower Park stiegen sie wieder aus, und Otto brachte seine Schwiegermutter noch bis vor die Haustür in der Weichselstraße. Sie umarmte ihn noch einmal.

»Wenn wir uns morgen wiedersehen, bist du schon ein stolzer junger Vater.«

»Und du eine stolze junge Großmutter.«

»Mit 53 Jahren wird's ja langsam auch Zeit.«

Otto machte sich auf den Weg zum Schlesischen Bahnhof, wo Max in der Fruchtstraße seine Beizerei hatte. Eine mit Telefon. Weit war es nicht, Luftlinie keine drei Kilometer. Da war Otto von ihren Wanderungen her ganz andere Strecken gewohnt. Aber es waren einsame Straßen darunter, die Lohmühlenstraße, das Görlitzer Ufer. Ihm sollte es recht sein. Er nahm sich vor, mit seinem Kind später einmal dieselbe Strecke zu laufen, vielleicht zu seiner Einschulung ... 1944.

Als er in der Fruchtstraße ankam, war es schon weit nach Mitternacht. An Schlaf war nicht zu denken. Dazu war er viel zu aufgeregt. Außerdem störten ihn die vielen Mäuse. Überall raschelte es, knabberte es, huschte es. Er erinnerte sich daran, daß Max des öfteren am Sonntag mit Inge in die Werkstatt ging, um mit ihr Mäuse zu ersäufen.

Manfred oder Marianne? Immer wieder ertappte er sich bei der Frage, was ihm wohl lieber sei. Söhne und Väter – da gab es immer große Kämpfe, Töchter und Väter – da gab es immer viele innere Bindungen. Also doch eher Marianne ... Aber einen Stammhalter zu haben, das zählte wohl mehr. Einer, der die Reihe fortsetzte, auch wenn aus den Bosetzkis inzwischen die Matuschewskis geworden waren: Johann (1717–1786), Erdmann (1770–1848), Friedrich (1818–1903), Heinrich (1871–1920), Otto (geboren 1906) ... und nun Manfred, geboren am 1. Februar 1938.

Kurz vor fünf Uhr morgens kam der Anruf aus der Entbindungsstation.

»Herzlichen Glückwunsch, Herr Matuschewski. Mutter und Kind sind wohlauf. Es ist ein Junge geworden.«

Kaum hatte sich Otto die Tränen aus den Augen gewischt, lief er nach Neukölln zurück, um seiner Schwiegermutter die frohe Kunde zu überbringen. Sie umarmte ihn, und beide waren außer sich vor Freude. Rückblickend sollte Otto immer wieder sagen, daß dies mit der schönste Augenblick in seinem Leben gewesen sei. »Verweile doch, du bist so schön ...«

Sie fuhren mit der Straßenbahn nach Köpenick und wurden gleich zu Margot vorgelassen. Manfred war gerade angelegt worden und trank. Als Otto seinen Sohn zum ersten Mal sah, fühlte er sich wie ein junger Gott: Die Welt hatte ihm alles geschenkt, was sie zu geben vermochte.

Margot machte nur »Pst!« und gab sich geschäftsmäßig. »3030 Gramm, 49 Zentimeter.«

Dunkelblaue Augen hatte Manfred, und Otto dachte: »Wie der Himmel über der Mark Brandenburg an schönen Sommertagen.« Manfreds erste Härchen waren mittelblond.

Dann endlich konnte sich Otto zu Margot hinabbeugen, ihr danken und sie küssen. So glücklich wie die Mütter auf den Bildern zum Muttertag schien sie ihm nicht auszusehen. Es war eben der Fluch ihres Charakters, daß sie sich alles Unglück und alles Elend, das einem Menschen im Lauf seines Lebens widerfahren *konnte,* pausenlos vorstellen mußte. Reden konnten sie nicht viel, denn der Pfarrer kam, um Manfred zu taufen. Otto fand das höchst verwunderlich, war doch seine Frau gar nicht in der Kirche.

»Warum denn das?«

»Wenn mir Manfred hier stirbt, dann soll er kein Heide sein.«

Eine Woche später holten sie Margot und Manfred nach Hause, und zwar ganz vornehm in einer Taxe, die Anna Matuschewski spendierte. Obwohl sie das Fuhrgeschäft nach dem Tod ihres Mannes aufgegeben hatte und nur noch den Kohlenkeller betrieb, unterhielt sie noch gute Kontakte zum alten Gewerbe und bekam bei Taxifahrten immer Rabatt.

»Mein Sohn, ziehe ein ins Reich deiner Väter«, sagte Otto, als er Manfred in die Wohnung trug.

Der erste Tag mit dem Baby begann. Manfred schrie, Manfred war so winzig, Manfred machte pausenlos die Windeln voll, Manfred ließ ihn nachts nicht schlafen. Aber dank seiner Schwiegermutter schafften sie alles und hatten bald ihren neuen Rhythmus gefunden. In den nächsten Wochen und Monaten hatte sich alles so weit eingespielt, daß Margot ihn geradezu drängte, die Gelegenheit wahrzunehmen und mit seinem Verein die Oder abwärts zu paddeln, was schon lange sein großer Traum gewesen war.

»Ohne dich ...«

»Willst du mir meinen Rechenfehler vorwerfen ...?«

Otto lachte. »Ja, ja, alles hat seine Zeit, sagt der Philosoph. Nächstes Jahr nehmen wir unseren Sohn mit, wenn's über den Seddinsee geht.«

Diesmal aber war er allein, das heißt, er saß mit Erwin Krause im Zweier. Was er auf seinem Heimatstrom erlebte, hat er in seinem Fahrtenbuch getreulich festgehalten.

Auf der Oder
1938

29. Juli
Am Freitag, pünktlich um zehn vor drei, verläßt unser Sonderzug zum Deutschen Turn- und Sportfest die große, rauchgeschwärzte Halle des Schlesischen Bahnhofs. Außer Erwin Krause und meiner Wenigkeit sind noch zwei Kameraden von der Kanu-Vereinigung »Mark Brandenburg« im Wagen, und so ist für Unterhaltung gesorgt. In rascher Fahrt geht es durchs märkische Land, und bald ist Frankfurt (Oder) erreicht. Nach kurzem Aufenthalt geht es weiter über Guben, Sagan und Liegnitz. Felder und immer wieder Felder begleiten uns auf diesem Teil der Fahrt. Hier wiegt sich noch das gelbe Korn im Winde, dort ist es schon gemäht und zu Garben zusammengestellt. Über allem

aber steht ein trüber Himmel, der es früh Abend werden läßt. Es ist dunkel, als der Zug in den Breslauer Hauptbahnhof einfährt. Hier empfängt uns der Kamerad Garz, und unter seiner Führung erreichen wir in kurzer Zeit das große Zeltlager der Kanufahrer, das sich weit draußen am Flutkanal befindet. Bald ist unser Zeit aufgestellt, und sechs Mann hoch kehren wir dann noch in eins der großen Bierzelte ein, die das Stadion umgeben. Na, und hier ist dann alles beisammen: Musik, Lärm und ein ziviles Preisgefüge.

30. Juli
Nachdem wir den Gummikreuzer »Ete« zusammengebaut haben, geht es zur Besichtigung in die Stadt. Kreuz und quer durchstreifen wir die Stadt. Am meisten fesselt uns das alte Rathaus. Schön ist auch der Blick von der Universitätsbrücke auf die Sandinsel, über deren Giebeln und Dächern die Türme alter Kirchen hoch emporragen. Hier an der Sandinsel findet auch der Kajakslalom statt, und längere Zeit sehen wir zu. Es ist ein schnittiger Sport. Nach dem Mittagessen bummeln wir dann weiter kreuz und quer durch die Stadt, und eines steht fest: Breslau ist viel schöner, als allgemein angenommen wird.

31. Juli
Der heutige Sonntag steht ganz im Zeichen der großen Festzuges. Fahnen, Musik, festlich gestimmte und gekleidete Menschen, wohin man blickt. Dazu lacht vom wolkenlosen Himmel die strahlende Sonne herab. Mit Baden, Kartenschreiben und Faulenzen verbringen wir den Vormittag. Nach dem Essen rüsten Erwin und ich uns noch einmal zu einem Stadtbesuch und durchstreifen mit Grete Quade, Bertholds Frau, den Scheitniger und den Leerbeuteler Park. Inmitten des Parkbezirks von Scheitnig erhebt sich ein weiteres Wahrzeichen Breslaus: die Jahrhunderthalle. Nach stundenlangem Umherwandern kehren wir gegen Abend zum Zeltlager zurück. Aber leider ist unsere frühe Heimkehr zwecklos, da das im Programm vorgesehene Feuerwerk nicht abgebrannt wird.

1. August
Überall im weiten Lager wird am Morgen zur Abfahrt gerüstet. Auch unsere fünf »Mark Brandenburg«-Boote werden über die Böschung geschoben, und bald ist das einem Ameisenhaufen gleichende Zeltlager unseren Blicken entschwunden. Obwohl es noch ziemlich früh ist, brennt uns die Sonne schon auf den Pelz, und mancher Schweißtropfen rinnt ins Gras, als wir die schwerbeladenen Boote am ersten Wehr um das Hindernis schleppen müssen. Das bleibt sogar auf Erwin nicht ohne Wirkung. Als nächstes Hindernis sperrt die Schleuse Rosenthal den Strom. Nach längerem Warten wird geschleust, und weiter geht's zur Schleuse Ransern. Aber nun liegt der Strom bis zum Meer frei vor uns. Wie geht da einem alten Paddler, der sich ständig über windgepeitschte Seen und endlos lange Kanäle quälen muß, das Herz auf, wenn die Strömung das Boot erfaßt und er nichtstuend durch die Gegend gondeln kann. Da ist es Zeit für Erinnerungen. 18 Sommer ist es her, daß ich hier mit der »Ella« stromab gefahren bin ... Und gerade, als ich daran denke, kommt uns ein Marketenderschiff entgegen. Als Erwin zum Kapitän hinüberruft, ob man bei ihm auch Sonnenöl kaufen kann, erkenne ich meinen alten Schulfreund Herbert Tschau wieder, unseren Chinesen. Prächtig geht es ihm. Wir legen eine kleine Pause ein und plaudern miteinander. Die anderen vier Vereinsboote fahren schon weiter. Erwin und ich folgen erst eine Viertelstunde später. Am späten Nachmittag passieren wir Schloß Dyhernfurth, das von schönen Baumgruppen umgeben ist und sich mit seinen vielen Türmen und Terrassen im stillen Wasser spiegelt. Im Ort nebenan machen wir Rast, um Mittagessen zu gehen und Karten zu schreiben, was nun einmal zu den wichtigsten Obliegenheiten eines Strohwitwers gehört. Und weiter geht die Fahrt. Nichts hat sich hier verändert. Langsam versinkt im Westen die Sonne, und ein schöner Zeltplatz ist bald gefunden.

2. August
Waren es gestern die Mücken, die uns zugesetzt haben, sind es heute die Fliegen. Mit ungeahnter Schnelligkeit, in nur zwei Stunden, wird das morgendliche Arbeitspensum abgewickelt. Seuf-

zend stellen wir hierbei ein übers andere Mal fest: Hier fehlt die Frau. Jawohl, uns fehlt die Kanufrau. Stullen schmieren, Kaffee kochen, abwaschen – alles müssen wir selber machen. Wie schön war es doch, einfach herumzulungern und sich dann auf einen Wink von zarter Hand an den appetitlich hergerichteten Kaffeetisch zu setzen.

Aber nun ins Boot geschwungen und weiter der fernen Heimat zu. Hinter Maltsch Wald und nochmals Wald. Die einzige Abwechslung bilden die Schleppzüge, denen wir begegnen und auf deren hohen Dampfwellen die »Ete« verwegen schaukelt. Sosehr ich meine Augen auch bemühe: Weder Onkel Reinhold noch die »Ella« sind dabei. Sehe ich einen Jungen auf dem Deck, denke ich immer: Das bin doch ich. Rechts ist der Wald plötzlich zu Ende, und von einer Anhöhe grüßt der zweitürmige gewaltige Bau des Klosters Leubus herunter. Hier in Leubus machen wir eine kleine Pause. Denn der ausgedörrte Körper verlangt mit Macht etwas Flüssiges.

Gegen Mittag erreichen wir Steinau. Hier bleiben wir fünf Stunden bei Ziegelmanns, wo wir reichlich bewirtet werden. Weiter geht es. Auf viele Kilometer dehnt sich die Oder fast schnurgerade vor uns, und Wiesen und Weiden begleiten uns jetzt links wie rechts. Der Himmel bezieht sich immer mehr, und häufig blicken wir besorgt nach oben. Auf der Höhe von Köben fallen die ersten Tropfen, und ferner Donner verkündet ein aufkommendes Gewitter. Wir machen alle Luken dicht und halten Ausschau nach einem guten Zeltplatz. Der ist bald gefunden, und glücklicherweise bleibt unser Landstrich vom Unwetter weitgehend verschont. Margot fehlt mir sehr. Was wohl sie und der kleine Manni in dieser Minute machen?

3. August

Wenn ein Kanute morgens die Augen aufmacht, so gilt sein erster Blick dem Wetter. Und das ist heute wieder in Ordnung. Also rasch das übliche Morgenprogramm abgewickelt und dann weiter. Noch sind es dreihundert Kilometer bis Berlin. Nach gut dreistündiger Fahrt durch flaches Land ist die alte Festungsstadt

Glogau erreicht. Ich erinnere mich an »meine« Wasserleiche von 1920 ... Wir gehen für zwei Stunden an Land und sehen uns an, wo Fritz Reuter 1837 seinen berühmten Roman »Ut mine Festungstid« geschrieben hat. Die Mägen knurren, und wir essen erst einmal. In brütender Mittagshitze wird dann weiter gepaddelt. Erst hinter Beuthen, das wir gegen Abend erreichen, tritt wieder Wald an die Ufer. Hier wird dann auch zum Zeltbau geschritten. Nachher sitzen wir noch lange vor unserem Stoffhaus. Über uns funkeln Tausende und Abertausende von Sternen. Leise glucksend zieht der Strom im silbernen Licht des Mondes dahin. Es ist eine schöne, eine besinnliche Stunde hier am Ufer der Oder.

4. August
Auch der heutige Tag will seinen Vorgängern in nichts nachstehen. Wieder Sonne und damit auch wieder Frohsinn und gute Laune. Bald hat die Strömung die Boote erfaßt, und gemächlich treiben wir am Schloß Carolath vorbei. An einem waldigen Hang ist es gelegen, und ich erinnere mich ganz deutlich, wie wir als Kinder bei unseren Ausflügen hierher Mund und Nase aufgerissen haben. Heute schreibt man es mit K ebenso wie Crossen, obwohl das C viel schöner aussieht. Nach zehn Kilometern ist Neusalz erreicht, das aber so wenig bietet, daß sich das Anlegen nicht lohnt. Wir legen Kilometer um Kilometer zurück, und die Hitze wird immer unerträglicher. Bis zu meinem Geburtsort ist es nicht mehr weit. Ein wenig wehmütig registriere ich, daß Tschicherzig jetzt Odereck heißt, zu polnisch soll es geklungen haben. Erwin lacht und meint, nun würden sie aus Matuschewski bald Matusch machen. Mir soll es recht sein, fühle ich mich doch ohnehin als ein Bosetzky und hasse den Namen Matuschewski.

In Tschicherzig, nein Odereck, bleibt das Boot unter der Oderbrücke liegen, und erstmals wieder seit 15 Jahren, seit der Beerdigung meiner Großmutter Luise Walter betrete ich meinen Geburtsort. Das Dorf hat sich in dieser Zeit kaum verändert. Da ist noch immer der große rote Speicher, in dessen Mauernischen unzählige Schwalben ihre Nester haben. Da trifft man überall noch immer dieselben Namen. Ich besuche erst Onkel Fritz und nehme dann den alten Weg zu Onkel Reinhold und Tante Pauline. Ihr Hermann fährt jetzt mit einem eigenen Motorschiff auf Weser und Ems und hat zwei Kinder, Zwillinge, die auf einem Kahn zur Welt gekommen sind. Ihre Mutter ist gestorben, als sie vier Jahre alt waren.

Nachdem alle Bekannten und Verwandten kurz besucht worden sind, geht es gegen sechs Uhr weiter. An der Pommerziger Eisenbahnbrücke suchen wir uns ein stilles Plätzchen für die Nacht.

5. August

Gegen acht Uhr verlassen wir unseren letzten Zeltplatz an der Oder. Nach einer kleinen Stromauffahrt biegen wir in den Oder-Spree-Kanal ein. Am Ufer ziehen sich die Häuser von Fürstenberg hin, hoch überragt von der alten wehrhaften Kirche. Vorbei am Fürstenberger Umschlaghafen gelangen wir zur Schleuse. Hier wird ein Höhenunterschied von 14 Metern überwunden. Schnurgerade dehnt sich der Kanal vor uns. Eins-zwei, eins-zwei ... in monotonem Rhythmus tauchen die Paddel ins Wasser und treiben das Boot vorwärts, dem ersten Tagesziel entgegen. Das heißt Müllrose und ist um ein Uhr erreicht. Nun aber raus aus dem Kahn und der Hitze! In der kühlen Gaststube der »Sonne« (wie paradox!) muntern wir unsere ausgedörrten Körper mit ein paar Gläsern wieder auf und lassen uns Rührei mit Bratkartoffeln schmecken. Um drei Uhr geht es weiter durch die Hitze zur Schleuse Kersdorf, die in gut zweistündiger Fahrt erreicht wird.

Die Uhr zeigt die sechste Stunde, als wir uns nach dem Passieren der Kersdorfer Schleuse wieder in Bewegung setzen. Doch nun hat das Schicksal Erbarmen mit uns und sendet uns den Schlepper »Friedefürst«. Er will uns hinterherziehen. Schnell ist die Bootsleine nach oben geworfen. In unglaublich kurzer Zeit gleiten die Fabrikanlagen von Ketschendorf vorüber, und dann liegt Fürstenwalde im Scheine der untergehenden Sonne vor uns. Auch mit dem hiesigen Schleusenmeister haben wir Glück. Doch die zuneh-

mende Dunkelheit zwingt uns schon nach kurzer Zeit zum Zelten. Ade, »Friedefürst«. Aber mit 62 Kilometern Kanalpaddelei kann man von der wohlverdienten Ruhe sprechen.

7. August
Nachdem wir die Hartmannsdorfer Brücke und den Ring der Autobahn passiert haben, wird die Gegend schon vertrauter. Und dann taucht nach einer Kanalbiegung endlich das Hebetor der Wernsdorfer Schleuse auf. Darüber hinweg grüßen uns die Gosener Berge. Nun geht es auf bekannter Strecke weiter, und bald liegt die weite Fläche des Seddinsees vor unserm Bug. Wir paddeln das letzte Stück heimwärts – und dann ist die vierhundert Kilometer lange Ferienfahrt des Jahres 1938 zu Ende.

»BLEIB ÜBRIG ...!«

1939–1945

Das Jahr 1938 hatte im März den Einmarsch der deutschen Truppen in Österreich und dessen Anschluß an das Reich gebracht. »Gleiches Blut gehört in ein gemeinsames Reich!«, hieß es. Im Münchener Abkommen erlaubten Großbritannien, Italien und Frankreich dem Deutschen Reich, sich das Sudetengebiet einzuverleiben. Am 7. November schoß der polnische Jude Herschel Grünspan in Paris aus Verzweiflung über die Ausweisung seiner Eltern aus Deutschland auf den deutschen Diplomaten Ernst vom Rath – und dessen Tod zwei Tage später bot Goebbels den Auslöser, zur Jagd auf alle Juden aufzurufen. Im Novemberpogrom, der sogenannten Reichskristallnacht, wurden von SA-Männern in Uniform jüdische Geschäfte zerstört, Synagogen angesteckt und jüdische Deutsche ermordet. Im März 1939 besetzten die deutschen Truppen die Rest-Tschechoslowakei und das Memelland.

Dies alles konnte Manfred Matuschewski noch nicht anfechten, er wuchs und gedieh – so als wäre Deutschland das Paradies auf Erden. Als er an seinem ersten Geburtstag mittels eines Schneiderbandmaßes genau vermessen wurde, hatte er es schon auf 75 Zentimeter gebracht, und genau am Geburtstag seiner Tante Gerda, also am 2. März, glückten ihm die ersten Schritte seines Lebens. »Guckt mal alle, Manni kann schon laufen!«

Otto genoß es, einen Stammhalter zu haben, und gab Manfred eine Reihe von Kosenamen, von denen sich »Pimpi« schließlich durchsetzen sollte. Das rührte daher, daß in Schmöckwitz auch die Pimpinelle wuchs und der kleine Kerl öfter staunend vor den

Dolden stand und sie anfassen wollte, was man ihm aber der Bienen wegen meist verwehrte. Etwas eingeschränkt wurde Ottos Vaterglück allerdings dadurch, daß Manfred nachts mehrmals wach wurde und dann stundenlang schrie. Er war durch nichts zu beruhigen, ob man ihn nun liebkoste oder aber in die Küche schob. Dies alles führte dazu, daß Otto nach einem Jahr mit seiner Kraft und seinen Nerven so ziemlich am Ende war, zumal er jetzt mehrmals in der Woche abends zur Gauß-Schule fuhr, um quasi durch die Hintertür doch noch Ingenieur zu werden, Fernmelde-Ingenieur. Was ihm winkte, war eine gutdotierte Stelle im Reichspostzentralamt, dem RPZ. Es war eine harte Zeit, denn kam er müde vom Dienst nach Hause, dann mußte er sein Mittagessen hinunterschlingen und sich schnell noch die Füße waschen, um gleich wieder loszuziehen. Seine »Käsebeene« waren fast schon eine Krankheit zu nennen. Stets brannten ihm die Füße, und jede Socke war im Nu schweißgetränkt. Zog er am Arbeitsplatz die Schuhe aus, riefen die Kollegen nach einer Gasmaske. Auch seine Hemden mußte er oft wechseln.

Mit Gerda und Gerhard, mit denen die Matuschewskis die Wohnung in der Weichselstraße teilten, waren sie bislang blendend ausgekommen, doch je länger Manfreds nächtliche Schreikonzerte anhielten, desto gereizter wurde die Stimmung. Am ersten Sonntag im April kam es zum großen Krach.

»Irgend etwas macht ihr falsch mit dem Jungen«, sagte Gerda.

Margot reagierte ungewohnt giftig. »Wenn's dein Junge wäre, würdest du bestimmt alles richtig machen, du machst ja immer alles richtig. Bis auf deine Schulaufgaben ...« Das bezog sich darauf, daß sie sitzengeblieben war und keinen höheren Schulabschluß erreicht hatte.

»Ich verdiene als Schneiderin mehr, als du bei deiner AOK je verdient hast.«

»Was kann ich denn dafür, daß ich gemaßregelt worden bin.« Margot hatte Tränen in den Augen.

Gerhard suchte zu vermitteln. »Es geht doch nur darum, daß keiner von uns nachts ein Auge zumachen kann. Der Mensch muß doch auch mal durchschlafen können.«

»Wenn es irgendwie gegangen wäre, hätten wir ja ein taubstummes Kind in die Welt gesetzt«, sagte Otto. »Ich leide doch selber.«

»Dann stellt das doch endlich mal ab.«

»Ein Kind kann man nicht abstellen wie einen Radioapparat.«

»Ich mein' das ja auch im übertragenen Sinne: Daß er nachts so viel schreit, das sollt ihr abstellen.«

Otto rang die Hände. »Liebend gern, wenn du mir sagst, wie ...«

Margot fing an zu weinen. »Am besten, wir suchen uns eine eigene Wohnung.«

»Ja, und fangt am besten heute noch an«, entgegnete Gerda.

»Zieht *ihr* doch aus!«, rief Margot.

Nun wurde ihre Schwester patzig, uralte Wunden brachen wieder auf. »Wenn wir ausziehen würden – ihr könnt doch die Wohnung alleine nie bezahlen.«

»Ihr aber ...«

»Ja, können wir.«

Da sprang Margot auf. »Otto, ich will hier keine Stunde länger bleiben.«

Otto blieb gelassen. »Schön, ich hol' den Möbelwagen. Inzwischen können sie im Schloß Charlottenburg unsere Zimmer noch mal lüften.«

Nun, sie vertrugen sich wieder, doch für Margot und Otto stand fest, daß sie sich nach einer eigenen Wohnung umsehen mußten. Doch das war schwer in diesen Zeiten. Mit nur einem Kind hatte man keine Chancen, vom NS-Staat gefördert zu werden, und Otto verdiente für eine der großen Wohnungen in den bürgerlichen Vierteln entschieden zuwenig. Außerdem widerstrebte es ihm, woanders zu wohnen als im Südosten, im Kiez.

»Kreuzberg oder Neukölln, sonst kommt nichts in Frage.«

»Und in Schmöckwitz?«, fragte Margot.

»Unmöglich«, sagte Gerhard, »da reicht doch der Platz gerade mal für Großvater Quade und unsere liebe Marie.«

Otto skizzierte auf der weißen Serviette ein schmuckes Zweifamilienhaus. »Wir könnten aber vorne auf dem Grundstück gemeinsam bauen ...«

Gerhard lachte. »Erst wenn Manfred zehn ist. Dann schreit er nicht mehr so viel ... und wir haben genug Geld beisammen. Sofern der Führer uns mit unseren beiden Mischlingen nicht südlich von Moskau ansiedelt, um dort alles aufzuordnen.«

Was blieb Otto anderes übrig, als sich in der nächsten Zeit intensiv nach einer Wohnung umzusehen. Doch da gab es eine Enttäuschung nach der anderen. Entweder waren die Zimmer zu klein oder zu schlecht geschnitten, oder die Toilette befand sich eine halbe Etage tiefer im Treppenhaus. Gern hätten sie etwas im Vorderhaus mit Balkon und Bad gehabt, doch das war unerschwinglich für sie.

»Am besten nehmen wir unser Zelt und ziehen an den Krossinsee«, sagte Otto.

Margot schluchzte. »Dann dreh' ich eher den Gashahn auf.«

»Das machste doch jeden Morgen, und wenn du nicht vergißt, das Streichholz ranzuhalten, passiert da wirklich nichts.« Er suchte nach einem Blatt ihres Abreißkalenders, das er in den Bücherschrank gelegt hatte. »Hier ... Von Goethe höchstpersönlich: ›Feiger Gedanken, / Bängliches Schwanken, / Weibisches Zagen, / Ängstliches Klagen / Wendet kein Elend, / Macht dich nicht frei ... / Nimmer sich beugen, / Kräftig sich zeigen, / Rufet die Arme / Des Himmels herbei.‹«

Margot fühlte sich nicht angesprochen. »Der Goethe, der hat gut reden, der hat sich nie 'ne Wohnung suchen müssen.«

Es wurde Sommer, und sie hatten noch immer nichts gefunden. Da sie mit einem Kleinkind nicht auf dem Neckar paddeln konnten, was sie sich für 1939 früher einmal vorgenommen hatten, und für die neue Wohnung auch jeden Pfennig sparen wollten, blieb als Urlaubsort nur »Bad Schmöckwitz«, wie Otto es nannte.

Es war immer eine ziemliche Tortur, mit dem sperrigen Kinderwagen nach Schmöckwitz zu gelangen, vor allem auf ihrer üblichen, der schnellsten Route: mit der 95 bis Baumschulenweg, dann mit der S-Bahn bis Grünau und mit der 86 ans Ziel. War Margot allein unterwegs, so lief sie zumeist zum Bahnhof Treptower Park und fuhr von dort bis nach Eichwalde, wo ihre Mutter auf sie wartete und ihr beim Tragen half. Bis zum Grundstück war es dann noch ein ganz schönes Ende zu laufen, aber dem Jungen tat ja die frische Landluft sichtlich gut.

Am ersten Urlaubstag machten sie das, was sie schon lange vorgehabt hatten: Sie pflanzten einen Baum für Manfred. Und zwar sollte es in Anlehnung an den Herrn von Ribbeck auf Ribbeck im Havelland ein Birnbaum sein.

»Damit seine Kinder und Enkelkinder noch was davon haben.«

»Dann müssen die Männer aber auch in die Grube pinkeln, damit er besser anwächst«, sagte Tante Claire, die Sachverständige für Aberglauben war und Manfred gerade auf ein Geldstück hatte beißen lassen. »Da hat er später immer ein volles Portemonnaie.«

Gerhard sah Otto an. »Los, du zuerst.«

»Tut mir leid, mein Knopf geht nicht auf.«

Tante Claire lachte. »Nun schämt euch mal nicht so, von uns weiß doch jeder, wie so was aussieht, euer Würmchen da vorne dran.«

»Klara, das ist ja schockierend!« Empört wandte sich Tante Martha zur Seite.

»Dann müssen wir eben ran!« Tante Claire war zu allem entschlossen, denn sie hatte eine Menge Erdbeerbowle intus, und fing nun nicht nur an, ihre Röcke zu raffen, sondern begann auch noch zu singen: »Wenn hinter den Kulissen die alten Weiber pissen ...«

Margot war außer sich vor Entsetzen. »Was soll'n die Leute von uns denken!«

Mit vereinten Kräften rissen sie Tante Claire vom Erdloch weg und redeten auf die beiden Männer ein, sich endlich selber ans Werk zu machen. Das taten sie dann auch, der Damenwelt den Rücken zukehrend.

»Wasser marsch!«, rief Gerhard.

»Auf das Wohl unseres geliebten Sohnes«, sagte Margot.

Manfred krähte zwar vor Vergnügen, sollte aber sein Leben lang von allen Obstsorten die Birne am wenigsten mögen.

Das Lachen sollte ihnen bald vergehen, denn am nächsten Tage brachte Gerda die Nachricht aus der Stadt mit, daß alle Wolfsohns Hals über Kopf Berlin verlassen hätten. »Nur mit dem, was sie am

Leibe hatten, sind sie weg. Über die Schweiz wollen sie nach New York.« Einerseits waren sie froh, daß sich alle Wolfsohns dazu durchgerungen hatten, andererseits war es schmerzlich.

»Daß wir nicht mal Abschied voneinander nehmen konnten«, sagte Marie Schattan, »denn wer weiß, ob wir uns jemals wiedersehen.«

»Hanni hat mir ausrichten lassen, daß es nicht anders gegangen ist«, erklärte Gerda.

Otto nickte. »Das war schon richtig so: Nur kein Aufsehen machen und so schnell wie möglich weg von hier.« Hitler hatte im Januar erklärt, die »jüdische Rasse« in ganz Europa vernichten zu wollen, wenn es Krieg geben sollte – und der zog ja nun herauf. Wie anders sollte man es deuten, daß die Ausgabe von Lebensmittel- und Kleiderkarten kurz bevorstand. Das wußten die Älteren noch vom Krieg 1914 bis 1918 her, wie das eine mit dem anderen zusammenhing.

Und ihre dunklen Vorahnungen sollten nicht getrogen haben: Am 1. September erfuhren sie aus dem Radio, daß die deutschen Truppen in Polen einmarschiert waren. Wie um zu unterstreichen, daß nun ein neuer Zeitabschnitt begonnen hatte, gab es in Berlin den ersten Fliegeralarm.

Otto erlebte den Ausbruch des Zweiten Weltkrieges an seinem neuen Arbeitsplatz im RPZ in Tempelhof. »Das Oberkommando der Wehrmacht gibt bekannt: Auf Befehl des Führers und Obersten Befehlshabers hat die Wehrmacht den aktiven Schutz des Reiches übernommen. In Erfüllung ihres Auftrages, der polnischen Gewalt Einhalt zu gebieten, sind Truppen des deutschen Heeres heute früh *über alle deutsch-polnischen Grenzen* zum Gegenangriff angetreten. Gleichzeitig sind Geschwader der Luftwaffe zum Niederkämpfen militärischer Ziele in Polen gestartet. Die Kriegsmarine hat den Schutz der Ostsee übernommen.«

Hans-Werner Hesse, der Chef des Sachgebiets ÜB/D (Übertragungstechnik Betriebsdienst) in der Abteilung II (Fernkabel- und Verstärkertechnik), sah mit leuchtenden Augen zum Führerbild hinüber: »Jetzt kommt es so, wie er es uns versprochen hat: Heute gehört uns Deutschland, morgen die ganze Welt. Die herrlichen Zeiten beginnen, in denen sich die deutsche Wesensart vom Atlantik bis zum Ural ausbreiten wird. Endlich kommt mal Ordnung in den Sauhaufen da, zuerst in Polen.« Hesse kam aus der Gegend um Münster, war aber alles andere als ein gläubiger Katholik. Schon früh hatte er sich der braunen Bewegung angeschlossen, war der NSDAP beigetreten und hatte in der SA gegen die Roten gekämpft. 1933 noch hatte er einen kleinen Bautrupp geführt, jetzt aber war er Abteilungsleiter im renommierten RPZ – die niedrige Nummer seines Parteibuches hatte es möglich gemacht. Harsch und kantig war er, und mit seinen knapp sechzig Jahren wurde er von Tag zu Tag herrschsüchtiger. Seine Leute führte er wie ein Offizier, seine Mitarbeiter und sich sah er als Soldaten, die genauso für den Sieg des Führers kämpften wie die Kameraden, die im Felde standen. Seine Abteilung initiierte und koordinierte unter anderem auch die Entwicklung von Feldtelefonen, und jeder kleine Fortschritt auf diesem Gebiete konnte Hunderten von deutschen Soldaten das Leben retten beziehungsweise helfen, den Feind zu eliminieren.

Auch Gregor Günther, der Stellvertreter Hesses, geriet bei Kriegsausbruch ins Schwärmen: »Diese technischen Möglichkeiten, die sich uns da eröffnen! Der Krieg ist nun mal der Vater aller Dinge, und der Führer wird viele Millionen in Wissenschaft und Forschung stecken. Und das heißt: Warmer Regen für das RPZ.« Günther war 42 Jahre alt und verfügte als leibhaftiger Diplom-Ingenieur der Technischen Hochschule Charlottenburg über ein ausgeprägt elitäres Bewußtsein, weswegen er auch randlosen Brillen den Vorzug gab. Die Nazi-Größen, Göring allen voran, aber auch Goebbels und Ley, verabscheute er nach Kräften, war aber dennoch gleich nach 1933 Parteimitglied geworden, weil er die Posten oben, wo man etwas bewegen konnte, nicht den Dummen überlassen wollte. Seine Rechtfertigung begann stets mit der Floskel: »Ich sehe gar nicht ein, warum ...« Otto fand immer, daß er viel Ähnlichkeit mit dem Dr. Brett aus der *Feuerzangenbowle* hatte.

Der dritte der Kollegen hingegen, Helmut Minzel, war weniger begeistert vom Krieg. Nicht, weil er etwas gegen den Führer und die Nazis gehabt hätte, die waren ihm egal, sondern weil er alles haßte, was mit Mehrarbeit zu tun hatte – und in Kriegen war das ja immer zu befürchten. Seine Devise war: »Ich tue meine Pflicht, mehr nicht.« Auch nicht für Volk und Vaterland. Fett war er und watschelte wie eine übermäßig gemästete Ente über die Flure. Da er Füße und Haare selten wusch und seine Unterhosen nur einmal die Woche wechselte, müffelte er zuweilen so stark, daß Otto das Fenster aufriß, wenn Minzel erschien. Daß er vier Kinder von drei Frauen hatte, konnte niemand begreifen. Schon seines Geruchs wegen, aber auch aufgrund des Rätsels, wie er bei seinem dicken Bierbauch und mit einem winzig kleinen Glied, das die anderen bei einer Reihenuntersuchung entdeckt hatten, überhaupt ... Er war für alles Finanztechnische zuständig und galt in seinem Fach als Genie, so daß er, obwohl dick, faul und gefräßig, quasi unter Naturschutz stand, wie Günther immer lästerte.

Der 34jährige Herbert Holtz, Ottos vierter Kollege, kam aus Köpenick und war alles andere als ein Anhänger der Nazis. Er wollte nichts anderes, als ungeschoren über die Runden kommen und seiner Frau und seinen beiden Kindern ein schönes Leben bieten. So erschrak er heftig, als er vom Kriegsbeginn erfuhr: »Was wird denn aus meiner Familie, wenn wir auch eingezogen werden?«

»Wir werden nicht eingezogen«, antwortete Otto, »wir sind zu wichtig.«

»Richtig«, sagte Hesse. »Der Krieg wird von den besseren Waffen entschieden – und die haben wir. Und sie werden auch hier im RPZ geschmiedet. In einem weiteren Sinne jedenfalls.«

Otto zuckte zusammen. Da war er nun also zum Helfershelfer des Führers geworden ...

Fräulein Pfau, ihre Sekretärin, war in die Kantine geschickt worden, um Kuchen und eine Flasche Sekt zu holen. Hesse wollte, daß sie den Beginn des Polenfeldzuges gebührend feierten. Fräulein Pfau war allerdings gar nicht nach Feiern zumute. Sie war nun schon 25 Jahre alt und hatte noch immer keinen Mann fürs Leben gefunden. Das lag einmal an ihren hohen Ansprüchen, die sie, attraktiv wie sie war, auch stellen konnte, zum anderen aber auch daran, daß sie Nymphomanin war oder zumindest diese Rolle spielte und statt Tassen, wie es andere Frauen taten, Männer sammelte. Sie haßte den Krieg, weil im Krieg die jungen und kraftvollen Männer zu Hunderttausenden starben und damit ihre Chancen sanken, das zu bekommen, was sie brauchte. So nahm sie, als der Sekt ausgetrunken war, auch kein Blatt vor den Mund: »Gott, dann ist ja in zehn Jahren keiner mehr da, dann kann ich mir unten alles zunähen lassen.«

Gregor Günther lachte sich halbtot. »Unser Modell Weihnachtsgans für die Zeit danach.«

»Pst! Hesse kommt von der Toilette zurück.«

Krieg hin, Krieg her: Ottos Traum von einer gutbezahlten Stelle im renommierten RPZ war in Erfüllung gegangen. Hervorgegangen war das RPZ aus dem Telegrafentechnischen Reichsamt, und seit 1928 residierte es in Berlin-Tempelhof, Ringbahnstraße 126-134, in einem expressionistischen Klinkerbau von Karl Pfuhl, der seine besondere Wirkung durch die beiden gewaltigen Mitteltürme erzielte. Alles signalisierte hier: Mit uns zieht die neue Zeit. Das RPZ, eine dem Reichspostministerium unmittelbar unterstellte Behörde, war mit seinen weit mehr als tausend Mitarbeitern mit allen wissenschaftlichen und technischen Problemen des Fernmeldewesens befaßt, hatte aber auch alle benötigten Materialien zentral zu beschaffen sowie neues Personal auszuwählen und zu schulen. Wer hier eine Stelle bekam, konnte sich ein wenig wie geadelt fühlen.

Nach Hause fuhr Otto jetzt immer mit der U-Bahn von Tempelhof bis Rathaus Neukölln, wobei er Mehringdamm umsteigen mußte. Dort traf er ab und an seinen alten Freund Ewald Riedel, der jetzt bei einer Versicherungsgesellschaft im Bayerischen Viertel angestellt war. Das Kolonialwarengeschäft in der Waldemarstraße betrieb Erna allein. Ihm war es dort zu eng geworden.

»Nun werden wir wohl bald eine Uniform anhaben«, sagte Otto.

»Wären wir damals Reichsbahner gewesen und nicht beim Reichsbanner mitmarschiert, hätten wir's heute besser«, lautete Ewalds Kommentar, »denn die von der Bahn werden bestimmt nicht eingezogen, die braucht man für die Transporte an die Front. Aber du hast es ja gut ...«

»Wieso hab' ich's gut?«

»Na, du mit deinem Faltboot kommst doch als U-Boot-Jäger zur Marine ... und da haste immer die frische Luft auf hoher See.«

»Und du mit deinen Plattfüßen in die Protektorate, damit du die Flächenbrände austreten kannst, wenn's da mal Aufstände gibt.«

»Das ist makaber.«

Ewald nahm Otto ein wenig beiseite und flüsterte ihm zu: »Du, sie wollen Nittodoll nach Wien bringen, in irgendein Heim ...«

»Wieso das?«

»Euthanasie ...«

»Eutha ... Was is'n das?«

»Tötung ›lebensunwerten Lebens‹ ... Sie wollen alle Geisteskranken umbringen, das heißt erst mal Versuche mit ihnen machen. Wir müssen ihn wegschaffen. Irgendwo aufs Land, ins hinterste Ostpreußen. Wir kennen da einen Gutsverwalter, der ...«

Otto fragte nicht nach. Er hatte nur Angst. Um sich, um Margot, um Manfred. Werner Wurack war immer weiter aufgestiegen – und wenn er erfuhr, daß Otto den Pakt gebrochen hatte, dann ...

»Ich kann euch da nicht helfen.«

»Du mußt. Er muß eine Nacht bei euch im Kohlenkeller bleiben, morgens schmuggeln wir ihn dann auf dem Görlitzer Bahnhof in einen leeren Güterwagen.«

Otto schwieg. Konnte er zulassen, daß sie Nittodoll zum Versuchskaninchen machten? Nein. Konnte er es zulassen, daß sie ihn ins Konzentrationslager brachten und Manfred in eine Erziehungsanstalt? Ebenfalls: nein. Was blieb ihm da, als sich vor die nächste U-Bahn zu werfen? Warum hatte das Schicksal ihm dies alles auferlegt?

»Danke«, sagte Ewald. »Morgen abend um zehn bei euch im Kohlenkeller. Wenn deine Mutter schon schläft.« Damit sprang er in den Zug, der gerade abfahren wollte.

Otto blieb wie gelähmt auf dem Bahnsteig stehen. Zu Margot

sagte er nichts. Die Nacht wurde fürchterlich. Bei Sonnenaufgang wußte er, daß er nicht anders konnte, als Nittodoll zu helfen.

»Ich geh' heute abend nach dem Dienst noch bei Mutter vorbei«, sagte er Margot beim Frühstück. »Da ist mal wieder einiges in Ordnung zu bringen. Es kann etwas später werden ...«

Den ganzen Tag über suchte er nach einem Vorwand, um seiner Mutter zu erklären, warum er die Nacht über im Kohlenkeller bleiben wollte. Schließlich sagte er ihr, daß er sich mit Margot fürchterlich gezankt habe und nicht so schnell wieder in die Weichselstraße wolle.

»Ich hab' dir ja gleich gesagt, daß du die Erna nehmen sollst.« Anna Matuschewski fühlte sich in ihrer Weltsicht bestätigt. »Aber du hast ja nicht hören wollen. Na, mir geht das nichts an.«

Das war das Beste, was ihm passieren konnte. So zog er sich kurz vor 22 Uhr mit der *Koralle* in sein altes Domizil zurück, doch er schaffte es nicht, in der Illustrierten auch nur einen etwas längeren Artikel zu lesen – zu angespannt waren seine Nerven. Kamen Ewald und die Leute aus dem Kreuzberger Widerstand und brachten Nittodoll – oder kam die Gestapo, ihn abzuholen? Sein oder Nichtsein, dachte er ohne Unterlaß. Sein Kopf schmerzte, sein Magen schmerzte, es war kaum noch zu ertragen. Er versuchte sich abzulenken. Erst schlug er die Seiten mit der Mode auf und stellte sich vor, eine der Schönen hier im Bett zu haben ... Vergeblich, nichts wollte sich regen. Dann schloß er die Augen und versuchte die alten Bilder herbeizuzaubern: wie er mit Margot im Faltboot saß und paddelte ... Auch das mißlang. Jeder Schritt draußen auf der Straße verscheuchte die Szenen auf dem Fluß.

Da! Jemand war vor der Tür zum Kohlenkeller stehengeblieben. Er zuckte zusammen. Der Schweiß brach ihm aus allen Poren. Das Herz schlug so stark, daß er das Gefühl hatte, es würde gleich durch Haut und Rippen brechen. Sein Magen krampfte sich zusammen.

»Hallo ...«

Es war Ewald. Otto sprang zur Tür und fragte, ob der Freund allein gekommen sei.

»Ja ...«

Otto drehte den Schlüssel herum und zog die beiden Türhälften nach innen. »Was ist denn mit ...?«

»Zu spät, sie haben ihn schon ...«

Bei allem Mitleid mit dem Opfer konnte Otto nicht anders, als aufzuatmen. »Es ist gemein, aber ich ...«

»Schon gut, geht mir auch nicht anders. Komm mit zu mir, trinken wir da 'n Bier, in 'ne Kneipe mag ich nicht. Wir haben alles versucht, aber ...«

Es gab keinen Trost außer dem einen, daß der Mensch ein Gewohnheitstier war und schon morgen früh alles wieder seinen gewohnten Gang nehmen würde. »Wie bei den Ameisen«, sagte Otto. »Bei uns in Tschicherzig hatten ein paar von den Jungen ein Brennglas. Damit haben sie dann auf der Ameisenstraße eine nach der anderen verdampfen lassen. Und den ganzen großen Ameisenhaufen hat das überhaupt nicht gekümmert. Ein paar Arbeiterinnen sind zwar anfangs aufgeregt hin und her gelaufen, bald aber haben sie damit weitergemacht, was ihre Aufgabe war: Hölzchen und tote Käfer durch die Gegend schleppen. Es waren so viele ...«

»Menschen sind keine Ameisen«, merkte Ewald an.

»Für Gott wahrscheinlich doch, sonst hätte er Hitler verhindert.«

»Wer will wissen, was dahintersteckt ...«

Otto flüchtete sich in schwärzesten Humor. »Die Absicht des Schöpfers, Leute glücklich zu machen. Es ist wie beim Mensch-ärgere-dich-nicht: Du schmeißt einen raus, nimmst mit deinem Stein den Platz des anderen ein und marschierst siegreich voran. So ist es doch mit dem, was die Nazis machen, auch: Berthold stecken sie ins KZ – und auf seinen Posten, auf seinen gutbezahlten Posten, rückt einer nach, der vorher keine Chance gehabt hat. Nittodoll hat Pakete bei der Post verladen – und für ihn rückt jetzt einer nach, der vorher höchstens Ritzenschieber war. Mein Freund Max ist jetzt mit seinem Schwiegervater zusammen Geschäftsinhaber, weil die Juden, denen der Laden vorher gehört hat, das Ganze für 'n Appel und 'n Ei verkaufen mußten, um nach Amerika gehen zu können. Der Führer hat uns herrliche Zeiten versprochen – und für all die ist das schon in Erfüllung gegangen. Na bitte ...«

Ewald trank sein Bier aus. »Am besten wird man bald Soldat und läßt sich irgendwo erschießen ...«

Das hätte er vielleicht nicht sagen wollen, denn eine knappe Woche später hatte er seinen Gestellungsbefehl im Briefkasten stecken und kam in eine Kaserne nach Flensburg. Otto hätte ihn gerne zum Bahnhof gebracht, hatte aber Angst davor, dann mit Erna allein zurückzubleiben und sie trösten zu müssen, wenn sich der Zug in Bewegung setzte. So trafen sie sich am Abend vorher allein zum letzten Bier im Kohlenkeller.

»Ich muß also«, sagte Ewald, »und du mußt nicht, weil du für den Führer zu wichtig bist.«

»Was soll ich dazu sagen? Außer: Was soll ich machen?«

»Kopf stehen und lachen.« Mehr als der alte Kinderreim fiel Ewald auch nicht ein. »Dein Vergleich mit den Ameisen gefällt mir immer mehr. Von wegen, daß wir einen freien Willen haben! Daß ich nicht lache! Klar kann ich mich nachher vor die U-Bahn werfen, um morgen nicht einzurücken – doch was ist denn das für 'n freier Wille. Das ist doch Idiotie von den Philosophen, uns das einreden zu wollen.«

Otto hatte früher ein bißchen Marx und Engels gelesen. »Wie war das noch? Freiheit ist die Einsicht in die Notwendigkeit.«

Ewald lachte und karikierte Marx: »Bis jetzt haben die Philosophen die Welt nur unterschiedlich interpretiert, jetzt aber kommt es darauf an, ihnen anständig in den Hintern zu treten. Und sich dann anständig zu besaufen. Komm.«

»Ich muß morgen pünktlich im RPZ sein. Die Pflicht.«

Ewald stöhnte auf. »Ja, ja ... Und meine Pflicht heißt Erna.«

Otto half ihm aus dem dunklen Keller auf die Straße hinauf. »Machen wir's wie der Schwejk, verabreden wir uns für den Tag nach Ende des Krieges. Um acht Uhr abends hier unten.«

Ewald umarmte ihn. »Was hat mein Vater immer gesagt: ›Geh mit Gott, dann gehste mit keinem Spitzbuben.‹«

Dann kam Anna Matuschewski, die beide gehört hatte, und drückte Ewald die Hand. »Du warst immer ein guter Junge ...«

»Man beachte die Vergangenheitsform«, sagte Ewald. Damit ließ er die beiden stehen und lief, so schnell er spurten konnte, in Richtung Skalitzer Straße, wurde immer kleiner und war schließlich verschwunden.

Otto wischte sich die Tränen mit dem Jackettärmel aus den Augen, sagte seiner Mutter schnell auf Wiedersehen und entfernte sich in die andere Richtung. So aufgewühlt, wie er war, wollte er nach Hause laufen. Er wußte ganz genau, was ihm die Zukunft bringen würde: eine Bühne, die immer leerer wurde. Die Frage war nur, wer noch übriggeblieben sein würde, wenn der ganze Spuk vorüber wäre.

Einer bestimmt, da war er sich ganz sicher: sein Freund Max Bugsin. Wie es der Volksmund mit seiner jahrtausendalten Weisheit auf den Punkt gebracht hatte: »Fett schwimmt oben.« Und Max schwamm oben, obwohl er weiß Gott kein Nazi war. Er nahm es als gerechten Ausgleich für eine Kindheit, die schon fast ein Märtyrium gewesen war. Ein zweites Kind war unterwegs, und Irma und er hatten sich fest vorgenommen, einen Jungen zu bekommen.

Doch bevor es soweit war, sollte auch Otto noch einmal sagen können, das Glück habe ihn nicht ganz vergessen. Dabei stand am Anfang ein großer Krach. Herr Kraatzer, ein Fabrikbesitzer am Weichselplatz, tobte fürchterlich, weil die Post nicht in der Lage war, sein Telefon, das entzweigegangen war, wieder instand zu setzen. Otto hörte ihn fluchen, als er mit Manfred im Kinderwagen seine Runde drehte, immer am Kanal entlang bis hinauf zur Teupitzer Straße und retour.

»Vielleicht kann ich mich da mal einschalten«, sagte Otto. »Ich bin zwar nicht mehr bei der Störungsstelle, aber ich kenn' da noch einige. Geben Sie mir doch mal Ihre Nummer und erzählen Sie mir, was los war ...«

Als Otto eine Woche später aus dem Haus trat, kam Kraatzer auf ihn zu und bedankte sich. »Das hat ja prima geklappt. Herzlichen Dank. Wenn ich Sie mal zu einem Bier einladen darf ... Morgen vielleicht, heute muß ich noch los, die Miete kassieren.«

Otto glaubte nicht richtig zu hören. »Was, Sie haben 'n Miethaus?«

»Ja, um die Ecke, Ossastraße 39.«

»Und da ist nicht zufällig 'ne Wohnung frei?«

»Doch. Hinterhaus, drei Treppen, Mitte links. Wenn Sie die haben wollen ...«

Otto wollte und Margot auch, nachdem sie alles ganz genau besichtigt hatten und sich die Miete von 35 Mark und 51 Pfennigen als durchaus bezahlbar erwies. So zogen sie von der Weichselstraße in die Ossastraße, gerade noch rechtzeitig, um das Weihnachtsfest 1939 dort feiern zu können.

1940 ergossen sich die deutschen Truppen so besitzergreifend über Europa wie der Grießbrei im Grimmschen Märchen über Häuser und Straßen. Jedenfalls zog Otto Matuschewski diesen Vergleich. Im April wurden die neutralen Länder Dänemark und Norwegen besetzt, im Mai Belgien, Luxemburg und die Niederlande, und am 14. Juni war Paris erobert. Im Juli begann der Luftkrieg gegen Großbritannien, im November stießen Ungarn und Rumänien zum Dreimächtepakt von Deutschland, Italien und Japan, Bulgarien folgte wenig später. Hitler sprach davon, noch vor Beendigung des Krieges gegen England die UdSSR in einem schnellen Feldzug niederschlagen zu wollen. Am 22. Juni 1941 war es dann soweit: Das »Unternehmen Barbarossa«, der Angriff auf die Sowjetunion, lief an. Vorher waren Griechenland und Jugoslawien niedergeworfen worden.

In der Ossastraße lasen sie dies alles im *Völkischen Beobachter,* den Otto nach längerem Drängen Hesses von Januar 1940 an abonniert hatte. Wochentags blieb ihm nur die Zeit, die Meldungen schnell zu überfliegen, sonntags aber, wenn Manfred zu ihnen ins Bett gekrochen kam, studierte er Seite für Seite.

»Jetzt wird einer nach dem anderen von uns eingezogen werden«, sagte er am Neujahrsmorgen 1940.

»Vati, peng, peng!« Manfred ahmte Schüsse nach. Das hatte er von den größeren Jungen, die auf dem Hinterhof und auf der Straße nun lieber Krieg statt Fußball spielten.

Margot strich ihrem Mann über das schütter gewordene Haar. »Du bist doch schon zu alt dazu.« In drei Wochen wurde er 34.

»Na, hoffentlich. Überall fragen sie einen schon: ›Was, Sie sind noch nicht Soldat?‹«

Nach Ewald Riedel traf es als nächsten Gerhard Syke. »Welche Auszeichnung!«, rief er. »Jung und drahtig, wie ich bin, werde ich für meinen Führer Indien erobern, denn auch die müssen heim ins indogermanische Reich.«

»Pst!«

»Ist doch jetzt egal, wo man erschossen wird.«

Der Abschied von Gerhard war noch schlimmer als der von Ewald. Als er am Lehrter Bahnhof seinen Zug bestieg und die ganze Großfamilie winkte, fühlten sie alle, daß ihre Hoffnungen nun gestorben waren. Endgültig. Nichts würde wieder so sein, wie es gewesen war.

»Kopf hoch, Junge!«, rief seine Schwiegermutter. »Solange die Leute noch singen, ist die Kirche nicht aus.«

Zuerst einmal sangen Otto und Margot Ende Januar in der Zehdenicker Kirche. Manfred hatten sie in der sicheren Obhut seiner Schmöckwitzer Oma zurückgelassen, um zur Taufe ins nördliche Berliner Umland zu fahren. Eva, Margots Lieblingscousine, hatte ihr zweites Kind bekommen, diesmal einen Sohn. Curt sollte er heißen. Einen Curt Schuster, soviel wußte Otto, hatte es schon einmal gegeben, er war der Stammvater der »Apotheke und Drogenhandlung« in Zehdenick, die heute Jochen, Evas Mann, betrieb. Über Eva und ihr »Vorleben« wurde in der Familie viel getuschelt und getratscht. »Ja, ja, die Krankenschwestern, die treiben's immer ganz schön doll ...« In Lychen war der Leibarzt Adolf Hitlers tätig gewesen, und Eva hatte dadurch einiges an Nazi-Prominenz aus nächster Nähe kennengelernt. Natürlich hatte auch sie den großen Schwesterntraum geträumt, von einem leibhaftigen Arzt zum Traualtar geführt zu werden. Ernst hieß ihr Auserwählter, und fast hätte es auch geklappt, denn sie war eng mit ihm liiert, und er hatte ihr die Ehe fest versprochen, dann aber eine andere kennengelernt, die nicht nur so attraktiv wie Eva war, sondern zudem ein Hotel besaß und ihm eine teure

Praxis finanzieren konnte. Also gab er Eva den Laufpaß und nahm die andere zur Frau. In der Folgezeit mußte Eva intensiv getröstet werden, und da traf es sich gut, daß der Apotheker Hansjoachim Schuster in Lychen eingeliefert wurde. Er hatte Kinderlähmung und sollte sein Leben lang an Krücken laufen. Die beiden heirateten und zogen in die väterliche Apotheke nach Zehdenick, ein kleines brandenburgisches Landstädtchen an der Havel. Klosterruine, Schleuse und Rathaus gaben der Altstadt das Gepräge. Gleich gegenüber am Markt lag die Schustersche Apotheke. Nach Norden hin erstreckten sich viele mit Wasser vollgelaufene Gruben, aus denen Ton abgebaut worden war, und etliche Ziegeleien mit ihren Kaimauern bestimmten das Bild. Ein kleiner Bootshafen ließ an südliche Gefilde denken, sogenannte Kamelbrücken überspannten die Gräben.

»Da kann man direkt neidisch werden«, sagte Margot, als sie Evas Schicksal mit ihrem verglich. »Der Mann Akademiker und eine eigene Apotheke ...«

»Dann guck mal genau hin, ob du vor der die Pferde kotzen siehst.« Otto ärgerte sich über Margots Grundhaltung: Die anderen sind immer besser als wir. Wahrscheinlich ging sie davon aus, daß sie am besten durchs Leben kam, wenn sie sich klein machte, so klein, daß sie keiner mehr wahrnehmen konnte. Dadurch wurden aber die anderen automatisch viel größer, bedeutender und glücklicher, als sie tatsächlich waren. War ihre Cousine wirklich zu beneiden? Der Mann ihrer Träume hatte nicht irgendwo weit weg seine Praxis eröffnet, sondern ausgerechnet in Zehdenick. Ihr erstes Kind, eine Tochter namens Brigitte, die kurz nach Manfred auf die Welt gekommen war, war ihr an Diphtherie gestorben. Und ihr Jochen war zwar ein kluger, einfühlsamer und liebenswerter Mann, aber eben auch das, was die Leute einen Krüppel nannten.

»Bleibt es mir wenigstens erspart, Soldat zu werden«, sagte er zu Otto. »So hat alles auch seine guten Seiten.«

Daß andere es schlechter hatten als man selber, war immer ein gewisser Trost, obwohl es gemein war, so zu denken. Otto gab sich alle Mühe, so zu handeln, wie es der »Arbeiterastronom«

Bruno H. Bürgel in seinen Büchern beredt empfohlen hatte: sich an den kleinen Dingen des Lebens zu erfreuen. Und da hatte er ja nicht nur Schmetterlinge und Sterne, sondern auch seinen Sohn und die neue Wohnung in der Ossastraße, Hinterhaus, drei Treppen, Mitte links. Für sie galt der alte Spruch: Klein, aber mein. Traten sie durch die Tür, kamen sie in einen langen Flur, von dem immerhin vier Türen abgingen: rechts zur Toilette, geradeaus zur Küche und links erst ins Schlafzimmer, dann ins Wohnzimmer. Toilette sagte allerdings keiner zu dem düsteren, in der Mitte abgeknickten Raum, das war das Klo, auf das man zum »Knöken« ging, oder das Kackhaus. Einer von Ottos beliebtesten Sprüchen war zwar: »Du kommst auch noch mal auf mein Kackhaus Wasser trinken«, doch in dem in der Ossastraße gab es weder Wasserhahn noch Waschbecken, Badewanne oder Dusche. Immerhin war die Kloschüssel freistehend, was im Gegensatz zum üblichen Holzkasten als hochmodern gewertet wurde. Saß man auf der Klobrille, hatte man hinter sich eine Art Buckel, das heißt, der Raum war quasi halbiert, um Platz für die Speisekammer zu haben, die man durch die Küche erreichte. Das Fenster konnte deshalb nur mit Hilfe einer langen Stange geöffnet und geschlossen werden, was aber nur Otto selber schaffte. Direkt vor der Kloschüssel stand eine ausrangierte Kommode aus der Muskauer Straße, auf der immer viele alte Zeitungen lagen. In denen las Otto bei jeder Sitzung – und war oft eine halbe Stunde und länger verschwunden.

In der Küche gab es links die Kochmaschine. Hinter der stand der Kohlenkasten, dann kam der Küchenschrank. Auf der anderen Seite hatten sie hinter der Tür ihre Nähmaschine placiert. Es folgten der Ausguß und der Küchentisch, der »ausziehbar« war, das heißt, sie konnten, wenn sie das Geschirr abwuschen und spülten, ein Gestell mit zwei weißen Emailleschüsseln unter ihm hervorziehen. Das war einerseits sehr praktisch, andererseits hatten sie beim Sitzen kaum Platz für die Beine. Die Tür zur Speisekammer und ein voluminöser weiß gestrichener »Fensterschrank«, auf dem Manfred mit Vorliebe spielte, vervollständigten die Küche. Das Schlafzimmer reichte zwar aus für einen großen Schrank, Nußbaum hell, aber nur, weil sie das Doppelbett zerlegt hatten. Otto schlief nun an der Wand zum Wohnzimmer und Margot an der zur Küche. Für Manfred wurde jeden Abend das Ziehharmonikabett hergerichtet und vor den Schrank gestellt. Im Wohnzimmer dominierten der große runde Tisch in der Mitte, über dem ein dunkler Lampenschirm hing, der nach unten mit einer Art Seidenbluse und einer Kordel verschlossen war. Darüber gab es einen »Kronleuchter« mit fünf gelben Schalen. »Alles nur Staubfänger«, schimpfte Otto. Sein ganzer Stolz waren Bücher- und Schreibschrank aus dunklem Kirschholz mit vielen Intarsien. Ein bequemes Sofa, mehr eine Chaiselongue, zwei Sessel und ein Grammophonschränkchen komplettierten die Einrichtung. Gemessen an seinem Kohlenkeller, war die Ossastraße ein Schloß für ihn.

Wenn nur die Zeiten andere gewesen wären. Denn kaum fühlten sie sich im neuen Heim, in dem sie endlich allein wohnten, so richtig zu Hause, da begann schon das Warten auf die Briefe aus dem Felde. Gerhard schrieb regelmäßig von der Westfront, wo er es bereits im März 1940 zum ersten Schreiber gebracht hatte. »Uns kann nichts erschüttern, aber auch gar nichts mehr. Wie mir die Dinger die ersten Male um die Ohren pfiffen, da wurde es mir in den Knien verdammt weich, aber jetzt nicht mehr ... Und dann, lieber Otto, sind wir uns auch in beruflicher Hinsicht etwas nähergekommen, ich bin nämlich auch als Funker ausgebildet. Das macht mir Spaß, allerdings darf man nie vergessen, daß die Funkstelle vom Gegner zuerst gesucht wird – und dann: au wei! Und türmen geht schlecht, dann kann man sich mit 'nem kalten Arsch gleich das EK holen. Ja, lieber Otto, auch hier kommen zwischen den Verhauen und Bunkern die ersten grünen Zeichen des Frühlings, und vor allen Dingen spürt man es im Blut. Das muß nun leider mit Würde ertragen werden, das geht vielen so. Wer die Sehnsucht kennt ... Auf alle Fälle aber möchte ich euch schon im voraus ein frohes Osterfest wünschen.«

Sehr froh wurde es nicht – wie denn auch? Nur Manfred durfte im Schmöckwitzer Garten nach Ostereiern suchen, die anderen suchten Altmetall zusammen, denn ein jeder hatte zur »Metallspende des deutschen Volkes zum Geburtstag des Führers« sein Scherflein beizutragen, wenn er nicht auffallen wollte.

Am 14. Mai gab es endlich wieder etwas Erfreuliches: Ilse, Margots Cousine, hatte einen gesunden Jungen zur Welt gebracht und ihm dem Namen Peter gegeben.

Genau an Margots dreißigstem Geburtstag am 11. Juni fiel die erste Traueranzeige durch den Briefschlitz in den Flur.

»Am 4. Juni 1940 verschied infolge seiner Verwundung für Führer und Vaterland im Feldlazarett in Cambrai mein herzensguter Mann, der Meldefahrer Ewald Riedel, im Alter von 34 Jahren. Er ruht wie sein Schwiegervater, der 1914 fiel, in derselben Frontlinie. In stolzer Trauer Erna Riedel geborene Maier ...«

Als Otto und Margot am Abend vor Ernas Wohnungstür standen und klingelten, um ihr das Beileid auszusprechen, wurde ihnen nicht geöffnet.

»Sie wird bei ihrer Mutter sein«, meinte Margot. »Wir hätten gleich in die Manteuffelstraße gehen sollen.«

»Brauchen Se nich ...« Neben ihnen war eine Tür aufgegangen, und eine ältere Nachbarin, Lockenwickler in den Haaren, hatte den Kopf herausgesteckt. »Die hat heute morgen den Gashahn uffjedreht.«

Das alles drückte Otto in den nächsten Wochen nieder, und auch der schönste Sommertag erschien ihm grau und leer. Er verfiel in eine depressive Stimmung, wie sie seinem Naturell eigentlich wesensfremd war. Margot, der geborenen Pessimistin, erging es noch schlimmer. Um dem entgegenzuwirken, beschlossen sie, zu dritt ins Boot zu steigen und ein wenig in der Gegend umherzupaddeln. »Manfred war über Erwarten artig«, konnte Otto in seinem Bordbuch vermerken, »und das Bootfahren machte ihm sichtlich Spaß.« Vorn zwischen Margots Knien saß der kleine Mann, und zu gern kroch er nach vorn in die Bugspitze. »Ich gehe in die Kajüte«, sagte er immer wieder. Bis nach Müggelheim ging es die Große Krampe hinauf, und an den nächsten Wochenenden schafften sie es bis zum Zeltplatz am Krossinsee und nach Gosen, teils mit Erna und Erwin zusammen. Insgesamt 43 Kilometer wurden es in diesem Jahr, 1937 – noch solo – hatten sie 593 Kilometer zurückgelegt.

Noch öfter als im Boot nahm Otto seinen Sohn von Schmöckwitz aus vorne auf dem Fahrrad mit. Die längste Fahrt unternahmen sie Anfang Juli zu Onkel Paul und Tante Friedel nach Senzig. Sosehr Manfred auch juchzte, wenn es ans Radfahren ging, diesmal brach er gleich nach dem Start in bittere Tränen aus, denn das »Brotauto« der Firma Wittler, sein Lieblingsfahrzeug, verschwand gegenüber der Schmöckwitzer Kirche in einer Garage, nachdem er es nur kurz hatte bewundern können. »Die ollen Männer!«, schimpfte er. Otto fuhr mit ihm zur Wendeschleife der 86, wo im sonntäglichen Ausflugsverkehr einiges los war, und Manfred tröstete sich damit, daß er die Maximum-Triebwagen und andere Typen mit offenem Mund bestaunte.

»Wenn du groß bist, wirst du dann mal Straßenbahnfahrer?«

»Ja.«

Über Wernsdorf, Ziegenhals, Niederlehme und Neue Mühle ging es nun nach Senzig, das am Krüpelsee gelegen war.

Tante Friedel war ziemlich aufgeregt. »Weißt du, Otto, was mir gestern passiert ist?«

»Nein, ich war nicht im Kino und hab' keine Wochenschau gesehen ...«

»Ich will nachmittags um drei einkaufen gehen, bei uns in der Braunauer Straße. Und da werde ich wieder aus dem Laden gewiesen: ›Für Juden nur von vier bis fünf.‹«

»Du bist doch so arisch, wie nur einer arisch sein kann.«

»Ich seh' aber aus wie 'ne Jüdin und trau' mich kaum noch auf die Straße.«

Onkel Paul kniete sich neben sie auf den Rasen. »Ich kaufe dir morgen 'ne blonde Perücke.«

Otto saß nun immer wortkarger an seinem Schreibtisch im RPZ. Mit seiner Arbeit half er, Hitlers Kriegsmaschinerie in Gang zu halten. Tat er nichts oder sabotierte er sie, kam er an die Front, bestenfalls, oder ins Konzentrationslager, schlimmstenfalls. Und seine Familie hatte mit ihm zu büßen, denn es herrschte Sippenhaft. Wenn er es genau besah, war er Kriegsgefangener im eigenen

Land. Während er im Gesicht immer grauer wurde und bis auf eine Tonsur alle Haare verlor, blühte Hesse, sein Chef, zunehmend auf. Immer wieder erzählte er, daß der 18. Juli, als die ersten siegreichen Truppen aus Berlin im Triumph durchs Brandenburger Tor gezogen waren, der schönste Tag seines Lebens gewesen sei.

»Von allen Türmen läuten die Glocken, überall am Tor wehen riesige Hakenkreuzbanner, die BDM-Mädchen in ihrer weißschwarzen Kleidung, die Jungen im Braun der HJ, Tausende brechen in Jubel aus – herrlicher kann es auch im alten Rom nicht gewesen sein.«

Knappe sechs Wochen später wurde Berlin Schauplatz von Ereignissen, die es so im alten Rom noch nicht gegeben hatte. Am 24. August flog die englische Royal Air Force (RAF) als Vergeltung für einen Nachtangriff der deutschen Luftwaffe ihren ersten Angriff auf Berlin, wurde aber über den nördlichen Vororten von der Flak zum Abdrehen gezwungen. Immerhin waren die ersten Bomben auf Reinickendorf, Pankow und Lichtenberg gefallen, ohne aber sonderlichen Schaden anzurichten.

Vier Tage später war Otto wieder einmal in der Manteuffelstraße, um seine Mutter und seinen Bruder zu besuchen. Helmut hatte Karusselldreher bei der AEG gelernt, arbeitete nun in Oberschöneweide und war noch nicht eingezogen worden. Nach dem Abendbrot saßen sie noch ein Weilchen beisammen und spielten Mensch-ärgere-dich-nicht. Plötzlich gab es Fliegeralarm, und sie eilten nach unten. Ottos Gedanken waren bei Margot und Manfred in der Ossastraße. Würden sie es allein schaffen, was passierte da, gab es einen Volltreffer, wurden sie verschüttet? Alles fürchterliche Fragen. Sie quälten ihn die ganze Zeit, während sie im Keller saßen, inmitten all der aufgestapelten Briketts. Wie herrlich würde das brennen, da war kein Krematorium mehr nötig, sie einzuäschern.

»Ich sehe schwarz«, sagte Otto.

Und er schien recht zu behalten, denn nachdem sie schon fast drei Stunden ausgeharrt hatten und langsam glaubten, daß alles vorbei sei, krachte es ganz fürchterlich. Die Erde bebte, und die

Manteuffelstraße 33 schien in sich zusammenzustürzen wie ein Kartenhaus. Das Licht flackerte, dann erlosch die Birne an der Decke gänzlich.

»O du mein himmlischer Herrgott!«, rief Anna Matuschewski. »Hilf uns!«

Auch Otto dachte, das Ende sei gekommen. Er hatte nur noch ein Bild vor Augen: Im Faltboot fuhr er einen Fluß hinab, die Oder wohl, und vor ihm saßen Margot und Manfred. Ringsum war blühendes Land, war das Paradies.

Dieser Augenblick dauerte eine Ewigkeit. Als er vorüber war, hatte Otto Mühe zu realisieren, daß er noch am Leben war. Das Licht ging wieder an, der schwarze Staub sank zu Boden. Nach der Entwarnung liefen sie auf die Straße und erfuhren, daß ein Regen von Brand- und Sprengbomben auf das Wohn- und Geschäftsviertel zwischen Skalitzer Straße und der Kottbusser Brücke niedergegangen war. Am nächsten Tag war in der Zeitung nachzulesen, daß es zwölf Tote und 28 Verletzte gegeben hatte. In dieser Nacht versuchte Otto so schnell wie möglich nach Neukölln zu kommen. Fast das ganze Stück rannte er im Dauerlauf. Brandgeruch hing in der Luft. Feuerwehren rasten in Richtung Kottbusser Brücke. Alles war abgesperrt. Er bog nach links in die Wiener Straße ab. Noch 15 bange Minuten. Dann wußte er, daß in der Ossastraße alles unversehrt geblieben war. Er schloß Margot in die Arme und küßte dann seinen Sohn, der schon wieder friedlich schlummerte.

»Die Leute, die Bomben auf unsere Kinder werfen, sind auch nicht besser als Hitler«, sagte er. »Und wenn der zehnmal angefangen hat. Beseitigen muß man ihn, aber nicht auf diese Art und Weise. Hoffentlich kriegen sie jetzt auch in London was ab, damit sie am eigenen Leibe verspüren, wie das so ist.«

Am nächsten Tag kursierte im RPZ ein Flugblatt, das die Engländer zusammen mit ihren Bomben abgeworfen hatten, und da hieß es im letzten Satz: »Der Krieg dauert so lange wie Hitlers Regime!«

»Also bis zum Jahre 2933«, sagte Otto. »Das läßt ja hoffen.«

Ins Kino gingen sie dennoch. Nicht in *Jud Süß*, den Hetzfilm, aber in *Bal paré* mit Ilse Werner, *Die Geierwally* und die große Ufa-Schnulze *Das Wunschkonzert,* in der wiederum Ilse Werner mitspielte, diesmal eine blonde Soldatenbraut, und Carl Raddatz einen jungen Offizier gab, der es versteht, Pflicht und Liebe in Einklang zu bringen.

Der erste Opfersonntag des Winterhilfswerks war auf den 8. September festgesetzt worden. An diesem Tag durften in allen Gaststätten zwischen 10 und 17 Uhr nur bestimmte Eintopfgerichte abgegeben werden, beispielsweise Brühkartoffeln mit Einlage oder Wirsingkohl mit Rindfleisch. Von den zwei Reichsmark, die der Gast dafür zu bezahlen hatte, waren 1,20 Reichsmark an das Winterhilfswerk abzuführen. Für diese sogenannte Eintopfspende erhielt er eine Quittung. In den Zeitungen waren Fotos von Hitler und Goebbels zu sehen, wie sie beide in der Reichskanzlei ihren Eintopf aßen.

»Aus Daffke essen wir an diesem Sonntag so viel Fleisch, daß uns schlecht wird«, sagte Otto.

»Und wer kauft das?«, fragte Margot. »Ich nicht. Das wird dann der Gestapo gemeldet, und wir ...«

»Hm ...« Otto schwieg, denn das war ein Argument, das ernst zu nehmen war. Er sann lange über einen Ausweg nach. Schließlich kam er auf die Idee, in Schmöckwitz eine Falle aufzustellen und ein Karnickel zu fangen, was aber gründlich mißlang. Erst seine Mutter half ihm aus der Bredouille: Sie hatte falschen Hasen eingeweckt. Für Notzeiten.

»Den schlachten wir am 8. September zur Feier des Tages!«, rief Otto. Und dann machten sie sich bei zugezogenen Vorhängen über ihren Braten her. Nur Margot wollte es nicht recht schmecken, denn sie hatte Angst, daß jemand im Haus Ossastraße 39 etwas riechen würde. Das tat aber keiner.

Am nächsten Morgen erzählte Hesse von seinem Besuch in Münster, wo er im Hause seiner Eltern von einem englischen Luftangriff überrascht worden war.

»Ein furchtbarer Knall. Ich wache auf, als ich aus dem Bett geschleudert werde und krachend gegen den Schrank fliege. Durchdringender, beißender Pulverrauch um mich herum. Ein starker

Feuerschein, alles ist ganz deutlich zu erkennen: die Fenster kaputt, mit dem Rahmen ins Zimmer geflogen, die Spiegel zerbrochen, der Kleiderschrank auseinandergefallen. Und das schlimmste: Meine Frau liegt leblos im Bett, begraben von einem Stück der herabgefallenen Decke, bedeckt mit Stuck und Mörtel. Gott sei Dank: Sie lebt noch und hat nur einen kleinen Schock davongetragen.« Er trank seine Kaffeetasse leer. »Wenn ich jemals den Tommy in die Finger kriege, der das getan hat, den erschieße ich eigenhändig!«

»Beim Ertönen der Alarmsirene gehört jeder in den Luftschutzkeller«, sagte Günther, der einen Text des Presseamtes vor sich liegen hatte. »Lebensmittel- und Kleiderkarten sowie wichtige Papiere sind mitzunehmen. Schwere Strafen hat der zu erwarten, der gegen die Luftschutzbestimmungen verstößt.«

Hesse kniff die Augen zusammen. »Wollen Sie mir die Schuld daran geben, daß wir ...?«

»Schuld hat doch wohl ...« Otto brach erschrocken ab und schaffte es gerade noch, sich zu korrigieren, »... die Flak, weil die nicht richtig getroffen hat, die feindlichen Flugzeuge ...«

Fräulein Pfau fürchtete, daß es nun wieder politisch würde, und hob schnell die Kaffeekanne. »Wer hat noch nicht, wer will noch mal?« Mitnichten war es Bohnenkaffee, was sie tranken, sondern KOFF, und über ihrem Wasserkocher hing eine kleine Anzeige der Firma J. J. Darboven aus Hamburg: »KOFF ist heute Traditionsträger für meinen bis auf weiteres nicht lieferbaren IDEE-Kaffee. Mancher vermißt ihn – keiner vergißt ihn, / Schön braun sah er aus – war aus gutem Haus, / Und herrlicher Duft erfüllte die Luft.«

Hesse ließ sich nicht ablenken. »Die deutsche Luftwaffe wird verstärkt Vergeltungsangriffe gegen London fliegen.«

Minzel lachte. »Und die RAF wiederum verstärkt Berlin angreifen. Wir haben gestern schon unser altes Sofa in den Luftschutzkeller geschafft, damit wir's dort immer schön gemütlich haben.«

Otto beschloß, auch an diesem Abend wieder BBC zu hören, obwohl geflüstert wurde, man käme ganz sicher ins Zuchthaus, wenn nicht gar in ein Konzentrationslager, wenn man dabei erwischt wurde. »Keine Gnade für Rundfunkverbrecher«, hatte in der Zeitung gestanden. Aber die Nachbarn in der Ossastraße sahen nicht so aus, als ob sie mit dem Ohr an der Wand nur darauf warteten, ihn zu denunzieren. Mehrmals täglich gab es aus London Nachrichten in deutscher Sprache, und wenn er die um 22 Uhr hörte, erklangen ringsum noch so viele Geräusche, daß er am wenigsten gefährdet war. Wichtig war, nach dem Hören der BBC den Apparat wieder auf einen deutschen Sender einzustellen, vornehmlich auf den Reichssender Breslau 950 kHz gleich 315,8 m.

»In allen besetzten Gebieten mehren sich die Kundgebungen des Hasses gegen die Deutschen ...«, kam es dumpf aus England herüber.

»Wo soll das bloß noch enden?«, fragte seine Schwiegermutter, als sie am nächsten Tag in Schmöckwitz über alles sprachen.

»Pst!«, machte Margot, um dann das zu wiederholen, was jetzt überall zu lesen war: »Feind hört mit!« Wobei in diesem Falle aber nicht englische Spione gemeint waren, sondern einer der neuen Nachbarn, der eingefleischter Nazi war.

Saßen die Frauen am Kaffeetisch beisammen, stöhnten sie unisono, daß es immer weniger zu kaufen gab und sie bei dem wenigen, das sie bekamen, auch noch übers Ohr gehauen wurden.

»Komme ich nach Hause und wickele aus, was sie mir eingepackt haben: alles nur Nochen!« Anna Matuschewski hatte einen kleinen, ansonsten kaum merkbaren Sprachfehler: Sie konnte kein Kn sprechen, sagte also »Nochen« statt Knochen, »Nete« statt Knete und »Nopf« statt Knopf.

»Fleisch ist grundsätzlich mit eingewachsenen Knochen abzugeben«, stellte Margot fest, die immer auf Normentreue hielt.

Ihre Mutter widersprach ihr. »Bei bestimmten Sorten erhält man das Doppelte oder gar das Vierfache dessen, was man an Fleischmarken hingibt: bei Schweinsköpfen beispielsweise oder Speerknochen ...«

»Was denn?«, fragte Otto. »Albert Speer gibt's jetzt schon in kleinen Portionen?«

Die anderen überhörten es und widmeten sich wieder dem Einkaufsalltag.

»Freitag haben sie mir um halb sechs beim Gemüsehändler nichts mehr geben wollen«, klagte Margot.

»Richtig«, sagte Otto. »Die letzte Einkaufsstunde in den Einzelhandelsgeschäften gehört der werktätigen Frau.«

»Was kann ich denn dafür, daß sie mich entlassen haben.«

Tante Claire jammerte, daß sie ihren Bezugsschein für ein Paar leichte Straßenschuhe verloren habe und man ihr keinen neuen ausstellen wolle. »Wie sehe ich denn aus in meinen ausgelatschten Tretern.« Trotzdem war sie kreuzfidel wie immer. »Kennt ihr schon den Witz, den Rudi mir gestern erzählt hat? Den soll einer ins Schulheft geschrieben haben: ›Tagsüber wenig Fett / Abends früh ins Bett / Arsch kaum warm: / Luftalarm!‹« Sie war jetzt Witwe. Ihr Mann, der dicke Direktor, war am 16. Oktober 1937 verstorben und lag auf dem Stahnsdorfer Friedhof. Die Großfamilie Schattan/Quade/Matuschewski hatte ihm keine Träne nachgeweint.

Ein bißchen wie in alten Zeiten ging es am 26. Oktober zu, als Gerda und Gerhard endlich Eheleute wurden. Es eilte, denn nun war auch bei ihnen etwas Kleines unterwegs. Sie hatten sogar schon eine Ferntrauung ins Auge gefaßt, aber dann hatte der Bräutigam doch Heimaturlaub bekommen.

»Stell dir vor, Gerhard wäre vorher gefallen«, sagte Margot.

»Ich bin als Kind dauernd gefallen«, erklärte Otto. »Was ist denn daran so schlimm?«

Auch Anna Matuschewski fand es nicht so tragisch. »Die trauen die Frauen doch auch noch, wenn der Mann schon tot ist.«

»Da stell' ich mir die Hochzeitsnacht ganz besonders spannend vor.«

»Otto!«, riefen die anderen empört.

Sie feierten in der neuen Wohnung des jungen Paares in der Ilsenburger Straße. Otto hatte vorher nicht gewußt, daß es eine Straße diesen Namens überhaupt gab. In der Nähe des Richard-Wagner-Platzes lag sie, war also von Neukölln aus mit der U-Bahn bequem zu erreichen. Gerda war Manfreds Lieblingstante, an die er sich besonders gern kuschelte. »Da riecht es immer so schön.« Und dann reimte er: »Tante Gerda puperda«, was aber ein wenig irreführend war, denn die Wohlgerüche seiner Tante rührten von den französischen Parfüms her, die Gerhard ihr aus Frankreich schickte. Margot war schon ein wenig eifersüchtig. Leider gab es, da beide Freidenker waren, keine kirchliche Hochzeit, und Manfred konnte keine Blumen streuen. Sie traten nur schlicht vors Standesamt, und Otto wie Gerdas Schwiegervater Fritz waren Trauzeugen.

»Wenn das unser Papa noch erlebt hätte«, sprachen Margot und ihre Mutter im Chor. Drei Jahre war Oskar Schattan nun tot. Es war immer noch unbegreiflich, es war »vom Gefühl her nicht zu verstehen«, wie Otto es immer ausdrückte, daß sich alles ständig veränderte. Kein Skat mehr mit Oskar Schattan, kein Spaziergang mehr mit Ewald Riedel, keine Flußfahrt mit Ziegelmanns »Ella« oder seiner »Snark«, keine SPD-Versammlung und kein Aufmarsch mit seinen Reichbanner-Kameraden. Alles vorbei. Unwiederbringlich. Dafür nun Hitler, dafür nun der Krieg ... aber auch Manfred. Für den galt es, am Leben zu bleiben. Um ihn am Leben zu erhalten. Letztendlich lebte man nur, um Leben weiterzugeben. Bis ans Ende aller Tage.

Eine rauschende Feier wurde Gerdas Hochzeit nicht, aber immerhin ging es so hoch her, daß sich Tante Trudchen beim Lachen in den Schlüpfer machte. Das geschah, als Gerhard den Witz erzählte, wie wohl der Hitlergruß entstanden war.

»Wie denn: weil er 'n Pickel in der Achselhöhle gehabt hat?«

»Nein. Das kommt daher, daß er mal Anstreicher gewesen ist. Und da hat er seinen Untergebenen gezeigt: ›Bis hierher wird Tapete geklebt und darüber wird geweißt.‹«

Otto fügte dann noch hinzu: »Stell dir mal vor, wie wir alle grüßen müßten, wenn er bayerischer Schuhplattler gewesen wäre.«

»Pst!«

Die Weihnachtszeit nahte, und alle versuchten, für sündhaft teures Geld Weihnachtsgeschenke zu erstehen. An »freien« Artikeln gab es kaum etwas, und auch auf seine Kleiderkarte konnte man kaum etwas bekommen. So saßen die Frauen abends alle bei funzliger Beleuchtung im Sessel und strickten, vornehmlich Pullover und Socken. Wer keine Wolle auftreiben konnte, trennte alte Sachen auf. Die Männer mußten dann die Hände ausgestreckt nach vorne halten, um die Wollfäden »aufzunehmen«. Manche benutzten dafür auch ihre Stuhllehnen. Otto und Margot hatten insofern Glück, als sie Nichtraucher waren und für die ihnen zustehenden Zigaretten manches eintauschen konnten, wie zum Beispiel ein hölzernes Lastauto für Manfred.

Mit der Schmöckwitzer und der Kohlenoma saßen sie am Heiligen Abend in der Ossastraße unterm Weihnachtsbaum und taten des Jungen wegen so, als stimme die alte Formel noch: »Friede auf Erden und den Menschen ein Wohlgefallen.« Und am meisten war der Satz zu hören: »Man muß alles so nehmen, wie es kommt.«

Es kam der Jahreswechsel, und niemand glaubte ernsthaft daran, daß 1941 schon das letzte Kriegsjahr sein werde. Sogar Hesse war skeptisch: »Der Friede scheint mir leider noch in weiter Ferne zu liegen, wenn ich auch an unserem Endsieg keinen Zweifel hege. Die Unzulänglichkeit unseres italienischen Bundesgenossen verlängert aber den Krieg.«

Jetzt im Januar war die Verdunkelung besonders lästig. In den Zeitungen häuften sich Aufrufe wie dieser: »Immer rechts gehen! Volksgenosse! Bei Verdunkelungen kommt es auch auf Gehwegen leicht zu unangenehmen Zusammenstößen. Vermeide sie, indem du immer rechts gehst. Benutze bei schmalen Gehwegen nur den auf der rechten Seite. Kannst du eine Taschenlampe nicht entbehren, laß sie nur kurz aufleuchten und verwende dazu blaues Licht. Halte Taschenlampen niemals so, daß andere geblendet werden können.«

Insbesondere die Frauen hatten Angst, wenn sie spätabends allein nach Hause gingen. Schauermärchen machten die Runde. Es wurde gemunkelt, auf der S-Bahn nach Erkner würde ein Massenmörder zuschlagen. Fräulein Pfau hatte letzten November eine Notiz im *Berliner Lokal-Anzeiger* gefunden: »Überfall im S-Bahn-Zug – Eine Frau niedergeschlagen und aus dem Zug gestoßen. Die Berliner Kriminalpolizei ist mit der Aufklärung eines schweren Verbrechens beschäftigt, das sich in der Nacht zum Dienstag am Bahnhof Hirschgarten abgespielt hat. Eine 29 Jahre alte Fahrkartenverkäuferin der Reichsbahn wurde dort von einem bisher noch nicht ermittelten Mann überfallen und aus dem S-Bahn-Zug gestoßen ... Bei dem Täter handelt es sich um einen Mann von etwa 28 Jahren, der etwa 1,65 Meter groß und von schmächtiger Figur war. Bekleidet war er mit einer Post- oder Eisenbahnuniform.«

»Womit ich als Täter wohl ausscheide«, sagte Waldemar, den sie am 19. Januar, einem Sonntag, in Rahnsdorf besuchten. Er wußte noch weitere Einzelheiten. »Sechs Morde und sechs Mordversuche sollen es schon sein, die auf sein Konto gehen. Dazu mindestens zwei dutzend Sittlichkeitsdelikte. Natürlich wollen die Nazis das totschweigen, weil nicht sein kann, was nicht sein darf. Andererseits müssen sie die Frauen warnen, damit sie nachts nicht allein S-Bahn fahren, zumindest nicht bei uns hier draußen zwischen Ostkreuz und Erkner. Aber was sollen sie machen, wenn sie von der Spätschicht kommen? Hier in Rahnsdorf hat die Partei alle Männer, die noch da sind, zusammengetrommelt, auch mich als alten SPDler, um den Frauen Geleitschutz zu geben, wenn sie mit der S-Bahn nach Hause kommen.«

»Ist das nicht zu gefährlich?«, fragte Otto.

»Für die Frauen?«

»Nein, für die Männer.«

»Ja«, sagte Erna. »Waldi ist einmal erst um zwei Uhr nach Hause gekommen und ganz erschöpft gewesen.«

»Weil die Frau einen Koffer bei sich hatte.«

»Einen Schminkkoffer, wie ...?«

Waldemar war vergleichsweise guter Dinge, denn hier draußen in Rahnsdorf war mit Bomben nicht zu rechnen, und eingezogen worden war er auch noch nicht. Zum einen war er bei Siemens in der kriegswichtigen Produktion beschäftigt, und zum anderen belieferte er als Imker nicht nur kleinere Geschäfte, sondern auch größere Parteifunktionäre, die sogenannten Goldfasane, wie sie ihrer Uniform wegen im Volksmund hießen.

Sie blieben lange bei den Freunden, denn Manfred war bei der Schmöckwitzer Oma in sicherer Obhut, und als sie dann kurz vor Mitternacht auf dem dunklen Bahnhof Rahnsdorf standen, drängte sich Margot ganz dicht an Otto.

»Wenn der S-Bahn-Mörder jetzt kommt ...« Sie zitterte regelrecht.

»Ich bin doch bei dir. Und außerdem fährt er immer zweiter, wir aber dritter Klasse.« Aber ein bißchen gruselig fand er es auch. Allein der Gedanke. Allerdings schien es ihm, als hätte die Kriminalpolizei alles fest im Griff. Der Knipser war ganz sicher ein Krimineller, ebenso der Stationsvorsteher. Und die Frau, die jetzt so auffällig mit ihren Pumps über den Bahnsteig trippelte, konnte nur eine Beamtin sein, die sie als Lockvogel eingesetzt hatten. Jetzt war es Otto, der Margots Nähe suchte, denn ohne sie geriet er womöglich noch in Verdacht.

Nur am Rauschen bemerkten sie den nahenden Zug, seine beiden Frontscheinwerfer waren nicht heller als die Birnchen vorn an Ottos Fahrrad. Als er zum Stehen gekommen war, mußten sie höllisch aufpassen, um nicht zwischen zwei Wagen zu geraten und auf die Schienen zu fallen.

»Jetzt weiß ich in etwa, wie es einem Blinden ergeht«, sagte Otto.

Sie kamen ohne Zwischenfall nach Hause, vergaßen aber in den nächsten Wochen nicht, alle Frauen, die sie trafen, vor nächtlichen Fahrten auf der S-Bahn Richtung Erkner zu warnen.

Die anstehenden Geburtstage wurden gefeiert, so gut es eben ging. Die Schmöckwitzer Oma war am 12. Januar 56 Jahre alt geworden, es folgten Otto am 24. Januar und Manfred am 1. Februar. »Drei Jahre alt ist unser kleiner Mann nun schon.« Am 2. März war Gerda an der Reihe, doch ohne ihren Mann war sie, sonst immer lachend, strahlend, lebensfroh, nur noch, wie Otto sagte, »eine Schattan ihrer selbst«.

»Ich vermisse meinen Gerhard.«

»Besser, du vermißt Gerhard – als daß er vermißt wird.« Ottos Trost war ehrlich gemeint, fand aber nicht unbedingt den Beifall seiner Sippe.

Kurz danach hatte Gerda eine Fehlgeburt, und die Stimmung aller erreichte einen neuen Tiefpunkt.

Otto sprach es nicht aus, aber er dachte es öfter: So bleibt es dem Kind wenigstens erspart, im Luftschutzkeller zu sterben.

Nachdem sie sich etwas erholt hatte, fuhr Gerda im April zu Gerhard nach Bad Wiessee, wo er für künftige Aufgaben geschult wurde, nachdem man ihn zum Unteroffizier befördert hatte. »Meine künftige Aufgabe wird die eines Kradmelders sein«, schrieb er Otto. »Wir haben gute neue NSU-Maschinen, die sehr gut laufen und sicher auf der Straße liegen.« So richtig schlau wurde Otto aus Gerhard nicht mehr. Einerseits klagte er über einige Sitten beziehungsweise Unsitten bei der Wehrmacht wie zum Beispiel das Ex-Saufen und schloß seinen Brief mit einem fast schon defätistischen »Es ist alles Scheiße!«, andererseits standen da auch Sätze wie: »Durch die schnellen Schläge der deutschen Wehrmacht im Süden kann man nun mit Sicherheit annehmen, daß wir uns im Sommer, aber spätestens im Herbst in Schmöckwitz wiedersehen werden ...« War das nur die Hoffnung auf den Frieden, die da mitschwang, oder hatte der Schwager dies alles mit sozusagen leuchtenden Augen geschrieben?

Der Gedanke, daß Hitler den Krieg gewinnen könnte, nahm Otto jede Freude am Frühling. Was dann? Kam er mit seiner Familie wirklich nach Deutsch-Wladiwostock, mußte sein Sohn als Hitlerjunge groß werden?

Aber nicht nur die Hitler-Gegner waren depressiv gestimmt, auch Leuten wie Ottos Chef war Mitte Mai 1941 das Lachen vergangen.

»Ah, nicht auch in England?«, fragte Günther.

»Ich heiße Hesse und nicht Heß.«

Was war passiert? Rudolf Heß, Reichsminister und Stellvertreter des Führers, war am Samstag, den 10. Mai von Augsburg aus nach Schottland geflogen, um Großbritannien zum Friedensschluß zu bewegen.

»Der Führer wird ihn darum gebeten haben«, meinte Minzel, »um zu retten, was noch zu retten ist.«

»Ich vermute eher, daß es sein ureigenster Entschluß gewesen ist«, vermutete Günther, »vielleicht in der Hoffnung, nach Hitlers Sturz selber die Macht übernehmen zu können.«

»Alles Unsinn!«, rief Hesse. »Der Mann ist geisteskrank.« Und er kam seiner Gefolgschaft mit einem Zeitungskommentar: »Parteigenosse Heß, dem es aufgrund einer seit Jahren fortschreitenden Krankheit vom Führer strengstens verboten war, sich noch weiter fliegerisch zu betätigen, hat entgegen diesem vorliegenden Befehl es vermocht, sich in letzter Zeit wieder in den Besitz eines Flugzeuges zu bringen ... Ein zurückgelassener Brief zeigte in seiner Verworrenheit leider die Spuren einer geistigen Zerrüttung, die befürchten läßt, daß Parteigenosse Heß das Opfer von Wahnvorstellungen wurde.«

»Da ist er bestimmt nicht der einzige in Deutschland«, murmelte Otto.

»Wie?«, fragte Hesse.

»Ich habe nur gemeint, Heß sei nicht der einzige, der sich in Deutschland dem Wahn hingibt, man könne mit England Frieden schließen. Aber nicht mit Churchill.«

Obwohl die Welt völlig aus den Fugen geraten war, gab es noch immer die vier Jahreszeiten. Otto staunte regelrecht darüber. Auch in diesem Jahr mochten sie trotz allem nicht darauf verzichten, ihr Boot zu Wasser zu lassen, und es kamen immerhin 115 Kilometer zusammen. Am 25. Mai fuhren sie am Nachmittag ganz gemächlich von Schmöckwitz nach Gosen und zurück, und Otto schrieb in sein Fahrtenbuch: »Im zweiten Kriegsjahr haben wir heute zum ersten Mal das Paddel gerührt. Manfred war ein braves Kielschwein.« Nach diesen positiven Erfahrungen mit ihrem Sprößling, der nun schon dreieinhalb Jahre alt war, konnten sie es wagen, wenigstens zu einer kleinen Urlaubsfahrt zu starten. Otto war es gelungen, im Postsportheim am Streganzer See ein Zimmer zu ergattern. Mit von der Partie waren Erwin und Erna. Am 31. Juli, einem Donnerstag, wurden am Steg des Restaurants »Waldidyll« die Boote beladen. Die Schmöckwitzer Oma und Großvater Quade waren gekommen, um ausgiebig zu winken. Und wie schon elf Jahre zuvor hatte Marie Schattan große Sorgen um sie.

»Kinder, seht euch vor ...«

Otto sah sie fragend an. »Meinst du, die feindlichen U-Boote kommen bis nach Prieros rauf?«

In Ottos Fahrtenbuch wurde die Abfahrt gegen 12 Uhr 45 nur lakonisch geschildert: »Nachdem ein derber Landregen unseren Start am Vortag hatte ins Wasser fallen lassen, ging es heute bei bedecktem Himmel mit Erna und Erwin und unserem Pimpi ab in die Ferien 1941. Am Bindower Fließ Essenspause und dann weiter gen Prieros.« Anders als bei den großen Fahrten im letzten Jahrzehnt hielt er nicht mehr alles fest, was sich ereignete, sondern faßte erst mit seiner Schlußeintragung alle Erlebnisse in knappen Sätzen zusammen:

»Sonntag, 3. August. Sehr warm, windig. Fahrt vom Streganzer See bis Schmöckwitz über Prieros, Dolgenbrodt und Neue Mühle. Abfahrt: 10:45, Ankunft: 19:15. Nach zweitägigem Ahlen im hübschen Postsportheim geht es heute wieder heimwärts. Bedauerlicherweise hatten wir unser Zelt zu Hause gelassen. Sonst wären wir weiter gefahren. Auf der Rückfahrt bei Tante Anna in Bindow Mittag gegessen, im Bindowfließ Mittagsschläfchen gemacht und in Neue Mühle Kaffee getrunken. Manfred ist ein braver kleiner Faltbootfahrer. Abschließend ist zu sagen: Die Ferienfahrt war das, was Ferien immer sein sollten.«

Der eigentliche Höhepunkt der Saison fand dann aber einen Sonntag später statt, als sie gleich nach dem Frühstück losfuhren, um über den Seddinsee, den Gosener Graben und die Müggelspree bis zum Kleinen Müggelsee zu paddeln. Am Steg Waldidyll hatte es begonnen.

»Manni, wenn du noch einmal mußt, dann sag es, dann geh jetzt.«

»Nein, ich muß nicht.«

»Wirklich nicht?«

»Nei-en!«

Dann aber nach einem knappen Kilometer, mitten auf dem Seddinsee, fing er an zu quengeln. »Ich muß mal ...«

»Wie soll ich denn hier anhalten!?«

Otto hatte sich auf die vielen Segler, Ruderer und Ausflugsdampfer zu konzentrieren, die ihren Kurs immerzu kreuzten und allesamt Vorfahrt hatten. Außerdem war das Boot schwer beladen und lag so tief im Wasser, daß das Paddeln ziemlich mühsam war, zumal er es alleine bewerkstelligen mußte, denn Margot hatte ja Manfred zwischen den Beinen und konnte das Paddel nicht schwingen, ohne ihn damit jedes Mal am Kopf zu treffen. Als sie dann den Seddinwall erreicht hatten, wo es einige Möglichkeiten zur Zwischenlandung gab, fragte Otto den Filius, ob er noch immer müsse.

»Nein, mir ist es wieder vergangen.«

»Na, um so besser.«

Am Kleinen Müggelsee gingen sie an Land, um Mittag zu essen. Margot hatte schnell in der Nähe einiger Büsche ein stilles Plätzchen gefunden und ihre Decke ausgebreitet. Es war urgemütlich. Schnell war der Kartoffelsalat auf die drei Teller verteilt, doch als sie die Koteletts aus der Brotbüchse holte und sich Otto den Bratenduft in die Nase steigen ließ, stutzte sie plötzlich: »Hier stinkt es.«

»Ich war es nicht«, sagte Otto, kam aber nicht umhin, ihr zuzustimmen. »Du hast recht. Da muß einer in die Büsche gekackt haben. Komm, ziehen wir um.«

Sie verlagerten ihren Picknickplatz um gute dreißig Meter – doch auch am neuen Ort roch es gewaltig nach Fäkalien.

»Kein Wunder«, merkte Otto an, »schließlich essen wir ein Kot-elett.«

»Mir ist schon jeder Appetit vergangen!«, rief Margot.

Noch einmal zogen sie um. Aber wieder mit demselben Ergebnis: Auch hier müffelte es so beträchtlich, daß sie nicht essen mochten. Das machte Otto stutzig, und schließlich kam er der Sache auf den Grund: Manfred hatte sich aus Angst vor dem Zorn seines Vaters ganz einfach in die Hosen gemacht und die Sache anderthalb Stunden lang seelenruhig breitgesessen. Margot zog ihn zuerst hoch und riß ihm dann die Hosen runter.

»Deinen Schlüpfer, den kann doch keiner mehr waschen, den kann ich jetzt wegwerfen!«

Was sie auch tat, dafür mußte sie allerdings bei der Heimkehr schwere Vorwürfe ihrer Mutter hinnehmen: »Kind, wie konntest du nur, wo doch jetzt alles so knapp ist!«

Um sich keinen Repressalien auszusetzen, war jeder halbwegs gesunde Volksgenosse verpflichtet, sich ehrenamtlich für das Wohl der Volksgemeinschaft einzusetzen. Otto hatte sich entschieden, für das Winterhilfswerk (WHW) zu sammeln. Im September fragte man auf großen Plakaten: »Und dein Opfer für's WHW?« Ein verwundeter Soldat mit Kopfverband und einer Schlinge um den rechten Arm war zu sehen, und darunter stand: »Vielleicht wird dir einer begegnen, der viel mehr für Deutschland geopfert hat.« So zog Otto zur Reichsstraßensammlung mit der Klapperbüchse durch die Fuldastraße und die Braunauer Straße, immer darauf bedacht, daß ihm keiner einen Hosenknopf in die Büchse steckte, weil ihm das womöglich als Akt des Widerstandes angerechnet worden wäre. Er litt beträchtlich unter dieser ganzen Aktion. Im Gegensatz zur Kollegin Pfau, die auch gesammelt und Unmengen eingenommen hatte. »Manche Männer sind dreimal gekommen – nur um mich zu fragen: ›Fräulein, darf ich Ihnen noch einmal etwas in den Schlitz stecken?‹«

Margot saß derweilen zu Hause in der Ossastraße, spielte mit Manfred und vermerkte in einer kleinen schwarzen Kladde jeden Pfennig, der von ihnen ausgegeben wurde. Für Oktober 1941 kam folgendes zusammen:

Lebertran:	*1,75*
Glühbirnen:	*0,73*
Schuhe für Manfred:	*8,70*
Miete:	*35,51*
Apriko-Likör:	*5,72*
Trikot für Manfred:	*1,78*
48 Zigaretten für Soldaten:	*2,40*
Versicherung:	*4,00*
Glühbirnen:	*0,86*
N.S.-Volkswohlfahrt, Oktober '41:	*0,50*
zehn Äpfel:	*4,60*
Radio für Oktober:	*2,00*
Eintopf:	*2,00*
Ottos Schuhe besohlen:	*1,50*

Luftschutz sechs Monate:	*1,80*
Los:	*0,75*
Klingen:	*0,45*
Geburtstag Tante Friedel:	*2,90*
Zeitung:	*2,60*
Lebertran:	*2,27*
ein Kilo Bonbons:	*2,00*
Hausschuhe für Manfred:	*2,80*
Äpfel für Mus:	*3,90*
Elektrizitätswerke September/Oktober:	*4,80*
Holz und Steinkohlen:	*2,00*
zuviel ausgegeben:	*6,40*

Ottos zweite Leistung, die er an der Heimatfront für Volk und Vaterland vollbrachte, war das Austeilen von Karten aller Art, als da waren die Ausweiskarte, die Reichsbrotkarte, die Reichsfleischkarte, die Reichsfettkarte und Reichskleiderkarte, die Zusatzkleiderkarte, die Seifenkarte, die Raucherkarte, die Reichskartoffelkarte und weitere mehr. Meistens nahm er Manfred mit, und der Kleine fand es außerordentlich spannend, sich andere Wohnungen anzusehen, zumal ihm die »Tante« oder der »Onkel« dort zuweilen etwas zum Naschen schenkten. Die Begrüßung seiner »Kunden« wurde für Otto stets zum kleinen Vabanquespiel, besonders beim ersten Besuch. Eigentlich hätte er mit »Heil Hitler« grüßen müssen, doch das wollte ihm nicht so recht über die Lippen kommen. Also blieb er beim herkömmlichen »Guten Tag« oder »Guten Abend« und wartete, wie die Leute reagierten. Schmetterten sie ihm den Gruß des Führers entgegen, blieb ihm nichts anderes, als zu nicken und »Ja, Heil ...« zu sagen. Gegen ein Heil ohne Hitler sprach ja nichts, im Gegenteil, schließlich arbeitete die Kirche schon seit Jahrtausenden damit. Brenzlig wurde es auch, wenn die Leute ihm politische Witze erzählten, etwa: »Kennen Sie schon das neuste Rezept für den deutschen Kriegskuchen?« – »Nein.« – »Er muß braun sein wie der Führer, fett wie Göring, locker wie Goebbels und mürbe wie das deutsche Volk.« Er hielt es für das Klügste, erst höflich zu lachen und dann mit quasi amtlicher Miene »Vorsicht, Sie ...« zu sagen, ohne jedoch beim anderen, der ja ein Gleichgesinnter sein konnte, die Angst aufkommen zu lassen, ein Zuträger der Gestapo stehe vor ihm.

Viel Freizeit hatte er nicht mehr, zumal die Gauß-Schule weiterhin viel Zeit und Kraft erforderte. Vier Jahre dauerte der Abendlehrgang für »elektrische Starkstrom- und Fernmeldetechnik«, den er besuchte. Die Schule war an zwei Stellen untergebracht: einmal in der Lindenstraße 97/98 und zum anderen in der Wassertorstraße 31. Beide ließen sich von Neukölln gut per Rad erreichen, nur bei schlechtem Wetter nahm er U- und Straßenbahn. Aber es ging nicht nur um die Zeit im Klassenraum, übers Wochenende kamen auch immer wieder Hausarbeiten hinzu. Es war viel und teilweise sehr kompliziert, was er da zu lernen hatte.

Auch Manfred brauchte seinen Vater nun immer öfter. Damit er ihm Straßen-, S- und Eisenbahnen zeichnete, die schnell seine große Leidenschaft geworden waren; damit er mit ihm ins Verkehrsmuseum im alten Hamburger Bahnhof ging; oder damit er ihn in einer aufwendigen Zeremonie jeden Abend als Sack Mehl, Sack Kartoffeln, Sack Graupen oder Sack Flöhe ins Bett brachte.

Blieb dann noch ein Viertelstündchen, ordnete Otto seine Briefmarkensammlung und wagte sich daran, einen Radioapparat zu bauen.

»Margot, Margot!«, rief er aus der Küche. »Er gibt die ersten Töne von sich!«

»Ja. Paß aber auf, daß du mit deinem Lötkolben nicht wieder den Küchentisch in Brand setzt.«

Otto kam sich vor wie ein großer Schöpfer, als die ersten Klänge aus dem kleinen Lautsprecher drangen, verzerrt und abgehackt zwar, aber immerhin. »... an der Laterne steh'n ... Lili Marleen ...« Der alte Traum war wieder da – nach dem Krieg ein Geschäft in Schmöckwitz zu eröffnen: MATUSCHEWSKI – RADIO UND ELEKTRO. Auch ohne seinen Schwiegervater.

Doch dies alles rückte in der zweiten Hälfte des Jahres 1941 in immer weitere Ferne, denn seit dem 22. Juni führte Hitler auch Krieg gegen die Sowjetunion.

Fräulein Pfau und die meisten Kolleginnen im RPZ weinten, als die Sondermeldung kam, weil das bedeutete, daß nun noch mehr Männer eingezogen wurden. »Was man da alles an Besatzungstruppen braucht ...«

Auch Gregor Günther, ihr scharfsichtiger Analytiker, schüttelte den Kopf. »Die Weiten des russischen Raumes, da scheitert doch jeder ... Da hätte sich doch der Führer Napoleon als abschreckendes Beispiel nehmen müssen.«

»Wer ist Napoleon?«, fragte Otto.

Hesse geriet in Rage. »Die Frauen stöhnen doch nur, weil sie jetzt beim Frisör fünf Minuten länger warten müssen, und die Männer sollten sich einmal klarmachen, daß sie Männer sind und keine Waschlappen.«

Aber auch Ottos Chef zitterte im Luftschutzkeller, als es am 12. und 13. August einen Großangriff auf die Reichshauptstadt gab.

»Ich wollte ja schon immer gerne in die Wüste«, sagte Otto zu Onkel Albert. »Und bald werden wir sie direkt vor unserer Haustür haben ... die Trümmerwüste Berlin.«

»Führer befiehl, wir tragen die Folgen.«

Gerhard schrieb per Maschine mit dem Feldpoststempel vom 10. September 1941 vom Dnjepr: »Ihr Lieben! Der Teufel ist los, rote Panzer haben angegriffen und wurden im Artilleriefeuer zurückgeschlagen oder vernichtet, es sind wieder schwere Stunden für uns. Nachts kommen rote Bomber und schmeißen Bomben, am 8. des Monats hatten wir einen Toten und vier Verwundete durch feindlichen Artilleriebeschuß, wir kommen aus den Erdlöchern gar nicht mehr raus. Im Moment eine Feuerpause. Mensch, det is wieder ein Tag, wenn das nur gutgeht. Anreitende Kosaken fielen im Maschinengewehrfeuer wie die Fliegen. So ist es. Und trotzdem kommt hier kein Roter durch, die Ballerei geht schon wieder los. Herzliche Grüße – Gerhard.«

Der Schwager schilderte das Ganze wie einen sportlichen Wettkampf, wie ein Spiel, wenn auch eines auf Leben und Tod. Otto hatte Mühe, dies zu verstehen. Wahrscheinlich war es ein Mittel, alles zu verkraften. Otto wußte aus einigen Andeutungen seines gefallenen Freundes Ewald, daß es im Reich eine ganze Reihe von Widerstandsgruppen gab, und die Kommunisten sprachen sicher vom »Überfall auf die Sowjetunion«. Doch wenn Gerhard so etwas schriebe, wäre er auf der Stelle erschossen worden.

Seit dem 1. September waren alle jüdischen Erwachsenen und Kinder ab sechs Jahren gezwungen, in der Öffentlichkeit den gelben Judenstern zu tragen.

»Ich auch?«, fragte Margot.

»Nein, du nicht, bleib mal ganz ruhig.«

Sie waren froh, daß die Wolfsohns alle außerhalb der Landesgrenzen waren und den Orden »Pour le semit«, wie die Berliner in Anlehnung an den »Pour le mérite« aus der Kaiserzeit sagten, nicht tragen mußten. Bis dann am letzten Sonntag im September eine kleine Frau mit Judenstern bei ihnen in Schmöckwitz im Garten stand.

»Mein Gott, Tante Friedel!«

Daß Friedel Quade, Reinholds Frau, Jüdin war, hatten sie vollkommen vergessen, wie sie mit ihr in den letzten Jahren auch kaum Kontakt gehabt hatten.

»Was soll nur aus mir werden? Solange Reinhold noch lebt ... Aber er ist ja andauernd krank ...«

»Hauptsache, er läßt sich nicht von dir scheiden.«

»Wo denkt ihr hin!«

»Könnt ihr nicht auch noch ins Ausland?«

Tante Friedel winkte ab: »Die Reichsfluchtsteuer wird immer höher.«

»Du hast doch reiche Verwandte«, sagte Otto.

»Die sind schon alle weg.«

Was Otto in diesen Monaten innerlich stark beschäftigte, war nicht nur das ungewisse Schicksal von Tante Friedel, sondern auch das, was in Gerhard Syke vorging, der immer öfter lange Briefe von der Ostfront schrieb. »Daß ich am ersten Hochzeitstag hier in dem Scheiß-Rußland stecken würde, hatte ich mir nicht träumen lassen, so eine Kacke!« Am 26. Oktober, seinem Hochzeitstag, hatte er Gerda über den Soldatensender Belgrad Grüße ausrichten lassen. Ein langer, mit der Hand geschriebener Brief mit dem Datum 19. Oktober kam aus einem Ort namens Kotowka, den Otto allerdings auf keiner Karte finden konnte: »Lieber Otto, liebe Margot und lieber Manni! Daß ich hier in diesem Dorf festliege und auf Ersatzteile sehnsüchtig warte, hat Euch Gerda gewiß gesagt. Ein faules, langweiliges Leben, den ganzen Tag schlafen. Auf die Dauer ist das nichts für mich, durch diese erzwungene Ruhe wird die Sehnsucht nach daheim nur größer, Scheiße! Zum Glück haben wir einen Apparat vom Fliegerfunk, so können wir Nachrichten und abends ein bissel Musik hören. Den Sender Belgrad hören wir am besten, gewisse andere Lügenstationen nicht mitgerechnet. An der Front vor Moskau geht es um die Sache, es wäre zu dumm, wenn alle roten Häuptlinge nach Kasachstan entkommen würden. Ich gebe zu – wir hoffen auf einen gewissen ›Feierabend‹ in zirka drei Wochen! Und doch müssen die deutschen Armeen, die an der Wolga liegen, größere Orte nehmen, vor allen Dingen wird das Ziel der SS quer durch den Kaukasus Baku sein! Von dort zum Iran ist es nur ein kurzer Weg!«

Kopfschüttelnd reichte Otto seiner Schwiegermutter den Brief über den Tisch. »Jetzt ist er auch schon vom Größenwahn seines obersten Feldherrn angesteckt ...«

Die Schmöckwitzer Oma war den Tränen nahe. »Ich mache mir richtig Sorgen um Gerhard.« Sie hatte enge Freunde, die Muckes, die als verfolgte Kommunisten in die UdSSR geflüchtet waren, und sah den Bolschewismus etwas anders als die Nationalsozialisten.

Als nächstes lag in der Ossastraße eine Feldpostkarte im Briefkasten. Auf die Rückseite hatte man oben mit markigen Lettern einen Ausspruch des Führers vom 16. März 1941 gedruckt: »Keine Macht und keine Unterstützung der Welt werden am Ausgang dieses Kampfes etwas ändern. England wird fallen!« Gerhard schrieb über den Endkampf: »Er wird zäh sein. Aber den Sieg kann uns keine Macht der Erde mehr nehmen, jetzt nicht mehr! Für die letzte Zigarettensendung herzlichen Dank, die Zigaretten helfen mir über manch böse Stunden am Dnjepr-Brückenkopf hinweg. Große Aufgaben gewähren kein Nachlassen der Angriffe. Durch kommen sie nicht, Weihnachten ist Schluß! Herzliche Grüße! Gerhard.«

Einen Monat später folgte ein langer, wieder mit der Maschine geschriebener Brief aus Kotowka, datiert vom 19. November 1941, in dem Gerhard anfangs darauf hinwies, daß sie selber keine Post mehr erhielten. Otto überflog ihn. Das meiste bezog sich auf Weihnachten. »Es hilft aber nichts, Weihnachten rückt näher und näher, und die Hoffnung auf ein Weihnachtsfest daheim verflüchtigt sich immer mehr ... Nur zu dumm ist, daß Gerda nun den zweiten Heiligabend allein ist ... Dafür haben wir aber die Freude, daß es den Roten nicht gelungen ist, so wie sie es vorhatten, die deutsche Grenze zu überschreiten und ins Reich mit ihren Riesenarmeen einzubrechen. Mögen auch mehr als 2500 Kilometer dazwischen liegen, an Heiligabend werde ich in Gedanken bei Euch sein. Wir haben alle gelernt, auf etwas verzichten zu können, Ihr genauso wie wir hier. Was geschieht, ist jedem bestimmt ...« Otto brach ab, weil ihm die ohnehin recht blassen Buchstaben vor den Augen verschwammen. Als er dann weiterlas, erschrak er zutiefst: »An unserer Lage hat sich noch nichts weiter geändert, mit den Partisanen haben wir bereits ganz nett im Rayon Kotowka aufgeräumt. Vier Mann sind eingesperrt, gefunden haben wir vergraben: ein schweres Maschinengewehr mit Munition (schußfertig), dann zwanzig neue Karabiner mit mehreren tausend Schuß Munition. Die vier Mann werden in den nächsten Tagen hier erschossen, eventuell öffentlich auf dem Dorfplatz. Nichts weiter als mal eine Abwechslung.«

Über diesen letzten Satz kam er tagelang nicht richtig hinweg. »Das Erschießen von Menschen als lustiger Spaß ... Nein, dieser Gerhard ist nicht mehr unser alter Gerhard, das ist ein ganz anderer Mensch.«

»Ist es seine Schuld?«, fragte seine Schwiegermutter. »Sie verstehen es eben, jeden Menschen zum Unmenschen umzubiegen.«

Der Tod bedrohte nicht nur die im Felde Stehenden, sondern suchte auch unter den zu Hause Verbliebenen nach Opfern. Margots Mutter hatte einen Leistenbruch, bei dem es zu einer gefährlichen Darmschlingeneinklemmung kam. Sie mußte sofort operiert werden, und dabei gerieten Keime in die Wunde.

»Wir können nur hoffen«, sagten die Ärzte.

Kaum war Margot vom Krankenhausbesuch nach Hause gekommen, fiel ihr auf, daß sich der kleine Pickel auf Manfreds Oberlippe zu einem ziemlichen Furunkel ausgewachsen hatte. Die Kohlenoma, die auf ihn aufpaßte, war schon in heller Aufregung.

»Die Arztpraxen haben doch schon alle zu. Wir müssen sofort ins Krankenhaus mit ihm.«

»Ich warte erst mal, bis Otto von der Gauß-Schule kommt.«

Als Otto endlich in der Ossastraße angelangt war, hatte sich Manfreds Zustand noch erheblich verschlimmert. Obwohl medizinischer Laie, war ihm klar, daß der Junge sterben konnte, wenn die Gifte so dicht am Gehirn erst ihre volle Wirkung entfalteten.

»Ich laufe in die Kneipe am Weichselplatz und hole 'ne Taxe. Wir müssen sofort zum Arzt mit ihm.«

Im Krankenhaus murmelten die Ärzte etwas von »Thrombophlebitis« und »Meningitis« und der Möglichkeit eines septischtoxischen Schocks. Aus ihrem Gesichtsausdruck wie daraus, daß sie Manfred sofort dabehielten, schloß Otto auf höchste Alarmstufe.

Margot schluchzte. »Manfred und Mutti ... Wir werden beide auf einmal verlieren ...«

Das Jahr 1941 ging damit zu Ende, daß Hitler nun auch noch den USA den Krieg erklärte. Im Januar 1942 wurde auf der sogenannten Wannseekonferenz unter Vorsitz von Reinhard Heydrich, dem Leiter des Reichssicherheitshauptamtes, die »Endlösung der Judenfrage« beschlossen. Im März fanden die ersten Massentötungen von Juden im Vernichtungslager Belzec statt, im Juni begann im Konzentrationslager Auschwitz die Massentötung der europäischen Juden durch Gas. Die britische 8. Armee unter General Montgomery griff bei El-Alamein die deutsch-italienischen Streitkräfte an. Amerikaner und Briten landeten unter dem Befehl von General Dwight D. Eisenhower in Marokko und Algerien. Ende November 1942 wurde die 6. deutsche Armee unter General Paulus bei Stalingrad von sowjetischen Truppen eingeschlossen. Die englische Luftwaffe flog Großangriffe mit Flächenbombardements auf Lübeck, Köln und andere Großstädte.

Für Otto Matuschewski war mit dem Kriegseintritt der Amerikaner alles klar: »Das ist der Anfang vom Ende.«

»Pst!«, machte Fräulein Pfau, zögerte aber nicht, den neuesten Witz zum besten zu geben: »Daß Heß nach England geflogen ist – das war häßlich. Wenn Ley nach England fliegen würde, das wäre leidlich, wenn aber erst Himmler nach England fliegen würde, das wäre himmlisch.«

Im RPZ hing zur Jahreswende 1941/42 unter anderem ein Aufruf zur »Winterschlacht der Heimatfront« am Schwarzen Brett: »Der Führer braucht für seine Soldaten Wintersachen. Es darf keinen Haushalt geben, der nicht *alles,* was entbehrlich ist, dem deutschen Soldaten zur Verfügung stellt.« Otto fiel es zu, Unterhosen, Pullover, Wollwesten, Brust- und Lungenschützer, Strümpfe, Sokken, Kopf- und Ohrenschützer, Handschuhe und Pulswärmer einzusammeln. Er tat es gerne und war auch wieder so recht voller Lebensmut, trotz allem, denn das Schicksal hatte es im Privaten doch noch gut mit ihm gemeint: Sowohl sein Sohn wie auch seine Schwiegermutter hatten die Krisis überstanden und waren noch vor dem Weihnachtsfest wieder aus dem Krankenhaus nach Hause gekommen. »Dem Tod von der Schippe gesprungen«, wie Margot immer wieder sagte.

Auch der zweite Aufruf fand bei ihm Gehör: »Eßt Pellkartoffeln!« Der Grund war einleuchtend: »4,5 Millionen Tonnen Kartoffeln füllen einen Eisenbahnzug von Köln bis Istanbul. So viele Kartoffeln gehen jährlich durch unwirtschaftliches Schälen verloren.«

Hans-Werner Hesse war guten Mutes: »Der Deutsche kann seine ungeheure Kraft erst richtig entfalten, wenn er in Bedrängnis gerät. Was den Goten und den anderen Stämmen der Germanen nicht gelungen ist, das schaffen wir. Jetzt wird der Ansturm der Steppe zurückgeschlagen, jetzt wird die Ostgrenze Europas endgültig gesichert. Was vor dreitausend Jahren begonnen hat, das bringen wir in diesem Jahr zum glorreichen Schluß.«

So klang sein Chef am Vormittag, während er am Abend in der Gauß-Schule als allseits beliebter Dozent den jungen Menschen ruhig und gelassen das vermittelte, was sie über die moderne Hochfrequenztechnik zu wissen hatten. »Kommen wir heute zur Dämpfungsmessung mit dem logarithmischen Kondensator. Woraus ergibt sich der Dämpfungsfaktor eines Schwingungskreises? Herr Matuschewski ...«

»Aus der Resonanzkurve.«

»Wenn Sie das mal an die Tafel zeichnen könnten.«

Otto konnte es, und sein Chef war wieder einmal stolz auf ihn. Leider konnte er seine Zeichnung nicht zu Ende bringen, weil ein Luftalarm sie in den Keller trieb.

Bis jetzt, Anfang 1942, hatte es vergleichsweise nur wenige Bombenangriffe auf Berlin gegeben. Bremen, Hamburg, Hamm, Köln, Soest und Wilhelmshaven hatten viel mehr zu leiden gehabt. Doch allen war klar, daß sich das ändern würde, wenn »der Ami« erst ernst machte. Die Luftschutzkeller in den Mietshäusern wurden mit Betonpfeilern verstärkt und mit Notausgängen, Durchbrüchen zu den Nachbarhäusern, versehen. Die Innenhöfe bekamen Feuerlöschbecken. Da das noch immer nicht reichte, wurde allenthalben mit der Planung und dem Bau von gewaltigen Luftschutzbunkern begonnen, unter denen die Hochbunker besonders ins Auge fielen. Sogar im Wald zwischen Schmöckwitz und Karolinenhof wurde ein massiver Betonbunker errichtet, doch bis er fertig war, mußten sich Marie Schattan, Großvater Quade und Otto und seine Familie in den Keller ihres Nachbarn flüchten. Herr August, so hieß er, hatte zwar nichts dagegen einzuwenden, doch bis sie zu ihm hinübergelaufen waren, verging viel Zeit. Ein bißchen ließ sich der Weg abkürzen, indem sie den Zaun zwischen ihrem Grundstück und dem von Herrn August aufschnitten und eine kleine Tür einsetzten, doch im Falle eines Falles konnte es ja auf jede Sekunde ankommen, und so hatten sie weiterhin ein mulmiges Gefühl.

»Zu dumm, daß unser Häuschen nicht unterkellert ist«, sagte Marie Schattan.

»Wer hätte das denn damals ahnen können!«, rief Großvater Quade, der sich irgendwie auf der Anklagebank sitzen sah.

»Und wenn wir den Keller nun oben aufs Dach setzen, hilft das im Falle einer Sprengbombe auch nicht sehr viel«, merkte Otto an.

»Kannst du nicht mal ernst sein«, fauchte Margot.

»Nein. Von Bosetzky zu Matuschewski, das ging ja, aber von Otto zu Ernst, das machen sie nicht.«

»Ich will aber einen Bunker auf dem Grundstück haben«, beharrte Margot, »schon des Jungen wegen.«

Doch ihr Antrag wurde von der Mehrheit der Anwesenden abschlägig beschieden. Die einen begründeten dies mit dem Mangel an Baumaterial, die anderen mit fehlender Kraft, und die dritten hielten es für unsinnig.

Doch dann nahmen die alliierten Bomberverbände die Schwermaschinen-Werke in Wildau ins Visier. Und jedes Mal gab es in Schmöckwitz Fliegeralarm, laut heulte die Sirene auf dem Dach der Schule hinten am Anger auf. Schaurig klang es, wenn die Töne auf- und abschwollen.

»Schnell, zu August rüber!«, rief Otto.

Manfred weinte, als sie ihn aus dem Tiefschlaf rissen. Ihn anzuziehen, dazu blieb zuwenig Zeit, Margot hüllte ihn nur schnell in seinen weißen Bademantel. Sie schliefen oben direkt unter dem Dach, und zwischen ihnen und dem Himmel gab es nur eine dünne Holzdecke und ein wenig Dachpappe. Marie Schattan und Großvater Quade schliefen unten. Schnell waren Haus- und Verandatür aufgeschlossen. Draußen im Garten war es fast taghell, denn überall am Himmel hingen Leuchtschirme, die den feindlichen Piloten zeigen sollten, wo sich ihre Ziele befanden.

Sie hetzten die Sandwege entlang, stolperten, rafften sich wieder auf. Margot trug Manfred, weil Otto am schweren Koffer mit den notwendigsten Sachen und allen Papieren genug zu schleppen hatte. Da gab es plötzlich ein gewaltiges Heulen und Pfeifen in der Luft, von dem Otto später sagen sollte, er habe gedacht, es würde wieder ein Riesenmeteor zur Erde niedergehen wie damals zu Beginn des Jahrhunderts in der sibirischen Tundra. Alle erstarrten, nur Margot warf sich zu Boden und bedeckte ihren Sohn mit ihrem Körper. Dann kam der Einschlag, zum Glück für sie weit hinten irgendwo an der Bahn zwischen Zeuthen und Eichwalde. Sosehr die Leute über Görings Luftwaffe und die Trefferquote der deutschen Flugabwehr auch lästerten – mitunter holte die Flak dennoch eine feindliche Maschine vom Himmel. Wie in diesem Fall.

»Margot, hast du 'ne Mark gefunden?«, fragte Otto, und alle lachten über ihre Reaktion, nur sie nicht – mit Recht, denn wenn die Maschine wirklich vorn auf der Straße aufgeschlagen wäre, hätten man sie alle zu Grabe tragen können.

»Wenn wir einen eigenen Bunker hätten, wäre das nicht passiert«, sagte Margot.

»Schön, bauen wir einen«, erwiderte Otto, nun doch halbwegs überzeugt vom Nutzen dieser Maßnahme. »Aber mit unseren bescheidenen Mitteln wird es eher ein Unterstand als ein Bunker werden.«

»Besser als gar nichts.«

Und so machten sie sich in den nächsten Tagen ans Werk. Großvater Quade und Onkel Albert, die ja beide Tischler waren, galten als Fachleute, auf die man sich verlassen konnte. Als Hilfskräfte, vor allem zum Schippen, wurden Otto und sein Bruder rekrutiert, aber auch Margot, Gerda, Tante Trudchen und die beiden Großmütter mußten vollen Einsatz zeigen. Und Manfred ließ es sich nicht nehmen, mit Buddeleimer, Schaufel und seiner kleinen Schubkarre das Seine beizutragen. Allzu tief konnten sie nicht graben, weil das Grundwasser hier in unmittelbarer Nähe der Dahme bald erreicht war und weil ihnen die Balken und die Bohlen fehlten, alles so abzusteifen, wie es im Tiefbau üblich war. Doch sie gaben sich alle Mühe, fällten mehrere kleine Birken und Kiefern, zerlegten den Vorratsschuppen für Holz und Kohlen und beraubten den Komposthaufen seiner seitlichen Stützmauern. Als Bunkerdecke dienten die Tischtennisplatte und diverse ausrangierte Bürotüren, die Albert in seiner Firma organisiert hatte.

»Nun muß aber noch viel Erde drauf«, sagte Otto, »um den Aufprall abzufangen.«

Das war kein großes Problem, denn sie hatten unheimlich viel Sand ausheben müssen, um den eigenen Luftschutzraum so groß zu machen, daß fünf Personen und ein Kind Platz hatten. Als das große Werk vollendet war, erinnerte es gleichermaßen an die Cheopspyramide, wenn auch in einer leicht geschrumpften Volksausgabe, an ein abgeerntetes märkisches Spargelbeet und an ein ziemlich ausgewaschenes Hünengrab vorgermanischer Epochen. Auch für Beleuchtung war gesorgt, denn Otto hatte im RPZ eine Autobatterie »gefunden«, mit der sich viele Lämpchen speisen ließen.

»Wenn das der Führer sehen würde«, sagte Otto, »er wäre wahrhaft stolz auf uns.«

»Wir müßten mal ausprobieren, was das Ding wirklich aushält.« Helmut hatte bei der AEG gelernt, praktisch zu denken.

»Was unser Bunker aushält?«, fragte Otto. »Er hält euch alle aus. Ich gehe rein – und ihr springt alle oben drauf.«

Das taten sie, und Otto meldete, daß lediglich an der einen Seite etwas Zuckersand durchgesickert sei. »Sonst ist alles tadellos.«

Mit diesen Worten ging er in den Schuppen, um sich einen alten Putzlappen zu holen, mit dem er dann von innen eine etwas breit geratene Ritze zwischen zwei Bürotüren abdichtete. Währenddessen waren oben im Garten Max und Irma erschienen, auf dem Heimweg vom Krossinsee. Voller Stolz zeigte man den beiden ihren Bunker.

Helmut gab keine Ruhe. »Du mit deinen zwei Zentnern solltest mal raufspringen, Max. Wenn die Decke das aushält, hält sie auch 'n Volltreffer aus.«

Max zögerte nicht lange. Um die Wirkung seines Aufpralls noch zu steigern, kletterte er auf eine Leiter, griff von dort nach einem herabhängenden starken Kiefernast, hangelte sich nach Jungenart über den Bunker – und ließ sich fallen.

Die Wirkung war etwa die gleiche, wie sie eingeborene Fallensteller anstreben, wenn sie auf einen Pfad, über den Elefanten zur Tränke gehen, dürre Zweige legen. Jedenfalls krachte es gewaltig, und Max war erst mal verschwunden.

»Hilfe!«, schrie Margot. »Otto ist verschüttet! Otto erstickt doch da unten!«

Das ließ sich zwar verhindern, da sie ihn – wie auch Max – mit vereinten Kräften schnell wieder ausgegraben hatten, doch an einen Wiederaufbau wollte keiner mehr denken. Und Otto nahm das Ganze für ein böses Omen.

Bei Familienfeiern wurde es zunehmend schwieriger, eine Skatrunde zusammenzubekommen, denn immer mehr Männer mußten an die Front. Nach Gerhard waren nun auch, kurz nach dem nicht gerade geglückten Bunkerbau, Max, Helmut und sogar Onkel Albert eingezogen worden. Und ein jedes Mal hatten die Bleibenden auf dem Bahnhof beim letzten Händedruck, bei der letzten Umarmung tapfer gesagt: »Bis zum fröhlichen Wiedersehen«, aber doch unwillkürlich daran gedacht, daß sie den anderen womöglich nie mehr wiedersehen würden. Otto gewöhnte sich langsam an die Rituale beim Abschied für immer und hoffte, daß der dort gezeigte Zweckoptimismus Früchte trage.

»Die Reihen fast gelichtet«, sagte Otto in Anspielung an das alte Nazi-Lied »Die Reihen fest geschlossen«.

Albert, wie sein Bruder Berthold waschechter Kommunist, hatte schon im Ersten Weltkrieg den Waffenrock getragen und gab sich verwundert. »Woher wußten die denn, det ick so vergnügungssüchtig bin? Und hoffentlich komm' ick an die Ostfront, damit ick wenigstens von 'nem roten Blutsbruder abgeschossen werde. Wenn schon, denn schon.«

»Proletarier aller Länder, vernichtet euch«, lautete Ottos Kommentar. An ihm ging der bittere Kelch immer wieder vorüber, weil sein Chef alles daransetzte, ihn im RPZ zu halten.

»Es sind immer wieder die Nazis, die mich retten«, sagte Otto zu seinem Freund Waldemar Blöhmer. »Erst Werner Wurack, nun Hans-Werner Hesse. Immer ist ein Werner dabei.«

Waldemar lachte. »Wie bei mir.«

»Wieso?«

»Weil mich das Siemens-Wernerwerk nicht gehen läßt.«

Der Alltag war zunehmend vom Mangel bestimmt. Ostern 1942 schien es anfangs keine Eier zu geben, dann konnten sie doch noch fünf Stück pro Nase bekommen. Bohnenkaffee kostete horrende 65 Reichsmark das Pfund, und Manfred wußte kaum noch, wie Schokolade, Bonbons und Bananen aussahen und schmeckten. Immer mehr Menschen klagten über das knappe Essen, und trotz aller Angst vor Gestapo und Konzentrationslager wurde überall immer ungenierter gemeckert. Manchmal in Form von Witzen, wie dem, den Tante Claire aufgeschnappt hatte: »Der Führer macht sich über die Italiener und die Russen lustig, da sie keine Disziplin kennen würden. Da protestieren beide, Mussolini und Stalin, und es wird beschlossen, mit einem Apfelschuß wie bei Wilhelm Tell zu prüfen, wie es sich nun verhält. Zuerst schießt Stalin einen Apfel vom Kopf eines Moskauer Jungen. Der hat die Hose gestrichen voll. Dasselbe passiert bei Mussolini. Nun ist der Führer dran und schießt einem Hitlerjungen den Apfel vom Kopf. Als man dessen Hose untersucht, ist die als einzige sauber geblieben. Da wendet sich der Führer voller Stolz an den deutschen Jungen und sagt: ›Zur Belohnung darfst du dir etwas Schönes wünschen.‹ Antwortet der Hitlerjunge: ›Dann wünsche ich mir einmal so viel Essen, daß auch ich mir die Hose vollmachen kann.‹«

Das Volk war zerrissen, und die Leute schimpften immer mehr über die Bonzen, die noch immer alles hatten und wie Gott in Frankreich lebten. Nicht einmal fotografieren durfte man das, was man gerne wollte, zum Beispiel keine Gleisanlagen, Autobahnen oder Häfen. Es war viel Geld im Umlauf, aber für sein Geld bekam man nicht mehr viel zu kaufen. Vieles ging unter der Theke weg, und am besten waren die Geschäftsleute dran, die Ware gegen Ware tauschten.

Hans-Werner Hesse hatte noch einen weiteren Grund, sich gewaltig zu ärgern: Ihn störten die Erfolge der Japaner.

»Warum denn das?«, fragte Otto. »Die sind doch unsere Verbündeten.«

»Ja, aber ihre Erfolge schaden der ganzen weißen Rasse in Ostasien. Dort wird der weiße Mann nie wieder richtig Fuß fassen können.«

Zu »Führers Geburtstag« am 20. April hieß es: »Flaggen heraus!« Und zwar bis Sonnenuntergang, wie es der Reichsminister für Volksaufklärung und Propaganda in seinem Aufruf verlangte.

»Gut, daß wir im Hinterhaus wohnen«, sagte Otto, »da muß man nicht.«

Der Umgangston wurde immer rauher, so daß sich *Der Angriff* im Mai genötigt sah, ein großes Preisausschreiben zu starten: »Wer ist der höflichste Berliner?« Die Frage bezog sich speziell auf Angestellte bei den Berliner Verkehrsmitteln, Kellner und Kellnerinnen, Verkäufer und Verkäuferinnen und öffentlich Bedienstete. Zuschriften waren an eine Ortsgruppe der NSDAP zu richten, und zu gewinnen gab es Rundfunkgeräte, Theaterkarten und Schallplatten.

Otto schlug den Stationsvorsteher des U-Bahnhofs Rathaus Neukölln als Preisträger vor: »Als sich ein Volksgenosse mit schwachem Augenlicht nach einem Geldstück bücken wollte, zog ihn Herr K. freundlich zurück und sagte, daß es sich beim fraglichen Gegenstand um eine Aule handeln würde, also um einen silbrig schimmernden Auswurf von der Größe einer Mark, und fügte hinzu: ›Gott verdamme die Leute, die da spucken wie 'ne Reichsmark!‹« Otto war sehr enttäuscht, nichts gewonnen zu haben. Doch das war nicht verwunderlich, denn Margot hatte seine Karte gar nicht in den Briefkasten geworfen, sondern gleich zerrissen.

Worüber ärgerten sich die Leute noch? Daß der Himmelfahrtstag und Fronleichnam diesmal auf den nachfolgenden Sonntag verlegt wurden, also entfielen. Daß alle Lokale gegen Mitternacht rigoros dichtmachten. Daß Fett und Tabakwaren immer knapper wurden. Daß Beamte auch sonntags arbeiten mußten. Viele Raucher drehten sich ihre Zigaretten jetzt selber und nannten die Marke dann »Haus Dreherburg« oder »Attika mit Spucke«. Immer mehr Fahrräder wurden geklaut. In den Restaurants ließ man die Soldaten merken, daß sie nicht gern gesehen waren. Im RPZ hing ein Plakat, das einem das Reisen vermiesen sollte: »Hilft *deine* Reise siegen? Mußt *du* der Front Wagenraum stehlen? Räder müssen rollen für den Sieg!« Schließlich wurden extra Zulassungskarten eingeführt.

Margot arbeitete jetzt wieder, und zwar als Schreibkraft und Sachbearbeiterin in der Firma von Max Bugsin und seinem Schwiegervater. Das Ladenlokal war an der Ecke von Kommandantenstraße und Alexandrinenstraße gelegen und so geräumig, daß Manfred zwischen den ausgestellten Büromöbeln viel Platz zum Spielen fand. Meist saß er aber im Schaufenster und bestaunte die vorüberfahrenden Straßenbahnen. Im Kindergarten in der Fuldastraße hatte er es nicht länger als zwei Wochen ausgehalten, und die Schmöckwitzer Oma konnte auch nicht dauernd nach Neukölln kommen und ihren alten Vater alleine wirtschaften lassen. So war das schon die beste Lösung, auch wenn Margot ihre liebe Not mit dem Jungen hatte.

»Manfred, kommst du da vom Regal! Wenn du runterfällst, brichst du dir was!«

»Manfred, laß den Drehstuhl da, das ist kein Karussell!«

»Manfred, hör auf, die Scheibe zu betatschen, wer soll denn das wieder sauber machen!«

»Manfred, du kletterst mir nicht auf den Aktenschrank rauf ...«

Zu spät. Ein Schrei – und der Junge lag auf der Erde und hatte sich das Schlüsselbein gebrochen. Er bekam einen Verband um die Schulter und spielte fortan nur noch »Verwundeter Soldat auf Heimaturlaub«.

Otto kam die Welt immer absurder vor, und er hatte zunehmend das Gefühl, eines nicht mehr ganz so fernen Tages in eine Irrenanstalt eingewiesen zu werden. Denn in dem Augenblick, wo er mit seinem Faltboot gemütlich durch den Gosener Graben zuckelte, starben womöglich Gerhard an der Ostfront, Helmut und Albert im Westen, Erwin im Norden ... Am 10. Mai stiegen sie am Waldidyll zum ersten Mal ins Boot, und Otto notierte in der schönsten Normschrift, die er in der Gauß-Schule gelernt hatte: »Nun beginnt schon der dritte Kriegssommer, und was wir beim letzten Paddeln im vorigen Jahr als beinahe unwahrscheinlich ansahen, das ist heuer doch wahr geworden. Ich paddle mit der Familie an.« Er geriet regelrecht ins Schwärmen: »Er ist immer wieder schön, dieser Blick über die Wiesen, wenn sich Wolkenberge darüber auftürmen oder wenn sich Bäume und Sträucher im Sommerwind wiegen.«

Viel Freude blieb ihnen aber nicht in diesem Sommer, denn am 24. Juli starb Onkel Reinhold im Bethanien-Krankenhaus an einer Bauchfellvereiterung.

»Die arme Tante Friedel«, sagte Otto. »Als Jüdin ohne arischen Mann ist sie ja nun vogelfrei.«

Das wußte sie genau, und deshalb kehrte sie nach der Beerdigung nicht mehr in ihre Wohnung in der Keithstraße zurück, sondern verbarg sich bei Freunden in einer Laubenkolonie in Baumschulenweg.

Gerhard, Helmut, Albert, Erwin, Max – sie alle im Felde, Berthold weiterhin im Konzentrationslager, Tante Friedel untergetaucht ... und trotzdem setzte sich Otto weiterhin mit seiner Familie ins Faltboot. Jedes Mal mit einem schalen Gefühl, denn sein Gewissen drängte ihn danach, etwas zu tun, bei dem auch er zu leiden hatte. Nur so konnte man seine Solidarität mit den anderen bekunden. Doch er tat es nicht und nahm sein Schuldgefühl als unvermeidlich hin. Langsam gewann die Überlebensphilosophie seiner Mutter auch über ihn Herrschaft: »Mir geht das nichts an.« Doch zugleich wußte er wohl, daß es ihn etwas anging. Eigentlich durften sich nur die noch anständige Menschen nennen, die im Widerstand gegen Hitler kämpften. Er nicht. Er war zu schwach, zu feige.

Was blieb ihm, als solche Gedanken immer wieder zu verdrängen und in sein Bordbuch zu schreiben: »Geschwitzt – Gebadet – Geschmort.« Manchmal war es wie im tiefstem Frieden, doch der Krieg holte sie schnell wieder ein: »In Rahnsdorf erschreckt uns um zwei Uhr plötzlich die Luftschutzsirene.« Das war am Sonntag, den 16. August 1942.

Im September gab es eigentlich etwas zu feiern, denn Otto bestand die Abschlußprüfung der Gauß-Schule mit Glanz und Gloria, doch die finsteren Zeiten überlagerten jede Freude. Sein Vergleich war zwar etwas schief, traf aber den Nagel auf den Kopf: »Mensch, da haste nun 'ne tolle Frau im Bett und merkst, daß de impotent geworden bist.« Otto beneidete die, die gerade in diesen lausigen Zeiten alle Fünfe gerade sein ließen und bis zur Bewußtlosigkeit tanzten, soffen und liebten.

Immer häufiger gab es jetzt am späten Abend Fliegeralarm, und sie mußten Manfred aus dem Bettchen holen und nach unten tragen. Im Luftschutzkeller gruppierte sich die Hausgemeinschaft säuberlich nach Rang und Stand. Im vorderen Raum residierten die »Plutokraten« aus dem Vorderhaus, die mit der eigenen Badewanne in der Wohnung, und im hinteren nistete das gemeine Volk aus dem Hinterhaus.

Fiel ein Angriff auf einen Sonnabend, machte sich Otto gleich am nächsten Morgen mit Manfred zusammen nach Kreuzberg auf, um zu sehen, ob seine Mutter alles überstanden hatte. Der Junge freute sich über jeden Bombensplitter, den er fand, und sein Traum war es, einmal eine Brandbombe mit nach Hause zu bringen. Manche Kinder in der Ossastraße hatten eine und gaben mächtig damit an. Auch Manfred begann, Pappmachésoldaten zu sammeln und damit in der Küche auf dem Fensterbrett Krieg zu spielen.

»Heute nachmittag gehen wir mal in den Zoo, da kannst du die kleinen Ziegen streicheln.«

»Nein, will ich nicht.«

Höchstens ins Verkehrsmuseum ließ er sich schleppen, um einmal Flugzeuge aus der Nähe zu sehen.

Als Helmut über Weihnachten Urlaub hatte, kannte Manfred keine größere Freude als die, sich die Uniformjacke überzuziehen und sich wie ein richtiger Soldat vorzukommen. Otto registrierte das alles mit gelindem Entsetzen. Daß der Junge mit anderen Kindern spielte, ließ sich ja kaum vermeiden. Nicht mehr lange, dann war er in der Hitlerjugend ...

Es herrschte eine bedrückte Atmosphäre zu Weihnachten, und sie begingen das Fest nur, um dem Jungen eine Freude zu machen. Und der maulte auch noch, als er statt des erwarteten Panzers ein hölzernes Fuhrwerk unterm Weihnachtsbaum fand; auch die

Mitteilung, daß Opa Matuschewski genau so eines in seinem Fuhrgeschäft gehabt habe, tröstete ihn wenig.

»Vom Himmel in die tiefsten Klüfte / Ein milder Stern hernieder lacht«, zitierte Margot, aber auch damit wollte keine rechte Stimmung aufkommen.

»Das ist schon eine schöne Bescherung, die wir hier in Deutschland haben«, sagte Otto. »Herr, wir danken dir dafür.«

Seine Mutter hatte in der Dorfschule von Tschicherzig in Religion immer eine Eins gehabt und erinnerte an Hiob: »Was der alles zu erleiden hatte – und dann ist noch alles gut geworden: ›Und der Herr segnete hernach Hiob mehr denn je zuvor ...‹«

»Da bin ich mal gespannt.«

Hatten in früheren Zeiten die klingenden Glocken die Weihnachtszeit geprägt, so waren es nun die Luftschutzsirenen, und sogar die Jungen in Manfreds Alter kannten bereits die Bedeutung der einzelnen Sirenenzeichen: Dreimal hoher Dauerton innerhalb einer Minute hieß Luftwarnung, eine Minute lang auf- und abschwellender Dauerton bedeutete Fliegeralarm, eine Minute hoher Dauerton bezeichnete die Entwarnung. Als die Hochfrisuren Mode wurden, nannte man sie auch Entwarnungsfrisur: »Alles nach oben!«

Silvester gab es dann – ein Novum in der Großfamilie Quade/Schattan/Matuschewski – eine Hochzeit: Helmut heiratete eine Fleischverkäuferin namens Gerda.

»Ihres Fleisches wegen hat er sie wohl auch genommen«, sagte Otto. »Weswegen sonst?«

Gerda Müller wurde von Margot mit dem Adjektiv »gewöhnlich« belegt, denn sie berlinerte fürchterlich, trug Kleider wie ein Flittchen und verwandte ordinäre Ausdrücke für die Liebe und all das, was man auf der Toilette tat.

»Nun ja, wo die Liebe hinfällt.«

Jedenfalls wurde es eine Feier, auf der alle mal wieder richtig besoffen waren. Auch Otto. Einmal für ein paar Stunden alle Angst und alles Elend vergessen. Es sei wie ein Erholungsurlaub gewesen, fand er, als der Kater wieder verschwunden war.

Das Jahr 1943 begann mit der Niederlage von Stalingrad. Am 31. Januar kapitulierte Generalfeldmarschall Friedrich Paulus. Mehr als 190 000 Soldaten hatten während der Kämpfe um die Stadt an der Wolga ihr Leben lassen müssen.

»Das sind so viele, daß sie zweimal das Olympiastadion füllen würden«, sagte Otto Matuschewski, als sie im RPZ beim Frühstück zusammensaßen. Es war ebenso eine Anklage gegen seinen Chef wie der Versuch, sich das Grauen vor Augen zu führen.

»Sie starben, damit Deutschland lebe«, erwiderte Hesse. »Ihr Vorbild wird sich auswirken bis in die fernsten Zeiten, aller bolschewistischen Propaganda zum Trotz.«

Sogar in der Straßenbahn hörte man schon Witze wie: »1941 haben wir vor Leningrad gelegen, 1942 vor Stalingrad – und 1943 liegen wir auf dem Rückgrat.«

Hans-Werner Hesse focht das nicht an. »Den Endsieg wird die U-Boot-Waffe erringen«, erklärte er. »Und wenn wir die Ukraine und die Atlantikküste halten, dann ist alles gewonnen.« Selbstverständlich eilte er am 18. Februar in den Sportpalast, um Joseph Goebbels zu lauschen: »Ich frage euch: Wollt ihr den totalen Krieg? Wollt ihr ihn, wenn nötig, totaler und radikaler, als wir ihn uns heute überhaupt noch vorstellen können?«

»Da habe ich ›Ja!‹ gerufen – und so etwas von tosendem Beifall kann sich keiner von Ihnen vorstellen, meine Herren.«

Seine Hoffnungen auf einen Endsieg schienen sich zunächst auch zu erfüllen, denn im März wurde an der Ostfront bei Charkow ein erfolgreicher deutscher Angriff gestartet. Dann aber begann sich das Blatt endgültig zu wenden. Im Mai kapitulierte der Rest der deutschen Heeresgruppe Afrika unter Generaloberst Hans-Jürgen von Arnim. Großadmiral Dönitz ließ den U-Boot-Krieg im Atlantik abbrechen. Am Donez begann eine erfolgreiche sowjetische Großoffensive, und im Juli landeten britische und amerikanische Truppen unter Dwight D. Eisenhower auf Sizilien.

»Die Italiener werden die gelandeten Truppen in kürzester Zeit ins Meer zurückjagen«, erklärte Hesse.

Otto las im *Völkischen Beobachter*, daß die Hitlerjugend »im Hinblick auf die Notwendigkeit der Einsparung von Schuhwerk in den Sommermonaten das vermehrte Barfußlaufen« empfohlen habe.

»Manfred trägt bei jedem Wetter seine festen Schuhe«, sagte Otto zu Margot, obwohl ihm klar war, daß diese Art von Widerstand eigentlich lächerlich war.

Ansonsten verhielten sie sich auch in diesem Sommer wie im tiefsten Frieden, indem Otto am ersten Maisonntag zum Anpaddeln blies. Fast wäre es gar nicht mehr dazu gekommen, denn mit Schreiben Az. 65a Nr. 48/63 vom 16. März 1943 hatte der Wehrwirtschaftsoffizier des Wehrkreiskommandos III in der Schmargendorfer Cunostraße sein Faltboot als kriegswichtig beschlagnahmt. Doch nachdem Otto Widerspruch eingelegt hatte, wurde sein Boot von einem Oberst Gronau wieder freigegeben.

»Eigentlich schade«, merkte Otto an, »denn welcher Ruhm wäre auf unsere Sippe gefallen, wenn die ›Snark‹ einen amerikanischen Zerstörer versenkt hätte.«

Doch so pflügte sie am 2. Mai nicht durch den Atlantik, sondern lediglich durch die Große Krampe, und Otto konnte in seinem Fahrtenbuch nichts anderes festhalten als: »Noch immer regiert Mars die Stunde. Seine unbarmherzige Hand liegt über allem, was uns lieb und teuer ist. Aber trotzdem haben wir allesamt noch das Glück, gemeinsam ins Boot steigen zu können.« Achtmal sollen sie dieses Glück noch genießen können, dann stieg am 28. August die Abschiedsfahrt.

Mit Entsetzen registrierte man in Berlin die Luftangriffe, die vom 24. bis 30. Juli auf Hamburg niedergingen. Von 30 000 Toten war die Rede und nahezu 300 000 zerstörten Wohnungen. Zur selben Zeit stand in allen Zeitungen folgender Aufruf: »Wer nicht hierbleiben muß, der verlasse Berlin! Wer Kinder hat, für den darf es keine andere Entscheidung geben als die, sie möglichst rasch und schnell in Orte zu bringen, die den Gefahren des Bombenkrieges weniger ausgesetzt sind. Schon rollen die Züge, die vor allem Frauen und Kinder aus der Reichshauptstadt in die Gaue Warteland, Ostpreußen und Mark Brandenburg bringen. Sind diese außerhalb Berlins untergebracht, wird die Kampfkraft der

Hausgemeinschaft im Falle des Einsatzes bedeutend erhöht. Ein jeder denke soldatisch!«

»Nein«, sagte Otto, »ich denke weiterhin zivil. Wir drei bleiben auf alle Fälle zusammen.« Er verschluckte den Rest des Satzes: »Bis der Tod uns scheidet.«

Weil nun immer weniger halbwegs gesunde Männer zur Verfügung standen, hatten die Zurückgebliebenen immer mehr zu tun. Auch die Heimatfront mußte ja gehalten werden. So kam es, daß Otto Matuschewski Luftschutzwart für die Ossastraße 39 wurde und eine Armbinde bekam: hellblau mit weißen Randstreifen und einem weißen Kreis. An den Schulungsabenden gab es eine Menge zu lernen. »Der Mensch wird alt wie eine Kuh – und lernt immer noch dazu«, merkte er an.

»Welche Arten von Bomben kennen Sie«, lautete eine der ersten Fragen bei der Schulung.

»Eisbomben«, antwortete Otto. »Am liebsten mit Schlagsahne obendrauf.«

»Wir unterscheiden im wesentlichen erstens Sprengbomben, die durch Erdstoß, Luftdruck, Luftsog und Splitterwirkung die umliegenden Häuser beschädigen, zweitens Brandbomben, drittens Splitterbomben und viertens Bomben mit chemischen Kampfstoffen. Und darum gilt? Alle ...!«

»Die Volksgasmaske muß stets griffbereit sein!«

»Richtig! Der Luftschutzraum im Keller bietet Schutz gegen Luftdruckwirkung, Bombensplitter und Mauertrümmer. Darum: Alle ...!«

»Bei Luftalarm immer Ruhe und Überlegung bewahren.«

Als sogenannte Laienhelferin stand ihm Fräulein Krahl aus dem Milch- und Lebensmittelgeschäft im Vorderhaus zur Seite. Sie wachten darüber, daß die Verdunkelung eingehalten wurde, entrümpelten den Dachboden, sorgten dafür, daß überall Wasser und Sand zum Löschen zur Verfügung stand, hielten Sanitätsmaterial bereit und hatten sich darum zu kümmern, daß der Luftschutzraum stets in Ordnung war.

Heulten die Sirenen in der Nacht, entwickelte sich meist folgendes Szenarium: Otto schreckte hoch und begann, Margot wachzurütteln. In zwei Minuten waren sie angezogen. Otto, der stets im Nachthemd schlief, behielt dies als Unterhemd an, schlüpfte schnell in Unterhose, Hemd und Anzug und zog den Koffer mit den wichtigsten Papieren unterm Bett hervor. Margot hatte sich inzwischen ihren dunkelblauen Trainingsanzug übergezogen und begonnen, die Siebensachen ihres Jungen zusammenzusuchen und ihn in eine Decke zu hüllen. Dabei wurde er dann wach und weinte entsetzlich. »Mutti, Mutti ...«

»Ich bin doch bei dir, Vati auch, es ist doch nichts weiter.«

Das waren die fürchterlichsten Augenblicke, fand Otto. Zu wissen, daß jeden Augenblick eine Sprengbombe herunterkommen und den Jungen töten konnte, mit gerade einmal fünf Jahren, bevor sein Leben so richtig begonnen hatte. Und wäre er ein allmächtiger Gott gewesen, er hätte in diesen Sekunden nicht nur Adolf Hitler und die ganze Nazi-Bande getötet, sondern auch die sogenannten Staatsmänner in England und Amerika, die ihre Flugzeuge nach Berlin geschickt hatten.

Während Margot mit dem Jungen im Arm in den Keller hastete, sprang Otto ins vierte Stockwerk und auf den Dachboden hinauf, um zu sehen, ob dort alles bereitstand: die Feuerlöscher, die Eimer mit dem Löschwasser, der Sand, die Feuerpatschen. Dann lief er wieder hinunter und bummerte an die Türen, wo zu vermuten war, daß die Bewohner zu träge waren, um in den Luftschutzkeller zu gehen.

Wenn er selber unten angekommen war, konnte er erst einmal aufatmen. Der Keller war fast wohnlich hergerichtet worden. An den Wänden standen alte Wohnzimmerstühle, Korbsessel und ein noch recht stattliches Sofa. Für die Kinder gab es Liegestühle. An der Decke hing eine 40-Watt-Birne mit einem Schirm aus grün gestrichenem Blech. Die Hausbewohner lasen oder erzählten sich etwas aus besseren Zeiten, sie strickten oder lösten Kreuzworträtsel. Manfred trat oft vor ein Plakat mit seiner Lieblingsfigur, dem Kohlenklau, einem Gnom mit einem Rattengesicht, und Margot mußte ihm dann vorlesen, was da stand: »Sein Magen knurrt, sein Sack ist leer, / und gierig schnüffelt er umher. / An Ofen, Herd, an Hahn und Topf, / an Fenster, Tür und Schalterknopf / holt er mit

List, was ihr versaut. / Die Rüstung ist damit beklaut ...« Später sollte der Gnom auch heiraten, die Wasserplansche, und mit ihr einen Sohn bekommen, »der der ganze Vater ist, / am ersten Tag gleich Kohlen frißt«.

Alsbald hörten sie deutlich das Brummen der Flugzeugmotoren und das wütende Abwehrfeuer der Flak. Schlug irgendwo eine Bombe ein, vibrierte der Boden. Wenn das Licht zu flackern begann, schrien alle auf, und sie gerieten in Panik, wenn es einmal völlig erlosch.

Wie jetzt eben.

»Die nächste Bombe, die trifft uns!«, rief eine der Frauen.

Frau Schlicht sprang auf und lief zur Tür. »Raus hier, raus! Ich will nicht verschüttet werden.«

Otto knipste seine Taschenlampe an und drängte sie mit großer Mühe wieder zurück. In der hinteren Ecke betete jemand. »Herr, siehe mein Elend und errette mich ...!«

Nun wurde es wieder ruhiger, und das Licht flammte auch wieder auf, mit lautem »Ah!« begrüßt. Manfred spielte jetzt Straßenbahnschaffner, indem er sich Margots Handtasche als Geldwechsler um die Brust hing und rief: »Noch jemand ohne Fahrschein?«

Der dicke Milczarek lachte: »Den Fahrschein ins Jenseits, den ham wa doch alle schon jelöst.«

Otto ging mit denen, die unbedingt rauchen wollten, vor die Kellertür. Da hörten sie plötzlich drei Bomben über sich heulen und gleich darauf die Einschläge. Ganz nahe. Der Luftdruck warf sie gegen die Wand, und sie sackten in sich zusammen. Ehe sie in den Keller zurückstürzen konnten, pfiff schon die nächste Bombe über ihnen, doch sie detonierte nicht. Ein Blindgänger. Wieder im Kellereingang, drehte Otto sich noch einmal um und prallte zurück: »Oben im Vorderhaus brennt es!«

Mit dem dicken Milczarek zusammen rannte er nach oben. Eine Brandbombe war durch die Dachziegel geschlagen und hatte auf dem Wäscheboden Balken und Bretter in Brand gesetzt. Das Feuer schien aber beherrschbar zu sein. »Los!« Beide entleerten die Wassereimer, dann griff sich Otto die Handspritze, während der andere den Flammen mit der Feuerpatsche zu Leibe rückte. Ehe ihnen ihre Laienhelferin zur Hilfe kam, war der Brand gelöscht.

»Noch mal Glück gehabt.«

Von der Dachluke aus sahen sie, daß die Eckhäuser an der Fuldastraße brannten. Was für ein Riesenfeuerwerk. Welch schauerlich-schönes Bild. Dutzende von Metern hoch stiegen die Funken und die Flammen, stieg der schwarze Rauch in den Himmel, der blutrot erleuchtet war.

War es diesmal in der Ossastraße noch gutgegangen, so traf es am nächsten Tag das Hinterhaus der Nummer 41. Alles zitterte und wankte, der Luftdruck riß die Kellertür auf. Es folgte ein infernalisches Krachen, Bersten und Klirren. In der Kellerdecke klafften breite Risse. Das Licht ging aus. Staub und Qualm drangen herein. Jeden Augenblick mußte ihr eigenes Haus in sich zusammenstürzen.

Otto schlang seine Arme um Margot und den Jungen und riß sie beide mit zu Boden.

»Jetzt ist alles aus«, war das einzige, was er noch denken konnte.

Als sie wieder zu sich kamen, entschloß Otto sich im selben Augenblick, seine Familie aus Berlin zu evakuieren. Sekundenlang hatte er geglaubt, daß sie unter Trümmern lagen, so viel Staub und Dreck hatte es bei ihnen im Luftschutzkeller gegeben.

»Wohin aber?«, lautete Margots erste Frage.

»Nach Tschicherzig zu Onkel Fritz.«

»Nein, da will ich nicht hin.«

»Dann nach Steinau zu Tante Emma und Elfriede.«

»Meinetwegen, wenn's gar nicht anders geht.«

»Nein, es geht nicht mehr anders.«

Eine Woche später kam die Antwort von Elfriede: »Liebe Margot und lieber Otto! Wir haben Euren Brief erhalten, und ich will Euch auch gleich antworten. Wir hatten schon gehört, wie es um Berlin steht. Unser Walter hat die Angriffe auf Hamburg miterlebt und ist am Mittwoch gesund dieser Hölle entronnen. Nun ist es verständlich, wenn die Regierung darauf dringt, daß die Großstädte, soweit es geht, geräumt werden. Und was kommt, weiß man nie, da ist es besser, man trifft Vorsorge. Wenn Margot und Manfred hierher wollen, dann nehmen wir Euch natürlich auf, also erledigt nur das Weitere.«

Die Reisevorbereitungen waren allerdings nicht so schnell erledigt, wie Otto sich das vorgestellt hatte, denn Margot tat sich beim Kofferpacken ziemlich schwer.

»Ich weiß nicht, was ich einpacken soll.«

»Du hast dich doch schon entschieden – alles.« Otto sah auf die drei Koffer, die im Korridor standen. »Wer soll denn das tragen, zumal du noch den Jungen am Hals hast? Und ich krieg' nicht frei, euch nach Steinau zu bringen.«

»Dann weiß ich auch nicht.« Margot hatte Tränen in den Augen.

Otto legte ihr den Arm um die Schultern. »Wir packen die Sachen in Mutters großen Reisekorb, und ich ruf' mal bei Ziegelmanns an, ob ihn Walter nicht im Kahn mitnehmen kann.« Gesagt, getan. Nein, er sei zur Zeit unten in Kosel und käme wegen des niedrigen Wasserstandes nicht weg, Otto solle den Korb aber zum Osthafen schaffen, wo ein gewisser Kurtzmann, der einmal Steuermann bei ihnen gewesen war, mit der M.S. »Donau« läge. Das klappte dann auch.

Der 2. September, der Tag der Abreise seiner Lieben, rückte immer näher. Unerbittlich. Wie der Tag einer Operation, die unausweichlich war. Erst war es noch so lange hin, und man konnte auf ein Wunder hoffen. Doch das Wunder kam nicht, und aus Wochen wurden Tage ... und dann war es soweit. Die letzte Nacht, dem anderen noch einmal ganz nahe sein. Obwohl sie auch dabei an alle Schrecken dachten, die es in diesen Zeiten gab. Alles zu vergessen war selbst bei der Liebe nicht möglich. An Schlaf war kaum zu denken. Reden, flüstern, den Jungen nicht wecken. Der Morgen kam unaufhaltsam. Mechanisch wuschen sie sich, zogen sich an, schlangen ein Stück Brot hinunter. Nichts schmeckte mehr. Sie lebten gar nicht mehr richtig, sie taten nur ganz mechanisch das, was von ihnen erwartet wurde.

»Vati, malst du mir noch eine Eisenbahn?« Ja, machte er. Dann ging es zur Straßenbahn. »Besser als zum Schafott«, sagte Otto, aber sie fühlten sich nicht viel anders. Diesmal fuhren die Bahnen viel zu schnell. Ehe es ihm so recht bewußt war, standen sie schon oben auf dem Bahnhof Zoo.

»Du, es ist Zeit jetzt ...«

Er mußte zum Dienst, es half alles nichts. Einmal mußte es ja sein. Lange Abschiede waren schrecklicher als ein schnelles Lebewohl. Eine letzte Umarmung. Er riß sich von ihnen los. Kam zurück. Dasselbe noch einmal. Endlich hatte er die Kraft, die Treppe hinunterzulaufen. Sein Kopf fuhr noch einmal herum. Ein letztes Winken. Er prallte gegen einen Bahnbeamten, stürzte, die beiden oben auf dem Bahnsteig verschwanden aus seinem Blickfeld, als sei der Film plötzlich gerissen. »... Da war mir«, schrieb er am Abend nach Steinau, »als ob die Welt in Trümmer fiele. Wie betäubt ging ich dann aus dem Bahnhof und Schritt für Schritt durch die Tauentzienstraße zum Wittenbergplatz. Die Arbeit lenkte zwar ein wenig ab, aber dann kam der Feierabend. Ich hatte plötzlich keine Eile mehr, denn daheim wartete ja nur eine leere Wohnung auf mich. Aber ich mußte Menschen, liebe, vertraute Menschen um mich haben, und darum ging ich erst mal zu Mutter. Die gab mir gewissermaßen als Trostpflaster zwei Kartoffelpuffer, und beim Essen wurde gehörig geklönt. Verzeih mir, liebe Margot, hätte ich gewußt, wie mir das alles an die Nieren geht, noch auf dem Bahnhof hätte ich gesagt: ›Laßt das Fahrgeld schießen und kommt wieder mit heim.‹ Nun aber ist es nicht mehr abzuändern. Oder doch?«

Immer häufiger gab es jetzt Großangriffe auf Berlin. Der vom 3. auf den 4. September war besonders heftig. »Wir in der Ossastraße sind allesamt glücklich durchgekommen«, schrieb er anschließend nach Steinau, »doch das war vielleicht in dieser Nacht ein Geknalle in Neukölln. Eingeschlagen hat es allerdings bei Gerda in der Ilsenburger Straße 39. Sie ist gesund geblieben, und ihre Hausgemeinschaft konnte das Feuer auch selbst löschen, aber ihr Schlafzimmer wurde ganz zerstört.«

Daß Gerda ausgebombt worden war, hatte er durch einen Anruf seiner Schwiegermutter im RPZ erfahren. Vom Amt aus war er gleich nach Charlottenburg gefahren. »Schon auf dem Weg zu Gerda«, hieß es in seinem Brief an Margot, »sah ich das Ausmaß der Zerstörungen. An der Brücke über die Spree Trümmer und Glasscherben in rauhen Mengen. Drüben, wo der Zirkus stand, brannte es noch immer. Einer von den Kränen am Elektrizitätswerk hatte auch etwas abbekommen. Die kleinen Häuser rechts waren ebenfalls teilweise ausgebrannt, und auf der Promenade stand noch der Hausrat jener armen Leute. Als ich dann um die Ecke ging, sah ich den Schaden bei Gerda. Der Kohlenplatz zur Rechten brannte immer noch, desgleichen links die Margarinefabrik, die außerdem noch von einer Sprengbombe getroffen worden und deren Schornstein eingestürzt war. Das konnte ich von Gerdas Küchenfenster aus sehen. An der Ecke Ilsenburger Straße fehlte auf dem Gerda gegenüberliegenden Haus der Dachstuhl, und schräg gegenüber auf der anderen Ecke – zur Kaiserin-Augusta-Allee hin – war eine Sprengbombe in das Haus gefallen. Desgleichen in das Haus Ilsenburger Straße 36, das teilweise bis zum zweiten Stockwerk eingestürzt ist. Entsetzlich, sag' ich dir. Nachdem wir, das heißt Mutti, Gerda und ich, die Scherben und den Dreck beseitigt hatten, war es bereits halb acht geworden, und wir rüsteten zur Heimfahrt. Da wir nach Schmöckwitz wollten, hielten wir es für ratsam, mit der S-Bahn zu fahren. Aber in der Kaiserin-Augusta-Allee fuhr unglücklicherweise keine Straßenbahn, was wir aber erst merkten, als wir an der Haltestelle standen. ›Na komm, Mutti‹, sagte ich, ›gehen wir zum Bahnhof Jungfernheide.‹ Mutti war einverstanden, und ahnungsvoll gingen wir durch die Kaiserin-Augusta-Allee. Nur Scherben und Trümmer, je weiter wir kamen. Große Eckhäuser ausgebrannt bis ins Parterre. Auch das Kino, in dem Karl mal Billettabreißer war, ist nur noch eine Ruine. So ging es weiter bis zum Tegeler Weg. Ruinen, Trümmer, Scherben. Immer wieder züngelten hinter den rauchgeschwärzten Mauern die Flammen hoch. Teilweise ausgebrannt ist auch das große Gebäude des Charlottenburger Amtsgerichts am Tegeler Weg. Dasselbe Bild am Bahnhof Jungfernheide, der wegen Beschädigung geschlossen war. Auch hier war ein großes Eckhaus ausgebrannt, und noch immer züngelten die Flammen aus den schwarzen Fenstern. Auf der Straße stand der Hausrat jener unglückseligen Bewohner, und jeden Augenblick drohte ein Regenguß. Hier vom Bahnhof verkehrten Sonderbusse der Reichsbahn nach Gartenfeld und Westend. Kurz vor elf Uhr landeten wir dann endlich in Schmöckwitz. Wenn ich dir das alles so ausführlich schreibe, will ich dir und den Steinauern nicht etwa eine Gänsehaut über den Rücken jagen oder als Held glänzen, nein, ich teile dir das deswegen mit, damit du sehen kannst, welcher Hölle ihr entronnen seid. Denn daß die Tommys wiederkommen werden, das ist doch klar wie Kloßbrühe. Unser Gruß ist jetzt: Bleib übrig!«

Mit jedem Abend, an dem Otto allein zu Hause saß und traurig seine Stullen aß, wuchs allerdings seine Sehnsucht nach den beiden. Er merkte, daß er ohne Margot nicht leben konnte, und spielte immer öfter mit dem Gedanken, seine Familie doch wieder nach Berlin zurückzuholen. Als Blockverwalter der NS-Wohlfahrt konnte er es sicher durchsetzen, daß Manfred in einen Kinderbunker kam. Aber wenn die Luftangriffe nun noch heftiger wurden ... Und vielleicht fühlten sich Margot und der Junge in Steinau auch wohl ... Er stürzte sich nach der Arbeit beim RPZ in seine vielen anderen Tätigkeiten, erledigte die Winterhilfsbetreuungen und führte die Eintopflisten.

Nach vier Tagen gab es die erste Post aus Steinau. Margot und der Junge hatten einen Platz in einem Sonderwagen für Kleinkinder ergattert und waren gut angekommen. Elfriede, Tante Emma und der Dackel Pimmer hatten sie am Bahnhof abgeholt. Auch am nächsten Tag kam ein Brief, und mit einigem Schrecken las er, daß es auch in Steinau Luftalarm gegeben hatte. Da waren sie ja aus dem Regen in die Traufe gekommen. Auch die ersten Unstimmigkeiten waren schon aufgetreten: Wollte Tante Emma, daß Margot selber kochte, oder durften sie weiterhin mit den Steinauern am Tisch sitzen? Wie stand es mit der Feuerung, wenn es nun kälter wurde? »Sonst sind Elfriede und Tante Emma immer sehr nett, aber Obst und Gemüse gibt es hier nicht. Mutti möge schikken.« Sonderlich froh machte ihn das alles nicht. Wie sich doch die Bilder glichen. War er einst das Stiefkind gewesen, das man durchfüttern mußte, so waren es jetzt Manfred und Margot ... Auch Margot klammerte sich an den Gedanken, nach zwei bis drei Wochen wieder in die Ossastraße zurückzukehren. »Abmelden von Berlin kommt gar nicht in Frage!« Manfred hatte einen mächtigen Bronchialkatarrh und war traurig, weil er seine geliebten Schlepper nicht mehr sehen konnte, da das Niedrigwasser keine Schiffahrt auf der Oder zuließ. Zehn Pfund Kartoffeln sollte er den beiden nach Steinau schicken. Daß dort auf dem Lande und bei den vielen Beziehungen der Ziegelmanns alles so knapp sein würde, hatte er auch nicht vermutet. Gott sei Dank war nun der Reisekorb, den er an Bord der M. S. »Donau« gebracht hatte, in Steinau eingetroffen, und seine Lieben hatten ihre Siebensachen endlich beisammen.

Ottos Tage verliefen immer nach demselben Muster: 6 Uhr 15 Wecken. Dann Kaffeekochen, meistens für zwei Tage auf einmal, dann Morgentoilette, wobei das Rasieren eine ziemliche Zeit in Anspruch nahm und fast immer mit etwas Blutverlust verbunden war, denn die Klingen waren schon alt, und sooft er sie auch am Lederriemen abzog, sie wurden kaum noch scharf. Dann fuhr er mit dem Rad zum Amt, wenn es nicht gerade in Strömen regnete. Nach der Arbeit schaute er fast jeden Tag bei seiner Mutter vorbei, wo es immer etwas zu essen gab, und seien es nur Quetschkartoffeln und Salat mit zehn Gramm Fett. Anschließend ging es nach Neukölln, wo er Winterhilfsbetreute besuchte und die Listen für die Eintopfsonntage ausfüllte. Es wurde oft halb elf, ehe er ins Bett kam, doch meistens schrillten nach einer knappen Stunde Schlaf die Sirenen, und es hieß: Ab in den Luftschutzkeller. Entwarnung war dann gegen drei Uhr morgens. Sonntags war er meist in Schmöckwitz, wo es immer etwas zu tun gab. Der Rasen war zu mähen, die Pflaumen waren zu pflücken. Zum Mittag kam auch seine Mutter raus, und zu dritt unternahmen sie nach dem Kaffeetrinken den obligatorischen Spaziergang zur Schmöckwitzer Brücke und die Seddinpromenade entlang, von wo aus man einen wunderschönen Blick auf den See hatte, nach rechts bis nach Gosen hin. Gegenüber lag die Kleine Krampe, und an der Kilometertafel 44 stießen der Seddinsee und der Lange See aufeinander.

»Normalerweise würde ich jetzt das Paddel schwingen«, sagte Otto. »Mit Margot und dem Jungen im Boot.«

Anna Matuschewski begann zu singen. »Im Leben geht alles vorüber, im Leben geht alles vorbei ...«

»... und jeden Dezember gibt's wieder ein Ei«, ergänzte Otto.

Kam er nach Hause, galt beim Aufschließen der Wohnungstür sein erster Blick dem Fußboden: War ein Brief aus Steinau gekommen? Wenn ja, jubelte sein Herz, wenn nein, versank er den ganzen Abend über in Trübsal. Langsam schien sich Margot in Steinau einzuleben, und Tante Emma hatte extra eine Gans für sie und Manfred geschlachtet. Der, so schrieb sie, sagte immer zu ihr, wenn ein Brief kam: »Weine aber nicht wieder beim Lesen.« Weiter hieß es: »Aber fehlen tust Du ihm auch. Er sagt immer wieder, Du fehlst ihm zum Schmusen. Ja, mein lieber Mann, wenn wir den Jungen nicht hätten, wäre ich nicht von Dir gegangen, denn wo Du bist, gehöre ich auch hin.«

Als er kurz danach im Radio eine Melodie aus dem *Land des Lächelns* hörte – »Wohin ich immer gehe, ich fühle deine Nähe« –, beschloß er, seine beiden Lieben so bald wie möglich wieder von der Oder an die Spree zurückzuholen. Er setzte sich an den Schreibtisch, um Margot zu schreiben. Für seinen »Pimpi« malte er einen Oderdampfer mit zwei Schornsteinen, die »Robert«. Dampfer waren Manfreds große Leidenschaft. Ihm schien die Umstellung ausgesprochen schwerzufallen, was sich auch daran ablesen ließ, daß er so wenig aß. »Ich habe ihm schon angedroht«, schrieb Margot, »wenn er sich nicht bessert, kommt er in ein Heim, und ich fahre zurück.« Otto zuckte zusammen, denn eines hatte er sich geschworen: »Mein Sohn soll es mal besser haben als ich.« Und nun ... Um sich abzulenken, wandte er sich wieder seinen Pflichten als Blockwalter zu: Die nächste Sammlung für das Winterhilfswerk mußte vorbereitet werden. Er war jetzt froh, dieses Amt zu haben.

»Was ist bloß aus uns geworden«, sagte seine Schwiegermutter, die nun öfter aus Schmöckwitz in die Ossastraße kam, um für ihn zu kochen. Zumeist gab es Mangold aus dem Garten, manchmal auch Mohrrüben. Am 11. September hörten sie gemeinsam die Rede des Führers, der darauf beharrte, daß der Kampf weitergehe und daß das deutsche Volk weiterhin schwere Opfer bringen müsse, damit Deutschland lebe.

»Na ja, wir werden ja erleben, wem die Vorsehung den Sieg geben wird«, schrieb Otto nach Steinau.

Große Sorgen machten sich alle um Gerhard, der ihnen in einem Brief, der schon vom 27. Juli datiert war, mitteilte, daß er an Malaria erkrankt sei und im Lazarett läge.

»Hoffentlich ist er noch ...« Otto brach den Satz gerade noch rechtzeitig ab. *Bleib übrig!*, dachte er. An nichts anderes konnten sie mehr denken. Um sich abzulenken, setzte er sich am zweiten Septembersonntag bei herbstlichem Nebel noch einmal in sein Boot, um die Müggelberge zu umrunden. »Ich packte mir fünf Schrippen und drei Äpfel ein und stach um halb elf in See«, schrieb er später nach Steinau. »Und während ich geruhsam und allein über den Seddinsee paddele, da siegt die Sonne ... Im Gosener Kanal machte ich eine kleine Pinkelpause. Ich setzte mich auf einen Kilometerstein, natürlich nicht zum Pinkeln, und schaute mir von hier oben die Gegend an. Müssen wir mal zusammen machen. Du wirst staunen, wie schön das ist. Dann paddelte ich weiter, und kurz vor ein Uhr lag ich am Schilf, hatte die weite blaue Fläche des Müggelsees vor mir und kaute meine Schrippen. Im geruhsamen Wandertempo ging es weiter über Köpenick und Grünau. Bei Richtershorn aber packte mich dann wieder die Sehnsucht nach euch beiden. 14 Tage ist es her, daß wir hier alle im Wald gehockt und gek... haben. Ich sehe immer Pimpis spitzbübisches Gesicht vor mir, wenn er statt Richtershorn Richtershörnchen sagt. Gegen fünf Uhr war ich dann wieder in Schmöckwitz. Zu Besuch kamen noch Mutter und Erna Krause. Erwin ist Gefreiter geworden ...«

In seinem Fahrtenbuch vermerkte er: »Allein auf die Reise gegangen. Meine Wandergesellin sitzt währenddessen an den Gestaden der Oder. Alles Sch... Dreißig Kilometer.« Eine Woche später, am 19. September, folgte seine letzte Faltbootfahrt im Tausendjährigen Reich: »Von Grünau nach Grünau über Schmöckwitz,

Zeuthen, Wernsdorf, Seddinsee, 34 Kilometer, Wetter: trübe, Wertungsfahrt Osten, mit Kamerad Hase, später Kamerad Ullrich, Fahrzeit 4:19.« Nur wenige Boote waren noch am Start, und die Zeit war auch recht mäßig, steckte ihm doch noch die Arbeit vom Vortage in den Kochen, wo die Hausgemeinschaft der Ossastraße 39 im hinteren Hof ein Feuerlöschbecken ausgehoben und zementiert hatte.

In Steinau wurde die Stimmung zunehmend schlechter, da nun auch Gerda Matuschewski, seine Schwägerin, mit ihrem kleinen Sohn Dieter eingetroffen war. Margot hatte sich auf dem Arbeitsamt melden müssen, und da hatte man sie sehr mißtrauisch angesehen. Eigentlich sei ihr Kind ja groß genug, so daß sie nun wieder arbeiten könne. »Ich gab an, daß mein Chef mich beurlaubt hat und ich in vier Wochen wieder in Berlin sein werde«, schrieb sie. Hoffentlich brachte das keinen Ärger. Otto machte sich gerade daran, ihr zu antworten, da kam Hesse in sein Zimmer. Schnell verdeckte er sein Briefpapier mit einem Schaltplan.

»Herr Matuschewski, es ist alles arrangiert: Freitag in 14 Tagen können Sie zu Ihrer Familie nach Steinau fahren.«

Sosehr er sich auch freute, die Tage wurden nun eher länger als kürzer. Bis zum 1. Oktober war es noch so lange hin … Und der Junge brauchte ihn wohl dringend, denn Margot stöhnte immer wieder in ihren Briefen: »Ärgern tut er mich genug, aber sonst ginge es mir ja auch zu gut.« Er selber ärgerte sich darüber, daß er auf der Kartenstelle über eine Stunde warten mußte, um die Lebensmittelkarten für Margot und Manfred stempeln zu lassen. »Mensch Meier, die haben ja ein Gemüt!« Nachher fehlten auch noch die Käse-, Marmeladen- und Eiermarken, die Margot dringend brauchte. Seine Stimmung schwankte stetig, doch immer wieder schaffte er es, sich am Riemen zu reißen. »Manchmal, wenn ich jetzt so an die Zukunft denke, wird mir himmelangst, und doch vertraue ich auf unseren guten Stern.« Und einen Trost gab es ja: »Ich finde, daß wir erst jetzt so richtig merken, wie lieb wir uns haben.«

Langsam wurde es Herbst. Tante Claire mußte im Urban-Krankenhaus an einem Leistenbruch operiert werden – und zwar ohne Vollnarkose, nur bei örtlicher Betäubung. Gleich nach der Operation gab es Alarm, und alle Kranken mußten in den Keller gebracht werden. Dennoch war sie fröhlich, als Otto sie besuchte, und erzählte viel von ihrem Sohn, der auch Soldat geworden war. »Rudi hat nun schon das Kriegsverdienstkreuz bekommen, weißt du ...« – »Wofür denn das?« – »Weil er wiederholt unter höchstem persönlichen Einsatz durch ein Gebiet voller Minen und Partisanen ... telefoniert hat.«

War Otto abends allein, dann las er, *Und ewig singen die Wälder* ebenso wie Peter Rosegger, und mal ging er auch allein ins Kino, wobei ihm das *Bad auf der Tenne* viel Appetit auf etwas machte, von dem er fast schon nicht mehr wußte, wie es ging. »Ich dachte immer«, schrieb er daraufhin nach Steinau, »das ist nur etwas für jugendliche Schwärmer, aber nun muß ich doch klar erkennen, daß auch ein 37jähriger noch nicht immun dagegen ist. Also langer Rede kurzer Sinn: Ich bin doch noch mächtig verliebt in Dich. Deine Augen, die so übermütig glänzen können, Dein Mund, der manches Mal verliebt, aber auch mal brummig oder böse zu mir sprach, Dein Lachen, Deine Lippen ... kurz, Du fehlst mir doch immer wieder.«

Helmut stand in Holland und machte einen Kursus zur Panzerabwehr mit, was nicht viel Gutes verhieß. Ausgebombt worden war nun auch Lieselotte, Tante Claires Tochter. Und auf den Straßen sah man immer mehr Soldaten und Offiziere humpelnd, an Krücken, im Rollstuhl, ohne Arme, fahl und elend.

Im RPZ erzählte der Kollege Günther einen ganz besonders zynischen Witz: »Ein Mann wird ausgegraben, nachdem er zwei Tage lang in seinem Haus verschüttet war. Seine Frau und seine beiden Kinder sind tot. Er hat den linken Arm, ein Bein und ein Auge verloren, aber er hebt den noch verbliebenen rechten Arm und sagt: ›Heil Hitler! Hauptsache, Danzig ist deutsch.‹«

»So ist es«, lautete Hesses Kommentar. »Und bald werden wir unsere Ferngeschütze haben, die V-Raketen, die London in Schutt und Asche legen.«

Dann war es endlich soweit: Am Donnerstag, den 30. September traf Otto um 22 Uhr in Steinau ein. Trotz der späten Stunde war Manfred mitgekommen. Er riß sich von den anderen los, kam auf ihn zugestürzt, flog ihm in die Arme und rief: »Vati, ich hab' vorgeschlafen.« Pimmer bellte, daß es nur so hallte. Otto wollte Margot an sich drücken, mußte aber erst Elfriede und Tante Emma begrüßen. Im Konvoi ging es zur Schwedenstraße. »Ich will nur mit dir allein sein«, flüsterte er Margot ins Ohr. Es wurde zwei Uhr nachts, bis es soweit war. Und ganz allein waren sie noch immer nicht, denn der Junge schlief mit ihnen im Zimmer. Doch zum Glück hatte er einen sehr festen Schlaf.

Otto kam sich vor wie ein Fronturlauber. Als sie am nächsten Morgen zu dritt am Frühstückstisch saßen, erschien ihm alles wie ein schöner Traum. »Stell dir vor, es ist tiefster Friede und wir haben Urlaub. Zu dritt paddeln wir die Oder runter und machen hier bei Ziegelmanns mal eben Station.« Dieses Gefühl verstärkte sich noch, als sie einen kleinen Spaziergang machten und lange auf der Oderbrücke standen. Doch Manfred holte sie wieder in die Wirklichkeit zurück.

»Guck mal, Vati, da kommt ein Dampfer! Das ist die ›Willi‹.«

»Wo ist denn die ›Robert‹?«

»Die ist in Hamburg verbrannt.«

»Die kann doch gar nicht in Hamburg verbrannt sein, die fährt doch nur zwischen Breslau und Fürstenberg.«

»Doch, die ist in Hamburg verbrannt.«

Walter Ziegelmanns Bericht vom Inferno des dortigen Bombenangriffs ließ den Jungen nicht mehr los. Warum, fragte sich Otto immer wieder, warum das alles, warum war die Welt so, wie sie war? Und wer würde übriggeblieben sein, wenn es mit dem braunen Spuk endlich ein Ende hatte? Zählten er und Margot und Manfred dazu?

Der Dampfer »Spreewald« zog den Strom entlang, und Otto nahm es als gutes Omen, denn der Spreewald war für jeden Berliner ein Synonym für friedvolle Stille, für unberührte Natur.

Er legte Margot den Arm um die Schulter. »Am besten, ich nehme euch gleich mit, wenn ich nach Berlin zurückfahre.«

Sie küßte ihn, und Manfred jubelte.

Mit dem März 1944 bekam der Luftkrieg über Berlin eine andere Qualität, denn hatten bislang nur die vergleichsweise kleinen britischen Staffeln Bomben über der Hauptstadt abgeworfen, begann nun die Zeit der amerikanischen Großangriffe. Hatten etwa Ende Februar Staffeln von nicht einmal hundert Flugzeugen der britischen Air Force die Innenstadt mit Bomben belegt, so zählte man zwei Wochen später mehr als tausend Flugzeuge der amerikanischen Luftwaffe über Friedrichshain, Mitte, Tiergarten, Wedding, Prenzlauer Berg, Neukölln, Treptow, Köpenick, Kreuzberg und Weißensee – und deren Zerstörungswerk übertraf alles, was man bislang erlebt hatte. Von diesem Zeitpunkt an wurde das Zentrum des Dritten Reiches Tag und Nacht in mehreren Wellen bombardiert.

Für die Familie Matuschewski bedeutete das, daß sie fast jede Nacht getrennt wurde. Otto hatte im RPZ zu bleiben, um dort den Luftschutz zu übernehmen, Margot hockte im Keller des Hauses Ossastraße 39, und Manfred mußte im Kinderbunker abgeliefert werden, der in der ehemaligen Nähmaschinenfabrik Pfaff, Ecke Maybachufer und Pannierstraße, eingerichtet worden war. Am Morgen gab es dann immer das große Zittern, das Hoffen und Bangen, ob alle überlebt hatten. Otto saß an seinem Schreibtisch, starrte auf das schwarze Telefon, und jede Minute des Wartens wurde zur Hölle für ihn. Hatte es in der Ossastraße einen Volltreffer gegeben, war Margot tot oder verschüttet, hatten sie den Kinderbunker in Schutt und Asche gelegt? Endlich kam Margots Anruf.

»Ich hab' Manfred eben aus dem Bunker geholt und stehe hier in der Telefonzelle am Weichselplatz.«

»Und bei euch in der Ossastraße?«

»Auch alles in Ordnung.«

Otto wußte, daß es so nicht weitergehen konnte. Über kurz oder lang würde Berlin eine einzige Trümmerwüste sein, denn daß der Führer kapitulierte, hielt er für ausgeschlossen – also würden die Alliierten bis zum bitteren Ende kämpfen. Wie schaffte man es da nur als kleiner Mann, Tag für Tag zu denen zu gehören, die übrigblieben?

»Ihr müßt unbedingt wieder raus aus Berlin«, sagte er zu Margot, als sie eines Abends mit Anna Matuschewski, Marie Schattan, Tante Trudchen und Gerda in der Ossastraße beisammensaßen.

»Wieso denn?«, fragte Gerda. »Wir holen doch jedes feindliche Flugzeug vom Himmel.« Sie war zwangsverpflichtet worden und arbeitete jetzt in einer Munitionsfabrik am Salzufer, wo Flakgeschosse hergestellt wurden.

»Man hört ja einiges munkeln«, sagte die Schmöckwitzer Oma, »vom Widerstand gegen den Führer. Vielleicht gelingt es doch mal einem, ihn ...«

»Mutti, pst!« Margot wußte, wie hellhörig die Wände waren, und fürchtete auch, daß der Junge etwas aufschnappen und auf Hof und Straße verbreiten konnte.

»Mir geht das nichts an«, sagte die Kohlenoma ostentativ.

Otto lachte. »Weißt du doch nicht, Mutter, vielleicht hat die Vorsehung gerade dich dazu bestimmt. Du bringst eine Fuhre Briketts in die Reichskanzlei und nutzt die Gelegenheit ...«

»Otto!«

Er bremste sich. Aus einigen Indizien ließ sich schließen, daß es noch immer Widerstandsgruppen gegen Adolf Hitler gab. An die Bedürfnisanstalt am Mariannenplatz hatte einer geschrieben: »Hitler, du Massenmörder mußt ermordet werden, dann ist der Krieg zu Ende.« Ein Rentner aus der Pücklerstraße sollte es gewesen sein. Es hieß, man habe ihn gefaßt und in Plötzensee enthauptet. Hesse hatte angedeutet, daß es in einigen Berliner Fabriken Fälle von Rüstungssabotage gegeben habe. Es sollten auch immer wieder Flugblätter gegen Hitler in Umlauf gebracht worden sein, sogar vom Kaufhaus Karstadt am Hermannplatz seien welche zu Boden gerieselt. Otto konnte nicht entscheiden, ob das nur Gerüchte waren oder ob es wirklich stimmte. Er selber hatte nur einmal zwei Klebezettel entdeckt, und zwar am Bretterzaun des Fuhrgeschäftes in der Weichselstraße. »Hitlers Sieg? Ewiger Krieg!« und »Hitler triumphiert, doch das Volk krepiert!« Da war er schnell weitergegangen, damit keiner auf die Idee kommen konnte, er habe sie dort angebracht.

»Nach Steinau wollt ihr nicht wieder?«, fragte seine Schwiegermutter.

»Nein, Elfriede hat abgeschrieben. Tante Emma bekäme die Aufregung mit dem Jungen nicht, und Holz und Kohlen haben sie auch nicht, um das Zimmer oben zu heizen.«

»Und außerdem sind die Russen da viel eher als in Berlin«, fügte seine Mutter hinzu.

»Ach, Mutter, die in Steinau wollen uns nicht wieder.«

»Mir geht das nichts an.«

Otto winkte ab. »Ist ja auch egal. Ich habe nämlich einen neuen Kollegen im RPZ, den Karl-Heinz Riese, genannt Adam, und dessen Frau ist schon in Zieko ...«

»Wo is'n das?«

»Bei Coswig, am Südhang des Flämings, also gar nicht so weit weg von hier. Da wäre bei einem Bauern noch was frei. Die NS-Volkswohlfahrt organisiert das alles.«

Er hatte keine andere Wahl, es mußte sein. In ein paar Tagen war alles eingefädelt, und wieder lag es vor ihm, seine Familie zum Bahnhof zu bringen. Diesmal war es nicht einmal ein richtiger Reisebahnhof, keine Kathedrale der Technik, sondern nur der lumpige Güterbahnhof in Treptow. Da er direkt an Neukölln grenzte und über das Kiehlufer gut zu erreichen war, lieh er sich von seiner Mutter den Handkarren, mit dem ansonsten ihr russischer Zwangsarbeiter Kohlen ausfuhr, und brachte Margot und Manfred mit Sack und Pack zur Bahn. Oben auf den Koffer lag sein Sohn unter einem dicken Bettdeck, denn er hatte gerade die Windpocken.

Wie ein Dolch fuhr es ihm in die Brust, als er seine beiden Lieben in Richtung Tempelhof entschwinden sah. Er wollte sich noch auf ein Trittbrett schwingen, doch der Zug war zu schnell für ihn.

»Ob wir uns in diesem Leben noch einmal sehen werden ...«

Bleib übrig, Otto!

Nun war alles wieder so wie in den Wochen, die Margot und Manfred im fernen Steinau verbracht hatten. Seine Mutter und seine Schwiegermutter bekochten ihn, und die freie Zeit vertrieb er sich damit, seine Aufgaben für die Volkswohlfahrt getreulich zu erfüllen. Doch etwas ganz Entscheidendes war anders: Er konnte zumindest jedes zweite Wochenende in Zieko verbringen. Hesse gab ihm zu diesem Zweck freitags immer früher frei.

In Wittenberg war umzusteigen und dann vom Bahnhof in Coswig auf der Chaussee nach Hundeluft knappe fünf Kilometer zu laufen, also etwa eine Stunde lang. Nach etwa vier Fünftel der Strecke war die Reichsautobahn Berlin–Leipzig zu überqueren, und als er bei seinem ersten Besuch in der Abenddämmerung die Rampe zur Brücke hinaufmarschierte, sah er oben einsam und allein einen kleinen Jungen stehen und winken.

»Manfred! Mein Pimpi!«

»Vati!«

Sie flogen aufeinander zu, und er riß den Jungen hoch und wirbelte ihn herum wie in einem Kettenkarussell. »Wo ist denn die Mutti?«

»Da hinten. Sie kann nicht so schnell rennen wie ich.«

Als sie dann zu dritt fröhlich auf Zieko zuhielten, kam sich Otto wie im Urlaub vor. Der Schnee war weggetaut, und in der Luft hing ein Hauch von Frühling. Das Haus der Kleys, so hieß die Bauernfamilie, war allerdings alles andere als ein Urlauberhotel. Die beiden Stübchen unterm schrägen Dach waren zwar gemütlich, wurden aber nächtens für empfindsame Gemüter zur Schreckenskammer, denn über ihnen lebte eine Kolonie quietschvergnügter Wanderratten. Jeden Augenblick war damit zu rechnen, daß sich eine von ihnen durch die dünne hölzerne Decke hindurchgefressen hatte. Zwar geschah dies nie, doch in Margots Alpträumen huschten die Ratten scharenweise über ihre Betten, kaum daß sie die Augen zugemacht hatte. Tagsüber sahen sie, wie ihre Ratten über den Dachfrist promenierten und den fetten Kleyschen Kater verhöhnten.

»Komisch«, merkte Otto an, »eigentlich dürfte es in Deutschland keine Ratten mehr geben.«

»Wieso das?«

»Na, ich denke, Ratten verlassen das sinkende Schiff.«

Was es aber in ihren Räumen tatsächlich gab, das waren Mäuse.

Die hatten ihren besonderen Spaß daran, in der kleinen Küche alle Tüten anzuknabbern, wo immer die auch standen. Über der Scheuerleiste hatten sie eine Reihe von Ein- und Ausgängen, und Ottos erste Amtshandlung bestand darin, Gips in diese Löcher zu schmieren, Gips, den er vorher mit Glasscherben versetzt hatte. Danach wurde es ein bißchen besser.

Mit den Kleys kamen sie glänzend aus. Herr Kley arbeitete derzeit in einer Fabrik in Coswig, wo es wegen der vielen Industrieanlagen auch dauernd Luftangriffe gab. Margot meinte schon, daß sie vom Regen in die Traufe gekommen seien, doch wenn in Zieko die Sirene heulte, blieb es zumeist bei warnendem Voralarm. Die Familie Kley bestand neben dem Haushaltsvorstand aus der Bäuerin, einem zwölfjährigen Jungen namens Fränzchen, der viel mit Manfred spielte, der Oma und einer Tochter von knapp über zwanzig Jahren, deren Kinder zwei beziehungsweise dreieinhalb Jahre alt waren und die ihrer dritten Niederkunft wenig freudig entgegensah. Ihr Mann, Herr Himberg, hatte nur ein Bein.

»Mutti«, fragte Manfred, »wo hat der denn das andere?«

»Das hat er bei Stalingrad verloren.«

Der Junge verstand das nicht. »Ich kann doch mein Bein nicht verlieren, das ist doch angewachsen.«

»Das haben sie ihm abgeschossen, und dafür hat er jetzt sein Holzbein, seine Gehprothese.«

Auch die verlor Werner Himberg regelmäßig, denn er schnallte sie schon mal ab, stellte sie irgendwo an die Wand und vergaß sie. Meistens stand sie da so lange, bis sie umfiel, und dann lag sie allen im Weg. So kam es, daß Margot und Manfred pausenlos stolperten. Auch Otto, der sich postwendend beschwerte.

»Herr Himberg, würden Sie bitte aufhören, mir andauernd ein Bein zu stellen.«

»Sie können es gerne haben, Herr Matuschewski.«

Otto ließ sich das nicht zweimal sagen und befestigte sich die Prothese am rechten Bein, so daß es unter seinem weiten Mantel so aussah, als würde er mit drei Beinen durchs Leben gehen. Manfred wollte sich darüber halbtot lachen.

Margot indessen verzog das Gesicht. »Otto, mit so was spaßt man nicht. Nachher verlierst du im Krieg wirklich ein Bein.«

»Nicht so schlimm, wir haben ja in Berlin ein gutes Fundbüro.« So witzig das auch klang, einen Schrecken bekam er doch. Wenn er nun wirklich ... Schnell hatte er die Prothese wieder abgeschnallt.

Da Zieko nur wenige Einwohner hatte und die Bauern sich weithin selbst versorgten, gab es keinen Bäcker und auch beim Krämer nur wenig zu kaufen. Für die evakuierten Frauen war es deshalb vorteilhaft, sich aufs Rad zu schwingen und nach Coswig zu fahren oder wenigstens nach Düben, dem nächstgelegenen größeren Dorf. Das setzte allerdings zweierlei voraus: den Besitz eines Drahtesels und die Fähigkeit, Rad zu fahren. Margot Matuschewski störte es sehr, daß bei ihr beides nicht gegeben war.

»Dem Weibe kann geholfen werden«, sagte Otto. »Das Rad leiht dir Frau Riese, und das Fahren bringe ich dir bei.«

Das war ein Wort, das er bald bereuen sollte, denn wie manche Leute zwei linke Hände hatten, so hatte seine Margot sozusagen zwei linke Beine. Und eine nur schwach ausgeprägte Fähigkeit, das Gleichgewicht zu halten.

»Geradeaus!«, schrie Otto, sie am Sattel haltend. »Immer geradeaus!«

Doch die Spur, die seine Frau in den Sand der Dorfstraße zeichnete, glich nicht nur einer Schlangenlinie, sondern wies manchmal direkt rechte Winkel auf. Das lag daran, daß sie den Lenker immer wieder ruckartig verriß. Einmal so sehr, daß sie kopfüber im Graben landete, Otto mit sich reißend. Die Dorfjugend klatschte Beifall, die Hunde bellten, die Gänse schnatterten.

»Wie kann sich ein Mensch nur so dämlich anstellen«, entfuhr es Otto.

»Du siehst ja: Ich kann«, erwiderte Margot mit entwaffnender Schlichtheit.

Otto klopfe sich dann Sand von seinen Knickerbockern. »Jeder Rollkutscher kann Rad fahren.«

»Dann hättest du einen Rollkutscher heiraten sollen.«

»Ob das soviel Spaß gemacht hätte wie mit dir ... Los, auf ein Neues!«

Drei Wochenenden vergingen, ehe es Margot wagen wollte, ohne Ottos stützende Hand von Kleys Hoftor bis zur Kirche zu fahren. Und dazu war sie auch nur bereit, wenn er ihr versprach, hinter ihr herzulaufen. Gerade als sie losfahren wollte, kam der Gemeindebote und schwang die Glocke, um den Leuten anzuzeigen, daß in wenigen Sekunden eine amtliche Bekanntmachung erfolgte.

»Siehst du«, sagte Otto, »jetzt ruft er alle Leute auf die Straße, um ihnen mitzuteilen, daß du zum ersten Mal allein Rad fahren willst.«

Margot glaubte das auch, wurden ihre Auftritte doch jedes Mal erwartet und gefeiert wie eine reife Zirkusnummer, und sie war dann sehr erleichtert, daß es nur um die Luftalarme ging. Auch in Zieko heulten die Sirenen nicht zum Spaß, und ein jeder habe sich in die hierfür gekennzeichneten Schutzräume zu begeben, »und zwar schleunigst. Der Bürgermeister.« Damit radelte der Bote weiter zur nächsten Ecke.

»Los! Was der kann, kannst du auch!«

Otto gab Margot einen kleinen Schubs. Sie fuhr schnurgerade auf die Scheune des gegenüberliegenden Gehöfts zu und war so überwältigt von dieser wunderbaren Leistung, daß ein Hochgefühl sie gleichsam schweben ließ. »Endlich kann ich's!«, rief sie aus und genoß den schönen Augenblick. Doch so schön er auch war, er verweilte nicht lange, denn leider hatte sie nicht registriert, daß das Scheunentor des Nachbarn nicht wie üblich offenstand, sondern fest verschlossen war ...

Die leichte Gehirnerschütterung war nach ein paar Tagen vergessen, das Vorderrad aber ließ sich nicht mehr reparieren, und Otto mußte einen ganzen Monat rennen, um ein neues gegen einen seiner selbstgebauten kleinen Radioapparate einzutauschen.

Weil seine Mutter sich zum Clown gemacht hatte, fiel es Manfred schwer, bei der Dorfjugend anzukommen. Die anderen hänselten ihn gerne, und insbesondere seine blaue Latzhose erregte ihre Heiterkeit. Die hatte ihm seine Schmöckwitzer Oma zum sechsten Geburtstag selber geschneidert, mit viel Liebe und gutem blauen Stoff. Also mußte er sie auch tragen.

»Nein!«, schrie er.

»Doch!«, schrie seine Mutter zurück.

Otto versuchte es mit einem pädagogischen Trick. »Sonst weint doch deine liebe Oma, wenn du sie nicht trägst.«

Also trug Manfred sie – zumindest bis zur nächsten Straßenbiegung. Dort tauschte er sie gegen eine alte Trainingshose, die ihm Fränzchen gegen einen Panzerfaust-Soldaten aus Pappmaché überlassen hatte. Und das hätte auch wunderbar geklappt, wenn nicht urplötzlich seine Schmöckwitzer Oma und Tante Gerda in Zieko aufgetaucht wären. So flog alles auf, und Manfred bekam drei Tage Stubenarrest. Anschließend mußte er seine blaue Latzhose wieder täglich tragen, und die Dorfjugend machte sich einen Riesenspaß daraus, ihn darin rennen zu sehen, denn sie war ein wenig zu lang geraten, und er fiel immer wieder hin. Und wie brachten sie Manfred Matuschewski zum Rennen? Indem sie einen Ganter auf ihn hetzten. Wenn der mit vorgestrecktem Hals und wild fauchend auf ihn zugestürzt kam, lief er wie um sein Leben. Denn zwickte er ihn in die Arme, dann war das ziemlich schmerzhaft.

Otto tat es in der Seele weh, daß sein Sohn derart leiden mußte, hoffte aber, es würde besser, wenn er erst eingeschult worden war. Immerhin lernte er hier das Landleben richtig kennen, denn die Kleys hatten mehrere Kühe und Schweine, ein Pferd und scharenweise Hühner, Enten und Gänse sowie einen Hund.

Alles in allem war Otto froh, daß seine Lieben in Zieko vor den Bomben der Amis und der Tommys sicher waren. Sonntags standen sie, wenn er zu Besuch gekommen war, auf der Dorfstraße und sahen zum Himmel hinauf, wo die alliierten Verbände klein wie silbrige Fische Richtung Hauptstadt zogen, den Bauch voller Bomben. Wen traf es diesmal?

Schwer fiel ihm ein jedes Mal der Abschied am Montagmorgen, wo er um halb vier abschwirren mußte, um rechtzeitig im Amt zu erscheinen. Doch oft nützte auch das frühe Aufstehen nichts, denn die Züge hatten meist Verspätung, manchmal bis zu 130 Minuten. Es war eben Krieg, und sie konnten froh sein, daß es überhaupt noch Personenzüge gab, in denen Zivilisten mitfahren durften.

Langsam ging es auf den Sommer zu. Margot half jetzt auf dem Acker tüchtig mit, und auch Otto ließ es sich nicht nehmen, am Wochenende mit anzupacken. Manfred hütete anstelle von Frau Himberg, die einen Jungen zur Welt gebracht hatte, die Kühe auf der Wiese hinterm Haus und verdiente sich eine Menge Obst und Gemüse damit. Was Margot über ihren Sprößling schrieb, ließ ihn schmunzeln: »Und als ich vom Bürgermeister kam, saß er quietschvergnügt bei Kleys am Tisch und aß Pellkartoffeln mit Zwiebelsoße mit. Immer mit den Dreckfingern mittenmang. Was sollte ich da machen? Er bleibt dabei, Bauer zu werden, und will auch nicht mehr nach Berlin zurück. Ich aber auf alle Fälle. Denk Dir nur, wenn die Frauen aus Berlin jetzt nach Coswig gehen, steht unten am See immer ein nackter Mann und macht unanständige Gebärden.«

Immer häufiger gab es in Berlin nun auch tagsüber Alarm, aber Ottos Ecke in Neukölln war bisher weitgehend verschont geblieben. Hielt er sich in Schmöckwitz auf, hörte er im Radio immer den Flaksender. Je nachdem, was dort gemeldet wurde, entschied er, in welchen Bunker sie gingen. Bei leichten Störangriffen reichte ihr inzwischen wiederhergestellter Erdbunker im Garten, wurde es etwas schlimmer, strebten sie zum Nachbarn in den gut ausgebauten Luftschutzkeller, und stand ein Großangriff ins Haus, liefen sie durch den Wald zum richtigen Bunker.

Zur Zerstreuung ging er ab und an auch allein ins Kino und sah so den Film *Familie Buchholz*, in dem Henny Porten noch einmal eine große Rolle hatte. Danach pilgerte er zu seiner Mutter in die Manteuffelstraße und aß Bratkartoffeln und Kliersuppe. Die Stimmung im Kohlenkeller war allerdings gedrückt, denn zwischen Helmut und seiner Frau hatte es mächtig gekracht, und sie wollten sich scheiden lassen.

»Was Besseres kann ihm gar nicht widerfahren«, meinte Otto.

Pfingsten bekam er keinen Urlaub, das heißt, er durfte nur nach Schmöckwitz fahren und sich dort für mögliche Einsätze bereithalten. Es konnte ja sein, daß das Reichspostzentralamt über die Feiertage Bombenschäden erlitt. Er teilte Margot diese Hiobsbotschaft auf einer lila gefärbten Postkarte mit. Diese trug rechts oben eine Sechs-Pfennig-Marke, auf der Adolf Hitler im Halbprofil abgebildet war, und zeigte ein dick umrandetes Motto, das ihm sehr zu Herzen ging: »Der Führer kennt nur Kampf, Arbeit und Sorge. Wir wollen ihm den Teil abnehmen, den wir ihm abnehmen können.«

Am Dienstag nach Pfingsten schrieb Otto einen langen Brief nach Zieko, um zu berichten, wie es ihm ergangen war:

»Es war hier bei uns ein herrlicher Sonntag, und immer wieder waren meine Gedanken bei Euch. Ja, wenn mein Pumpelchen und mein kleiner Pimpi jetzt hier wären, dachte ich, dann wären wir vielleicht auf dem Wasser, oder Du würdest mir beim Unkrautjäten helfen, oder wir würden uns zumindest miteinander beschäftigen. Aber so. Es ist alles Sch... Mutti war wieder sehr besorgt um mich, um auf diese Weise einen kleinen Ausgleich zu schaffen. Na, nur nicht den Kopf hängen lassen ... Freitag war ich gegen sechs Uhr in Schmöckwitz, wo ich von Deiner Mutter mit Zucker- und Zimtnudeln bewirtet wurde. Nachher bastelte ich noch einmal gründlich am Radio herum. Da war nämlich der Seilzug wieder gerissen. Um halb elf ging ich in die Klappe und schmökerte noch ein wenig. In der Nacht gegen ein Uhr ertönte wieder die liebliche Sirene zur Luftwarnung und anschließend auch noch zum Fliegeralarm. Über den Flaksender wurden 15 bis 20 Störflugzeuge gemeldet. Mutti ging sogleich in den Bunker, Großvater und ich warteten bis zur Meldung, daß die Gefechtstätigkeit aufgenommen worden war. Nun zogen auch wir los, aber nur zu Herrn August in den Keller. Um zwei Uhr war wieder Entwarnung, und ich ging sofort schlafen und hörte nicht mal Mutti heimkommen. Wie schön war es früher gerade immer zu Pfingsten. Da saßen wir dann allesamt – Du und Manfred, Gerda und Gerhard, Mutti und ich – im Garten, tranken zusammen Kaffee und aßen unseren Pfingstkuchen. Oder noch früher, als Dein Vater noch lebte ... Und heute: Du da, ich hier, Gerda seit einer Woche in Schlesien, Gerhard in Rußland. Aber genug der Klage. Singen wir mit Marika Rökk: ›Im Leben geht alles vorüber, erst die Freud und zum Glück auch das Leid, erst weinst du, dann lachst du darüber ...‹ Nach dem Frühstück befreite ich die Mohrrübenbeete von dem üppig wuchernden Unkraut. Eine Heidenarbeit, bei der Du uns gefehlt hast. Gegen zwölf Uhr wurden dann Jagd- und später auch Kampfverbände mit Ostkurs gemeldet. Uns packte nun langsam wieder das Bombenfieber. Trotzdem aßen wir noch einen Teller Suppe, dann ab in die Bunker. Gegen drei Uhr war Entwarnung. Nachher kam meine Mutter noch raus, und wir tranken gemeinsam Kaffee. Abends habe ich ausgiebig den Garten gesprengt. Nach dem Abendbrot, es gab gebratenen Fisch, Buletten und kaltes Fleisch, saßen wir noch eine Weile am Tisch und plauderten. Gegen neun Uhr fuhr meine Mutter wieder heim.

Auch Pfingstmontag grüßte uns ein strahlenden Maitag. Im Laufe des Vormittags kamen erst meine Mutter und dann Tante Claire raus – na, da war für Unterhaltung gesorgt. Punkt zwölf Uhr ertönten die ach so lieblichen Sirenen. Die drei Frauen gingen in den Bunker, und ich hörte mir am Radio die Luftlage an. Ein starker Kampfverband näherte sich mit Jagdschutz von Holstein-Mecklenburg der Reichshauptstadt, ein zweiter vom Westen aus dem Raum Braunschweig-Hannover. Das waren ja wieder nette Aussichten. Doch plötzlich nahm der holsteinische Verband statt des gefährlichen Südostkurses Ostkurs auf und flog an Berlin vorbei nach Osten. Der westliche Verband machte es ebenso. Kurz vor zwei Uhr war Entwarnung, und somit hatten wir auch diesen Angriff siegreich überstanden. Nun kamen auch die drei Damen zurück, und um drei Uhr gab es Mittagessen. Gemischtes Gemüse. Wir machten dann allesamt ein kleines Nickerchen, da es schon ziemlich warm war. Zum Kaffeetrinken stellte sich noch Tante Trudchen ein, und so war wenigstens ein Teil der Familie beisammen. Gegen sechs Uhr ging ich nach Waldidyll. Die Sehnsucht gerade nach dieser Stelle war so stark, dem konnte ich nicht widerstehen. Um diese Zeit kamen wir ja immer von irgendeiner Fahrt zurück. Immer brachten wir neue Kraft und neue Lebensfreude mit ...«

Wenige Tage später kam auch ein Brief von Margot aus Zieko: »Als wir am Pfingstsonntag beim Mittagessen saßen, setzte der Sender Leipzig aus, und bald war dann Luftwarnung und anschließend Alarm. Hier waren Luftkämpfe, und in Hundeluft und Düben brannte es. Die Flak in Klieken holte vier Bomber runter, und auf den Baracken in Coswig mußte ein deutscher Jäger notlanden. Es war jedenfalls hier ganz schlimm ...« Auch die Nacht über hatten sie in Zieko im Keller gesessen. Zum Glück hatte sie es mit den Wirtsleuten gut getroffen und gehörte schon richtig zur Familie. Nur mit dem Jungen kam sie nicht klar. »Es wird Zeit, daß Du mal wieder kommst, denn er ist sehr unartig. Ich kann kochen, was ich will, er sagt bloß immer, das ist ein Mistessen. Na, was soll ich Dir weiter die Ohren vollsingen, ich muß doch sehen, wie ich seinen Jähzorn bändigen kann. Sonst vergeht ein Tag wie der andere ...«

Otto fand, das sei das Beste, was einem in diesen Zeiten widerfahren könne, denn daß die Zukunft noch viel schlimmer sein würde als die Gegenwart, das schien ihm so sicher wie das Amen in der Kirche.

In Berlin gab es immer mehr Trümmer. Von Tante Claire kam der neueste Witz: »Berlin ist die Stadt der Warenhäuser. Hier war'n Haus, da war'n Haus.« Und für viele Bezirke und Ortsteile hatte sie einen neuen Namen, teils selber erfunden, teils aufgeschnappt. Lichterfelde wurde bei ihr zu »Trichterfelde«, Charlottenburg zu »Klamottenburg«, Steglitz zu »Steht nix«, Schöneberg zu »Stöhneberg« und Westkreuz zu »Wüstkreuz«. Ganz Berlin hieß bei ihr »Groß Kaputt bei Potsdam« und WHW stand bei ihr nicht mehr für Winterhilfswerk, sondern für »Wir hungern weiter«, obwohl das objektiv nicht stimmte, denn zu essen hatten sie immer noch genug.

Auch einen der neuen Hochbunker lernte Otto kennen. Das geschah nach einem Besuch bei seinem Kollegen Adam Riese, der in der Goethestraße wohnte. Riese besaß eine große Märklin-Eisenbahn, und sie hatten bis Mitternacht mit ihr gespielt. Dann war es Zeit, zum Bahnhof Zoo zu laufen, wo Rieses Bruder ankommen sollte, der als Leutnant an der Ostfront stand und eine

Woche Heimaturlaub erhalten hatte. Als sie die Bahnhofshalle durchquerten, heulten die Sirenen.

»Was nun?«

»Dumme Frage, in den Zoobunker natürlich.«

Viel Zeit blieb nicht, denn oben auf dem Bunker schoß schon die Flak. »Du hast Glück bei der Flak ... Erna Sack«, sang Adam Riese. Obwohl die Nacht sternenklar war und Berlin auch noch ein wenig von der nördlichen Mitternachtssonne profitieren konnte, war es dunkel genug, um sich den Hals zu brechen, zumindest aber den Knöchel zu verstauchen, denn sie steckten alsbald in der dicksten Menschenherde, die sich denken ließ, und konnten nicht mehr erkennen, wo sie hintraten. Die Bunkereingänge mußten der Statik wegen klein sein, und so staute sich nun alles. Knipste einer seine Taschenlampe an, schrie ein Dutzend anderer sofort: »Licht aus, du Idiot!« Denn das Dröhnen der feindlichen Maschinen kam immer näher. Alle stießen, schoben und drängten, und Otto fühlte sich wie einstmals beim Rugby-Spiel Post gegen Polizei. Daß keiner zerquetscht wurde, kam ihm wie ein Wunder vor. Endlich waren Adam und er durch den Flaschenhals gepreßt worden. Sie schossen geradezu in den Bunker hinein. Die Betonwände waren so hoch, so kalt und so abweisend, daß er Platzangst bekam. »Nur raus hier!« Adam lachte. Gegen den Strom hatten sie keine Chance. Ein Unteroffizier schnauzte ihn an, weil er stehengeblieben war und den Weg blockierte. »Los, Mensch, die Treppe rauf!« In den Fahrstuhl durften nur die Kranken und Gebrechlichen. Ganz nach oben wollte keiner, weil jeder dachte, da oben würde er am ehesten umkommen, wenn es einen Volltreffer gab. Eine Frau bekam einen Schreikrampf. »Ich geh' da nicht rauf, ich habe Mann und Sohn an der Front.« Schließlich wurde sie von einem Polizisten abgeführt. Auf abseits gelegenen Wendeltreppen gab es aber auch Liebespaare, die schon jenseits der Schamgrenze angelangt waren. Otto kam neben einigen alten Frontkämpfern zu sitzen, die das hier für den reinsten Kindergarten hielten und hochnäsig über alle hinwegsahen. Gegenüber an der Wand hockten einige Reiche aus der Gegend um die Rankestraße, denen Otto ihre Angst durchaus gönnte, denn höchstwahrscheinlich hatten auch ihre Banken und Firmen Hitler zur Macht verholfen. Wenn die Flugabwehrkanonen oben feuerten, wackelte der ganze Bunker, und unwillkürlich zog jeder den Kopf ein.

Nach einer Stunde kam die Entwarnung, und die Menschenmasse tröpfelte langsam in die Nacht hinaus.

»Wieder einmal am Leben geblieben«, sagte Otto, von einem Hochgefühl gepackt, wie er es vorher kaum erfahren hatte. Es war ein derart erhebender Augenblick, daß er fast dachte: Ohne Krieg, da hätte ich das nie erlebt. Er mußte sich verbieten, so zu empfinden, denn es kam ihm hochgradig pervers vor. Aber vielleicht erging es anderen ebenso, und dieser Rausch der überstandenen Gefahr erklärte, warum alles so gekommen war ...

Oben auf dem Bahnsteig erfuhren sie nach einigen Hin und Her, daß der Zug mit Adams Bruder mindestens sechs Stunden Verspätung hatte. Irgendwo unterwegs war die Bahntrasse zerstört. Oben auf der S-Bahn-Trasse brannte noch ein Zug, während man ein Stückchen weiter an der Hardenbergstraße schon dabei war, die stählerne Brücke, die einen Treffer erhalten hatte, wieder zusammenzuschweißen. Sie waren noch zu aufgewühlt, um an Schlaf zu denken, und gingen mit einigen Umwegen zur Goethestraße zurück, wo Otto übernachten wollte. Auf beiden Seiten des Tauentzien brannte es. Häuser waren eingestürzt. Unten sollte es Verschüttete geben, und die Buddelkommandos machten sich ans Werk, ausgezehrte Soldaten in schmutzigen Uniformen.

»Wir gehen hier gemütlich spazieren – und unten ersticken sie«, sagte Otto.

»Wär's dir umgekehrt lieber?«, fragte Adam.

Otto begriff, daß man abstumpfen mußte, wenn man überleben wollte. Eigentlich hätte jeder Deutsche wie ein indianisches Klageweib reagieren müssen, sich vor unendlichem Schmerz und unendlicher Trauer die Haare ausreißen und so lange mit dem Kopf gegen die Wand rennen müssen, bis er selber starb. Statt dessen flanierten sie plaudernd durch das brennende Berlin und sprachen davon, sich im Reichspostzentralamt einen leeren

Raum zu mieten und die größte Modelleisenbahn aller Zeiten zu bauen.

Wie Gespenster sahen die Menschen aus, die ihnen entgegenkamen, sie hatten sich Tücher vor den Mund gebunden und ihre Sonnenbrillen aufgesetzt, um sich durch den beißenden Rauch hindurchzukämpfen. Schon dämmerte der Morgen herauf, und sie konnten erkennen, daß die Fassaden nicht nur durch die feindlichen Bomben Schaden genommen hatten, sondern auch durch die Splitter der eigenen Flak. Immer wieder mußten sie über Schutt- und Scherbenberge hinwegsteigen und Mobiliar, das die Bewohner brennender Häuser im letzten Augenblick auf die Straße geschleppt hatten.

Die Verwüstungen dieser Nacht ließen sogar bei Hans-Werner Hesse Zweifel daran aufkommen, ob der größte Feldherr aller Zeiten wirklich klug gehandelt hatte, es mit Ost und West gleichermaßen aufzunehmen.

»Wenn es nun anders kommen sollte«, sagte er in der Frühstückspause, »und der Ami und der Russe hier in Berlin einmarschieren ...«

»Meinen Sie denn, daß dann wirklich alle Parteigenossen erschossen werden?«, fragte Fräulein Pfau.

Hesse zuckte zusammen. »Alle können mir doch bestätigen, daß ich immer ...«

Otto lächelte. »Natürlich, Herr Postrat. Wenn ich dann erst Berliner Bürgermeister bin, werden Sie bei mir Stadtrat für das Post- und Fernmeldewesen.«

Das war dem Chef nun doch zu defätistisch, und schnell verwies er auf die neuen Wunderwaffen, die jeden Tag funktionsfähig sein konnten. »Schluß, meine Herren, denn der Endsieg ist unser. Wenn die V 2 erst zum Einsatz kommt, wendet sich das Blatt ganz schnell.«

Aber das Blatt sollte sich nicht wenden, auch nicht durch das Attentat auf Adolf Hitler am 20. Juli 1944. Um fünf Uhr nachmittags, Otto wollte gerade Schluß machen und zu seiner Mutter gehen, stürzte der Kollege Günther zu ihm ins Zimmer.

»Attentat auf Hitler!«

Otto erstarrte, mußte sich gewaltig zusammennehmen, um nicht aufzuspringen und zu schreien: »Gott sei Dank! Das ist die Erlösung, jetzt ist alles vorbei!«

Günther deutete sein Verhalten völlig falsch und suchte ihn zu beruhigen: »Keine Angst, er soll aber leben.«

Nun hatte Otto wirklich Tränen in den Augen. Wenn Günther Neuigkeiten mitteilte, stimmten sie fast immer, denn er hatte Freunde, die Journalisten waren und vertrauliche Informationen erhielten. Langsam wurde es dann zur Gewißheit, daß das Attentat mißlungen war, und noch am selben Abend sprach Hitler im Rundfunk davon, daß die »Vorsehung« ihn gerettet habe und daß die »Verschwörer jetzt erbarmungslos ausgerottet« würden.

»Das geschieht ihnen recht«, sagte Otto in Schmöckwitz zu seiner Schwiegermutter, »denn wer sich so dilettantisch anstellt wie diese Herren, der hat nichts anderes verdient.«

»Otto, wie kannst du nur so reden! Das sind die edelsten und besten Männer des deutschen Volkes.«

»Elende Versager sind sie. Soldaten, hohe Offiziere, die das Töten doch als ihr Handwerk erlernt haben und viel Geld damit verdienen, die schaffen es nicht, einen einzigen Menschen umzubringen, hör mir auf damit!«

Hesse tobte ebenso wie er, wenn auch aus ganz anderen Motiven. »Einen solchen schimpflichen Massenverrat hat die Weltgeschichte noch nicht gesehen! Diesen Fleck wird das deutsche Offizierskorps nie wieder von seiner Weste abwaschen können.«

In den nächsten Tagen verfiel Otto in eine nie gekannte Lethargie. Nun war die letzte Chance verspielt, nun mußte Deutschland den Weg der Zerstörung bis zum bitteren Ende gehen. Bis alle Städte vernichtet waren, bis kaum noch einer übriggeblieben war ... Immer mehr Juden wurden abgeholt und in Züge verladen, die Richtung Osten fuhren. In Schmöckwitz rätselten sie, was dort mit ihnen geschah. Keiner wußte es genau. Seine Schwiegermutter nahm an, daß sie alle in Konzentrationslager gepfercht wurden, Otto fürchtete, daß Hitlers Schergen sie alle irgendwie eliminierten.

»Was ist eigentlich mit Tante Friedel?«, fragte er. »Ist sie immer noch als U-Boot unterwegs?«

»Ja, mal hier, mal dort. Letzte Woche war sie eine Nacht hier bei mir im roten Schuppen, dann ist sie wieder zurück nach Baumschulenweg, in eine Laubenkolonie ... Ich hätte sie ja hier oben in Gerdas Zimmer behalten, aber sie wollte nicht. ›Du als meine Schwägerin, da kommt bestimmt bald einer von der Gestapo ...‹« Was dann auch wirklich geschah.

Otto sagte, daß er wieder mehr Angst um Margot habe. »Immer öfter reden sie davon, daß nun auch die an die Reihe kommen, die mit ›Ariern‹ verheiratet sind.«

Seine Schwiegermutter versuchte ihn zu beruhigen. »Margot ist doch keine Jüdin.«

»Die Halbjüdinnen kommen auch noch dran ...«

»Sie ist doch nur Vierteljüdin.«

Ende Juli gab es eine große Dienstbesprechung im Reichspostzentralamt, und Hesse eröffnete seinen Mitarbeitern, daß das Sachgebiet Übertragungstechnik/Betriebsdienst nach Groß Pankow verlagert werde, einem Ort in der Prignitz an der Bahnstrecke von Pritzwalk nach Perleberg.

»Ich muß dir leider diese traurige Mitteilung machen«, schrieb Otto am Abend nach Zieko. »Da auch ich die Ehre habe, diesem Sachgebiet anzugehören, sind meine Tage in Berlin gezählt. Die Verlegung kam ganz überraschend. Die ersten Leute dampfen schon nächste Woche ab. Die übrigen sollen in Kürze folgen.«

Am 31. Juli 1944 gelang den Alliierten bei Avranches der Durchbruch durch die deutschen Stellungen an der Westfront. Am 25. August befreiten amerikanische Truppen und französische unter Charles de Gaulle Paris. Die deutschen Streitkräfte mußten Griechenland, Brüssel, Antwerpen und Belgrad aufgeben. Am 21. Oktober wurde mit Aachen die erste deutsche Großstadt von alliierten Truppen besetzt. Der Zerfall des Dritten Reiches schritt immer rasanter voran, doch Hunderttausende mußten noch sterben, denn es war der Wille des Führers, der Zerstörung Deutschlands nicht etwa Einhalt zu gebieten, sondern sogar selber zu zerstören, was bislang noch unversehrt geblieben war. Das galt Hitler sozusagen als Strafe für ein Volk, das sich als das schwächere erwiesen hatte. »Was nach dem Kampf übrigbleibt«, führte er aus, »sind ohnehin nur die Minderwertigen, denn die Guten sind gefallen!«

Otto Matuschewski war einer dieser »minderwertigen Deutschen«. Seit Anfang August saß er nun mit dem ausgelagerten Sachgebiet der Post in Groß Pankow und versuchte, damit innerlich zurande zu kommen. Das gelang ihm am besten, wenn er die »Mir geht das nichts an«-Philosophie seiner Mutter beherzigte beziehungsweise wenn er schlief. Wo auch immer, wann auch immer es eben nur ging: Otto döste, schlummerte, pennte oder lag im Tiefschlaf. Es war die perfekte Flucht in den Schlaf, die ihm da gelang.

Groß Pankow war mit dem Zug von Berlin aus auf drei unterschiedlichen Wegen zu erreichen: erstens über Perleberg und Wittenberge, zweitens über Pritzwalk, Kyritz und Neustadt und drittens über Pritzwalk, Wittstock und Neuruppin. Das erwies sich als vorteilhaft, weil immer mit Bombenschäden und damit verbundenen Umleitungen zu rechnen war. In regelmäßigen Abständen fuhr Otto nach Berlin, teils dienstlich, teils um zu sehen, ob bei den Müttern in Schmöckwitz und in der Manteuffelstraße noch alles in Ordnung war. Konnte er zu seinen Lieben nach Zieko, mußte er den Weg über Wittenberge, Stendal, Magdeburg und Dessau nehmen, was ziemlich lange dauerte. Wie gerne hätte er Margot und Manfred auch nach Groß Pankow geholt, doch trotz all seiner Bemühungen hatte er noch immer keine Bleibe für sie auftreiben können. Er selbst hatte ein bescheidenes Stübchen bei Zitzmanns an der Magistrale von Groß Pankow bezogen, der Dorfstraße also, doch sonderlich wohl fühlte er sich bei ihnen nicht, denn zum einen schien der Mann ein strammer Nazi zu sein, und zum anderen ließ man ihn schon merken, daß man die Berliner generell und die aufgezwungenen Einquartierten im besonderen nicht gerade mochte.

Nach Feierabend war er oft allein, denn die Kollegen waren viel unterwegs oder hatten es schon geschafft, ihre Familien nachzuholen und im benachbarten Kuhsdorf unterzubringen. Das hing von der Gnade der örtlichen Bonzen ab – und die hatte Otto offensichtlich nicht. Im Zimmer hielt er es selten aus, meist wanderte er über die Felder, bis die Sonne unterging. Ausgedehnte Obstplantagen gab es in Groß Pankow, und da ließ sich immer etwas pflücken, ohne daß einer kam und schimpfte. Oft ging er bis zum Karpfenteich oder umrundete das Schloß, das denen von Putlitz gehörte. Die hatten, wie er aus seiner Schulzeit wußte, mit den Quitzows zusammen gegen den ersten Hohenzollern in der Mark Brandenburg gekämpft, den Burggrafen Friedrich aus Nürnberg, und erst 1414 verloren, als der mit seinen riesigen Kanonen angerückt war. Auch der Bahnhof zog ihn an, und er stellte sich vor, nach dem Ende des Krieges mit seinem Sohn zusammen eine große Modellbahn zu bauen – mit dem Bahnhof von Groß Pankow als Mittelpunkt. Es schmerzte ihn sehr, daß er nicht dabeigewesen war, als Manfred in Zieko eingeschult wurde. Sein Pimpi mit dem dicken Rimpi, wie er immer reimte, nun schon ABC-Schütze. Die ersten Buchstaben konnte er bereits. Projahn hieß der Lehrer, war schon über siebzig und reaktiviert worden, weil die Jungen alle für den Führer kämpften oder schon gefallen waren. Kam Otto in sein Zimmer zurück, das ihm mehr als Gefängniszelle denn als gemütliche Behausung erschien, setzte er sich an den winzigen Tisch und schrieb lange Briefe an Margot, die niemals ohne Hoffnung waren: »Noch sehe ich im Geist meine kleine Frau mit ihrer rosaroten Jacke winken, und da denke ich mir, es wird schon wieder alles werden. Der alte Luther hat ja auch gesagt: ›Und wenn die Welt voll Teufel wär', es muß uns doch gelingen.‹ Jawohl, es *muß* uns gelingen, uns aus diesem Inferno von Haß und Mord wieder zu befreien. Mal muß die Vorsehung doch auch den dicksten Dickkopf wieder in die Schranken von Anstand und Moral, von gegenseitiger Achtung und gegenseitigem Verständnis zurückweisen.«

Schwer zu tragen hatte er an der Nachricht, daß Tante Friedel und Onkel Paul ums Leben gekommen waren. Um dem Bombenterror in Berlin zu entgehen und nicht in ihrer Wohnung im vierten Stock getroffen zu werden, hatten sie ein verlängertes Wochenende in ihrem kleinen Häuschen in Senzig verbracht und waren dort bei einem Notabwurf regelrecht zerstückelt worden. Und Elisabeth, ihre Tochter, war schwanger, ohne genau zu wissen, wer der Vater ihres Kindes war. Das behauptete jedenfalls die Gerüchteküche.

Sogar ein hartgesottener Mann wie sein Kollege Günther hatte Tränen in den Augen, wenn sie in Groß Pankow auf der Dorfstraße standen und in den Himmel sahen, wo die alliierten Kampfverbände Richtung Reichshauptstadt zogen. Fast vierhundert Maschinen zählten sie. Völlig unbehelligt von deutschen Jagdfliegern und Flugabwehrkanonen. »Aber statt dessen große Worte«, schrieb Otto im nächsten Brief – wagte es jetzt sogar, so etwas zu schreiben. »Gestern, heute, morgen. Es ist zum Kotzen, aber wir müssen diesen Weg bis zum Ende gehen.«

Als er am 15. August in Berlin war, um im Telegrafen-Zeugamt Material für Groß Pankow zu beschaffen, fuhr er nachmittags nach Schmöckwitz und traf dort, obwohl es ein Dienstag war, zu seiner großen Überraschung auch seine Mutter und seinen Bruder im Garten beim Kaffeetrinken. Helmut hatte Heimaturlaub bekommen, um zusammen mit einem Rechtsanwalt die Scheidung über die Bühne zu bringen. Sie umarmten sich.

»Schön, daß du noch am Leben bist!«

»Unkraut vergeht nicht.«

»Obwohl sie sich ja alle Mühe geben, uns auszumerzen ...«

Das bezog sich nicht nur auf Nazis und Oberste Heeresleitung, sondern auch auf die Luftangriffe. Und richtig, kaum waren Mutter und Sohn Matuschewski wieder Richtung Kreuzberg gestartet, meldeten sie im Radio, daß Störflugzeuge von Schleswig-Holstein her im Anflug seien, und um Mitternacht gab es prompt Alarm. »Aber Gott sei Dank blieb diesmal im Osten alles ruhig«, schrieb er am nächsten Morgen nach Zieko. »Aber alle graulen sich vor der Nacht, und wenn die dann vorbei ist, vor dem Tag. Mädel, was ich auf meiner Fahrt nach Berlin alles an Zerstörungen gesehen habe, das geht auf keine Kuhhaut.«

Als er am nächsten Morgen in Neukölln an der Ecke von Braunauer Straße und Fuldastraße aus der 95 gestiegen war, ging er nur sehr langsam in Richtung Ossastraße und wagte dann, als er sie erreicht hatte, minutenlang nicht, den Kopf um die Hausecke zu strecken, sondern sah sich erst die dürftigen Auslagen im Elektroladen an. Stand noch alles, oder war die Nummer 39 nur noch ein Trümmerhaufen? Endlich faßte er sich ein Herz. Alles noch in Ordnung, Gott sei Dank. Aber dann war er allein in der Wohnung und fühlte sich dort wie ein Fremder im Hotel. Wie er von der Nachbarin gehört hatte, drohte ihnen die Zwangseinweisung einer anderswo in Berlin ausgebombten Familie. Nun, falsch war diese Maßnahme ja nicht, aber ...

Als er vor seiner Rückkehr nach Groß Pankow noch einmal bei seiner Mutter vorbeischauen wollte, war oben in der Wohnung niemand, und als er an der Tür zum Kohlenkeller klopfte, schien auch dort keiner zu sein. Seltsam. Schön, es war ein lauer Spätsommerabend, aber daß seine Mutter noch zum Schwimmen ins Studentenbad gegangen war, konnte ausgeschlossen werden, denn obwohl sie am Wasser groß geworden war, hatte sie diese Kunst nie erlernt. Was dann? Er hämmerte nun regelrecht gegen die Tür, von der Angst erfaßt, sie könne Selbstmord begangen haben. So viele drehten jetzt den Gashahn auf. Der Tod selbst schien ihnen nicht so schlimm zu sein wie die dauernde Angst vor ihm.

»Mutter, mach doch auf, ich bin's, Otto!«

Endlich hörte er drinnen auf der Treppe ihre Schritte, zugleich aber auch ein warnendes: »Pst!«

»Hast du einen Liebhaber?«, fragte er, als sie die Tür geöffnet hatte. »Etwa einen verheirateten Mann?«

»Ich dachte, das ist die Gestapo.«

»Weil du was mit einem verheirateten Mann hast?«

»Nein, weil Tante Friedel hier ist«, flüsterte sie, während sie wieder alles verschloß und verriegelte.

Hinten auf dem Bett, in dem er jahrelang geschlafen hatte, hockte Friedel Quade, seit dem Tod ihres Mannes ständig auf der Flucht. Klein und grau war sie, wie ein eben aus dem Nest gefallener kleiner Spatz kam sie ihm vor. Was sollte er ihr groß sagen, außer: »Alles Scheiße ...« Immerhin hatte sie es geschafft, bis jetzt am Leben zu bleiben.

»Willst du hierbleiben, bis alles vorbei ist?«
»Tausend Jahre?«
»Schon in tausend Tagen wird alles ganz anders aussehen.«
Was blieb Otto, als sie beim Abschied zu umarmen. Zum ersten Mal in seinem Leben, denn vorher hatten sie sich nicht allzuoft gesehen.

Wieder in Groß Pankow, stürzte er sich sofort in den Kampf um das bißchen Wohnraum, das er benötigte, um seine Familie nachzuholen. Doch es war einfach nichts zu finden. Einmal träumte er, daß er mit Margot und dem Faltboot unterwegs war. Plötzlich begann es, obwohl Sommer war, heftig zu schneien. Immer höher lag der Schnee, und auf der Mosel, diese war es wohl, trieben Eisschollen. Der Fluß fror langsam zu. Endlich fanden sie einen Platz zum Anlegen. Die kleine Stadt, in die sie nun kamen, war zwar menschenleer, doch an jeder Pension hing ein kleines Schild: Alles belegt.

Endlich aber schien er das berühmte Licht am Ende des Tunnels zu sehen, denn bei einem Telefonat mit Postrat Hesse, der in Berlin geblieben war, erfuhr er, daß der Reichspost auch noch die beiden Dachstuben in der Gaststätte Zgries zur Verfügung stünden. »Danke, ja ...« Kaum hatte Otto aufgelegt, stürzte er auch schon aus der Tür seiner Dienststelle, schwang sich auf sein Rad und fuhr zu Zgries, dessen Herberge dort lag, wo die schmale Straße nach Wolfshagen von der Chaussee Pritzwalk–Perleberg abging.

Doch was sagte der Gastwirt ihm, als er atemlos am Tresen stand: »Tut mir leid, eben war schon der Herr Günther hier, Ihr Kollege, und hat gesagt, daß er bei mir einziehen will.«

Kein Wunder, daß Otto in den nächsten Tagen ausgesprochen schlechtgelaunt durch die Gegend fuhr und mit seinen Gedanken immer öfter bei seinen Lieben war, je unwahrscheinlicher es wurde, daß er sie in Bälde nachholen konnte. Wie in Trance radelte er durch Groß Pankow, das ein typisches Straßendorf war, wobei die Dorfstraße an ihrem einen Ende sozusagen nahtlos in die Chaussee nach Kuhsdorf überging, am anderen Ende aber einen markanten Endpunkt hatte: die Bahnschranke. Auf die hielt Otto nun zu. Er blickte nach links über die Wiesen, ob wohl ein Zug aus Wittenberge und Perleberg angedampft kam, dann nach rechts zum Bahnhof, der in der Sommersonne schmorte, nur geradeaus sah er nicht. Das wäre aber angebracht gewesen, denn auf seinem »Gummiwagen« kam ihm der Bauer Martin Blumenhagen entgegen. Im Gegensatz zu einem Leiterwagen, der auf hölzernen Rädern mit eisernen Reifen laut über das Kopfsteinpflaster rumpelte, hatte ein »Gummiwagen« vier normale Autoreifen auf den Felgen und war entsprechend leise. Als Otto Martin Blumenhagens Gefährt endlich sah und hörte, war er sehr erschrocken und machte beim Klingeln einen solchen Schlenker, daß die beiden sensiblen Braunen, die der Bauer eingespannt hatte, heftig reagierten und wiehernd in die Höhe stiegen. Blumenhagen ließ ein langgezogenes »Brrr!« ertönen, und es wäre noch alles gutgegangen, wenn nicht ausgerechnet in diesem Augenblick das Läutewerk der Schranke eingesetzt hätte, da nun wirklich ein Zug nahte. Jetzt waren die beiden Pferde nicht mehr zu zügeln, sie schossen nach vorn und zwangen Otto, sich mit einen Hechtsprung in den Groß Pankower Staub zu retten. Er kam mit ein paar Hautabschürfungen davon, aber sein Vorderrad wurde von einem Pferdehuf getroffen und gehörig deformiert.

»Können Sie nicht aufpassen!«, schrie Otto Blumenhagen ihn an, der ein paar Meter weiter angehalten hatte. Er kannte ihn vom Sehen und ein paar flüchtigen Worten. Trotz der Hitze trug er seine braungraue Schirmmütze und sah auch sonst so aus, wie man sich einen Landwirt vorstellte: rosig das Gesicht, vom Wetter gegerbt, kraftvoll die Gestalt, aber auch ein wenig krumm, wohl vom Pflügen.

»De verdammten Stadtlüte!«, schimpfte der Bauer auf Platt. »Den Deuker ok. Wat hefft ji doch for Gluck gehabt ...«

»Glück?« Otto wies zuerst auf seine aufgeschrammten Hände, und dann hob er sein Rad in die Höhe, um Blumenhagen das total verbogene Vorderrad zu zeigen. »Nun sagen Sie bloß, daß ist alles meine Schuld.«

»Dat will ik jo jüst nich seggen, aber, Minsch, warum biste nich utbügen, dat Perd deit di nix. Kanns woll nich kieken.«

»Ick kann schon kieken, det gloob ma mal!«

Blumenhagen lachte. »Wat du nich seggst. Du kanns eenen jo rein leed doon.« Und weil Otto ihm wirklich leid tat, lud er dessen Fahrrad auf seinen Wagen. Paul, sein russischer Fremdarbeiter, sei gelernter Mechaniker, und der könne das schon wieder reparieren. Otto solle sich mal auf den Kutschbock setzen und mitkommen, um auf den Schreck einen zu trinken.

So lernte Otto die Familie Blumenhagen kennen, die außer dem Landwirt selber noch aus seiner Frau Hertha, der älteren Tochter Inge, der jüngeren Tochter Edith sowie seiner Mutter bestand. Oma Blumenhagen ging immer schwarzgekleidet und war im ganzen Dorf dafür bekannt, daß sie Mägde, Knechte und Feldarbeiter gehörig scheuchte. Jeder Müßiggang war ihr zuwider. Die Bäuerin war eine Seele von Mensch und hatte einen Kropf von einer Größe, wie man ihn nicht einmal in Niederbayern fand. Edith war vielleicht vier Jahre älter als Manfred, und Inge mochte 15 sein.

»Die Fro ist noch in Berlin?«, fragte Blumenhagen.

»Daß in Berlin noch einer froh sein kann, glaube ich nicht ...«

»Ihre Frau!«, erklärte ihm Hertha Blumenhagen.

»Die ist mit meinem kleinen Sohn noch in Zieko, das ist bei Coswig, im Anhaltinischen.«

»Jo, jo«, stöhnte Blumenhagen. »Fröher is dat alls vel, vel beter gewesen. Böse Tiden sind das heutzutage.«

Hertha Blumenhagen hakte nach. »Und warum holen Sie sie nicht nach?«

»Weil ich hier keine Wohnung für sie bekomme.«

»Na, bei uns sind doch zwei Stuben frei, eine oben, eine unten.«

Otto wäre ihr am liebsten um den Hals gefallen, wenn da nicht sein Wissen um die Allmacht der NS-Volkswohlfahrt gewesen wäre. »Aber ob die in Pritzwalk auch zustimmen?«

»Werden sie schon, ich bin ja hier der Ortsbauernführer.«

Da zuckte Otto doch ein wenig zusammen. Blumenhagen war nach Vierjahn der größte Bauer im Dorf, und so hatten ihn die Nationalsozialisten zum Ortsbauernführer gemacht, ohne daß er recht begriffen hatte, was das alles sollte.

»Herr Matuschewski, ich hab' doch nicht wissen können, daß das alles so kommen wird. Nun wollen Sie gar nicht bei uns wohnen?«

»Doch, doch, liebend gern.«

Bis Ende Oktober zog sich alles noch hin, dann hatte Otto die Zustimmung der Kreisleitung und konnte mit viel Glück und Geschick Betten und einiges an Hausrat auf RPZ-Lastwagen nach Groß Pankow transportieren lassen.

An dem Wochenende, an dem seine beiden Lieben auf dem Bahnhof ankamen, war bei Blumenhagens Schlachtetag, und Otto als neues Mitglied der großbäuerlichen Hausgemeinschaft mußte tüchtig mithelfen.

Das Schwein, das geschlachtet werden sollte, war am rechten Hinterfuß mit einem Ring am Boden festgebunden. Georg, der Großknecht, hielt einen großen Vorschlaghammer in der Hand, während Blumenhagen, seine Frau und seine Mutter das Tier auf den Boden drückten. Otto fiel die Aufgabe zu, das Blut mit Schüsseln und Eimern aufzufangen, wobei ihm Edith zur Seite stand, wenn das Blut gerührt werden mußte. Otto schloß die Augen, als der Knecht ausholte und das Schwein mit einem Schlag auf die Stirn gekonnt tötete. Das Quieken des Tieres ließ ihn fast ohnmächtig werden.

»Man gut, daß Sie nicht unter die Soldaten mußten«, meinte Hertha Blumenhagen.

Georg, der auch Metzger gelernt hatte, zog nun mit dem rechten Fuß den Kopf des Tieres zurück und kniete sich mit dem linken Knie in seinen Nacken. Alle, die Hände hatten, sorgten dafür, daß der Hals angespannt war, als Georg mit seinem Messer zustach, etwa drei Finger vom Brustbein entfernt, und die Hauptadern sicher mit der Schneide durchtrennte. Sofort quoll das Blut aus der Stichwunde, und Otto mußte seines Amtes walten.

Als er später auf dem Bahnsteig stand und Margot beim Aussteigen half, erschrak sie nicht wenig, als sie seinen blutbespritzten Anzug sah.

»Hast du einen umgebracht?«

»Ja ...«

»Pst!«
»Nee, das Schwein bei Blumenhagens.«
»Otto! Pst!«
»Feind hört mit!« Manfred war aus dem Zug gesprungen und stimmte in die Mahnung seiner Mutter ein. Überall hingen die gelb-schwarzen Plakate, die vor feindlichen Spionen warnten.

Margot gefiel Groß Pankow auf Anhieb, und sie sagte, sie fühle sich fast so, als habe sie eine Zweitwohnung auf dem Land.

Auch Manfred war von allem begeistert. »Baust du mir auch immer was?«

»Ja, aber nur, wenn du deine Schularbeiten gemacht hast.«

Da die Dorfschule zu klein war, um auch noch die vielen Flüchtlingskinder zu unterrichten, hatte man eine Dependance im Gasthaus Wolf eingerichtet. Manfred hatte seinen Platz direkt neben dem Zapfhahn. Die Lehrerin war mit seinem stillen und artigen Verhalten sehr zufrieden und bescheinigte ihm durchschnittliche Kenntnisse und Fähigkeiten, was Otto nicht eben erfreute, hatte er doch mit »überdurchschnittlich« gerechnet.

Es fiel ihnen nicht schwer, sich in Groß Pankow einzuleben, zumal es Margot schon in Zieko gelernt hatte, in Stall und Küche kräftig mit anzupacken. Und Otto Matuschewski kannten alle im Dorf, seit er auf die Idee gekommen war, über dem Eingang der RPZ-Zentrale einen Lautsprecher anzubringen. Hatten nun der Ortsbauernführer Martin Blumenhagen, der Bürgermeister oder eine Parteigröße etwas anzukündigen, so traten sie ganz einfach drinnen vor ein Mikrofon und hielten ihre Rede. Worauf Otto inständig hoffte, war eine Durchsage folgenden Inhalts: »Das Deutsche Reich hat soeben kapituliert, der Führer ist tot.« Nur um das zu hören, hatte er diese Anlage letzten Endes geschaffen. Er sah sich dabei Arm in Arm mit seinen beiden Lieben auf der Dorfstraße stehen: »Wir drei haben es überlebt ...« Doch Ende 1944 schien dieser Tag noch immer in weiter Ferne zu liegen. Vielmehr ließ die großangelegte Ardennen-Offensive Männer wie Hans-Werner Hesse wieder jubeln: »Das ist die Wende! Und mit unserem Volkssturm sind wir unbesiegbar geworden. Jeder Mann muß an die Front.«

Während er dies sagte, kämpfte er verbissen darum, daß seine Männer weiterhin u.k. gestellt blieben, also nicht eingezogen wurden, und er schaffte es tatsächlich, seinem Sachgebiet das Prädikat »kriegswichtig« zu erhalten. »Wenn ich wirklich übrigbleibe«, sagte Otto immer wieder, »dann habe ich es Hesse zu verdanken.«

Was ihn in der Adventszeit in Angst und Schrecken versetzte, war allein sein Sohn. Der hatte nichts als Dummheiten im Kopf und stellte zusammen mit Edith immer etwas an. Harmlos war ja noch, daß sie ihre Gesichter zu wilden Grimassen verzogen und sich damit vor die große Standuhr stellten, um zu sehen, ob das Gesicht »so stehenblieb«, wenn die Uhr mehrmals schlug. Daß sie Dutzende von Groschen auf die Schienen legten und von den Zügen plattfahren ließen, war schon weniger schön, doch dann kam das, was allem die Krone aufsetzte: Zusammen mit anderen Jungen aus dem Dorf spielten sie, wer es am längsten aushalten konnte, auf den Schienen stehenzubleiben, wenn die Lok angefahren kam.

»Vati, ich bin heute Zweiter geworden!«, rief Manfred voller Stolz.

»Wobei?«

Als er Bericht erstattet hatte, bekam er zwei Wochen Stubenarrest. Margot wollte ihn zudem noch verhauen, doch Otto hielt sie zurück. Eigentlich war der Junge ganz schön mutig …

Weihnachten feierten sie in der kleinen Stube unten im langgestreckten Haus. Otto hatte sich in einem von Martin Blumenhagens Waldstücken eine schöne Fichte schlagen dürfen, und an ihr hing nun eine selten schöne Lichterkerzenkette aus drei dutzend kleinen Prüfschranklampen, die er alten RPZ-Beständen entnommen hatte. Wie Sternenstaub sah das aus, und alle Dorfbewohner blieben immer wieder staunend vor ihrem Fenster stehen. »Wir hätten Eintritt nehmen sollen«, sagte Otto. Manfred hatte einen gebrauchten Stabilbaukasten bekommen und war selig. Während er auf dem Boden kniete und die ersten Kräne zusammenschraubte, saßen Otto und Margot Arm in Arm auf dem Sofa und sahen ihm zu.

»Es ist wie im tiefsten Frieden ...«

Kaum war das gesagt, klingelte es schon wieder an der Haustür. Neue Flüchtlinge waren angekommen und suchten den Ortsbauernführer. So ging das Tag für Tag.

Und immer wieder wanderten ihre Gedanken nach Berlin.

»Ob deine Mutter jetzt bei Mutti draußen in Schmöckwitz ist?« Margot hatte Tränen in den Augen.

»Nächstes Jahr Weihnachten sind wir alle wieder beisammen.«

»Und Gerda und Gerhard ...«

»Unkraut vergeht nicht.«

Otto hatte nur den einen Wunsch: daß bis zum Kriegsende alles so blieb, wie es gerade war. Hier in Groß Pankow auch den letzten großen Sturm noch überstehen. Und eingedenk der alten Weisheit »Der Mensch denkt, Gott lenkt« tat er das, was er seit seiner Zeit auf dem Oderkahn nicht mehr getan hatte: Er betete im stillen. »Herr, deine Barmherzigkeit ist groß ... Führe meine Sache und erlöse mich ... Gib, daß wir drei hier in Groß Pankow bis zum Schluß zusammen und am Leben bleiben.«

Und es schien auch wirklich so, als würde der Herr ihn erhören, denn während überall im Reich die Männer zwischen 16 und 60 an die Front oder wenigstens zum Volkssturm mußten, konnte er in aller Ruhe in seinem kleinen Arbeitszimmer sitzen und seine Listen führen. Seinen Geburtstag am 24. Januar 1945 und den von Manfred am 1. Februar feierten sie mit Kaffee und Kuchen und einem üppigen Abendbrot, »genau wie früher«, und alles war fast zu schön, um wahr zu sein.

Dann kam ein Anruf seiner Mutter aus Berlin: »Du, Otto, ich bin ausgebombt.« Viel mehr erfuhr er nicht, denn die Leitung war plötzlich unterbrochen. Erst ein Brief von seiner Schwiegermutter aus Schmöckwitz, geschrieben am 9. Februar, schaffte Klarheit:

»Ich will Euch nun, so gut es geht, alles berichten, denn Anna wird Euch vermutlich noch nicht viel geschrieben haben. Ich hatte schon gehört, daß der Angriff am 3. Februar der bisher schwerste auf Berlin gewesen war. Ganze Straßenzüge seien verwüstet, es gäbe viele Brände, und viele tausend Tote lägen unter den Trümmern. Ich wartete nun am Sonntag auf Anna, doch sie kam nicht. Telefonisch konnte ich auch niemanden erreichen. Am Montag hatte ich keine Ruhe mehr und fuhr nachmittags zu Anna. Als ich am Görlitzer Bahnhof ausstieg, bot sich gleich das übliche Bild der Verwüstung durch die Bomben. Am Lausitzer Platz waren die Häuser, die Fabriken und die Emmaus-Kirche zerstört; neben der Schule, wo Dr. Walkoff seine Zahnarztpraxis hat, auch einige Häuser eingestürzt. Doch als ich zur Manteuffelstraße kam, da blieb mir mein Herz stehen. Bis zu Nummer 35 alles zerstört und ausgebrannt. Meine erste Frage war natürlich, ob Anna Matuschewski noch lebe. Ja, sie lebte, Gott sei Dank.

Die eine Bombe war in Nummer 34 eingeschlagen, und dort lagen noch über dreißig Tote unter den Trümmern. In Nummer 33 war die Bombe wohl schräg nach hinten gegangen, und dort brannte erst später alles aus, das heißt, es brennt immer noch, denn in Annas Keller lagen dreihundert Zentner Kohlen. Anna war im Haus im Luftschutzkeller gewesen, der standhielt. Sie krochen durch einen Durchbruch zum Eckhaus Waldemarstraße 71 und konnten sich alle retten. Mit Hilfe anderer Menschen konnte Anna aus der Wohnung noch die Bettstellen mit den Betten, das Sofa, die Läufer, einige Kleider, die Nähmaschine, Helmuts Radio und Plattenschrank und die Koffer holen. Das ist jetzt alles bei Bekannten untergestellt. Dann erfuhr ich, daß Anna in der Waldemarstraße 68 von einer Frau Arndt aufgenommen worden war, und da fand ich sie in einer Verfassung, die ihr Euch ja denken könnt. Auch Gerda Matuschewski in der Prinzenstraße 12 ist ausgebombt und hat alles verloren. Ich ging dann noch zu Sykes rauf, da war alles beim alten. Gerhard hat seit dem 15. Januar nicht mehr geschrieben. Am Dienstag kam Anna zur mir raus und blieb bis Mittwoch nachmittag. Auf dem Quartieramt hörte sie, daß die jetzt leerstehenden Wohnungen an Ausgebombte fest vergeben werden, so daß der ursprüngliche Mieter auf seine Wohnung keinen Anspruch mehr hat. Nun will Anna in Eure Wohnung ziehen, damit sie Euch erhalten bleibt. Annas Kohlenwagen ist zwar auch verbrannt, aber sie wollte sich einen anderen leihen und am Sonnabend die geretteten Sachen in die Ossastraße bringen lassen. Keiner weiß, was werden wird, aber alle wünschen ein baldiges Ende, denn keiner möchte eine Belagerung und Bekämpfung Berlins miterleben. Hoffentlich braucht Otto dieses Morden nicht mehr mitzumachen ...«

Es blieb die bange Frage, was mit Friedel Quade passiert war. Hatte sie sich auch aus dem einstürzenden Keller befreien können, war sie verschüttet worden und lag tot unter den Trümmern, war sie nach der Rettung entdeckt und festgenommen worden? Daß Marie Schattan darüber nichts berichten konnte, war klar, aber vielleicht hatte sie eine Andeutung gemacht. Otto suchte vergebens. Nun ja, immerhin konnten sie noch hoffen.

Dann kam der 15. Februar 1945. Otto wollte gerade zum Mittagessen gehen, da sah er den Postjungboten winken.

»Herr Matuschewski, ein Brief für Sie.«

Otto sah auf den ersten Blick, daß es etwas Amtliches war. Und was konnte das in diesen Tagen schon anderes sein als ... Es traf ihn wie ein Schuß in die Brust. Ja, es war sein Gestellungsbefehl. Er hatte sich am 25. Februar in Berlin-Spandau in der Kaserne einzufinden.

Er hatte eine hämische Stimme im Ohr: »Nun wirst du doch nicht übrigbleiben ...«

IN DER HEIMAT, IN DER HEIMAT

1945–1947

Anfang März 1945 zeichnete sich der baldige Untergang des Dritten Reichs allenthalben ab. Nachdem im Januar die Rote Armee ihre großangelegte Offensive gegen die deutsche Ostfront begonnen und das Konzentrationslager Auschwitz befreit hatte und die Alliierten im Februar in Jalta die Teilung Deutschlands in vier Besatzungszonen beschlossen hatten, wurde Dresden durch zwei britische und einen amerikanischen Luftangriff fast völlig zerstört. Die Alliierten durchbrachen den Westwall und besetzen am 6. März Köln. Bis zur bedingungslosen Kapitulation am 8. Mai waren es aber noch neun Wochen, neun furchtbare Wochen, in denen noch Hunderttausende sterben mußten. Sollte auch Otto Matuschewski, der nun der 3. Kompanie des Pionier-Ersatz- und Ausbildungsbataillons 23 zugeteilt war, zu ihnen gehören?

»Ehe wir hier unsere Ausbildung abgeschlossen haben, ist der Krieg zu Ende«, sagte Karl-Heinz Riese, genannt Adam Riese, Ottos alter RPZ-Kollege, der sein Schicksal teilte. »Um was wollen wir wetten?«

»Um drei beschissene Betten.«

»Ernsthaft«, beharrte der Kamerad.

Otto überlegte nur kurz. »Um drei Flaschen Chablis – zu trinken nach Kriegsende um drei. Ich wette, daß wir noch an die Front kommen.«

»Ich wette, daß vorher alles aus ist.«

Otto Matuschewski hatte sich nun dem Rhythmus des Kasernenlebens anzupassen, und immer wieder schrieb er seiner Margot nach Groß Pankow, daß es in Spandau zuginge wie bei Preußens. Schnell war er eingekleidet – »Pionier Arsch ist fertig!« –, und er war noch keine 24 Stunden Soldat, da ging es schon ans Marschieren, mit Karabiner und Patronentasche behängt, begleitet von zwei Unteroffizieren. Zum Übungsplatz in der Jungfernheide hasteten sie, doch kaum hatten sie ihre Gewehre angelegt, da gab es Luftschutzalarm. Danach wurde ihnen das Mittagessen in großen Kübeln herausgebracht. Erbsen. Zur besseren Verdauung durfte er zwei Stunden Wache schieben. Als er sich gerade von seinen Magenwinden befreit hatte und der Geruch noch in der Luft hing, hielt neben ihm ein Auto, in dem ein hoher Offizier saß, der schon die Scheibe heruntergekurbelt hatte.

»Hat es hier einen Giftgasangriff gegeben?«, rief er, höchst indigniert. »Oder galt das mir?«

»Den Ausweis bitte«, sagte Otto ungerührt.

»Wissen Sie denn nicht, wer ich bin?«

Das war nicht schwer zu erraten, aber Otto bewunderte die subtilen Methoden des braven Soldaten Schwejk. »Nein, ich bin erst seit vorgestern Soldat.«

»Ich bin Ihr Kommandeur.«

»Angenehm ...«

Vor fünf Jahren hätte ihn eine solche Antwort noch in den Bunker gebracht, in diesen Wochen aber war die Reaktion nur noch ein unwirsches »Blödian«.

»Ach ja«, sagte Adam Riese. »Deutschland ist auch nicht mehr das, was es einmal war.«

»Kaserne bleibt immer Kaserne.«

»Hör auf zu stöhnen: Jeder Tag in der Heimat ist ein geschenkter Tag.«

Daß der Krieg nicht mehr lange dauern konnte, war daran abzulesen, daß in Spandau schon Straßensperren errichtet worden waren. Jeden Abend diskutierten sie, ob es wohl ihr Schicksal sei, die Reichshauptstadt verteidigen zu dürfen, Straße für Straße, Haus für Haus. Otto schlief oben und fror trotz zweier Decken gewaltig, denn der Raum war nicht beheizt. 15 Mann waren sie in ihrer Stube, alle an die vierzig Jahre alt.

»Es hat durchaus seine Vorteile, bereits so alt zu sein«, meinte Adam Riese. »Man hat doch schon eine ganze Zeit gelebt, bevor man abkratzt ... gemessen an einem, der gerade von der Schulbank kommt.«

Otto relativierte das wieder. »In der Sekunde nach deinem Tod ist es doch egal, wie lange du gelebt hast.«

Jetzt wäre es schön gewesen, seine Familie wäre noch in Berlin, da hätte er Margot und Manfred wenigstens am Sonntag in die Arme schließen können, doch wenn er die Ruinen ringsum sah, dann wußte er, daß sie bei Blumenhagens besser aufgehoben waren. Er schrieb nicht jeden Abend nach Groß Pankow, denn meist war er todmüde, wurden doch die Rekruten auch im März 1945 noch geschliffen wie eh und je. »Wovon kann der Landser denn träumen?«, sang einer im Radio. »Er träumt von seiner kleinen Frau.« Nicht einmal dazu kam er, zu schnell war er eingeschlafen.

Auf dem Schießplatz Ruhleben kam ihm zugute, daß sie früher in Schmöckwitz öfter Wettkämpfe mit dem Luftdruckgewehr ausgetragen hatten, denn er schaffte mit seinen drei Schuß immerhin 27 Ringe. Einigermaßen wohl fühlte er sich unten an der Havel, wo sie nicht nur den Bau von Pontonbrücken übten, sondern auch schwere Floßpackfähren zusammensetzten. »Ach, Mädel«, dachte und schrieb er, »so stand ich wieder einmal am Wasser. Über uns blauer Himmel ...« Der Ausbilder war ein alter Paddler und machte Otto bei einer Wettfahrt zum Schlagmann eines der beteiligten Flöße. »Und wir gewannen das Rennen zu unserer größten Gaudi.«

Kaum hatte er dies geschrieben, ein Sonntag war es, da klopfte es, und Mutter nebst Schwiegermutter standen in der Tür. Er freute sich über alle Maßen, obwohl die erste Nachricht, die sie überbrachten, wenig erfreulich war: »Denk nur, Albert ist auch ausgebombt.« Albert war kurz zuvor mit einem »Heimatschuß« nach Berlin zurückgekehrt.

»Können Albert und Grete nicht auch bei euch in der Ossastraße wohnen?«, fragte seine Schwiegermutter. Alberts erste Frau, Lucie, war 1932 gestorben, und drei Jahre später hatte er wieder geheiratet, wie sein Bruder Berthold auch eine Grete.

»Ja, selbstverständlich. Mit Mutter haben sie sich ja immer gut vertragen.«

Hätte ihm vor 15 Jahren jemand erzählt, daß alles so kommen würde, er hätte ihn in die Irrenanstalt einweisen lassen. Und nun war der Irrwitz etwas ganz Alltägliches geworden.

»Da werden sie sich aber freuen.«

»Haste Glück, machste dick.«

Die Umstellung auf Kommiß war schwer, aber sie war zu ertragen. Obwohl die Unteroffiziere nur halb so alt waren wie er, klassifizierte er sie als »brauchbare Kerle«. Alle hatten schon Fronterfahrung und waren nicht die sadistischen Schleifer, vor denen er sich am meisten gefürchtet hatte. Trotzdem war es gewöhnungsbedürftig, daß immer alle »Marsch, marsch!« schrien und der Zivilistenschritt verpönt war.

»Gut, daß ich mir Fußlappen mitgenommen habe, bei dem dauernden Eiltempo hier qualmen ja die Socken nicht nur, die geraten ja richtig in Brand.«

»Sie sollten uns lieber mal beibringen, wie man kapituliert und sich in Gefangenschaft verhält«, sagte Adam Riese.

Daß bald Schluß sein würde, war den meisten klar, denn sogar ihr Leutnant hatte es beim Unterricht zugeben müssen: »Die Angloamerikaner stehen schon am Rhein, und die Bolschewisten haben Pommern bis zur Ostsee durchstoßen.« Jeden Tag gab es jetzt schwere Luftangriffe. Ottos Schwiegermutter hatte letzten Sonntag nicht nach Spandau kommen können, weil die S-Bahn nur bis Schöneweide gefahren war, wie sie ihm auf einer Postkarte mitteilte.

Margot klagte immer öfter, daß ihr der Junge über den Kopf wachse und sie schon ganz verzweifelt sei. Nie würde er seine Spielsachen wegräumen, er mache seine Schularbeiten nicht, wolle um acht Uhr nicht ins Bett gehen und spiele kaum mit seinem schönen Stabilbaukasten, andauernd müsse sie zum Ausklopfer greifen. Als Otto zu Kopierstift und Briefpapier griff, um ihr zu antworten, bekam er einen derartigen Hustenanfall, daß er sich nicht nur krümmte, sondern auch Blut im Auswurf hatte. Er wollte nicht, aber Adam Riese jagte ihn zum Truppenarzt.

»... andauernd die kalten Füße in unserer ungeheizten Bude, Herr Doktor, und ich habe ja ohnehin empfindliche Atmungsorgane von meiner Mutter geerbt.«

»Drei Tage Bettruhe.«

Adam Riese schüttelte den Kopf. »Der Blödmann hätte doch auch sagen können, daß du dir 'ne echte Lungenentzündung eingefangen hast oder, besser noch, 'ne echte Tuberkulose – und ab nach Hause.«

Doch so schlimm war es nicht, obwohl er immer noch schrecklich bellte und külsterte, wie man in Tschicherzig immer gesagt hatte. »Das ist eben beim Militär die Kacke, es fehlt die fürsorgliche Hand der lieben Frau«, schrieb er nach Groß Pankow. »Hier soll alles durch stramme Haltung ersetzt werden.« Im Bett hatte er viel Zeit zum Grübeln und zum Träumen. »Ach, Margot! Deine lieben Genesungswünsche nehme ich gern entgegen. Ständig denke ich an Dich. Wie gern würde ich Dich wieder einmal mit meinen Armen umschließen und Dich ganz doll liebhaben. Aber, Pumpel, es wird schon wieder werden. Denn: ›Im Leben geht alles vorüber, erst die Freud und zum Glück auch das Leid.‹«

Kaum ging es ihm ein wenig besser, wurde er schon wieder auf den Schießplatz gescheucht und schaffte beim Scharfschießen auf 150 Meter Entfernung 42 von 60 möglichen Ringen.

»Du bist der, der dem Führer den Endsieg sichern wird«, sagte Adam Riese schulterklopfend.

Jeden Abend gab es nun Alarm, und sie mußten in den Keller eilen. »Liebe Margot, Du wolltest wissen, ob wir einen Bunker haben. Nein, mein Schatz, wir sind doch Soldaten. Aber unser Keller ist gut abgesteift.« Etwas anderes bereitete ihm im Augenblick größere Sorgen. »Nun sage mir bloß, wo kommen die langen Flüchtlingszüge her, und wo wollen sie hin? Wenn es in Groß Pankow ans Türmen gehen sollte: Bleibe bloß nicht allein zurück. Wenn auch vieles Propaganda ist, der Gedanke, Dich und den Jungen eventuell hinter den russischen Linien zu wissen, der würde mich krank machen. Auch Blumenhagen wird es sich noch dreimal überlegen, wirklich in Groß Pankow auf seiner Scholle zurückzubleiben, auch wenn er all seine Pferde bei der Wehrmacht abliefern mußte. Na, vorerst ist es noch nicht soweit. Und wenn, dann ab auf die Westseite der Elbe. So lange wie möglich wird die Post noch funktionieren, und wir bleiben in Verbindung.«

Margots nächster Brief war nur schwer zu entziffern. Gegen ihre Tränen war auch der beste Kopierstift nicht angekommen. Ottos Schmerz war so groß, daß er bei seiner Antwort jede Vorsicht vergaß. »Bald wird Dich ja der Brief erreichen, in dem steht: ›Dein Männe kommt heim!‹ Ach, Pumpel, dieser mörderische Wahnsinn will auch gar kein Ende nehmen, und manchmal könnte man schier verzweifeln. Aber da muß die Vernunft und vor allen Dingen die eiskalte Logik wieder in uns siegen. Und die sagt: Warten und abwarten, wieder und wieder. Im Ablauf der Weltendinge sind Tage und Wochen ja nur Sekunden und Minuten. Aber die Weltenuhr geht unerbittlich weiter, und kein Sterblicher kann ihren Lauf hemmen. Es kommen auch wieder bessere Zeiten, und dann, mein Fraule, halten mich keine zehn Pferde mehr, und ich laufe zu Euch zurück. Bis dahin, Pumpelchen, aushalten und nicht so viel weinen. Mädel, warum graut Dir so vor der Zukunft? Wir haben doch keinem etwas getan ...«

Seine Mutter schrieb ihm auf einer Postkarte, die von Neukölln nach Spandau 14 Tage gebraucht hatte, daß Helmut mit seiner Panzereinheit jetzt auf einem Truppenübungsplatz bei Prag stünde. Von Gerhard war schon lange keine Post mehr gekommen, und auch Gerda schien im Riesengebirge verschollen zu sein. Er schreckte hoch. Vielleicht gab es diese Menschen gar nicht, auch Schmöckwitz nicht, Groß Pankow nicht, Margot nicht und Manfred nicht, vielleicht war alles nur ein Traum. Er beugte sich nach unten, wo Adam Riese unter ihm lag und auch nicht einschlafen konnte.

»Kannst du mir mal sagen, wie ich heiße und was wir hier machen?«

»Du heißt Karl Arsch, kommst aus Erkner, wirst hier an der V 2 ausgebildet und lernst Englisch, weil du ab Mai ins RPZ Amerika abgeordnet wirst.«

»Danke.«

Fiel auch ringsum das Reich in Scherben, im Ausbildungsbataillon in der Spandauer Kaserne wurde dennoch pünktlich jeden Morgen um 5 Uhr 30 geweckt. Nach dem Frühstück, das aus fünfhundert Gramm Brot, einem Klacks Margarine und einem Stückchen stinkenden Romadur bestand, hieß es um 6 Uhr 30: »Raustreten!«, und alle hatten sich auf dem Korridor fein säuberlich ausgerichtet aufzubauen. Mit Gebrüll und knallenden Stiefeln ging es dann zum politischen Unterricht, der dienstplanmäßig zwanzig Minuten dauerte. Danach blieben zehn Minuten, ehe auf dem Hof anzutreten war. Dann ging es abwechselnd zum Landübungsplatz Jungfernheide, zum Wasserplatz an der Havel oder zum Schießplatz in Ruhleben. Unterwegs wurde aus voller Kehle gesungen. Ottos Gruppe umfaßte zwölf Mann, und der Unteroffizier war ein Eisenbahner aus Cottbus, der drei Kinder hatte und nach der Devise verfuhr: »Leben und leben lassen.« Der Dienst im Gelände war zwischen 15 und 16 Uhr zu Ende, dann hieß es: Waffen reinigen und zurück in die Kaserne. Die Bettruhe war offiziell auf 21 Uhr angesetzt, doch wenn sie bis 22 Uhr ihren Skat droschen, gab es keinen Ärger. Otto war kein starker Esser, und so hatte er mit der Verpflegung keinerlei Probleme. Meistens gab es mittags »Zusammengekochtes«, Graupen oder Grütze, Kohl, Kohlrüben oder süße Suppen. Jeden zweiten Abend wurde warm serviert. »Alles kriegsmäßig, aber eßbar. Nur Kartoffeln könnten etwas mehr sein.« Die kalte Verpflegung umfaßte jetzt jeden Tag für vier Mann ein Brot, einen Klacks Butter oder Margarine und Wurst, Käse oder Quark. Das Motto war ja: »Alles für unsere Soldaten.«

Adam Riese fand, daß sie doch ein wunderbares Leben führten. »Jetzt fehlt mir zum Glück nur noch, daß ich eines Morgens aufwache und ein Ami steht vor meinem Bett: ›*Come on and go to the post-office – your Führer is gone to the devil.*‹«

Viele Gerüchte geisterten herum. Keiner sollte mehr ausgebildet werden. Am 23. März wurde kein Dienst gemacht, dafür mußten Otto, Adam Riese und achtzig weitere Kameraden zur Blutgruppenuntersuchung nach Zehlendorf fahren. Otto schaffte es, auf dem Weg schnell in eine Telefonzelle zu springen und den

Installateur Lewandowski in Schmöckwitz anzurufen. Gott sei Dank, da und in Neukölln war alles in Ordnung.

Als sie zurück nach Spandau kamen, blieb den meisten nur, »Ach, du Scheiße!« zu murmeln, denn es hieß: »Marsch, zur Kleiderkammer, neu einkleiden.« Die Uniform war gelblich, schon fast wie die der Amerikaner. Die Hosen waren unten zu, und das Jackett hatte die Form einer Windbluse. Dazu gehörte noch eine Schirmmütze.

»Otto, toll siehst du aus!«, rief Adam Riese. »So richtig zum Verlieben.«

»Bitte erst in Prag, auf dem Hradschin.«

Otto dachte zurück an die erste Uniform, die er getragen hatte: die graugrüne des Reichsbanners. Wenn sie doch damals nur gekämpft und gesiegt hätten.

Das große Rätselraten, wohin sie denn nun verfrachtet werden sollten, wenn es doch noch geschähe, beschäftigte sie seit Tagen, und Prag war eine der Möglichkeiten. Zur Debatte standen auch Dänemark, Norwegen oder Brandenburg.

»Ist doch schön, wenn wir auf unsere alten Tage noch auf Reisen gehen«, merkte Adam Riese an. »Reisen bildet ungemein. Und wir brauchen nicht mal einen Pfennig dafür zu bezahlen.«

»Laß Dir keine grauen Haare wachsen«, schrieb Otto Margot, »es kommt ja doch alles, wie es kommen muß. Wir sind auf alles vorbereitet. Ich habe mir schon einen Stapel Postkarten besorgt. Die schicke ich dann von unterwegs. Deine Post wird mir ja nachgeschickt.«

Den nächsten Brief erhielt er noch in Spandau ausgehändigt. Er kam aus Schmöckwitz und bewirkte, daß er eine halbe Stunde regungslos auf seinem Bett saß und mit leeren Augen in den bleigrauen Himmel starrte.

»Mein lieber Otto! Von Gerda wirst Du ja schon die traurige Nachricht bekommen haben, daß Gerhard nicht mehr am Leben ist. Gerda erhielt in Baberhäuser einen Brief von seinem Leutnant, daß er am 28. Januar durch eine Panzergranate bei Nikolai südlich von Kattowitz tödlich verwundet worden ist. Er galt erst als vermißt, aber durch andere Kameraden, die aus dem Lazarett kamen, wurde sein Tod bestätigt. Ich war so erschrocken und kann es noch nicht fassen ...«

Otto überlegte, was er am 28. Januar alles gemacht hatte. Mit den Kollegen gelacht, mit Manfred gespielt, mit Margot geschmust ... Und vielleicht war Gerhard gerade in dem Moment gestorben, wo er in höchster Lust gestöhnt hatte. Bei allem Schmerz um den Verlust des Schwagers war da aber auch ein Funken Schadenfreude: »Siehst du, das hast du nun davon, daß du so gerne Soldat gewesen bist, daß du für den Führer die Welt erobern wollest.« Häßlich war das, er schämte sich, und er verbot sich sogleich, so zu denken. Aber dennoch – ohne all die Gerhards hätte es diesen Krieg und das entsetzliche Morden nicht gegeben. *Und was machst du? Nun wirst auch du Soldat ...* Seine innere Stimme hinderte ihn daran, selbstgerecht zu werden. Warum hatte er 1933 keine zündende Rede gehalten und seine Reichsbannerkameraden dazu gebracht, mit den vorhandenen Waffen gegen die Nazis zu kämpfen ...

Am nächsten Abend sollte Otto seine drei Flaschen Wein gewonnen haben, denn um 22 Uhr erhielten sie im Luftschutzkeller ihrer Kaserne den Befehl, sich zum Abmarsch bereitzuhalten. Es gehe wohl in Richtung Prag.

Damit schienen sie das schlechteste aller Lose gezogen zu haben, aber man wußte ja nie.

Während am 25. April 1945 amerikanische und sowjetische Truppen bei Torgau an der Elbe zusammentrafen, Adolf Hitler am 30. April Selbstmord beging und Berlin am 2. Mai von Marschall Schukow eingenommen wurde, konnte sich die Heeresgruppe Mitte in der Tschechoslowakei noch immer behaupten. Im Kriegstagebuch des Oberkommandos der Wehrmacht hieß es: »Der OB meldet, daß Spannung bestehe, aber die Abwehr doch möglich sein werde, da die Kampfkraft des Gegners nachlasse.« Der OB, der Oberbefehlshaber, war Feldmarschall Schörner, und der Feind, das waren sowjetische und amerikanische Truppen. Böhmen und das nördliche Mähren – mit Prag im Mittelpunkt – glich einer riesigen Festung, an deren Rändern – bei

Breslau, Ratibor und Glogau, Mährisch-Ostrau und Brünn sowie Bautzen, Muskau, Forst und Görlitz – heftig gekämpft wurde, während es im Innern vergleichsweise ruhig war. Im Lagebericht des Oberkommandos der Wehrmacht vom 22. April wurde die Auffassung vertreten, daß die sowjetischen Truppen nicht in der Lage seien, den Kreis, in dem sich die Deutschen befanden, kleiner und kleiner werden zu lassen:»›Nordwestlich Mährisch-Ostrau vereitelten unsere Verbände in harten Kämpfen wiederholte Durchbruchsversuche des Gegners. Einige Einbrüche wurden abgeriegelt.«

In diesem militärischen Vakuum, dem weißen Flecken auf der Landkarte der Schlachten und Gefechte, befand sich Ende April 1945 Otto Matuschewski mit seinem Truppenteil. Am 27. März war er mit der Nachrichtenstaffel des Pionierbataillons 1054 in einem gedeckten Güterwagen zunächst südwärts gerollt. Otto hatte seinen Augen nicht getraut, als sie Berlin auf dem Südring umfuhren und er plötzlich ihr RPZ erblickte, von Bombentreffern noch immer weitgehend verschont.

»Stell dir vor, jetzt wäre Frieden und wir führen zur Arbeit«, sagte er zu Adam Riese.

»Wo ist denn hier die Notbremse?«

»Die ist schon am 20. Juli gezogen worden«, brummte Alfred, der eigentlich Konzertpianist werden wollte und den sie noch im letzten Moment aus den Konservatorium geholt hatten.

»Pst«, machte Otto gewohnheitsmäßig.

Es gab wieder ein paar Luftangriffe, und sie wurden hin und her rangiert. Am Nachmittag waren sie auf der Görlitzer Bahn und kamen an all den Stationen vorbei, die Otto so viel bedeuteten: Baumschulenweg, Schöneweide, Betriebsbahnhof Schöneweide, Adlershof ... Als er in Fahrtrichtung links das schmale Band des Teltowkanals und an seinem Ende die Dahme erblickte, sah er sich dort mit Margot und Manfred im Faltboot fahren. Die Paddel blitzten golden in der Sonne.

Grünau ... Die 86 stand abfahrbereit vor den Kiefern am Waldesrand. Ihm kam in den Sinn, was sein gefallener Freund Ewald Riedel so oft gesagt hatte: »Jetzt kommt's mit Macht, und niemand kann's mehr halten.« Das bezog sich zwar auf eine Ejakulation, aber dahinter steckte eine tiefe Wahrheit. Und die galt insbesondere für Hitler und seinen Krieg. Bis zum bittern Ende ...

Eichwalde flog vorbei. Von hier aus war es ein Katzensprung nach Schmöckwitz, zu Fuß keine zwanzig Minuten. Wieder hielt der Zug. Erich Flieth, ihr Unteroffizier, sprang auf den Schotter hinab, um sich zu erkundigen, wie lange es wohl dauern würde, und kam mit der Botschaft zurück: »Eine Weile schon. Wer muß, der kann sich schnell zum Scheißen in die Büsche schlagen.«

Otto nutzte die Gelegenheit, und als er dahockte, kam ihm eine Idee. Die Russen standen am rechten Oderufer, und von Eichwalde bis dort waren es kaum mehr als fünfzig Kilometer. Das schafften die Panzer an einem Tag, wenn sie erst einmal durchgebrochen waren. Das mochte höchstens noch drei Wochen dauern. Wenn er sich nun in diesen drei Wochen hier im Wald versteckte ... Nachts konnte er sich nach Schmöckwitz aufs Grundstück schleichen und sich etwas zu essen und zu trinken holen. Schon setzte er an, aufzuspringen und zu türmen, aber ... Das, was dagegen sprach, hielt ihn zurück, als wäre er mit einem Lasso eingefangen worden. Die Feldjäger würden ihn zuerst in Schmöckwitz suchen. Man würde seine Schwiegermutter und Großvater Quade in die Mangel nehmen und sich dann in der Ossastraße auf seine Mutter stürzen. Und wenn sie da nichts erfuhren, war Margot an der Reihe. Wahrscheinlich kam sie irgendwo zum Fronteinsatz, und der Junge wanderte ins Heim. Sippenhaft.

Die Lok pfiff. Und Otto schwang sich wieder auf den Waggon hinauf. Adam Riese mußte dasselbe gedacht haben wie er, denn als sich ihr Anführer nicht gleich sehen ließ, sagte er: »Keine Angst, Flieth flieht nicht, Flieth kommt schon noch.« Und so war es dann auch.

Wieder ging es kreuz und quer durch die Mark, denn keiner schien mehr so recht zu wissen, was der andere tat, und gegen Abend standen sie erneut auf einem Abstellgleis. Otto sah nahebei auf der Straße einen Briefkasten und nutzte die Gelegenheit, mit seinem Kopierstift eine Karte nach Groß Pankow zu schreiben: »Meine Lieben. Nun ist Euer Vati schon einen ganz Tag lang auf der Reise. Zur Zeit stehen wir in Jüterbog auf dem Bahnhof. Es ist 19 Uhr. Genaues Reiseziel noch unbekannt. Anscheinend geht es südwärts. Wir fahren im Güterwagen ohne Stroh. Das wird ja nachts mächtig drücken. Aber wie dem auch sei, wir werden es schon schaffen. Immer optimistisch bleiben. Also bis morgen. Alles Gute und herzliche Grüße von Eurem auf Dienstreise befindlichen Vati.«

Er hatte viele Jahre seines Lebens im engen Oderkahn geschlafen, im staubigen Kohlenkeller, im naßkalten Zelt, er litt weniger als manch anderer unter den widrigen Bedingungen. Obwohl er nun schon auf die Vierzig zuging.

»Preisfrage, Adam, wo werde ich meinen vierzigsten Geburtstag feiern: zu Hause, in Kriegsgefangenschaft, im Lazarett, im Grab?«

»Da gibt's doch nur eine Antwort: in der Reichskanzlei. Wenn dich unser geliebter Führer nach dem Endsieg einlädt ...«

Keiner lachte. Die einen ließen es aus Angst vor Flieth, die anderen, weil sie einen solchen Sarkasmus nicht mochten.

Sie fuhren die ganze Nacht durch und erreichten morgens um acht die Elbe bei Bodenburg. Wieder hieß es warten. Otto nutzte die Zeit, eine weitere Postkarte nach Groß Pankow zu schreiben.

»Meine Lieben. Nun ist die erste Nacht im Waggon vorüber. Kurz hinter Dresden wurde ich wach und stellte mich an die Tür. So sah ich nach 14 Jahren noch einmal die Bastei, den Lilienstein und die Schrammsteine. Auch unser Quartier in Königstein bekam ich zu Gesicht. Mittlerweile sind wir in Bodenburg gelandet. Hier soll es Kaffee geben. Über unser Reiseziel läßt sich noch nichts Genaueres sagen. Aber aus den Stationen, die Dir bekannt sind, kannst du ja mit Leichtigkeit auf die Richtung schließen. Nun trennen uns nicht mehr 120 Kilometer, sondern es sind schon fast vierhundert Kilometer. Aber trotzdem, unsere Gedanken werden auch diesen Zwischenraum überwinden. Ich freue mich schon auf Deine lieben Zeilen. Wenn ich am Ziel bin, teile ich Dir sofort meine Anschrift mit. In der Hoffnung, daß wir uns bald wiedersehen, grüßt und küßt Euch herzlichst Euer Vati.«

Weiter ging es in die Tschechei hinein. Über Chrudim und Olmütz kamen sie nach Brünn, wo ein Angriff der Roten Armee erwartet wurde, aber die 8. Armee des Führers hatte keine Verwendung für sie. Flieth wollte erfahren haben, daß sie nach Budweis oder Pilsen sollten, um die Amerikaner aufzuhalten. Doch als sie Tage später auf dem Bahnhof Budweis eintrafen, waren sie dort niemandem zugeteilt. »Rin in die Kartoffeln, raus aus die Kartoffeln«, sagte Adam Riese. Schließlich wurden sie nach Prag geschickt, wo tschechische Widerstandskämpfer der deutschen Besatzung schwer zu schaffen machten, doch sie kamen nur bis Tabor, weil ihre Lok einen schweren Schaden hatte und sich so schnell kein Ersatz auftreiben ließ.

»Wozu so 'n Krieg alles gut ist«, sagte Otto. »Sonst hätte ich's nur bis zur Taborstraße und zur Taborkirche gebracht, bei uns in Kreuzberg, und niemals bis Tabor selber.«

Tabor war eine alte Hussitenstadt aus dem 15. Jahrhundert. Die Altstadt war von starken Befestigungsanlagen umgeben und sah noch immer so aus wie vor vierhundert Jahren. Unter dem spätgotischen Rathaus und dem Hauptplatz gab es ein weitverzweigtes System von Gängen und Kellern, die mühselig in den Felsen gehauen worden waren.

»Wie schön.« Adam Riese freute sich. »Dahin ziehen wir uns zurück, wenn der Russe kommt, und harren aus, bis die V 5 gebaut ist und wir im zweiten Anlauf Moskau erobern. So im Jahre 1975 etwa.«

Eine feste Unterkunft hatten sie nicht, ihre Kaserne war und blieb der Berliner Güterzug. Zwar gab sich Erich Flieth alle Mühe, ihre Kampfkraft zu erhalten, indem er sie über den Güterbahnhof scheuchte und in leerstehenden Schuppen den Häuserkampf üben ließ, doch im allgemeinen war die Zeit in der Tschechei eher ein Erholungsurlaub, maß man es an dem, was die Kameraden an den anderen Frontabschnitten durchzumachen hatten. Flieth ließ keinen Abend verstreichen, ohne ihnen das möglichst plastisch zu schildern: »Panzer rollen auf dich zu. Du triffst einen. Eine Flammensäule fährt hoch, blendend und trichterförmig, der tonnenschwere Turm fliegt durch die Luft. Der nächste Panzer kommt heran und speit weißes Feuer, die Turm-

MGs blitzen dünn ... Du fliehst und springst in das Loch, das du dir gegraben hast. Da ist der Panzer über dir und dreht sich, um dich zu zermalmen ...«

Man merkte Flieth an, daß er das gern erlebt hätte. Da sich das Vom-Panzer-überrollt-Werden ohne Panzer kaum üben ließ, traktierte er sie mit dem Morsealphabet und dem Einmaleins des Funksprechverkehrs. »QTR heißt: Erbitte Uhrzeit. Und QZL bedeutet: Spruch hat keinen Sinn, Merkhilfe: Quatsch zum Lachen.«

»Wie unser ganzer Ausflug in die Tschechei«, murmelte Alfred.

Daraufhin ließ Flieth sie mit angelegten Gasmasken eine halbe Stunde über den Güterbahnhof hetzen und wie die Irren brüllen: »Zicke-zacke-zicke-zacke-hei-hei-hei!« Den meisten blieb sehr schnell die Luft weg. Auch den politischen Unterricht nahm er weiterhin sehr ernst. »Kameraden, ihr sollt wissen, daß in Berlin ein fanatischer Häuserkampf tobt. Die tapfere Besatzung verteidigt sich in schwerem Ringen gegen die unaufhörlich angreifenden bolschewistischen Massen. Truppen aller Wehrmachtsteile, Hitlerjugend und Volkssturm befinden sich in einem heroischen Ringen um unseren Führer geschart und bieten ein leuchtendes Sinnbild deutschen Heldentums.«

Das sagte Flieth am 1. Mai, und Otto stellte sich vor, wie es in Berlin in dieser Stunde wohl aussah. Sicherlich viel schlimmer als nach den schlimmsten Bombenangriffen. Während es ihm die Stimme verschlug, reagierte Adam Riese mit schwarzem Humor: »Besonders hart umkämpft ist der Bahnhof Köpenick. Während das Knipserhäuschen schon von den Bolschewisten erobert worden ist, befindet sich der Fahrkartenschalter noch fest in deutscher Hand.«

Einen Tag später hatte Flieth Tränen in den Augen. »An der Spitze der heldenmütigen Verteidiger der Reichshauptstadt ist unser Führer gefallen. Von dem Willen beseelt, sein Volk und Europa vor der Vernichtung durch den Bolschewismus zu erretten, hat er sein Leben geopfert. Dieses Vorbild, getreu bis zum Tod, ist für alle Soldaten verpflichtend.«

Hatte Otto eben noch freudetrunken an die Decke springen

und dann Adam Riese um den Hals fallen wollen, so sank er bei Flieths letzten Worten wieder auf seine Bank zurück. »Wie? Auch nach Hitlers Tod soll das alles weitergehen?«

»Natürlich! Bis zum letzten Atemzug wird Widerstand geleistet.«

Und richtig. Aus Meldungen, die sie mit Hilfe ihres kleinen Radioapparats auffangen konnten, erfuhren sie, daß 150 Kilometer weiter östlich bei Olmütz erbitterte Kämpfe im Gange waren.

»Will denn der Wahnsinn auch dann kein Ende nehmen, wenn der Wahnsinnige endlich verschwunden ist«, murmelte Otto.

Flieht herrschte ihn an. »Wer desertieren will, der baumelt an der nächstbesten Laterne! Der Führerbefehl ist klar und eindeutig: ›Kampf bis zum letzten Blutstropfen!‹«

Der Verpflegungsnachschub setzte aus, sie hungerten. Als sie in der Abenddämmerung zu zweit auf dem Trittbrett ihres Güterwagens saßen, flüsterte ihm Adam Riese zu, daß es bis zur Moldau keine fünfzig Kilometer seien.

»Und? Willst du baden? Ist das Anfang Mai nicht noch 'n bißchen kühl?«

»Quatsch, da soll in ein paar Tagen der Ami stehen. Und alle wollen bei dem in Gefangenschaft geraten.«

Otto blieb skeptisch. »Der wird doch sowieso alle den Russen ausliefern.«

»Wir müssen es darauf ankommen lassen.«

»Wenn Flieth dich erwischt, läßt er dich aufhängen.«

»Und wenn der Iwan dich erwischt, schleppt er dich nach Sibirien und läßt dich da schuften, bis du im Sarg liegst ... Quatsch, irgendwo verscharrt wirst.«

Otto wußte keine rechte Antwort und flüchtete sich in den alten Scherz, daß man den Krieg genießen solle, da der Frieden fürchterlich werde. Wieder einmal konnte er sich nicht dazu durchringen, abzuhauen und unterzutauchen. Dabei war nun alles viel einfacher als bei ihrer Abfahrt aus Berlin, denn alles war in Auflösung begriffen. Alle, die konnten, bewegten sich fluchtartig nach Westen, Stäbe wie Verwaltungen. Reste zerschlagener Fronttruppen versuchten nach Bayern und Sachsen zu gelangen, wo die Amerikaner standen, während frische Truppenteile ostwärts nach Brünn und Olmütz zogen. Und mittendrin Ottos Kompanie, um die sich keiner mehr zu kümmern schien, auch nicht die SS-Leute, die mit umgehängten Maschinenpistolen umherstreiften. Niemand wußte, wo der Regimentsstab zu finden war, nirgendwo fand sich einer, der ihnen ein festes Quartier zuweisen konnte, und wildes Quartiermachen wollte Flieth nicht riskieren, weil das nach den Kriegsgesetzen unter Strafe stand.

Am 8. Mai kam abends die Sondermeldung, auf die Otto Matuschewski wie viele Millionen Menschen so sehnsüchtig gewartet hatte: »Das Oberkommando der Wehrmacht gibt bekannt: Am 8. Mai 1945, 23.01 Uhr, sind auf allen Kriegsschauplätzen von allen Wehrmachtteilen und von allen bewaffneten Organisationen oder Einzelpersonen die Feindseligkeiten gegen alle bisherigen Gegner einzustellen.« Und weiter: »Auch an der Südost- und Ostfront, von Brünn bis an die Elbe, haben alle höheren Kommandobehörden den Befehl zum Einstellen des Kampfes erhalten.«

Alle schwiegen und starrten auf den kleinen schwarzen Radioapparat, der auf einem umgedrehten Kochgeschirr stand, als hätten ihn Außerirdische dort deponiert, um ihnen etwas mitzuteilen. Nach fünfeinhalb Jahren war der Krieg zu Ende, ohne daß Otto auch nur einen Schuß abgegeben hätte oder vom Feind beschossen worden wäre. Unfaßbar, das alles. Der Friede war da. Friede, Frieden – ein Wort, das keinen Klang mehr hatte.

Otto dachte an Margot und den Jungen, an seine Mutter, seinen Bruder ... Ob sie das auch gehört hatten, daß Friede war, ob sie noch lebten ... Was kam nun? Die Rache der Tschechen, die Rache der Russen. »Wehe den Besiegten!« Er hatte es noch deutlich im Ohr, die Worte aus dem Geschichtsunterricht am Lausitzer Platz.

Plötzlich war Erich Flieth verschwunden. Ganz offensichtlich hatte er seine Kompanie im Stich gelassen, um sich in Richtung Moldau abzusetzen.

»Da flieht er nun«, sagte Alfred, ihr Konzertpianist, und improvisierte auf der Waggonwand den Triumphmarsch aus *Aida*. »Es stimmt also doch: Nomen est omen.«

Ein schmähliches Ende – nach all dem Bombast und den hehren Sprüchen, die Otto in den zwölf Jahren des »Tausendjährigen Reiches« hatte über sich ergehen lassen müssen. So absurd wie in diesem Moment war ihm die Welt noch nie vorgekommen. Wenn es wirklich einen Gott gab, dann mußte der ein fanatischer Theatermann sein und sich die Erde als Bühne für die größte Tragikomödie aller Zeiten eingerichtet haben. Aber das konnten nur die denken, die überlebt hatten, die Toten, wie Gerhard etwa, hätten es wohl anders gesehen. Aber waren die Toten nicht besser dran als die, die nun das auslöffeln mußten, was die Nazis ihnen eingebrockt hatten? Was mochte ihm noch alles bevorstehen, bevor er wieder in der Ossastraße war und es ein Wiedersehen gab. *In der Heimat, in der Heimat ...* Schläfrig war er geworden, man konnte auch sagen: todmüde. Schlafen wollte er, nur noch schlafen und dann erst wieder in seinem eigenen Bett aufwachen, Berlin-Neukölln, Ossastraße 39, drei Treppen, Mitte links.

Da waren sie auch schon, die endlosen Panzerkolonnen der Roten Armee, und Otto und seine Kameraden hatten keine andere Wahl, als ihre Gewehre an den Straßenrand zu werfen und zum Marktplatz zu laufen, um sich dort mit erhobenen Händen den Siegern auszuliefern.

Dezember 1945. Auf mehr als dreitausend Lager hatten die Sowjets die über drei Millionen deutschen Soldaten verteilt, die am Ende des Zweiten Weltkriegs in ihre Kriegsgefangenschaft geraten waren. Die Kette der Lager reichte vom Polarkreis bis zur Krim, von der Ukraine bis nach Sibirien, und eines von ihnen lag nahe der Industriestadt Orel am Fluß Oka. Deutschland war in vier Besatzungszonen aufgeteilt, und auch in Berlin gab es den sowjetischen, den amerikanischen, den britischen und den französischen Sektor. Die oberste Regierungsgewalt lag beim alliierten Kontrollrat mit Sitz in Berlin.

Von alldem hatte der Kriegsgefangene Otto Matuschewski aus Berlin-Neukölln im Lager an der Oka bei Orel Kenntnis erhalten, und er wußte auch, daß seine Lieben in Berlin allesamt am Leben waren, denn hin und wieder gab es dank des Roten Kreuzes Briefe aus der Heimat. Die Ossastraße hatte die letzten Bombenangriffe wie die Schlacht um Berlin unbeschadet überstanden, und Margot und Manfred waren im Oktober aus Groß Pankow zurückgekommen. Seine Mutter wohnte wieder im alten Kiez, das heißt, sie hatte drei Häuser neben ihrem ausgebombten Keller eine neue Bleibe gefunden, Stube und Küche im Vorderhaus Manteuffelstraße 36. Helmut war in französischer Kriegsgefangenschaft, in Lothringen, und er mußte in einem Kohlebergwerk mächtig schuften, war aber ansonsten unversehrt durch den Krieg gekommen.

In Schmöckwitz lebte seine Schwiegermutter jetzt allein in ihrem Häuschen, denn Großvater Quade war im August an Unterernährung gestorben und lag nun nahebei auf einem provisorischen Friedhof im Grünauer Forst. Gerda war bei Kriegsende im Riesengebirge hängengeblieben und hatte dort einen polnischen Landarbeiter kennengelernt, als dessen Ehefrau sie nun in einem Dorf bei Breslau, jetzt Wroclaw, lebte. Elisabeth, die Tochter von Onkel Paul und Tante Friedel, war nach dem Tod ihres Säuglings in die USA ausgewandert. Onkel Berthold hatte zwölf Jahre Konzentrationslager überlebt und wohnte nun mit seiner Grete zusammen in Neukölln, wo er die Lebensmittelstelle leitete. Friedel Quade war ihren Häschern bis zuletzt entgangen und lebte nun in Baumschulenweg in einer kleinen Neubauwohnung. Auch Max und Irma, Erna und Erwin Krause sowie Waldemar und Erna Blöhmer waren wohlauf und nicht einmal ausgebombt worden.

Irgendwer hatte im Lager erzählt, daß sie jetzt überall in Deutschland ein Theaterstück spielten, das den Titel trug *Wir sind noch einmal davongekommen.* Zog Otto Bilanz, so waren seine Familie und sein Freundeskreis – gemessen am Elend anderer – noch glimpflich davongekommen. »Nur« Gerhard und Ewald Riedel waren gefallen, Tante Friedel und Onkel Paul von Bomben zerfetzt worden, Großvater Quade quasi verhungert ... Und er war noch immer fern der Heimat, fast zweitausend Kilometer von Berlin entfernt. Und es war nicht gerade das Paradies, in dem er lebte.

Im Bett schräg unter ihm wimmerte Karlheinz Hünicke aus

Fürstenberg an der Oder. Nach einem Unfall im Steinbruch hatte man ihm das rechte Bein überm Knie amputiert, und die Wunde wollte nicht heilen.

»Nehmt mir doch endlich diesen verdammten Verband ab!«, bettelte er. »Ich kann das nicht mehr aushalten.«

»Nein. Hör auf. Du weißt doch, daß das verboten ist.«

Der Kamerad, der ihm diese Antwort gegeben hatte, war kein anderer als Werner Wurack. Er lag im Bett direkt unter Otto. Nach der Ermordung Ernst Röhms hatte die SA keine besondere Rolle mehr gespielt, und auch seine Nähe zu einigen Nazi-Größen hatte ihn nicht davor bewahrt, an die Front geschickt zu werden. Als Funker in einem Panzer. Beim Ausbruchsversuch aus der eingeschlossenen Stadt Bobruisk an der Beresina war er abgeschossen worden und relativ früh in Kriegsgefangenschaft gewandert, schon am 28. Juni 1944.

Hünicke schrie nun immer entsetzlicher, und Otto entschloß sich, ihm den Verband doch abzunehmen, trotz aller Verbote. Werner Wurack half ihm dabei. Als sie den Stumpf freigelegt hatten, begriffen sie, warum Hünicke Höllenqualen litt: In seinem rohen Fleisch hatten sich dicke Maden eingenistet.

Danach ging es ihm besser, und die Baracke versuchte zur Ruhe zu kommen. Das war schwierig genug. Die Bettgestelle waren zu schmal, und die Drähte und Sprungfedern drückten sich durch die dünnen Decken tief ins Fleisch. Einige hatten offensichtlich beginnendes Fleckfieber und phantasierten schon, andere, die auf Flohstiche allergisch reagierten, standen mit hochgezogenen Hemden unter einer Lampe und suchten sich gegenseitig ab.

Otto hatte Dantes Beschreibung der Hölle nie gelesen, aber viel anders als hier an der Oka konnte er sich die Sache auch nicht vorstellen. Schön, es gab kein Fegefeuer hier, aber der ewige Hunger war womöglich genauso schlimm. Fett und Eiweiß gab es praktisch nicht, sie lebten von Kartoffeln, Getreide und Kohl, doch die Kartoffeln, die es derzeit gab, waren zu schwarzen Klumpen gefroren und erinnerten ihn lebhaft an die Eierbriketts im früheren Kohlenkeller seiner Mutter. Aufgetaut stanken sie bestialisch, und sie mußten sie wegwerfen. Blieb die Kohlsuppe, die Otto Tag für Tag aus seinem Kochgeschirr löffelte, und oft genug dachte er mit den pathetischen Worten Margots: »Womit hab' ich das verdient?« Von seinen 81 Kilo, die er vor einem Jahr in Groß Pankow auf die Waage gebracht hatte, waren ihm schon zwanzig abhanden gekommen.

»Ich geh' mal eben austreten«, sagte Heinrich Rühle, der baumlange Pfarrer aus Mecklenburg, und schlurfte zum hinteren Teil ihrer Baracke. Als er zurückkam, nickte er Otto noch einmal freundlich zu, legte sich dann auf seine Pritsche, drehte sich zur Wand und begann leise zu beten. Er war in einem kleinen Ort an der Müritz zu Hause, und Otto malte sich mit geschlossenen Augen aus, wie es wohl sein würde, mit dem Faltboot von Waren aus die Müritz zu befahren. Vorne Margot und Manfred im Boot. Im nächsten Sommer ... Gott, wie hieß denn der Ort am westlichen Ufer der Müritz? Rü ...? Nein, nicht Rühle, sondern Riedel, Rüdel, Rödel ... Nein. »Heinrich, sag mal, wie heißt'n der Ort da bei euch links unter Waren?« Keine Antwort. »Heinrich ...« Otto stutzte, denn so schnell konnte Rühle doch nicht eingeschlafen sein. Er stand auf, um dem Pfarrer anzustupsen ... und schrie auf. »Werner! Komm mal, ich glaube, Heinrich ist ...« Das Wort »tot« konnte er nicht über die Lippen bringen, doch ihr Barackennachbar war in der Tat verstorben. Otto drückte ihm die Augen zu.

Dann blieb er bis zum Morgen liegen, ehe sich das Leichenkommando an die Arbeit machte. Zuerst wurde Rühle, der nur noch aus Haut und Knochen bestand, völlig entkleidet, denn seine Sachen konnten anderen in der furchtbaren Kälte noch das Leben retten. Dann wurden seine Füße mit einem rostigen Draht zusammengebunden, und man schleifte ihn in eine Ecke der Baracke, wo schon drei andere Tote lagen. Man lud sie alle auf einen Karren und brachte sie zum Lagerfriedhof. Der Wind trieb ihnen zerstäubten Schnee ins Gesicht, die Kälte ließ auch ihre Seelen zu Eis erstarren. Kameraden zu Grabe zu tragen löste nicht mehr Emotionen aus als Brötchen holen im Frieden. Den Luxus zu trauern konnten sich alle nicht mehr leisten, denn sie brauchten jedes Quentchen Kraft zum Überleben. Mehr als eine flache Kuhle konnten und wollten sie unter diesen Bedingungen nicht scharren und kratzen – zu hart gefroren war der Boden, zu mühsam das Graben. Zu viert hoben sie den Karren an, und die steif gefrorenen Leichname kollerten von der Ladefläche herunter. Ein paar Schaufeln Schnee, das war ihr Leichentuch.

»Jetzt liegen ihre Frauen und Kinder noch zu Hause im Bett und träumen davon, daß sie ihren Vati bald wiederhaben«, sagte Adam Riese, der es irgendwie verstanden hatte, immer in dasselbe Lager verlegt zu werden wie Otto Matuschewski.

»Halt's Maul!«, brummte einer der Leichenträger.

Otto sprach das Vaterunser, das er vor mehr als dreißig Jahren in Tschicherzig gelernt hatte. An der Oder, für seine Zeit an der Oka. Manchmal dachte er »Oker« und sah sich mit seiner Margot durch den Harz, durchs Okertal wandern.

Er brauchte dieses Bild, um das andere zu verscheuchen, das vom Lagerfriedhof. Was die Leute so aushöhlte, war vor allem die Arbeit im Steinbruch oder in den Wäldern. Da hatte Otto bisher Glück gehabt, denn bei der Standardfrage der Russen, »Du Spezialist?«, hatte er mit »Ja, Telegrafenbauhandwerker« geantwortet und dann, als sie dies nicht einordnen konnten, hinzugefügt, das sei so etwas wie ein Elektriker. Adam Riese, der nächste in der Reihe, hatte daraufhin gleich »Elektriker« gerufen, und so waren sie beide in ein Spezialkommando gekommen, das in Orel in den ersten Neubauten nach dem Krieg Lichtleitungen verlegte. Als »Strippenzieher« bekamen sie manche Extrarationen an Hirse, was insbesondere für Riese überlebenswichtig war, denn er war ein starker Esser und jammerte ununterbrochen nach etwas, das er sich zwischen die Kiemen schieben konnte, wie er es ausdrückte. Vor nichts scheute er zurück, er aß auch Frösche, Igel und Eidechsen. »Fleisch bleibt Fleisch.« Es ging sogar das Gerücht, er habe sich in der Lazarettbaracke Hünickes amputiertes Bein geschnappt und portionsweise als Kotelett verzehrt. Das war so unwahrscheinlich nicht, denn Werner Wurack schwor immer wieder, am Baikalsee Fälle von Kannibalismus erlebt zu haben. »Da war einer dabei, der hieß Alfons, war ein feiner Pinkel und sah immer noch gut aus, obwohl wir alle am Verhungern waren. Und als der beim Holzfällen von einem Baum erschlagen worden ist, da ... Riese sagt es ja: Fleisch ist Fleisch.«

Ottos Beziehung zu Werner Wurack war von untergründigen Spannungen erfüllt. Einerseits hatte Wurack ihn davor bewahrt, im Keller der SA womöglich zu Tode gefoltert zu werden, andererseits waren er und seinesgleichen schuld daran, daß er hier an der Oka sein Leben fristete und nicht als glücklicher Familienvater in Schmöckwitz saß und ein Geschäft betrieb: ING. OTTO MATUSCHEWSKI – RADIO UND ELEKTRO. Dazu kam noch, daß Werner Wurack auf ihn irgendwie unheimlich wirkte. Undurchsichtig. Bedrohlich. Seine eisgrauen Augen waren manchmal so leblos, als seien sie aus Glas. Und wenn man mit ihm redete, ließ er sich nie auf etwas festnageln.

»Das war doch alles in allem eine schöne Zeit damals bei Pleffka – oder?«

»Wie man's nimmt ...«

»Was ist denn eigentlich aus diesem Czarnowanz geworden, der ist doch bei dir in der SA gewesen?«

»Keine Ahnung. Hör auf damit!«

Sie standen für ihrem Nachschlag an, und Werner Wurack war es offensichtlich peinlich, daß Otto darauf zu sprechen kam. Doch der dachte nicht daran, das Thema zu wechseln, im Gegenteil. »Sag bloß, du bereust das alles?«

»Wir sind verführt worden. Und hätte ich damals gewußt, daß Hitler, dieser größte Verbrecher aller Zeiten, die friedliebende Sowjetunion überfallen würde, dann ...«

Otto staunte zwar über diese Worte, vergaß das Ganze aber sofort wieder, denn knapp vor ihm schien der Vorrat im Kübel erschöpft zu sein. Ich sterbe, wenn ich nichts mehr kriege, dachte er. War man mit dem Nachschlag dran, war das ein Festtag, und nun ... »Nichts mehr drin ... Pech gehabt.« Als hätte er soeben sein Todesurteil empfangen, so trottete er zu seiner Pritsche zurück. An langen Bankreihen vorbei, an denen die anderen Plennys, wie die Kriegsgefangenen hier genannt wurden, saßen, ihre Kohlsuppe aßen und ihr Schwarzbrot kauten. Es war weich, sauer und schmierig und enthielt so viel Wasser, daß Otto es zehn Jahre zuvor seinem Neuköllner Bäcker an den Kopf geworfen hätte. Doch hier und heute war es das, was die meisten überleben ließ.

»Unser täglich Brot gib uns heute ...« Otto hörte immer wieder Pfarrer Böhligs Stimme aus der Emmaus-Kirche.

Gerade hatte er sich damit abgefunden, auch heute wieder mit schrecklichem Hunger einschlafen zu müssen, da sackte rechts neben ihm ein Kamerad plötzlich in sich zusammen, fiel rücklings von der Bank und blieb reglos auf dem Boden liegen. Obwohl unschwer zu erkennen war, daß sein Herz ausgesetzt hatte, sprangen die, die neben ihm saßen, von der Bank auf und knieten neben ihm. Es war ein Reflex. Otto nutzte die Chance, sich das übriggelassene Brot des toten Kameraden zu schnappen. Seine Hand schnellte vor. Fünf andere hatten genauso schnell reagiert wie er. Fast jedenfalls. Der Sieger war er – und schon schlang er in sich hinein, was er da erbeutet hatte.

Weihnachten kam, das erste Weihnachtsfest in der Ferne und ohne seine Lieben. Einer der Plennys hatte auf seiner Arbeitsstelle etliche Scherben eines Spiegels organisiert und sie in mühsamer Kleinarbeit wieder zusammengesetzt. Dieser Spiegel hing nun seit kurzem an der Wand hinter seiner Pritsche. Als Otto zum ersten Mal hineingesehen hatte, war er sich wie ein Geisteskranker vorgekommen: Wer starrte ihn da an? Warum veräppelte ihn der Fremde, indem er immerzu dasselbe machte wie er? Die Zunge rausstreckte, mit den Augen blinzelte, sich kratzte. Dieser andere war Old Death, wie ihn Karl May in *Winnetou* beschrieben hatte, Otto konnte sich genau daran erinnern. Das Gesicht war eine Gummihaut, die man über den knöchernen Schädel gezogen hatte. Am Hals trat jeder Muskel hervor. Zwischen ihnen erschien der Adamsapfel wie eine harte Geschwulst. Nur die Kleidung paßte nicht zu einem Mann aus dem Wilden Westen: Zerschlissen war die blaugraue Jacke, zerlumpt die dicke Hose, aus deren Löchern überall die Watte quoll, mit der sie zum Schutz vor der Kälte gefüttert war.

»Na, Otto, meinste, sie nehmen dich beim Film?«

Jemand schlug ihm auf die Schulter, und dadurch realisierte er langsam, daß er der Mann im Spiegel war, er, Otto Matuschewski, geboren am 24. Januar 1906, wohnhaft Berlin-Neukölln, Ossastraße 39, verheiratet, ein Kind.

»Morgen ist Weihnachten«, sagte er, eigentlich nur, um seine Stimme zu hören und sich zu vergewissern, daß es wirklich seine war. »Wir brauchen einen Baum.«

»Dann bastel mal einen.«

Otto tat es, denn draußen einen abzusägen und ins Lager zu tragen, das war undenkbar. Er besorgte sich also einen Besen, bohrte mit seinem Taschenmesser Löcher in den Stiel und steckte dort kleine Äste hinein, Teile des Reisigs, mit dem sie sonst die Baracke ausfegten. Als Tannennadeln diente in kleine Streifen gerissenes grünes Papier, das Werner Wurack aus der Schreibstube des Lagerkommandanten organisiert hatte. Jeder hatte ein wenig Watte aus den aufgesprungenen Nähten seiner Hose zu spenden, das war dann Schnee und Lametta zugleich.

Dieser Weihnachtsbaum stand auf dem roh gezimmerten Tisch, als sie beisammensaßen und sich das Festmahl schmecken ließen: Pellkartoffeln mit Hering. Fünf kleine, halbverfaulte Kartoffeln und ein halber stinkender Hering. Da Pfarrer Rühle nicht mehr lebte, gab es keine Predigt. Schließlich fing Riese an zu singen: »Stille Nacht, heilige Nacht ...«

»Hör auf!«, schrie einer. »Wenn wir alle heulen, wird es nur noch schlimmer.«

Doch die Mehrheit sang weiter. Hünicke, noch einmal operiert, war so aufgewühlt, daß er seine Kartoffeln wieder erbrach.

»Schade um die schönen Kalorien«, sagte Werner Wurack.

Otto trat in die Nacht hinaus. Seine Blicke gingen zu den Sternen hinauf. So weit kannte er sich mit den Sternbildern aus, daß er den Orion vom Großen Wagen unterscheiden konnte. Er suchte den Sirius und stellte sich vor, daß Margot in genau dieser Sekunde in der Ossastraße auf dem Balkon stand und wie er den Blick auf den hellsten Stern gerichtet hatte, den es am Himmel gab. So trafen sich ihre Blicke im Unendlichen.

Und Otto Matuschewski betete: »Herr, mach es, daß ich bald nach Hause komme.«

Doch der Herr schien in diesen elenden Zeiten zu sehr mit anderem beschäftigt zu sein, als das Flehen eines Menschen zu hören, der zwar getauft, aber längst aus seiner Kirche ausgetreten war.

Sommer 1946. In Nürnberg standen die Nazi-Größen wegen ihrer Kriegsverbrechen und der Verbrechen gegen die Menschlichkeit vor Gericht. In den zerstörten deutschen Städten begann nach der Aufräumarbeit der Trümmerfrauen der Wiederaufbau, aber es wurden von den Siegern auch noch Industrieanlagen demontiert und als Reparationen einbehalten. Langsam entwickelte sich neues politisches Leben, und Männer wie Konrad Adenauer, Kurt Schumacher, Wilhelm Pieck und Otto Grotewohl betraten die Bühne.

Otto hatte der Bergsteigerei nie viel abgewinnen können. Sein Element war das lebendige Wasser und nicht der tote Stein. Doch nun hing er in der Steilwand eines Steinbruchs und hatte Löcher in den Fels zu schlagen. Nirgendwo ein Halm, nirgendwo eine Blume, nirgendwo ein Teich – nur Stein und Staub, die reinste Mondlandschaft. Er sehnte sich nach den Tagen zurück, wo er in Orel als Elektriker gearbeitet hatte. Vorbei, seit er aus Versehen den Strom schon eingeschaltet hatte, als sein russischer Vorarbeiter noch dabeigewesen war, die blanken Kabelenden anzuschließen. Der Mann war mit dem Schrecken und ein paar unbedeutenden Verbrennungen an den Händen davongekommen, doch Otto war es anfangs als Mordversuch ausgelegt worden. Erst Werner Wurack, der inzwischen ganz gut Russisch sprach, hatte den Leuten klarmachen können, daß es sich bei der Sache um einen Unfall gehandelt hatte, um einen Irrtum aufgrund der Tatsache, daß der Vorarbeiter kein Deutsch und Otto kein Russisch sprach. Damit war Otto zwar Knast und Hinrichtung entgangen, doch seine Beschäftigung als Elektriker bekam er nicht zurück, es hieß nur: »Ab in den Steinbruch.« Dort traf er auch Adam Riese an, der seine privilegierte Arbeit im Telegrafenamt der Stadt Orel ebenfalls verloren hatte, wenn auch aus einem ganz anderen Grund: Er hatte die Katze des Amtsvorstehers eingefangen und geschlachtet – und das hatte dessen Frau in Rage gebracht.

Es war Knochenarbeit mit primitiven Werkzeugen. Zehn Stunden am Tag, auch sonnabends. Und Ottos Kommentar »Jetzt weiß ich wenigstens, wie es damals beim Bau der Cheopspyramide zugegangen ist« war auch kein besonderer Trost. Sie hatten dieselbe Norm zu erfüllen wie die russischen Arbeiter, doch die hatten mehr zu essen als sie und die besseren Werkzeuge, nicht nur Hämmer, deren Stiele grob eingepaßte Äste waren.

Otto hatte beim Paddeln über viele Kilometer gelernt, die eigenen Kräfte einzuteilen und mit monotonen Bewegungen fertig zu werden, ohne einen Koller zu kriegen. So kam er zunächst ganz gut über die Runden und mußte seine Kraft nicht bis zum letzten Quentchen verbrauchen. Adam Riese hingegen schuftete wie ein Irrer, um sich die zweihundert Gramm zu verdienen, die man bekam, wenn man einen Kubikmeter Steine mehr aus dem Felsen brach, als es die Norm verlangte. Otto schaffte immer nur achtzig Prozent und bekam daraufhin zweihundert Gramm Brot abgezogen. Andererseits aber erhielt er für seine Arbeit so viele Rubel ausgezahlt, daß er sich dafür Brot kaufen und den Verlust auf diese Weise wieder ausgleichen konnte. Doch obwohl er sich schonte, soweit es ging, nahm der Schmerz in seiner rechten Hüfte ständig zu. Da mußte er sich irgendwo gestoßen haben, ohne es zu merken.

Oben an der Holzbude des Werkleiters verhandelte Werner Wurack mit einer Russin. Sie war gekommen, um einen kleinen Beutel Tabak gegen ein Stück Brot zu tauschen, das sie dringend brauchte, denn zu Hause hungerten ihre Kinder. Wenn es einen Trost für die deutschen Plennys gab, dann diesen, daß es den Russen vielfach auch nicht besser ging als ihnen.

»Feierabend!«

Ihre Brigade marschierte ins Lager zurück. Adam Riese hielt sich am Rand der Gruppe, denn in einem der Dörfer an der Oka wohnte eine Frau, die offenbar einen Narren an ihm gefressen hatte und ihm Tag für Tag etwas zusteckte, nicht nur Brot, sondern sogar Wurst und Speck. Dabei tat sie, um die Begleitposten zu täuschen, so, als wolle sie den Deutschen bespucken und mit den Fäusten schlagen.

»Wo die Liebe hinfällt«, sagte Otto. »Wenn das deine Frau wüßte. Wenn ich wieder in Berlin bin, rufe ich sie an und sage ihr, daß du hiergeblieben bist, um Natascha zu heiraten ...« So absurd das klang, unmöglich war in diesen Zeiten nichts. Das zeigte ja auch Gerdas Schicksal. Eigentlich war es unvorstellbar, daß seine Schwägerin, diese hübsche, nach Moschus und Lavendel duftende und immer schick wie ein Mannequin gekleidete Frau, nun Bäuerin geworden war – daß sie tagsüber im Kuhstall stand und nachts das Lager mit einem Landarbeiter teilte. Anstelle ihres ebenso intelligenten wie eleganten ersten Mannes, der als forscher Liebhaber in jeden Ufa-Film gepaßt hätte.

Am Wegesrand lagerte eine russische Bauernfamilie. Während die Frau ein Fladenbrot in viele Stücke brach, war ihr Mann dabei, ihr, sich und den Kindern Milch aus einer Glaskaraffe in die aufgestellten Becher zu gießen. Milch! Ottos Lebenselixier. Wie lange hatte er keine Milch mehr getrunken, wie oft hatte er davon geträumt, zu Fräulein Krahl in den Milchladen zu gehen und die ganze große Kanne mit einem Schluck auszutrinken. Stolz hin, Stolz her, nun gab es für ihn kein Halten mehr: Er stürzte zu der Familie und bat mit den paar Brocken Russisch, die ihm zur Verfügung standen, um einen Becher Milch.

»*Njet*«, sagte der Mann. Nicht böse, nur bedauernd. »Wir haben selbst kaum etwas, und die Kinder brauchen ihre Milch.«

Daraufhin schüttelte die Bäuerin den Kopf und hielt Otto ihren Becher hin, der noch halb gefüllt war.

Er nahm ihn mit zitternden Fingern, führte ihn an den Mund und trank die Milch ganz langsam, nicht schluckweise, sondern in einzelnen Tropfen. Jeder dieser Tropfen war wie Manna für ihn, etwas, das ihm Kraft zum Überleben gab. Er war so von Dankbarkeit erfüllt, daß er die Bäuerin, die breit wie eine Glucke auf ihrer Decke saß, am liebsten umarmt hätte. Das ging natürlich nicht. Ebensowenig war es möglich, ihr die Hand zu küssen. Auf Russisch fehlten ihm die Worte. Schließlich sprudelte es aus ihm heraus: »Gott vergelte es Ihnen. Und vergeben Sie uns, was Hitler Ihnen angetan hat.« Kein Wort Deutsch konnten sie und verstanden ihn dennoch. Alle winkten ihm zu, als er weiterging.

Adam Riese marschierte nun an Ottos Seite und dachte laut nach: »Du, ob man nicht versuchen könnte, mit Nataschas Hilfe einen Fluchtversuch zu wagen ...«

»Laß es«, sagte Otto. »Wenn die Russen dich schnappen, wirst du entweder auf der Flucht erschossen oder hast es im Bunker tausendmal schlimmer als im Steinbruch.«

»Trotzdem.«

Obwohl Riese nie wieder davon sprach und auch keinerlei Anstalten machte, aus dem Lager an der Oka zu entweichen, wurde er ein paar Tage später zum Lagerkommandanten gerufen und streng verhört. Da man ihm nichts nachweisen konnte, kam er noch einmal mit dem Schrecken davon. Mit dem Schrecken und einer vorläufig gekürzten Lebensmittelration. Zur Abschreckung für alle anderen. Abends sah er Otto prüfend an, bevor er düster bemerkte: »Wir haben einen Spitzel unter uns ...«

Otto zuckte zusammen. »Meinst du etwa mich?«

»Wenn ich weg bin, kriegst du die Sachen von Natascha.«

»Du spinnst ja.«

»Außer dir hat es doch keiner gehört ...«

»Muß aber einer.«

»Nein, du hast mich verpfiffen.«

Dies hatte sein Freund und alter Kollege so laut gesagt, daß die anderen es hören mußten. Sie kamen herbei und bildeten einen Kreis um die beiden. Otto wurde siedendheiß, denn ihm war klar, wie schnell sich hieraus ein Tribunal entwickeln konnte. Sprachen sie ihn schuldig, war er ab sofort völlig isoliert, niemand würde mehr mit ihm sprechen. Und vielleicht kam es sogar noch schlimmer, und er »verunglückte« irgendwann, wenn kein Posten in der Nähe war. Selbstjustiz. Die Russen verfolgten so etwas nicht weiter.

»Nimmst du das zurück?«, fragte Otto deshalb und ballte die Faust.

»Nein!«

»Da hast du meine Antwort.« Und trotz aller Entkräftung war seine Rechte noch stark genug, Riese mit einem einzigen Hieb k.o. zu schlagen. Nun wollten andere über ihn herfallen, aber

Werner Wurack riß sie zurück. »Seid ihr denn von allen guten Geistern verlassen! Sollen uns die Russen alle in den Bunker sperren?« Die ersten Posten kamen bereits angelaufen.

Otto hatte also noch einmal Glück gehabt. Adam Riese weniger, denn Ottos Schlag hatte ihm eine leichte Gehirnerschütterung eingebracht, und als er wieder auf den Beinen war und zur Arbeit im Steinbruch ausrücken konnte, war Natascha nicht mehr da. Es hieß, sie sei mit ihren Eltern nach Moskau gegangen. Nun war Adam Riese wirklich am Verhungern. Otto wollte ihm geben, was er sich vom Munde abgespart hatte, doch Riese warf das halbe Brot auf den Boden. »Lieber verhungere ich, als daß ich von einem Spitzel was nehme!« Diese Überzeugung hatte sich bei ihm so festgesetzt, daß da nichts mehr zu machen war.

Eines Abends schrie Hünicke: »Einer hat mir mein Brot geklaut!« Anklagend und so, daß alle es sahen, hielt er sein Leinensäckchen in die Höhe.

»Sieh mal, wie schnell der Adam Riese jetzt kaut. Woher hat er das eigentlich?«

Hätte der Mann aus dem RPZ alles abgestritten, wäre es wohl glimpflich abgelaufen. Doch er verlor die Nerven und stürzte zur Tür, was wie ein Geständnis wirkte. Schnell hatten ihn die anderen eingeholt und ihm die Sachen vom Leibe gerissen. Nun wurde er – nicht anders als beim Spießrutenlaufen im vormaligen Preußen – durch die Baracke getrieben, und Hunderte von Hieben prasselten ihm auf Schultern und Gesäß. Schließlich brach er zusammen und mußte ins Lazarett geschafft werden. Als er wieder entlassen wurde, sprach niemand mehr ein Wort mit ihm. Erst magerte er ab, dann wurde er dick wie ein Pfannkuchen. »Du wasserkrank«, sagte die Ärztin. Aus der Kriegsgefangenschaft entlassen wurde er aber dennoch nicht, denn man unterstellte ihm, gezielt zu hungern, um vorzeitig nach Hause zu kommen.

Otto hatte es nun schwer. Irgendwie machten ihn die anderen Gefangenen für Rieses Schicksal verantwortlich, auch hielt der eine oder andere ihn doch für einen Spitzel der Russen, zumal durchgesickert war, daß er vor 1933 zu den Roten gehört hatte. Was half ihm da die Beteuerung, nicht bei den Kommunisten, sondern bei den Sozialdemokraten gewesen zu sein. Als Barackenspion verdächtigt zu werden war eine schlimme Sache, denn keinem Kameraden mehr trauen zu können, das war für viele schmerzhafter als so manch andere Entbehrung. Otto dachte nach und hatte bald einen furchtbaren Verdacht: Werner Wurack ... Warum war der jetzt Vorarbeiter im Steinbruch, warum hatte der neue Schuhe an, warum war der neulich lächelnd aus dem Zimmer des Offiziers der Geheimpolizei gekommen? Ottos Verdacht wurde ihm zur Gewißheit, als er per Zufall hörte, wie Hünicke einem anderen erzählte, daß Wurack in der Küche vom Koch einen Teller voll Bratkartoffeln mit Speck bekommen habe.

Nächtelang lag Otto wach und grübelte. Durfte, konnte, mußte er Werner Wurack bei den Kameraden verpfeifen, ihnen sagen, daß sein einstiger Mitlehrling einer war, der seine Fahne nach jedem Wind zu hängen pflegte? Erst Nazi und bei der SA, dann im Nationalkomitee Freies Deutschland, der von Kriegsgefangenen und kommunistischen Emigranten gegründeten Bewegung, und Spitzel für die Russen. Vielleicht aus der Hoffnung heraus, eines Tages als Funktionär oder Bürgermeister in die sowjetisch besetzte Zone Deutschlands geschickt zu werden und diesen Sachsen zu unterstützen, diesen Walter Ulbricht. Wie es um das besetzte und geteilte Deutschland stand, das wußten sie in etwa, denn ab und an gab es vergilbte Ausgaben der *Täglichen Rundschau* und des *Neuen Deutschland* zu lesen. Werner Wurack kotzte ihn an – und dennoch unternahm er nichts. Da war das alte Gefühl der Verbundenheit, Dankbarkeit auch, daß Wurack ihn damals gerettet hatte, und, sosehr sich Otto auch dafür schämte, der heimliche Gedanke, Werner Wurack vielleicht doch noch einmal zu brauchen. In der Heimat, wenn ganz Deutschland oder zumindest die alte Reichshauptstadt unter die Herrschaft der UdSSR geraten war. Das einzige, was er tat, war, Werner Wurack aus dem Weg zu gehen, um nicht im Falle eines Falles mit ihm gehängt zu werden.

Der 28. August war ein Tag wie jeder andere. Schon am Morgen war die Hitze unerträglich. Müde schlichen sie über die Dorfstraße, um sich am Tor zu sammeln und zum Steinbruch zu marschieren. »Tempo!«, rief Werner Wurack. »*Dawai!*«, schrien die russischen Posten, die auf den Wachttürmen standen und Majorka rauchten. Sie wurden durchgezählt. Otto gab sich alle Mühe, die russischen Zahlen zu lernen. Die Sollstärke stimmte, ab ging es. Als sie den Fluß erblickten, stellte er sich vor, im Faltboot zu sitzen. *Urlaubsfahrt 1946 auf der Oka – Von Orel bis zur Mündung in die Wolga bei Gorki.* Gorki, das war das alte Nischnij Nowgorod.

Am Steinbruch angekommen, wurde er heute einem Kommando zugeteilt, das die gebrochenen Steine auf einen Lastwagen zu verladen hatte. Die kleineren Brocken wurden geworfen, die mittleren zu zweit in die Höhe gehoben und die großen auf einer schiefen Ebene, einem Brett, nach oben geschoben. Werner Wurack stand im Hohlweg hinter dem Laster und gab das Tempo vor.

»Keine Müdigkeit vorschützen!«

Der russische Fahrer war längst aus dem heißen Führerstand geklettert und hatte sich hinter dem Holzhäuschen in den Schatten gelegt. Und was er nun, als die Sonne ihren höchsten Stand erreicht hatte, sah und später zu Protokoll geben sollte, war in zwei Sätzen zusammenzufassen: »Aus ungeklärter Ursache lösten sich plötzlich die Bremsen des Lkw, und dieser machte einen Satz nach hinten in den Hohlweg hinein, der hinunter zur Sohle des Steinbruches führte. Dabei erfaßte er den deutschen Vorarbeiter Werner Wurack aus Berlin, so daß dieser zwischen Fels und Ladefläche eingeklemmt wurde und nur noch mit zerquetschtem Brustkorb tot geborgen werden konnte.«

Niemand bekam heraus, ob es wirklich an einer kaputten Bremse gelegen hatte oder ob nicht jemand in den Führerstand geklettert war, um die Bremse zu lösen. Selbstjustiz oder Unfall – das war die Frage, auf die Otto zeit seines Lebens keine Antwort finden sollte. Die Kameraden tippten auf ihn als Täter, was seine Stellung im Lager ungemein stärkte, doch er hätte nie im Traum daran gedacht, Werner Wurack auf diese Weise zu richten. Auch der Verdacht der sowjetischen Lagerleitung galt anfangs ihm, doch er konnte den Männern vom Geheimdienst NKWD irgendwie klarmachen, daß Werner Wurack zu seinen ältesten Freunden gehört hatte. Es stand ja auch so in ihren Unterlagen. Er erzählte auch, daß Berthold, den er schnell zu seinem Schwager machte, als Kommunist im Konzentrationslager gesessen und er selber als Reichsbanner-Mann gegen Hitler gekämpft hatte. So ließen sie ihn in Ruhe, und die Sache verlief alsbald im Sande.

Sie konnten jetzt in regelmäßigen Abständen genormte Postkarten nach Hause schreiben. »Mir geht es gut. Ich habe mächtigen Hunger auf Eierkuchen mit Kirschen. Gibt's so was noch? Ich habe hier Fontane gelesen, und da war viel von Schmöckwitz, Hankels Ablage und Rixdorf die Rede, und in mir stiegen die alten Bilder wieder auf von Sommer, Sonne, Faltboot und Liebe ... Na, es wird schon wieder werden! Alles Liebe und Gute für Dich und meinen Pimpi von Deinem stets an Dich denkenden Otto.«

Es wäre zum Aushalten gewesen im Lager bei Orel, wenn nicht die Schmerzen in seiner rechten Hüfte von Tag zu Tag schlimmer geworden wären. Zuerst hatte er an einen Hexenschuß geglaubt, als er nicht aufstehen konnte, ohne daß ihn ein heißer Schmerz durchzuckte. Doch ein Hexenschuß war nach zwei, drei Tagen so weit abgeklungen, daß man nicht mehr aufschreien mußte, wenn man sich bewegte. Seine Beschwerden aber steigerten sich ständig, vor allem nach einem Fieberanfall. Mal war die Haut eiskalt und kribbelte gewaltig, mal war sein rechtes Bein bis zu den Zehen hinunter wie abgestorben, und er konnte sich eine Nadel hineinstechen, ohne daß es piekte. Das Schmerzmittel, das er bekam, half nur wenig. Er hinkte, er ging schief, er hatte das Gefühl, daß sich alle Muskeln im Oberschenkel zurückbildeten, so daß ihm schließlich nur der Rollstuhl bleiben würde. Ihr Sanitätsgefreiter, den sie von der Wehrmacht übernommen hatten, schickte ihn schließlich in die Krankenbaracke.

Da lag er dann zunächst in einem fest verschlossenen Zimmer, denn wenn es nicht gerade Knochenbrüche und Amputationen waren, glaubten die Wachoffiziere immer erst, daß einer simulierte. Am Morgen klirrten endlich die Schlüssel, und die Tür flog auf. Sekunden später standen der Lagerkommandant, eine Ärztin im weißen Kittel, eine Dolmetscherin und drei Soldaten vor seiner Pritsche.

Der Wachoffizier fragte etwas, und die Dolmetscherin übersetzte. »Name, Vorname, Vaters Vorname, Jahrgang?«
»Matuschewski, Otto, Heinrich, 1906.«
Da das auch so in den Akten stand, waren sie zufrieden. Die Ärztin bedeutete ihm durch eine Geste, aufzustehen und sich auszuziehen. Sie hatte eine gewisse Ähnlichkeit mit seiner Schwiegermutter, die, als er Margot kennengelernt hatte, ziemlich korpulent gewesen war. Auch die russische Ärztin war eine solche »Maschine«, wie die Berliner sagten. Stöhnend tat Otto das, was sie von ihm verlangte. Gott, was war aus ihm geworden, dem kraftvollen Paddler und Boxer: nichts weiter als ein klappriges Gestell. Seine Beckenknochen traten so stark und spitz hervor, daß er Angst hatte, sie würden die Haut darüber so zum Platzen bringen wie ein spitzer Stein einen Luftballon. Der Wachoffizier sagte etwas auf russisch, und die Dolmetscherin übersetzte: »Umdrehen, Arme hoch, ein paar Schritte machen.«
Die Ärztin tat zuerst das, was man mit allen Plennys machte: Sie griff sich seine Arschbacken und drückte sie, denn an dem Fettgewebe und der Muskulatur des Gesäßes ließ sich auch ohne komplizierte Untersuchungen mit einem Griff erkennen, wie geschwächt die Männer waren. Otto kam sich vor wie auf einem Sklavenmarkt, ließ die Prozedur aber über sich ergehen, ohne einen Mucks von sich zu geben. Sein oder Nichtsein – vom Urteil dieser Ärztin hing alles ab. Sie wandte sich an die Dolmetscherin und sprach eine Weile mit ihr. Die Übersetzerin war klein und grau, trug eine häßliche Brille und wirkte völlig desinteressiert.
»Du sollst schildern, was du hast«, sagte sie schließlich.
Otto tat es und versuchte, dabei die Ärztin so anzusehen, als hätte er sein erstes Rendesvouz mit Margot. Auf diese Idee war er gekommen, weil sie die gleichen Backenknochen hatte. Slawisch sagte man dazu. Und es schien zu glücken, denn obwohl sie ihm anfangs ziemlich träge vorgekommen war, begann sie nun seine Hüftgelenke mit der Neugierde einer berühmten Spezialistin abzutasten. Ihre Hände erregten ihn, und er mußte sich alle Mühe geben, nicht an das zu denken, was so nahe lag. So minimal seine Erektion auch blieb, sie bemerkte sie. Otto erschrak. Wer wußte

schon, was die Deutschen ihr und ihrer Familie alles angetan hatten. Der Lagerkommandant, möglicherweise liiert mit ihr, guckte schon ausgesprochen böse. Otto verfluchte sich und rechnete mit dem Schlimmsten, das heißt sofort wieder in den Steinbruch zu müssen und dort zu krepieren. Bestenfalls wurde er unter die »OK-Leute« eingereiht, bekam also vier Wochen zur Erholung gewährt.

»Was ist mit mir?«, fragte er schließlich, als sich die Russin wortlos umgedreht hatte, um an einem kleinen Tisch etwas auf ihr Formular zu schreiben.

»Das ist schlimmer als eine chronische Polyarthritis«, sagte sie schließlich in einem tadellosen, nur etwas hart gesprochenen Deutsch. »Das ist eine tuberkulöse Koxitis. Man sagt auch: eine Hüftgelenk-Tbc.«

Sommer 1947. Der Kalte Krieg begann, die Spaltung Deutschlands zeichnete sich immer deutlicher ab.

Schon unendlich lange war der Lazarettzug mit den deutschen Heimkehrern durch die Weiten des sowjetischen Riesenreiches gerollt, und die entlassenen Kriegsgefangenen hatten fast schon die Hoffnung aufgegeben, in der Heimat zu sein, bevor sich die Blätter an den Bäumen verfärbten und zu Boden fielen. Die Fahrt wollte und wollte kein Ende nehmen, und als sie glaubten, zumindest schon in Polen zu sein, dem Nachbarland im Osten, war dieses Gebiet nicht mehr Polen. Lemberg war jetzt russisch. Und als sie jubelten, weil sie sich endlich an den Grenzen Deutschlands wähnten, stand da alles auf polnisch geschrieben. Ganz Schlesien und die Neumark gehörten nun zu Polen.

»Nicht nur bei mir haben sie was amputiert«, sagte Hünicke, der mit Otto im altersschwachen D-Zug-Wagen des Internationalen Roten Kreuzes lag.

Otto kommentierte es mit der Philosophie seiner Mutter: »Mir geht das nichts an.« Wieder fiel er in eine Art Trance. Richtig schlafen konnte er nicht, denn bei jedem Schienenstoß schmerzte seine Hüfte aufs neue. Sie hätte längst eingegipst sein müssen, doch das ging erst in Berlin. Trotz seiner guten Geographiekenntnisse hatte er es aufgegeben, ihren Standort zu bestimmen. »Da müßte man schon Seemann sein und über die entsprechenden Instrumente verfügen.« Sie fuhren ja nicht direkt von Orel nach Berlin, sondern kreuz und quer durch russisches, belorussisches und polnisches Gebiet, je nachdem, wo gerade eine Lokomotive zur Verfügung stand und die Schienen nicht gebrochen waren.

Im Morgengrauen sah er ein Stationsschild vorüberhuschen: Gorzów Wielkopolski. Das Empfangsgebäude sah typisch preußisch aus. Was mochte vor drei Jahren da gestanden haben, wo heute Gorzów Wielkopolski zu lesen war? Nach einiger Zeit hielten sie auf einem kleinen Bahnhof.

»Dabroszyn«, entzifferte Hünicke.

»Nie gehört«, sagte Otto. Aber dennoch war ihm, als er aus dem Fenster schaute, alles sehr vertraut. Tschicherzig konnte es nicht sein, ausgeschlossen. In Fahrtrichtung links schien zwar ein Fluß zu liegen, aber die Oder war das nie und nimmer. Und von Weinbergen keine Spur. Doch solche Nebelbänke wie im Süden konnte es nur über einer weiten Auenlandschaft geben. Wenn es nicht die Oder war, was dann? Die Warthe vielleicht? In Richtung Norden führte eine breite Straße vom Bahnhof in den Ort, davor lag rechts ein weiter Park. Ein Park ...?

»Mein Gott, wir sind in Tamsel!«, rief er.

»Was für'n Tamsel?«, fragte Hünicke.

Otto erklärte es ihm. »Da, wo wir unsere Wurzeln haben. Auf dem Friedhof liegen alle meine Vorfahren, da ist zuletzt mein Vater ...«

»Wenn du auch dahin willst, mußte schnell aussteigen. Dann hat sich der Kreis geschlossen.«

»Soll er lieber offen bleiben.«

Noch ein halber Tag sollte vergehen, bis sie über die Oder rollten.

»Wir sind wieder in Deutschland«, sagte Hünicke und hatte Tränen in den Augen.

Otto lachte. »Ja. Und gehen nun wirklich herrlichen Zeiten entgegen – du mit deiner Prothese und ich mit meiner steifen Hüfte.«

»Was meinst du, was man mit einer Prothese und einer steifen Hüfte noch so alles machen kann ...«

»Worauf du getrost einen lassen kannst.«

Morgen war er in Berlin, morgen konnte er seine Lieben wieder in die Arme schließen.

Otto sah auf den Strom hinunter, der seine Heimat war. Ein Motorschiff pflügte stromab durch das graue Wasser. Es sah aus wie die »Ella«. Neben dem Steuerrad stand ein Junge mit kurzgeschorenem weizenblondem Haar und sah träumend zur Brücke hinauf.

Ein Traum war jedes Leben ... und ein Roman zugleich.

Der chronologische Beginn der großen Familiensaga von Horst Bosetzky

Geb. mit Schutzumschlag, 368 S.
DM 39,80 / € 22,90
ISBN 3-89773-007-3

Eine autobiographisch gefärbte Familiensaga aus der großen Zeit Preußens – voller Spannung und Leben, voller menschlicher Dramen um Liebe und Tod.

Dreh- und Angelpunkt der Geschehnisse ist der kleine an der Warthe gelegene Ort Tamsel mit seinem Schloß – Heimat von Johann und Erdmann von Bosetzki, zwei Ahnen des Autors. Sie leben in einer Welt, die geprägt ist von schroffen sozialen und politischen Gegensätzen, die zahlreiche Kriege erlebt, aber ebenso eine Blüte von Kunst und Kultur.

Historischer Roman und Familiengeschichte in einem, läßt das Werk das Preußen des 18. und frühen 19. Jahrhunderts lebendig werden.